Inhalt

Anhang

Die Bauern

1

Nikolaj Čikildeev, Lakai in dem Moskauer Hotel ›Slavischer Bazar‹, erkrankte. Er hatte kein Gefühl mehr in den Beinen, sein Gang wurde unsicher; eines Tages stolperte er im Korridor und fiel hin mitsamt dem Tablett, auf dem sich eine Schüssel mit Schinken und Erbsen befand. Er mußte seine Stellung aufgeben. Das Geld, das er und seine Frau besaßen, ging schnell drauf für Arzt und Arzneien, bald reichte es nicht mehr für das Essen. Er langweilte sich ohne Arbeit und fand daher, es sei besser, nach Hause zu fahren, ins Dorf. Zu Hause war das Kranksein leichter zu ertragen, und auch das Leben war billiger. Nicht umsonst hieß es: Zu Hause helfen auch die Wände.

So reiste er denn mit Frau und Tochter in sein Heimatdorf Žukovo, wo sie gegen Abend ankamen. In seinen Kindheitserinnerungen stellte sich ihm das heimatliche Nest in hellen, freundlichen Farben dar, als er jedoch jetzt die Hütte betrat, erschrak er, so dunkel, eng und unsauber war es darin. Olga und Saša, seine Frau und seine Tochter, blickten fassungslos auf den großen verschmutzten Ofen, der fast die Hälfte der Hütte einnahm und ganz schwarz war von Ruß und Fliegen. So viele Fliegen! Darüber hinaus hatte sich der Ofen auf einer Seite gesenkt und stand schief, die Balken in den Wänden lagen ebenfalls schief, und es schien, als würde die Hütte jeden Augenblick zusammenfallen. Vorn in der Ecke, neben den Ikonen, klebten an Stelle von Bildern Flaschenetikette und Fetzen von Zeitungspapier an der Wand. Armut, nichts als Armut! Von den Erwachsenen war niemand zu Hause, sie waren alle beim Mähen.

Auf dem Ofen saß gleichgültig ein Mädchen von etwa acht Jahren, weißblond, ungewaschen; sie schaute nicht einmal die Eintretenden an. Unten rieb sich eine weiße Katze an der Ofengabel.

»Miez, Miez, Miez!« lockte Saša.

»Die hört nichts«, sagte das Mädchen. »Die ist taub.«

»Wovon denn?«

»Na, so. Haben sie geschlagen.«

Nikolaj und Olga erkannten auf den ersten Blick, was für ein Leben das hier war, aber sie sagten nichts; schweigend warfen sie ihre Bündel hin, und schweigend gingen sie hinaus auf die Straße. Ihre Hütte war die drittletzte und schien die armseligste und älteste zu sein; die zweite war auch nicht besser, aber die dritte hatte ein Blechdach und Vorhänge an den Fenstern. Diese Hütte war nicht umzäunt und stand etwas abseits, dort war die Schenke. Die Bauernhäuser standen in einer Reihe, und das ganze Dörfchen, still und verträumt, machte mit den aus den Höfen hervorlugenden Weiden, Holundersträuchern und Ebereschen einen angenehmen Eindruck.

Hinter den Bauernhöfen führte ein steiler Abhang hinunter zum Fluß; riesige nackte Steine schauten aus dem Lehm hervor neben tiefen Gruben, die die Töpfer gegraben hatten. Zwischen diesen Steinen und Gruben schlängelten sich schmale Pfade hindurch und lagen große Haufen Scherben von braunem und rotem Geschirr. Unten aber breitete sich eine weite, ebene, leuchtend grüne Wiese aus, sie war schon gemäht, und jetzt weidete dort das Bauernvieh. Der Fluß war etwa eine Verst vom Dorf entfernt, er floß in vielen Windungen dahin und hatte herrliche, mit Bäumen und Sträuchern bewachsene Ufer. Auf der anderen Seite war wieder eine Wiese mit einer Herde und großen Scharen weißer Gänse. Dahinter ging es, genau wie auf dieser Seite, steil bergauf, und oben auf der Anhöhe standen ein Dorf und eine Kirche mit fünf Kuppeln, nicht weit davon entfernt lag das Herrenhaus.

»Wie schön ist es hier bei euch!« sagte Olga und bekreuzigte sich beim Anblick der Kirche. »Lieber Gott, wie weit und frei!«

Im selben Augenblick wurde zum Abendgottesdienst geläutet (es war ein Sonnabend). Zwei kleine Mädchen, die unten einen Eimer mit Wasser schleppten, schauten sich nach der Kirche um und lauschten dem Geläut.

»Jetzt wird im ›Slavischen Bazar‹ das Essen serviert ...«, sagte Nikolaj verträumt.

Am Rande des Abhangs sitzend, sahen Nikolaj und Olga zu, wie die Sonne unterging, wie der Himmel sich golden und purpurn im Fluß, in den Fenstern des Gotteshauses und in der Luft spiegelte, die so weich, ruhig und unaussprechlich rein war, wie sie es niemals in Moskau erlebt hatten. Als die Sonne verschwunden war, zog mit Geblök und Gebrüll die Herde vorbei, die Gänse flogen vom anderen Ufer herüber – dann verstummte alles, das stille Licht erlosch, und abendliches Dunkel breitete sich rasch aus.

Inzwischen waren die Alten zurückgekehrt, Nikolajs Vater und die Mutter, beide waren gleich groß, hager, gebeugt und hatten keine Zähne mehr. Dann kamen auch die beiden Schwägerinnen, Marja und Fëkla, die beim Gutsbesitzer auf dem anderen Ufer arbeiteten. Marja, die Frau des Bruders Kirjak, hatte sechs Kinder, Fëkla, die Frau des Bruders Denis, der bei den Soldaten war, zwei. Als Nikolaj die Hütte betrat und die ganze Familie beisammen sah, alle diese großen und kleinen Leiber, die sich auf dem Schlafboden, in den Wiegen und in allen Ecken regten, als er sah, mit welcher Gier der Alte und die Weiber das schwarze Brot aßen, das sie in Wasser eintauchten, wurde ihm klar, daß es falsch gewesen war, hierherzukommen – krank, ohne Geld, noch dazu mit seiner Familie –, ganz falsch.

»Und wo ist Bruder Kirjak?« fragte er nach der Begrüßung.

»Er dient beim Kaufmann als Wächter«, antwortete der Vater, »im Wald. Er ist kein schlechter Kerl, aber er säuft.«

»Kein Geldverdiener!« sagte die Alte weinerlich. »Unsere Männer trinken alle, sie tragen nur aus dem Haus hinaus und bringen nichts herein. Kirjak trinkt, und der Alte, warum soll ich's verheimlichen, kennt auch den Weg in die Schenke. Die Himmelskönigin zürnt uns.«

Zu Ehren des Besuches wurde der Samovar aufgestellt. Der Tee roch nach Fisch, der Zucker war grau und abgebröckelt, über das Brot und das Geschirr liefen Küchenschaben; es war ekelerregend, zu trinken, auch das Gespräch war widerlich – es wurde von nichts anderem als von Not und Krankheit geredet. Kaum hatte jeder eine Tasse getrunken, da erscholl vom Hof her lautes, langgezogenes und betrunkenes Rufen.

»Maaarja!«

»Mir scheint, Kirjak kommt«, sagte der Alte, »kaum daß man von ihm gesprochen hat.«

Alles verstummte. Es dauerte nicht lange, da ertönte wieder wie unter der Erde hervor der rauhe, langgezogene Ruf.

»Maaarja!«

Marja, die ältere Schwägerin, erbleichte, drückte sich an den Ofen, und es war sonderbar, in dem Gesicht dieser starken, breitschultrigen, unschönen Frau den Ausdruck von Schrecken zu sehen. Ihre Tochter, das Mädchen, das auf dem Ofen gesessen hatte und so gleichgültig schien, brach plötzlich in lautes Weinen aus.

»Was heulst du denn? Du dummes Ding!« schrie Fëkla, eine hübsche Person, ebenfalls kräftig und breit in den Schultern. »Er wird dich schon nicht gleich umbringen.«

Von dem Alten erfuhr Nikolaj, daß Marja sich fürchtete, mit Kirjak im Wald zu wohnen, und daß dieser, wenn er betrunken war, jedesmal kam, um sie zu holen. Dabei machte er großen Lärm und verprügelte sein Weib erbarmungslos.

»Maaarja!« erscholl jetzt das Rufen unmittelbar vor der Tür.

»Um Christi willen steht mir bei, ihr Lieben«, stammelte Marja. Ihr Atem ging stoßweise, wie wenn man sie plötzlich in eiskaltes Wasser getaucht hätte. »Liebe Leute, helft mir und schützt mich!«

Sämtliche Kinder, die in der Hütte waren, begannen zu weinen, und bei ihrem Anblick brach auch Saša in Tränen aus. Man hörte betrunkenes Husten, und ein hochgewachsener Bauer mit schwarzem Bart betrat die Hütte. Er trug eine Pelzmütze, und da man in dem trüben Schein des Lämpchens sein Gesicht nicht sehen konnte, wirkte es schreckenerregend. Das war Kirjak. Er ging auf seine Frau zu, holte aus und schlug sie mit der Faust ins Gesicht. Betäubt von dem Schlag sackte sie zusammen und gab keinen Laut von sich. Aus ihrer Nase lief Blut.

»So eine Schande, so eine Schande«, murmelte der Alte und kroch auf den Ofen. »Noch dazu vor den Gästen! Eine Sünde!«

Die Mutter saß schweigend und gebeugt da, sie schien über irgend etwas nachzudenken; Fëlka bewegte die Wiege ... Kirjak war offensichtlich zufrieden mit dem Eindruck, den er machte, er packte Marja bei der Hand und zog sie zur Tür, wobei er wie ein wildes Tier brüllte, um noch schrecklicher zu erscheinen. Doch da erblickte er plötzlich den Besuch und blieb stehen.

»Ah, ihr seid gekommen ...«, sagte er und ließ seine Frau los. »Der Bruder mit der Familie ...«

Er verrichtete, zur Ikone gewandt, ein kurzes Gebet, schwankend und mit weit aufgerissenen, blutunterlaufenen Augen. Dann fuhr er fort:

»Das Brüderchen mit der Familie ist ins Elternhaus gekommen ... aus Moskau also, aus der ersten Residenz. Aus der Stadt Moskau also, der Mutter der Städte ... Entschuldigt ...«

Er ließ sich auf der Bank neben dem Samovar nieder und begann Tee zu trinken. Er schlürfte ihn laut aus der Untertasse, die anderen saßen schweigend dabei. Als er wohl zehn Tassen getrunken hatte, sank er auf die Bank und fing sofort an zu schnarchen. Nun legten sich alle zur Ruhe. Nikolaj, als Kranken, ließ man neben dem Vater auf dem Ofen schlafen; Saša schlief auf dem Fußboden, und Olga ging mit den Weibern in die Scheune.

»Iih, mein Liebchen«, sagte sie, während sie sich im Heu neben Marja niederlegte. »Mit Tränen bringt man keinen Kummer weg. Aushalten und still sein. In der Schrift steht geschrieben: So dir jemand einen Streich gibt auf deinen rechten Backen, dem biete den andern auch dar ...«

Dann erzählte sie mit halblauter Stimme in singendem Tonfall von Moskau, von ihrem Leben, und wie sie als Stubenmädchen in einer Pension gedient hatte.

»In Moskau, da sind die Häuser groß und aus Stein«, erzählte sie, »und viele, viele Kirchen gibt es da, vierzig mal vierzig, mein Liebchen, und in den Häusern wohnen lauter Herrschaften, und die sind so schön und so fein.«

Marja sagte, sie sei noch nie in Moskau gewesen, nicht einmal in ihrer Kreisstadt. Sie konnte weder lesen noch schreiben, kannte keine Gebete, auch nicht das Vaterunser. Sie und die andere Schwägerin, Fëkla, die jetzt abseits saß und zuhörte, waren geistig völlig unentwickelt und begriffen rein gar nichts. Beide liebten ihre Männer nicht. Marja fürchtete sich vor Kirjak, und wenn er bei ihr war, zitterte sie vor Angst. Der starke Geruch von Schnaps und Tabak, den er ausströmte, machte sie jedesmal benommen. Und als Fëlka gefragt wurde, ob sie sich nicht nach ihrem Mann sehne, antwortete sie zornig:

»Er soll mir vom Leibe bleiben ...«

So redeten sie eine Zeitlang, und dann verstummten sie ...

Es war kühl, neben der Scheune krähte aus vollem Halse ein Hahn und störte sie im Schlaf. Als das blaue Morgenlicht durch die Ritzen schimmerte, stand Fëkla leise auf und ging hinaus. Man hörte sie mit bloßen Füßen davonlaufen.

II

Olga ging in die Kirche und nahm Marja mit.

Sie waren beide fröhlich, als sie zusammen den schmalen Pfad zur Wiese hinuntergingen. Olga gefiel das weite, freie Land, und Marja fühlte in der Schwägerin eine verwandte Seele. Die Sonne ging auf. Tief über der Wiese schwebte ein verschlafener Habicht, der Fluß war düster, hier und da zogen Nebelfetzen, aber auf der anderen Seite, über der Anhöhe, schimmerte schon ein Streifen Licht, die Kirche strahlte, und im Gutsgarten schrien und lärmten die Saatkrähen.

»Mit dem Vater geht es«, erzählte Marja, »aber die Mutter ist streng, sie zankt immer. Unser Korn hat nur bis zur Butterwoche gereicht, jetzt kaufen wir Mehl in der Schenke, und nun ist sie böse. Sie sagt, wir essen zuviel.«

»Iih, mein Liebchen! Aushalten und still sein. Es steht geschrieben: Kommet her zu mir alle, die ihr mühselig und beladen seid.«

Olga sprach gemessen und halb singend, ihr Gang war wie der einer Pilgerin, rasch und geschäftig. Sie las jeden Tag im Neuen Testament, mit lauter Stimme wie der Küster in der Kirche. Vieles verstand sie nicht, aber die heiligen Worte rührten sie zu Tränen, und manche alten Ausdrücke des Kirchenslavischen konnte sie nicht aussprechen, ohne daß ein süßer Schauer ihr Herz erbeben ließ. Sie glaubte an Gott, an die Muttergottes, an die Heiligen; sie glaubte, daß man niemandem auf der Welt etwas zuleide tun dürfe, weder den einfachen Leuten noch den Deutschen, den Zigeunern oder den Juden, und wehe dem, der kein Mitleid mit Tieren hatte; sie glaubte, daß es so geschrieben stand, und wenn sie die Worte aus der Bibel aussprach, auch die ganz unverständlichen, bekam ihr Gesicht einen mitleidigen, gerührten und leuchtenden Ausdruck.

»Wo bist du her?« fragte Marja.

»Ich bin aus dem Vladimirschen. Ich bin aber schon früh nach Moskau gekommen, schon mit acht Jahren.«

Sie kamen an den Fluß. Auf der anderen Seite, dicht am Wasser, stand eine Frau und zog sich aus.

»Das ist unsere Fëkla«, stellte Marja fest. »Sie war am anderen Ufer auf dem Gutshof, bei den Knechten. Wild ist sie und schimpfen kann sie – schrecklich!«

Fëkla mit ihren schwarzen Brauen und aufgelösten Haaren, noch mädchenhaft jung und kräftig, sprang in den Fluß und schlug das Wasser mit den Füßen, daß die Wellen nach allen Seiten auseinandergetrieben wurden.

»Wild ist sie – schrecklich!« wiederholte Marja.

Über den Fluß führte ein schwankender Steg aus Balken, und darunter, im reinen klaren Wasser, tummelten sich Scharen von breitköpfigen Weißfischen. Auf den grünen Sträuchern, die sich im Wasser spiegelten, blitzte der Tau. Ein warmer, erquickender Hauch schlug ihnen entgegen. Was für ein herrlicher Morgen! Und wie schön könnte das Leben auf der Welt sein, gäbe es nicht die Not, die schreckliche, ausweglose Not, vor der man sich nirgends verkriechen konnte! Sie brauchten sich nur nach dem Dorf umzusehen, sofort stand das gestrige Erlebnis in aller Lebendigkeit vor ihnen, und die glückliche Verzauberung, die sie im Augenblick umgab, verschwand.

Sie betraten die Kirche. Marja blieb am Eingang stehen, sie wagte nicht, weiterzugehen. Nicht einmal sich hinzusetzen wagte sie, obwohl erst gegen neun zum Hochamt geläutet wurde. So stand sie die ganze Zeit.

Als das Evangelium verlesen wurde, traten die Leute plötzlich auseinander, um die Familie des Gutsherrn durchzulassen, zwei junge Mädchen in weißen Kleidern und breitrandigen Hüten und einen dicken rosigen Knaben in einem Matrosenanzug. Ihr Erscheinen rührte Olga; auf den ersten Blick entschied sie bei sich, daß dies anständige, gebildete und schöne Menschen waren. Marja jedoch schaute sie mißtrauisch an, mürrisch und verzagt zugleich, als wären die Eintretenden nicht Menschen, sondern Ungeheuer, die sie zertreten konnten, wenn sie ihnen im Wege stand.

Und wenn der Diakon während des Gottesdienstes seine Baßstimme erhob, glaubte sie jedesmal den Ruf ›Maaarja!‹ zu hören – und erschauerte.

III

Im Dorf hatte sich die Ankunft der Gäste herumgesprochen; gleich nach dem Hochamt fanden sich viele Leute in der Hütte ein. Es kamen die Leonyčs, die Matveičevs und die Iljičs, um sich nach ihren Verwandten zu erkundigen, die in Moskau in Stellung waren. Die ganze Žukover Jugend, die lesen und schreiben konnte, schickte man nach Moskau und brachte sie dort als Kellner und Lakaien unter (geradeso wie die jungen Leute aus dem gegenüberliegenden Dorf alle Bäcker wurden). So hatte man es seit langem gehalten, schon zur Zeit der Leibeigenschaft, als irgendein legendärer Luka Ivanyč, ein Bauer aus Žukovo, als Büfettier in einem der Moskauer Klubs angestellt war. Luka Ivanyč nahm nur Leute aus seinem Dorf in Dienst, und diese wiederum, sobald sie einflußreich wurden, ließen ihre Verwandten kommen und besorgten ihnen Stellungen in Schenken und Restaurants. Seit jener Zeit wurde Žukovo von den Bewohnern der umliegenden Ortschaften nicht anders als das Lakaiendorf genannt. Nikolaj kam nach Moskau, als er elf Jahre zählte, und Ivan Makaryč, aus der Familie der Matveičevs, der damals Theaterdiener im ›Eremitage-Garten‹ war, hatte ihm eine Stellung verschafft. Nun sagte Nikolaj in schulmeisterlichem Ton zu den Matveičevs: »Ivan Makaryč ist mein Wohltäter, und ich muß Tag und Nacht für ihn beten, denn durch ihn bin ich ein ordentlicher Mensch geworden.«

»Ach, mein Lieber«, sagte mit weinerlicher Stimme eine

hochgewachsene alte Frau, die Schwester von Ivan Makaryč, »man hört aber gar nichts mehr von ihm.«

»Im Winter hat er bei Aumont gearbeitet, aber für diese Saison hat er irgendwo in den Gärten außerhalb von Moskau eine Stellung angenommen ... Er ist alt geworden. Früher, da kam es vor, daß er an Sommertagen abends zehn Rubel nach Hause brachte, aber jetzt ist das Geschäft überall stiller. Der Alte muß sich plagen.«

Die alten und jungen Weiber blickten auf Nikolajs Beine, die in hohen Filzstiefeln steckten, auf sein bleiches Gesicht und sagten traurig:

»Du bist kein Geldverdiener, Nikolaj Osipyč, kein Geldverdiener! Wie solltest du auch!«

Und alle liebkosten Saša. Sie hatte das zehnte Lebensjahr bereits vollendet, aber sie war klein und sehr mager, so daß man ihr nicht mehr als sieben Jahre geben konnte. Zwischen den anderen, braungebrannten Mädchen, deren Haare schlecht geschnitten waren und die verblichene lange Hemden trugen, sah sie mit ihrer weißen Haut, den großen dunklen Augen und der roten Schleife im Haar ganz spaßig aus, fast wie ein Tierlein, das man im Feld gefangen und in die Hütte gebracht hatte.

»Sie kann auch lesen«, rühmte sich Olga und sah ihre Tochter zärtlich an. »Lies mal, Kindchen!« sagte sie und holte das Evangelium aus der Ecke. »Lies, und die Rechtgläubigen werden dir zuhören.«

Das Evangelium war ein altes schweres Buch in ledernem Einband mit abgegriffenen Rändern, und es strömte einen Geruch aus, als ob Mönche die Stube betreten hätten. Saša hob die Augenbrauen und begann laut, halb singend zu lesen: »Da sie aber hinweggezogen waren, siehe, da erschien der Engel des Herrn dem Joseph im Traum und sprach: Stehe auf und nimm das Kindlein und seine Mutter zu dir ...«

»Das Kindlein und seine Mutter«, wiederholte Olga und wurde ganz rot vor Aufregung.

»Und flieh nach Ägyptenland ... und bleib allda, bis ich dir sage ...«

Bei dem Wort »allda« konnte Olga nicht mehr an sich halten und weinte. Bei ihrem Anblick schluchzte auch Marja und nach ihr die Schwester von Ivan Makaryč. Der Alte räusperte sich und lief geschäftig hin und her, er hätte der Enkelin so gern etwas zum Naschen gegeben, fand aber nichts und schlug nur mit der Hand durch die Luft. Als Saša zu Ende gelesen hatte, gingen die Nachbarn, gerührt und sehr zufrieden mit Olga und Saša, wieder nach Hause.

Da es Sonntag war, blieb die Familie den ganzen Tag zu Hause. Die Alte, die sowohl von ihrem Mann als auch von den Schwiegertöchtern und Enkeln nur Babka genannt wurde, wollte alles selber machen. Sie heizte selber den Ofen und stellte den Samovar auf, ging sogar selber mittags zum Melken auf die Koppel, und zuletzt murrte sie, daß sie sich mit allem allein plagen müßte. Um alles kümmerte sie sich, sie paßte auf, daß niemand ein Stück zuviel aß, und sorgte dafür, daß der Alte und die Schwiegertöchter nicht ohne Arbeit blieben. Bald schien es ihr, daß die Gänse des Schankwirts von hinten in ihren Gemüsegarten eingedrungen waren, und sie rannte mit einem langen Stecken aus dem Haus; eine halbe Stunde lang hörte man sie zwischen ihren Kohlköpfen, die genauso dürr und welk waren wie sie selber, laut keifen. Bald glaubte sie, eine Krähe würde sich ihren Küken nähern, und schimpfend ging sie auf die Krähe los. So zankte und brummte sie vom Morgen bis zum Abend, und oft erhob sie ein solches Geschrei, daß die Leute auf der Straße stehenblieben.

Mit ihrem Mann ging sie nicht gerade freundlich um und schalt ihn einen Tunichtgut und Faulpelz. Er war ein haltloser, unzuverlässiger Mensch, und wenn sie ihn nicht ständig angetrieben hätte, würde er wahrscheinlich überhaupt nicht gearbeitet, sondern nur auf dem Ofen gesessen und geschwatzt haben. Jetzt erzählte er seinem Sohn lange Geschichten von irgendwelchen Feinden, klagte ihm die Kränkungen, die er alle Tage von seinen Nachbarn zu erdulden hätte, und es war langweilig, ihm zuzuhören.

»Ja«, sagte er und stemmte die Hände in die Seiten. »Ja – eine Woche nach dem Fest der Kreuzerhöhung habe ich Heu verkauft, das Pud zu dreißig Kopeken, aus freien Stücken ... Ja ... Na schön, ich fahre also frühmorgens das Heu, aus freien Stücken, tu keinem was zuleide; es war keine glückliche Stunde, da sehe ich – der Dorfälteste Antip Sedelnikov kommt aus der Kneipe. ›Wohin bringst du das Heu? Ach, daß dich ...‹ und haut mir eine runter.«

Kirjak hatte quälendes Kopfweh nach dem gestrigen Rausch, und er schämte sich vor dem Bruder.

»Was der Schnaps alles zuwege bringt. Ach, du mein Gott!« murmelte er und schüttelte seinen schmerzenden Schädel. »Brüderchen und Schwesterchen, verzeiht mir um Christi willen, ich bin selber nicht froh!«

Weil Sonntag war, wurde in der Schenke ein Hering gekauft und aus dem Heringskopf eine Suppe gekocht. Um die Mittagsstunde setzten sich alle zusammen und tranken Tee, und sie tranken lange, bis ihnen der Schweiß ausbrach und sie ganz aufgedunsen schienen; erst dann aßen sie die Suppe, alle aus einem Topf. Den Hering aber hatte die Babka weggestellt.

Am Abend brannte der Töpfer sein Geschirr am Abhang. Unten auf der Wiese tanzten die Mädchen Reigen und sangen dazu. Jemand spielte auf der Ziehharmonika. Auf der anderen Flußseite brannte ebenfalls ein Ofen, und die Mädchen sangen; aus der Ferne erschien dieser Gesang harmonisch und lieblich. In der Schenke und davor lärmten die Bauern; sie sangen mit trunkenen Stimmen jeder für sich und beschimpften einander so, daß Olga nur immer zusammenfuhr und ausrief: »Ach, mein Gott! ...«

Sie wunderte sich, daß dieses Schimpfen überhaupt kein Ende nahm und die Alten, die schon mit einem Fuß im Grabe standen, es am ärgsten trieben. Und die Kinder und jungen Mädchen hörten sich das wüste Schimpfen ohne Verlegenheit an, man merkte, daß sie es von der Wiege an gewohnt waren.

Mitternacht war vorüber, die Öfen auf dieser und auf der anderen Seite waren erloschen, aber unten auf der Wiese und in der Schenke war das Vergnügen noch in vollem Gange. Der Alte und Kirjak, beide betrunken, hielten sich an den Händen und torkelten, mit den Schultern zusammenstoßend, zur Scheune, wo Olga und Marja lagen.

»Laß es sein«, sagte der Alte überredend, »laß es ... sie ist ein frommes Weib ... Sünde ist das ...«

»Maaarja!« rief Kirjak.

»Laß es ... sie ist ein ordentliches Weib.«

Sie standen einen Augenblick neben der Scheune und gingen weiter.

»Wie lieb ich die Blumen des Feldes!« sang plötzlich der Alte mit hoher, durchdringender Tenorstimme. »Ich such sie so gern auf den Wiesen!«

Dann spuckte er aus, schimpfte wüst und betrat die Hütte.

IV

Babka befahl Saša, in den Gemüsegarten zu gehen und aufzupassen, daß die Gänse nicht hineinliefen. Es war ein heißer Augusttag. Die Gänse des Schankwirts konnten nur von der Rückseite in den Garten kommen, aber sie waren jetzt damit beschäftigt, den neben der Schenke verschütteten Hafer aufzupicken, wobei sie sich friedlich miteinander unterhielten; nur der Gänserich reckte den Kopf hoch, als wollte er sehen, ob die Alte mit dem Stock käme. Die anderen Gänse konnten von unten heraufkommen, aber sie weideten noch drüben auf der anderen Seite des Flusses, wo sie wie eine lange weiße Girlande die Wiese zierten. Saša stand eine Weile im Garten, aber sie langweilte sich bald, und als sie sah, daß die Gänse nicht kamen, lief sie zum Abhang.

Dort erblickte sie Marjas älteste Tochter Motka, die unbeweglich auf einem großen Stein stand und zur Kirche hinübersah. Marja hatte dreizehn Kinder zur Welt gebracht, doch waren ihr nur sechs geblieben, alles Mädchen, kein einziger Junge; das älteste war acht Jahre alt. Motka stand barfuß und nur mit einem langen Hemd bekleidet in der prallen Mittagsglut, die Sonne brannte ihr auf den Scheitel, doch sie merkte es nicht, sie war wie versteinert. Saša stellte sich neben sie und sagte, auch zur Kirche blickend:

»In der Kirche lebt Gott. Bei den Menschen brennen Lampen und Lichte, bei Gott aber rote, grüne und blaue Lämpchen, die sind wie Äugelchen. In der Nacht geht Gott durch die Kirche und mit ihm die heilige Muttergottes und der heilige Nikolaj – tapp, tapp, tapp . . . Und der Wächter fürchtet sich ganz schrecklich! Iih, mein Liebchen«, fuhr sie, ihre Mutter nachahmend, fort, »und wenn das Ende der Welt kommt, fliegen alle Kirchen in den Himmel.«

»Mit allen Glocken?« fragte Motka gedehnt mit tiefer Stimme.

»Mitsamt den Glocken. Am Weltende gehen die Guten ins Paradies ein, die Bösen aber müssen im ewigen Feuer brennen, mein Liebchen. Zu meiner Mutter und auch zu Marja wird Gott sagen: ›Ihr habt niemandem was zuleide getan, geht hier nach rechts, in das Paradies‹; zu Kirjak und zur Babka wird er sagen: ›Ihr aber geht nach links, ins Feuer‹. Und wer die Fasten nicht gehalten hat, den schickt er auch ins Feuer.«

Sie blickte mit weit geöffneten Augen zum Himmel hinauf und sprach:

»Guck mal hinauf zum Himmel, aber du darfst nicht blinzeln – man kann die Engelchen sehen.«

Motka sah nun auch zum Himmel hinauf, und eine Minute verging in Schweigen.

»Siehst du sie?« fragte Saša.

»Nichts zu sehen«, antwortete Motka in tiefem Baß.

»Aber ich sehe sie. Kleine Engelchen fliegen am Himmel und schlagen mit den Flügelchen – husch, husch, wie die Mücken.«

Motka dachte eine Weile nach, den Blick auf den Boden gerichtet, und fragte:

»Wird Babka brennen?«

»Ja, gewiß, mein Liebchen.«

Von dem Stein bis weit nach unten erstreckte sich ein sanfter gleichmäßiger Abhang, der mit so weichem grünem Gras bewachsen war, daß man Lust bekam, darüber zu streichen oder darauf zu liegen. Saša legte sich hin und ließ sich hinunterrollen. Motka mit ihrem ernsten, strengen Gesicht legte sich schweratmend ebenfalls hin und rollte hinunter, wobei ihr das Hemd bis zu den Achseln hinaufrutschte.

»Ach, das ist zu komisch!« rief Saša begeistert.

Sie gingen beide hinauf, um noch einmal hinunterzurollen, doch da hörten sie die bekannte kreischende Stimme. Hu, wie schrecklich! Die Großmutter, mit zahnlosem Mund, knochig, gebückt, mit kurzen grauen Haaren, die im Wind flatterten, jagte mit einem langen Stecken die Gänse aus dem Gemüsegarten und schrie:

»Den ganzen Kohl haben sie mir zertreten, die Verruchten. Wenn ihr doch krepieren wolltet! Dreimal verflucht sollt ihr sein! Elendes Viehzeug!«

Sie erblickte die Mädchen, warf den Stock weg, hob eine Gerte auf, packte Saša mit ihren trockenen, eisenharten Fingern am Hals und schlug sie. Saša weinte vor Schmerz und Angst. Inzwischen watschelte der Gänserich mit weit vorgestrecktem Hals auf Babka zu und zischte sie an, und als er dann zu seiner Herde zurückkehrte, begrüßten ihn die Gänse mit einem beifälligen: Gogogo! Dann machte sich die Alte daran, Motka zu verdreschen, und dabei rutschte deren Hemd wieder hoch. Saša war ganz verzweifelt und lief laut weinend in die Hütte, um sich zu beklagen; Motka kam hinterher, sie weinte auch, aber in tiefen Baßtönen, und da sie sich nicht die Tränen abwischte, sah ihr Gesicht aus, als habe man es in Wasser getaucht.

»Ach, du meine Güte!« sagte Olga erstaunt, als die beiden hereinkamen. »Heilige Muttergottes!«

Saša begann eben zu erzählen, was ihr widerfahren war, da kam mit durchdringendem Geschrei und Schelten die Großmutter herein. Fëkla wurde ärgerlich, und mit einemmal war die ganze Hütte voller Lärm.

»Macht nichts, macht nichts!« tröstete Olga, die selber ganz blaß und unglücklich aussah, die Tochter und streichelte ihren Kopf. »Es ist deine Großmutter. Du darfst ihr nicht böse sein, das ist Sünde. Macht nichts, Kindchen.«

Nikolaj, der ganz erschöpft war von diesem ewigen Geschrei, dem Hunger, dem Gestank und Qualm, der die Armut schon haßte und verachtete und sich für seine Eltern vor Frau und Tochter schämte, saß auf dem Ofenrand, ließ die Beine herunterhängen und sagte gereizt, mit weinerlicher Stimme zu seiner Mutter:

»Ihr dürft sie nicht schlagen! Ihr habt überhaupt kein Recht, sie zu schlagen!«

»Krepier du lieber auf dem Ofen, du Schwächling!« schrie ihn Fëkla erbost an. »Der Satan hat euch hergebracht, unnütze Brotesser!«

Sowohl Saša als auch Motka und alle die anderen Mädchen hatten sich auf dem Ofen hinter Nikolajs Rücken in eine Ecke verkrochen und lauschten von dort schweigend und angstvoll; man konnte hören, wie ihre kleinen Herzen klopften. Wenn in einer Familie ein Kranker lange und hoffnungslos darniederliegt, dann kann es geschehen, daß alle Angehörigen, obwohl zaghaft und heimlich, im Grunde ihrer Seele seinen Tod herbeiwünschen. Nur die Kinder fürchten den Tod eines nahen Verwandten und erschrecken bei dem Gedanken daran. Auch jetzt schauten die Mädchen mit angehaltenem

Atem und traurigen Gesichtern auf Nikolaj, sie dachten daran, daß er bald sterben würde; die Tränen waren ihnen nahe, und sie hätten ihm so gern ein liebevolles, mitleidiges Wort gesagt.

Nikolaj schmiegte sich wie schutzsuchend an Olga und sagte leise mit zitternder Stimme:

»Olga, Liebste, ich kann hier nicht mehr bleiben. Ich halte es nicht mehr aus. Um Gottes und Christi willen, schreibe deiner Schwester Klavdija Abramovna, sie möchte alles verkaufen und verpfänden, was sie hat, und uns Geld schicken, damit wir von hier wegfahren können. O mein Gott«, fuhr er sehnsüchtig fort, »nur einmal noch möchte ich Moskau sehen, und wäre es nur im Traum!«

Als der Abend kam und es in der Hütte dunkel wurde, verbreitete sich eine so schwermütige Stimmung, daß es unmöglich war, auch nur ein Wort zu sprechen. Die zornige Babka weichte Schwarzbrotrinden in einer Tasse ein und lutschte sie lange, wohl eine ganze Stunde lang. Marja hatte die Kuh gemolken, brachte nun den Eimer mit der Milch und stellte ihn auf eine Bank. Babka goß die Milch aus dem Eimer in Krüge, auch dabei ließ sie sich Zeit, und sie war offensichtlich zufrieden, daß jetzt in der Fastenzeit vor Mariä Himmelfahrt niemand Milch trinken würde. Sie goß nur ganz wenig in eine Schale für Fëklas Kind. Während sie und Marja die Krüge in den Keller brachten, fuhr Motka plötzlich hoch, kroch vom Ofen herunter, ging zur Bank, auf der die Tasse mit den Brotrinden stand, und goß etwas Milch aus der Schale hinein.

In die Hütte zurückgekehrt, machte sich Babka wieder an ihre Brotrinden; Saša und Motka saßen auf dem Ofen, sahen ihr zu und freuten sich, daß Babka nun die Fasten gebrochen hatte und in die Hölle kam. Mit diesem Trost legten sie sich schlafen, und Saša stellte sich im Einschlummern das Jüngste Gericht vor: Ein großer Ofen brannte, ähnlich wie der Töpferofen, und ein schwarzer Teufel mit Kuhhörnern trieb

Babka mit einem langen Stock in das Feuer hinein, so wie sie selber heute die Gänse getrieben hatte.

V

Zu Mariä Himmelfahrt, gegen elf Uhr abends, erhoben die Burschen und Mädchen, die sich auf der Wiese vergnügten, plötzlich ein lautes Schreien und Kreischen und rannten zum Dorf. Die oben auf dem Rand des Abhangs saßen, konnten im ersten Augenblick nicht begreifen, was los war.

»Feuer! Feuer!« erscholl jetzt von unten ein verzweifelter Ruf. »Es brennt!«

Die oben schauten sich um, und ihren Augen bot sich ein schauriges und ungewöhnliches Bild: Über dem Strohdach einer der letzten Hütten erhob sich eine fast zwei Meter hohe Feuersäule, aus der die Funken nach allen Seiten sprühten, als sei es eine Fontäne. Sofort stand das ganze Dach in Flammen, und man hörte das Prasseln des Feuers.

Das Mondlicht verblaßte, und das ganze Dorf war in einen roten, flackernden Schein getaucht; über den Erdboden liefen schwarze Schatten, und es roch nach Qualm. Die von unten heraufrannten, kamen atemlos und zitternd oben an, stießen sich gegenseitig, fielen hin, und da sie in dem ungewohnt hellen Licht nicht gut sehen konnten, erkannten sie einander nicht. Es war schaurig. Besonders schaurig war es deshalb, weil über dem Feuer im Rauch die Tauben hin und her flogen und in der Schenke, wo man noch nichts vom Feuer wußte, gesungen und Ziehharmonika gespielt wurde, als ob nichts geschehen wäre.

»Bei Onkel Semën brennt's!« rief eine laute, grobe Stimme.

Marja rannte weinend und zähneklappernd vor der Hütte hin und her, sie rang die Hände, obgleich das Feuer weit entfernt am anderen Ende des Dorfes war. Nikolaj kam in Filzstiefeln heraus, die Kinder liefen in ihren Hemdchen herum.

Neben der Hütte des Dorfpolizisten schlug man gegen ein eisernes Läutebrett. »Bemm, bemm, bemm!« tönte es unaufhörlich durch die Nacht, und bei diesen dicht aufeinanderfolgenden Schlägen wurde einem beklommen zumute und eiskalt. Die alten Weiber standen mit den Heiligenbildern da. Aus den Höfen wurden die Schafe, Kälber und Kühe auf die Straße getrieben, man trug Truhen, Schaffelle und Bütten heraus. Ein junger Rappe, den man nie in die Herde ließ, weil er die Angewohnheit hatte, auszuschlagen und die anderen Pferde zu verletzen, lief ein um das andere Mal wiehernd und stampfend frei durchs Dorf, blieb plötzlich vor einem Wagen stehen und schlug mit den Hinterbeinen danach aus.

Jetzt wurden auf der anderen Seite die Kirchenglocken geläutet.

In der Nähe der brennenden Hütte war es heiß und so hell, daß man jedes Grashälmchen auf der Erde sehen konnte. Auf einer der Truhen, die sie noch hatten herausschleppen können, saß Semën, ein rothaariger Bauer mit großer Nase. Er trug ein Jackett und eine Schirmmütze, die er tief über den Kopf bis an die Ohren gezogen hatte; sein Weib lag bewußtlos neben ihm, mit dem Gesicht zur Erde, und stöhnte. Ein Greis von wohl achtzig Jahren, klein, mit einem langen Bart und wie ein Gnom anzuschauen – er war nicht von hier, hatte aber offenbar etwas mit dem Feuer zu tun –, ging mit einem weißen Bündel in den Händen und ohne Mütze umher; auf seiner Glatze spiegelte sich das Feuer. Der Dorfälteste, Antip Sedelnikov, schwarzhaarig und von bräunlicher Hautfarbe wie ein Zigeuner, kam mit einem Beil auf die Hütte zu und schlug die Fenster ein, eins nach dem anderen, keiner wußte, warum, dann begann er die Eingangsstufen zu zerhacken.

»Weiber, holt Wasser!« schrie er. »Holt die Spritze! Na, macht schon!«

Die Bauern, die noch vor kurzem in der Schenke gezecht hatten, trugen das Löschgerät herbei. Sie waren alle betrunken, stolperten und fielen hin; auf ihren Gesichtern lag ein hilfloser Ausdruck, und in ihren Augen standen Tränen.

»Mädchen, bringt Wasser!« schrie der Älteste wieder, er war ebenfalls betrunken. »Na los, macht schon.«

Die Frauen und die Mädchen rannten hinunter zur Quelle und schleppten die vollen Eimer und Kübel den Abhang hinauf; gossen das Wasser in die Löschpumpe und rannten wieder davon. Auch Olga und Marja, Saša und Motka schleppten Wasser. An der Pumpe arbeiteten Weiber und Jungen, das Wasser zischte, und der Älteste richtete den Schlauch bald auf die Tür, bald auf die Fenster; manchmal hielt er den Strahl mit dem Finger zurück, und dann zischte das Wasser noch stärker.

»So ist's recht, Antip!« erschollen lebhafte Stimmen. »Machst deine Sache gut!«

Und Antip drang bis zum Flur vor, ging mitten ins Feuer hinein und rief von dort:

»Weiterpumpen! Gebt euch Mühe, Rechtgläubige, und helft bei diesem Unglück!«

Die Männer standen in einem Haufen zusammengedrängt daneben, taten nichts und sahen ins Feuer. Keiner wußte, womit er beginnen sollte, keiner begriff, was zu tun war, und ringsherum standen die Getreide- und Heuschober, Scheunen und Haufen von trockenem Reisig. Da waren auch Kirjak und der alte Osip, sein Vater, beide angetrunken. Der Alte, als wolle er sich wegen seiner müßigen Haltung rechtfertigen, wandte sich der am Boden liegenden Frau des Semën zu.

»Was nützt das Klagen, Gevatterin. Die Hütte ist doch versichert, was grämst du dich!«

Semën erzählte nun, bald dem einen, bald dem anderen, wie der Brand entstanden war.

»Dieser Alte mit dem Bündelchen – er gehört zum Gesinde des Generals Žukov . . . als Koch diente er bei unserem General, Gott schenke ihm die ewige Seligkeit –, der kam am Abend. ›Laßt mich übernachten‹, sagte er ... Nun, wir haben ein Gläschen getrunken, wie das so üblich ist ... Die Frau holte den Samovar, der Alte sollte Tee haben, zum Unglück hat sie aber den Samovar im Flur aufgestellt, die Funken aus dem Rohr flogen bis ans Dach hinauf ins Stroh, und so ist es also passiert. Wir sind beinahe selber verbrannt. Und die Mütze vom Alten ist auch verbrannt, so ein Pech.«

Noch immer dröhnten die Schläge gegen das eiserne Läutebrett, und noch immer läuteten die Glocken in der Kirche auf der anderen Seite. Olga stand ganz außer Atem im hellen Feuerschein und schaute voll Entsetzen auf die roten Schafe, auf die rosa Tauben, die im Rauch hin und her flogen, dann rannte sie wieder nach Wasser den Abhang hinunter und hinauf. Sie hatte ein Gefühl, als ob sich diese Glockentöne und der Schall des Läutebretts wie scharfe Stacheln in ihre Seele bohrten; ihr schien, das Feuer würde nie aufhören und Saša sei verlorengegangen ... Und als die Decke der Hütte krachend einstürzte, verließen sie bei dem Gedanken, daß nun sicher das ganze Dorf abbrennen würde, die Kräfte; sie konnte kein Wasser mehr schleppen und setzte sich an den Abhang, die Eimer neben sich. Um sie herum saßen andere Weiber und wehklagten laut wie um einen Toten.

Doch jetzt kamen von dem Gutshof auf der anderen Seite zwei Fuhrwerke mit Knechten und Arbeitern angefahren, sie brachten Löschgeräte mit. Ein sehr junger Student in einem weißen offenen Drillichrock begleitete sie hoch zu Roß. Eine Leiter wurde an das brennende Gebälk gestellt, fünf Mann kletterten auf einmal hinauf, allen voran der Student, der ganz rot war und mit heiserer Stimme und in einem Ton kommandierte, als ob das Feuerlöschen für ihn eine gewohnte Sache wäre. Beilschläge dröhnten, die Balken der Hütte wurden auseinandergenommen; desgleichen der Stall, der geflochtene Zaun und der nächste Schober.

»Laßt nicht alles auseinanderbrechen!« ertönten einige strenge Stimmen aus der Menge. »Laßt es nicht zu!«

Kirjak ging mit entschlossenem Gesicht auf die Hütte zu, als wolle er die Ankömmlinge am Werk hindern, doch einer der Arbeiter drehte ihn einfach um und schlug ihn ins Genick. Man hörte Lachen, da schlug der Arbeiter noch einmal zu. Kirjak fiel hin und kroch auf allen vieren in die Menge zurück.

Von der anderen Seite kamen jetzt zwei hübsche junge Mädchen mit Hüten – offensichtlich die Schwestern des Studenten. Sie blieben in einiger Entfernung stehen und schauten auf das Feuer. Die auseinandergenommenen Balken brannten nicht mehr, aber sie rauchten noch stark; der Student, der den Schlauch hielt, richtete den Strahl bald auf diese Balken, bald auf die Männer, bald auf die wasserschleppenden Frauen.

»George!« riefen ihm die Mädchen vorwurfsvoll und ängstlich zu. »George!«

Der Brand war gelöscht. Erst als alle auseinandergingen, merkten sie, daß es schon Morgen war, daß alle bleich aussahen mit einem leichten Ton ins Bräunliche – in den frühen Morgenstunden, wenn die letzten Sterne am Himmel verblassen, scheinen die Gesichter immer diese eigentümliche Färbung anzunehmen. Beim Auseinandergehen lachten die Bauern und machten sich über den Koch des Generals Žukov und seine verbrannte Mütze lustig; sie betrachteten den Brand jetzt schon als einen Mordsspaß und schienen beinahe traurig zu sein, daß das Feuer so schnell gelöscht worden war.

»Sie haben sehr gut gelöscht, junger Herr«, sagte Olga zu dem Studenten. »Sie müßten zu uns nach Moskau kommen, dort ist wahrscheinlich jeden Tag ein Feuer.«

»Sind Sie denn aus Moskau?« fragte die eine der jungen Damen.

»Ja. Mein Mann diente im ›Slavischen Bazar‹. Und das

ist meine Tochter«, sie zeigte auf Saša, die sich frierend an sie schmiegte. »Sie ist auch Moskauerin.«

Die beiden Fräulein sagten etwas auf französisch zu dem Studenten, und dieser gab Saša ein Zwanzigkopekenstück. Der alte Osip sah es, und in seinem Gesicht leuchtete es hoffnungsvoll auf.

»Gott sei gedankt, Euer Hochwohlgeboren, daß wir keinen Wind hatten«, wandte er sich an den Studenten, »sonst wäre in einer Stunde das ganze Dorf abgebrannt. Euer Hochwohlgeboren, liebe Herrschaften«, fügte er in leicht gedämpftem Ton verlegen hinzu, »der Morgen ist kalt, man müßte sich etwas durchwärmen ... wenn Euer Gnaden mir für ein halbes Fläschchen ...«

Sie gaben ihm nichts, und er trollte sich hüstelnd nach Hause. Olga stand danach noch am Rande des Abhangs und sah zu, wie die beiden Wagen durchs Wasser ans andere Ufer fuhren, wie die Herrschaften über die Wiese gingen; dort wurden sie von einer Equipage erwartet. Als sie dann in die Hütte kam, erzählte sie ihrem Mann begeistert:

»Wie gut sie sind! Und so schön! Und die Fräulein – die reinen Engel!«

»Platzen sollen sie!« sagte die schläfrige Fëkla gehässig.

VI

Marja fühlte sich unglücklich und sagte, sie würde lieber sterben; Fëkla dagegen fand dieses Leben ganz nach ihrem Geschmack, sowohl die Armut wie die Unsauberkeit und das unaufhörliche Gezänk. Sie aß wahllos alles, was man ihr gab, sie schlief, ganz gleich, wo und wie; das Spülwasser goß sie unmittelbar vor der Haustür aus und ging dann noch mit bloßen Füßen durch die Pfütze. Sie haßte Olga und Nikolaj gleich vom ersten Tag an, nur weil sie an dieser Art zu leben keinen Gefallen fanden.

»Wir werden ja sehen, wie euch das Essen hier schmeckt, euch feinen Moskauern!« sagte sie schadenfroh. »Wir werden ja sehen!«

Eines Morgens – es war schon Anfang September – trug Fëkla von unten zwei Eimer Wasser herauf. Sie war ganz rosig von der Kälte und sah schön und gesund aus. Marja und Olga saßen am Tisch und tranken Tee.

»Tee und Zucker!« sagte Fëkla spöttisch. »Was für Herrschaften!« fügte sie, die Eimer niedersetzend, hinzu. »Habt so eine neue Mode eingeführt. Jeden Tag Tee trinken! Seht nur zu, daß ihr nicht platzt von eurem Tee!« Und mit einem haßerfüllten Blick auf Olga fuhr sie fort: »Hast dir in Moskau einen schönen Bauch angemästet! Du Dickwanst!«

Sie holte mit der Tragstange aus und schlug Olga damit so auf die Schulter, daß beide Schwägerinnen die Hände zusammenschlugen und ausriefen:

»Bei allen Heiligen!«

Dann ging Fëkla zum Wäschewaschen an den Fluß, und sie schimpfte auf dem Weg dorthin so laut, daß man es in der Hütte hören konnte.

Der Tag verging. Es kam der lange Herbstabend. In der Stube saßen alle beisammen und haspelten Seide, nur Fëkla nicht; sie war auf die andere Uferseite gegangen. Man holte sich die Arbeit von der nächstgelegenen Fabrik, und die ganze Familie verdiente sich mit dem Haspeln etwa zwanzig Kopeken in der Woche; das war nicht viel.

»Unter der Herrschaft war es doch besser«, sagte der Alte, während er die Seide haspelte. »Da haben wir gearbeitet, gegessen und geschlafen, alles schön der Reihe nach. Mittags gab es Kohlsuppe und Grütze, abends bekamst du auch Kohlsuppe und Grütze. Gurken und Weißkohl waren genug da: Iß, wann du willst, iß, solange du Lust hast. Es war alles viel strenger, und jeder wußte, was sich gehört.«

In der Stube brannte nur eine kleine blakende Lampe, die ein trübes Licht verbreitete. Wenn jemand die Lampe verdeckte, fiel ein großer Schatten auf das Fenster, und man konnte den hellen Mond sehen. Der alte Osip erzählte gemächlich, wie es früher, zur Zeit der Leibeigenschaft, in dieser Gegend, wo man jetzt so langweilig und armselig lebte, zugegangen war. Es gab große Hetzjagden, manchmal jagte man mit Windhunden oder mit Pskovern; bei den Treibjagden bekamen die Bauern viel Schnaps, und nach Moskau fuhren ganze Wagenzüge mit Geflügel für die jungen Herrschaften. Die Bösen wurden mit Ruten gestraft oder auf das Tversche Stammgut verschickt, die Guten belohnt. Auch die Babka erzählte so manches. Sie erinnerte sich an alles. Sie erzählte von ihrer Herrin, einer guten und frommen Frau, deren Mann ein Trinker und Wüstling gewesen war und deren Töchter sich alle Gott weiß wie verheiratet hatten: Die eine hatte einen Trinker geheiratet, die andere einen Kleinbürger, die dritte war heimlich entführt worden (Babka selber, die damals ein junges Mädchen war, hatte bei der Entführung mitgeholfen), und alle drei waren bald vor Kummer gestorben, ebenso wie ihre Mutter. Bei der Erinnerung daran vergoß die Alte sogar ein paar Tränchen.

Plötzlich klopfte jemand an die Tür, und alle fuhren zusammen.

»Onkel Osip, laß mich bei dir übernachten!«

In die Stube trat ein kleiner glatzköpfiger Alter, der Koch des Generals Žukov, dessen Mütze verbrannt war. Er setzte sich, hörte zu und begann ebenfalls Erinnerungen auszukramen und allerhand Geschichten zu erzählen. Nikolaj, der auf dem Ofen saß und die Beine herunterbaumeln ließ, hörte zu und fragte nur immer nach den Gerichten, die für die Herrschaft gekocht wurden. Es wurde von Klopsen, Kotelетts, von verschiedenen Suppen und Soßen gesprochen, und der Koch, der sich ebenfalls gut an alles erinnerte, nannte Gerichte, die man heute gar nicht mehr kannte; da war zum Beispiel eins, das wurde aus Ochsenaugen zubereitet und hieß ›Früh aufgewacht‹.

»Hat man damals auch ›Côtelettes Maréchal‹ gemacht?« fragte Nikolaj.

»Nein.«

Nikolaj schüttelte vorwurfsvoll den Kopf und sagte:

»Ach, ihr jämmerlichen Köche.«

Die Mädchen saßen und lagen auf dem Ofen, sie schauten mit wachen Augen hinunter, und es schienen ihrer viele, viele zu sein – wie Engel in den Wolken. Die Erzählungen gefielen ihnen; sie seufzten, erschauerten und erbleichten abwechselnd, bald vor Begeisterung, bald vor Angst, und der Babka, die am interessantesten erzählte, hörten sie mit angehaltenem Atem zu und wagten sich nicht zu rühren.

Dann legten sich alle schweigend zum Schlafen nieder; die Alten, beunruhigt und erregt von den Erzählungen, dachten daran, wie schön die Jugend gewesen war. Wie sie auch gewesen sein mochte, in der Erinnerung blieb nur das Lebendige, Frohe und Rührende haften, und wie schrecklich kalt war der Tod, der immer näher rückte – lieber gar nicht daran denken! Das Lämpchen verlosch. Das Halbdunkel und die beiden hell vom Mondlicht beschienenen kleinen Fenster, die Stille und das Knarren der Wiege, all das erinnerte nur daran, daß das Leben nun vorbei war, daß man es nicht mehr zurückholen konnte ... Man schlummert ein, hat alles vergessen, und plötzlich berührt jemand die Schulter, ein Hauch trifft die Wange – und der Schlaf ist weg, die Glieder sind taub, wieder kommen die Gedanken an den Tod; man dreht sich auf die andere Seite, da hat man den Tod schon vergessen, statt dessen hat man den Kopf voll von all den widerwärtigen, langweiligen ewigen Sorgen und Nöten: ob wohl das Viehfutter reicht; das Mehl ist teurer geworden, und nach einer Weile denkt man wieder daran, daß das Leben vorüber ist, unwiederbringlich ...

»O mein Gott!« seufzte der Koch.

Jemand klopfte ganz leise ans Fenster. Wahrscheinlich war Fëkla zurückgekehrt. Olga stand gähnend auf und schloß, ein Gebet murmelnd, die Tür auf, dann schob sie im Flur den Riegel zurück. Doch niemand trat ein, von draußen wehte es kalt herein, und das Mondlicht erleuchtete den ganzen Flur. Durch die offene Tür konnte man die stille, verödete Straße sehen und den Mond, der am Himmel seine Bahn zog.

»Wer ist da?« rief Olga.

»Ich«, kam die Antwort. »Ich bin's.«

Neben der Tür, an die Hauswand geschmiegt, stand Fëkla, vollkommen nackt. Sie zitterte vor Kälte, ihre Zähne schlugen aufeinander, und im hellen Licht des Mondes erschien sie bleich, schön und fremdartig. Die Schatten und der Schein des Mondes auf ihrer Haut hoben sich scharf ab, und besonders deutlich traten ihre dunklen Brauen und die jungen festen Brüste hervor.

»Die Schelme auf der anderen Seite haben mich ausgezogen und so laufen lassen, wie die Mutter mich geboren hat ...«, sagte sie. »Ohne Kleider bin ich nach Hause gegangen. Bring mir was zum Anziehen.«

»Geh doch lieber ins Haus!« sagte Olga leise, die ebenfalls zu frösteln anfing.

»Daß mich nur die Alten nicht sehen.«

Und richtig, die Babka war schon unruhig geworden und brummte, der Alte fragte:

»Wer ist dort?«

Olga brachte ihr eigenes Hemd und ihren Rock und half Fëkla beim Anziehen, dann gingen beide, bemüht, die Türen leise zu schließen, in die Stube.

»Bist du's, du Nachtschwärmerin?« brummte die Großmutter zornig, sie wußte gleich, wer das war. »Dich sticht der Hafer! Daß dich der ... wann wird es endlich mal um dich geschehen sein!«

»Macht nichts, macht nichts«, flüsterte Olga und deckte Fëkla zu, »macht nichts, mein Liebchen.«

Wieder wurde es still in der Hütte. Die Bewohner schliefen nie gut, jeder einzelne wurde durch irgend etwas, was er nicht loswerden konnte, am Schlafen gehindert: den Alten störte der hartnäckige Schmerz im Rücken, die Babka sorgte und erboste sich unablässig, Marja fürchtete sich, und die Kinder wurden von Krätze und Hunger geplagt. Auch jetzt schliefen sie alle unruhig, wälzten sich von einer Seite auf die andere, redeten ungereimtes Zeug, standen auf, um zu trinken.

Fëkla fing plötzlich an, mit grober Stimme laut zu heulen, hielt jedoch sofort an sich und schluchzte nur von Zeit zu Zeit, immer leiser und gedämpfter, bis sie ganz still wurde. Hin und wieder konnte man von der anderen Seite eine Uhr schlagen hören, doch sie schlug so merkwürdig, erst fünf, dann drei.

»O mein Gott!« seufzte der Koch.

Die Fenster waren schon hell, aber es war nicht zu erkennen, ob vom Mondschein oder vom Morgenlicht. Marja erhob sich und ging hinaus. Man konnte hören, wie sie draußen auf dem Hof die Kuh melkte und ihr zurief:

»Steeeh doch!«

Nun ging auch Babka hinaus. In der Hütte war es noch dunkel, aber die einzelnen Gegenstände konnte man schon unterscheiden.

Nikolaj, der die ganze Nacht nicht geschlafen hatte, stieg vom Ofen. Er holte aus der kleinen grünen Truhe seinen Frack, zog ihn an und fuhr, zum Fenster gehend, glättend über die Ärmel, dann faßte er nach den Frackschößen – und lächelte. Vorsichtig zog er den Frack wieder aus, legte ihn zurück in die Truhe und legte sich wieder hin.

Marja kehrte zurück und heizte den Ofen. Sie schien erst jetzt im Gehen wach zu werden. Wahrscheinlich hatte sie etwas geträumt, oder die gestrigen Erzählungen kamen ihr in den Sinn, denn sie reckte sich wohlig vor dem Ofen und sagte:

»Nein, die Freiheit ist doch besser!«

Der ›Herr‹ war eingetroffen – so nannte man im Dorf den Bezirksvorsteher der Landpolizei. Schon seit einer Woche wußte man, wann und warum er kommen würde. Das Dorf Žukovo bestand nur aus vierzig Höfen, doch es hatten sich über zweitausend Rubel Steuerrückstände angesammelt.

Der Bezirksvorsteher stieg in der Schenke ab, trank dort zwei Gläser Tee und begab sich dann zu Fuß zum Haus des Dorfältesten. Vor dem Haus erwartete ihn schon ein Haufen Bauern, die mit ihren Abgaben im Rückstand waren. Der Älteste, Antip Sedelnikov, wirkte trotz seiner Jugend – er war erst wenig über dreißig Jahre alt – sehr streng und hielt es immer mit der Obrigkeit, obgleich er selber arm und ein lässiger Steuerzahler war. Offensichtlich machte es ihm Spaß, Dorfältester zu sein, das Gefühl seiner Macht befriedigte ihn, aber er verstand es nicht, diese Macht anders als durch Strenge zum Ausdruck zu bringen. In der Gemeindeversammlung war er gefürchtet, aber man gehorchte ihm; manchmal, wenn er auf der Straße oder vor dem Wirtshaus einen Betrunkenen erwischte, band er ihm die Hände auf dem Rücken zusammen und setzte ihn in die Arrestkammer. Einmal hatte er sogar Babka für einen ganzen Tag in die Zelle gesperrt; sie war in Vertretung ihres Mannes zur Gemeindeversammlung gekommen und hatte dort schrecklich geschimpft. Er hatte niemals in der Stadt gelebt und las auch keine Bücher, hatte aber irgendwo verschiedene gescheite Redensarten aufgeschnappt und liebte es, sie im Gespräch anzuwenden. Das brachte ihm die Hochachtung der Bauern ein, obwohl sie ihn nicht immer verstanden.

Als Osip mit seinem Steuerbuch eintrat, saß der Bezirksvorsteher, ein hagerer alter Mann mit einem langen grauen Backenbart, in einer leichten grauen Uniformjacke am Tisch und schrieb. In der Hütte war es sauber, die Wände waren mit bunten, aus Zeitschriften ausgeschnittenen Bildern beklebt; an der sichtbarsten Stelle, dicht neben den Heiligenbildern, hing ein Porträt des Battenbergers, des Fürsten von Bulgarien. Neben dem Tisch stand mit gekreuzten Armen Antip Sedelnikov.

»Er hat hundertneunzehn Rubel zu zahlen, Euer Hochwohlgeboren«, sagte er, als die Reihe an Osip kam. »Vor Ostern hat er einen Rubel bezahlt und seitdem nicht eine Kopeke.«

Der Bezirksvorsteher hob die Augen und fragte:

»Warum denn nicht, mein Lieber?«

»Seid barmherzig, Euer Hochwohlgeboren«, begann Osip aufgeregt, »mit Verlaub zu sagen, im Sommer sagte der Herr von Ljutoreck zu mir: ›Osip‹, sagt er, ›verkauf mir dein Heu ... Verkauf es‹, sagt er. Nun, warum nicht? Ich konnte wohl hundert Pud verkaufen, die Weiber haben es am Hohlweg gemäht ... Also, wir wurden einig ... Alles war gut, wie du willst ...«

Er beklagte sich über den Dorfältesten, wobei er sich ständig nach den anderen Bauern umsah, als wolle er sie als Zeugen anrufen; er war ganz rot geworden im Gesicht und schwitzte, die Augen blickten stechend und böse.

»Ich verstehe nicht, warum du mir das alles erzählst«, sagte der Bezirksvorsteher. »Ich frage dich ... dich frage ich, warum du den Rückstand nicht bezahlst? Ihr zahlt alle nicht, soll ich für euch die Verantwortung tragen?«

»Ich kann nicht!«

»Das hat alles nichts zu bedeuten, Euer Hochwohlgeboren«, sagte der Dorfälteste. »Es ist wahr, die Čikildeevs gehören nicht zur vermögenden Klasse, doch geruhen Sie die anderen zu fragen: der Grund ist nur der Schnaps, und frech sind sie auch noch. Vollkommen ohne Verstand.«

Der Beamte schrieb etwas auf und sagte zu Osip in ruhigem, gleichgültigem Ton, als ob er um ein Glas Wasser bäte:

»Mach, daß du rauskommst.«

Bald fuhr er wieder ab, und als er sich in seinen ärmlichen

Reisewagen setzte und hustete, konnte man schon an der Haltung seines langen, mageren Rücken sehen, daß er weder an Osip noch an den Ältesten noch an die Žukover Rückstände dachte, sondern nur mit seinen eigenen Angelegenheiten beschäftigt war. Er mochte noch keine Verst vom Dorf entfernt sein, da trug Antip Sedelnikov auch schon den Samovar aus der Čikildeevschen Hütte. Hinter ihm her ging Babka und kreischte aus vollem Halse:

»Ich geb ihn nicht her! Du sollst ihn nicht haben, du Schuft!«

Er ging sehr schnell und machte lange Schritte, sie aber rannte ihm nach, gebeugt und atemlos, wutentbrannt, nahe daran, hinzufallen; das Kopftuch war ihr auf die Schultern gerutscht, die grünlichgrauen Haare flatterten im Wind. Plötzlich blieb sie stehen, schlug sich wie eine richtige Rebellin mit den Fäusten gegen die Brust und schrie noch lauter, mit weinerlich singender Stimme:

»Rechtgläubige, die ihr auf Gott vertraut! Ihr Lieben, man tut uns Unrecht! Man bedrückt uns! Oh, oh, nehmt uns in Schutz, ihr Guten!«

»Babka, Babka«, sagte der Dorfälteste streng. »Komm zur Vernunft!«

Ohne den Samovar sah es in der Čikildeevschen Hütte traurig aus. Der Verlust hatte etwas Erniedrigendes, Beleidigendes für die Familie; es war, als hätte man dem Haus die Ehre genommen. Es wäre ihnen allen lieber gewesen, wenn der Dorfälteste den Tisch, die Bänke und das Geschirr weggetragen hätte: der Raum wäre ihnen nicht so leer erschienen. Babka schrie, Marja weinte, und die Mädchen weinten bei ihrem Anblick auch. Der Alte, der sich schuldig fühlte, saß niedergeschlagen in der Ecke und schwieg. Auch Nikolaj schwieg. Babka, die ihn liebte und sonst immer bedauerte, vergaß ihr Mitleid und stürzte sich plötzlich mit Schelten und Vorwürfen auf ihn; mit ihren Fäusten fuchtelte sie dicht vor seinem Gesicht herum. Sie schrie, er sei an allem schuld; warum hatte er so wenig Geld geschickt; in seinen Briefen hatte er sich doch immer gerühmt, daß er im ›Slavischen Bazar‹ fünfzig Rubel im Monat verdiente? Wozu war er hierhergekommen, noch dazu mit seiner Familie? Woher sollten sie das Geld für die Beerdigung nehmen, wenn er gestorben war …? Und es war ein Jammer, die Gesichter von Nikolaj, Olga und Saša zu sehen.

Der Alte räusperte sich, nahm die Mütze und ging zum Dorfältesten. Es war schon dunkel. Antip Sedelnikov lötete irgend etwas vor seinem Ofen und blies dabei die Backen auf. Die Stube war voller Qualm. Seine Kinder, magere, ungewaschene Geschöpfe, genau wie die von Čikildeevs, spielten auf dem Fußboden; seine Frau, eine häßliche, sommersprossige Person mit einem großen Bauch, haspelte Seide. Es war eine unglückliche, eine armselige Familie, nur Antip sah ansehnlich und stattlich aus. Auf der Bank standen in einer Reihe fünf Samovare. Der Alte bekreuzigte sich vor dem Battenberger und sagte:

»Antip, sei barmherzig und gib uns den Samovar zurück! Um Christi willen!«

»Bring drei Rubel, dann kriegst du ihn.«

»Ich hab nichts!«

Antip blies die Backen auf, das Feuer bullerte und zischte und spiegelte sich in den Samovaren wieder. Osip zerdrückte die Mütze in den Händen und sagte nach einer Weile:

»Gib ihn zurück!«

Der Dorfälteste mit seiner bräunlichen Gesichtsfarbe sah jetzt ganz schwarz aus und glich einem Hexenmeister; er drehte sich um und sagte streng und rauh:

»Das hängt vom Landamtmann ab. Auf der Administrationssitzung am Sechsundzwanzigsten kannst du den Grund deiner Unzufriedenheit mündlich oder schriftlich vorbringen.«

Osip hatte nichts verstanden, war jedoch zufrieden und ging nach Hause.

Nach zehn Tagen etwa war der Bezirksvorsteher wieder

im Dorf, blieb wohl eine Stunde und fuhr weg. Es war kalt und windig; der Fluß war längst zugefroren, aber es war noch immer kein Schnee gefallen. Die Menschen quälten sich auf den schlechten Wegen. An einem Sonntag, in der Dämmerung, kamen die Nachbarn zu Osip, um ein wenig zu schwatzen. Man saß im Dunkeln, denn es war Sünde zu arbeiten, darum wurde kein Licht angezündet. Es gab einige Neuigkeiten, ziemlich unangenehme. So hatte man in zwei, drei Hütten für die Steuerrückstände die Hühner beschlagnahmt und in die Gemeindeverwaltung gebracht, wo sie verreckten, weil niemand sie fütterte; auch Schafe hatte man beschlagnahmt, sie mit zusammengebundenen Beinen abtransportiert und in jedem Dorf wieder auf neue Wagen geladen, dabei war auch eins krepiert. Und jetzt unterhielt man sich über die Frage: Wer ist schuld?

»Das Zemstvo!« sagte Osip. »Wer denn sonst!«

»Natürlich, das Zemstvo.«

Dem Zemstvo gab man an allem schuld: an den Steuerrückständen, an den Unterdrückungen, an den Mißernten, obgleich niemand wußte, was man unter Zemstvo zu verstehen hatte. Das war so Brauch, seit die reichen Bauern, die eigene Fabriken, Läden und Gasthöfe besaßen, sich als Abgeordnete in das Zemstvo wählen ließen und dann unzufrieden in ihren Fabriken und Kneipen auf die Verwaltung schimpften.

Es wurde auch davon gesprochen, daß Gott keinen Schnee schickte: Holz mußte gefahren werden, aber auf den gefrorenen, unebenen Wegen konnte man weder fahren noch gehen. Früher, vor fünfzehn oder zwanzig Jahren, waren die Gespräche in Žukovo interessanter gewesen. Da sah jeder Greis aus, als bewahre er ein Geheimnis, als wisse und erwarte er etwas, damals sprach man von einem Schreiben mit einem goldenen Siegel, von der Bodenaufteilung, von neuem Land, von Schätzen, und es gab geheimnisvolle Andeutungen; jetzt hatten die Einwohner von Žukovo keine Geheimnisse mehr; ihr ganzes Leben lag offen auf der Hand, einer wußte alles vom anderen, und sie konnten nur noch von der Not und vom Viehfutter reden und davon, daß kein Schnee fiel.

Eine Weile schwiegen sie. Dann fingen sie wieder von den Hühnern und Schafen an und davon, wer an allem schuld sei.

»Das Zemstvo!« sagte Osip niedergeschlagen. »Wer denn sonst!«

VIII

Die Kirche, zu der die Žukover gehörten, befand sich etwa sechs Verst entfernt in dem Dorf Kosogorov; man ging aber nur notgedrungen hin, zur Taufe, zur Trauung oder zum Begräbnis; zum Beten ging man in die Kirche am anderen Ufer. An Feiertagen, wenn das Wetter schön war, putzten sich die Mädchen und gingen in Gruppen zum Hochamt. Und es war ein lustiges Bild, wenn sie in ihren roten, gelben und grünen Kleidern über die Wiese gingen; bei schlechtem Wetter jedoch saßen alle zu Hause. Zur Beichte und zum Abendmahl ging man in die Gemeindekirche. Von denen, die während der großen Fasten vor Ostern nicht zur Beichte gekommen waren, verlangte der Priester, wenn er am Osterfest mit dem Kreuz durch die Hütten ging, fünfzehn Kopeken.

Der alte Osip glaubte nicht an Gott, er dachte fast nie an ihn; er ließ das Übersinnliche wohl gelten, meinte aber, das ginge nur die Weiber an, und wenn in seiner Gegenwart von Religion und von Wundern gesprochen wurde und wenn er irgend etwas gefragt wurde, kratzte er sich den Kopf und sagte widerwillig:

»Wer soll das wissen!«

Babka glaubte, aber ganz verschwommen; in ihrem Gedächtnis ging alles durcheinander; kaum hatte sie angefangen, an Sünde, Tod und Rettung der Seele zu denken, da drängten sich die täglichen Sorgen und Nöte dazwischen und lenkten ihre Gedanken ab, so daß sie sofort vergaß, woran sie gedacht hatte. Sie hatte alle Gebete vergessen, und abends vor dem Schlafengehen stand sie vor den Ikonen und flüsterte:

»Muttergottes von Kazan, Muttergottes von Smolensk, Muttergottes mit den drei Händen . . .«

Marja und Fëkla bekreuzigten sich, gingen jedes Jahr zur Beichte und zum Abendmahl, begriffen aber gar nichts. Sie lehrten die Kinder nicht beten, erzählten ihnen nicht von Gott und prägten ihnen keinerlei gute Lehren ein, sie verboten ihnen nur, in der Fastenzeit Fleisch und andere unerlaubte Speisen zu essen. In den übrigen Familien war es nicht anders: wenige nur waren wirklich gläubig, wenige begriffen etwas vom Glauben. Gleichzeitig liebten sie aber alle die Heilige Schrift, liebten sie zärtlich, ehrfürchtig, allein sie hatten keine Bücher, niemand konnte sie lesen oder ihnen erklären, und dafür, daß Olga ihnen manchmal aus dem Evangelium vorlas, behandelte man sie mit besonderer Achtung und sagte Sie zu ihr und Saša.

Olga ging häufig in die benachbarten Dörfer zu Gottesdiensten und Kirchenfesten, auch in die Kreisstadt, wo sich zwei Klöster und siebenundzwanzig Kirchen befanden. Sie war dann abgelenkt und vergaß während ihrer Wallfahrten völlig, daß sie eine Familie hatte; wenn sie aber zurückkam, machte sie die freudige Entdeckung, daß sie einen Mann und eine Tochter besaß, und dann sagte sie strahlend und lächelnd:

»Gott ist gnädig!«

All das, was im Dorf vorging, erschien ihr widerwärtig und quälte sie. Am Eliastag betrank man sich, zu Mariä Himmelfahrt betrank man sich, und am Fest der Kreuzerhöhung betrank man sich auch. An Mariä Schutz und Fürbitte feierten die Žukover ihr Kirchenfest, und die Bauern tranken bei dieser Gelegenheit drei Tage lang; sie vertranken fünfzig Rubel Gemeindegelder und sammelten dann noch auf allen Höfen Geld für weiteren Schnaps. Die Čikildeevs hatten am ersten Tag einen Hammel geschlachtet; sie aßen morgens, mittags und abends davon, sie aßen viel, und dann standen die Kinder noch in der Nacht auf, um davon zu essen. Kirjak war alle drei Tage sinnlos betrunken, er hatte alles versoffen, sogar die Mütze und die Stiefel; Marja prügelte er so sehr, daß man sie mit kaltem Wasser wieder zu sich bringen mußte. Und nachher schämten sich alle und konnten einander nicht in die Augen sehen.

Übrigens fand in Žukovo, dem Lakaiendorf, einmal eine richtige religiöse Feier statt. Das war im August, als man durch den ganzen Kreis, von Dorf zu Dorf, ein wundertätiges Muttergottesbild trug. An dem Tag, an dem die Ikone in Žukovo erwartet wurde, war es trübe und windstill. Die jungen Mädchen gingen der Ikone schon am frühen Morgen in ihren leuchtend bunten Festtagskleidern entgegen und brachten sie gegen Abend in feierlicher Prozession mit Gesang ins Dorf, während auf der anderen Seite alle Kirchenglocken läuteten. Eine ungeheure Menschenmenge aus dem eigenen und aus fremden Dörfern staute sich auf der Straße; es war entsetzlich staubig, und es gab viel Lärm und ein fürchterliches Gedränge ... Der alte Osip, Babka und Kirjak, alle streckten die Hände nach der Ikone aus, schauten sie begierig an und riefen weinend:

»Fürsprecherin, Mütterchen! Fürsprecherin!«

Es war, als hätten plötzlich alle begriffen, daß zwischen Himmel und Erde kein leerer Raum war, daß die Reichen und Mächtigen doch nicht alles an sich gerissen hatten, daß es noch einen Schutz gab vor Kränkung und vor Sklaverei, vor unerträglich schwerer Not, vor dem schrecklichen Schnaps.

»Fürsprecherin, Mütterchen!« schluchzte Marja. »Mütterchen!«

Als der Gottesdienst vorüber war, trug man das Muttergottesbild fort, und alles war wie vorher; wie sonst erschollen aus der Kneipe grobe, trunkene Stimmen.

Den Tod fürchteten nur die reichen Bauern; je reicher sie

wurden, desto weniger glaubten sie an Gott und an die Rettung ihrer Seele. Nur aus Angst zündeten sie Kerzen an, wenn das Ende des irdischen Daseins herannahte, und ließen für alle Fälle Gottesdienste abhalten. Die ärmeren Bauern hatten keine Angst vor dem Tod. Dem alten Osip und der Babka sagte man ins Gesicht, sie hätten lange genug gelebt, es sei Zeit zum Sterben; sie fanden nichts dabei. Man scheute sich nicht, Fëkla in Nikolajs Gegenwart zu erklären, daß, wenn Nikolaj erst tot sei, ihr Mann Denis aus dem Militärdienst entlassen würde. Und für Marja hatte der Tod ebenfalls nichts Schreckliches, sie war sogar traurig, daß er so lange nicht kam, und freute sich, wenn ihre Kinder starben.

Den Tod fürchteten sie nicht, aber jede Krankheit flößte ihnen eine übertriebene Angst ein. Es genügte eine Kleinigkeit – ein verdorbener Magen, ein leichtes Frösteln –, und die Babka legte sich auf den Ofen, packte sich in Decken ein und begann unaufhörlich und laut zu stöhnen: »Ich steeerbe!« Ihr Mann holte dann eiligst den Priester, und sie erhielt das Abendmahl und die Letzte Ölung. Es wurde häufig von Erkältung, von Würmern und von Geschwülsten gesprochen, die im Bauch herumwanderten und dann aufs Herz drückten. Am meisten fürchtete man Erkältungen, darum zog man sich sogar im Sommer warm an und saß auf dem Ofen. Babka ließ sich gern kurieren; sie fuhr oft in ein Krankenhaus, wo sie erzählte, sie sei achtundfünfzig und nicht siebzig Jahre alt; sie nahm an, daß der Arzt, wenn er ihr richtiges Alter erfuhr, sie gar nicht erst behandeln, sondern gleich wieder fortschicken und sagen würde, für sie sei es Zeit zum Sterben, sie brauche nicht mehr behandelt zu werden. Sie machte sich gewöhnlich frühmorgens auf den Weg zum Krankenhaus und nahm zwei oder drei der Mädchen mit; abends kehrte sie zurück, hungrig und böse – aber mit Arznei für sich und Salben für die Mädchen. Einmal nahm sie Nikolaj mit, der danach vierzehn Tage lang Tropfen einnahm und erklärte, es ginge ihm besser.

Die Großmutter kannte alle Ärzte, die Heilgehilfen und Kurpfuscher im Umkreis von dreißig Verst, doch mit keinem war sie zufrieden. Als der Priester am Fest Mariä Schutz und Fürbitte mit dem Kreuz segnend durch alle Häuser gegangen war, hatte ihr der Kirchendiener erzählt, daß in der Stadt neben dem Gefängnis ein alter ehemaliger Militärfeldscher wohne, und ihr geraten, sich an ihn zu wenden, da er sehr tüchtig sei. Sie folgte dem Rat. Gleich nach dem ersten Schneefall fuhr sie in die Stadt und brachte den alten Mann mit, einen getauften Fremden. Sein ganzes Gesicht war blau geädert, er hatte einen langen Bart und trug einen langschößigen Rock. Zu der Zeit arbeiteten in der Hütte mehrere Tagelöhner: Ein alter Schneider mit einer fürchterlichen Brille auf der Nase war dabei, aus alten Lumpen eine Weste anzufertigen, und zwei junge Burschen walkten Filzstiefel aus Wolle. Kirjak, der wegen Trunksucht entlassen worden war und nun zu Hause lebte, saß neben dem Schneider und besserte ein Kumt aus. In der Stube war es dumpf und eng, es stank, daß einem übel werden konnte. Der Fremde untersuchte Nikolaj und sagte, man müsse ihm Schröpfköpfe setzen.

Während er sie setzte, standen der Schneider, Kirjak und die Mädchen um ihn herum und schauten zu; sie glaubten zu sehen, wie die Krankheit von Nikolaj wich. Und Nikolaj sah auch zu, wie die Schröpfköpfe auf seiner Brust sich allmählich mit dunkelrotem Blut vollsaugten, er fühlte tatsächlich, daß irgend etwas aus seinem Körper entwich, und lächelte zufrieden.

»Das tut gut«, sagte der Schneider. »Gott gebe, daß es ihm hilft.«

Der fremde Feldscher setzte zwölf Schröpfköpfe an und dann noch einmal zwölf, trank Tee und fuhr wieder weg. Nikolaj begann zu zittern; sein Gesicht fiel ein und wurde – wie die Weiber sich ausdrückten – klein wie eine Faust, die Hände wurden blau. Er wickelte sich fester in die Decke, man legte noch einen Schafpelz darüber, aber ihn fror immer mehr. Gegen Abend wurde er schwermütig, verlangte, man solle ihn auf den Fußboden legen, und bat den Schneider, nicht zu rauchen. Dann wurde er ganz still unter seinem Schafpelz, und gegen Morgen starb er.

IX

Oh, was war das für ein langer und harter Winter!

Das Getreide reichte nur bis zur Weihnachtszeit, und man mußte Mehl kaufen. Kirjak, der jetzt zu Hause lebte, tobte jeden Abend zum Entsetzen der ganzen Familie, und jeden Morgen quälten ihn Kopfschmerzen und die Scham, so daß man ihn nicht ohne Mitleid ansehen konnte. Im Stall brüllte die Kuh Tag und Nacht vor Hunger; die Klagen des armen Tieres zerrissen Babka und Marja das Herz. Der grimmige Frost wollte nicht aufhören, tiefer Schnee war gefallen, und der Winter zog sich in die Länge, zu Mariä Verkündigung gab es noch einen richtigen winterlichen Schneesturm, und zu Ostern schneite es.

Doch wie dem auch sei, schließlich hatte auch dieser Winter ein Ende. Anfang April gab es zwar schon warme Tage, aber noch immer Nachtfröste, der Winter wollte nicht weichen. Endlich trug ein warmer Tag den Sieg davon: Die Bäche begannen zu fließen, die Vögel zu singen. Die Wiese und die Sträucher am Fluß waren überschwemmt, und zwischen Žukovo und dem anderen Ufer breitete sich ein riesiger See aus, von dem hier und da Schwärme wilder Enten aufflogen. Die Sonnenuntergänge im Frühling mit ihren üppigen Wolken und prächtigen Farben brachten jeden Abend neue unwahrscheinliche Beleuchtungen – solche, die einem unglaubhaft erschienen, wenn man sie auf Bildern gemalt sah.

Kraniche flogen mit schnellem Flügelschlag vorbei und schrien so sehnsuchtsvoll, als wollten sie die Menschen auffordern, ihnen zu folgen. Olga stand oben am Abhang und schaute lange auf das Hochwasser, in die Sonne und auf die helle, wie verjüngte Kirche; die Tränen liefen ihr über die Wangen, und der leidenschaftliche Wunsch fortzugehen, wohin es auch sei, bis ans Ende der Welt, benahm ihr fast den Atem. Es war bereits beschlossen, daß sie wieder nach Moskau ging, als Stubenmädchen, und Kirjak sollte mitgehen und sich eine Stelle als Hausknecht oder sonst was suchen. Ach, wäre es nur endlich soweit!

Als die Wege trocken waren und es wärmer wurde, machten sie sich auf den Weg. Olga und Saša, beide in geflochtenen Bastschuhen und mit Quersäcken auf dem Rücken, gingen noch vor Morgengrauen aus dem Haus; Marja gab ihnen das Geleit. Kirjak blieb noch eine Woche daheim, weil er sich nicht wohl fühlte. Zum letztenmal betete Olga, zur Kirche hinüberblickend; sie dachte an ihren Mann, weinte aber nicht, nur ihr Gesicht zog sich zusammen und wurde unschön wie das einer alten Frau. Sie war in diesem Winter mager und häßlich geworden, ihr Haar war leicht ergraut; das freundliche Lächeln, das früher ihr Gesicht verschönt hatte, war einem traurig ergebenen Ausdruck des Leides gewichen, und ihre Augen blickten schon so stumpf und unbeweglich, als hätte auch ihr Gehör gelitten. Der Abschied von dem Dorf und den Bauern fiel ihr schwer. Sie dachte daran, wie man Nikolaj zu Grabe getragen hatte, wie vor jeder Hütte ein Totengebet abgehalten wurde und wie alle Tränen vergossen und an ihrem Kummer teilgenommen hatten. Während der vergangenen Sommer- und Wintermonate hatte es oft Stunden und Tage gegeben, wo es ihr schien, daß diese Menschen schlimmer lebten als das Vieh, und das Zusammensein mit ihnen war schrecklich gewesen; sie waren roh, unehrlich, schmutzig, ewig betrunken, lebten uneinig und ständig miteinander im Streit, weil einer den anderen fürchtete und beargwöhnte, weil sie keine Achtung voreinander hatten. Wer war Eigentümer der Kneipen und machte das Volk betrunken? Der Bauer. Wer veruntreute und vertrank das

Geld der Gemeinde, der Schule und der Kirche? Der Bauer. Wer bestahl den Nachbarn, wer war für eine Flasche Schnaps bereit zu Brandstiftung und falscher Aussage vor Gericht? Und wer erhob in den Zemstvo-Versammlungen und anderswo als erster seine Stimme gegen den Bauern? Wer anders als der Bauer selbst! Ja, es war schrecklich, mit ihnen zu leben, aber sie waren doch Menschen, sie litten und weinten wie Menschen, und in ihrem Leben gab es nichts, wofür man keine Rechtfertigung oder Entschuldigung gefunden hätte. Da war ihre schwere Arbeit, von der ihnen in der Nacht der ganze Körper weh tat, die grausamen Winter, die dürftigen Ernten, die Enge. Und keine Hilfe. Woher sollte sie auch kommen? Die Reichen und Mächtigen konnten nicht helfen, weil sie selber roh und unehrlich waren und sich betranken, weil sie sich genauso unflätig beschimpften. Jeder kleinste Beamte oder Angestellte ging mit den Bauern um wie mit Landstreichern und sagte sogar zu den Dorf- und Kirchenältesten du; sie glaubten sich im Recht. Ja, wie konnte man denn Hilfe oder ein gutes Beispiel von Leuten erwarten, die gewinnsüchtig, habgierig, lasterhaft und faul waren, die nur ins Dorf gefahren kamen, um zu plündern, zu beleidigen und einzuschüchtern? Olga erinnerte sich, wie unglücklich und gedemütigt die beiden Alten ausgesehen hatten, als man Kirjak im letzten Winter zum Auspeitschen führte ... Und jetzt bemitleidete sie all diese Menschen, das Herz tat ihr weh, und sie sah sich immer wieder nach den Hütten um.

Als Marja sie etwa drei Verst begleitet hatte, verabschiedete sie sich, kniete nieder und klagte, das Gesicht bis zur Erde neigend, mit lauter Stimme:

»Wieder bin ich allein, ich arme Seele, ich arme unglückliche Seele ...«

Lange klagte sie so, und lange noch konnten Olga und Saša sie sehen, wie sie, auf den Knien liegend, die Arme um den Kopf gelegt, sich immer wieder zur Erde neigte. Und über ihr flogen die Saatkrähen.

Die Sonne stand schon hoch, und es wurde heiß. Sie hatten Žukovo weit hinter sich gelassen. Es ging sich leicht, Olga und Saša vergaßen bald das Dorf und Marja, sie waren froh, und alles forderte ihre Aufmerksamkeit: Bald war es ein Hügel, bald eine Reihe Telegrafenstangen, die hintereinander in eine unbekannte Ferne marschierten und am Horizont verschwanden und deren Drähte so geheimnisvoll summten; bald erblickten sie von weitem ein Gehöft, das ganz im Grünen lag, ein Hauch von Feuchtigkeit und Hanf wehte herüber, und es kam ihnen vor, als müßten dort glückliche Menschen wohnen; bald war es ein Pferdeskelett, das einsam im Feld bleichte. Und die Lerchen trillerten unaufhörlich, die Wachteln riefen einander, und die Schnarrwachtel schrie wirklich so, als ob ein alter, eiserner Türgriff schnarrte.

Um die Mittagszeit kamen Olga und Saša in ein großes Kirchdorf. Da begegnete ihnen mitten auf der breiten Straße der Koch des Generals Žukov. Dem alten Mann war heiß, seine gerötete Glatze war mit Schweißtropfen bedeckt und glänzte in der Sonne. Sie gingen aneinander vorüber, sahen sich jedoch zu gleicher Zeit um und erkannten sich nun, sagten aber kein Wort und gingen weiter, jeder seines Weges. Bei einem Haus, das ihnen neu und reich erschien, blieben Olga und Saša vor den geöffneten Fenstern stehen, und Olga verneigte sich und sagte laut mit dünner, singender Stimme:

»Rechtgläubige Christen, gebt uns ein Almosen, seid barmherzig um Christi willen. Gott schenke euren Eltern die himmlische Glückseligkeit, die ewige Ruhe.«

»Rechtgläubige Christen«, sang auch Saša, »gebt uns ein Almosen, seid barmherzig um Christi willen . . .«

Der Petschenege

Ivan Abramyč Žmuchin, ein verabschiedeter Kosakenoffizier, der einstmals im Kaukasus gedient hatte, jetzt aber auf seinem Gehöft lebte, der einstmals jung, gesund und stark, jetzt aber alt, dürr und gebeugt war und zottige Brauen und einen grauen, ja fast grünlich schimmernden Schnurrbart hatte, kehrte an einem heißen Sommertag aus der Stadt zurück auf sein Gehöft. In der Stadt hatte er gefastet und bei einem Notar sein Testament aufgesetzt (er hatte vor zwei Wochen einen leichten Schlaganfall erlitten), und nun wollten ihn auf der ganzen Fahrt im Eisenbahnwagen die trüben, ernsten Gedanken an den nahen Tod, die Eitelkeit der Welt und die Vergänglichkeit alles Irdischen nicht verlassen. Auf der Station Provalje – eine solche gibt es auf der Donec-Strecke – stieg ein hellblonder, rundlicher Herr mittleren Alters zu, der eine abgenutzte Aktentasche bei sich hatte, und setzte sich ihm gegenüber. Sie kamen ins Gespräch.

»Tja«, sagte Ivan Abramyč und blickte nachdenklich durchs Fenster, »zum Heiraten ist es nie zu spät. Ich selber habe mit achtundvierzig geheiratet, die Leute meinten, es sei zu spät, doch wie sich herausstellte, war es weder zu spät noch zu früh, sondern einfach überflüssig. Die Frau wird jedem bald zuwider, aber nicht jeder gibt das zu, weil man sich, wissen Sie, eines unglücklichen Familienlebens schämt, weil man es vor den anderen zu verbergen sucht. Bei manchem heißt es in Gegenwart der Frau nur immer ›Manja, Manja‹, wenn er aber könnte, wie er wollte, würde er diese Manja in einen Sack stecken, und dann hinein mit ihr ins Wasser. Mit einer Frau hat man nichts als Langeweile, Heiraten ist die größte Torheit. Und mit den Kindern ist es auch nicht viel besser, kann ich Ihnen versichern. Ich habe zwei von diesen Strolchen. Hier in der Steppe kann man sie nirgends unterrichten lassen; um sie nach Novočerkassk in die Schule zu schicken, fehlt das Geld, und so leben sie hier wie die jungen Wölfe. Ehe man sich's versieht, schneiden sie jemandem auf der Straße die Kehle durch.«

Der blonde Herr hörte aufmerksam zu, beantwortete die Fragen leise und knapp und war offensichtlich ein ruhiger, bescheidener Mensch. Er bezeichnete sich als Rechtsanwalt und erzählte, er fahre geschäftlich in das Dorf Djuevka.

»Das liegt nur neun Verst von mir entfernt, mein Gott!« sagte Žmuchin in einem Ton, als streite er sich mit ihm. »Aber erlauben Sie, auf der Station bekommen Sie doch jetzt keine Pferde. Meiner Meinung nach, wissen Sie, ist es für Sie das beste, wenn Sie gleich mit mir mitkommen und bei mir übernachten, wissen Sie; morgen früh fahren Sie dann mit meinen Pferden weiter, so Gott will.«

Der Rechtsanwalt überlegte eine Weile und stimmte dann zu.

Als sie auf der Station ankamen, stand die Sonne bereits tief über der Steppe. Den ganzen Weg von der Station bis zum Gehöft schwiegen die beiden; das Geratter störte beim Sprechen. Der Wagen hüpfte, kreischte und schien sogar zu schluchzen, als verursachten ihm seine Sprünge heftige Schmerzen, und der Rechtsanwalt, der sehr unbequem saß, schaute sehnsüchtig nach vorn, ob denn das Gehöft noch nicht zu sehen sei. Als sie acht Verst zurückgelegt hatten, zeigten sich in der Ferne ein niedriges Haus und ein Hof, den eine Mauer aus dunklen Steinen umgab; das Dach des Hauses war grün, der Putz abgebröckelt, die Fenster waren klein und schmal und sahen aus wie zugekniffene Augen. Das Gehöft lag in der prallen Sonne, und ringsum konnte man weder Wasser noch Bäume erkennen. Bei den Gutsbesitzern der Nachbarschaft und bei den Bauern hieß es nur das ›Petschenegengehöft‹. Vor vielen Jahren hatte ein durchreisender Landmesser, der auf dem Gehöft übernachtete, die ganze Nacht hindurch mit Ivan Abramyč diskutiert, war davon nicht recht befriedigt gewesen und hatte, als er am anderen Morgen wegfuhr, grob zu ihm gesagt: »Sie sind ein Petschenege, mein Herr!« Daher die Bezeichnung ›Petschenegengehöft‹, und dieser Spitzname bürgerte sich noch mehr ein, als Žmuchins Kinder heranwuchsen und Raubzüge in die benachbarten Gärten und Melonenfelder unternahmen. Ivan Abramyč selbst wurde ›Wissen Sie‹ genannt, weil er gewöhnlich sehr viel redete und dabei häufig ›Wissen Sie‹ gebrauchte.

Auf dem Hof neben der Scheune standen Žmuchins Söhne: ein Neunzehnjähriger und ein Halbwüchsiger; beide waren barfuß und barhäuptig. Als der Wagen in den Hof fuhr, warf der Jüngere gerade ein Huhn in die Höhe, das gackernd davonflog, wobei es in der Luft einen Bogen beschrieb; der Ältere schoß mit einem Gewehr danach, und das Huhn fiel getroffen zu Boden

»Meine Burschen lernen auf Flugwild schießen«, sagte Žmuchin.

In der Diele begrüßte die Ankömmlinge eine kleine, schmächtige, blasse Frau, die noch jung und schön war, ihrer Kleidung nach konnte man sie für ein Dienstmädchen halten.

»Erlauben Sie, daß ich vorstelle«, sagte Žmuchin, »das ist die Mutter meiner Hundesöhne. Nun, Ljubov Osipovna«, so wandte er sich an sie, »spute dich, Mutter, bewirte den Gast. Her mit dem Abendbrot! Schnell, schnell!«

Das Haus bestand aus zwei Hälften; in der einen befand sich der ›Saal‹ und daneben das Schlafzimmer des alten Žmuchin – beides stickige Zimmer mit niedrigen Decken und einer Unmenge Fliegen und Wespen. In der anderen Hälfte war die Küche, in der gekocht und gewaschen wurde und wo die Arbeiter aßen; hier brüteten unter den Bänken Gänse und Truthennen, und hier standen auch die Betten von Ljubov Osipovna und ihren beiden Söhnen. Die Möbel im Saal waren ungestrichen und offenbar von einem Zimmermann aus rohen Balken zusammengehauen; an den Wänden hingen Flinten, Jagdtaschen, Riemenpeitschen, und dieser ganze alte Plunder war schon längst verrostet und grau vom Staub. Kein einziges Bild war zu sehen, nur in einer Ecke hing ein dunkles Brett, das einstmals ein Heiligenbild gewesen war.

Eine junge Ukrainerin deckte den Tisch, sie servierte Schinken und danach Boršč. Der Gast lehnte Vodka ab und aß lediglich Brot und Gurken.

»Und wie steht's mit Schinken?« fragte Žmuchin.

»Danke, ich esse keinen«, erwiderte der Gast. »Ich esse überhaupt kein Fleisch.«

»Warum denn das?«

»Ich bin Vegetarier. Tiere zu töten – das widerspricht meiner Überzeugung.«

Žmuchin überlegte ein Weilchen und sagte dann langsam, mit einem Seufzer:

»Jaja ... Soso ... In der Stadt habe ich auch einen gesehen, der kein Fleisch ißt. Das ist jetzt so eine neue Mode. Warum auch nicht? Das ist gut. Man soll nicht immer nur schlachten und schießen, wissen Sie, man muß auch die Geschöpfe in Ruhe lassen. Töten ist Sünde – dagegen ist nichts zu sagen. Manchmal schießt man auf einen Hasen, verwundet ihn am Bein, und er schreit wie ein Kind. Es tut ihm also weh!«

»Natürlich tut es ihm weh. Die Tiere leiden genauso wie die Menschen.«

»Das stimmt«, bestätigte Žmuchin. »Ich verstehe das alles sehr gut«, fuhr er nachdenklich fort, »nur eines kann ich offen gestanden nicht verstehen: wenn, nehmen wir mal an, alle Menschen aufhören, Fleisch zu essen, wissen Sie, wohin dann mit all den Haustieren, zum Beispiel mit den Hühnern und Gänsen?«

»Die Hühner und Gänse werden in der Freiheit leben wie das wilde Geflügel.«

»Jetzt verstehe ich. Tatsächlich, die Krähen und Dohlen kommen auch ohne uns aus und leben. Jaja ... Auch die

Hühner, Gänse, Häschen und Schäfchen werden in der Freiheit leben und sich freuen, wissen Sie, sie werden Gott preisen und keine Angst mehr vor uns haben. Ruhe und Frieden wird einziehen. Nur eines kann ich nicht verstehen, wissen Sie«, fuhr Žmuchin fort und starrte auf den Schinken. »Was soll aus den Schweinen werden? Wohin mit ihnen?«

»Dorthin, wo all die anderen sind, das heißt, auch sie werden in der Freiheit leben.«

»Soso. Jaja. Aber erlauben Sie, wenn man sie nicht schlachtet, dann vermehren sie sich doch, wissen Sie, und dann ade, ihr Wiesen und Gemüsegärten. Die Schweine verderben einem, wenn man sie ins Freie läßt und nicht nach ihnen sieht, alles an einem einzigen Tag. Schwein bleibt Schwein, nicht umsonst wird es Schwein genannt . . .«

Nach dem Abendessen stand Žmuchin auf, ging lange im Zimmer auf und ab und redete, redete immerzu . . . Er sprach gern über etwas Erhabenes und Ernstes und überlegte gern; er wollte auf seine alten Tage in sich gehen und ruhiger werden, damit das Sterben nicht so schrecklich sei. Er sehnte sich nach Sanftmut, Seelenfrieden und Selbstvertrauen, wie sie der Gast zeigte, der sich an Gurken und Brot satt aß und dadurch vollkommener zu werden glaubte; der saß auf einer Truhe gesund und mollig, schwieg und langweilte sich geduldig, und in der Dämmerung ähnelte er, betrachtete man ihn von der Diele aus, einem großen Pflasterstein, den man nicht von der Stelle rücken kann. Der Mensch braucht im Leben etwas, woran er sich halten kann, dann ist ihm wohler.

Žmuchin ging durch die Diele und trat dann auf die Vortreppe hinaus, man konnte hören, wie er seufzte und gedankenvoll zu sich selbst sprach: »Jaja . . . Soso.« Es dunkelte bereits, und am Himmel leuchteten schon hier und da die Sterne. In den Zimmern hatte man noch kein Licht gemacht. Jemand kam geräuschlos wie ein Schatten in den Saal und blieb an der Tür stehen. Es war Ljubov Osipovna, Žmuchins Frau.

»Sie sind aus der Stadt?« fragte sie schüchtern, ohne den Gast anzusehen.

»Ja, ich lebe in der Stadt.«

»Sie sind vielleicht ein studierter Herr und können uns einen Rat geben, seien Sie doch so gut. Wir müßten eine Bittschrift einreichen.«

»Wozu?« fragte der Gast.

»Wir haben zwei Söhne, guter Herr, und es wird höchste Zeit, daß wir sie etwas lernen lassen, aber zu uns kommt niemand, und wir können uns mit niemand beraten. Ich selber habe keine Ahnung. Wenn sie nämlich nicht in die Lehre gehen, dann zieht man sie als einfache Kosaken zum Militärdienst ein. Das wäre nicht schön, Herr! Sie sind ungebildet, schlimmer als die Bauern, und selbst Ivan Abramyč verachtet sie und läßt sie nicht in die Zimmer. Aber sind sie denn schuld? Wenn man wenigstens den Kleineren in die Lehre geben könnte, wirklich, es ist doch so schade!« sagte sie gedehnt, und ihre Stimme zitterte; es kam einem unwahrscheinlich vor, daß eine so kleine und junge Frau schon erwachsene Kinder haben sollte. »Ach, so schade!«

»Davon verstehst du nichts, Mutter, das geht dich nichts an«, sagte Žmuchin, der in der Tür auftauchte. »Belästige nicht den Gast mit deinem unsinnigen Gerede. Geh raus, Mutter!«

Ljubov Osipovna ging und wiederholte in der Diele noch einmal mit dünnem Stimmchen: »Ach, so schade!«

Für den Gast wurde im Saal auf einem Sofa das Bett gerichtet, und damit es ihm nicht zu dunkel war, zündete man ein Ikonenlämpchen an. Žmuchin legte sich in seinem Schlafzimmer nieder. Im Liegen dachte er an seine Seele, an das Alter, an den kürzlich erlittenen Schlaganfall, der ihn so erschreckt und so lebhaft an den Tod erinnert hatte. Mit sich allein geblieben in der Stille, philosophierte er gern ein bißchen, und er meinte dann immer, er sei ein sehr ernster, tiefsinniger Mensch, den auf dieser Welt nur erhabene Fragen beschäftigen. Auch jetzt dachte er die ganze Zeit nach, und er hätte gern bei irgendeinem Gedanken verweilt, der anders war als die übrigen, bei einem bedeutenden Gedanken, der eine Richtschnur im Leben sein könnte, und er wollte sich irgendwelche Regeln ausdenken, um sein Leben genauso ernst und tief zu gestalten, wie er selbst zu sein glaubte. Wie schön wäre es für ihn alten Mann, völlig dem Fleischgenuß zu entsagen und überhaupt maßzuhalten. Die Zeit, da die Menschen sich und die Tiere nicht mehr töten, würde früher oder später kommen, anders konnte es gar nicht sein, und er stellte sich diese Zeit vor und sah deutlich sich selbst, wie er mit allen Tieren in Frieden lebte, aber auf einmal fielen ihm wieder die Schweine ein, und in seinem Kopf verwirrte sich alles.

»So etwas, Herr, erbarme dich!« murmelte er und seufzte schwer. »Schlafen Sie?« fragte er.

»Nein.«

Žmuchin stand auf und blieb in der Tür auf der Schwelle stehen, er war nur im Hemd, so daß der Gast seine Beine sah, die sehnig und dürr waren wie Stöcke.

»Heutzutage, wissen Sie«, begann er, »gibt es allerlei Telegrafen, Telefone und verschiedene andere Wunderdinge, kurz gesagt, aber die Menschen sind nicht besser geworden. Es heißt, zu unserer Zeit, so vor dreißig, vierzig Jahren, seien die Menschen roh und grausam gewesen; aber hat sich da jetzt etwas geändert? Tatsächlich, zu meiner Zeit lebte man ohne alle Förmlichkeiten. Ich erinnere mich, es war im Kaukasus, wir lagen volle vier Monate an einem Flüßchen, ohne etwas zu tun – ich war damals noch Unteroffizier –, da passierte eine Geschichte, die sich wie ein Roman anhört. An demselben Ufer des Flüßchens, wissen Sie, an dem unsere Kosakenschwadron lag, wurde ein Fürst bestattet, den wir kurz zuvor getötet hatten. Und des Nachts, wissen Sie, kam die Fürstin, seine Witwe, immer zu dem Grabhügel und weinte. Sie jammerte und stöhnte so sehr, und sie machte uns so schwermütig, daß wir alle nicht mehr schlafen konnten.

Wir schliefen eine Nacht nicht, wir schliefen zwei Nächte nicht, nun, da hatten wir es satt. Wir konnten doch nicht, weiß der Teufel, aus was für Gründen, entschuldigen Sie den Ausdruck, auf den Schlaf verzichten, das sagt einem schon der gesunde Menschenverstand. Wir nahmen uns diese Fürstin vor und verprügelten sie – und sie kam nicht wieder. Da haben Sie's. Heute gibt es natürlich solche Menschen nicht mehr, man prügelt nicht, und man lebt sauberer, es gibt mehr Wissenschaft, aber die Seele, wissen Sie, die ist immer noch dieselbe, die hat sich nicht verändert. Sehen Sie mal, da lebt hier bei uns ein Gutsbesitzer. Er hat Kohlengruben, wissen Sie. Bei ihm arbeiten Leute ohne Paß, allerlei Landstreicher, die nicht wissen, wohin. Sonnabends muß er mit den Arbeitern abrechnen, aber er will sie nicht bezahlen, dazu ist ihm das Geld zu schade. Da hat er nun einen Aufseher gefunden, auch einen von diesen Vagabunden, wenn er auch im Hut herumläuft. ›Du gibst ihnen keine Kopeke‹, sagt er zu ihm, ›sie werden dich verprügeln, laß sie nur machen, das mußt du erdulden, dafür werde ich dir jeden Sonnabend zehn Rubel zahlen.‹ Nun kommen am Sonnabend ordnungsgemäß, wie es sich gehört, die Arbeiter zur Abrechnung, und der Aufseher sagt zu ihnen: ›Nichts da!‹ Nun, ein Wort gibt das andere, es kommt zu Schimpfereien und Handgreiflichkeiten ... Man prügelt ihn, prügelt ihn mit Händen und Füßen, wissen Sie, das Volk wird zur Bestie, wenn es Hunger hat, man prügelt ihn bis zur Bewußtlosigkeit, und dann laufen sie nach allen Richtungen auseinander. Der Besitzer läßt den Aufseher mit Wasser begießen, dann schmeißt er ihm zehn Rubel hin, und der nimmt sie und freut sich noch darüber; er wäre ja wahrhaftig nicht für zehn, sondern schon für drei Rubel bereit gewesen, sogar den Kopf in die Schlinge zu stecken. Jawohl ... Und am Montag kommt dann ein neuer Trupp Arbeiter; sie kommen, weil sie nicht wissen, wohin ... Am Sonnabend ist es dann wieder die gleiche Geschichte ...«

Der Gast drehte sich auf die andere Seite, mit dem Gesicht zur Sofalehne, und murmelte etwas.

»Hier ein anderes Beispiel«, fuhr Žmuchin fort. »Einmal herrschte hier der Milzbrand, wissen Sie; die Tiere im Stall starben wie die Fliegen, kann ich Ihnen sagen, die Tierärzte fuhren umher, und es gab einen strengen Befehl, das verendete Vieh in einiger Entfernung tief in der Erde zu vergraben, Kalk darüber zu streuen und so weiter, auf wissenschaftlicher Grundlage. Auch mir ging ein Pferd ein. Mit allen Vorsichtsmaßregeln vergrub ich es, allein an Kalk schüttete ich wohl zehn Pud hinein. Und was meinen Sie? Meine Burschen, wissen Sie, meine lieben Söhnchen, buddelten in der Nacht das Pferd wieder aus, zogen ihm die Haut ab und verkauften sie für drei Rubel. Da haben Sie's. Das bedeutet, die Menschen sind nicht besser geworden, das bedeutet, Wolf bleibt Wolf, da haben Sie's. Darüber muß man nachdenken! Was? Was meinen Sie?«

An der einen Fensterreihe sah man durch die Ritzen der Läden Blitze aufleuchten. Es war schwül vor dem Gewitter, die Mücken stachen, und Žmuchin, der nachdenklich auf seinem Bett lag, ächzte, stöhnte und sagte vor sich hin:

»Jaja ... soso ...« – aber einschlafen konnte er nicht. Irgendwo in weiter Ferne grollte der Donner.

»Schlafen Sie?«

»Nein«, erwiderte der Gast.

Žmuchin erhob sich und ging, mit den Fersen aufstampfend, durch den Saal und die Diele in die Küche, um Wasser zu trinken.

»Es gibt nichts Schlimmeres auf der Welt, wissen Sie, als die Dummheit«, sagte er ein wenig später, als er mit einer Schöpfkelle zurückkehrte. »Meine Ljubov Osipovna liegt auf den Knien und betet zu Gott. Sie betet jede Nacht, wissen Sie, und macht ihre Verbeugungen, erstens, um die Kinder in die Lehre zu geben; sie fürchtet, daß die Kinder sonst als einfache Kosaken dienen müssen und man ihnen da den Rücken mit dem Säbel verbleuen wird. Um etwas zu lernen, braucht man aber Geld, und woher nehmen? Und wenn ich mich auf den Kopf stelle – wo nichts ist, da ist eben nichts. Zweitens betet sie, wissen Sie, weil jede Frau meint, sie sei die allerunglücklichste auf der Welt. Ich bin ein offenherziger Mensch und will vor Ihnen nichts verheimlichen. Sie stammt aus einer armen Familie, eine Popentochter ist sie, aus geistlichem Stand sozusagen. Ich heiratete sie, als sie siebzehn war, und man gab sie mir vor allem deswegen, weil sie nichts zu essen hatten, weil Not und bittere Armut bei ihnen herrschten, und ich hatte doch immerhin, sehen Sie, Grundbesitz und eine Wirtschaft, nun, und schließlich war ich doch immerhin Offizier; es schmeichelte ihr, wissen Sie, mich zu heiraten. Am ersten Tag schon, als wir heirateten, weinte sie, und dann weinte sie die ganzen zwanzig Jahre – ihre Augen wurden gar nicht mehr trocken. Und immer sitzt sie da und grübelt und grübelt. Woran denkt sie denn, frage ich mich? Woran kann eine Frau denken? An gar nichts. Eine Frau ist, offen gesagt, für mich kein Mensch.«

Der Rechtsanwalt richtete sich mit einem Ruck auf.

»Entschuldigen Sie, ich bekomme keine Luft«, sagte er. »Ich gehe hinaus.«

Žmuchin schob in der Diele den Riegel zurück, während er weiter über die Frauen sprach, und beide gingen nach draußen. Gerade über dem Hof stand der Vollmond am Himmel, und in seinem Licht wirkten das Haus und die Scheunen noch weißer als am Tage; über dem Rasen, zwischen den schwarzen Schatten, lagen helle, gleichfalls weiße Lichtstreifen. Zur Rechten sah man weithin nichts als Steppe, darüber leuchteten still die Sterne – alles war geheimnisvoll und unendlich weit, so, als schaute man in einen tiefen Abgrund; zur Linken aber zogen über der Steppe schwere Gewitterwolken herauf, schwarz wie Ruß; ihre Ränder waren vom Mond beleuchtet, und man glaubte, es seien Berge mit weißen Schneegipfeln, dunkle Wälder und das Meer; wenn ein Blitz aufzuckte und leise der Donner grollte, schien es, als würde in den Bergen eine Schlacht geschlagen ...

In unmittelbarer Nähe des Gehöftes schrie monoton eine kleine Nachteule: »Zur Ruh, zur Ruh!«

»Wie spät ist es jetzt?« fragte der Gast.

»Kurz nach eins.«

»Wie weit ist es da noch bis zum Tagesanbruch!«

Sie kehrten ins Haus zurück und legten sich wieder hin. Man mußte schlafen, und gewöhnlich schläft es sich vor dem Regen wunderbar, doch der Alte sehnte sich nach erhabenen, ernsten Gedanken; er wollte nicht einfach denken, sondern nachsinnen. Und so grübelte er darüber nach, daß es, angesichts des nahen Todes, um der Seele willen gut wäre, mit diesem Müßiggang, der unmerklich und spurlos Tag um Tag, Jahr um Jahr verschlang, Schluß zu machen; man müßte sich eine große Tat ausdenken, beispielsweise zu Fuß irgendwohin gehen, ganz weit weg, oder dem Fleischgenuß entsagen wie dieser junge Mann da. Und von neuem versuchte er sich die Zeit vorzustellen, da man keine Tiere mehr töten würde, sie stand ihm klar und deutlich vor Augen, als durchlebe er sie selbst; plötzlich aber verwirrte sich wieder alles in seinem Kopf, und alles wurde unklar.

Das Gewitter zog vorbei, aber die Wolken streiften das Gehöft noch mit ihren Ausläufern, und der Regen klopfte leise auf das Dach. Žmuchin stand auf, reckte sich, vor Altersbeschwerden ächzend, und blickte in den Saal. Als er merkte, daß der Gast nicht schlief, sagte er:

»Bei uns im Kaukasus, wissen Sie, war ein Oberst ebenfalls Vegetarier. Er aß kein Fleisch, ging niemals auf die Jagd und erlaubte seinen Männern auch nicht, Fische zu fangen. Natürlich, ich verstehe das. Ein jedes Tier soll in der Freiheit leben und das Leben genießen; ich begreife nur nicht, daß die Schweine dann laufen dürfen, wohin sie wollen, ganz ohne Aufsicht ...«

Der Gast richtete sich im Bett auf, sein blasses, zerknittertes Gesicht zeigte Ärger und Müdigkeit, man sah, daß er sich quälte und daß nur Sanftmütigkeit und Feingefühl ihn daran hinderten, seinem Ärger in Worten Luft zu machen.

»Es dämmert schon«, sagte er sanft. »Befehlen Sie bitte, daß man mir ein Pferd gibt.«

»Wieso das? Warten Sie, es regnet doch.«

»Nein, ich bitte Sie«, versetzte der Gast in flehentlichem, ängstlichem Ton. »Ich muß unbedingt gleich weg.« Und er kleidete sich schnell an.

Als das Pferd gebracht wurde, ging bereits die Sonne auf. Der Regen hatte gerade aufgehört, die Wolken eilten schnell dahin, am Himmel zeigten sich immer mehr hellblaue Lichtstreifen. Auf dem Erdboden spiegelten kleine Pfützen zaghaft die ersten Strahlen wider. Der Rechtsanwalt ging mit seiner Aktentasche durch die Diele, um in den Wagen zu steigen, während Žmuchins Frau, blaß, anscheinend noch blasser als gestern, und ganz verweint, ihn aufmerksam und ohne mit der Wimper zu zucken ansah, mit einem naiven Ausdruck, wie ihn kleine Mädchen haben, und ihr trauriges Gesicht ließ erkennen, daß sie ihn um seine Freiheit beneidete – ach, mit welchem Genuß wäre sie selbst von hier weggefahren! – und daß sie ihm etwas sagen wollte; wahrscheinlich wollte sie wegen der Kinder um einen Rat bitten. Und wie bedauernswert sie war! Das war keine Gattin, keine Hausfrau, nicht einmal ein Dienstmädchen, sondern eher eine Gnadenbrotempfängerin, eine arme überflüssige Verwandte, ein Nichts ... Ihr Mann begleitete geschäftig, unaufhörlich redend und immer vorauslaufend, den Gast, sie aber drückte sich furchtsam und schuldbewußt an die Wand und wartete auf einen günstigen Augenblick, um zu sprechen.

»Bitte kommen Sie bald wieder!« wiederholte der Alte unaufhörlich. »Was wir haben, geben wir gern, wissen Sie!«

Der Gast stieg eilig in den Wagen, sichtlich mit großem Vergnügen, er befürchtete offenbar, man könnte ihn noch in letzter Minute zurückhalten. Der Wagen begann wie am

Vortag zu hüpfen und zu kreischen, und heftig schepperte ein hinten angebundener Eimer. Der Rechtsanwalt blickte sich mit seltsamer Miene nach Žmuchin um; es schien, als wolle er ihn wie einstmals der Landmesser einen Petschenegen oder so ähnlich nennen, doch die Sanftmut siegte, er nahm sich zusammen und sagte nichts. Im Tor aber konnte er sich plötzlich nicht länger beherrschen, er richtete sich ein wenig auf und schrie laut und wütend:

»Sie widern mich an!«

Darauf verschwand er hinter dem Tor.

An der Scheune standen Žmuchins Söhne – der ältere hielt ein Gewehr in der Hand, der jüngere einen grauen Hahn mit einem leuchtendroten Kamm. Er warf den Hahn mit aller Kraft in die Höhe, der flog so hoch wie das Haus und überschlug sich in der Luft wie eine Taube. Der ältere schoß, und der Hahn fiel wie ein Stein zur Erde.

Verwirrt und ohne zu wissen, wie und womit er sich diesen seltsamen, unerwarteten Ausruf des Gastes erklären sollte, ging der Alte langsam ins Haus. Und während er am Tisch saß, sann er lange über die jetzige Geistesrichtung nach, über die allgemeine Sittenlosigkeit, über Telegraf, Telefon, Fahrräder und darüber, daß das alles nicht notwendig sei. Er beruhigte sich allmählich, aß dann etwas, ohne sich zu übereilen, trank fünf Glas Tee und legte sich schlafen.

In der Heimat

I

Eine Eisenbahnstrecke im Donecgebiet. Eine unfreundliche, einsam in der Steppe schimmernde Station, mit Wänden, die heiß sind von der Sonnenglut; Stille, kein Schatten und, wie es scheint, kein Mensch. Der Zug ist bereits weitergefahren und hat jemanden zurückgelassen; sein Rattern ist kaum noch zu hören und verstummt schließlich ganz ... Rings um die Station ist es öde und leer, nur unsere Pferde stehen da. Man steigt in den Wagen – nach der Eisenbahnfahrt ist das sehr angenehm – und rollt durch die Steppe, und dem Auge bieten sich nach und nach gewaltige, unendliche, durch die Eintönigkeit bezaubernde Bilder, wie man sie bei Moskau nicht findet. Steppe, Steppe – weit und breit nichts als Steppe; in der Ferne ein altes Hünengrab oder eine Windmühle; mit Ochsengespannen wird Steinkohle gefahren. Einsame Vögel fliegen über der Ebene dahin, und ihr gleichmäßiger Flügelschlag macht schläfrig. Es ist heiß. Fast zwei Stunden sind vergangen, und noch immer nichts als Steppe und das Hünengrab in der Ferne. Der Kutscher erzählt lang und breit etwas Belangloses, wobei er öfter mit der Peitsche seitwärts zeigt; in die Seele zieht Ruhe ein, und man möchte nicht mehr an das denken, was gewesen ...

Vera Ivanovna Kardina wurde mit einer Trojka abgeholt. Der Kutscher verstaute die Sachen und brachte das Geschirr in Ordnung.

»Alles ist wie früher«, sagte Vera und blickte umher. »Das letzte Mal war ich vor zehn Jahren als kleines Mädchen hier. Ich entsinne mich, damals holte mich der alte Boris ab. Was ist mit ihm, lebt er noch?«

Der Kutscher antwortete nicht, sondern sah sie nur ärgerlich an und kletterte auf den Kutschbock.

Von der Station aus hatten sie etwa dreißig Verst zu fahren, und auch Vera gab sich dem Zauber der Steppe hin, sie vergaß das Vergangene und dachte nur darüber nach, wie weit hier alles war, wie frei; ihr, die gesund, klug, schön und jung war – sie zählte erst dreiundzwanzig Jahre –, ihr hatte bis heute im Leben eben gerade diese Weite und Freiheit gefehlt.

Steppe, nichts als Steppe ... Die Pferde griffen aus, die Sonne stieg immer höher, und Vera schien es, als sei die Steppe damals, in ihrer Kindheit, im Juni nicht so reich und üppig gewesen. Die blühenden Gräser – grüne, gelbe, violette, weiße; der aromatische Duft, den sie und die erwärmte Erde ausströmten; die seltsamen blauen Vögel, die über den Weg flogen ... Vera war längst nicht mehr gewohnt zu beten, jetzt aber flüsterte sie, die Schläfrigkeit niederkämpfend: »Gib, o Herr, daß ich es hier gut habe.«

Sie war ruhig und zufrieden, und es schien, als sei sie bereit, ihr ganzes Leben so zu fahren und auf die Steppe zu schauen. Plötzlich tat sich vor ihr unerwartet eine tiefe, mit jungen Eichen und Erlen bestandene Schlucht auf; der Wind wehte Feuchtigkeit herüber – offenbar floß unten ein Bach. Auf dieser Seite, dicht am Rande der Schlucht, flatterte geräuschvoll ein Schwarm Rebhühner auf. Vera erinnerte sich, daß man früher an den Abenden immer bis zu dieser Schlucht gegangen war; also war der Gutshof bereits nahe! Und tatsächlich, da zeigten sich auch schon in der Ferne die Pappeln und die Dreschtenne; etwas abseits stieg schwarzer Rauch hoch – man verbrannte altes Stroh. Tante Daša kam ihr entgegen und winkte mit einem Tuch; der Großvater stand auf der Terrasse. Gott, welche Freude!

»Liebste! Liebste!« kreischte die Tante wie hysterisch. »Unsere wahre Herrin ist gekommen! Versteh doch, du bist unsere Herrin, unsere Königin! Alles hier gehört dir! Meine Liebste, meine Schönste, ich bin nicht deine Tante, sondern deine gehorsame Sklavin!«

Vera hatte keine Verwandten außer dem Großvater und der Tante; ihre Mutter war schon lange tot, ihr Vater, ein Ingenieur, war vor drei Monaten, als er aus Sibirien kam, auf der Durchreise in Kazan gestorben. Der Großvater hatte einen langen weißen Bart, er war dick, rot im Gesicht und litt an Atemnot; beim Gehen streckte er den Bauch vor und stützte sich auf einen Stock. Die Tante, eine Dame von zweiundvierzig Jahren, trug ein modisches Kleid mit Puffärmeln und war in der Taille stark geschnürt, offensichtlich wollte sie sich jünger machen und noch gefallen. Sie ging mit kleinen Schrittchen, und ihre Schultern zuckten dabei.

»Wirst du uns liebhaben?« fragte sie und umarmte Vera. »Bist du nicht zu stolz dazu?«

Auf Wunsch des Großvaters wurde ein Dankgebet gesprochen, dann aß man lange zu Mittag – und für Vera begann das neue Leben. Man hatte ihr das beste Zimmer gegeben, alle Teppiche, die im Haus waren, dorthin gebracht und viele Blumen aufgestellt. Als sie sich am Abend in ihr bequemes, breites, ganz weiches Bett legte und die seidene Decke über sich zog, die wie ein altes abgelegtes Kleid roch, da lachte sie auf vor Vergnügen. Tante Daša kam auf einen Augenblick herein, um ihr eine gute Nacht zu wünschen.

»Du bist nun da, Gott sei Dank«, sagte sie und setzte sich auf das Bett. »Wie du siehst, leben wir gut, besser braucht man es gar nicht. Nur das eine – deinem Großvater geht es schlecht! Furchtbar schlecht! Er bekommt keine Luft mehr und wird schon manchmal ohnmächtig. Und erinnerst du dich noch, wie gesund und kräftig er einmal war? Einen unbändigen Charakter hatte er ... Machte es ihm mal ein Diener nicht recht – gleich sprang er auf: ›Fünfundzwanzig Rutenhiebe!‹ Jetzt ist er ruhig geworden, man hört ihn nicht mehr. Man muß auch sagen, jetzt sind andere Zeiten, mein Herzchen; es darf nicht mehr geschlagen werden. Natürlich, wozu soll man die Leute schlagen, man darf ihnen aber auch nicht zuviel Freiheit lassen.«

»Tante, werden sie jetzt noch geschlagen?«

»Der Verwalter schlägt sie ab und zu, ich nicht. Gott mit ihnen! Auch dein Großvater fuchtelt manchmal aus alter Gewohnheit mit dem Stock, aber schlagen tut er nicht.«

Tante Daša gähnte und bekreuzigte ihren Mund, dann das rechte Ohr.

»Ist das Leben hier nicht langweilig?« fragte Vera.

»Wie soll ich dir das erklären? Die Gutsbesitzer sind weggezogen, es wohnen keine mehr hier, dafür hat man ringsum Fabriken gebaut, mein Herzchen, und es gibt eine Unmenge von Ingenieuren, Ärzten, Steigern! Natürlich werden Theateraufführungen und Konzerte veranstaltet, aber am liebsten spielen sie Karten; sie kommen auch häufig zu uns. Bei uns ist öfters Doktor Neščapov aus der Fabrik, er ist ein so schöner, so interessanter Mann! Er hat sich in dein Bild verliebt. Ich habe schon bei mir gedacht: nun, das ist Veročkas Schicksal. Er ist jung, schön, bemittelt – mit einem Wort: eine Partie. Na, und du bist ja auch eine ausgezeichnete Braut, bist aus guter Familie. Unser Gut ist zwar verpfändet, aber was tut's? – dafür ist es in Ordnung und nicht verwahrlost; ein Teil davon gehört mir; aber dir bleibt ja alles; ich bin deine gehorsame Sklavin. Und mein seliger Bruder, dein Papa, hat fünfzehntausend hinterlassen ... Nun, ich sehe aber, dir fallen schon die Äuglein zu. Schlaf, mein Kind.«

Am nächsten Tag ging Vera lange in der Nähe des Hauses spazieren. Der Obstgarten war alt, unschön, ohne Wege, ungeschickt auf einem Abhang angelegt und völlig verwildert; anscheinend hielt man ihn für nutzlos. Viele Schlangen gab es hier. Unter den Bäumen flogen Wiedehopfe umher und schrien ›ututut!‹ in einem Ton, als wollten sie an etwas erinnern. Unten war ein Fluß, an seinen Ufern wuchs hohes Schilf, jenseits des Flusses, eine halbe Verst davon entfernt, lag ein Dorf. Vom Garten ging Vera auf das Feld hinaus; während sie in die Ferne blickte, dachte sie an ihr neues

Leben im heimatlichen Nest, und sie versuchte sich darüber klarzuwerden, was sie erwartete. Diese Weite, diese wunderbare Stille der Steppe sagten ihr, das Glück sei nahe, vielleicht sogar schon da; wirklich, Tausende von Menschen würden ihr sagen: Was für ein Glück, jung, gesund, gebildet zu sein und auf dem eigenen Gut zu leben! Zugleich aber erschreckte sie die endlose Ebene, die einförmig und leblos war; und es gab Augenblicke, da begriff sie, daß dieses stille grüne Ungeheuer ihr Leben verschlingen und vernichten würde. Sie war jung, elegant und liebte das Leben; sie hatte ein Institut besucht, sprach drei Sprachen, las viel und hatte mit dem Vater Reisen gemacht – war das wirklich nur deshalb geschehen, um sich zu guter Letzt auf einem entlegenen Steppengehöft niederzulassen und tagaus, tagein aus Langeweile vom Garten aufs Feld, vom Feld in den Garten zu gehen und dann zu Hause zu sitzen und zuzuhören, wie der Großvater atmete? Was sollte sie aber tun? Wo sollte sie bleiben? Sie fand darauf keine Antwort, und auf dem Heimweg dachte sie, daß sie hier kaum glücklich werden würde und daß es viel interessanter war, von der Station hierher zu fahren, als hier zu leben.

Aus der Fabrik kam Doktor Neščapov. Er war Arzt, hatte aber vor drei Jahren einen Anteil an der Fabrik erworben, wurde Mitbesitzer und hielt nun die Medizin nicht mehr für seine Hauptbeschäftigung, obgleich er praktizierte. Er war ein blasser, schlanker, brünetter Mann und trug immer eine weiße Weste; aber zu verstehen, was in seinem Herzen und in seinem Kopf vorging, war schwierig. Bei der Begrüßung küßte er Tante Daša die Hand und sprang dann immer wieder auf, um einen Stuhl zu holen oder jemandem seinen Platz anzubieten. Die ganze Zeit war er sehr ernst und schweigsam, und wenn er zu sprechen begann, konnte man den ersten Satz nicht verstehen, obwohl er richtig und nicht zu leise sprach.

»Möchten Sie nicht bitte auf dem Flügel spielen?« fragte er

Vera und sprang plötzlich auf, weil sie ihr Taschentuch hatte fallen lassen.

Er saß von Mittag bis Mitternacht schweigend da und gefiel Vera gar nicht; ihr schien, daß die weiße Weste auf dem Lande nicht ganz angebracht sei, und seine ausgesuchte Höflichkeit, seine Manieren und das blasse ernste Gesicht mit den dunklen Brauen waren ihr zuwider. Sie glaubte, er schweige nur deshalb so beharrlich, weil wahrscheinlich mit ihm nicht allzuviel los sei. Die Tante aber sagte, als er weggefahren war, fröhlich:

»Nun? Habe ich nicht recht, ist er nicht reizend?«

II

Tante Daša betätigte sich in der Wirtschaft. Stark geschnürt, mit den Armreifen an beiden Armen klappernd, lief sie mit kleinen Schritten bald in die Küche, bald in den Speicher, bald in den Stall, und bei jedem Schritt zuckten ihre Schultern. Wenn sie mit dem Verwalter oder mit den Bauern sprach, setzte sie aus unerfindlichen Gründen jedesmal den Kneifer auf. Der Großvater saß immer auf ein und demselben Platz und legte Patience oder döste vor sich hin. Zu Mittag und zu Abend aß er unheimlich viel; man servierte ihm die Speisen von heute und die Reste von gestern, vom Sonntag übriggebliebene kalte Piroggen und das Pökelfleisch vom Gesindeessen, und er aß alles gierig auf. Diese Mahlzeiten beeindruckten Vera so, daß sie immer, wenn sie sah, wie man ein Schaf jagte oder aus der Mühle Mehl holte, denken mußte: Das wird der Großvater aufessen. Meist schwieg er, in das Essen oder sein Patiencelegen vertieft; zuweilen aber wurde er während der Mahlzeit bei Veras Anblick gerührt und sagte zärtlich:

»Meine Enkelin, meine Einzige! Veročka!«

Und Tränen glänzten in seinen Augen. Oder aber sein

Gesicht wurde plötzlich krebsrot, der Hals schwoll an, er blickte das Dienstmädchen böse an und fragte, mit dem Stock aufstoßend:

»Warum ist kein Meerrettich da?«

Im Winter rührte er sich nicht vom Fleck, im Sommer aber fuhr er manchmal aufs Feld, um nach dem Hafer und nach dem Gras zu sehen; bei seiner Rückkehr sagte er dann immer, ohne ihn herrsche überall Unordnung, und er fuchtelte mit dem Stock.

»Dein Großvater ist schlecht gelaunt«, flüsterte Tante Daša. »Na, jetzt geht's schon, aber früher, Gott behüte: ›Fünfundzwanzig Rutenhiebe!‹«

Die Tante beklagte sich, alle seien faul geworden, niemand tue etwas, und das Gut werfe keinerlei Gewinn ab. In der Tat, es gab keine richtige Landwirtschaft; man pflügte und säte ein wenig, so aus Gewohnheit, aber im Grunde machte keiner etwas, man lebte müßig dahin. Dabei aber wurde den ganzen Tag hin und her gelaufen, gerechnet, geschäftig getan; um fünf Uhr früh ging im Haus die Rennerei schon los, und dauernd hörte man ›bring‹, ›hol‹, ›lauf schnell‹, und die Dienstboten waren am Abend gewöhnlich ganz erschöpft. Bei der Tante wechselten jede Woche die Köchinnen und Zofen. Bald entließ sie sie wegen Unsittlichkeit, bald gingen sie von selbst, mit der Begründung, sie müßten sich zu sehr plagen. Von den Bewohnern des eigenen Dorfes trat niemand in ihre Dienste, sie war gezwungen, Leute von auswärts einzustellen. Von den Dörflern lebte allein das Mädchen Alëna hier; sie ging deshalb nicht fort, weil sie von ihrem Lohn daheim die ganze Familie – alte Frauen und Kinder – ernährte. Diese Alëna, blaß, klein und dümmlich, räumte den ganzen Tag die Zimmer auf, bediente bei Tisch, heizte die Öfen, nähte und wusch, aber es sah immer aus, als trödle sie, als trample sie mit den Stiefeln und störe nur im Haus. Aus Angst, man könnte sie entlassen und nach Hause schicken, ließ sie alles mögliche fallen und zerbrach oft Geschirr, das ihr dann vom

Lohn abgezogen wurde, und dann kamen ihre Mutter und ihre Großmutter und fielen Tante Daša zu Füßen.

Einmal in der Woche, manchmal auch öfter, kamen Gäste. Die Tante ging dann zu Vera ins Zimmer und sagte:

»Du solltest dich ein bißchen zu den Gästen setzen, sonst denken sie, du bist stolz.«

Vera ging zu den Gästen und spielte mit ihnen Whint, oder sie spielte auf dem Flügel, und die Gäste tanzten; heiter und vom Tanzen ganz außer Atem trat dann gewöhnlich die Tante zu ihr und flüsterte:

»Sei ein bißchen netter zu Marja Nikoforovna.«

Am 6. Dezember, dem Nikolaustag, kamen viele Gäste zusammen, an die dreißig Personen; sie spielten bis zum Abend Whint, und viele blieben über Nacht. Frühmorgens setzten sie sich wieder an den Kartentisch, dann aßen sie zu Mittag, und wenn Vera nach dem Essen in das Zimmer trat, um sich von den Gesprächen und dem Tabaksqualm zu erholen, waren auch dort Gäste, und sie weinte beinahe vor Verzweiflung. Und wenn am Abend alle zur Heimfahrt rüsteten, dann sagte sie, froh darüber, daß sie endlich gingen:

»Bleiben Sie doch noch ein bißchen.«

Die Gäste ermüdeten und störten sie; gleichzeitig aber zog es sie beinahe jeden Tag, kaum daß es dunkelte, aus dem Haus, und sie fuhr irgendwohin zu Besuch, in die Fabrik oder zu Gutsnachbarn; und auch dort wurde Karten gespielt, getanzt, Pfänder verlost, soupiert ... Junge Leute aus den Fabriken und den Kohlengruben sangen manchmal ukrainische Lieder, und sogar sehr hübsch. Man wurde schwermütig, wenn sie sangen. Oder sie kamen alle in einem Zimmer zusammen, und dort, in der Dämmerung, sprachen sie über die Gruben, über die Schätze, die einst in der Steppe vergraben wurden, über ein Hünengrab ... Während der Unterhaltung hörte man bisweilen zu fortgeschrittener Stunde den Ruf »Hiiilfe!«. Das war ein Betrunkener, oder in den benachbarten Gruben wurde jemand ausgeplündert. Oder aber in den Öfen heulte der Wind und die Fensterläden klapperten, etwas später hörte man dann das Alarmgeläut der Kirchenglocken – ein Schneesturm hatte eingesetzt.

Auf all diesen Abenden, Picknicks und Essen war stets Tante Daša die interessanteste Frau und Doktor Neščapov der interessanteste Mann. In den Fabriken und auf den Gutshöfen wurde sehr wenig gelesen, man spielte nur Märsche und Polkas, und die Jugend stritt immer heiß über Dinge, die sie nicht verstand, und das machte immer einen unfeinen Eindruck. Man stritt hitzig und laut, aber seltsamerweise hatte Vera an keinem anderen Ort so gleichgültige und sorglose Menschen wie hier getroffen. Man konnte glauben, sie hätten kein Vaterland, keine Religion, keine gesellschaftlichen Interessen. Sprach man über Literatur oder behandelte man irgendeine abstrakte Frage, dann sah man an Neščapovs Gesicht, daß ihn das alles gar nicht reizte und daß er schon lange, sehr lange nicht mehr gelesen hatte und auch nicht lesen wollte. Er stand mit ernstem und ausdruckslosem Gesicht herum, in seiner weißen Weste, und wirkte wie ein schlecht gemaltes Porträt; er schwieg nach wie vor und wurde nach wie vor nicht verstanden; aber die Frauen und Mädchen fanden ihn interessant, waren von seinen Manieren entzückt und beneideten Vera, die ihm offensichtlich sehr gefiel. Vera fuhr jedesmal ärgerlich heim und schwor sich, zu Hause zu bleiben, aber der Tag verging und der Abend brach an, und von neuem eilte sie in die Fabrik – so ging es beinahe den ganzen Winter.

Sie bestellte sich Bücher und abonnierte Zeitschriften und las in ihrem Zimmer. Auch nachts im Bett las sie. Wenn die Uhr im Korridor zwei oder drei schlug und wenn ihr vom vielen Lesen schon die Schläfen weh taten, dann setzte sie sich im Bett auf und dachte nach. Was sollte sie tun? Wo sollte sie bleiben? Eine verwünschte, aufdringliche Frage, auf die schon längst viele Antworten bereitlagen, auf die es aber im Grunde genommen nicht eine einzige gab.

Oh, wie edel, heilig und schön müßte es sein, dem Volk zu dienen, seine Not zu lindern, es aufzuklären. Sie aber kannte das Volk nicht. Und wie sollte sie dem Volk näherkommen? Es war ihr fremd und uninteressant, sie konnte den dumpfen Geruch der Bauernhäuser, das grobe Geschimpfe, die ungewaschenen Kinder und die Gespräche der Weiber über Krankheiten nicht ertragen. Durch Schneewehen gehen und frieren, dann in einer stickigen Hütte sitzen und Kinder unterrichten, die sie nicht liebte – nein, lieber sterben! Die Bauernkinder unterrichten, während Tante Daša aus den Schenken Gewinn zog und die Bauern mit Strafen belegte – was für eine Komödie wäre das! Wieviel wurde über Schulen, Dorfbibliotheken und allgemeine Bildung gesprochen, wenn aber all diese Ingenieure, Fabrikanten und Damen, die sie kannte, nicht heuchelten, sondern tatsächlich glaubten, die Volksbildung sei notwendig, dann würden sie den Lehrern nicht fünfzehn Rubel im Monat zahlen wie jetzt und sie nicht hungern lassen. Die Schulen und die Gespräche über die Unwissenheit – sie dienten nur dazu, das Gewissen zu betäuben, weil es eine Schande war, fünf- oder zehntausend Desjatinen Land zu besitzen und sich dem Volk gegenüber gleichgültig zu verhalten. Von Doktor Neščapov sagten die Damen, er sei ein guter Mensch, er habe in der Fabrik eine Schule eingerichtet. Ja, die Schule hatte er aus alten Ziegeln der Fabrik gebaut, für achthundert Rubel, und zur Einweihung sang man für ihn ›Lang soll er leben‹, seinen Besitzanteil aber würde er wohl nicht zurückgeben, und es würde ihm auch nicht in den Sinn kommen, daß die Bauern ebensolche Menschen waren wie er und daß man auch sie an Universitäten unterrichten müßte und nicht nur in diesen erbärmlichen Fabrikschulen.

Vera war erbittert auf sich und auf alle. Sie nahm sich wieder ein Buch vor und wollte lesen, kurz darauf aber saß sie abermals da und dachte nach. Sollte sie Ärztin werden? Dazu mußte man jedoch in Latein eine Prüfung ablegen, und außerdem hatte sie einen unbezwingbaren Widerwillen gegen Leichen und Krankheiten. Schön wäre es, Mechaniker, Richter, Schiffskapitän, Gelehrter zu sein, etwas zu tun, wobei man alle körperlichen und geistigen Kräfte anspannen müßte, um dann müde zu werden und nachts fest zu schlafen; sie müßte ihr Leben für etwas einsetzen, um ein interessanter Mensch zu sein, um interessanten Menschen zu gefallen, um zu lieben und eine richtige Familie zu haben ... Aber was sollte sie tun? Womit beginnen?

An einem Sonntag in der großen Fastenzeit kam einmal die Tante zu ihr ins Zimmer, um einen Schirm zu holen. Vera saß grübelnd im Bett, den Kopf in die Hände gestützt.

»Du solltest in die Kirche fahren, mein Herzchen«, sagte die Tante, »sonst denken die Leute, du bist eine Ungläubige.«

Vera gab keine Antwort.

»Ich sehe, du langweilst dich, du Ärmste«, fuhr die Tante fort und ließ sich vor dem Bett auf die Knie nieder; sie vergötterte Vera. »Sag offen: langweilst du dich?«

»Sehr.«

»Meine Schönste, meine Königin, ich bin deine gehorsame Sklavin, ich wünsche dir Glück und alles Gute ... Sag, warum willst du nicht Neščapov heiraten? Was willst du noch, mein Kind? Entschuldige, Liebste, sehr wählerisch darfst du nicht sein, wir sind keine Fürsten ... Die Zeit vergeht, du bist nicht mehr siebzehn ... Und ich verstehe dich auch nicht! Er liebt dich, er vergöttert dich!«

»Ach, mein Gott«, erwiderte Vera ärgerlich, »woher soll ich das wissen? Er selber schweigt, nie sagt er auch nur ein Wort.«

»Er geniert sich, mein Herzchen ... Er denkt, du könntest ihm gleich einen Korb geben!«

Als die Tante gegangen war, stand Vera mitten im Zimmer und wußte nicht, ob sie sich anziehen oder wieder hinlegen sollte. Das Bett war ihr zuwider, sah sie aber aus dem Fenster, so waren da die kahlen Bäume, der graue Schnee, die widerwärtigen Dohlen, die Schweine, die der Großvater aufessen würde ...

Wirklich, dachte sie, ich sollte vielleicht doch heiraten!

III

Zwei Tage lang lief die Tante mit verweintem, stark gepudertem Gesicht herum, beim Mittagessen seufzte sie in einem fort und schaute das Heiligenbild an. Keiner wußte, was für ein Kummer sie bedrückte. Dann aber entschloß sie sich zu sprechen, ging zu Vera und sagte ungeniert:

»Hör zu, mein Kind, wir müssen die Zinsen auf die Bank bringen, aber der Pächter zahlt nicht. Wenn du gestattest, bezahlen wir die Zinsen von den fünfzehntausend, die dein Papa hinterlassen hat.«

Dann kochte die Tante den ganzen Tag im Garten Kirschenkompott. Alëna lief mit roten Wangen bald in den Garten, bald ins Haus, bald in den Keller. Wenn die Tante mit todernstem Gesicht Varenje kochte, so war das, als zelebriere sie einen Gottesdienst. Die kurzen Ärmel ließen ihre kleinen, kräftigen, despotischen Arme sehen, und wenn das Dienstmädchen unaufhörlich hin und her rannte und sich um dieses Varenje zu schaffen machte, das sie selbst nicht essen würde, dann hatte man jedesmal ein quälendes Gefühl ...

Im Garten roch es nach gekochten Kirschen. Die Sonne war schon untergegangen, das Kohlenbecken hatte man weggetragen, doch in der Luft hielt sich immer noch dieser angenehme, süßliche Geruch. Vera saß auf einer Bank und sah zu, wie ein neuer Arbeiter, ein junger Soldat, der auf der Durchreise war, nach ihren Weisungen Wege anlegte. Mit einem Spaten hob er den Rasen ab und warf ihn auf einen Schubkarren.

»Wo hast du gedient?« fragte ihn Vera.

»In Berdjansk.«

»Und wohin willst du jetzt? Nach Hause?«

»Nein«, erwiderte der Arbeiter, »ich hab kein Zuhause.«

»Aber wo bist du geboren und aufgewachsen?«

»Im Gouvernement Orel. Vor meiner Dienstzeit lebte ich bei meiner Mutter, im Haus des Stiefvaters; meine Mutter war die Herrin, sie wurde geachtet, und bei ihr bekam ich zu essen und zu trinken. Aber als ich diente, erhielt ich einen Brief – meine Mutter war gestorben ... Nun habe ich gar keine Lust mehr, nach Hause zu gehen. Es ist nicht mein leiblicher Vater, daher ist mir auch das Haus fremd.«

»Ist dein richtiger Vater gestorben?«

»Das weiß ich nicht. Ich bin unehelich.«

Währenddessen tauchte die Tante im Fenster auf und sagte: »Il ne fo pa parlee o schangs! Geh in die Küche, mein Lieber«, sagte sie zu dem Soldaten, »dort kannst du erzählen.«

Und dann, wie gestern und wie immer, das Abendessen, das Lesen, die schlaflose Nacht und die endlosen, eintönigen Gedanken. Um drei Uhr ging die Sonne auf, Alëna rumorte schon im Korridor, aber Vera schlief noch nicht, und sie bemühte sich zu lesen. Man hörte das Knarren der Schubkarre – der neue Arbeiter ging in den Garten ... Vera setzte sich mit dem Buch an das geöffnete Fenster, träumte vor sich hin und sah zu, wie der Soldat für sie die Wege anlegte, und das vertrieb ihr die Zeit. Die Wege waren glatt wie ein Riemen, und es heiterte sie auf, sie sich mit gelbem Sand bestreut vorzustellen.

Kurz nach fünf trat die Tante in einem rosenfarbigen Morgenrock und mit Lockenwickeln in den Haaren aus dem Haus. Sie blieb etwa drei Minuten schweigend auf der Freitreppe stehen und sagte dann zu dem Soldaten:

»Nimm deinen Paß und geh mit Gott. Ich kann keine Unehelichen im Haus behalten.«

In Veras Brust regte sich wie ein Stein ein niederdrückendes, ungutes Gefühl. Sie war empört, sie haßte die Tante; sie hatte genug von ihr, sie empfand gegen sie geradezu Abscheu

... Aber was sollte sie tun? Ihr über den Mund fahren? Ihr Grobheiten sagen? Was kam dabei heraus? Angenommen, sie würde sich mit der Tante zanken, sie aus dem Haus weisen, sie unschädlich machen, es so einrichten, daß der Großvater nicht mehr mit dem Stock ausholte – was käme dabei heraus? Das wäre dasselbe, als wollte man in der endlosen Steppe eine einzige Maus oder eine Schlange totschlagen. Die ungeheure Weite, die langen Winter, die Eintönigkeit und Langeweile des Lebens erzeugten ein Bewußtsein der Hilflosigkeit, die Lage schien hoffnungslos, und sie wollte überhaupt nichts unternehmen – alles war nutzlos.

Alëna trat ein, verneigte sich tief vor Vera und begann die Sessel hinauszutragen, um sie zu klopfen.

»Die richtige Zeit zum Aufräumen«, sagte Vera ärgerlich. »Geh hinaus!«

Alëna geriet in Verwirrung, konnte vor Angst nicht verstehen, was man von ihr wollte, und fing an, hastig auf der Kommode aufzuräumen.

»Geh hinaus, habe ich zu dir gesagt!« schrie Vera, wobei es ihr kalt den Rücken hinunterlief; noch nie hatte sie ein so quälendes Gefühl empfunden. »Geh!«

Alëna stöhnte auf, was sich wie das Piepsen eines Vogels anhörte, und ließ eine goldene Uhr auf den Teppich fallen.

»Hinaus!« schrie Vera, so laut sie konnte, und sprang, am ganzen Körper zitternd, auf. »Jagt sie weg, sie quält mich zu Tode!« fuhr sie fort, während sie hinter Alëna her auf den Korridor rannte und mit den Füßen stampfte. »Hinaus! Die Ruten! Verprügelt sie!«

Da kam sie plötzlich zur Besinnung und stürzte Hals über Kopf, so wie sie war, unfrisiert und ungewaschen, in Schlafrock und Pantoffeln, aus dem Haus. Sie rannte bis zu der bekannten Schlucht und versteckte sich dort im Schlehdorn, um niemanden zu sehen und von niemandem gesehen zu werden. Hier lag sie reglos im Gras, sie weinte nicht, sie war auch nicht entsetzt – sie blickte starr zum Himmel empor und überlegte kühl und klar, daß etwas geschehen war, was sie ihr ganzes Leben nicht vergessen würde und was sie sich nicht würde verzeihen können.

Nein, genug, dachte sie, es ist genug! Es ist Zeit, daß ich mich beherrsche, sonst nimmt das kein Ende ... Es ist genug!

Gegen Mittag fuhr Doktor Neščapov auf dem Weg zum Gutshof durch die Schlucht. Als sie ihn sah, entschloß sie sich augenblicklich, ein neues Leben zu beginnen, sich dazu zu zwingen, und dieser Entschluß beruhigte sie. Während sie die schlanke Gestalt des Arztes mit den Augen verfolgte, sagte sie, als wollte sie die Härte ihre Entschlusses mildern:

»Er ist sympathisch ... Wir werden schon irgendwie miteinander auskommen ...«

Sie kehrte nach Hause zurück. Als sie sich anzog, trat Tante Daša ins Zimmer und sagte:

»Alëna hat dich aufgeregt, mein Herzchen, ich habe sie ins Dorf zurückgeschickt. Ihre Mutter hat sie ordentlich verprügelt und ist dann hergekommen, sie hat geweint ...«

»Tante«, sagte Vera schnell, »ich heirate Doktor Neščapov. Nur müssen Sie selbst mit ihm sprechen ... Ich kann es nicht ...«

Und wieder ging sie hinaus aufs Feld. Während sie dahinschritt, wohin die Füße sie trugen, sagte sie sich, sie werde, wenn sie verheiratet sei, sich mit der Hauswirtschaft befassen, Kranke behandeln und Kinder unterrichten, sie werde alles das tun, was andere Frauen ihrer Kreise auch taten. Sie wolle diese ständige Unzufriedenheit mit sich selbst und den Menschen, diese Reihe grober Fehler, die sich wie ein Berg vor einem auftürmen, sobald man seine Vergangenheit betrachtet, als ihr wahres Leben ansehen, das ihr bestimmt war, und sie würde kein besseres erwarten ... Ein besseres gab es ja gar nicht! Die herrliche Natur, die Wunschträume, die Musik waren das eine; die Wirklichkeit des Lebens aber das andere. Offenbar existierten Glück und Wahrheit nur irgendwo außerhalb des Lebens ... Man brauchte nicht zu leben, man brauchte nur mit dieser üppigen Steppe, die grenzenlos und gleichgültig war wie die Ewigkeit, mit ihren Blüten, ihren Hünengräbern und ihrer endlosen Weite, in eins zu verschmelzen, dann wäre alles gut ...

Einen Monat später wohnte Vera schon in der Fabrik.

Auf dem Wagen

Um halb neun Uhr morgens kamen sie aus der Stadt.

Die Chaussee war trocken, und eine prächtige Aprilsonne wärmte das Land, aber in den Straßengräben und im Wald lag noch Schnee. Der strenge, dunkle und lange Winter war eben erst vergangen, der Frühling hatte sich ganz plötzlich eingestellt, aber für Marja Vasiljevna, die hier im Wagen saß, bedeuteten weder die Wärme noch die verträumten, vom Hauch des Frühlings erwärmten, durchsichtigen Wälder etwas Neues oder Interessantes, ebensowenig wie die schwarzen Vogelschwärme, die über Feldern mit riesigen Wasserlachen dahinflogen, oder wie dieser wunderbare, unergründliche Himmel, in den man, schien es, voller Wonne eingehen würde. Nun war sie schon seit dreizehn Jahren Lehrerin, und es ließ sich nicht mehr zählen, wie viele Male sie zum Gehaltsempfang in die Stadt gefahren war. Ob Frühlingswetter herrschte wie jetzt, ob sie an einem regnerischen Herbstabend oder im Winter fuhr – ihr war es gleich, und sie wünschte nur immer das eine: möglichst schnell heimzukommen.

Sie hatte das Gefühl, sie wohne schon sehr lange, so an die hundert Jahre, in dieser Gegend, und sie meinte, sie kenne auf dem ganzen Weg von der Stadt bis zu ihrer Schule jeden Stein und jeden Baum. Hier war ihre Vergangenheit und ihre Gegenwart, und sie konnte sich keine andere Zukunft vorstellen als die Schule, den Weg zur Stadt und zurück, wieder die Schule und wieder den Weg . . .

An jene Vergangenheit vor ihrem Eintritt in den Lehrerberuf dachte sie gar nicht mehr – fast alles war ihrem Gedächtnis entschwunden. Einstmals hatte sie Vater und Mutter gehabt; damals lebten sie in Moskau am Roten Tor in einer großen Wohnung, aber von diesem ganzen Leben war ihr nur eine unklare, verschwommene Erinnerung geblieben wie an einen Traum. Der Vater starb, als sie zehn Jahre alt war, bald darauf starb auch die Mutter ... Sie hatte einen Bruder, der Offizier war, und anfänglich schrieben sie sich noch, aber dann antwortete der Bruder nicht mehr auf ihre Briefe. Von den vergangenen Dingen war nur eine Fotografie der Mutter erhalten geblieben, aber von der Feuchtigkeit, die in der Schule herrschte, war sie bereits vergilbt, und man sah nichts mehr darauf als nur die Haare und Augenbrauen.

Als sie etwa drei Verst gefahren waren, wandte sich der alte Semën, der das Pferd lenkte, um und sagte:

»In der Stadt haben sie einen Beamten verhaftet. Verschickt ist er worden. Er soll in Moskau mit Deutschen zusammen den Stadthauptmann Alekseev ermordet haben.«

»Wer hat dir das erzählt?«

»In der Schenke von Ivan Jonov haben sie das in der Zeitung gelesen.«

Und wieder schwiegen sie lange. Marja Vasiljevna dachte an ihre Schule, daran, daß bald die Examen stattfinden würden; sie stellte dazu vier Jungen und ein Mädchen. Gerade als sie an die Prüfungen dachte, überholte sie der Gutsbesitzer Chanov in einer vierspännigen Kutsche, derselbe, der im vergangenen Jahr ihre Schule überprüft hatte. Als er mit ihr auf gleicher Höhe war, erkannte er sie und verbeugte sich.

»Guten Tag«, sagte er. »Sie fahren wohl nach Hause?«

Dieser Chanov, ein Mann von etwa vierzig Jahren mit verlebtem Gesicht und welken Zügen, begann bereits merklich zu altern, aber noch immer war er ein schöner Mann, der den Frauen gefiel. Er lebte allein in seinem großen Gutshaus, hatte kein Amt inne, und man sagte, er tue zu Hause nichts als nur aus einer Ecke in die andere gehen und pfeifen oder mit seinem alten Diener Schach spielen. Auch sagte man von ihm, er trinke viel. Tatsächlich, im vergangenen Jahr beim Examen hatten sogar die Papiere, die er bei sich trug, nach

Parfüm und nach Wein gerochen. Damals war alles an ihm nagelneu gewesen. Marja Vasiljevna hatte er sehr gefallen, und sie wurde ganz verlegen, als sie neben ihm saß. Sie war es gewohnt, nur kalte, nüchtern urteilende Examinatoren bei sich zu sehen, aber dieser hier erinnerte sich keines einzigen Gebetes und wußte nicht, wonach er fragen sollte; er benahm sich außerordentlich höflich und zartfühlend und verteilte ausschließlich Einsen.

»Und ich fahre zu Bakvist«, setzte er das Gespräch fort, wobei er sich an Marja Vasiljevna wandte, »aber er soll nicht zu Hause sein.«

Von der Chaussee bog man in den Weg ein, der zum Dorf führte: Chanov voran, Semën hinterher. Das Viergespann ging auf dem Weg im Schritt und zog mit Mühe den schweren Kutschwagen durch den Schmutz. Semën wich dem Weg aus und lenkte sein Fahrzeug geschickt bald über einen kleinen Hügel, bald über eine Wiese, wobei er oft vom Wagen sprang und die Pferde unterstützte. Marja Vasiljevna dachte immerzu an die Schule und daran, wie die Prüfungsaufgabe sein würde – schwer oder leicht. Sie war ärgerlich über die Zemstvo-Verwaltung, wo sie gestern niemanden angetroffen hatte. Welche Unordnung! Nun waren es bereits zwei Jahre, daß sie darum bat, den Schuldiener zu entlassen, der nichts tat, grob gegen sie war und sogar die Kinder prügelte, aber man hörte nicht auf sie. Der Vorsitzende war kaum im Büro anzutreffen, und wenn man ihn erwischte, dann erzählte er mit Tränen in den Augen, er habe keine Zeit. Der Inspektor ließ sich einmal in drei Jahren in der Schule sehen und kannte sich nicht aus, weil er früher bei der Steuer gearbeitet und den Inspektorposten nur durch Protektion bekommen hatte. Der Pädagogische Rat trat sehr selten zusammen, und man wußte nicht, wo; der Kurator war ein halber Analphabet, ein dummer, grober Bauer, der eine Gerberei besaß und ein guter Freund des Schuldieners war – weiß der Himmel, an wen man sich mit Bitten und Fragen wenden sollte...

Er ist tatsächlich ein schöner Mann, dachte sie und sah Chanov an.

Der Weg wurde immer schlechter. Sie fuhren in einen Wald hinein. Hier konnte man nirgends ausweichen, die Radspuren waren tief ausgefahren, in ihnen strömte und rauschte das Wasser. Dornige Zweige schlugen ihr ins Gesicht.

»Wie gefällt Ihnen der Weg?« fragte Chanov und lachte.

Die Lehrerin sah ihn an und begriff nicht, weshalb dieser Sonderling hier lebte. Was nützten ihm in dieser Einöde, in diesem Schmutz und dieser Langeweile sein Geld, sein interessantes Äußere, sein feines Benehmen? Er erhielt vom Leben keinerlei Sonderrechte, er fuhr genau wie Semën im Schritt auf einem abscheulichen Weg und erduldete die gleichen Unbequemlichkeiten. Weshalb hier leben, wenn man die Möglichkeit hat, in Petersburg oder im Ausland zu leben? Und man sollte meinen, es käme ihm, dem reichen Manne, zu, aus diesem schlechten Weg einen guten zu machen, um sich nicht so zu quälen und nicht die Verzweiflung zu sehen, die seinem Kutscher und Semën auf dem Gesicht geschrieben stand. Aber er lachte nur, offenbar war ihm alles gleich, und er brauchte kein besseres Leben. Er war ein guter, weicher, naiver Mensch und verstand dieses rohe Leben nicht, er kannte es ebensowenig, wie er bei der Prüfung die Gebete kannte. Er spendete für die Schulen Globen und hielt sich aufrichtig für einen nützlichen Menschen und angesehenen Förderer der Volksbildung. Aber wer brauchte schon hier seine Globen!

»Halt dich fest, Vasiljevna!« sagte Semën.

Der Wagen legte sich stark auf die Seite – gleich würde er umkippen; auf Marja Vasiljevnas Füße wälzte sich etwas Schweres – ihre Einkäufe. Es ging jetzt einen steilen, lehmigen Abhang hinauf; lärmende Bäche flossen in gewundenen Gräben herab, das Wasser hatte den Weg gleichsam zernagt – wie sollte man da fahren können! Die Pferde schnaubten.

Chanov stieg aus seiner Kutsche und ging in seinem langen Mantel am Rande des Weges. Ihm war heiß.

»Was sagen Sie zu dem Weg?« fragte er wieder und lachte auf. »Das hält der Wagen nicht lange aus.«

»Wer verlangt denn von Ihnen, daß Sie bei diesem Wetter herumfahren?« sagte Semën grob. »Sie sollten zu Hause bleiben.«

»Zu Hause ist es langweilig, Großvater. Ich sitze nicht gern zu Hause.« Neben dem alten Semën wirkte er schlank und rüstig, aber in seinem Gang war etwas, was ihn kaum merklich zu einem schon vergifteten, schwachen, dem Untergang geweihten Geschöpf abstempelte. Und ausgerechnet im Wald begann es auf einmal nach Wein zu riechen. Marja Vasiljevna wurde beklommen zumute, und sie bedauerte diesen Mann, der ohne Sinn und Zweck zugrunde ging, und sie dachte bei sich, daß sie, wenn sie seine Frau oder seine Schwester wäre, ihr ganzes Leben dafür hingeben würde, um ihn vor dem Untergang zu retten. Seine Frau sein? Das Leben war so eingerichtet, daß er allein in seinem großen Gutshaus wohnte und sie allein in ihrem abgelegenen Dorf, doch schon der Gedanke, er und sie könnten einander nahe und gleich sein, schien irgendwie unmöglich und sinnlos. In Wirklichkeit waren das ganze Leben und die menschlichen Beziehungen so kompliziert und so unverständlich, daß einem, dachte man darüber nach, angst wurde und der Puls stockte.

Es ist unbegreiflich, überlegte sie, weshalb Gott Schönheit, diese Zuvorkommenheit und so traurige, liebe Augen schwachen, unglücklichen und unnützen Menschen verleiht, weshalb sie so gefallen.

»Wir müssen uns rechts halten«, sagte Chanov und stieg in seine Kutsche. »Leben Sie wohl! Alles Gute!«

Und wieder dachte sie an ihre Schulkinder, an das Examen, an den Schuldiener und an den Pädagogischen Rat; und als der Wind von rechts das Geräusch des davonfahrenden Wagens herübertrug, vermischten sich diese Gedanken mit anderen. Sie wollte an die schönen Augen denken, an die Liebe, an ein Glück, das es niemals geben würde ...

Seine Frau sein? Morgens ist es kalt, niemand heizt den Ofen, der Schuldiener ist irgendwohin gegangen; die Kinder kommen bei Tagesanbruch, bringen Schnee und Schmutz mit und lärmen, alles das ist so unangenehm und ungemütlich. Die Wohnung besteht aus einem Zimmerchen, das gleichzeitig als Küche dient. Nach dem Unterricht schmerzt jeden Tag der Kopf, nach dem Mittagessen hat man ein brennendes Gefühl unter dem Herzen. Man muß von den Kindern Geld für Holz und für den Schuldiener einsammeln, es dem Kurator überweisen und diesen satten, frechen Bauern anflehen, er solle um Gottes willen Holz schicken. Und nachts träumt man von Prüfungen, Bauern und Schneeverwehungen. Dieses Leben hat sie vorzeitig altern lassen und sie schroff gemacht, sie ist unansehnlich, plump und ungeschickt geworden, als wäre sie aus Blei gegossen, und vor allem hat sie Angst. Vor einem Vertreter der Behörde oder vor dem Schulkurator steht sie auf und wagt nicht, sich wieder zu setzen, und wenn sie über einen von ihnen spricht, so tut sie das ehrfurchtsvoll. Niemandem gefällt sie, ihr Leben fließt eintönig dahin, ohne Liebkosungen, ohne freundschaftliche Anteilnahme, ohne interessante Bekannten. Wie schrecklich wäre es für sie, wenn sie sich verliebte!

»Halt dich fest, Vasiljevna!«

Wieder ein steiler Abhang ...

Sie war notgedrungen Lehrerin geworden, ohne eine Berufung zu verspüren, und sie dachte auch niemals an eine Berufung oder an den Nutzen der Bildung; es kam ihr immer so vor, als seien nicht die Schulkinder und die Bildung die Hauptsache, sondern die Prüfungen.

Und wann sollte sie hier an Berufung oder den Nutzen der Bildung denken? Lehrer, unbegüterte Ärzte und Heilgehilfen können sich bei ihrer gewaltigen Arbeit nicht einmal damit trösten, daß sie einer Idee und dem Volk dienen, weil sie ständig an das tägliche Brot, an Holz, schlechte Wege und Krankheiten denken müssen. Das Leben ist schwer und uninteressant, und auf die Dauer können es nur schweigsame Lastpferde von der Art Marja Vasiljevnas ertragen; lebhafte, nervöse und empfindliche Menschen jedoch, die von ihrer Berufung und von geistigem Dienen sprechen, werden bald müde und werfen die Flinte ins Korn.

Semën probierte, wo der Weg trockener und kürzer sei, und fuhr mal über eine Wiese, mal hinter einem Dorf entlang; aber er mußte aufpassen – dort ließen einen die Bauern nicht durch, dort war Popenland, da durfte man nicht fahren, und dort hatte Ivan Ionov dem Herrn eine Parzelle abgekauft und mit einem Graben umgeben. Immer wieder mußten sie umkehren.

Sie kamen nach Gorodišče. Neben der Schenke, auf der mit Dünger und Schneeresten bedeckten Erde, standen Wagen, beladen mit großen Ballons von Vitriolöl. In der Schenke waren viele Menschen, alles Kutscher, und es roch nach Vodka, Tabak und Schaffell. Laute Gespräche wurden geführt, und man knallte mit der Tür. Hinter der Wand, im Kramladen, spielte jemand Harmonika, ohne das Spiel auch nur eine Minute zu unterbrechen. Marja Vasiljevna saß da und trank Tee, und am Nachbartisch, vom Tee und der Hitze des Schankraumes in Schweiß geraten, tranken Bauern Vodka und Bier.

»Hör mal, Kuzma! Was soll das! Gott segne es!« tönte es durcheinander. »Ivan Dementjič, dir werd ich helfen! Paß auf, Schwager!«

Ein Bauer, klein von Wuchs, mit schwarzem Bart, pockennarbig, längst betrunken, wunderte sich plötzlich über etwas und begann unflätig zu schimpfen.

»Was schimpfst du da? Du!« unterbrach ihn ärgerlich Semën, der weitab in einer Ecke saß. »Siehst du denn nicht: ein Fräulein!«

»Ein Fräulein . . .« äffte ihn jemand in einer anderen Ecke nach.

»Altes Schwein!«

»Wir haben nicht ...« stammelte der kleine Bauer verlegen. »Entschuldigen Sie. Wir leben sozusagen für unser Geld, aber das Fräulein für das ihre ... Guten Tag!«

»Guten Tag!« antwortete die Lehrerin.

»Und wir danken Ihnen ergebenst.«

Marja Vasiljevna trank mit Vergnügen Tee, und ihr Gesicht rötete sich wie die Gesichter der Bauern, und sie dachte wieder an das Holz und an den Schuldiener ...

»Wart mal, Schwager!« erscholl es vom Nebentisch. »Das ist die Lehrerin aus Vjazovje ... Wir kennen sie! Ein feines Fräulein.«

»Ein anständiges Fräulein!«

Die Tür klappte in einem fort, die einen kamen, die anderen gingen. Marja Vasiljevna saß da und dachte immerzu dasselbe, und die Harmonika hinter der Wand spielte unaufhörlich. Sonnenflecken zitterten auf dem Fußboden, sie kletterten erst auf den Schanktisch, dann die Wand empor und verschwanden darauf ganz und gar; das bedeutete, die Sonne neigte sich schon dem Abend zu. Die Bauern am Nachbartisch rüsteten zum Aufbruch. Der kleine Bauer trat leicht schwankend auf Marja Vasiljevna zu und gab ihr die Hand; als die anderen ihn sahen, gaben auch sie ihr zum Abschied die Hand und gingen einer nach dem anderen hinaus; die Tür quietschte und klappte neunmal.

»Vasiljevna, mach dich fertig!« rief Semën.

Sie fuhren weiter, wieder nur im Schritt.

»Unlängst hat man hier, in dieser Siedlung, eine Schule gebaut«, sagte Semën und drehte sich um. »Was da gesündigt wurde!«

»Was denn?«

»Da soll sich doch der Vorsitzende tausend in die eigene Tasche gesteckt haben, der Kurator auch tausend und der Lehrer fünfhundert.«

»Die ganze Schule kostet doch nur tausend. Das gehört sich

nicht, die Leute schlechtzumachen, Großvater. Das ist alles Unsinn.«

»Ich weiß nicht ... Wie das Volk, so denk auch ich.«

Doch es war klar, daß Semën der Lehrerin nicht glaubte. Die Bauern glaubten ihr nicht; sie dachten immer, sie bekäme ein zu hohes Gehalt – einundzwanzig Rubel im Monat (fünf wären auch genug); und sie meinten auch, von dem Geld, das sie bei den Kindern für Holz und für den Schuldiener einsammelte, behalte sie den größten Teil für sich. Der Kurator dachte ebenso wie alle Bauern; er verdiente selbst an dem Holz und erhielt für seine Amtstätigkeit von den Bauern ein Entgelt, von dem die Obrigkeit nichts wußte.

Der Wald hörte Gott sei Dank auf, von nun an ging es bis Vjazovje über ebenes Feld. Es blieb nur noch eine Kleinigkeit: den Fluß zu überqueren, dann die Eisenbahnlinie, und dann war man auch schon in Vjazovje.

»Wo fährst du denn hin?« fragte Marja Vasiljevna den Kutscher. »Fahr nach rechts zur Brücke.«

»Wozu? Wir können auch hier durch. Ist doch gar nicht tief hier.«

»Paß auf, daß uns das Pferd nicht ersäuft.«

»Was?«

»Auch Chanov ist über die Brücke gefahren«, sagte Marja Vasiljevna, die rechts in der Ferne das Viergespann erblickt hatte. »Das wird er wohl sein.«

»Das ist er. Sicher hat er Bakvist nicht angetroffen. So ein Trottel, daß Gott erbarm – ist da lang gefahren, wozu bloß, hier ist es volle drei Verst näher.«

Sie fuhren hinunter zum Fluß. Im Sommer war das ein kleines Flüßchen, durch das man mühelos waten konnte und das im Juli, August immer austrocknete; jetzt aber, nach dem Hochwasser, war es ein mehr als zehn Meter breiter Fluß, reißend, trübe und kalt. Am Ufer und dicht am Wasser sah man frische Radspuren – es mußte hier jemand durchgefahren sein.

»Vorwärts!« rief Semën ärgerlich und voller Unruhe, wobei er heftig am Zügel riß und mit den Ellbogen schlug wie ein Vogel mit den Flügeln. »Vorwärts!«

Das Pferd ging bis zum Bauch ins Wasser und blieb stehen, aber sogleich ging es unter Anspannung aller Kräfte weiter, und Marja Vasiljevna spürte an den Füßen schneidende Kälte.

»Vorwärts!« schrie auch sie und erhob sich. »Vorwärts!«

Sie gelangten ans Ufer.

»Und was ist das nur, mein Gott, das ist geradezu«, murmelte Semën und brachte das Geschirr in Ordnung. »Eine wahre Strafe ist das mit diesem Zemstvo . . .«

Die Galoschen und die Schuhe waren voll Wasser, der Saum des Kleides und des Pelzes sowie der eine Ärmel waren feucht, und das Wasser floß herunter; Zucker und Mehl waren naß geworden – das war am ärgerlichsten, und vor Verzweiflung rang Marja Vasiljevna die Hände und sagte:

»Ach, Semën, Semën . . . was bist du für einer, wirklich!«

Am Bahnübergang hatte man die Schranke heruntergelassen – von der Station kam der Kurierzug. Marja Vasiljevna stand am Übergang und wartete darauf, daß er vorbeifuhr, und sie zitterte vor Kälte am ganzen Körper. Vjazovje war bereits zu sehen – die Schule mit dem grünen Dach und die Kirche mit den im Schein der Abendsonne leuchtenden Kreuzen; die Fenster der Station leuchteten ebenfalls, aus der Lokomotive stieg rosafarbener Rauch . . . Und ihr schien es, als zittere alles vor Kälte.

Da war der Zug; die Fenster schimmerten im hellen Licht wie die Kreuze auf der Kirche, und die Augen schmerzten, wenn man hinsah. Auf der Plattform eines Waggons der ersten Klasse stand eine Dame, und Marja Vasiljevna schaute sie flüchtig an: Die Mutter! Welche Ähnlichkeit! Ihre Mutter hatte das gleiche üppige Haar, die gleiche Stirn und die gleiche Kopfhaltung gehabt. Und sie sah mit verblüffender Deutlichkeit zum erstenmal in diesen dreizehn Jahren ihre

Mutter vor sich, den Vater, den Bruder, die Wohnung in Moskau, das Aquarium mit den Fischen und alles, bis in die letzten Einzelheiten. Sie hörte plötzlich die Klänge eines Klaviers und die Stimme des Vaters, sie fühlte sich wie damals jung, hübsch und elegant und saß im hellen, warmen Zimmer, im Kreise ihrer Lieben. Plötzlich überkam sie ein Gefühl der Freude und des Glücks, vor Entzücken preßte sie die Hände an die Schläfen und rief zärtlich und flehend:

»Mutter!«

Und sie begann zu weinen, sie wußte nicht, weshalb. In diesem Augenblick kam Chanov in seiner Kutsche angefahren, und als sie ihn sah, malte sie sich ein Glück aus, das es niemals geben würde, und sie lächelte und neigte den Kopf wie eine, die sich ihm verbunden fühlte, und es schien ihr, als leuchteten auch am Himmel, überall in den Fenstern und auf den Bäumen ihr Glück und ihr Triumph. Ja, ihr Vater und ihre Mutter waren nie gestorben, sie war niemals Lehrerin gewesen; das alles kam ihr wie ein langer, schwerer und seltsamer Traum vor, aber jetzt war sie erwacht . . .

»Vasiljevna, steig ein!«

Und plötzlich war alles verschwunden. Die Schranke hob sich langsam. Marja Vasiljevna setzte sich, zitternd und steif vor Kälte, in den Wagen. Das Viergespann überquerte die Gleise. Semën fuhr hinterher. Der Bahnwärter nahm die Mütze ab.

»Das ist Vjazovje. Wir sind da.«

Bei Bekannten

Erzählung

Am Morgen traf folgender Brief ein:

»Lieber Miša, Sie haben uns wohl ganz und gar vergessen, kommen Sie recht schnell, wir möchten Sie sehen. Wir beide flehen Sie auf den Knien an, kommen Sie noch heute und lassen Sie uns in Ihre hellen Augen blicken. Wir erwarten Sie mit Ungeduld.

Ta und Va.

Kuzminki, den 7. Juni.«

Der Brief kam von Tatjana Alekseevna Loseva, die man vor zehn, zwölf Jahren, als Podgorin häufig in Kuzminki weilte, kurz Ta genannt hatte. Wer aber war Va? Podgorin erinnerte sich an lange Gespäche, an fröhliches Lachen, an Liebesromanzen, abendliche Spaziergänge und einen ganzen Blumenflor von Mädchen und jungen Frauen, die damals in Kuzminki und Umgebung lebten, und ihm fiel ein schlichtes, lebhaftes, kluges Gesicht ein, mit Sommersprossen, die so gut zu dem dunkelroten Haar paßten – das war Varja oder Varvara Pavlovna, Tatjanas Freundin. Sie hatte Medizin studiert und arbeitete irgendwo hinter Tula in einer Fabrik; offenbar war sie gerade zu Besuch in Kuzminki.

Liebe Va! dachte Podgorin und gab sich den Erinnerungen hin. – Wie nett sie war!

Tatjana, Varja und er waren fast gleichaltrig; damals studierte er noch, sie aber waren schon erwachsene junge Mädchen im heiratsfähigen Alter, und sie behandelten ihn wie einen kleinen Jungen. Auch jetzt, da er bereits Rechtsanwalt war und die ersten grauen Haare bekam, nannten sie ihn immer noch Miša, betrachteten ihn als unreif und sagten, er habe noch nichts durchgemacht im Leben.

Er liebte sie sehr, aber wohl mehr in seinen Erinnerungen als in Wirklichkeit. Die Gegenwart war ihm wenig bekannt, unverständlich und fremd. Fremd klang ihm auch dieser kurze, schalkhafte Brief, an dessen Abfassung sie wahrscheinlich lange und intensiv gearbeitet hatten, und als Tatjana ihn schrieb, hatte sicher Sergej Sergeič, ihr Mann, hinter ihr gestanden ... Tatjana hatte Kuzminki erst vor sechs Jahren als Mitgift bekommen, doch es war von Sergej Sergeič bereits heruntergewirtschaftet worden, und jetzt wandten sie sich jedesmal, wenn sie Bank- oder Hypothekenzinsen zahlen mußten, an Podgorin als Juristen um Rat; und darüber hinaus hatten sie ihn schon zweimal um ein Darlehen gebeten. Offenbar wollten sie auch jetzt einen Rat oder Geld von ihm.

Es zog ihn nicht mehr so wie früher nach Kuzminki; dort war es ihm zu traurig. Es gab dort kein Gelächter mehr, kein Lärmen, keine fröhlichen, sorglosen Gesichter, keine Rendezvous in stillen Mondnächten und, was die Hauptsache war, auch keine jungen Leute; das alles schien einem wahrscheinlich auch nur in der Erinnerung bezaubernd ... Außer Ta und Va lebte dort noch Na, Tatjanas Schwester Nadežda, die man im Scherz und im Ernst seine Braut genannt hatte. Sie war unter seinen Augen herangewachsen; man hatte damit gerechnet, daß er sie heiraten würde, und eine Zeitlang war er in sie verliebt gewesen und hatte ihr schon einen Heiratsantrag machen wollen, aber nun wurde sie schon vierundzwanzig, und er hatte immer noch nicht geheiratet ...

Wie sich das doch alles so ergeben hat, dachte er nun, und verwirrt las er den Brief noch einmal. – Aber nicht hinzufahren, das war unmöglich, das würde sie kränken ...

Daß er die Losevs so lange nicht besucht hatte, lag ihm wie ein Stein auf der Seele. Während er nachdenklich durchs Zimmer schritt, gab er seinem Herzen einen Stoß und beschloß, für drei Tage hinzufahren, um dieser Pflicht zu genügen und daraufhin wenigstens bis zum nächsten Sommer frei und unbehelligt zu sein. Als er sich nach dem Frühstück zum Brester Bahnhof aufmachte, sagte er dem Diener, er werde in drei Tagen zurück sein.

Von Moskau bis Kuzminki fuhr man zwei Stunden mit der Eisenbahn und dann noch, von der Station aus, etwa zwanzig Minuten mit dem Pferdewagen. Bereits von der Station aus sah man Tatjanas Wald und drei hohe, schmale Landhäuser, die Losev aber nicht zu Ende bauen konnte, weil er sich in den ersten Jahren nach der Hochzeit auf verschiedene Spekulationen eingelassen hatte. Ruiniert hatten ihn sowohl diese Landhäuser als auch allerlei Experimente in der Landwirtschaft und die häufigen Fahrten nach Moskau, wo er im ›Slavischen Bazar‹ frühstückte, in der ›Eremitage‹ zu Mittag aß und den Tag in der Malaja-Bronnaja-Straße oder in der Živodërka-Straße bei den Zigeunern beschloß – das nannte er ›die Sorgen abschütteln‹. Podgorin trank auch gern, manchmal sogar recht viel, und im Umgang mit Frauen war er nicht sehr wählerisch, aber er blieb dabei träge und kalt, er empfand nicht das geringste Vergnügen, und ihn übermannte immer ein Gefühl des Ekels, wenn andere in seiner Gegenwart ihren Leidenschaften freien Lauf ließen, er konnte die Menschen nicht verstehen, die sich in der Živodërka-Straße freier fühlten als zu Hause unter anständigen Frauen, und er mochte diese Menschen nicht; ihm schien es, jede Unsauberkeit hafte ihm an wie eine Klette. Auch Losev mochte er nicht, er hielt ihn für einen unfähigen und faulen Burschen, und in seiner Gegenwart überkam ihn immer wieder ein Gefühl des Ekels …

Gleich hinter dem Wald kamen ihm Sergej Sergeič und Nadežda entgegen.

»Mein Lieber, warum haben Sie uns vergessen?« sagte Sergej Sergeič, küßte sich dreimal mit Podgorin und umfaßte dann mit beiden Händen seine Taille. »Sie wollen überhaupt nichts mehr von uns wissen, mein Freund.«

Er hatte grobe Gesichtszüge, eine dicke Nase und einen

schütteren braunen Bart; das Haar trug er wie ein Kaufmann zur Seite gekämmt, um als einfacher russischer Mensch zu gelten. Wenn er sprach, atmete er dem Partner direkt ins Gesicht, und wenn er schwieg, schnaufte er heftig durch die Nase. Sein wohlgenährter Körper und die übertriebene Sattheit behinderten ihn, und um leichter atmen zu können, streckte er immer die Brust vor, was ihm ein hochmütiges Aussehen verlieh. Seine Schwägerin Nadežda wirkte neben ihm geradezu ätherisch. Sie war hellblond, blaß, schlank und hatte gütige, zärtliche Augen; ob sie schön war oder nicht, konnte Podgorin nicht recht beurteilen, weil er sie von Kindheit an kannte und an ihr Äußeres gewöhnt war. Jetzt trug sie ein weißes ausgeschnittenes Kleid, und der Anblick ihres langen weißen Halses war ihm neu und nicht ganz angenehm.

»Meine Schwester und ich, wir warten seit dem Morgen auf Sie«, sagte sie. »Varja ist bei uns, sie erwartet Sie ebenfalls.«

Sie nahm seinen Arm und stieß plötzlich grundlos einen leichten freudigen Schrei aus, als entzücke sie unvermutet ein Gedanke. Das Feld mit dem blühenden Roggen, den kein Windhauch bewegte, und der von der Sonne beschienene Wald waren wunderschön; und es sah so aus, als bemerke Nadežda das erst jetzt, da sie an Podgorins Seite schritt.

»Ich bin für drei Tage zu Ihnen gekommen«, sagte er. »Sie müssen entschuldigen, aber ich konnte nicht eher von Moskau weg.«

»Das ist nicht schön von Ihnen, gar nicht schön, Sie haben uns ganz und gar vergessen«, meinte Sergej Sergeič mit gutmütigem Vorwurf. »Jamais de ma vie!« sagte er plötzlich und schnipste mit den Fingern.

Er hatte die Angewohnheit, unerwartet für seinen Gesprächspartner, in Form eines Ausrufes irgendeine Phrase einzuflechten, die sich gar nicht auf das Gespräch bezog, und dabei mit den Fingern zu schnipsen. Ständig ahmte er jemanden nach; wenn er mit den Augen rollte, nachlässig die Haare zurückwarf oder in Pathos verfiel, so bedeutete das, er war am Abend vorher im Theater oder bei einem Festessen gewesen, wo Reden gehalten wurden. Jetzt ging er wie ein Gichtkranker, mit kleinen Schritten, ohne die Knie zu beugen – wahrscheinlich ahmte er auch dabei jemanden nach.

»Wissen Sie, Tatjana hat nicht geglaubt, daß Sie kommen«, sagte Nadežda. »Varja und ich, wir hatten so eine Vorahnung; ich wußte, Sie würden gerade mit diesem Zug kommen.«

»Jamais de ma vie!« wiederholte Sergej Sergeič.

Im Garten auf der Terrasse warteten die Damen. Vor zehn Jahren hatte Podgorin – er war damals ein armer Student – für Kost und Logis Nadežda in Mathematik und Geschichte unterrichtet; bei der Gelegenheit nahm Varja, die Hochschülerin, bei ihm Latein. Tanja jedoch, schon damals ein schönes, junges Mädchen, dachte an nichts anderes als die Liebe, sie sehnte sich nur nach Liebe und Glück, leidenschaftlich sehnte sie sich danach, und sie wartete auf den Bräutigam, der ihr Tag und Nacht in ihren Träumen erschien. Auch jetzt, da sie schon über dreißig war und in dem weiten Morgenrock und mit den vollen weißen Armen noch genauso schön und stattlich aussah wie früher, auch jetzt dachte sie nur an ihren Mann und ihre beiden Mädchen, und man sah ihr an, daß sie, obwohl sie lächelte und sprach, trotzdem über ihre Liebe und über ihrem Recht auf diese Liebe wachte und daß sie bereit war, sich jeden Augenblick auf den Feind zu stürzen, der ihr den Mann und die Kinder wegnehmen könnte. Sie liebte stürmisch und wurde, wie sie glaubte, auch wiedergeliebt, doch Eifersucht und die Angst um die Kinder quälten sie ständig und hinderten sie daran, glücklich zu sein.

Nach dem geräuschvollen Empfang auf der Terrasse gingen alle außer Sergej Sergeič in Tatjanas Zimmer. Die zugezogenen Vorhänge ließen keinen Strahl Sonne herein, es war dämmerig, so daß es schien, als hätten alle Rosen in dem großen Blumenstrauß die gleiche Farbe. Man ließ Podgorin in einem alten Sessel am Fenster Platz nehmen. Nadežda setzte sich zu seinen Füßen auf eine Fußbank. Er wußte, es würde außer den zarten Vorwürfen, dem Lachen und den Scherzen, die er nun zu hören bekam und die ihn an früher erinnerten, auch noch ein unangenehmes Gespräch über Wechsel und Hypotheken geben – das war nicht zu vermeiden –, und er dachte, es sei vielleicht besser, gleich und ohne Aufschub von den Geschäften zu reden, die Sache so schnell wie möglich zu erledigen und dann hinaus in den Garten, an die frische Luft zu gehen ...

»Wollen wir nicht zuerst von den Geschäften sprechen?« fragte er. »Was gibt es Neues bei Ihnen in Kuzminki? Ist alles wohlbestellt im Staate Dänemark?«

»Es ist nicht schön bei uns in Kuzminki«, antwortete Tatjana und seufzte traurig. »Ach, unsere Geschäfte stehen schlecht, so schlecht, schlechter können sie gar nicht mehr stehen«, sagte sie und schritt erregt durchs Zimmer. »Unser Gut wird verkauft, die Versteigerung soll am siebenten August stattfinden, sie ist schon überall angekündigt, und die Käufer kommen hergefahren, laufen durch die Zimmer und sehen sich alles an ... Jeder hat jetzt das Recht, in mein Zimmer zu gehen und zu gucken. Juristisch mag das vielleicht richtig sein, aber es erniedrigt mich, es kränkt mich tief. Wir haben kein Geld, um die Schulden zu bezahlen, und können auch nirgends ein Darlehen aufnehmen. Mit einem Wort – schrecklich! Ich schwöre Ihnen«, fuhr sie fort und blieb mitten im Zimmer stehen, ihre Stimme zitterte, und Tränen stürzten aus ihren Augen, »ich schwöre Ihnen bei allen Heiligen, beim Glück meiner Kinder – ohne Kuzminki kann ich nicht leben! Hier bin ich geboren, das ist mein heimatliches Nest, und wenn es mir genommen wird, dann überlebe ich das nicht und sterbe vor Verzweiflung.«

»Ich glaube, Sie sehen zu schwarz«, meinte Podgorin. »Es wird sich alles regeln. Ihr Mann wird eine Stellung annehmen, Sie kommen in ein neues Fahrwasser und werden ein neues Leben beginnen.«

»Wie können Sie so etwas sagen!« schrie Tatjana; jetzt wirkte sie sehr schön und stark, und die Bereitschaft, sich jeden Augenblick auf einen Feind zu stürzen, der ihr den Mann, die Kinder und ihr heimatliches Nest wegnehmen wolle, prägte sich in ihrem Gesicht und in ihrer ganzen Gestalt besonders deutlich aus. »Was heißt neues Leben! Sergej bemüht sich bereits, man hat ihm die Stelle eines Steuerinspektors irgendwo im Gouvernement Ufa oder Perm versprochen, und ich bin bereit, mit ihm zu gehen, ganz gleich wohin, und sei es nach Sibirien, ich bin bereit, dort zehn oder zwanzig Jahre zu verbringen, aber ich muß die Gewißheit haben, daß ich trotzdem früher oder später nach Kuzminki zurückkehre. Ohne Kuzminki kann ich nicht leben. Ich kann es nicht, und ich will es nicht. Ich will nicht!« schrie sie und stampfte mit dem Fuß auf.

»Sie sind Advokat, Miša«, sagte Varja, »Sie sind Rechtsverdreher, und es ist an Ihnen, zu raten, was man tun soll.«

Es gab nur eine einzige, vernünftige Antwort – da ist nichts zu machen –, aber Podgorin konnte sich nicht entschließen, das so geradeheraus zu sagen, und er murmelte unschlüssig:

»Man muß nachdenken . . . Ich werde nachdenken.«

In seiner Brust wohnten zwei Seelen. Als Rechtsanwalt mußte er oft häßliche Fälle vertreten, vor Gericht und den Klienten gegenüber benahm er sich überheblich und sagte seine Meinung immer offen und schroff, mit seinen Freunden veranstaltete er wüste Zechgelage, doch in seinem persönlichen, intimen Leben, bei nahestehenden oder ihm seit langem bekannten Menschen zeigte er ein ungewöhnliches Feingefühl, er war schüchtern und empfindlich und konnte nicht unverblümt sprechen. Es genügte schon eine Träne, ein schiefer Blick, eine Lüge oder sogar nur eine unschöne Geste, und schon schrumpfte er zusammen und wurde willenlos. Jetzt saß Nadežda zu seinen Füßen, ihr nackter Hals gefiel ihm nicht, und das verwirrte ihn, so daß er schon nach Hause fahren wollte. Vor einem Jahr hatte er einmal Sergej Sergeič bei einer Dame in der Malaja-Bronnaja-Straße getroffen, und nun schämte er sich vor Tatjana, als sei er an dieser Untreue beteiligt. Dieses Gespräch über Kuzminki brachte ihn in große Verlegenheit. Er war es gewohnt, daß alle heiklen und unangenehmen Fragen von den Richtern, den Geschworenen oder einfach durch irgendeinen Gesetzesparagraphen entschieden wurden; legte man eine Frage ihm persönlich zur Entscheidung vor, geriet er in Verwirrung.

»Miša, Sie sind unser Freund, wir alle haben Sie gern wie einen von uns«, fuhr Tatjana fort, »und ich sage Ihnen aufrichtig – Sie sind unsere ganze Hoffnung. Raten Sie uns um Gottes willen – was sollen wir tun? Vielleicht sollte man irgendwo ein Gesuch einreichen? Vielleicht ist es noch nicht zu spät, um das Gut auf den Namen von Nadja oder Varja zu überschreiben? Was sollen wir tun?«

»Helfen Sie uns, Miša, helfen Sie uns«, sagte Varja und steckte sich eine Zigarette an. »Sie waren immer ein gescheites Haus. Sie haben wenig erlebt, Sie haben noch nichts durchgemacht, aber Sie sind ein findiger Kopf ... Sie werden Tanja helfen, ich weiß es.«

»Ich muß überlegen ... Vielleicht fällt mir etwas ein.«

Sie gingen in den Garten, von da aufs Feld hinaus. Auch Sergej Sergeič ging mit. Er nahm Podgorin am Arm und führte ihn ständig vorneweg, offenbar in der Absicht, etwas mit ihm zu besprechen, wahrscheinlich ging es um die schlechten Geschäfte. Neben Sergej Sergeič zu gehen und mit ihm zu sprechen war jedoch qualvoll. Er küßte sich dauernd mit Podgorin, immer gleich dreimal, er nahm seinen Arm, faßte ihn um die Taille, er atmete ihm ins Gesicht, und man konnte meinen, er sei mit süßem Leim überzogen und würde gleich an ihm kleben bleiben. Der Ausdruck seiner Augen, der besagte, daß er von Podgorin etwas wollte, daß er ihn gleich um etwas bitten würde, wirkte peinlich, als ziele er mit dem Revolver auf ihn.

Die Sonne war untergegangen, und es wurde dunkel. An der Eisenbahnstrecke flammten hier und da rote Lichter auf ... Varja blieb stehen, schaute auf diese Lichter und deklamierte:

»›Unter den Gleisen, den Brücken, zerbrochen,
Unter Steinen und Stahl,
Überall modern russische Knochen!
Vanja, ahnst du die Zahl?‹

Wie geht es weiter? Mein Gott, ich habe alles vergessen!

›Wir, in Hitze und Kälte geschunden,
Hunger im Bauch nur und Wut ...‹«

Sie deklamierte mit tiefer volltönender Stimme und mit viel Gefühl; ihr Gesicht erglühte in lebhafter Röte, ihre Augen füllten sich mit Tränen. Das war wieder die Varja von früher, die Hochschülerin, und während er ihr zuhörte, dachte Podgorin an das Vergangene und erinnerte sich, daß er selber als Student viele schöne Verse auswendig gewußt und sie gern rezitiert hatte.

»›Krumm ward sein Rücken. Ewig sich beugend,
Stieß er tagaus und tagein
Pickel und Schaufel mechanisch und schweigend ...‹«

Weiter wußte Varja jedoch nicht ... Sie verstummte und lächelte schwach und matt; nach ihrer Rezitation schienen die grünen und roten Lichter noch trauriger ...

»Ach, ich hab es vergessen!«

Dafür fielen Podgorin plötzlich die Verse ein – zufällig

waren sie ihm von seiner Studentenzeit her im Gedächtnis haftengeblieben, und er fuhr leise, mit halblauter Stimme fort:

»›Ja, unser Volk hat so viel schon ertragen,
Nicht nur den Bahnbau hier!
An seiner Zukunft jedoch zu verzagen,
Sünde wär's, glaube mir!
Einst wird mit breiter Brust es sich bahnen
Tapfer den Weg zum Licht!
Dies ist gewiß . . .‹«

»›Dies ist gewiß‹«, unterbrach ihn Varja, der es wieder eingefallen war, »dies ist gewiß, ob wir's heut auch erst ahnen, ob wir's erleben, ob nicht.‹«

Und sie lachte und klopfte ihm auf die Schulter.

Sie kehrten nach Hause zurück und setzten sich an den Abendbrottisch. Sergej Sergeič stopfte nachlässig die Serviette hinter den Kragen, wobei er jemanden nachahmte.

»Trinken wir«, sagte er und schenkte sich und Podgorin einen Vodka ein. »Wir alten Studenten konnten trinken, schön reden und tüchtig arbeiten. Ich trinke auf Ihre Gesundheit, mein Freund, und Sie trinken auf die Gesundheit eines alten dummen Idealisten, wünschen Sie ihm, daß er auch so, als Idealist, sterben möge. Den Buckligen heilt nur der Tod.«

Tatjana blickte während des ganzen Abendessens ihren Gatten zärtlich an und achtete besorgt darauf, daß er nichts Schädliches aß oder trank. Sie glaubte, er sei von den Frauen verwöhnt, er sei erschöpft, das gefiel ihr an ihm, zugleich aber litt sie darunter. Varja und Nadja waren ebenfalls zärtlich zu ihm und blickten ihn unruhig an, als fürchteten sie, er könne sie plötzlich verlassen. Als er sich ein zweites Gläschen Vodka eingießen wollte, machte Varja ein ärgerliches Gesicht und sagte:

»Sie vergiften sich, Sergej Sergeič. Sie sind ein nervöser,

empfindlicher Mensch und können leicht zum Alkoholiker werden. Tanja, laß doch den Vodka abräumen.«

Sergej Sergeič hatte überhaupt großen Erfolg bei den Frauen. Ihnen gefiel seine Größe, seine Gestalt, seine ausgeprägten Gesichtszüge, sein Müßiggang und sein Unglück. Sie sagten, er sei sehr gutmütig und daher verschwenderisch; er sei ein Idealist und daher ein unpraktischer Mensch; er sei ehrlich, habe ein reines Herz und verstehe es nicht, sich den Menschen und Umständen anzupassen, daher besitze er nichts und könne auch keine ihm angemessene Beschäftigung finden. Sie vertrauten ihm vollkommen, vergötterten und verwöhnten ihn mit ihrer Anbetung, so daß er schon selber glaubte, er sei ein Idealist, unpraktisch und ehrlich, und er habe ein reines Herz und stehe hoch über diesen Frauen.

»Warum loben Sie nicht meine Töchter?« fragte Tatjana und schaute liebevoll auf ihre beiden wohlgenährten, gesunden Kinder, die wie zum Anbeißen aussahen, und füllte ihnen die Teller mit Reis. »Schauen Sie sie nur an! Es heißt, alle Mütter loben ihre Kinder, aber ich versichere Ihnen, ich bin unvoreingenommen, meine Töchter sind wirklich außergewöhnlich. Besonders die ältere.«

Podgorin lächelte ihr und den Mädchen zu, aber es berührte ihn seltsam, daß diese gesunde, junge und gescheite Frau, die im Grunde ein so überaus komplizierter Organismus war, ihre ganze Energie und Lebenskraft an eine so unkomplizierte, nichtige Aufgabe verschwendete wie die Einrichtung dieses Nestes, das ohnedies schon eingerichtet war.

Vielleicht muß das so sein, dachte er, aber das ist nicht reizvoll und erfordert keine Klugheit.

»Er brachte kein Ach! und Weh! mehr heraus, da machte ihm schon der Bär den Garaus«, sagte Sergej Sergeič und schnipste mit den Fingern.

Nach dem Abendessen setzten Tatjana und Varja ihren Gast Podgorin im Salon auf das Sofa und unterhielten sich mit ihm wieder halblaut über Geschäfte.

»Wir müssen Sergej Sergeič helfen«, sagte Varja, »das ist unsere moralische Pflicht. Er hat seine Schwächen, er ist nicht sparsam, er denkt nicht an den Notfall, aber das kommt daher, weil er sehr gutmütig und freigebig ist. Er hat die Seele eines Kindes. Gäbe man ihm eine Million, so würde nach einem Monat nichts mehr davon übrig sein. Er würde alles ausgeben.«

»Richtig, richtig«, bestätigte Tatjana, und Tränen rannen über ihre Wangen. »Ich habe viel zu leiden gehabt bei ihm, aber ich muß gestehen, er ist ein wunderbarer Mensch.«

Sie beide, Tatjana und Varja, konnten sich einer kleinen Grausamkeit nicht enthalten und warfen Podgorin vor:

»Ihre Generation, Miša, ist nicht mehr so!«

Was hat die Generation damit zu tun? dachte Podgorin. – Losev ist doch nur sechs Jahre älter als ich ...

»Man hat es nicht leicht auf dieser Welt«, meinte Varja und seufzte. »Der Mensch ist ständig von irgendeinem Verlust bedroht. Bald will man ihm das Gut wegnehmen, bald ist ein naher Verwandter erkrankt, und man befürchtet, er könnte sterben, und so geht es tagaus, tagein. Aber was soll man machen, meine Lieben! Wir müssen uns ohne Murren einem höheren Willen fügen, wir müssen daran denken, daß auf dieser Welt nichts zufällig ist, sondern daß alles seinen Sinn hat. Sie, Miša, haben wenig erlebt und noch nichts durchgemacht, und Sie werden über mich lachen; lachen Sie nur, ich sage trotzdem: Während meiner schwersten Sorgen hatte ich mehrere Halluzinationen, die in meiner Seele eine Wandlung hervorriefen, und jetzt weiß ich, daß nichts zufällig ist und daß alles, was in unserem Leben geschieht, notwendig ist.«

Wie wenig glich diese Varja, die schon ergraut und in ein Korsett gezwängt war, die ein modisches Kleid mit Puffärmeln trug, die sich mit langen, dürren, zitternden Fingern eine Zigarette drehte, die leicht dem Mystizismus verfiel, die so ohne Begeisterung und monoton sprach – wie wenig glich sie doch jener Varja von früher, jener rothaarigen, fröhlichen, lebhaften und kecken Hochschülerin ...

Wo ist die Zeit hin! dachte Podgorin, während er ihr gelangweilt zuhörte.

»Singen Sie etwas, Va«, sagte er zu ihr, um das Gespräch über die Halluzinationen zu beenden. »Sie haben einmal gut gesungen.«

»Ach, Miša, was gewesen ist, ist längst vergessen.«

»Nun, dann rezitieren Sie Nekrasov.«

»Ich habe alles vergessen, vorhin ist mir das zufällig eingefallen.«

Trotz ihres Korsetts und der Puffärmel merkte man, daß sie Not litt und sich in ihrer Fabrik bei Tula nicht einmal satt essen konnte. Und man merkte auch sofort, daß sie überarbeitet war; die schwere, einförmige Arbeit und das ständige Sicheinmischen in fremde Angelegenheiten, die Sorge um andere hatten sie überanstrengt und alt gemacht, und als Podgorin nun in ihr trauriges, schon verwelktes Gesicht blickte, dachte er, man müßte eigentlich nicht Kuzminki und nicht Sergej Sergeič, für die sie so eintrat, helfen, sondern vielmehr ihr selbst. Die Hochschulbildung und die Tatsache, daß sie Ärztin geworden war, schienen ihrer Fraulichkeit nicht geschadet zu haben. Ebenso wie Tatjana liebte sie Hochzeiten, Geburten, Kindtaufen, lange Gespräche über Kinder, sie liebte aufregende Romane mit glücklichem Ausgang und las in der Zeitung nur die Berichte über Feuersbrünste, Überschwemmungen und Feierlichkeiten. Sie wünschte sehr, Podgorin möchte Nadežda einen Heiratsantrag machen, und wenn das geschähe, würde sie vor Rührung weinen.

Er wußte nicht, hatte es sich zufällig so ergeben, oder hatte es Varja so eingerichtet – jedenfalls blieb er mit Nadežda allein, aber schon der Verdacht, daß man ihn beobachtete und daß man von ihm etwas wollte, machte ihn verwirrt und verlegen, und er fühlte sich neben Nadežda, als habe man sie beide in einen Käfig gesperrt.

»Gehen wir in den Garten«, sagte sie.

Sie gingen in den Garten; er war unzufrieden, ärgerlich und wußte nicht, worüber er mit ihr sprechen sollte; sie dagegen war froh, stolz auf seine Nähe, offensichtlich zufrieden, daß er noch drei Tage bleiben würde, und vielleicht erfüllt von süßen Träumen und Hoffnungen. Er wußte nicht, ob sie ihn liebte, doch er wußte, daß sie sich schon seit langem an ihn gewöhnt hatte, an ihm hing, ihn immer noch als ihren Lehrer betrachtete und daß jetzt in ihrer Seele etwas vorging, was einst auch in der Seele ihrer Schwester Tatjana vor sich gegangen war, das heißt, sie dachte nur an die Liebe, daran, wie sie möglichst bald heiraten, einen Gatten, Kinder und ihren eigenen Herd haben könnte. Das Gefühl der Freundschaft, das in Kindern so stark ausgeprägt ist, hatte sie bis heute bewahrt, und es war sehr gut möglich, daß sie Podgorin nur achtete und den Freund in ihm sah, daß sie nicht in ihn verliebt war, sondern in ihre Träume von einem Gatten und von Kindern.

»Es wird dunkel«, sagte er.

»Ja. Der Mond geht jetzt spät auf.«

Sie schritten immer ein und denselben Weg neben dem Haus entlang. Podgorin wollte nicht tiefer in den Garten gehen – dort war es finster, er hätte Nadežda seinen Arm reichen müssen und wäre ihr sehr nahe gewesen. Auf der Terrasse bewegten sich Schatten, und ihm schien es, als würde er von Tatjana und Varja beobachtet.

»Ich muß Sie um Ihren Rat bitten«, sagte Nadežda und blieb stehen. »Wenn Kuzminki verkauft wird, dann fährt Sergej Sergeič weg und tritt eine Stellung an, und dann ändert sich unser Leben von Grund auf. Ich werde nicht mit meiner Schwester mitfahren, wir werden uns trennen, denn ich will ihrer Familie nicht zur Last fallen. Ich muß arbeiten. Ich werde in Moskau irgendwo anfangen, ich werde arbeiten und meiner Schwester und ihrem Mann helfen. Sie unterstützen mich doch mit Ihrem Rat, nicht wahr?«

Sie wußte nicht, was Arbeit bedeutete, doch sie war jetzt begeistert von dem Gedanken eines selbständigen arbeitsreichen Lebens und schmiedete Zukunftspläne – das konnte man an ihrem Gesicht ablesen, und jenes Leben, da sie arbeiten und anderen helfen würde, schien ihr herrlich und poetisch. Er sah ihr blasses Gesicht und die dunklen Brauen ganz nahe, und ihm fiel ein, daß sie eine kluge Schülerin gewesen war, mit guten Anlagen und von schneller Auffassungsgabe; wie gern hatte er ihr Stunden gegeben. Auch jetzt war sie wahrscheinlich nicht einfach ein Fräulein, das sich einen Bräutigam wünschte, sondern ein kluges, edles junges Mädchen von ungewöhnlicher Güte und mit einem sanften, weichen Herzen, ein Mädchen, das man wie Wachs so formen konnte, wie man wollte, und das, käme es in die passende Umwelt, eine prächtige Frau werden würde.

Warum sollte ich sie eigentlich nicht heiraten? dachte Podgorin, doch sogleich erschrak er über diesen Gedanken und kehrte zum Haus zurück.

Im Salon saß Tatjana am Flügel, ihr Spiel erinnerte ihn lebhaft an die Vergangenheit, als in diesem selben Salon bis in die tiefe Nacht hinein bei geöffneten Fenstern gespielt, gesungen und getanzt wurde und die Vögel im Garten und am Fluß sangen. Podgorin kam in Stimmung, er scherzte, tanzte mit Nadežda und mit Varja, dann sang er. Da ihn ein Hühnerauge drückte, bat er um die Erlaubnis, Sergej Sergeičs Pantoffeln anziehen zu dürfen, und es war seltsam – in den Pantoffeln fühlte er sich nicht mehr als ein Fremder, sondern wie ein Verwandter (›wie ein Schwager‹, schoß es ihm durch den Kopf), und er wurde noch fröhlicher. Als sie ihn so sahen, lebten alle auf, sie wurden heiterer und gleichsam jünger; auf allen Gesichtern leuchtete die Hoffnung: Kuzminki wird gerettet! Das war doch so einfach zu machen – man brauchte sich nur irgend etwas auszudenken, in den Gesetzen zu blättern oder Nadja mit Podgorin zu verheiraten … Augenscheinlich war die Sache schon auf dem besten Weg.

Rosig, glücklich, mit tränenfeuchten Augen, in Erwartung von etwas Ungewöhnlichem drehte sich Nadja im Tanz, ihr weißes Kleid bauschte sich und ließ ihre kleinen, schönen Füße in den fleischfarbenen Strümpfen sehen ... Varja war sehr zufrieden, nahm Podgorins Arm und sagte halblaut und mit bedeutungsvoller Miene:

»Miša, fliehen Sie nicht vor Ihrem Glück. Ergreifen Sie es, solange es sich selbst in Ihre Hand begibt; später werden Sie ihm nachlaufen, aber dann wird es zu spät sein, und Sie holen es nicht mehr ein.«

Podgorin wollte Versprechungen, Hoffnungen machen und glaubte bereits selbst, daß man Kuzminki retten könnte und daß dies ganz einfach zu bewerkstelligen sei.

»Die Her-rin wirst du dort der Wel-ten ...« sang er und stellte sich in Positur; plötzlich aber fiel ihm ein, daß er für diese Menschen nichts tun konnte, absolut nichts, und er verstummte wie schuldbewußt.

Darauf setzte er sich schweigend mit übereinandergeschlagenen Beinen in eine Ecke, an den Füßen die fremden Pantoffeln.

Als sie ihn so sahen, begriffen auch die anderen, daß nichts mehr zu machen war, und auch sie verstummten. Der Flügel wurde geschlossen. Alle bemerkten, es sei schon spät und Zeit, schlafen zu gehen, und Tatjana löschte die große Lampe im Salon.

Für Podgorin war ein Bett in demselben Nebengebäude bereitet worden, in dem er einst gewohnt hatte. Sergej Sergeič begleitete ihn und hielt, obgleich der Mond schon aufgegangen und es draußen hell war, eine Kerze hoch über dem Kopf. Sie gingen den Weg entlang, zwischen Fliederbüschen, und unter ihren Füßen knirschte der Kies.

»Er brachte kein Ach! und Weh! mehr heraus, da machte ihm schon der Bär den Garaus«, sagte Sergej Sergeič.

Podgorin glaubte, diese Phrase schon tausendmal gehört zu haben. Wie satt er sie hatte! Als sie in das Nebengebäude kamen, holte Sergej Sergeič aus den Taschen seines weiten Jacketts zwei Gläser und stellte sie auf den Tisch.

»Das ist Kognak«, sagte er. »Marke Null-Null. Dort im Haus ist Varja, in ihrer Gegenwart kann man nicht richtig trinken, sie redet immer gleich von Alkoholismus, aber hier sind wir unter uns. Der Kognak ist vorzüglich.«

Sie setzten sich. Der Kognak war wirklich gut.

»Heute wollen wir ordentlich trinken«, fuhr Sergej Sergeič fort und biß in eine Zitronenscheibe. »Ich alter Knabe schüttele zuweilen gern die Sorgen ab. Das braucht man.«

Seinen Augen war immer noch anzusehen, daß er etwas von Podgorin wollte und daß er ihn gleich um etwas bitten würde.

»Trinken wir, mein Bester«, fuhr er seufzend fort, »sonst ist es zu schwer. Wir verschrobenen Kerle haben ausgedient, nun heißt es abtreten. Idealismus ist nicht mehr modern. Jetzt herrscht der Rubel, und will man nicht von der Straße heruntergestoßen werden, muß man vor dem Rubel auf dem Bauch liegen und ihn anhimmeln. Ich kann das aber nicht. Es ekelt mich an!«

»Wann ist die Versteigerung?« fragte Podgorin, um das Thema zu wechseln.

»Am 7. August. Ich rechne nicht damit, daß man Kuzminki retten kann, mein Lieber. Die Rückstände sind unwahrscheinlich angewachsen, und das Gut wirft keinerlei Gewinn ab, jedes Jahr nur Verluste. Das lohnt sich nicht ... Tanja tut's natürlich leid, es ist ihre Heimat, ich aber bin, offen gestanden, teilweise sogar froh. Ich bin überhaupt kein Landbewohner. Mein Feld ist die große, lärmende Stadt, mein Element der Kampf!«

Er sprach weiter, aber nicht von dem, was er eigentlich wollte, und er beobachtete Podgorin scharf, als warte er nur auf einen günstigen Augenblick. Plötzlich sah Podgorin seine Augen dicht vor sich und spürte seinen Atem auf dem Gesicht ...

»Retten Sie mich, mein Lieber!« keuchte Sergej Sergeič. »Geben Sie mir zweihundert Rubel! Ich flehe Sie an!«

Podgorin wollte erwidern, er sei selbst in Geldverlegenheit, und er dachte, es wäre besser, diese Rubel irgendeinem Armen zu geben oder sie einfach im Kartenspiel zu verlieren, aber er war furchtbar verwirrt. In diesem kleinen, nur von einer Kerze beleuchteten Zimmer fühlte er sich wie in einer Falle; er wollte sich so schnell wie möglich von diesem Atem und diesen weichen Händen befreien, die seine Taille umfaßten und schon festgeklebt schienen, und er suchte schnell in seinen Taschen das Notizbuch, in dem das Geld lag.

»Da ...« murmelte er und nahm hundert Rubel heraus. »Den Rest später. Mehr habe ich nicht bei mir. Sie sehen, ich kann nicht nein sagen«, fuhr er gereizt fort und begann sich zu ärgern. »Ich habe einen unerträglich weibischen Charakter. Nur geben Sie mir bitte später dieses Geld zurück. Ich brauche es.«

»Ich danke Ihnen. Danke, mein Freund!«

»Und hören Sie um Gottes willen auf, sich einzubilden, Sie seien ein Idealist. Sie sind ebensowenig ein Idealist, wie ich ein Truthahn bin. Sie sind einfach ein leichtsinniger, nutzloser Mensch, weiter nichts.«

Sergej Sergeič seufzte tief und setzte sich auf den Diwan.

»Sie ärgern sich, mein Lieber«, sagte er, »aber wenn Sie wüßten, wie schwer mir ums Herz ist! Ich durchlebe jetzt eine schreckliche Zeit. Mein Lieber, ich schwöre Ihnen, um mich tut mir's nicht leid, nein! Mir tut's leid um meine Frau und die Kinder. Wenn Frau und Kinder nicht wären, ich hätte schon längst ein Ende gemacht mit mir.«

Plötzlich fingen seine Schultern und sein Kopf an zu zucken, und er schluchzte.

»Das hat gerade noch gefehlt!« sagte Podgorin, der erregt und wütend durchs Zimmer schritt. »Nun, was soll man mit einem Menschen machen, der eine Unmenge Böses getan hat und dann heult? Diese Ihre Tränen entwaffnen mich, ich bin außerstande, Ihnen etwas zu sagen. Sie schluchzen, also haben Sie recht.«

»Ich habe eine Unmenge Böses getan?« fragte Sergej Sergeič, während er aufstand und Podgorin erstaunt anblickte. »Mein Lieber, das sagen Sie? Ich soll eine Unmenge Böses getan haben?! Oh, wie schlecht Sie mich kennen! Wie wenig Sie mich verstehen!«

»Schön und gut, meinetwegen verstehe ich Sie nicht, nur, bitte, schluchzen Sie nicht. Das ist widerlich.«

»Oh, wie schlecht Sie mich kennen!« wiederholte Losev völlig aufrichtig. »Wie schlecht Sie mich kennen!«

»Sehen Sie sich mal im Spiegel an«, fuhr Podgorin fort, »Sie sind kein junger Mann, bald werden Sie alt sein, Sie müssen also endlich Vernunft annehmen und wenigstens sich selbst Rechenschaft ablegen, wer und was Sie sind. Das ganze Leben nichts tun, das ganze Leben dieses müßige Kindergeschwätz, diese Ziererei, dieses Getue – dreht sich Ihnen da nicht der Kopf, ist es Ihnen nicht selbst zuwider, so zu leben? Es ist schwer mit Ihnen! Sie öden mich an, zum Verrücktwerden!«

Nachdem er das gesagt hatte, verließ Podgorin das Nebengebäude und knallte die Tür zu. Wohl zum erstenmal im Leben war er aufrichtig gewesen und hatte ausgesprochen, was er meinte.

Kurz darauf bedauerte er schon, so grob gewesen zu sein. Welchen Sinn hatte es, mit einem Menschen ernsthaft zu sprechen oder zu streiten, der ständig log, viel aß, viel trank, viel fremdes Geld ausgab und dabei überzeugt war, er sei ein Idealist und ein Märtyrer? Hier handelte es sich um Dummheit oder um eingewurzelte üble Gewohnheiten, die sich im Organismus festgesetzt hatten wie eine Krankheit, und die man nicht mehr ablegen konnte. In jedem Fall waren hier Entrüstung und grobe Vorwürfe zwecklos, und man sollte lieber lachen; ein herzhaftes Gelächter würde bedeutend mehr wirken als ein Dutzend Predigten.

Einfach überhaupt nicht beachten, dachte Podgorin, und das Wichtigste – kein Geld geben!

Kurz darauf dachte er schon nicht mehr an Sergej Sergeič und auch nicht an die hundert Rubel. Es war eine stille, träumerische, ganz helle Nacht. Wenn Podgorin in Mondnächten zum Himmel emporsah, dann meinte er immer, nur er und der Mond seien wach, während alles übrige schlafe oder träume; ihm kamen weder die Menschen noch das Geld in den Sinn, und seine Stimmung wurde allmählich ruhig und friedlich. Er fühlte sich einsam auf dieser Welt, und in der nächtlichen Stille hörte sich der Klang seiner eigenen Schritte traurig an.

Den Garten umgab eine weiße Steinmauer. Auf der Seite zum Feld stand an der rechten Ecke ein Turm, der vor sehr langer Zeit gebaut worden war, noch während der Leibeigenschaft. Der untere Teil war aus Stein, der obere – das Podest, das konische Dach und die längliche Spitze, auf der sich dunkel eine Wetterfahne abhob – aus Holz. Unten befanden sich zwei Türen, so daß man gleich vom Garten aufs Feld gehen konnte, und zum Podest führte eine knarrende Treppe hinauf. Unter der Treppe hatte man alte zerbrochene Sessel aufgestapelt. Das Mondlicht, das durch die Tür fiel, beleuchtete diese Sessel, es schien, als seien sie mit ihren krummen, in die Höhe ragenden Beinen zur Nacht lebendig geworden und als lauerten sie hier in der Stille jemandem auf.

Podgorin stieg die Treppe zum Podest hinauf und setzte sich dort hin. Gleich hinter der Mauer war ein Grenzgraben mit einem Erdwall, dahinter das weite, von Mondlicht überflutete Feld. Podgorin wußte, daß geradeaus, etwa drei Verst vom Gutshof entfernt, ein Wald lag, und er glaubte nun auch in der Ferne einen schwarzen Streifen zu sehen. Wachteln und Wiesenrallen schlugen, von Zeit zu Zeit klang vom Wald der Ruf eines Kuckucks herüber, der ebenfalls nicht schlief.

Schritte ertönten. Jemand kam durch den Garten und näherte sich dem Turm.

Ein Hund bellte.

»Žuk!« rief leise eine Frauenstimme. »Žuk, hierher!«

Man hörte, wie jemand unten in den Turm trat, und kurz darauf tauchte auf dem Erdwall ein schwarzer Hund auf, ein alter Bekannter Podgorins. Er blieb stehen, blickte nach oben, dorthin, wo Podgorin saß, und wedelte freundlich mit dem Schwanz. Etwas später stieg aus dem schwarzen Graben wie ein Schatten eine weiße Gestalt, sie blieb ebenfalls auf dem Erdwall stehen. Das war Nadežda.

»Was siehst du da?« fragte sie den Hund und blickte nach oben.

Sie konnte Podgorin nicht sehen, spürte aber wahrscheinlich seine Nähe, denn sie lächelte, und ihr bleiches, vom Mond beleuchtetes Gesicht sah glücklich aus. Der schwarze Schatten des Turmes, der bis weit in das Feld hinaus über der Erde lag, die reglose weiße Gestalt mit dem seligen Lächeln auf dem bleichen Gesicht, der schwarze Hund und die Schatten der beiden – alles zusammen war wie ein Traum . . .

»Da ist jemand . . .«, sagte Nadežda leise.

Sie stand auf und wartete, daß er herunterkommen oder sie zu sich rufen und sich endlich erklären würde, dann würden sie beide glücklich sein in dieser stillen, wunderbaren Nacht. Weiß, bleich, schlank und in dem Mondlicht bezaubernd schön, so wartete sie auf eine Liebkosung; ihre ständigen Träume von Liebe und Glück hatten sie geschwächt, sie war nicht mehr in der Lage, ihre Gefühle zu verbergen, und ihre ganze Gestalt, das Leuchten der Augen, das erstarrte selige Lächeln offenbarten ihre geheimsten Gedanken. Es war ihm peinlich, er machte sich klein, er verhielt sich still und wußte nicht, sollte er sprechen, um wie gewöhnlich alles ins Scherzhafte zu ziehen, oder lieber schweigen. Er ärgerte sich und dachte nur daran, daß er hier auf dem Gut in einer Mondnacht in der Nähe eines schönen, verliebten und verträumten Mädchens ebenso gleichgültig blieb wie in der Malaja-Bronnaja-Straße und daß demnach für ihn diese Poesie offenbar ebenso überlebt war wie jene grobe Prosa. Überlebt waren auch die Rendezvous in den Mondnächten, die weißen Gestalten mit den schlanken Taillen, die geheimnisvollen Schatten, die Türme, die Gutshöfe, solche ›Typen‹ wie Sergej Sergeič und auch solche wie er selbst, mit seiner kühlen Langeweile, der ewigen Verdrossenheit, der Unfähigkeit, sich dem wirklichen Leben anzupassen, der Unfähigkeit, dem Leben das zu entnehmen, was es geben konnte, mit der quälenden, schmerzhaften Gier nach dem, was nicht ist und was es nicht geben kann auf Erden. Und jetzt, da er hier auf diesem Turm saß, würde er ein gutes Feuerwerk vorziehen oder auch irgendeine Prozession im Mondlicht oder Varja, die wieder aus der ›Eisenbahn‹ von Nekrasov rezitieren würde, oder eine andere Frau, die dort auf dem Wall, da, wo jetzt Nadežda stand, etwas Interessantes erzählen würde, etwas Neues, was weder mit Liebe noch mit Glück etwas zu tun hätte, und wenn sie von der Liebe spräche, so wäre das ein erhabener und vernünftiger Aufruf zu neuen Lebensformen, an deren Vorabend wir uns vielleicht schon befinden und die wir zuweilen schon erahnen ...

»Niemand da«, sagte Nadežda.

Sie blieb noch eine Weile stehen und ging dann still und mit gesenktem Kopf zum Wald. Der Hund lief voraus. Podgorin sah noch lange einen weißen Fleck.

Wie sich das alles so ergeben hat, wiederholte er immer wieder in Gedanken, als er in das Nebengebäude zurückkehrte.

Er konnte sich nicht vorstellen, worüber er morgen mit Sergej Sergeič und mit Tatjana sprechen würde, wie er sich Nadežda gegenüber verhalten sollte, ebenso übermorgen – und schon im voraus empfand er Verlegenheit, Furcht und Langeweile. Womit sollte er diese drei langen Tage, die er hierzubleiben versprochen hatte, ausfüllen? Ihm fiel das Gespräch über Halluzinationen ein und Sergej Sergeičs Phrase: ›Er brachte kein Ach! und kein Weh! mehr heraus, da machte ihm schon der Bär den Garaus‹, er erinnerte sich, daß er morgen Tatjana zuliebe ihren satten, pummligen Mädchen zulächeln mußte – und er beschloß abzureisen.

Um halb sechs erschien auf der Terrasse des großen Hauses Sergej Sergeič in einem Buchara-Schlafrock, auf dem Kopf trug er einen Fes mit Troddeln. Ohne eine Minute zu verlieren, ging Podgorin zu ihm und begann sich zu verabschieden.

»Ich muß unbedingt um zehn in Moskau sein«, sagte er, ohne ihn anzusehen. »Ich hatte ganz vergessen, daß ich beim Notar erwartet werde. Lassen Sie mich bitte gehen. Wenn die Ihrigen aufstehen, sagen Sie ihnen, ich würde mich entschuldigen und unendlich bedauern ...«

Er hörte nicht, was Sergej Sergeič ihm antwortete, er beeilte sich und sah sich dabei dauernd nach den Fenstern des großen Hauses um, aus Angst, die Damen könnten erwacht sein und ihn aufhalten. Er schämte sich seiner Nervosität, er fühlte, daß er das letzte Mal in Kuzminki war und nicht wieder hierherkommen würde, und als er wegfuhr, sah er sich mehrmals nach dem Nebengebäude um, in dem er einst so viele schöne Tage verlebt hatte, doch sein Herz blieb kalt, er verspürte keine Trauer ...

Zu Hause erblickte er auf dem Tisch als erstes den Brief, den er gestern erhalten hatte. »Lieber Miša«, las er, »Sie haben uns wohl ganz und gar vergessen, kommen Sie recht schnell ...« Er wußte nicht warum, aber er mußte daran denken, wie sich Nadežda im Tanz gedreht, wie sich ihr Kleid gebauscht und wie er ihre Beine mit den fleischfarbenen Strümpfen gesehen hatte ...

Zehn Minuten später saß er bereits wieder an seinem Schreibtisch und arbeitete; an Kuzminki dachte er nicht mehr.

Der Mensch im Futteral

Ganz am Ende des Kirchdorfes Mironosickoe, in der Scheune des Dorfältesten Prokofij, hatten verspätete Jäger ihr Nachtlager aufgeschlagen. Es waren ihrer nur zwei: der Tierarzt Ivan Ivanyč und der Gymnasiallehrer Burkin. Ivan Ivanyč hatte einen recht merkwürdigen Doppelnamen – Čimša-Gimalajskij, der gar nicht zu ihm paßte, und im ganzen Gouvernement nannte man ihn einfach beim Tauf- und Vatersnamen; er lebte unweit der Stadt auf einem Gestüt und war jetzt zur Jagd gekommen, um ein bißchen frische Luft zu atmen. Der Gymnasiallehrer Burkin jedoch war jeden Sommer Gast der Grafen P. und in dieser Gegend schon längst wie zu Hause.

Sie schliefen nicht. Ivan Ivanyč, ein großer, hagerer alter Mann mit einem langen Schnurrbart, saß draußen am Eingang und rauchte eine Pfeife; der Mond beleuchtete ihn. Burkin lag drinnen auf dem Heu, und er war in dem Dunkel nicht zu sehen.

Sie erzählten allerhand Geschichten. Unter anderem sprachen sie davon, daß die Frau des Dorfältesten, Mavra, eine gesunde und nicht dumme Frau, in ihrem ganzen Leben niemals über ihr heimatliches Dorf hinausgekommen sei, niemals weder die Stadt noch die Eisenbahn gesehen habe und in den letzten zehn Jahren ständig hinter dem Ofen sitze und nur nachts auf die Straße gehe.

»Was ist denn dabei so verwunderlich!« sagte Burkin. »Menschen, die von Natur einsam sind, die wie der Einsiedlerkrebs oder die Schnecke danach trachten, sich in ihrem Gehäuse zu verkriechen, gibt es auf dieser Welt nicht wenig. Vielleicht ist das eine Erscheinung von Atavismus, eine Rückkehr zu der Zeit, da der Vorfahr des Menschen noch kein geselliges Tier war und einsam in seiner Höhle hauste, aber vielleicht auch eine der Spielarten des menschlichen Charakters – wer weiß das? Ich bin kein Naturwissenschaftler, und meine Sache ist es nicht, derartige Fragen anzuschneiden; ich will nur sagen, solche Menschen wie Mavra sind keine seltene Erscheinung. Wir brauchen nicht weit zu suchen, vor etwa zwei Monaten ist bei uns in der Stadt ein gewisser Belikov gestorben, der Lehrer der griechischen Sprache, mein Kollege. Sie haben gewiß von ihm gehört. Er fiel dadurch auf, daß er stets, sogar bei sehr gutem Wetter, in Gummischuhen und mit einem Regenschirm ausging und unbedingt in einem warmen, mit Watte gefütterten Paletot. Und der Regenschirm steckte in einem Futteral, und die Uhr lag in einem Futteral aus grauem Wildleder, und wenn er das Taschenmesser herausholte, um den Bleistift anzuspitzen, dann stak auch sein Messer in einem kleinen Futteral. Und das Gesicht schien auch in einem Futteral zu stecken, denn er verbarg es fortwährend in dem hochgeklappten Kragen. Er trug eine dunkle Brille, eine wollene Unterziehjacke, die Ohren verstopfte er mit Watte, und wenn er sich in eine Droschke setzte, dann befahl er, das Verdeck hochzuschlagen. Mit einem Wort, man konnte an diesem Menschen das ständige und unwiderstehliche Streben beobachten, sich mit einer Hülle zu umgeben, sich ein Futteral zu schaffen, das ihn abschließen, ihn vor äußeren Einflüssen schützen sollte. Die Wirklichkeit reizte und ängstigte ihn, sie hielt ihn in dauernder Unruhe, und vielleicht lobte er deshalb immer das Vergangene und Dinge, die es niemals gegeben hat, weil er diese Zaghaftigkeit und seinen Abscheu vor der Gegenwart rechtfertigen wollte; und die alten Sprachen waren für ihn wohl auch nichts weiter als die Gummischuhe und der Regenschirm, hinter denen er sich vor dem Leben versteckte.

›Oh, wie klangvoll, wie herrlich ist die griechische Sprache!‹ pflegte er mit einem Ausdruck der Wonne zu sagen; und wie um seine Worte zu beweisen, kniff er die Augen zusammen und sprach mit erhobenem Finger das Wort Anthropos aus.

Und auch sein Denken versuchte Belikov in ein Futteral einzuschließen. Klar waren für ihn nur Zirkulare und Zeitungsartikel, in denen irgend etwas verboten wurde. Wenn in einem Zirkular den Schülern verboten wurde, nach neun Uhr abends auf die Straße zu gehen, oder wenn in einem Artikel die fleischliche Liebe verboten wurde, dann war das für ihn klar und bestimmt; es war verboten – und damit basta! In einer Zulassung jedoch und Erlaubnis war für ihn stets ein verdächtiges Element verborgen, etwas Unausgesprochenes und Unklares. Wurde in der Stadt ein Theaterzirkel oder eine Lesebibliothek oder eine Teestube zugelassen, dann wiegte er den Kopf und sagte leise:

›Das stimmt natürlich, das ist alles wunderschön, wenn nur nichts daraus entsteht.‹

Jede Art von Abweichung, Verletzung und Übertretung von Vorschriften machte ihn untröstlich, obgleich es ihn, sollte es scheinen, gar nichts anging. Wenn einer der Kollegen sich zum Gottesdienst verspätete oder Gerüchte von einem Streich der Gymnasiasten aufkamen oder eine Aufsichtsdame des Mädchengymnasiums spätabends mit einem Offizier gesehen worden war, dann regte er sich schrecklich auf und sagte immerzu: ›Wenn nur nichts daraus entsteht.‹ Und bei den Lehrerkonferenzen wirkte er einfach niederdrückend auf uns mit seiner Besorgnis, seinem Argwohn und seinen geradezu futteralhaften Überlegungen darüber, daß sich die Jugend im Knaben- und im Mädchengymnasium angeblich schlecht betrage, daß sie in den Klassen großen Lärm mache – ach, wenn das nur nicht der Obrigkeit zu Ohren kommt, ach, wenn nur nichts daraus entsteht – und wie es wäre, wenn man aus der zweiten Klasse Petrov und aus der vierten den Egorov ausschlösse, das wäre sehr gut. Und was geschah? Mit seinen Seufzern, seinem Gequengel, seiner dunklen Brille in dem blassen, kleinen Gesicht – wissen Sie, einem kleinen Gesicht wie bei einem Iltis – bedrängte er uns alle, und wir gaben nach, setzten Petrov und Egorov die Note für Betragen herunter, steckten sie in Arrest und schlossen zu guter Letzt sowohl Petrov wie Egorov aus dem Gymnasium aus. Er hatte eine seltsame Angewohnheit: Er kam zu uns in die Wohnungen. Da kommt er zu einem Lehrer, setzt sich und schweigt, und das sieht aus, als wolle er etwas ausspionieren. Er saß dann so ein, zwei Stunden schweigend da und ging wieder fort. Das hieß bei ihm ›gute Beziehungen zu den Kollegen unterhalten‹, und es fiel ihm offensichtlich schwer, zu uns zu kommen und dazusitzen, und er kam nur deswegen zu uns, weil er es für seine kameradschaftliche Pflicht hielt. Wir Lehrer fürchteten ihn. Und sogar der Direktor fürchtete ihn. Denn, sehen Sie, unsere Lehrer sind doch alles denkende Leute, grundanständig, aufgewachsen mit Turgenev und Ščedrin, und doch hat dieses Männchen, das stets in Gummischuhen und mit einem Regenschirm herumging, das ganze Gymnasium fünfzehn Jahre lang in seiner Gewalt gehabt! Ja, was sage ich, das Gymnasium? Die ganze Stadt. Unsere Damen haben an den Sonnabenden keine Theateraufführungen bei sich zu Hause veranstaltet, weil sie Angst hatten, er könnte es erfahren; und die Geistlichkeit genierte sich, in seiner Anwesenheit etwas anderes als Fastenspeisen zu essen und Karten zu spielen. Unter dem Einfluß solcher Leute wie Belikov hat man in unserer Stadt in den letzten zehn, fünfzehn Jahren angefangen, vor allem Angst zu haben. Man hatte Angst, laut zu sprechen, Briefe zu schicken, Bekanntschaften zu schließen, Bücher zu lesen, man hatte Angst, Armen zu helfen, Lesen und Schreiben zu lehren . . .«

Ivan Ivanyč wollte etwas erwidern, räusperte sich, zündete sich aber zuerst die Pfeife an, warf einen Blick auf den Mond und sagte dann bedächtig:

»Ja. Denkende, anständige Leute, sie lesen Turgenev und Ščedrin, allerhand Buckles und so weiter, haben sich aber untergeordnet, haben es geduldet . . . Das ist es ja eben.«

»Belikov wohnte in demselben Haus wie ich«, fuhr Burkin fort, »im selben Stockwerk, unsere Türen lagen vis-à-vis, wir kamen oft zusammen, und ich kannte sein häusliches Leben. Und daheim war es dieselbe Geschichte: der Schlafrock, die Nachtmütze, Fensterläden, Verriegelungen, eine ganze Reihe von allen möglichen Verboten und Einschränkungen und – ach, wenn nur nichts daraus entsteht! Fastenspeisen schadeten, Fleisch aber durfte man nicht essen, denn es konnte womöglich heißen, Belikov halte die Fasten nicht ein, und so aß er Zander mit Butter – das war zwar kein Fastenessen, aber man konnte auch nicht sagen, daß er Fleisch aß. Weibliche Dienstboten hielt er nicht, aus Furcht, man könnte schlecht von ihm denken, sondern er hielt einen Koch, Afanasij, einen alten Mann von sechzig Jahren, der dauernd betrunken und nicht ganz richtig im Kopf war, er hatte einmal als Offiziersbursche gedient und konnte halbwegs kochen. Dieser Afanasij stand gewöhnlich mit verschränkten Armen in der Tür und brummelte immer mit einem tiefen Seufzer ein und dasselbe:

›*Die* haben sich heutzutage mächtig breitgemacht!‹

Belikovs Schlafzimmer war klein wie ein Kasten, das Bett hatte einen Himmel. Wenn er sich schlafen legte, deckte er sich bis über die Ohren zu; es war heiß, schwül, gegen die verschlossenen Türen klopfte der Wind, im Ofen heulte es dumpf; aus der Küche klangen Seufzer, unheilkündende Seufzer . . .

Und ihm wurde angst und bange unter der Bettdecke. Er fürchtete, es könnte etwas passieren. Afanasij würde ihn ermorden, Diebe könnten eindringen, und danach träumte er die ganze Nacht aufregende Sachen, und morgens, wenn wir zusammen zum Gymnasium gingen, war er niedergedrückt, blaß, und man merkte deutlich, daß das Gymnasium mit seinen vielen Menschen, je näher er kam, seinem ganzen Wesen fürchterlich und widerwärtig war und daß er, ein von Natur aus einsamer Mensch, es als lästig empfand, neben mir zu gehen.

›Es wird gar zuviel gelärmt bei uns in den Klassen‹,

meinte er, als gäbe er sich Mühe, für sein beklemmendes Gefühl eine Erklärung zu finden. ›Das ist unerhört.‹

Und dieser Lehrer der griechischen Sprache, dieser Mensch im Futteral, können Sie sich das vorstellen, hätte beinahe geheiratet.«

Ivan Ivanyč blickte rasch in die Scheune hinein und sagte:

»Sie scherzen!«

»Ja, beinahe hätte er geheiratet, so merkwürdig das klingen mag. Zu uns wurde ein neuer Lehrer für Geschichte und Geographie versetzt, ein gewisser Kovalenko, Michail Savvič, ein Ukrainer der Abstammung nach. Er kam nicht allein, sondern mit seiner Schwester Varenka. Er war jung, groß, braun, hatte riesige Hände, und seinem Gesicht konnte man ansehen, daß er im Baß redete, und tatsächlich, die Stimme klang, als käme sie aus einem Faß: Bububu ... Sie dagegen war nicht mehr ganz jung, etwa dreißig Jahre alt, aber auch groß und schlank, hatte schwarze Brauen und rote Wangen – mit einem Wort, sie war ein Bild von einem Mädchen, und so schlagfertig, so lebhaft, immerzu sang sie ukrainische Romanzen und lachte. Bei dem geringsten Anlaß brach sie in ein schallendes Gelächter aus: ›Hahaha!‹ Die erste nähere Bekanntschaft mit den Kovalenkos machten wir, wie ich mich erinnere, beim Direktor an seinem Namenstag. Zwischen den strengen, steifen und langweiligen Pädagogen, die auch zu Namenstagen nur aus Pflichtgefühl gehen, sahen wir plötzlich eine neue, aus dem Schaum geborene Aphrodite: sie ging umher, hatte die Hände in die Seiten gestemmt, lachte, sang, tanzte ... Sie sang mit Gefühl: ›Es wehen die Winde‹, dann noch eine Romanze und noch eine und bezauberte uns alle – alle, sogar Belikov. Er setzte sich zu ihr und sagte mit einem süßlichen Lächeln:

›Die ukrainische Sprache erinnert mit ihrer Zartheit und ihrem Wohllaut an die altgriechische.‹

Dies schmeichelte ihr, und sie begann ihm gefühlvoll und überzeugend zu erzählen, daß sie im Landkreis von Gadjač ein Gehöft besitze, und auf dem Gehöft wohne Mamočka, und dort gebe es solche Birnen, solche Melonen, solche Kürbisse! Bei den Ukrainern hießen die Kürbisse nämlich so wie bei den Russen die Kneipen, und die Kneipen nenne man ›schinki‹ und man koche daheim Boršč mit roten Tomaten und blauen Auberginen, und der ›schmeckt so gut, so gut – einfach schrecklich gut!‹

Wir hörten die ganze Zeit zu, und plötzlich blitzte bei uns allen ein und derselbe Gedanke auf.

›Es wäre doch ganz gut, sie zu verheiraten‹, sagte die Direktorin leise zu mir.

Uns allen fiel es mit einemmal ein, daß unser Belikov nicht verheiratet war, und uns erschien es jetzt merkwürdig, daß wir bis dahin eine derart wichtige Einzelheit in seinem Leben gar nicht bemerkt und vollkommen außer acht gelassen hatten. Wie verhielt er sich überhaupt zu den Frauen, wie löste er für sich diese wesentliche Frage? Früher hatte uns diese Frage gar nicht interessiert; vielleicht ließen wir nicht einmal den Gedanken zu, daß ein Mensch, der bei jedem Wetter mit Gummischuhen ausging und unter einem Betthimmel schlief, lieben könnte.

›Er ist längst über die Vierzig hinaus, und sie ist dreißig ...‹ erläuterte die Direktorin ihren Gedanken. ›Mir scheint, sie würde ihn nehmen.‹

Was geschieht nicht alles bei uns in der Provinz aus Langeweile, wieviel Unnötiges, Unsinniges! Und zwar nur deshalb, weil das, was notwendig ist, nicht getan wird. Wozu hatten wir es plötzlich nötig, diesen Belikov zu verheiraten, den man sich verheiratet überhaupt nicht vorstellen konnte? Die Direktorin, die Inspektorin und alle unsere Gymnasiumsdamen lebten auf, sie wurden sogar hübsch, gerade als hätten sie auf einmal den Zweck des Lebens erkannt. Die Direktorin nahm im Theater eine Loge, und was sehen wir: In ihrer Loge sitzt Varenka mit so einem Fächer, strahlend, glücklich, und neben ihr Belikov, klein und geduckt, als hätte man ihn mit der Zange aus dem Haus gezerrt. Ich gab eine kleine Abendgesellschaft, und die Damen verlangten, ich solle unbedingt Belikov und Varenka einladen. Kurz und gut, die Maschine begann zu arbeiten. Es stellte sich heraus, daß Varenka nicht abgeneigt war zu heiraten. Beim Bruder zu leben war kein gar so großes Vergnügen, sie stritten und beschimpften sich ja doch nur ganze Tage lang. Da haben Sie so eine Szene: Kovalenko geht auf der Straße, groß, ein baumstarker langer Laban, in gesticktem Hemd, eine Haarsträhne fällt ihm unter der Mütze hervor auf die Stirn; in der einen Hand hat er ein Päckchen Bücher, in der anderen einen dicken Knotenstock. Hinter ihm geht seine Schwester, auch mit Büchern.

›Das hast du ja doch nicht gelesen, Michailik!‹ streitet sie laut. ›Ich sage dir, ich schwör's dir, du hast das überhaupt nicht gelesen!‹

›Und ich sage dir, ich habe es gelesen!‹ schreit Kovalenko und stößt mit dem Stock laut auf den Gehsteig.

›Ach, du lieber Gott, Minčik! Warum wirst du denn gleich böse, wir führen doch ein prinzipielles Gespräch.‹

›Und ich sage dir, ich habe es gelesen!‹ schreit Kovalenko noch lauter.

Und zu Hause, kaum ist jemand da, geht es schon los mit dem Gezänk. Sie hatte ein solches Leben wahrscheinlich satt, wollte auch ihren eigenen Winkel haben, und das Alter mußte man ebenfalls in Betracht ziehen; da kann man nicht mehr wählerisch sein, da nimmt man jeden Beliebigen, sogar einen Lehrer der griechischen Sprache. Nebenbei gesagt, den meisten unserer jungen Damen ist es ganz gleich, wen sie heiraten. Hauptsache, sie heiraten. Wie dem auch sei, Varenka begann unserem Belikov deutlich ihre Wohlgeneigtheit zu bezeigen.

Und Belikov? Er besuchte Kovalenko genauso wie uns. Kommt hin zu ihm, setzt sich und schweigt. Er schweigt, und Varenka singt ihm ›Es wehen die Winde‹ vor oder schaut ihn nachdenklich mit ihren dunklen Augen an oder bricht plötzlich in ein Gelächter aus:

›Hahaha!‹

In Liebesangelegenheiten, besonders aber bei einer Heirat, spielt die Suggestion eine große Rolle. Alle – sowohl die Kollegen wie die Damen – begannen Belikov zu versichern, er müsse heiraten, ihm bleibe im Leben nichts anderes übrig, als zu heiraten; wir alle beglückwünschten ihn, sagten mit würdevollen Gesichtern allerhand Plattheiten von der Art wie: Die Ehe ist ein ernster Schritt; hinzu kam noch, daß Varenka nicht schlecht aussah und ganz interessant war, sie war die Tochter eines Staatsrats und besaß ein Gehöft, die Hauptsache aber, sie war die erste Frau, die ihn freundlich und herzlich behandelte – ihm schwindelte der Kopf, und er entschied insgeheim, er müßte tatsächlich heiraten.«

»Und da hätte man ihm die Gummischuhe und den Regenschirm wegnehmen sollen«, sagte Ivan Ivanyč.

»Stellen Sie sich vor, das war ein Ding der Unmöglichkeit. Er stellte Varenkas Bild auf seinen Tisch und kam ständig zu mir, sprach von Varenka, vom Familienleben, davon, daß die Ehe ein ernster Schritt sei, besuchte öfter Kovalenkos, aber seine Lebensweise änderte er nicht im geringsten. Es war sogar umgekehrt, der Entschluß zu heiraten wirkte sich bei ihm irgendwie krankhaft aus, er magerte ab, wurde noch blasser und schien sich noch tiefer in sein Futteral zu verkriechen.

›Varvara Savvišna gefällt mir‹, sagte er zu mir mit einem schwachen, schiefen Lächeln, ›und ich weiß, daß es für jeden Menschen notwendig ist zu heiraten, aber ... das alles, wissen Sie, ist so plötzlich gekommen ... Man muß überlegen.‹

›Was gibt es da zu überlegen?‹ sagte ich zu ihm. ›Heiraten Sie und fertig.‹

›Nein, die Heirat ist ein ernster Schritt, erst müssen die bevorstehenden Pflichten, muß die Verantwortung erwogen werden ... damit später nicht irgendwas daraus entsteht. Das beunruhigt mich so, daß ich jetzt keine Nacht schlafen

S.114

kann. Und offen gestanden, ich fürchte mich: sie und ihr Bruder haben eine so merkwürdige Denkungsart, sie disputieren, wissen Sie, so sonderbar, und ihr Charakter ist sehr lebhaft. Da heiratet man und gerät nachher womöglich noch in irgendeine Geschichte.‹

Und er machte keinen Antrag, schob es immerfort hinaus, zum großen Ärger der Direktorin und unserer sämtlichen Damen; fortwährend erwog er die bevorstehenden Pflichten und die Verantwortung und ging unterdessen jeden Tag mit Varenka spazieren, vielleicht dachte er, dies gehöre sich so in seiner Lage; und er kam ständig zu mir, um über das Familienleben zu reden. Und aller Wahrscheinlichkeit nach hätte er ihr zu guter Letzt einen Heiratsantrag gemacht, und es wäre eine jener unnötigen und dummen Ehen zustande gekommen, von denen bei uns vor lauter Langeweile und Nichtstun Tausende geschlossen werden, wenn nicht plötzlich ein *›kolossalischer Skandal‹* passiert wäre. Es muß gesagt werden, daß Varenkas Bruder, Kovalenko, gleich vom ersten Tag ihrer Bekanntschaft an Belikov haßte und ihn nicht ausstehen konnte.

›Ich verstehe nicht‹, sagte er achselzuckend zu uns, ›ich verstehe nicht, wie Sie diesen Ohrenbläser ertragen können, diese widerwärtige Visage. Äh, meine Herren, wie könnt ihr nur hier leben! Bei euch herrscht eine erstickende, eine unsaubere Atmosphäre. Seid ihr denn Pädagogen, Lehrer? Karrieremacher seid ihr, ihr habt keinen Tempel der Wissenschaft, sondern eine Polizeiverwaltung, und es stinkt bei euch so säuerlich wie in der Wachtbude eines Polizisten. Nein, meine Lieben, ich werde noch ein Weilchen bei euch bleiben und fahre dann auf meinen Hof, dort werde ich Krebse fangen und die kleinen Ukrainer unterrichten. Ich fahre weg, und ihr könnt hierbleiben mit eurem Judas, platzen soll er.‹

Oder er lachte, lachte Tränen, bald im Baß, bald mit dünner, piepsender Stimme, und fragte mich mit ausgebreiteten Armen in ukrainischer Mundart:

›Weshalb sitzt er bei mir? Was will er? Er sitzt und guckt.‹

Er hatte Belikov sogar einen Namen gegeben – ›Der Schmarotzer oder die Spinne‹. Und wir vermieden es natürlich, mit ihm davon zu reden, daß seine Schwester Varenka Absichten auf den ›Schmarotzer‹ habe. Und als die Direktorin ihm einmal eine Andeutung machte, es wäre ganz gut, seine Schwester durch eine Ehe mit solch einem soliden, von allen geachteten Menschen wie Belikov zu versorgen, machte er ein finsteres Gesicht und brummte:

›Das ist nicht meine Sache. Mag sie meinetwegen eine Giftnatter heiraten, ich mische mich nicht gern in fremde Angelegenheiten.‹

Jetzt hören Sie, was weiter geschah. Irgendein Schelm zeichnete eine Karikatur: Belikov geht in Gummischuhen, in hochgekrempelten Beinkleidern, unter einem Regenschirm, und am Arm führt er Varenka; darunter die. Unterschrift: ›Der verliebte Anthropos.‹ Der Ausdruck, verstehen Sie, war wunderbar erfaßt. Der Künstler hat wahrscheinlich viele Nächte daran gearbeitet, denn sämtliche Lehrer des Knaben- und des Mädchengymnasiums, die Lehrer des Seminars und die Beamten – alle hatten ein Exemplar bekommen. Auch Belikov bekam eins. Die Karikatur machte auf ihn einen niederschmetternden Eindruck.

Wir gingen zusammen aus dem Haus – es war gerade am ersten Mai, einem Sonntag, und wir alle, die Lehrer und die Gymnasiasten, hatten verabredet, uns am Gymnasium zu treffen und dann gemeinsam zu Fuß zur Stadt hinaus zum Wäldchen zu wandern – wir gingen also aus dem Haus, und er sah grün aus, finsterer als eine Wolke.

›Was für häßliche und böse Leute es doch gibt!‹ sagte er, und seine Lippen fingen an zu zittern.

Er begann mir wirklich leid zu tun. Wie wir so gehen, kommt plötzlich, können Sie sich das vorstellen, Kovalenko auf einem Fahrrad daher, und hinter ihm Varenka, ebenfalls auf einem Fahrrad, rot, abgehetzt, aber lustig und vergnügt.

›Wir fahren voraus!‹ rief sie. ›Das Wetter ist doch gar zu schön, so schön, einfach köstlich!‹

Und beide waren verschwunden. Mein Belikov sah nicht mehr grün aus, er war weiß geworden und geradezu wie erstarrt. Er blieb stehen und schaute mich an.

›Erlauben Sie, was soll denn das?‹ fragte er. ›Oder trügen mich vielleicht meine Augen? Gehört es sich für einen Lehrer des Gymnasiums und für eine Frau, ein Fahrrad zu benutzen?‹

›Was ist daran ungehörig?‹ sagte ich. ›Sollen sie doch fahren, und wohl bekomm's!‹

›Ja, wie kann man nur!‹ rief er, erstaunt über meine Ruhe. ›Was sagen Sie da?‹

Und er war so erschüttert, daß er nicht weitergehen wollte und nach Hause zurückkehrte.

Am folgenden Tag rieb er sich immerzu nervös die Hände und zuckte zusammen; seinem Gesicht war anzusehen, daß er sich nicht wohl fühlte. Und er ging während des Unterrichts weg, was ihm zum erstenmal im Leben passierte. Und er aß nicht zu Mittag. Und gegen Abend zog er sich recht warm an, obwohl draußen ganz sommerliches Wetter herrschte, und schleppte sich zu den Kovalenkos. Varenka war nicht da, er traf nur den Bruder an.

›Setzen Sie sich, ich bitte ergebenst‹, sagte Kovalenko kalt und runzelte die Brauen; er sah verschlafen aus, er hatte gerade nach dem Mittagessen geruht und war sehr schlecht gelaunt.

Belikov saß etwa zehn Minuten schweigend da und begann dann:

›Ich bin zu Ihnen gekommen, um mir das Herz zu erleichtern. Mir ist sehr, sehr schwer zumute. Irgendein Ehrabschneider hat mich und noch eine Person, die uns beiden nahesteht, in einer lächerlichen Art und Weise gezeichnet. Ich halte es für meine Pflicht, Ihnen zu versichern, daß ich damit nichts zu schaffen habe ... Ich habe keinerlei Anlaß zu einer solchen Verspottung gegeben und mich im Gegenteil stets wie ein durchaus anständiger Mensch betragen.‹

Kovalenko saß übellaunig da und schwieg. Belikov wartete ein Weilchen und fuhr leise mit trauriger Stimme fort:

›Und noch etwas habe ich Ihnen zu sagen. Ich stehe schon lang im Dienst, Sie aber fangen erst an, und ich halte es für meine Pflicht als älterer Kollege, Sie zu warnen. Sie fahren auf einem Fahrrad, diese Belustigung ist aber für einen Erzieher der Jugend völlig ungehörig.‹

›Warum denn?‹ fragte Kovalenko mit Baßstimme.

›Ja, gibt es da noch etwas zu erklären, Michail Savvič, ist das denn nicht verständlich? Wenn der Lehrer auf einem Fahrrad fährt, was bleibt da den Schülern übrig? Ihnen bleibt nur übrig, auf dem Kopf zu gehen! Und wenn es nicht durch ein Zirkular erlaubt ist, dann darf man es auch nicht! Ich war gestern entsetzt! Als ich Ihre liebe Schwester sah, wurde mir schwarz vor Augen. Eine Frau oder ein junges Mädchen auf dem Fahrrad – das ist entsetzlich!‹

›Was wünschen Sie eigentlich?‹

›Ich wünsche nur eines – Sie zu warnen, Michail Savvič. Sie sind ein junger Mensch, Sie haben Ihre Zukunft vor sich, man muß sich sehr, sehr vorsichtig betragen, Sie jedoch begehen viele Fehler, oh, wie viele Fehler begehen Sie! Ein gesticktes Hemd tragen Sie, auf der Straße sieht man Sie ständig mit irgendwelchen Büchern, und jetzt noch das Fahrrad. Davon, daß Sie und Ihre liebe Schwester radfahren, wird der Direktor erfahren, dann geht es bis zum Kurator ... Was ist da Gutes dran?‹

›Daß ich und meine Schwester radfahren, geht niemanden etwas an!‹ sagte Kovalenko und wurde puterrot. ›Und wer sich in die Angelegenheiten meines Hauses und meiner Familie einmischt, den werde ich zu allen Hundeteufeln jagen.‹

Belikov erbleichte und stand auf.

›Wenn Sie in einem solchen Ton mit mir sprechen, kann

ich nicht weiterreden‹, sagte er. ›Und ich bitte Sie, sich in meiner Gegenwart niemals so über die Vorgesetzten zu äußern. Sie müssen sich der Obrigkeit gegenüber respektvoll verhalten.‹

›Habe ich denn von der Obrigkeit etwas Schlechtes gesagt?‹ fragte Kovalenko und blickte ihn wütend an. ›Bitte, lassen Sie mich in Ruhe. Ich bin ein ehrlicher Mensch und wünsche mit einem Herrn wie Sie nicht zu sprechen. Ich kann Ohrenbläser nicht ausstehen.‹

Belikov wurde unruhig und nervös, und mit einem Ausdruck des Entsetzens begann er sich rasch anzuziehen. Vernahm er doch zum erstenmal im Leben solche Grobheiten.

›Sie können sagen, was Ihnen beliebt‹, sprach er, als er vom Vorzimmer auf den Treppenabsatz hinaustrat, ›nur muß ich Ihnen zu bedenken geben: Es kann sein, daß uns jemand gehört hat, und damit unser Gespräch nicht falsch ausgelegt wird und nicht etwas daraus entsteht, werde ich den Inhalt unseres Gesprächs dem Herrn Direktor melden müssen . . . in den Hauptzügen. Ich bin dazu verpflichtet.‹

›Melden? Geh hin und melde es!‹

Kovalenko packte ihn von hinten am Kragen und gab ihm einen Stoß, und Belikov rollte, mit seinen Gummischuhen aufschlagend, die Treppe hinunter. Die Treppe war hoch und steil, aber er kam wohlbehalten unten an, erhob sich und faßte sich an die Nase: Ob wohl die Brille heil war? Doch gerade in dem Augenblick, als er die Treppe hinunterrollte, trat Varenka ein und mit ihr zwei Damen; sie standen unten und sahen zu – und für Belikov war das entsetzlicher als alles andere. Lieber hätte er sich, scheint's, den Hals gebrochen und beide Beine, als ein Gegenstand des Gespötts zu werden: denn jetzt würde es die ganze Stadt erfahren, es würde bis vor den Direktor, den Kurator kommen – ach, wenn nur nichts daraus entsteht! –, man würde aufs neue eine Karikatur zeichnen, und enden würde das alles damit, daß ihm befohlen würde, seinen Abschied einzureichen . . .

Als er aufgestanden war, erkannte ihn Varenka, und als sie sein komisches Gesicht, den zerdrückten Überzieher, die Gummischuhe erblickte und da sie nicht begriff, was geschehen war, und meinte, er sei von selbst unverhofft gefallen, konnte sie nicht an sich halten und lachte schallend, daß es durch das ganze Haus tönte: ›Hahaha!‹

Und mit diesem schallenden, klingenden ›Hahaha‹ fand alles ein Ende: die Freierei und die irdische Existenz Belikovs. Er hörte schon nicht mehr, was Varenka sagte, und sah nichts mehr. Nach Hause zurückgekehrt, räumte er erst einmal das Bild vom Tisch weg, dann legte er sich ins Bett und stand nicht mehr auf.

Nach etwa drei Tagen kam Afanasij zu mir und fragte, ob nicht nach dem Arzt geschickt werden sollte, da mit seinem Herrn etwas nicht in Ordnung sei. Ich ging zu Belikov. Er lag unter dem Betthimmel, zugedeckt mit der Bettdecke, und schwieg; auf Fragen gab er nur ja oder nein zur Antwort – und sonst nichts. Er lag da; und neben ihm lief finster und mit gerunzelter Stirn Afanasij hin und her, seufzte tief, und es ging von ihm ein Branntweingeruch aus wie von einer Kneipe.

Einen Monat später starb Belikov. Wir nahmen alle an seinem Begräbnis teil, das heißt beide Gymnasien und das Seminar. Jetzt, wo er im Sarge lag, hatte sein Gesicht einen sanften, angenehmen, sogar vergnügten Ausdruck, gerade als sei er froh, daß man ihn endlich in ein Futteral gelegt habe, aus dem er niemals wieder herauskommen würde. Ja, er hatte sein Ideal erreicht! Und gleichsam ihm zu Ehren herrschte während der Beerdigung trübes, regnerisches Wetter, und wir alle trugen Gummischuhe und Regenschirme. Varenka war ebenfalls bei der Beerdigung, und als der Sarg in die Grube hinabgelassen wurde, vergoß sie ein paar Tränen. Ich habe bemerkt, daß die Ukrainerinnen entweder nur weinen oder nur lachen, eine mittlere Stimmung gibt es bei ihnen nicht.

Ich muß bekennen, daß es ein großes Vergnügen ist, solche

Menschen wie Belikov zu beerdigen. Als wir vom Friedhof zurückkehrten, hatten wir alle sittsame Fastengesichter; niemand mochte dieses Gefühl der Befriedigung verraten, ein Gefühl, ähnlich dem, das wir vor langer, langer Zeit, noch in der Kindheit, empfunden hatten, wenn die Erwachsenen aus dem Haus gingen und wir ein paar Stunden lang, die volle Freiheit genießend, im Garten umhertollten. Ach, Freiheit, Freiheit! Schon eine Andeutung, schon eine schwache Hoffnung, daß sie möglich ist, verleiht der Seele Flügel, nicht wahr?

Wir kehrten in guter Laune vom Friedhof zurück. Aber es verging nicht mehr als eine Woche, und das Leben verlief wie früher, es war ebenso rauh, ermüdend und sinnlos, ein Leben, das nicht durch Zirkulare verboten, aber auch nicht völlig erlaubt war; es wurde nicht besser. Und in der Tat, Belikov war beerdigt worden, aber wie viele solcher Menschen im Futteral sind übriggeblieben, wie viele wird es noch von ihnen geben!«

»Das ist es ja eben«, sagte Ivan Ivanyč und zündete die Pfeife an.

»Wie viele wird es von ihnen noch geben!« wiederholte Burkin.

Der Gymnasiallehrer trat aus der Scheune. Er war ein Mann von mittlerem Wuchs, dick, vollkommen kahl, mit einem schwarzen Bart, der ihm beinahe bis an den Gürtel reichte; mit ihm kamen zwei Hunde heraus.

»Der Mond, ist das ein Mond!« sagte er hinaufschauend.

Es war bereits Mitternacht. Rechts sah man das ganze Dorf, die lange Straße zog sich weit hin, ungefähr fünf Verst. Alles war in stillen, tiefen Schlaf versunken; keine Bewegung, kein Laut, man mochte kaum glauben, daß es in der Natur so still sein konnte. Wenn du in einer Mondnacht eine breite Dorfstraße siehst mit ihren Hütten, den Heuschobern, den verschlafenen Weiden, dann wird deine Seele ruhig; wenn sie sich in dieser Ruhe nach den Mühen, Sorgen und Kümmernissen unter nächtlichen Schatten verborgen hat, ist sie sanft, traurig und sehr schön, und es scheint, daß auch die Sterne freundlich und gerührt auf sie blicken und daß es das Böse auf Erden nicht mehr gibt und alles gut steht. Links am Rande des Dorfes begann das freie Feld; es war weithin zu sehen, bis an den Horizont, und auch in der ganzen Weite dieses vom Mondschein überfluteten Feldes gab es keine Bewegung, keinen Laut.

»Das ist es ja eben«, wiederholte Ivan Ivanyč. »Und ist das etwa kein Futteral, daß wir in der Stadt leben, in der Schwüle und Enge, daß wir unnötige Schriftstücke aufsetzen, Karten spielen? Und daß wir unser ganzes Leben zwischen Nichtstuern, Ränkeschmieden, dummen und müßigen Frauen verbringen, allerhand Unsinn sprechen und anhören – ist das kein Futteral? Wenn Sie wollen, erzähle ich Ihnen eine sehr lehrreiche Geschichte.«

»Nein, es ist Zeit zum Schlafen«, sagte Burkin. »Bis morgen.«

Beide gingen in die Scheune und legten sich im Heu nieder. Und beide hatten sich bereits zugedeckt und waren eingeschlummert, als plötzlich leichte Schritte ertönten: tapp, tapp ... Jemand ging unweit der Scheune umher; ging ein wenig und blieb stehen, und kurz darauf wieder: tapp, tapp ... Die Hunde begannen zu knurren.

»Das ist Mavra, die da geht«, sagte Burkin.

Die Schritte verstummten.

»Sehen und hören, wie gelogen wird«, sprach Ivan Ivanyč und wälzte sich auf die andere Seite, »und du selber wirst noch ein Dummkopf genannt, weil du diese Lüge duldest; Kränkungen, Erniedrigungen ertragen, nicht offen erklären dürfen, daß du auf der Seite der ehrlichen, freien Menschen stehst, und selber lügen, lächeln, und das alles um des täglichen Brotes willen, wegen eines warmen Winkels, wegen irgendeines elenden Dienstgrades, der keinen Groschen wert ist – nein, so weiterzuleben ist unmöglich!«

»Na, das ist bereits ein Lied aus einer anderen Oper, Ivan Ivanyč«, sagte der Lehrer. »Lassen Sie uns schlafen.«

Und zehn Minuten später schlief Burkin schon. Ivan Ivanyč jedoch drehte sich fortwährend von einer Seite auf die andere und seufzte, aber dann erhob er sich, ging wieder hinaus und zündete, sich an der Tür niedersetzend, sein Pfeifchen an.

Die Stachelbeeren

Bereits seit dem frühen Morgen bedeckten Regenwolken den Himmel; es war still, nicht warm und eintönig, wie immer an grauen, trüben Tagen, wenn die Wolken schon lange über dem Land hängen und man auf den Regen wartet, der nicht kommt. Der Tierarzt Ivan Ivanyč und der Gymnasiallehrer Burkin waren schon müde vom Gehen, und die Ebene schien ihnen endlos. In der Ferne konnte man gerade noch die Windmühlen des Dorfes Mironosickoe erkennen, rechts zog sich eine Hügelkette hin, die weit hinter dem Dorf verschwand, und beide wußten, daß dort das Flußufer war; da gab es Wiesen, grüne Weiden und Gutshöfe, und stand man auf einem dieser Hügel, so erblickte man eine ebenso endlose Ebene, Telegrafenmasten und die Eisenbahn, die von ferne einer kriechenden Raupe glich; und an klaren Tagen sah man von dort aus sogar die Stadt. Jetzt, bei dem stillen Wetter, da die ganze Natur einen sanftmütigen und verträumten Eindruck machte, erfüllte Ivan Ivanyč und Burkin eine tiefe Liebe zu dieser Gegend, und beide dachten daran, wie groß und wie wunderschön doch dieses Land sei.

»Das letzte Mal, als wir in der Scheune des Dorfältesten Prokofij saßen, wollten Sie eine Geschichte erzählen«, sagte Burkin.

»Ja, ich wollte Ihnen damals etwas von meinem Bruder erzählen.«

Ivan Ivanyč seufzte tief und zündete sein Pfeifchen an, um danach mit der Geschichte zu beginnen, aber gerade in diesem Augenblick fing es zu regnen an. Nach fünf Minuten goß es bereits in Strömen, und es war kaum abzusehen, wann dieser Regen wieder aufhören würde. Ivan Ivanyč und Burkin blieben stehen und überlegten; die Hunde, die schon ganz naß waren, standen mit eingezogenem Schwanz da und schauten sie ergeben an.

»Wir müssen uns irgendwo unterstellen«, sagte Burkin, »gehen wir zu Alëchin. Das ist nicht weit von hier.«

»Gut, gehen wir.«

Sie bogen vom Weg ab und gingen über ein abgemähtes Feld, erst geradeaus, dann nach rechts, bis sie auf die Landstraße kamen. Bald tauchten Pappeln auf, ein Garten und rote Scheunendächer; der Fluß schimmerte, und vor ihren Blicken breitete sich der Wehrteich mit einer Mühle und mit einem Badehaus. Das war Sofjino, wo Alëchin wohnte.

Die Mühle arbeitete, sie übertönte das Geräusch des Regens; das Wehr zitterte. Dort standen neben den Bauernwagen mit gesenkten Köpfen nasse Pferde, und Leute, die sich Säcke umgehängt hatten, liefen hin und her. Es war feucht, schmutzig und ungemütlich, und der Fluß sah kalt und unfreundlich aus. Ivan Ivanyč und Burkin verspürten ein Unbehagen und fühlten die Nässe und Unsauberkeit bereits am ganzen Körper, ihre Schuhe waren schwer von dem Schlamm, und als sie das Wehr überquert hatten und zu den herrschaftlichen Speichern hinaufstiegen, schwiegen sie, als seien sie böse miteinander.

In einem der Speicher ratterte eine Worfelmaschine; die Tür stand offen, und Staub drang heraus. Auf der Schwelle stand Alëchin, ein Mann von etwa vierzig Jahren, er war groß, beleibt und glich mit seinem langen Haar eher einem Professor oder Künstler als einem Gutsbesitzer. Er trug ein weißes, lange nicht mehr gewaschenes Hemd mit einem Strick als Gürtel, statt der Beinkleider hatte er Unterhosen an, und an seinen Stiefeln klebten Schmutz und Stroh. Nase und Augen waren schwarz von Staub. Er erkannte Ivan Ivanyč und Burkin und freute sich offensichtlich sehr.

»Bitte gehen Sie ins Haus, meine Herren«, sagte er lächelnd. »Ich komme sofort nach.«

Das Haus war groß und zweistöckig. Alëchin bewohnte im

Erdgeschoß zwei Zimmer mit gewölbter Decke und kleinen Fenstern, wo einst die Verwalter gewohnt hatten; die Einrichtung war einfach, und es roch nach Roggenbrot, billigem Vodka und Pferdegeschirr. Oben in den Paradezimmern hielt er sich selten auf, nur wenn Gäste kamen.

Im Haus wurden Ivan Ivanyč und Burkin von dem Stubenmädchen begrüßt, einer jungen Frau, die so schön war, daß sie beide gleichzeitig stehenblieben und einander ansahen.

»Sie können sich nicht vorstellen, wie ich mich freue, Sie zu sehen, meine Herren«, sagte Alëchin, der hinter ihnen die Diele betreten hatte. »Das habe ich nicht erwartet! Pelageja«, fuhr er, zu dem Stubenmädchen gewandt, fort, »geben Sie den Gästen etwas zum Umziehen. Zuerst muß ich mich aber waschen, mir kommt es so vor, als hätte ich mich seit dem Frühling nicht mehr gewaschen. Kommen Sie doch mit ins Badehaus, meine Herren, inzwischen wird hier alles vorbereitet.«

Die schöne Pelageja, die so zart und dem Aussehen nach sehr sanft war, brachte Badetücher und Seife, und Alëchin ging mit seinen Gästen zum Badehaus.

»Ja, schon lange habe ich mich nicht mehr richtig gewaschen«, sagte er beim Auskleiden. »Wie Sie sehen, habe ich ein schönes Badehaus, mein Vater hat es noch gebaut, doch zum Waschen komme ich nie.«

Er setzte sich auf eine Stufe und seifte seine langen Haare und den Hals ein, und das Wasser zu seinen Füßen färbte sich braun.

»Ja, das glaube ich gern . . .«, meinte Ivan Ivanyč bedeutsam und schaute Alëchins Kopf an.

»Schon lange habe ich mich nicht mehr richtig gewaschen«, wiederholte Alëchin verlegen und seifte sich noch einmal ein, wobei das Wasser dunkelblau wurde wie Tinte.

Ivan Ivanyč ging hinaus, stürzte sich geräuschvoll ins Wasser und schwamm durch den Regen, weit mit den Armen ausholend, und Wellen gingen von ihm aus, auf denen sich weiße Seerosen schaukelten. Er schwamm bis zur Mitte des Flusses und tauchte, kam eine Minute darauf an anderer Stelle wieder hoch und schwamm weiter, und immerzu tauchte er, bemüht, auf den Grund zu gelangen. »Ach, mein Gott«, wiederholte er genießerisch. »Ach, mein Gott ...« Er schwamm bis zur Mühle, unterhielt sich dort mit den Bauern und kehrte dann um; in der Mitte des Flusses legte er sich auf den Rücken und bot sein Gesicht dem Regen dar. Burkin und Alëchin waren angekleidet und wollten schon gehen, er aber schwamm und tauchte immer noch.

»Ach, mein Gott ...«, sagte er, »Herr, erbarme dich.«

»Nun ist es aber genug!« rief Burkin ihm zu.

Sie kehrten ins Haus zurück. Doch erst als oben in dem großen Salon die Lampe angezündet wurde und Burkin und Ivan Ivanyč, mit seidenen Schlafröcken angetan, in warmen Pantoffeln in den Lehnstühlen saßen und Alëchin, gewaschen und frisiert, in einem neuen Rock durch den Salon schritt und sichtlich die Wärme, die Sauberkeit, die trockene Kleidung und das leichte Schuhwerk genoß und als die schöne Pelageja, die lautlos über den Teppich glitt und weich lächelte, auf einem Tablett Tee mit Varenje reichte – erst da begann Ivan Ivanyč mit seiner Erzählung, und es schien, als hörten ihm nicht nur Burkin und Alëchin zu, sondern auch die alten und jungen Damen und die Männer in Uniformen, die friedlich und streng aus ihren goldenen Rahmen blickten.

»Wir sind zwei Brüder«, begann er, »ich, Ivan Ivanyč, und Nikolaj Ivanyč, der zwei Jahre jünger ist als ich. Ich studierte und wurde Tierarzt, während Nikolaj schon mit neunzehn Jahren im Steueramt saß. Unser Vater Čimša-Gimalajskij war Kantonist, aber nachdem er sich den Offiziersrang verdient hatte, hinterließ er uns den erblichen Adel und ein kleines Gut. Nach seinem Tod wurde uns das Gut der vielen Schulden halber wegprozessiert, aber, wie dem auch sei, unsere Kindheit verlebten wir auf dem Lande in völliger Freiheit. Wie die Bauernkinder verbrachten wir Tag und Nacht auf dem Feld und im Wald, wir hüteten Pferde, schälten Bast, fingen Fische und dergleichen mehr ... Sie wissen ja, wer auch nur einmal im Leben einen Kaulbarsch gefangen oder im Herbst die davonfliegenden Drosseln beobachtet hat, wenn sie an klaren kalten Tagen in Schwärmen über das Dorf ziehen, der taugt nicht mehr zum Städter, und bis zu seinem Tod wird es ihn in die Freiheit ziehen. Mein Bruder verzehrte sich in seinem Steueramt vor Sehnsucht. Die Jahre vergingen, aber er saß immer noch auf derselben Stelle, füllte immer noch die gleichen Papiere aus und dachte immer noch nur an das eine – wie er aufs Land kommen könnte. Diese Sehnsucht verwandelte sich nach und nach in einen bestimmten Wunsch, in den Traum, sich einen kleinen Gutshof zu kaufen, irgendwo am Ufer eines Flusses oder Sees.

Er war ein gutmütiger, sanfter Mensch, ich mochte ihn gern, aber diesen Wunsch, sich für das ganze Leben auf einem eigenen Landgut zu vergraben, konnte ich nie nachfühlen. Man sagt zwar, der Mensch brauche nur drei Aršin Erde. Aber drei Aršin Erde braucht doch der Leichnam, nicht der Mensch. Und man sagt jetzt auch, es sei gut, daß unsere Intelligenz den Drang nach Landbesitz verspüre, daß es sie auf die Gutshöfe ziehe. Aber diese Gutshöfe sind doch dasselbe wie die drei Aršin Erde. Die Stadt zu verlassen, dem Kampf, dem Getümmel des Lebens zu entfliehen und sich auf einem Gut zu verstecken – das ist kein Leben, das ist Egoismus, das ist Trägheit, ein Mönchtum besonderer Art, aber ein Mönchtum ohne Heldenmut. Der Mensch braucht nicht drei Aršin Erde, kein Landgut, sondern den ganzen Erdball, die ganze Natur, wo er alle Eigenschaften und Besonderheiten seines freien Geistes ungehindert entfalten kann.

Mein Bruder Nikolaj, der in seinem Steueramt saß, träumte davon, wie er seine eigene Kohlsuppe essen würde, deren schmackhafter Duft über den ganzen Hof zöge; er würde draußen auf dem grünen Rasen essen, in der Sonne schlafen, stundenlang vorm Tor auf dem Bänkchen sitzen und in Wald und Feld hinausschauen. Broschüren über Landwirtschaft und allerlei Kalenderhinweise bereiteten ihm große Freude, sie waren seine geistige Lieblingsnahrung; er las gern Zeitungen, doch las er nur die Anzeigen, daß soundso viel Desjatinen Ackerland mit Wiesen, mit einem Gutshof, mit Fluß, Obstgarten, Mühle und Abflußteichen zum Verkauf stünden. Er malte sich in seiner Phantasie Gartenwege aus, Blumen, Früchte, Starkästen, Teiche voller Karauschen und lauter solche Sachen, wissen Sie. Diese Phantasiebilder waren ganz unterschiedlich, entsprechend den Anzeigen, die ihm ins Auge fielen, aber Gott weiß warum, in jedem von ihnen kamen unbedingt Stachelbeeren vor. Er konnte sich kein Landgut, keinen idyllischen Winkel ohne Stachelbeeren vorstellen.

›Das Landleben hat seine Bequemlichkeiten‹, sagte er immer. ›Du sitzt auf dem Balkon, trinkst Tee, auf dem Teich schwimmen deine Entchen, es duftet so schön, und ... und es wachsen die Stachelbeeren.‹

Er entwarf immer wieder Pläne für sein Gut, aber jedesmal kam es auf ein und dasselbe heraus: a) das Herrenhaus, b) das Gesindehaus, c) der Gemüsegarten, d) die Stachelbeeren. Er lebte äußerst bescheiden: er aß sich nie satt, er trank sich nie satt, er kleidete sich Gott weiß wie, geradezu wie ein Bettler, und trug alles Ersparte auf die Bank. Er war schrecklich knauserig. Es tat mir weh, wenn ich ihn so sah; zu den Feiertagen gab und schickte ich ihm immer mal etwas, er aber legte auch das zurück. Wenn ein Mensch erst einmal von einer Idee besessen ist, kann man nichts machen.

Die Jahre vergingen, er wurde in ein anderes Gouvernement versetzt, er hatte die Vierzig schon überschritten, aber immer noch las er die Anzeigen in den Zeitungen und sparte. Dann hörte ich, er habe geheiratet. Alles mit dem gleichen Ziel – um sich ein Landgut mit Stachelbeersträuchern zu kaufen, heiratete er eine alte, häßliche Witwe, ohne jedes Gefühl für sie, nur weil sie ein bißchen Geld besaß. Er lebte auch mit ihr überaus sparsam, ließ sie hungern und trug ihr Geld unter seinem Namen auf die Bank. Früher war sie mit einem Postmeister verheiratet und bei ihm an Piroggen und Fruchtlikör gewöhnt gewesen, bei ihrem zweiten Mann aber bekam sie nicht einmal genug Schwarzbrot; solch ein Leben ließ sie langsam dahinsiechen, und nach drei Jahren befahl sie Gott ihre Seele. Natürlich dachte mein Bruder nicht einen Augenblick daran, daß er an ihrem Tod schuld sei. Das Geld macht wie der Vodka aus dem Menschen einen Narren. In unserer Stadt starb ein Kaufmann. Vor seinem Tod ließ er sich einen Teller Honig bringen und aß sein ganzes Geld und seine Papiere zusammen mit dem Honig auf, denn niemand sollte es bekommen. Auf einem Bahnhof mußte ich einmal Viehherden begutachten, da geriet ein Pferdehändler unter die Lokomotive, und ihm wurde ein Bein abgefahren. Wir brachten ihn in den Wartesaal, das Blut floß, eine schreckliche Geschichte, er aber bat, man möge sein Bein suchen, und war ganz unruhig – in dem Stiefel des abgefahrenen Beines steckten zwanzig Rubel, die durften nicht verlorengehen.«

»Das ist schon aus einer anderen Oper«, warf Burkin ein.

»Nach dem Tod seiner Frau«, fuhr Ivan Ivanyč nach kurzem Nachdenken fort, »begann sich mein Bruder nach einem Gut umzusehen. Natürlich, man kann fünf Jahre lang suchen und macht schließlich doch einen Fehler und kauft sich gar nicht das, wovon man geträumt hat. Mein Bruder Nikolaj kaufte über einen Vermittler unter Übernahme der Hypotheken hundertzwölf Desjatinen Land mit einem Herrenhaus, einem Gesindehaus und einem Park, aber es gab weder einen Obstgarten noch Stachelbeeren noch Teiche mit Entchen; ein Fluß war da, aber das Wasser war schwarz wie Kaffee, weil auf der einen Seite des Gutes eine Ziegelei stand, auf der anderen eine Knochenbrennerei. Aber meinen Nikolaj Ivanyč kümmerte das wenig, er bestellte sich zwanzig Stachelbeersträucher, pflanzte sie ein und ließ sich als Gutsbesitzer nieder.

Im vergangenen Jahr habe ich ihn besucht. Ich dachte, du

wirst mal hinfahren und dir ansehen, wie er so lebt. In seinen Briefen nannte mein Bruder sein Gut ›Gimalajskijs Einöde‹; am Nachmittag traf ich also in ›Gimalajskijs Einöde‹ ein. Es war heiß. Überall Gräben, Gatter, Zäune, in Reihen gepflanzte Fichten, man wußte nicht, wie man in den Hof fahren und wo man das Pferd lassen sollte. Ich ging zum Haus, und mir entgegen kam ein fuchsroter feister Hund, der aussah wie ein Schwein. Er wollte bellen, war aber zu faul. Aus der Küche kam die Köchin, sie war barfuß und dick und sah ebenfalls aus wie ein Schwein, sie sagte, der Herr halte gerade Mittagsruhe. Ich ging zu meinem Bruder hinein, er saß im Bett, die Knie mit einer Decke zugedeckt; er war alt geworden, dick, gleichsam aufgeschwemmt; seine Wangen, seine Nase und seine Lippen hatte es nach vorn gezogen, und es schien, als wolle er jeden Augenblick in die Bettdecke grunzen.

Wir umarmten uns und weinten vor Freude und vor Kummer, daß wir einmal jung gewesen, jetzt aber alt und grau waren und ans Sterben denken mußten. Er zog sich an und führte mich herum, um mir sein Gut zu zeigen.

›Na, wie lebst du hier?‹ fragte ich ihn.

›Es geht so, Gott sei Dank, ich lebe gut.‹

Das war nicht mehr der schüchterne, arme Beamte von früher, sondern ein richtiger Gutsbesitzer, ein Herr. Er hatte sich hier schon ganz eingelebt und fand Geschmack an diesem Leben; er aß viel, badete in der Sauna, er war dick geworden, prozessierte mit der Gemeinde und mit beiden Fabriken, und es kränkte ihn sehr, wenn ihn die Bauern nicht mit ›Euer Hochwohlgeboren‹ anredeten. Auch für sein Seelenheil sorgte er würdevoll, nach Herrenart, und gute Taten vollbrachte er nicht schlicht und einfach, sondern würdevoll. Doch was für gute Taten waren das? Er kurierte die Bauern von allen möglichen Krankheiten mit Soda und Rizinus, und an seinem Namenstag ließ er im Dorf einen Dankgottesdienst abhalten, danach spendierte er einen halben Eimer

Vodka, weil er meinte, das sei notwendig. Ach, diese schrecklichen halben Eimer! Heute schleppt ein dicker Gutsbesitzer seine Bauern wegen eines Flurschadens vor die Obrigkeit, und morgen, am Feiertag, spendiert er ihnen einen halben Eimer, und sie singen und schreien ›hurra‹, und die Betrunkenen verneigen sich vor ihm bis zur Erde. Die Wandlung des Lebens zum Besseren, die Sattheit und der Müßiggang entwickeln im russischen Menschen den unverschämtesten Dünkel. Nikolaj Ivanyč, der sich einst in seinem Steueramt sogar davor gefürchtet hatte, eigene Anschauungen zu haben, gab jetzt nur noch Wahrheiten von sich, und zwar im Ton eines Ministers: ›Bildung ist notwendig, für das Volk jedoch noch verfrüht‹, ›Die Prügelstrafe ist im allgemeinen schädlich, aber in manchen Fällen nützlich und unentbehrlich!‹

›Ich kenne das Volk und verstehe mit ihm umzugehen‹, sagte er. ›Das Volk liebt mich. Ich brauche nur den kleinen Finger zu rühren, und das Volk tut für mich alles, was ich will.‹

Und das, verstehen Sie, sagte er mit einem weisen, wohlwollenden Lächeln. An die zwanzigmal wiederholte er: ›Wir Adligen‹, ›Ich als Adliger‹; offenbar dachte er gar nicht mehr daran, daß unser Großvater Bauer und unser Vater Soldat gewesen war. Selbst unser Name Čimša-Gimalajskij, der in Wirklichkeit unmöglich ist, erschien ihm nun klangvoll, vornehm und sehr elegant.

Doch es handelt sich jetzt nicht um ihn, sondern um mich selbst. Ich will Ihnen erzählen, welche Wandlung in diesen wenigen Stunden, da ich auf seinem Gut weilte, in mir vorging. Am Abend, als wir Tee tranken, stellte die Köchin einen Teller voller Stachelbeeren auf den Tisch. Das waren keine gekauften, sondern seine eigenen Stachelbeeren, die ersten, seitdem die Sträucher gepflanzt worden waren. Nikolaj Ivanyč lachte und blickte die Stachelbeeren ein Weilchen schweigend an, mit Tränen in den Augen – er konnte vor Rührung nicht sprechen; dann aber steckte er sich eine Beere in den Mund, schaute mich triumphierend an wie ein Kind, das endlich sein geliebtes Spielzeug bekommen hat, und sagte:

›Wie schmackhaft!‹

Er aß gierig und wiederholte immer wieder: ›Ach, wie schmackhaft! Probier mal!‹

Die Beeren waren hart und sauer, aber wie Puškin sagt, ›teurer als die bittere Wahrheit ist uns der erhabene Wahn‹. Ich sah einen glücklichen Menschen vor mir, dessen sehnlichster Wunschtraum ganz offensichtlich in Erfüllung gegangen war, der sein Ziel im Leben erreicht, der das bekommen hatte, was er haben wollte, der wirklich mit seinem Schicksal und mit sich selber zufrieden war. Meinen Gedanken über das menschliche Glück hatte sich immer etwas Wehmütiges beigesellt, nun aber, beim Anblick dieses glücklichen Menschen, übermannte mich ein bedrückendes Gefühl, das an Verzweiflung grenzte. Besonders bedrückend war es in der Nacht. Man hatte mir ein Bett im Zimmer neben dem Schlafgemach meines Bruders hergerichtet, und ich konnte hören, daß er nicht schlief und immer wieder aufstand, zu dem Teller mit den Stachelbeeren ging und sich eine Beere nahm. Ich überlegte mir, wie viele zufriedene, glückliche Menschen es eigentlich gibt. Was für eine überwältigende Macht ist das! Sehen Sie sich dieses Leben an: Unverfrorenheit und Müßiggang der Starken, Unwissenheit und Tierähnlichkeit der Schwachen, ringsum unglaubliche Armut, Enge, Entartung, Trunkenheit, Heuchelei, Lügen ... Dabei herrscht in allen Häusern und auf den Straßen Ruhe und Frieden; unter fünfzigtausend Menschen, die in der Stadt leben, ist kein einziger, der aufschreien oder laut protestieren würde. Wir sehen die Menschen, die auf den Markt gehen und Lebensmittel einkaufen, die am Tag essen, nachts schlafen, die Unsinn reden, heiraten, alt werden und seelenruhig ihre Verstorbenen auf den Friedhof schleppen; aber wir sehen und hören nicht diejenigen, die leiden, und das Schreckliche im Leben spielt sich irgendwo hinter den Kulissen ab. Alles ist still und friedlich, und es protestiert nur die stumme Statistik: soundso viele haben den Verstand verloren, soundso viele Eimer Schnaps wurden ausgetrunken, soundso viele Kinder sind an Unterernährung zugrunde gegangen ... Und eine solche Ordnung ist offenbar notwendig; offenbar fühlt sich der Glückliche nur deshalb wohl, weil die Unglücklichen ihre Last schweigend tragen, und ohne dieses Schweigen wäre das Glück unmöglich. Das ist eine allgemeine Hypnose. An der Tür eines jeden zufriedenen, glücklichen Menschen müßte jemand mit einem Hämmerchen stehen und ständig mit seinem Klopfen daran erinnern, daß es Unglückliche gibt, daß das Leben, so glücklich es auch sein mag, ihm früher oder später seine Krallen zeigen wird und daß auch ihn das Unglück treffen wird – Krankheit, Armut, Verluste –, und dann wird ihn niemand sehen und hören, so wie er jetzt die anderen nicht hört oder sieht. Doch den Menschen mit dem Hämmerchen gibt es nicht, der Glückliche lebt zu seinem Vergnügen, und die kleinen Sorgen des Lebens bewegen ihn nur leicht wie der Wind die Espe – und alles ist zum Besten bestellt.

In jener Nacht wurde mir klar, daß auch ich zufrieden und glücklich war«, fuhr Ivan Ivanyč fort und stand auf. »Auch ich belehrte beim Essen und auf der Jagd die anderen, wie man leben, glauben und das Volk leiten müsse. Auch ich sagte, Wissen, Licht und Bildung seien notwendig, aber für die einfachen Menschen genüge einstweilen Lesen und Schreiben. Die Freiheit sei ein hohes Gut, sagte ich, ohne sie gehe es ebensowenig wie ohne Luft, aber man müsse abwarten. Ja, so sprach ich, jetzt aber frage ich: Warum sollen wir warten?« Ivan Ivanyč sah Burkin böse an. »Warum sollen wir warten, frage ich Sie? Aus welchen Überlegungen heraus? Man sagt mir, es geht nicht alles auf einmal, jede Idee werde allmählich und zu ihrer Zeit verwirklicht. Aber wer sagt das? Wo sind die Beweise, daß das richtig ist? Man bezieht sich auf die natürliche Ordnung der Dinge, auf die Gesetzmäßigkeit der

Erscheinungen, aber liegt denn Ordnung und Gesetzmäßigkeit darin, daß ich, ein lebendiger, denkender Mensch, am Graben stehe und warte, bis er von selber zuwächst, oder bis er verschlammt, während ich vielleicht hinüberspringen oder eine Brücke darüber schlagen könnte? Und noch einmal: Warum sollen wir warten? Warten, wenn man keine Kraft zum Leben hat und dabei doch leben muß und will!

Ich fuhr damals von meinem Bruder am frühen Morgen ab, und seitdem wurde es mir unerträglich, in der Stadt zu leben. Mich bedrücken die Stille und der Frieden, ich habe Angst, in die Fenster zu schauen, denn es gibt für mich jetzt keinen schrecklicheren Anblick als eine glückliche Familie, die um den Tisch herum sitzt und Tee trinkt. Ich bin schon alt und tauge nicht mehr für den Kampf, ich bin sogar unfähig zu hassen. Ich gräme mich nur in meinem Herzen, ich bin gereizt und ärgerlich, nachts glüht mir der Kopf von dem Ansturm der Gedanken, und ich kann nicht schlafen ... Ach, wenn ich doch noch jung wäre!«

Ivan Ivanyč schritt erregt aus einer Ecke in die andere und wiederholte:

»Wenn ich doch noch jung wäre!«

Plötzlich trat er zu Alëchin und drückte ihm bald die eine, bald die andere Hand.

»Pavel Konstantinyč«, sagte er mit flehender Stimme, »geben Sie sich nicht der Ruhe hin, lassen Sie sich nicht einlullen! Solange Sie jung, stark und rüstig sind, dürfen Sie nicht müde werden, Gutes zu tun! Es gibt kein Glück, und es soll auch keines geben, und wenn das Leben Sinn und Zweck hat, so liegt dieser Sinn und Zweck nicht in unserem Glück, sondern in etwas Vernünftigerem, Größerem. Tun Sie Gutes!«

Das alles sagte Ivan Ivanyč mit einem hilflosen, flehenden Lächeln, als bitte er für sich selbst.

Dann saßen sie alle drei in ihren Lehnstühlen, an verschiedenen Ecken des Salons, und schwiegen. Ivan Ivanyčs Geschichte befriedigte weder Burkin noch Alëchin. Während die Generale und die Damen, die in der Dämmerung lebendig zu sein schienen, aus ihren goldenen Rahmen auf sie herabblickten, war es nicht sehr unterhaltsam, sich die Geschichte von dem armen Beamten anzuhören, der Stachelbeeren aß. Man wollte lieber etwas von eleganten Menschen, von Frauen hören. Allein die Tatsache, daß sie im Salon saßen, wo alles – der Kronleuchter in seinem Überzug, die Lehnstühle und die Teppiche – davon sprach, daß diese selben Menschen, die jetzt aus den Rahmen blickten, einstmals hier umhergegangen waren, gegessen und Tee getrunken hatten, wie auch die Tatsache, daß jetzt die schöne Pelageja nur lautlos hin und her lief – das war besser als alle Geschichten.

Alëchin sehnte sich sehr nach Schlaf, er war wegen der Wirtschaft früh aufgestanden, in der dritten Morgenstunde, und jetzt fielen ihm die Augen zu, aber er fürchtete, seine Gäste könnten in seiner Abwesenheit etwas Interessantes erzählen, und deshalb ging er nicht. Ob es klug und richtig war, was Ivan Ivanyč soeben gesagt hatte, konnte er nicht beurteilen; die Gäste sprachen nicht von Grütze, Heu oder Teer, sondern von etwas, was zu seinem Leben nicht in unmittelbarer Beziehung stand, und er freute sich und wollte, daß sie weitersprachen . . .

»Es ist aber Zeit zum Schlafen«, sagte Burkin und erhob sich. »Gestatten Sie, daß ich Ihnen eine gute Nacht wünsche.«

Alëchin verabschiedete sich und ging hinunter in sein Zimmer, während die Gäste oben blieben. Man hatte den beiden für die Nacht ein großes Zimmer zugewiesen, in dem zwei alte Holzbetten mit Schnitzereien standen; in einer Ecke des Zimmers hing ein Kruzifix aus Elfenbein. Die breiten kühlen Betten, die die schöne Pelageja hergerichtet hatte, dufteten angenehm nach frischer Wäsche.

Ivan Ivanyč zog sich schweigend aus und legte sich nieder.

»Herr, vergib uns Sündern!« sagte er und zog sich die Decke über den Kopf.

Von seinem Pfeifchen, das auf dem Tisch lag, roch es stark

nach Tabakasche. Und Burkin konnte lange nicht einschlafen und begreifen, woher dieser schwere Geruch kam.

Der Regen trommelte die ganze Nacht hindurch gegen die Fensterscheiben.

Von der Liebe

Am nächsten Tag gab es zum Frühstück sehr schmackhafte Piroggen, Krebse und Hammelkoteletts; während des Essens kam der Koch Nikanor nach oben, um sich zu erkundigen, was sich die Gäste zu Mittag wünschten. Er war ein mittelgroßer Mann mit einem gedunsenen Gesicht, kleinen Augen und glattrasierten Wangen, und es sah aus, als sei der Schnurrbart nicht abrasiert, sondern ausgezupft.

Alëchin erzählte, die schöne Pelageja sei in diesen Koch verliebt. Da er aber ein Trunkenbold und Hitzkopf war, wollte sie ihn nicht heiraten, sondern willigte ein, so mit ihm zu leben. Er jedoch war sehr fromm, und seine religiösen Überzeugungen erlaubten ihm nicht, so mit ihr zu leben; er verlangte, sie solle ihn heiraten, anders wolle er nichts von ihr wissen, und wenn er betrunken war, beschimpfte er sie und schlug sie sogar. Sie versteckte sich dann im oberen Stockwerk und schluchzte, und Alëchin und das Dienstpersonal gingen nicht aus dem Haus, um sie zu beschützen, falls es notwendig sein sollte.

Man sprach von der Liebe.

»Wie die Liebe entsteht«, sagte Alëchin, »warum Pelageja sich nicht in einen anderen, der seinen moralischen Eigenschaften und seinem Äußeren nach besser zu ihr passen würde, verliebt hat, sondern ausgerechnet in Nikanor, diese Fratze – bei uns nennen ihn alle die Fratze –, wieweit in der Liebe Fragen des persönlichen Glücks wichtig sind, das alles weiß man nicht, und man kann darüber denken, wie man will. Bis heute ist über die Liebe nur ein einziger wahrer Satz gesprochen worden, nämlich: ›Dies Geheimnis ist groß‹, alles andere, was man über die Liebe geschrieben und gesagt hat, war keine Lösung, sondern nur das Stellen von Fragen, die auch weiterhin ungelöst bleiben. Eine Erklärung, die für den einen Fall zu taugen scheint, ist für zehn andere unbrauchbar, und meiner Ansicht nach ist es das beste, jeden Einzelfall speziell zu klären und nicht zu versuchen zu verallgemeinern. Man muß, wie die Ärzte sagen, jeden Fall für sich individualisieren.«

»Völlig richtig«, stimmte Burkin zu.

»Wir, die Anständigen unter den Russen, hegen eine Vorliebe für diese Fragen, die ohne Lösung bleiben. Gewöhnlich poetisiert man die Liebe, schmückt sie mit Rosen und Nachtigallen, wir Russen aber schmücken unsere Liebe mit diesen schicksalsschweren Fragen, und dabei wählen wir noch die am wenigsten interessanten aus. In Moskau hatte ich, als ich noch Student war, eine Freundin, eine reizende Dame, die jedesmal, wenn ich sie umarmte, daran dachte, wieviel ich ihr im Monat geben würde und wieviel jetzt das Pfund Rindfleisch kostete. So stellen auch wir, wenn wir lieben, unaufhörlich Fragen: Ob das ehrenhaft oder nicht ehrenhaft, ob das klug oder dumm sei, wohin diese Liebe führe und so weiter. Ob das gut ist oder nicht, das weiß ich nicht, daß es aber hinderlich ist, einen nicht befriedigt und reizt, das weiß ich.«

Es sah aus, als wolle er etwas erzählen. Menschen, die einsam leben, haben immer etwas auf dem Herzen, was sie gern erzählen möchten. In der Stadt gehen Junggesellen absichtlich in ein Bad oder in ein Restaurant, nur um sich dort auszusprechen, und manchmal erzählen sie den Badewärtern oder den Kellnern sehr interessante Geschichten; auf dem Lande aber schütten sie gewöhnlich den Gästen ihr Herz aus. Jetzt sah man durchs Fenster den grauen Himmel und die regenfeuchten Bäume, bei solchem Wetter konnte man nirgends hingehen, und es blieb nichts weiter übrig, als zu erzählen und zuzuhören.

»Ich lebe schon lange in Sofjino«, begann Alëchin, »und befasse mich mit der Landwirtschaft, seitdem ich das Studium beendet habe. Ich bin nicht zu körperlicher Arbeit erzogen worden, ich neige eher zu geistiger Tätigkeit, doch als ich hierherkam, lasteten große Schulden auf dem Gut, und da mein Vater zum Teil deshalb verschuldet war, weil er viel Geld für meine Bildung ausgegeben hatte, entschloß ich mich, hierzubleiben und so lange zu arbeiten, bis ich die Schulden abgezahlt hätte. Ich faßte also diesen Entschluß und begann hier zu arbeiten, nicht ohne einigen Widerwillen, das muß ich gestehen. Der Boden hier ist wenig ergiebig, und wenn die Landwirtschaft Gewinn bringen soll, muß man sich der Arbeit von Leibeigenen oder Tagelöhnern bedienen, was beinahe dasselbe ist, oder man muß seine Wirtschaft wie die Bauern führen, das heißt selber mit seiner Familie auf dem Feld arbeiten. Ein Zwischending gibt es da nicht. Aber mit solchen feinen Erwägungen gab ich mich damals nicht ab. Ich ließ keinen Fleck Erde unberührt, ich trieb alle Bauern und Weiber aus den Nachbardörfern zusammen, und bei mir wurde wie toll gearbeitet; ich pflügte, säte und mähte selber, und ich langweilte mich dabei und verzog vor Ekel das Gesicht wie eine Bauernkatze, die im Garten vor Hunger Gurken frißt; der ganze Körper schmerzte mir, und ich schlief im Gehen. In der ersten Zeit glaubte ich noch, ich könnte dieses arbeitsame Leben leicht mit meinen kulturellen Gewohnheiten in Einklang bringen; dazu brauchte ich nur, so dachte ich, in meinem Leben eine gewisse äußere Ordnung einzuhalten. Ich ließ mich hier oben in den Paradezimmern nieder und richtete es so ein, daß mir nach dem Frühstück und dem Mittagessen Kaffee und Liköre serviert wurden, und wenn ich mich abends schlafen legte, las ich den ›Vestnik Evropy‹. Einmal aber kam unser Priester, Vater Ivan, und auf einen Sitz trank er meinen ganzen Likör aus, und der ›Vestnik Evropy‹ landete ebenfalls bei den Popenfrauen, weil ich im Sommer, besonders während der Mahd, nicht einmal bis zu meinem Bett gelangte, sondern in der Scheune in einem Schlitten oder irgendwo in einer Waldhütte einschlief – wie war da an Lesen zu denken? Allmählich übersiedelte ich nach unten; ich begann in der Gesindeküche zu Mittag zu essen, und von dem früheren Luxus blieb mir nur die Dienerschaft, die schon meinem Vater gedient hat und die zu entlassen mir sehr schwerfallen würde.

In den ersten Jahren hatte man mich hier zum ehrenamtlichen Friedensrichter gewählt. Ab und zu mußte ich in die Stadt fahren und an den Sitzungen des Kreisgerichts teilnehmen, und das bereitete mir Vergnügen. Wenn man hier zwei oder drei Monate ständig lebt, ohne herauszukommen, besonders im Winter, dann sehnt man sich schließlich nach einem schwarzen Gehrock. Und im Kreisgericht gab es Gehröcke, Uniformen, Fräcke, alle waren Juristen, Menschen, die Hochschulbildung genossen hatten und mit denen man reden konnte.

Nach dem Schlafen im Schlitten, nach dem Essen in der Gesindeküche in einem Lehnstuhl sitzen zu können, in reiner Wäsche und leichten Schuhen und mit einer Kette auf der Brust – was für eine Wohltat!

In der Stadt wurde ich überall freundlich aufgenommen, ich schloß gern Bekanntschaften. Zu meinen dauerhaftesten und, um der Wahrheit die Ehre zu geben, auch zu den für mich angenehmsten Bekanntschaften gehörte Luganovič, der stellvertretende Präsident des Kreisgerichts. Sie kennen ihn beide – eine liebenswerte Persönlichkeit. Es war unmittelbar nach dem berühmten Brandstifterprozeß; die Verhandlung erstreckte sich über zwei Tage, und wir waren erschöpft. Luganovič sah mich an und sagte:

›Wissen Sie was? Essen Sie bei mir zu Mittag.‹

Das kam für mich unerwartet, denn ich kannte Luganovič nur oberflächlich, nur dienstlich, und war noch kein einziges Mal bei ihm gewesen. Ich ging nur auf einen Augenblick in mein Hotelzimmer, um mich umzuziehen, und begab mich dann zum Mittagessen. Dort hatte ich die Gelegenheit, Anna Alekseevna, die Gattin Luganovičs, kennenzulernen. Sie war damals noch sehr jung, nicht älter als zweiundzwanzig, und ein halbes Jahr zuvor hatte sie ihr erstes Kind zur Welt gebracht. Die Geschichte ist schon lange her, und es wäre jetzt für mich schwierig, festzustellen, was an dieser Frau eigentlich so ungewöhnlich war, was mir an ihr so gefiel; damals aber, bei dem Mittagessen, schien es mir vollkommen klar. Ich sah eine junge, schöne, gütige, intelligente und bezaubernde Frau vor mir; so einer Frau war ich noch nie begegnet; ich spürte in ihr sofort ein mir nahestehendes, ein mir vertrautes Wesen, als hätte ich dieses Gesicht, diese freundlichen, klugen Augen schon einmal in meiner Kindheit gesehen, in dem Album, das auf der Kommode meiner Mutter lag.

In dem Brandstifterprozeß wurden vier Juden beschuldigt, eine Bande gebildet zu haben, meiner Meinung nach völlig unbegründet. Beim Essen war ich sehr erregt, mir war schwer ums Herz, und ich entsinne mich nicht mehr, was ich sagte, nur Anna Alekseevna schüttelte immerzu den Kopf und fragte ihren Mann:

›Dmitrij, wie ist denn das?‹

Luganovič war ein guter Kerl, einer jener treuherzigen Menschen, die unbeirrt an der Meinung festhalten, wenn ein Mensch erst einmal vor Gericht gekommen sei, so bedeute das, er sei schuldig und man dürfe Zweifel an der Richtigkeit des Urteils nicht anders als in gesetzlicher Form, also schriftlich äußern, keinesfalls aber beim Mittagessen und in einem privaten Gespräch.

›Wir beide haben kein Feuer angelegt‹, sagte er weich, ›und so wird man uns nicht aburteilen und nicht ins Gefängnis stecken.‹

Und beide, Mann und Frau, achteten darauf, daß ich möglichst viel aß und trank; aus einigen Kleinigkeiten, zum Beispiel, wie sie beide zusammen Kaffee zubereiteten und wie sie einander bei der ersten Andeutung verstanden, konnte ich schließen, daß sie friedlich und glücklich lebten und daß sie sich über einen Gast freuten. Nach dem Mittagessen spielten sie vierhändig Klavier, dann wurde es dunkel, und ich fuhr in mein Hotel. Das war zu Beginn des Frühjahrs. Darauf verbrachte ich den ganzen Sommer in Sofjino, und ich hatte keine Zeit, an die Stadt auch nur zu denken, doch die Erinnerung an die schlanke blonde Frau blieb in mir alle Tage lebendig; ich dachte nicht an sie, aber wie ein leichter Schatten lag ihr Bild auf meiner Seele.

Im Spätherbst wurde in der Stadt zu wohltätigen Zwecken ein Theaterstück aufgeführt. Ich betrat die Gouverneursloge (in der Pause hatte man mich dorthin eingeladen) und sah neben der Frau des Gouverneurs Anna Alekseevna sitzen, und wieder machten ihre Schönheit und ihre lieben zärtlichen Augen auf mich den gleichen, unwiderstehlichen, frappierenden Eindruck, und wieder hatte ich das gleiche Gefühl vertrauter Nähe.

Wir saßen nebeneinander, darauf gingen wir ins Foyer.

›Sie sind schmal geworden‹, sagte sie, ›waren Sie krank?‹

›Ja. Ich hatte das Reißen in der Schulter, und bei dem regnerischen Wetter schlafe ich schlecht.‹

›Sie sehen erschöpft aus. Damals im Frühjahr, als Sie zu uns zum Essen kamen, wirkten Sie jünger, rüstiger. Sie waren damals sehr angeregt und sprachen viel, Sie waren sehr interessant, und ich gestehe, ich hatte mich sogar ein bißchen in Sie verliebt. Im Laufe des Sommers mußte ich oft an Sie denken, und als ich mich heute für das Theater fertigmachte, ahnte ich, daß ich Sie wiedersehen würde.‹

Und sie lachte.

›Aber heute sehen Sie erschöpft aus‹, wiederholte sie. ›Das macht Sie älter.‹

Am nächsten Tag frühstückte ich bei den Luganovičs; nach dem Frühstück fuhren sie in ihr Landhaus, um dort alles für den Winter vorzubereiten, und ich fuhr mit ihnen. Ich kehrte auch mit ihnen in die Stadt zurück, und um Mitternacht tranken wir bei ihnen zu Haus Tee; der Kamin brannte, und die junge Mutter ging immerzu hinaus, um nachzusehen, ob ihr Töchterchen schlief. Danach besuchte ich bei jedem meiner Aufenthalte in der Stadt unbedingt die Luganovičs. Sie gewöhnten sich an mich und ich mich an sie. In der Regel kam ich unangemeldet, wie ein Familienmitglied.

›Wer ist da?‹ klang aus einem entfernten Zimmer eine gedehnte Stimme, die mir so wunderschön erschien.

›Das ist Pavel Konstantinyč‹, antwortete die Zofe oder die Kinderfrau.

Anna Alekseevna kam dann mit besorgter Miene zu mir heraus und fragte mich jedesmal:

›Warum sind Sie so lange nicht hiergewesen? Ist etwas geschehen?‹

Ihr Blick, die gepflegte, vornehme Hand, die sie mir reichte, ihr Hauskleid, die Frisur, die Stimme, ihre Schritte machten auf mich immer wieder den Eindruck von etwas Neuem, etwas Ungewöhnlichem und Wichtigem in meinem Leben. Wir unterhielten uns lange, und wir schwiegen lange, wobei sich jeder das Seine dachte, oder aber sie spielte mir etwas auf dem Klavier vor. Wenn niemand zu Hause war, blieb ich da und wartete, ich unterhielt mich mit der Kinderfrau, spielte mit dem Kind oder legte mich im Kabinett auf den türkischen Diwan und las Zeitung, kehrte Anna Alekseevna aber zurück, so begrüßte ich sie im Vorzimmer, nahm ihr alle Einkäufe ab, und, ich weiß nicht, warum, jedesmal trug ich diese Einkäufe so liebevoll und so begeistert wie ein kleiner Junge.

Es gibt ein Sprichwort: Wenn die Frau keine Sorgen hat, kauft sie sich ein Ferkel. Sie, die Luganovičs, hatten keine Sorgen, und so befreundeten sie sich mit mir. Wenn ich lange nicht in die Stadt kam, so hieß das für sie, ich sei krank oder mit mir sei etwas geschehen, und beide waren sehr beunruhigt. Sie waren besorgt darüber, daß ich, ein gebildeter Mensch mit Sprachkenntnissen, statt mich wissenschaftlich oder literarisch zu betätigen, auf dem Lande lebte, mich wie ein Eichhörnchen im Rade drehte, viel arbeitete und doch ständig ohne einen roten Heller dastand. Sie meinten, ich würde darunter leiden, und wenn ich sprach, lachte und aß, so würde ich das nur deshalb tun, um meine Leiden zu verbergen; und selbst in fröhlichen Augenblicken, wenn mir wohl zumute war, fühlte ich auf mir ihre forschenden Blicke. Besonders rührend waren sie, wenn mir tatsächlich etwas Unangenehmes zustieß, wenn mich ein Gläubiger bedrängte oder wenn ich nicht genügend Geld für eine Terminzahlung hatte; beide, Mann und Frau, flüsterten dann miteinander am Fenster, darauf trat er zu mir und sagte mit ernstem Gesicht:

›Wenn Sie im Augenblick Geld brauchen, Pavel Konstantinovič, so bitten wir Sie, sich nicht zu genieren und von uns etwas anzunehmen.‹

Und er bekam vor Aufregung rote Ohren. Es geschah aber auch, daß er, nachdem sie am Fenster geflüstert hatten, mit roten Ohren zu mir trat und sagte:

›Meine Frau und ich bitten Sie dringend, dieses Geschenk von uns anzunehmen.‹

Und er überreichte mir Manschettenknöpfe, eine Zigarrentasche oder eine Lampe; ich schickte ihnen dafür vom Land Schlachtgeflügel, Butter und Blumen. Übrigens waren sie beide vermögende Leute. In der ersten Zeit machte ich viele Anleihen und war dabei nicht besonders wählerisch, ich nahm, wo ich nur konnte, aber keine zehn Pferde hätten mich dazu gebracht, von den Luganovičs Geld anzunehmen. Wozu aber davon reden!

Ich war unglücklich. Zu Hause, auf dem Feld, in der Scheune, überall dachte ich an sie, ich bemühte mich, das Geheimnis einer jungen, schönen und klugen Frau zu ergründen, die einen uninteressanten Mann, beinahe einen Greis (ihr Mann war schon über Vierzig) geheiratet und von ihm Kinder bekommen hatte – ebenso bemühte ich mich, das Geheimnis dieses uninteressanten Mannes zu ergründen, dieses gutmütigen, schlichten Menschen, der mit einem so langweiligen gesunden Menschenverstand urteilte, sich auf Bällen und Soirees an solide Leute hielt, der schlapp war und überflüssig, der eine ergebene, teilnahmslose Miene zeigte, als habe man ihn zum Verkauf hierhergebracht, der sich aber dennoch berechtigt glaubte, glücklich zu sein und von ihr Kinder zu haben; und ich versuchte immerfort zu begreifen, warum sie gerade ihm begegnet war und nicht mir und wozu in unserem Leben ein so schrecklicher Irrtum geschehen mußte.

Wenn ich in die Stadt kam, konnte ich ihr jedesmal an den Augen ablesen, daß sie mich erwartet hatte; und sie selbst gestand mir, sie habe schon seit dem frühen Morgen ein so eigenartiges Gefühl gehabt, sie habe geahnt, daß ich kommen würde. Wir unterhielten uns lange, oder wir schwiegen, aber wir gestanden uns nicht unsere Liebe, sondern verbargen sie schüchtern und eifersüchtig. Wir fürchteten alles, was unser Geheimnis uns selber hätte entdecken können. Ich liebte zärtlich und tief, doch ich überlegte und fragte mich, wohin unsere Liebe führen würde, wenn wir nicht genügend Kraft aufbrächten, sie zu bekämpfen; es schien mir unwahrscheinlich, daß diese meine stille, traurige Liebe plötzlich das glückliche Leben ihres Gatten und ihrer Kinder, dieses ganzen Hauses, in dem man mich so liebte und mir so vertraute, jäh zerstören sollte. War das ehrenhaft? Sie würde mir folgen, aber wohin? Wo könnte ich sie hinführen? Anders wäre es, wenn ich ein schönes, interessantes Leben führen würde, wenn ich zum Beispiel für die Befreiung der Heimat kämpfte oder ein berühmter Gelehrter, Künstler oder Maler wäre, so aber würde ich sie nur aus einer gewöhnlichen, alltäglichen Umgebung in eine ebensolche oder eine noch alltäglichere bringen. Und wie lange würde unser Glück dauern? Was würde aus ihr, falls ich krank werden oder sterben sollte oder wenn wir uns einfach nicht mehr liebten?

Sie urteilte offenbar ähnlich. Sie dachte an ihren Mann, an die Kinder, an ihre Mutter, die Annas Mann wie einen Sohn liebte. Würde sie ihrem Gefühl nachgeben, dann müßte sie entweder lügen oder die Wahrheit sagen, und in ihrer Lage war das eine wie das andere gleich furchtbar und gleich peinlich. Auch sie quälte die Frage, ob ihre Liebe mir Glück bringe, ob sie nicht mein Leben, das auch so schon schwer genug und voller Ungemach war, nur noch schwieriger mache. Sie fand, sie sei nicht mehr jung genug für mich, nicht arbeitsfreudig und energisch genug, um ein neues Leben anzufangen, und sie sprach oft mit ihrem Mann darüber, daß ich ein kluges, meiner würdiges Mädchen heiraten müßte, das mir eine gute Hausfrau und Helferin wäre – und sie fügte dann immer sofort hinzu, daß man ein solches Mädchen in der ganzen Stadt nicht finden würde.

Inzwischen vergingen die Jahre. Anna Alekseevna hatte bereits zwei Kinder. Wenn ich zu den Luganovičs kam, lächelten die Dienstboten freundlich, die Kinder schrien, Onkel Pavel Konstantinyč sei gekommen, und hingen an meinem Hals; alle freuten sich. Sie verstanden nicht, was in meiner Seele vorging, und dachten, ich würde mich ebenfalls freuen. Alle sahen in mir ein edles Wesen. Erwachsene und Kinder hatten das Gefühl, ein edles Wesen schreite durch die Zimmer, und das verlieh ihren Beziehungen zu mir einen besonderen Reiz, als wäre auch ihr Leben in meiner Gegenwart sauberer und schöner. Ich ging mit Anna Alekseevna ins Theater, jedesmal zu Fuß; wir saßen nebeneinander im Fauteuil, unsere Schultern berührten sich, ich nahm schweigend das Opernglas aus ihrer Hand und spürte dann, daß sie mir nahe, daß sie mein war, daß wir nicht ohne einander sein konnten, aber durch irgendein seltsames Mißverständnis verabschiedeten wir uns jedesmal, wenn wir das Theater verließen, und trennten uns wie Fremde. In der Stadt wurde schon Gott weiß was über uns gesprochen, aber von all dem Gerede stimmte kein einziges Wort.

In den letzten Jahren fuhr Anna Alekseevna häufiger zu ihrer Mutter oder zu ihrer Schwester; sie war oft schlechter Laune und schien sich ihres unbefriedigten, verfehlten Lebens bewußt zu sein, wenn sie weder ihren Gatten noch die Kinder sehen wollte. Sie war wegen ihrer zerrütteten Nerven bereits in ärztlicher Behandlung.

Wir schwiegen, wir schwiegen immer, doch in Gegenwart von Fremden war sie mir gegenüber irgendwie seltsam gereizt. Worüber ich auch sprach, sie pflichtete mir nicht bei, und wenn ich mich stritt, so ergriff sie stets die Partei meines Gegners. Ließ ich etwas fallen, sagte sie kalt: ›Ich gratuliere.‹ Gingen wir ins Theater und hatte ich das Opernglas vergessen, sagte sie zu mir: ›Ich wußte ja, daß Sie es vergessen würden.‹

Zum Glück oder zum Unglück gibt es in unserem Leben nichts, was nicht früher oder später ein Ende nähme. Es kam die Zeit der Trennung, denn Luganovič war in einem der westlichen Gouvernements zum Gerichtspräsidenten ernannt worden. Möbel, Pferde und Landhaus mußten verkauft werden. Als wir zum Landhaus fuhren und uns dann auf der Heimfahrt ein letztes Mal nach dem Garten und dem grünen Dach umblickten, waren wir alle traurig, und mir wurde klar, daß wir nun nicht nur von dem Landhaus Abschied nehmen mußten. Es war beschlossen, daß Anna Alekseevna Ende August in die Krim reisen würde, was die Ärzte ihr verordnet hatten, und etwas später sollte dann Luganovič mit den Kindern in sein Gouvernement fahren.

Ein großes Gefolge begleitete Anna Alekseevna zum Bahnhof. Als sie sich von ihrem Mann und den Kindern verabschiedet hatte und nur noch ein Augenblick bis zum dritten Läuten geblieben war, eilte ich zu ihr ins Abteil, um eines ihrer Körbchen, das sie beinahe vergessen hätte, ins Gepäcknetz zu legen; außerdem mußte ich ihr Lebewohl sagen. Als sich hier im Abteil unsere Blicke trafen, verließ uns beide die Kraft, ich umarmte sie, sie schmiegte ihr Gesicht an meine Brust, und Tränen flossen aus ihren Augen; ich küßte ihr Gesicht, ihre Schultern, ihre tränenfeuchten Hände – oh, wie unglücklich waren wir beide! Ich gestand ihr meine Liebe, und mit wundem Herzen begriff ich, wie unnütz, wie kleinlich, wie trügerisch all das gewesen war, was uns gehindert hatte zu lieben. Ich begriff, daß man, wenn man liebt, in seinen Überlegungen von dem Höchsten ausgehen muß, von etwas Wichtigerem, als es Glück oder Unglück, Sünde oder Tugend im landläufigen Sinne sind, oder man braucht überhaupt nicht zu überlegen.

Ich küßte sie zum letztenmal, und wir trennten uns – für immer. Der Zug fuhr bereits. Ich setzte mich ins Nebenabteil – es war leer –, und dort blieb ich bis zur nächsten Station sitzen und weinte. Dann ging ich zu Fuß heim, nach Sofjino...«

Während Alëchins Erzählung hatte der Regen aufgehört, und die Sonne schaute hervor. Burkin und Ivan Ivanyč gingen hinaus auf den Balkon; von hier aus hatte man einen wunderbaren Blick auf den Garten und den Fluß, der jetzt in der Sonne wie ein Spiegel glänzte. Sie genossen den Anblick und bedauerten zugleich, daß dieser Mann mit den gütigen, klugen Augen, der so offenherzig erzählt hatte, sich tatsächlich hier auf diesem riesigen Gut wie ein Eichhörnchen im Rade drehte und sich nicht mit der Wissenschaft oder mit irgend etwas anderem befaßte, was sein Leben angenehmer gestalten würde. Sie dachten auch daran, was für ein trauriges Gesicht die junge Dame wohl gehabt hatte, als er sich im Abteil von ihr verabschiedete und ihr Gesicht und Schultern küßte. Beide waren ihr in der Stadt begegnet, Burkin war sogar mit ihr bekannt und fand sie schön.

Burkin und
„Stachelbeeren" Ivanyč:
Erzählt von
„Im Futteral"
(Rahmen)

Ionyč

I

Wenn sich in der Gouvernementsstadt S. die Zugereisten über die Langeweile und Eintönigkeit des Lebens beklagten, dann sagten die Einheimischen, wie um sich zu rechtfertigen, es sei im Gegenteil in S. sehr schön, es gebe dort eine Bibliothek, ein Theater und einen Klub und es würden Bälle veranstaltet; schließlich finde man hier intelligente, interessante und angenehme Familien, mit denen man Bekanntschaft schließen könne. Sie verwiesen auf die Familie Turkin als die gebildetste und talentierteste von allen.

Diese Familie wohnte in der Hauptstraße neben dem Palais des Gouverneurs, im eigenen Haus. Ivan Petrovič Turkin, ein korpulenter, gutaussehender, brünetter Mann mit einem Backenbart, veranstaltete Liebhaberaufführungen zu wohltätigen Zwecken, spielte selbst alte Generale und räusperte sich dabei sehr komisch. Er kannte viele Anekdoten, Scharaden und Sprichwörter, scherzte und witzelte gern und machte dabei immer eine Miene, daß man nicht wußte, ob er scherzte oder im Ernst sprach. Seine Frau, Vera Iosifovna, eine schlanke, anmutige Dame, die einen Kneifer trug, schrieb Novellen und Romane und las sie ihren Gästen vor. Die Tochter, Ekaterina Ivanovna, ein junges Mädchen, spielte Klavier. Mit einem Wort, jedes Familienmitglied hatte irgendein Talent. Die Turkins führten ein gastfreundliches Haus und zeigten den Gästen heiter und in aller Herzenseinfalt ihre Talente. Ihr großes Steinhaus war geräumig und im Sommer kühl; die Hälfte der Fenster ging auf einen alten schattigen Garten hinaus, in dem im Frühling die Nachtigallen schlugen. Wenn Gäste im Haus waren, klapperten in der Küche die Messer, und im Hof roch es nach gebratenen Zwiebeln – das verhieß jedesmal ein reichliches, wohlschmeckendes Abendessen.

Auch zu Doktor Dmitrij Ionyč Starcev, der gerade zum Zemstvo-Arzt ernannt worden war und sich in Djaliž, neun Verst von S. entfernt, niedergelassen hatte, sagte man, er als gebildeter Mensch müsse unbedingt die Turkins kennenlernen. Eines Tages im Winter wurde er auf der Straße Ivan Petrovič vorgestellt; man sprach vom Wetter, vom Theater, von der Cholera, und es folgte eine Einladung. An einem Feiertag im Frühjahr – es war der Himmelfahrtstag – begab sich Starcev nach der Sprechstunde in die Stadt, um sich ein wenig zu zerstreuen und bei der Gelegenheit einiges einzukaufen. Er ging gemächlich zu Fuß (eigene Pferde besaß er noch nicht) und summte die ganze Zeit vor sich hin:

»Als ich noch nicht getrunken hatte die Tränen aus des Lebens Kelch . . .«

Er aß in der Stadt zu Mittag, ging im Park spazieren, dann fiel ihm auf einmal Ivan Petrovičs Einladung ein, und er beschloß, die Turkins zu besuchen und zu sehen, was für Menschen das seien.

»Bitte, seien Sie gegrüßt«, sagte Ivan Petrovič, der ihn auf der Freitreppe empfing. »Ich bin sehr, sehr erfreut, einen so angenehmen Gast bei mir zu sehen. Kommen Sie, ich stelle Sie meiner besseren Hälfte vor. – Ich sage zu ihm, Veročka«, fuhr er fort, als er den Arzt seiner Frau vorstellte, »ich sage zu ihm, er habe nicht das geringste römische Recht, in seinem Krankenhaus zu hocken, er müsse seine Mußestunden der Gesellschaft widmen. Habe ich nicht recht, mein Herzchen?«

»Setzen Sie sich hierher«, sagte Vera Iosifovna und ließ den Gast neben sich Platz nehmen. »Sie können mir den Hof machen. Mein Mann ist eifersüchtig wie Othello, aber wir werden uns Mühe geben und uns so benehmen, daß er nichts merkt.«

»Ach du Schlingel, du Schelm . . .« murmelte Ivan Petrovič zärtlich und küßte sie auf die Stirn. »Sie kommen sehr gelegen«, fuhr er, zu dem Gast gewandt, fort, »meine bessere Hälfte hat einen großmächtigen Roman geschrieben und wird ihn heute vorlesen.«

»Jeančik«, sagte Vera Iosifovna zu ihrem Mann, »dites que l'on nous donne du thé.«

Man stellte Starcev Ekaterina Ivanovna vor, ein achtzehnjähriges Mädchen, das der Mutter sehr ähnlich sah und genauso schlank und anmutig war wie sie. Sie hatte noch einen kindlichen Ausdruck im Gesicht und eine schlanke, zarte Taille; und die jungfräuliche, schon entwickelte, schöne und gesunde Brust sprach vom Frühling, vom richtigen Frühling. Dann trank man Tee und aß Varenje, Honig, Konfekt und ein sehr schmackhaftes Gebäck dazu, das auf der Zunge zerging. Gegen Abend fanden sich allmählich Gäste ein, und auf jeden von ihnen richtete Ivan Petrovič seine lachenden Augen und sagte:

»Bitte, seien Sie gegrüßt.«

Dann nahmen alle mit sehr ernsten Gesichtern im Salon Platz, und Vera Iosifovna las ihren Roman vor. Sie begann so:

»Der Frost hatte zugenommen ...« Die Fenster waren weit geöffnet, man hörte, wie in der Küche die Messer klapperten, und der Geruch nach gebratenen Zwiebeln drang herein ... In den weichen tiefen Sesseln saß man bequem, die Lichter schimmerten zärtlich im Dämmerlicht des Salons; und jetzt, an dem Sommerabend, da auf der Straße Stimmen und Lachen ertönten und vom Hof der Fliederduft hereinwehte, konnte man sich schwer vorstellen, wie der Frost zunahm und wie die untergehende Sonne mit ihren kalten Strahlen die schneebedeckte Ebene und den Wanderer beleuchtete, der einsam seines Weges zog. Vera Iosifovna las davon, wie eine junge, schöne Gräfin in ihrem Dorf Schulen, Krankenhäuser und Bibliotheken errichtete und wie sie einen wandernden Maler liebgewann – sie las von Dingen, die es niemals im Leben gab, und trotzdem war es angenehm und gemütlich zuzuhören, und es kamen einem immerzu so schöne friedliche Gedanken in den Sinn, daß man gar nicht wieder aufstehen wollte ...

»Nicht unübel ...« sagte Ivan Petrovič leise.

Und einer der Gäste, der es hörte und mit seinen Gedanken weit weg war, sagte kaum hörbar:

»Ja ... wirklich ...«

Es verging eine Stunde, es vergingen zwei. Im benachbarten Stadtpark spielte ein Orchester, und ein Sängerchor sang. Als Vera Iosifovna ihr Heft schloß, schwieg man fünf Minuten lang und lauschte der ›Lučinuška‹, einem Lied, das der Chor sang und das wiedergab, was nicht in dem Roman stand, was aber im Leben vorkommt.

»Lassen Sie Ihre Werke in Zeitschriften erscheinen?« fragte Starcev Vera Iosifovna.

»Nein«, erwiderte sie, »ich lasse sie nirgends erscheinen. Ich verstecke sie in meiner Schublade, wenn sie fertig sind. Wozu drucken lassen?« erklärte sie. »Wir sind doch nicht unbemittelt.«

Und alle seufzten, man wußte nicht, warum.

»Und jetzt spiel du etwas, Kätzchen«, sagte Ivan Petrovič zu seiner Tochter.

Der Deckel des Klaviers wurde hochgeklappt, das Notenheft, das schon bereitlag, aufgeschlagen. Ekaterina Ivanovna setzte sich und hieb mit beiden Händen auf die Tasten. Sie hieb immer und immer wieder aus voller Kraft darauf ein; ihre Schultern und ihre Brust bebten, hartnäckig hämmerte sie auf die gleiche Stelle, und es schien, sie wolle nicht eher aufhören, als bis sie die Tasten in das Innere des Klaviers hineingetrieben hätte. Der Salon war von Donnergetöse erfüllt; alles dröhnte – der Fußboden, die Decke, die Möbel ... Ekaterina Ivanovna spielte eine schwierige Passage, die nur wegen ihrer Schwierigkeit interessant, sonst aber lang und eintönig war, und Starcev malte sich beim Zuhören aus, wie von einem hohen Berg Steine herunterrollten, sie rollten und rollten, und er wünschte, sie möchten baldmöglichst aufhören zu rollen, gleichzeitig aber gefiel ihm die kräftige, energische und vor Anstrengung rosige Ekaterina Ivanovna, der eine Locke in die Stirn gefallen war, sehr gut. Nach dem in Djaliž unter Kranken und Bauern verbrachten Winter hier im Salon zu sitzen, dieses junge, elegante und wahrscheinlich reine Geschöpf anzuschauen und diese geräuschvollen, aufdringlichen, dennoch aber kultivierten Töne zu hören – das war so angenehm, so neu ...

»Nun, Kätzchen, du hast heut gespielt wie noch nie«, sagte Ivan Petrovič mit Tränen in den Augen, als seine Tochter geendet hatte und sich erhob. »Stirb, Denis, etwas Besseres wirst du nicht schreiben.«

Alle umringten sie, beglückwünschten sie, bewunderten sie und behaupteten, sie hätten schon lange keine solche Musik gehört, und sie hörte schweigend zu, kaum merklich lächelnd, und ihre ganze Gestalt drückte Triumph aus.

»Wunderbar! Hervorragend!«

»Wunderbar!« sagte auch Starcev, von der allgemeinen Begeisterung mitgerissen. »Wo haben Sie eigentlich Musik studiert?« fragte er Ekaterina Ivanovna. »Auf dem Konservatorium?«

»Nein, nein, auf das Konservatorium bereite ich mich erst vor, bisher habe ich hier gelernt, bei Madame Zavlovskaja.«

»Haben Sie das hiesige Gymnasium absolviert?«

»O nein!« antwortete Vera Iosifovna für sie. »Wir haben die Lehrer ins Haus geholt; im Gymnasium oder im Institut, das werden Sie zugeben, könnte sie schlechten Einflüssen unterliegen. Solange ein junges Mädchen aufwächst, sollte es sich nur unter dem Einfluß der Mutter befinden.«

»Ich gehe aber trotzdem aufs Konservatorium«, sagte Ekaterina Ivanovna.

»Nein, Kätzchen liebt die Mama. Kätzchen wird Papa und Mama nicht betrüben.«

»Nein, ich gehe, ich gehe!« sagte Ekaterina Ivanovna scherzhaft, aber eigensinnig und stampfte mit dem Füßchen auf.

Beim Abendessen zeigte Ivan Petrovič seine Talente. Nur

mit den Augen lachend, erzählte er Anekdoten und Witze, stellte komische Rätselaufgaben, die er selbst löste, und die ganze Zeit über redete er in seiner ungewöhnlichen Sprache, die er durch lange Übung im geistreichen Scherzen ausgearbeitet hatte und die ihm offenbar schon längst zur Gewohnheit geworden war – großmächtig, nicht unübel, ich danke Ihnen ergebungsvoll ...

Doch das war noch nicht alles. Als sich die Gäste satt und zufrieden in das Vorzimmer drängten und ihre Mäntel und Stöcke suchten, lief der Diener Pavluša oder, wie man ihn hier nannte, Pava, ein vierzehnjähriger, kurzgeschorener und pausbäckiger Junge, geschäftig hin und her.

»Nun, Pava, spiel mal Theater!« sagte Ivan Petrovič zu ihm.

Pava stellte sich in Positur, hob einen Arm und sagte in tragischem Ton: »Stirb, Unglückliche!«

Und alle lachten.

Interessant, dachte Starcev, als er auf die Straße trat.

Er ging noch in ein Restaurant und trank Bier, dann begab er sich zu Fuß heim nach Djaliž. Im Gehen summte er die ganze Zeit:

»Wie klingt doch deine Stimme so zärtlich und so schmachtend ...«

Als er die neun Verst zurückgelegt hatte und schlafen ging, verspürte er nicht die geringste Müdigkeit, sondern er meinte im Gegenteil, er hätte mit Vergnügen noch an die zwanzig Verst gehen können.

Nicht unübel ... fiel ihm beim Einschlafen ein, und er mußte lachen.

II

Starcev nahm sich immer wieder vor, die Turkins zu besuchen, doch im Krankenhaus gab es sehr viel zu tun, und er konnte sich nicht eine Stunde frei machen. So verging mehr als ein Jahr in Arbeit und Einsamkeit; da aber kam aus der Stadt ein Brief in einem blauen Umschlag ...

Vera Iosifovna litt schon lange an Migräne, aber in der letzten Zeit, als Kätzchen jeden Tag drohte, aufs Konservatorium zu gehen, wiederholten sich die Anfälle immer häufiger. Alle Ärzte der Stadt waren schon bei den Turkins gewesen, nun war die Reihe auch an dem Zemstvo-Arzt. Vera Iosifovna schrieb ihm einen rührenden Brief, in dem sie ihn bat, zu ihr zu kommen und ihre Leiden zu lindern. Starcev fuhr hin und war seitdem häufig, sehr häufig bei den Turkins ... Tatsächlich half er Vera Iosifovna ein wenig, und sie hatte schon allen Gästen erzählt, er sei ein ungewöhnlicher, wunderbarer Arzt. Doch er fuhr nicht mehr der Migräne wegen zu den Turkins ...

Es war an einem Feiertag. Ekaterina hatte ihre langen, ermüdenden Übungen auf dem Klavier beendet. Danach saß man lange im Speisezimmer und trank Tee, und Ivan Petrovič erzählte etwas Komisches. Da aber läutete es; man mußte ins Vorzimmer gehen und einen Gast begrüßen. Starcev benutzte den Augenblick der Verwirrung und sagte flüsternd und heftig erregt zu Ekaterina Ivanovna:

»Um Gottes willen, ich flehe Sie an, quälen Sie mich nicht, gehen wir in den Garten!«

Sie zuckte mit den Achseln, als sei sie erstaunt und wisse nicht, was er von ihr wolle, doch sie stand auf und ging hinaus.

»Sie spielen immer drei, vier Stunden Klavier«, sagte er, während er ihr folgte, »dann sitzen Sie mit Ihrer Mutter zusammen, und es ergibt sich keine Gelegenheit, mit Ihnen zu sprechen. Gewähren Sie mir wenigstens ein Viertelstündchen, ich flehe Sie an.«

Es ging auf den Herbst zu, und in dem alten Garten war es still und traurig; auf den Wegen lagen dunkle Blätter. Die Dämmerung brach schon früh herein.

»Ich habe Sie eine ganze Woche nicht gesehen«, fuhr Starcev fort. »Wenn Sie wüßten, was für eine Qual das für mich ist! Setzen wir uns, hören Sie mich an.«

Sie hatten beide einen Lieblingsplatz im Garten – eine Bank unter einem alten, weitausladenden Ahornbaum. Auch jetzt setzten sie sich auf diese Bank.

»Was wünschen Sie?« fragte Ekaterina Ivanovna nüchtern, in geschäftsmäßigem Ton.

»Ich habe Sie eine ganze Woche nicht gesehen, ich habe so lange Ihre Stimme nicht gehört. Ich möchte leidenschaftlich gern Ihre Stimme hören, ich lechze danach. Sprechen Sie!«

Sie entzückte ihn durch ihre Frische, durch den naiven Ausdruck ihrer Augen und Wangen. Sogar in dem Sitz ihres Kleides erblickte er etwas ungewöhnlich Liebes, durch ihre schlichte, naive Grazie Rührendes. Zugleich aber kam sie ihm trotz dieser Naivität sehr klug und über ihr Alter hinaus geistig entwickelt vor. Er konnte mit ihr über Literatur, über Kunst, über alles mögliche sprechen, er konnte sich bei ihr über das Leben, über die Menschen beklagen, obwohl es auch vorkam, daß sie während eines ernsten Gespräches plötzlich unvermittelt zu lachen anfing oder ins Haus lief. Wie fast alle jungen Mädchen in S. las sie viel (im allgemeinen wurde allerdings in S. wenig gelesen, und in der dortigen Bibliothek sagte man, wenn nicht die jungen Mädchen und die jungen Juden wären, könnte man die Bibliothek schließen), und das gefiel Starcev ungemein. Voll innerer Anteilnahme fragte er sie jedesmal, was sie in den letzten Tagen gelesen habe, und entzückt hörte er ihr zu, wenn sie erzählte.

»Was haben Sie in dieser Woche gelesen, während wir uns nicht gesehen haben?« fragte er jetzt. »Sprechen Sie, ich bitte Sie darum.«

»Ich habe Pisemskij gelesen.«

»Und was?«

»Die ›Tausend Seelen‹«, erwiderte Kätzchen. »Aber wie komisch Pisemskij hieß: Aleksej Feofilaktyč!«

»Wo wollen Sie denn hin?« fragte Starcev erschrocken, als

sie plötzlich aufstand und zum Haus ging. »Ich muß unbedingt mit Ihnen reden, ich muß mich aussprechen ... Bleiben Sie wenigstens noch fünf Minuten! Ich beschwöre Sie!«

Sie blieb stehen, als wolle sie etwas sagen, dann steckte sie ihm ungeschickt einen Zettel in die Hand, eilte ins Haus und setzte sich dort wieder ans Klavier.

»Seien Sie heute um elf Uhr abends auf dem Friedhof, am Grabmal der Demetti«, las Starcev.

Na, das ist aber wirklich nicht gescheit, dachte er, als er wieder zu sich kam. – Was soll hier der Friedhof? Wozu das?

Es war klar: Kätzchen trieb Schabernack. Wer in aller Welt kommt ernsthaft auf den Gedanken, ein nächtliches Rendezvous weit außerhalb der Stadt auf dem Friedhof zu verabreden, wenn man das leicht auf der Straße oder im Stadtpark arrangieren kann? Und schickte es sich denn für ihn, den Zemstvo-Arzt, einen klugen, soliden Menschen, zu seufzen, Zettel zu empfangen, sich auf Friedhöfen herumzutreiben und Dummheiten zu machen, über die heute sogar schon Gymnasiasten lachen? Wohin sollte dieses Abenteuer führen? Was würden die Kollegen sagen, wenn sie davon hörten? So dachte Starcev, als er im Klub an den Tischen vorbeischlenderte, aber um halb elf fuhr er plötzlich doch auf den Friedhof.

Er hatte bereits ein eigenes Paar Pferde und einen Kutscher namens Pantelejmon, der eine Samtweste trug. Der Mond schien. Es war still und warm, aber schon herbstlich. In der Vorstadt, neben dem Schlachthof, heulten Hunde. Starcev ließ die Pferde am Stadtrand in einer Nebengasse zurück und ging zu Fuß weiter. Jeder hat seine Eigentümlichkeiten, dachte er. – Kätzchen ist ebenfalls ein eigenartiges Geschöpf, und wer weiß, vielleicht scherzt sie nicht, sondern kommt tatsächlich – und er gab sich dieser schwachen, leeren Hoffnung hin, die ihn berauschte.

Etwa eine halbe Verst ging er über Feld. Der Friedhof zeichnete sich in der Ferne als dunkler Streifen ab, wie ein

Wald oder ein großer Park. Eine weiße Mauer tauchte auf, das Tor ... Im Licht des Mondes konnte man auf dem Torbogen lesen: »Jedem schlägt einmal die Stunde ...« Starcev trat durch ein Pförtchen, und das erste, was er erblickte, waren die weißen Kreuze und Grabmäler zu beiden Seiten eines breiten Weges und die schwarzen Schatten, die sie und die Pappeln warfen; weit und breit sah man nur Schwarzes und Weißes, und die verschlafenen Bäume neigten ihre Zweige über das Weiße. Es schien hier heller zu sein als draußen auf dem Feld, die Ahornblätter, die wie Tatzen aussahen, hoben sich scharf von dem gelben Sand der Wege und von den Grabplatten ab, und die Inschriften auf den Grabmälern waren deutlich zu lesen. Anfangs war Starcev überrascht von dem, was er hier das erstemal in seinem Leben sah und was er wahrscheinlich nicht mehr zu sehen bekommen würde – eine Welt, die mit nichts zu vergleichen war, eine Welt, in der das Mondlicht so schön und so weich war, als stünde hier seine Wiege, wo es kein Leben gab, überhaupt keines, sondern wo man in jeder dunklen Pappel, in jedem Grab ein Geheimnis spürte, das ein ruhiges, herrliches, ewiges Leben verhieß. Von den Grabplatten und den verwelkten Blumen und von dem faulenden Laub der Bäume roch es nach Vergebung, Trauer und Ruhe.

Schweigen herrschte ringsum; friedlich blickten die Sterne vom Himmel herab, und Starcevs Schritte hallten laut und störend. Erst als die Kirchenuhr schlug und er sich selbst für tot und für immer hier begraben glaubte, schien es ihm, als schaue ihn jemand an, und er dachte einen Augenblick, das hier sei nicht Ruhe und Frieden, sondern die dumpfe Trauer des Nichtseins, unterdrückte Verzweiflung ...

Das Grabmal der Demetti hatte die Form einer Kapelle, auf der ein Engel thronte; einst hatte in S. eine italienische Operntruppe ein Gastspiel gegeben, eine der Sängerinnen war gestorben, und man hatte sie hier begraben und ihr dieses Denkmal gesetzt. In der Stadt erinnerte sich niemand mehr an sie, aber das Lämpchen über dem Eingang spiegelte das Mondlicht wider und schien zu brennen.

Niemand war da. Wer sollte auch um Mitternacht hierherkommen? Doch Starcev wartete, und als ob das Mondlicht seine Leidenschaft entfachte, wartete er sehnsüchtig und malte sich in seiner Phantasie Küsse und Umarmungen aus. Er blieb etwa eine halbe Stunde neben dem Grab sitzen, dann spazierte er durch die Seitenwege, den Hut in der Hand; er wartete und mußte daran denken, wie viele Frauen und junge Mädchen hier unter diesen Hügeln begraben lagen, Menschenkinder, die schön und bezaubernd gewesen waren, die geliebt, sich nachts den Liebkosungen hingegeben und in Leidenschaft geglüht hatten. Wie häßlich scherzte doch eigentlich Mutter Natur mit dem Menschen, und wie kränkend war es, das zu erkennen! So dachte Starcev, zugleich aber hätte er herausschreien mögen, er wolle Liebe, er warte auf Liebe, um jeden Preis; vor ihm schimmerten nicht mehr Marmorblöcke, sondern herrliche Körper, er sah Formen, die sich schamhaft im Schatten der Bäume verbargen, er spürte Wärme, und sein Sehnen wurde bedrückend ...

Als sei ein Vorhang gefallen, verschwand der Mond hinter den Wolken, und plötzlich wurde alles ringsum dunkel. Starcev fand kaum das Tor wieder – es war schon finster wie in einer Herbstnacht –, dann wanderte er etwa anderthalb Stunden umher, um die Gasse zu finden, in der er seine Pferde gelassen hatte.

»Ich bin müde und kann mich kaum noch auf den Beinen halten«, sagte er zu Pantelejmon.

Mit Genuß setzte er sich in die Kutsche und dachte dabei: Ach, man sollte nicht dick werden!

III

Am nächsten Abend fuhr er zu den Turkins, um seinen Antrag zu machen. Doch das erwies sich als unmöglich, da Ekaterina in ihrem Zimmer frisiert wurde. Sie wollte zu einem Tanzabend in den Klub.

Wieder mußte er lange im Speisezimmer sitzen und Tee trinken. Als Ivan Petrovič sah, daß der Gast grübelte und sich langweilte, holte er einen Zettel aus der Westentasche und las den komischen Brief seines deutschen Verwalters vor, in dem es hieß, auf dem Gut seien alle Beschlüsse verdorben und die Verwandlung bröckle ab.

Eine anständige Mitgift werden sie wahrscheinlich geben, dachte Starcev, der zerstreut zuhörte.

Nach der schlaflosen Nacht kam er sich wie benebelt vor, als habe man ihm etwas Süßes, Einschläferndes zu trinken gegeben; er war wie benommen, und doch fühlte er Freude und Wärme; zugleich sagte er sich mit dem letzten Rest Nüchternheit und Besonnenheit: Halt ein, ehe es zu spät ist! Paßt sie denn zu dir? Sie ist verwöhnt und launenhaft, sie schläft bis zwei Uhr, du aber bist der Sohn eines Küsters, ein Zemstvo-Arzt . . .

Na und? dachte er. Soll sie doch.

Außerdem wird dich, wenn du sie heiratest, fuhr das letzte Restchen Vernunft fort, ihre Verwandtschaft veranlassen, den Dienst im Zemstvo aufzugeben und in der Stadt zu leben.

Na und? dachte er. Wenn ich in der Stadt leben soll, dann lebe ich eben in der Stadt. Sie werden ihr eine Mitgift geben, und wir können uns schön einrichten . . .

Endlich trat Ekaterina Ivanovna ein, im Ballkleid, tief dekolletiert, schön und frisch, und Starcev konnte sich nicht satt sehen an ihr, er geriet in solches Entzücken, daß er kein Wort herausbrachte, sondern sie nur ansah und lachte.

Sie begann sich zu verabschieden, und da er keinen Grund

hatte, länger zu bleiben, erhob er sich und sagte, er müsse heim, die Patienten warteten.

»Da kann man nichts machen«, sagte Ivan Petrovič, »fahren Sie, bei der Gelegenheit können Sie Kätzchen in den Klub mitnehmen.«

Draußen nieselte es, und es war sehr dunkel, nur an dem heiseren Räuspern Pantelejmons konnte man erraten, wo die Pferde standen. Das Verdeck der Kutsche wurde hochgeklappt.

»Ich liege und siege, du liegst, wenn du lügst«, sagte Ivan Petrovič und half seiner Tochter in die Kutsche, »er liegt, wenn er lügt ... Hü! Bitte, leben Sie wohl!«

Sie fuhren los.

»Ich war gestern auf dem Friedhof«, begann Starcev. »Das war nicht edel und nicht barmherzig von Ihnen ...«

»Sie waren auf dem Friedhof?«

»Ja, ich war dort und habe fast zwei Stunden auf Sie gewartet. Ich habe gelitten ...«

»Dann leiden Sie eben, wenn Sie keinen Spaß verstehen.«

Zufrieden, weil sie den Verliebten so zum Narren gehalten hatte und weil sie so heiß geliebt wurde, brach Ekaterina Ivanovna in Gelächter aus, aber plötzlich schrie sie vor Schreck auf, denn im gleichen Augenblick bogen die Pferde scharf zum Klubtor ab, und die Kutsche legte sich auf die Seite. Starcev faßte Ekaterina Ivanovna um die Taille, sie schmiegte sich verstört an ihn, und er konnte sich nicht länger beherrschen und küßte sie leidenschaftlich auf die Lippen, auf das Kinn und umarmte sie noch heftiger.

»Genug«, sagte sie trocken.

Kurz darauf war sie schon nicht mehr im Wagen, und der Polizist, der an der beleuchteten Klubauffahrt stand, rief Pantelejmon mit widerlicher Stimme zu:

»Was bleibst du da stehen, du Krähe? Fahr weiter!«

Starcev fuhr nach Haus, kehrte aber bald zurück. In einem fremden Frack, um den Hals eine steife weiße Krawatte, die dauernd abstand und zu verrutschen drohte, saß er um Mitternacht im Salon des Klubs und sagte voller Begeisterung zu Ekaterina Ivanovna:

»Oh, wie wenig wissen diejenigen, die niemals geliebt haben! Ich glaube, noch keiner hat die Liebe richtig beschrieben, und man kann dieses zärtliche, freudige, quälende Gefühl auch kaum beschreiben; wer es nur ein einziges Mal durchgemacht hat, der wird es nicht in Worten wiedergeben wollen. Aber wozu lange Vorreden und Beschreibungen? Wozu unnütze Schönrederei? Meine Liebe ist grenzenlos ... Ich bitte Sie, ich flehe Sie an«, rief Starcev endlich aus, »werden Sie meine Frau!«

»Dmitrij Ionyč«, erwiderte Ekaterina Ivanovna nach kurzem Nachdenken mit sehr ernster Miene, »Dmitrij Ionyč, ich bin Ihnen sehr dankbar für die Ehre, ich achte Sie, aber«, – sie stand auf und fuhr im Stehen fort – »aber, entschuldigen Sie, aber ich kann nicht Ihre Frau werden. Wir wollen ernsthaft miteinander reden. Dmitrij Ionyč, Sie wissen, mehr als alles im Leben liebe ich die Kunst, ich liebe die Musik über alles, ich vergöttere sie, ihr habe ich mein ganzes Leben geweiht. Ich möchte Künstlerin werden, ich möchte Ruhm, Erfolge, Freiheit, Sie aber wollen, daß ich weiter in dieser Stadt lebe, dieses hohle und nutzlose Dasein fortsetze, das mir schon unerträglich geworden ist. Ehefrau werden – o nein, verzeihen Sie! Der Mensch muß nach einem höheren, einem glanzvollen Ziel streben, das Familienleben aber würde mich auf ewig binden. Dmitrij Ionyč«, – sie lächelte unmerklich, weil ihr dabei ›Aleksej Feofilaktyč‹ einfiel –, »Dmitrij Ionyč, Sie sind ein guter, edler und kluger Mensch, Sie sind der beste von allen ...« – Tränen traten ihr in die Augen , »ich empfinde von ganzem Herzen Sympathie für Sie, aber ... aber Sie werden verstehen ...«

Um nicht loszuweinen, drehte sie sich um und verließ den Salon.

Starcevs Herz hörte auf, unruhig zu schlagen. Als er aus

dem Klub auf die Straße trat, riß er sich erst einmal die steife Krawatte ab und seufzte aus voller Brust. Er schämte sich ein wenig, seine Eigenliebe war verletzt – er hatte keinen Korb erwartet –, und er wollte nicht glauben, daß alle seine Träume, alle seine Sehnsüchte und Hoffnungen zu einem solch dummen Ende geführt hatten, genau wie in einem kleinen Stück auf einer Liebhaberbühne. Und er bedauerte seine Gefühle, diese seine Liebe, er bedauerte sie so sehr, daß er am liebsten gleich losgeheult oder mit seinem Schirm aus Leibeskräften auf Pantelejmons Rücken geschlagen hätte.

Drei Tage lang ging ihm nichts recht von der Hand, er aß nicht, er schlief nicht, doch als ihm zu Ohren kam, Ekaterina Ivanovna sei nach Moskau gefahren, um auf dem Konservatorium zu studieren, da beruhigte er sich und lebte wieder wie früher.

Als er sich dann später manchmal erinnerte, wie er über den Friedhof geschlendert war oder wie er in der ganzen Stadt nach einem Frack gesucht hatte, rekelte er sich träge und sagte:

»Was für Scherereien waren das doch!«

IV

Vier Jahre waren vergangen. Starcev besaß bereits eine große Praxis in der Stadt. Jeden Morgen fertigte er schnell bei sich in Djaliž die Kranken ab, dann fuhr er zu den Patienten in der Stadt, aber nicht mehr mit zwei Pferden, sondern in einer Trojka mit Schellengeläut, und erst spät in der Nacht kehrte er heim. Er war voller geworden und ging nicht mehr gern zu Fuß, weil er an Atemnot litt. Auch Pantelejmon hatte zugenommen, und je mehr er in die Breite ging, desto trauriger seufzte er und klagte über sein bitteres Los – er hatte das viele Fahren satt!

Starcev verkehrte in verschiedenen Häusern und traf dort

viele Menschen, doch mit keinem befreundete er sich näher. Die städtischen Spießer reizten ihn durch ihre Gespräche, ihre Lebensauffassung und sogar durch ihr Aussehen. Die Erfahrung lehrte ihn allmählich, daß der Spießbürger, spielt man mit ihm Karten oder frühstückt mit ihm, ein friedfertiger, gutmütiger und sogar vernünftiger Mensch ist, aber man braucht mit ihm nur über etwas zu sprechen, das über Essen und Trinken hinausgeht, zum Beispiel über Politik oder Wissenschaft, schon weiß er nicht aus noch ein oder kommt mit einer so bornierten, bösartigen Philosophie daher, daß man nur resigniert abwinken und sich abwenden kann. Selbst wenn Starcev versuchte, sich mit einem liberalen Bürger zu unterhalten, zum Beispiel darüber, daß die Menschheit, Gott sei Dank, vorwärtsschreite und daß man mit der Zeit ohne Paß und ohne Todesstrafe auskommen werde, musterte ihn der Bürger scheel und mißtrauisch und fragte:

»Das heißt, dann kann auf der Straße jeder jeden umbringen?«

Und wenn Starcev in einer Gesellschaft beim Abendessen oder Teetrinken davon sprach, daß man arbeiten müsse, daß man ohne Arbeit nicht leben könne, dann faßte man das jedesmal als Vorwurf auf, wurde böse und begann hartnäckig zu streiten. Bei alledem taten diese Spießbürger nichts, absolut nichts, sie interessierten sich für nichts, und er wußte schon nicht mehr, worüber er sich mit ihnen hätte unterhalten sollen. So vermied Starcev Gespräche, er speiste nur und spielte Karten, und wenn er in irgendeinem Hause zu einem Familienfest kam und man ihn zu einem Imbiß einlud, dann setzte er sich hin und aß schweigend, wobei er auf seinen Teller blickte. Alles, was während dieser Zeit gesprochen wurde, war uninteressant, ungerecht und dumm, er fühlte sich gereizt und geriet in Erregung, doch er schwieg, und da er stets finster schwieg und auf seinen Teller starrte, nannte man ihn in der Stadt einen ›aufgeblasenen Polen‹, obwohl er niemals Pole gewesen war.

Von Zerstreuungen, wie Theater oder Konzerte, hielt er sich fern, dafür aber spielte er jeden Abend an die drei Stunden mit Genuß Whint. Er hatte noch eine Zerstreuung, an der er allmählich immer mehr Gefallen fand – abends aus den Taschen die Geldscheine zu holen, die er in seiner Praxis eingenommen hatte. Es kam vor, daß er an die siebzig Rubel nach Hause brachte, alle Taschen vollgestopft mit gelben und grünen Scheinen, die nach Parfüm, Essig, Weihrauch und Fischtran rochen, und wenn sich einige hundert angesammelt hatten, dann brachte er das Geld zur ›Gesellschaft für gegenseitige Kredithilfe‹ und deponierte es dort auf seinem laufenden Konto.

In den vier Jahren nach Ekaterina Ivanovnas Weggang war er nur zweimal bei Turkins gewesen, auf Einladung Vera Iosifovnas, die noch immer wegen Migräne in Behandlung war. Jeden Sommer kam Ekaterina Ivanovna die Eltern besuchen, doch er hatte sie noch kein einziges Mal gesehen; irgendwie hatte es sich nicht ergeben.

So waren vier Jahre vergangen. An einem ruhigen, warmen Morgen brachte man einen Brief ins Krankenhaus. Vera Iosifovna schrieb an Dmitrij Ionyč, sie sehne sich sehr nach ihm und bitte ihn dringend, zu ihr zu kommen und ihre Leiden zu lindern, übrigens sei heute gerade ihr Geburtstag. Darunter stand noch eine Nachschrift: »Ich schließe mich Mamas Bitte an. K.«

Starcev überlegte, und am Abend fuhr er zu den Turkins.

»Ah, bitte, seien Sie gegrüßt!« empfing ihn Ivan Petrovič, nur mit den Augen lächelnd. »Bongschurchen.«

Vera Iosifovna, weißhaarig und schon stark gealtert, drückte Starcev die Hand, seufzte affektiert und sagte:

»Sie wollen mir nicht den Hof machen, Doktor, Sie kommen nie zu uns, ich bin Ihnen schon zu alt. Aber da ist eine Junge gekommen, vielleicht hat sie mehr Glück.«

Und Kätzchen? Sie war mager und blaß geworden, aber schöner und schlanker; sie war jedoch schon Ekaterina Ivanovna und nicht mehr Kätzchen, sie besaß nicht mehr die frühere Frische und den Ausdruck kindlicher Naivität. In ihrem Blick und ihren Manieren lag etwas Neues – etwas Unentschlossenes, Schuldbewußtes, als fühle sie sich hier, im Haus der Turkins, nicht mehr heimisch.

»Wie lange ist es her!« sagte sie, als sie Starcev die Hand reichte, und es war zu sehen, wie ihr Herz vor Aufregung klopfte; unverwandt und neugierig blickte sie ihm ins Gesicht und fuhr fort: »Wie voll Sie geworden sind! Sie sind gebräunt, Sie sind männlicher geworden, aber im allgemeinen haben Sie sich nicht verändert.«

Auch jetzt gefiel sie ihm, sie gefiel ihm sogar sehr, doch etwas fehlte an ihr, oder etwas war zuviel – er hätte selber nicht sagen können, was, aber irgend etwas hinderte ihn daran, so zu fühlen wie früher. Ihm gefiel ihre Blässe nicht, der neue Ausdruck ihres Gesichtes, das schwache Lächeln, die Stimme; etwas später mißfiel ihm schon das Kleid, der Sessel, in dem sie saß, und etwas gefiel ihm nicht an der Vergangenheit, als er sie beinahe geheiratet hätte. Er erinnerte sich an seine Liebe, an die Träume und Hoffnungen, die ihn vor vier Jahren erregt hatten, und es wurde ihm unbehaglich zumute.

Man trank Tee und aß süßen Kuchen. Darauf las Vera Iosifovna einen Roman vor, sie las von Dingen, die es niemals im Leben gab, und Starcev hörte zu, starrte auf ihren schönen grauen Kopf und wartete, daß sie zum Ende käme.

Talentlos, dachte er, ist nicht der, der keine Geschichten zu schreiben versteht, sondern derjenige, der sie schreibt und das nicht zu verbergen weiß.

»Nicht unübel«, sagte Ivan Petrovič.

Dann spielte Ekaterina Ivanovna Klavier, geräuschvoll und lange, und als sie geendet hatte, dankte man ihr überschwenglich und war von ihr entzückt.

Wie gut, daß ich sie nicht geheiratet habe, dachte Starcev.

Sie blickte ihn an und wartete offenbar darauf, daß er ihr vorschlagen würde, in den Garten zu gehen, aber er schwieg.

»Unterhalten wir uns doch ein bißchen«, sagte sie und trat zu ihm. »Wie geht's, wie steht's? Wie leben Sie? Ich habe jeden Tag an Sie gedacht«, fuhr sie nervös fort, »ich wollte Ihnen einen Brief schreiben, ich wollte selbst zu Ihnen nach Djaliž kommen, und ich hatte bereits beschlossen zu fahren, dann aber überlegte ich es mir wieder anders – der Himmel weiß, wie Sie jetzt zu mir stehen. Ich habe Sie heute mit solcher inneren Unruhe erwartet. Um Gottes willen, gehen wir in den Garten.«

Sie gingen in den Garten und setzten sich dort auf die Bank unter dem alten Ahornbaum, so wie vor vier Jahren. Es war dunkel.

»Wie geht es Ihnen?« fragte Ekaterina Ivanovna.

»Nicht schlecht, man lebt so«, antwortete Starcev.

Weiter wußte er nichts zu sagen. Sie schwiegen.

»Ich bin aufgeregt«, sagte Ekaterina Ivanovna und bedeckte ihr Gesicht mit den Händen, »aber Sie dürfen das nicht beachten. Mir ist so wohl daheim, ich bin so froh, alle zu sehen, und kann mich doch nicht daran gewöhnen. Wie viele Erinnerungen! Ich meinte, wir beide würden uns ununterbrochen bis zum Morgen unterhalten.«

Jetzt sah er ihr Gesicht und ihre glänzenden Augen aus der Nähe, und hier, in der Dunkelheit, kam sie ihm jünger vor als im Zimmer, und es schien sogar, als sei ihr früherer kindlicher Ausdruck zurückgekehrt. Und tatsächlich, sie sah ihn mit naiver Neugier an, als wollte sie den Mann, der sie einst so heiß, so zärtlich und so unglücklich geliebt hatte, begreifen und aus der Nähe betrachten; ihre Augen dankten ihm für diese Liebe. Und er erinnerte sich an alles, was gewesen, bis auf die kleinsten Einzelheiten – wie er über den Friedhof geschlendert und wie er am nächsten Morgen müde nach Hause zurückgekehrt war, und auf einmal wurde ihm weh ums Herz, und ihn dauerte das Vergangene. In seinem Herzen flackerte ein Flämmchen auf.

»Erinnern Sie sich noch, wie ich Sie am Abend in den Klub

begleitete?« fragte er. »Damals regnete es, es war dunkel ...«

Das Flämmchen in seinem Herzen brannte heller, und er wollte schon sprechen, sich über sein Leben beklagen ...

»Ach!« sagte er seufzend. »Da fragen Sie, wie es mir geht. Wie leben wir hier denn? Überhaupt nicht. Wir werden alt, dick, und es geht bergab. Ehe man sich's versieht, ist der Tag um, und das Leben fließt trübe, ohne Eindrücke, ohne Gedanken dahin ... Am Tage der Broterwerb, abends der Klub, die Gesellschaft von Kartenspielern, Alkoholikern und Krakeelern, die ich nicht ausstehen kann. Was ist daran schön?«

»Aber Sie haben doch Ihre Arbeit, ein edles Ziel im Leben. Sie haben so gern von Ihrem Krankenhaus gesprochen. Ich war damals seltsam, ich bildete mir ein, eine große Pianistin zu sein. Heutzutage spielen alle jungen Damen Klavier, und ich spiele wie alle, an mir war nichts Besonderes; ich war eine ebensolche Pianistin, wie Mama eine Schriftstellerin ist. Damals habe ich Sie natürlich nicht verstanden, aber dann in Moskau habe ich oft an Sie gedacht. Ich habe überhaupt nur an Sie gedacht. Was für ein Glück ist es, Zemstvo-Arzt zu sein, den Leidenden zu helfen, dem Volk zu dienen. Was für ein Glück!« wiederholte Ekaterina Ivanovna begeistert. »Wenn ich in Moskau an Sie dachte, erschienen Sie mir als ein so idealer, erhabener Mensch ...«

Starcev fielen die Scheine ein, die er abends mit solchem Vergnügen aus seinen Taschen holte, und das Flämmchen in seinem Herzen erlosch.

Er stand auf, um zum Haus zu gehen. Sie nahm seinen Arm.

»Sie sind der beste Mensch, den ich in meinem Leben kennengelernt habe«, fuhr sie fort. »Wir werden uns sehen und uns unterhalten, nicht wahr? Sie müssen es mir versprechen. Ich bin keine Pianistin, über mich selbst mache ich mir keine Illusionen mehr, und ich werde in Ihrer Gegenwart weder spielen noch über Musik reden.«

Als sie ins Haus traten und Starcev bei der abendlichen Beleuchtung ihr Gesicht und ihre traurigen, prüfend auf ihn gerichteten Augen sah, da fühlte er Unruhe und dachte wieder: Wie gut, daß ich sie damals nicht geheiratet habe.

Er begann sich zu verabschieden.

»Sie haben keinerlei römisches Recht, ohne Abendessen abzufahren«, sagte Ivan Petrovič, als er ihn begleitete. »Das ist ganz perpendikulär von Ihnen. Nun, spiel mal Theater!« sagte er im Vorzimmer zu Pava.

Pava, der kein Knabe mehr war, sondern schon ein junger Mann mit einem Schnurrbart, hob einen Arm und sagte mit tragischem Ton:

»Stirb, Unglückliche!«

Das alles reizte Starcev. Als er in die Kutsche stieg und sich nach dem dunklen Haus und dem Garten umsah, die ihm einstmals so lieb und teuer gewesen, da fiel ihm auf einmal alles wieder ein – Vera Iosifovnas Romane, Kätzchens geräuschvolles Spiel, Ivan Petrovičs Witze, Pavas tragische Pose – und er dachte: Wenn die talentiertesten Leute der Stadt so unbegabt sind, wie müssen dann erst die anderen sein.

Drei Tage später brachte Pava einen Brief von Ekaterina Ivanovna.

»Sie kommen nicht zu uns. Warum?« schrieb sie. »Ich fürchte, Ihre Einstellung zu uns hat sich geändert; ich fürchte es, und mir ist bange, wenn ich nur daran denke. Beruhigen Sie mich doch, kommen Sie zu uns und sagen Sie, daß alles gut ist.

Ich muß Sie unbedingt sprechen. Ihre E. I.«

Er las den Brief und sagte zu Pava:

»Bestelle, mein Lieber, daß ich heute nicht kommen kann, ich bin sehr beschäftigt. Sag, ich würde so in drei Tagen kommen.«

Doch die drei Tage vergingen, eine Woche verging, und er fuhr immer noch nicht hin. Als er einmal an Turkins Haus vorbeikam, fiel ihm ein, daß er wenigstens auf einen Augenblick hineingehen müßte, aber er überlegte es sich und ... ging nicht hinein.

Und er war niemals mehr bei den Turkins.

V

Abermals sind einige Jahre vergangen. Starcev ist noch dicker, geradezu fett geworden, er atmet schwer und geht mit zurückgeworfenem Kopf. Wenn er, aufgedunsen und rot, in seiner Trojka mit Schellengeläut vorüberfährt und Pantelejmon, ebenfalls aufgedunsen und rot, mit feistem Nacken auf dem Kutschbock sitzt, die Arme gerade vorgestreckt, als wären es Holzstöcke, und den Entgegenkommenden ›Rrrechts halten!‹ zuruft, so ist das ein eindrucksvolles Bild, und man meint, da fahre kein Mensch, sondern ein heidnischer Götze. Er hat in der Stadt eine riesige Praxis; zum Verschnaufen kommt er nicht. Er besitzt bereits ein Gut und zwei Häuser in der Stadt, und er ist gerade dabei, sich ein drittes, noch gewinnbringenderes zu suchen, und wenn man ihm in der ›Gesellschaft für gegenseitige Kredithilfe‹ von einem Haus erzählt, das versteigert werden soll, dann geht er mir nichts, dir nichts hin, schreitet durch alle Zimmer, ohne auf die nicht angekleideten Frauen und Kinder zu achten, die ihn erstaunt und furchtsam ansehen, stößt mit dem Stock gegen alle Türen und fragt:

»Das ist das Arbeitszimmer? Das ist das Schlafzimmer? Und was ist das?«

Dabei atmet er schwer und wischt sich den Schweiß von der Stirn.

Er hat viel zu tun, trotzdem aber gibt er die Stelle als Zemstvo-Arzt nicht auf; die Habgier hat ihn gepackt, er möchte hier wie dort Erfolg haben. In Djaliž und in der Stadt nennt man ihn bereits einfach Ionyč. ›Wo fährt denn

Ionyč hin?‹ oder ›Sollte man nicht Ionyč zu einem Konsilium laden?‹ heißt es.

Seine Stimme hat sich verändert, sie ist dünn und schneidend geworden, wahrscheinlich, weil er vor Fett schon fast keine Luft mehr bekommt. Auch sein Charakter hat sich verändert – er ist schwierig und reizbar. Wenn er die Patienten empfängt, ist er meist ärgerlich, er stößt ungeduldig mit dem Stock auf und schreit mit seiner unangenehmen Stimme:

»Wollen Sie gefälligst nur auf meine Fragen antworten! Keine Unterhaltung!«

Er ist einsam. Langweilig lebt er dahin, nichts interessiert ihn.

In der ganzen Zeit, seit er in Djalič lebt, ist die Liebe zu Kätzchen seine einzige und wohl auch seine letzte Freude gewesen. Abends spielt er im Klub Whint und sitzt dann allein an einem großen Tisch und ißt zu Abend. Der Diener Ivan, der älteste und ehrwürdigste, bedient ihn, serviert ihm Lafitte Nr. 17, und alle – die Klubältesten, der Koch und der Diener – wissen, was er gern hat und was nicht, und sind nach Kräften bemüht, ihm gefällig zu sein, sonst wird er noch böse und fängt an, mit dem Stock auf den Fußboden zu stoßen.

Beim Abendbrot dreht er sich manchmal um und mischt sich in ein Gespräch ein:

»Wovon sprechen Sie? Wie? Von wem?«

Und wenn einmal an einem Nachbartisch von den Turkins die Rede ist, dann fragt er:

»Von welchen Turkins sprechen Sie? Von denen, wo die Tochter Klavier spielt?«

Das ist alles, was man über ihn sagen kann.

Und die Turkins? Ivan Petrovič ist nicht älter geworden, er hat sich überhaupt nicht verändert und erzählt nach wie vor Witze und Anekdoten; Vera Iosifovna liest den Gästen nach wie vor gern und in aller Herzenseinfalt ihre Romane vor. Kätzchen spielt jeden Tag vier Stunden Klavier. Sie ist merklich gealtert, kränkelt und fährt jeden Herbst mit der Mutter auf die Krim. Ivan Petrovič begleitet sie zum Bahnhof, und wenn der Zug anfährt, wischt er sich die Tränen ab und ruft:

»Leb wohl, bitte!«

Und er winkt mit dem Taschentuch.

Ein Fall aus der Praxis

Der Professor hatte ein Telegramm von der Ljalikovschen Fabrik erhalten – man bat ihn, so schnell wie möglich zu kommen. Die Tochter der Frau Ljalikova, offenbar der Besitzerin der Fabrik, war krank; mehr konnte man dem langen, unverständlich abgefaßten Telegramm nicht entnehmen. Der Professor fuhr nicht selbst, sondern schickte seinen Stationsarzt Korolëv.

Von Moskau aus mußte er zwei Stationen mit der Eisenbahn und dann noch etwa vier Verst mit dem Pferdewagen zurücklegen. Auf dem Bahnhof wurde Korolëv von einer Trojka abgeholt; der Kutscher trug einen Hut mit einer Pfauenfeder und antwortete auf alle Fragen laut und militärisch: »Zu Befehl, nein!« und »Jawohl!« Es war ein Samstagabend, die Sonne ging gerade unter. In Scharen strömten die Arbeiter von der Fabrik zum Bahnhof und grüßten die Kutsche, in der Korolëv fuhr. Ihn bezauberten der Abend, die Gutshöfe und Landhäuser zu beiden Seiten, die Birken und diese ruhige Stimmung ringsum; es schien, als wollten sich jetzt, am Vorabend des Feiertages, zusammen mit den Arbeitern auch das Feld, der Wald und die Sonne ausruhen – ausruhen und vielleicht beten . . .

Er war in Moskau geboren und aufgewachsen, kannte das Land nicht, hatte sich nie für Fabriken interessiert und auch nie eine besucht. Es geschah jedoch des öfteren, daß er etwas über Fabriken las, bei Fabrikanten zu Gast war und sich mit ihnen unterhielt. Wenn er von ferne oder aus der Nähe eine Fabrik sah, mußte er jedesmal daran denken, daß von außen alles ruhig und friedlich aussah, daß es aber drinnen wahrscheinlich hoffnungslose Unwissenheit gab, stumpfsinnigen Egoismus der Besitzer, ungesunde Tätigkeit der Arbeiter, Zänkerei, Vodka und Ungeziefer. Auch jetzt, da die Arbeiter ehrerbietig und furchtsam der Kutsche auswichen, glaubte er an ihren Gesichtern, ihren Schirmmützen und ihrem Gang körperliche Unsauberkeit, Trunkenheit, Nervosität und Verwirrung ablesen zu können.

Sie fuhren durch das Fabriktor. Zu beiden Seiten tauchten die Häuschen der Arbeiter auf, Gesichter von Frauen, auf Treppengeländern hängende Wäsche und Decken. »Vorsicht!« schrie der Kutscher, ohne die Pferde zu zügeln. Da war auch schon der weite Hof, auf dem kein Grashalm wuchs; hier standen, etwas voneinander entfernt, fünf gewaltige Fabrikgebäude mit Schornsteinen, Warenlager, Baracken – über allem lag eine graue Schicht wie von Staub. Hier und da sah man, wie Oasen in der Wüste, kümmerliche Gärtchen und die grünen oder roten Dächer der Häuser, in denen die Verwaltung untergebracht war. Der Kutscher riß plötzlich an den Zügeln, und die Pferde hielten vor einem Haus, das mit grauer Farbe frisch gestrichen war; hier gab es einen Vorgarten mit staubbedeckten Fliederbüschen, auf der gelben Freitreppe roch es stark nach Farbe.

»Bitte, Herr Doktor!« sagten weibliche Stimmen im Flur und im Vorzimmer, und man hörte dabei Seufzer und Geflüster. »Bitte, Sie werden schon sehnsüchtig erwartet ... Wir sind in großer Sorge. Hierher, bitte.«

Frau Ljalikova, eine üppige, bejahrte Dame in einem schwarzen Seidenkleid mit modischen Ärmeln, die aber, ihrem Gesicht nach zu urteilen, eine einfache, kaum gebildete Frau sein mußte, blickte den Arzt sorgenvoll an und konnte sich nicht entschließen, ihm die Hand zu geben – sie wagte es nicht. Neben ihr stand eine hagere, nicht mehr ganz junge Frauensperson, mit kurzem Haar, einem Kneifer und in einer bunten geblümten Bluse. Das Dienstmädchen nannte sie Christina Dmitrievna, und Korolëv vermutete, daß dies die Gouvernante war. Wahrscheinlich oblag es ihr als der Gebildetsten im Haus, den Arzt zu empfangen, denn sie begann sofort hastig und mit kleinen, überflüssigen Details die Ursachen der Krankheit zu schildern, ohne davon zu sprechen, wer krank war und worum es sich handelte.

Der Doktor und die Gouvernante saßen da und unterhielten sich, während die Hausfrau abwartend und unbeweglich an der Tür stand. Dem Gespräch konnte Korolëv entnehmen, daß Liza, ein junges Mädchen von zwanzig Jahren, die einzige Tochter der Frau Ljalikova und Erbin der Fabrik, krank sei. Sie kränkelte schon lange und wurde von verschiedenen Ärzten behandelt; in der letzten Nacht hatte sie vom Abend bis zum Morgen derartiges Herzklopfen gehabt, daß niemand im Haus zur Ruhe kam, man fürchtete, sie könnte sterben.

»Sie ist schon von Kindheit an so kränklich, kann man wohl sagen«, berichtete Christina Dmitrievna in singendem Tonfall und fuhr sich dabei ab und zu mit der Hand über die Lippen. »Die Ärzte sagen, es seien die Nerven, aber als sie noch klein war, haben ihr die Ärzte die Skrofeln nach innen getrieben, und ich meine, es könnte davon kommen.«

Sie gingen zu der Kranken. Schon völlig erwachsen, groß, von gutem Wuchs, doch unschön, der Mutter ähnlich, mit ebenso kleinen Augen und einer breiten, übermäßig entwickelten unteren Gesichtshälfte, unfrisiert, bis zum Kinn zugedeckt, machte sie im ersten Augenblick auf Korolëv den Eindruck eines unglücklichen, armseligen Geschöpfes, dem man aus Mitleid Schutz und Wärme bot, und man mochte nicht glauben, daß dies die Erbin dieser fünf gewaltigen Fabrikgebäude war.

»Wir sind gekommen«, begann Korolëv, »um Sie zu behandeln. Guten Tag.«

Er stellte sich vor und drückte ihr die Hand – eine große, kalte, unschöne Hand. Sie setzte sich auf und ließ sich, offensichtlich schon seit langem an Ärzte gewöhnt, ruhig abhorchen, obwohl ihre Schultern und ihre Brust unbekleidet waren.

»Ich habe Herzklopfen«, sagte sie. »Die ganze Nacht hatte

ich solche Angst ... Ich wäre fast gestorben vor Angst! Geben Sie mir irgend etwas.«

»Ja, gewiß! Beruhigen Sie sich.«

Korolëv untersuchte sie und zuckte mit den Achseln.

»Das Herz ist, wie es sein soll«, sagte er, »alles ist in Ordnung. Die Nerven sind wohl ein wenig angegriffen, aber das ist normal. Der Anfall ist offenbar schon vorbei, Sie können sich schlafen legen.«

In diesem Augenblick brachte man eine Lampe ins Schlafzimmer. Die Kranke blinzelte ins Licht, schlug die Hände vors Gesicht und schluchzte. Der Eindruck eines armseligen, unschönen Geschöpfes verschwand sofort, und Korolëv sah schon nicht mehr die kleinen Augen und die grobe, stark entwickelte untere Gesichtshälfte. Er bemerkte einen weichen, leidenden Ausdruck, der so vernünftig und so rührend war, und nun erschien sie ihm schlank, fraulich und schlicht; er hätte sie am liebsten nicht mit Arzneien beruhigt, nicht mit einem Rat, sondern einfach mit einem freundlichen Wort. Die Mutter umfaßte ihren Kopf und preßte ihn an sich. Wieviel Verzweiflung, wieviel Leid malte sich auf dem Gesicht der alten Frau! Sie, die Mutter, hatte ihre Tochter genährt und aufgezogen, hatte keine Mühe gescheut, ihr ganzes Leben dafür hingegeben, um sie in Französisch, Tanzen und Musik unterrichten zu lassen, ein Dutzend Lehrer hatte sie herangezogen, die besten Ärzte, sie hielt eine Gouvernante, und nun konnte sie nicht begreifen, woher diese Tränen kamen, wozu es soviel Leid gab, sie verstand es nicht und war verwirrt, sie zeigte eine schuldbewußte, beunruhigte, verzweifelte Miene, als habe sie etwas sehr Wichtiges versäumt, etwas noch nicht getan, jemanden noch nicht herangezogen, aber wen – das wußte sie nicht.

»Lizanka, schon wieder ... schon wieder«, sagte sie und preßte die Tochter an sich. »Meine Liebe, mein Täubchen, mein Kindchen, sag, was ist dir? Hab Mitleid mit mir, sag es mir.«

Beide weinten bitterlich. Korolëv setzte sich auf den Bettrand und nahm Lizas Hand.

»Genug, wozu denn weinen?« sagte er zärtlich. »Es gibt doch nichts auf der Welt, was diese Tränen lohnt. Nun, wir werden doch nicht weinen, das ist doch nicht nötig ...«

Bei sich aber dachte er: Es wäre Zeit für sie zu heiraten ...

»Unser Fabrikarzt hat ihr Bromkalium verschrieben«, berichtete die Gouvernante, »aber davon ist es nur noch schlimmer geworden mit ihr, möchte ich bemerken. Meines Erachtens sollte man, wenn man ihr schon etwas für das Herz geben will, dann nur solche Tropfen ... ich habe vergessen, wie sie heißen ... Maiglöckchentropfen wohl.«

Und wieder folgten verschiedene Einzelheiten. Sie fiel dem Arzt ins Wort und hinderte ihn am Sprechen, und auf ihrem Gesicht malte sich Eifer, als glaube sie, daß sie als die gebildetste Frau im Haus verpflichtet sei, mit dem Doktor ein ununterbrochenes Gespräch über medizinische Dinge zu führen.

Korolëv hatte genug davon.

»Ich kann nichts Besonderes finden«, sagte er zu der Mutter, als er das Schlafzimmer verließ. »Wenn der Fabrikarzt Ihre Tochter behandelt hat, so soll er es auch weiterhin tun. Die Behandlung war bis jetzt richtig, und ich sehe keine Notwendigkeit, den Arzt zu wechseln. Wozu wechseln? Die Krankheit ist so alltäglich, es ist nichts Ernstes ...«

Er sprach bedächtig, während er sich die Handschuhe überstreifte, und Frau Ljalikova stand unbeweglich und schaute ihn mit verweinten Augen an.

»Bis zum Zehnuhrzug ist noch eine halbe Stunde Zeit«, sagte er, »ich hoffe, ich schaffe es noch.«

»Aber können Sie denn nicht bei uns bleiben?« fragte sie, und wieder liefen ihr die Tränen über die Wangen. »Es ist mir peinlich, Sie zu belästigen, aber seien Sie so gut ... Um Christi willen«, fuhr sie halblaut fort, wobei sie sich nach der Tür umsah, »übernachten Sie bei uns. Sie ist doch meine ...

meine einzige Tochter ... Sie hat mich letzte Nacht so erschreckt, ich darf gar nicht daran denken ... Fahren Sie nicht weg, um Christi willen ...«

Er wollte ihr sagen, daß er in Moskau viel Arbeit habe, daß zu Hause seine Familie auf ihn warte; es fiel ihm schwer, in einem fremden Haus ohne jeden zwingenden Grund den ganzen Abend und die ganze Nacht zu verbringen, aber er schaute ihr ins Gesicht, seufzte und zog schweigend die Handschuhe wieder aus.

Im Saal und im Salon hatte man für ihn alle Lampen und Kerzen angezündet. Er saß am Klavier und blätterte in den Noten, dann betrachtete er die Bilder an den Wänden und die Porträts. Goldgerahmte Ölgemälde zeigten die Krim, das stürmische Meer mit einem Schiffchen, einen katholischen Mönch mit einem Weinglas, und das alles wirkte trocken, seicht, talentlos. Auf den Porträts gab es kein einziges schönes, interessantes Gesicht, nur breite Backenknochen und erstaunte Augen. Ljalikov, Lizas Vater, hatte eine niedrige Stirn und ein selbstzufriedenes Gesicht, die Uniform hing wie ein Sack an seinem großen Körper, der keine Rasse verriet. Auf der Brust glänzten eine Medaille und das Ehrenzeichen des Roten Kreuzes. Eine armselige Kultur, ein zufälliger Luxus, unüberlegt, unpassend wie diese Uniform; die Fußböden reizten ihn durch ihren Glanz, der Kronleuchter reizte, und ihm fiel die Anekdote von dem Kaufmann ein, der mit einer Medaille um den Hals ins Dampfbad ging ...

Aus dem Vorzimmer drang Flüstern, jemand schnarchte leise. Plötzlich erklangen vom Hof her schrille, abgehackte, metallische Töne, wie sie Korolëv niemals vorher gehört hatte und die er nicht deuten konnte; sie hallten in seiner Seele seltsam und unangenehm wider.

Ich glaube, um nichts in der Welt würde ich hier leben wollen, dachte er und machte sich wieder an die Noten.

»Herr Doktor, bitte zum Imbiß!« rief die Gouvernante mit halblauter Stimme.

Er ging zum Abendessen. Der Tisch war groß und reich gedeckt, mit einer Vielzahl von Speisen und Weinen, doch es aßen nur zwei – er und Christina Dmitrievna. Sie trank Madeira, aß hastig und sagte, ihn durch den Kneifer anblickend:

»Die Arbeiter sind sehr zufrieden mit uns. In unserer Fabrik gibt es jeden Winter Theatervorstellungen, die Arbeiter spielen selbst, ferner gibt es Lichtbildervorträge, eine prächtige Teestube und noch manches andere. Sie sind uns sehr zugetan, und als sie erfuhren, daß es mit Lizanka schlimmer geworden ist, bestellten sie ein Bittgebet. Sie sind ungebildet, aber sie haben Gefühl.«

»Es sieht so aus, als sei in Ihrem Hause kein einziger Mann«, sagte Korolëv.

»Kein einziger. Pëtr Nikanoryč ist vor anderthalb Jahren gestorben, und nun sind wir allein. So leben wir zu dritt. Im Sommer hier, im Winter in Moskau auf der Poljanka. Ich lebe schon elf Jahre bei ihnen, ich gehöre zur Familie.«

Zum Abendessen gab es Sterlet, Hühnerkoteletts und Kompott; dazu teure französische Weine.

»Greifen Sie bitte zu, genieren Sie sich nicht, Herr Doktor«, sagte Christina Dmitrievna, während sie aß und sich mit der Faust den Mund abwischte, es war ihr anzusehen, daß sie mit dem Leben hier sehr zufrieden war. »Bitte essen Sie.«

Nach dem Essen führte man den Arzt in das Zimmer, in dem man für ihn ein Nachtlager bereitet hatte. Er wollte jedoch noch nicht schlafen gehen, es war schwül, und im Zimmer roch es nach Farbe; er zog sich den Mantel an und ging hinaus.

Auf dem Hof war es kühl; es dämmerte bereits, und in der feuchten Luft zeichneten sich alle fünf Fabrikgebäude mit ihren langen Schornsteinen, die Baracken und die Speicher deutlich ab. Wegen des Feiertages wurde nicht gearbeitet, die Fenster waren dunkel, und nur in einem der Fabrikgebäude brannte noch ein Ofen, zwei Fenster leuchteten purpurrot, und aus dem Schornstein schlug von Zeit zu Zeit mit dem Rauch eine Flamme. Weit hinter dem Hof quakten Frösche, und eine Nachtigall sang.

Als er die Fabrikgebäude und die Baracken betrachtete, in denen die Arbeiter schliefen, dachte er wieder das gleiche, was er immer dachte, wenn er Fabriken sah. Mochte es auch Theatervorstellungen für die Arbeiter, Lichtbildervorträge, Fabrikärzte und allerlei Verbesserungen geben, so unterschieden sich doch alle die Arbeiter, denen er heute auf dem Weg vom Bahnhof begegnet war, trotz alledem ihrem Aussehen nach nicht von jenen, die er vor langer Zeit, in seiner Kindheit, gesehen hatte, als es in den Fabriken noch keine Theatervorstellungen und Verbesserungen gab. Er als Mediziner, der richtig über chronische Krankheiten urteilte, deren eigentliche Ursache unverständlich und unheilbar war, sah auch die Fabriken als ein Mißverständnis an, dessen Ursache ebenfalls unklar und nicht zu beseitigen war, und alle Verbesserungen im Leben der Fabrikarbeiter hielt er zwar nicht für überflüssig, verglich sie aber mit der Behandlung unheilbarer Krankheiten.

Hier liegt natürlich ein Mißverständnis vor ... dachte er, während er die purpurroten Fenster betrachtete. – Anderthalbtausend oder zweitausend Menschen arbeiten ohne Ruhepause, in einer ungesunden Umgebung, erzeugen schlechten Kattun, fristen ein Hungerdasein und befreien sich nur zuweilen in der Schenke von diesem Alpdruck; hundert Menschen beaufsichtigen diese Arbeit, und diese hundert machen ihr ganzes Leben lang weiter nichts als Strafen verhängen, schimpfen und Ungerechtigkeiten begehen, und nur zwei oder drei, die sogenannten Besitzer, genießen die Vorteile, obwohl sie überhaupt nicht arbeiten und den schlechten Kattun verachten. Aber was für Vorteile sind das, was für einen Gebrauch machen sie davon? Die Ljalikova und ihre Tochter sind unglücklich, es tut einem leid, sie anzusehen; mit dem

Sozial Kritik

Leben zufrieden ist allein Christina Dmitrievna, die dümmliche alte Jungfer mit dem Kneifer. Und es läuft darauf hinaus, daß alle diese fünf Fabrikgebäude nur deshalb arbeiten und daß der schlechte Kattun auf den östlichen Märkten nur deshalb verkauft wird, damit Christina Dmitrievna Sterlet essen und Madeira trinken kann.

Plötzlich erschollen seltsame Töne, die gleichen, die Korolëv vor dem Abendessen gehört hatte. An einem der Gebäude schlug jemand auf eine Metallplatte; gleich nach dem Schlag wurde der Ton wieder angehalten, so daß er kurz, schrill und unsauber klang und sich wie ›derr ... derr ... derr ...‹ anhörte. Darauf war es eine halbe Minute still, und dann erklangen die Töne an einem anderen Gebäude, genauso abgehackt und unangenehm, schon tiefer, im Baß – ›drünn ... drünn ... drünn ...‹. Elfmal. Offenbar schlugen die Wächter die elfte Stunde.

An dem dritten Gebäude hörte man: ›shak ... shak ... shak ...‹, und so ging es weiter, an allen Fabrikgebäuden, und dann hinter den Baracken und dem Tor. Und ihm schien, als würden diese Töne in der nächtlichen Stille von einem Ungeheuer mit blutroten Augen hervorgebracht, vom Teufel selbst, der hier über Besitzer und Arbeiter herrschte und die einen wie die anderen betrog.

Korolëv ging vom Hof aufs freie Feld hinaus.

»Wer da?« rief man ihn am Tor grob an.

Wie im Gefängnis ... – dachte er und gab keine Antwort.

Hier waren die Nachtigallen und die Frösche noch besser zu hören, man spürte die Mainacht. Vom Bahnhof drang das Geräusch eines Zuges herüber, irgendwo krähten verschlafen die Hähne, trotzdem aber war die Nacht still, die Welt schlief friedlich. Auf dem Feld, nicht weit von der Fabrik, stand ein Holzgerüst, daneben hatte man Baumaterial gestapelt. Korolëv setzte sich auf die Bretter und überlegte weiter.

Hier fühlt sich nur die Gouvernante wohl, und die Fabrik arbeitet, um sie zufriedenzustellen. Aber das scheint nur so, sie ist hier nur eine vorgeschobene Person. Die Hauptperson, für die hier alles geschieht, das ist der Teufel.

Und er dachte an den Teufel, an den er nicht glaubte, und sah sich nach den beiden Fenstern um, in denen das Feuer leuchtete. Es schien ihm, der Teufel selbst schaue ihn mit diesen blutroten Augen an, jene unbekannte Macht, die die Beziehungen zwischen den Starken und den Schwachen geschaffen hatte, diesen groben Irrtum, den man nun durch nichts wiedergutmachen kann. Es ist nötig, daß der Starke den Schwachen am Leben hindert, das besagt das Gesetz der Natur, doch verständlich und einleuchtend ist es nur in einem Lehrbuch oder in einem Zeitungsartikel; in dem Wirrwarr aber, als den sich das Alltagsleben präsentiert, in dem Durcheinander all jener Kleinigkeiten, aus denen die menschlichen Beziehungen gewebt sind, ist es kein Gesetz mehr, sondern logischer Unsinn, wenn der Starke sowie der Schwache gleichermaßen ihren gegenseitigen Beziehungen zum Opfer fallen und sich unwillkürlich einer unbekannten, lenkenden Macht unterwerfen, die außerhalb des Lebens steht und dem Menschen fremd ist. So dachte Korolëv, während er auf den Brettern saß, und allmählich überkam ihn eine Stimmung, als sei diese unbekannte, geheimnisvolle Macht in Wirklichkeit nahe und schaue zu. Inzwischen wurde der Himmel im Osten immer blasser, die Zeit war schnell vergangen. Die fünf Fabrikgebäude und die Schornsteine sahen vor dem grauen Hintergrund der Morgendämmerung, da ringsum alles erstorben schien, eigenartig aus, anders als am Tage. Man dachte gar nicht mehr daran, daß es in ihrem Innern Dampfmotoren, Elektrizität und Telefone gab, sondern man dachte an Pfahlbauten, an die Steinzeit, und man spürte die Gegenwart einer rohen, unbewußten Macht …

Und wieder hörte man: ›Derr … derr … derr …‹

Zwölfmal. Danach war es still, eine halbe Minute lang, dann ertönte am anderen Ende des Hofes:

›Drünn … drünn … drünn …‹

Furchtbar unangenehm! dachte Korolëv.

›Shak … shak …‹ klang es von einer dritten Stelle, abgehackt, schrill, gleichsam ärgerlich, ›shak … shak …‹

Um zwölf Uhr zu schlagen, brauchte man vier Minuten. Dann verstummte alles, und wieder schien es, als sei ringsum alles erstorben.

Korolëv blieb noch ein Weilchen sitzen und kehrte dann ins Haus zurück, aber er legte sich noch lange nicht schlafen. In den Nebenzimmern wurde geflüstert, und man hörte das Schlurfen von Pantoffeln und bloßen Füßen.

Ob sie etwa wieder einen Anfall hat? dachte Korolëv.

Er ging hinaus, um nach der Kranken zu sehen. In den Zimmern war es schon ganz hell, im Saal zitterte an der Wand und auf dem Fußboden bleiches Sonnenlicht, das durch den Frühnebel gedrungen war. Die Tür zu Lizas Zimmer stand offen, sie selbst saß in einem Lehnstuhl neben dem Bett, im Morgenkleid, einen Schal um die Schultern und unfrisiert. Die Vorhänge an den Fenstern waren heruntergelassen.

»Wie geht es Ihnen?« fragte Korolëv.

»Ich danke.«

Er fühlte ihr den Puls, darauf strich er das Haar zurück, das ihr in die Stirn gefallen war.

»Sie schlafen nicht«, sagte er. »Draußen ist herrliches Wetter, die Nachtigallen schlagen, und Sie sitzen hier im Dunkeln und grübeln.«

Sie hörte zu und blickte ihm dabei ins Gesicht; sie hatte traurige, kluge Augen, und man spürte, daß sie ihm etwas sagen wollte.

»Geht Ihnen das oft so?« fragte er.

Sie bewegte die Lippen und antwortete:

»Ja. Beinahe jede Nacht ist mir so schwer ums Herz.«

In diesem Augenblick begannen die Wächter auf dem Hof zwei Uhr zu schlagen. Es ertönte das ›derr … derr …‹ und sie fuhr zusammen.

»Beunruhigt Sie dieses Klopfen?« fragte er.

»Ich weiß nicht. Mich beunruhigt hier alles«, erwiderte sie und versank in Nachdenken. »Alles beunruhigt mich. Aus Ihrer Stimme höre ich Anteilnahme, gleich als ich Sie zum erstenmal sah, hatte ich den Eindruck, daß man mit Ihnen über alles reden kann.«

»Reden Sie, ich bitte Sie darum.«

»Ich möchte Ihnen meine Meinung sagen. Mir scheint, ich bin nicht krank, sondern ich beunruhige und ängstige mich, weil es so sein muß und nicht anders sein kann. Sogar der allergesündeste Mensch muß unruhig werden, wenn zum Beispiel unter seinem Fenster ein Räuber herumstreicht. Ich werde oft von Ärzten behandelt«, fuhr sie fort und blickte verlegen lächelnd auf ihre Knie, »ich bin natürlich sehr dankbar dafür und bestreite nicht den Nutzen der Behandlung, aber ich möchte nicht mit einem Arzt sprechen, sondern mit einem mir nahestehenden Menschen, mit einem Freund, der mich versteht, der mir bestätigt, ob ich recht habe oder nicht.«

»Haben Sie denn keine Freunde?« fragte Korolëv.

»Ich bin einsam. Ich habe meine Mutter, ich liebe sie, trotzdem bin ich einsam. So hat es das Leben gefügt. Einsame Menschen lesen viel, aber sie sprechen wenig und hören wenig, das Leben ist für sie geheimnisvoll; sie sind Mystiker und sehen oft den Teufel dort, wo er gar nicht ist. Lermontovs Tamara war einsam und sah den Teufel.«

»Und Sie lesen viel?«

»Ja. Ich habe immer freie Zeit, vom Morgen bis zum Abend. Tagsüber lese ich, des Nachts aber ist mein Kopf leer, statt der Gedanken sind nur allerlei Schatten darin.«

»Sehen Sie irgend etwas in der Nacht?« fragte Korolëv.

»Nein, aber ich fühle . . .«

Sie lächelte wieder, blickte den Doktor an und sah so traurig aus, so klug; es schien ihm, daß sie ihm vertraute, aufrichtig mit ihm reden wollte und genauso dachte wie er. Doch sie schwieg und wartete wohl, ob er nicht anfangen würde zu sprechen.

Und er wußte, was er ihr sagen sollte; für ihn war es klar,

sie mußte so schnell wie möglich die fünf Fabrikgebäude und die Million, wenn sie sie besäße, aufgeben und diesen Teufel verlassen, der in der Nacht zuschaute; es war ihm auch klar, daß sie so dachte und nur darauf wartete, daß jemand, dem sie vertraute, sie darin bestätigte.

Aber er wußte nicht, wie er das sagen sollte. Wie nur? Verurteilte scheut man sich zu fragen, wofür sie verurteilt wurden; genauso peinlich ist es, sehr reiche Leute zu fragen, weshalb sie soviel Geld besitzen, warum sie von ihrem Reichtum so schlechten Gebrauch machen, weshalb sie ihn nicht aufgeben, nicht einmal dann, wenn sie darin ihr Unglück erkennen; und wenn man darüber zu sprechen beginnt, so wird das Gespräch gewöhnlich dumm, peinlich und qualvoll lang.

Wie soll ich es sagen? – überlegte Korolëv. – Und ist es überhaupt nötig zu reden?

Und er sagte das, was er sagen wollte, nicht direkt, sondern umschrieben:

»Sie sind mit Ihrer Lage als Besitzerin einer Fabrik und als reiche Erbin unzufrieden, Sie glauben nicht an Ihr Recht, und daher können Sie jetzt nicht schlafen. Das ist natürlich besser, als wenn Sie zufrieden wären, fest schliefen und dächten, alles sei in Ordnung. Ihre Schlaflosigkeit ist ehrenhaft; wie dem auch sei, sie ist ein gutes Zeichen. In der Tat, unseren Eltern wäre ein solches Gespräch, wie wir es jetzt führen, unsinnig vorgekommen; sie haben nachts nicht diskutiert, sondern fest geschlafen, wir aber, unsere Generation, wir schlafen schlecht, wir leiden seelisch, reden viel und versuchen immer zu entscheiden, ob wir recht haben oder nicht. Für unsere Kinder und unsere Enkel aber wird die Frage, ob sie recht haben oder unrecht, bereits entschieden sein. Sie werden klarer sehen als wir. Schön wird das Leben in fünfzig Jahren sein, nur schade, daß wir es nicht mehr erleben. Es wäre interessant, das mit anzusehen.«

»Was werden denn unsere Kinder und Enkel tun?« fragte Liza.

»Ich weiß es nicht ... Vielleicht werden sie alles hinwerfen und fortgehen.«

»Wohin werden sie gehen?«

»Wohin? Wohin sie wollen ...« sagte Korolëv und lachte. »Wo kann ein guter, kluger Mensch nicht überall hingehen!«

Er schaute auf die Uhr.

»Die Sonne ist inzwischen schon aufgegangen«, sagte er. »Sie müssen nun schlafen. Ziehen Sie sich aus und schlafen Sie sich gesund. Ich freue mich sehr, daß ich Sie kennengelernt habe«, fuhr er fort und drückte ihr die Hand. »Sie sind ein prachtvoller, ein interessanter Mensch. Gute Nacht!«

Er ging in sein Zimmer und legte sich schlafen.

Als am nächsten Morgen die Kutsche vorfuhr, kamen alle auf die Freitreppe, um ihn zu verabschieden. Liza, in einem weißen Kleid und mit einer Blume im Haar, sah feiertäglich aus, sie war bleich und erschöpft. Sie blickte ihn an wie gestern, traurig und klug, sie lächelte und sprach mit einem Ausdruck, als wolle sie ihm etwas Besonderes, etwas Wichtiges sagen – nur ihm allein. Man hörte die Lerchen singen und die Kirchenglocken läuten. An den Fabrikgebäuden glänzten fröhlich die Fenster, und als Korolëv durch den Hof und dann auf der Straße zum Bahnhof fuhr, dachte er weder an die Arbeiter noch an die Pfahlbauten noch an den Teufel, sondern er dachte an die vielleicht schon nahe Zeit, da das Leben ebenso hell und freudig sein würde wie dieser stille Sonntagmorgen, und er dachte daran, wie angenehm es sei, an einem solchen Frühlingsmorgen in einer schönen dreispännigen Kutsche zu fahren und sich in der Sonne zu wärmen.

Herzchen

Olenka, die Tochter des pensionierten Kollegienassessors Plemjannikov, saß nachdenklich im Hof auf der Eingangstreppe. Es war heiß, aufdringlich umschwirrten sie die Fliegen, und es war sehr angenehm, daran zu denken, daß es bald Abend sein würde. Von Osten zogen dunkle Regenwolken heran, und von Zeit zu Zeit wehte von dort Feuchtigkeit herüber.

Mitten im Hof stand Kukin, Unternehmer und Inhaber des Vergnügungsparks ›Tivoli‹, der hier auf dem Hof im Nebengebäude wohnte, und blickte zum Himmel empor.

»Schon wieder!« sagte er verzweifelt. »Wieder wird es Regen geben! Jeden Tag Regen, jeden Tag Regen – wie zum Trotz! Das ist zum Aufhängen! Das ist mein Ruin! Jeden Tag furchtbare Verluste!«

Er rang die Hände und fuhr, zu Olenka gewandt, fort:

»Da haben Sie unser Leben, Olga Semënovna! Zum Heulen! Man arbeitet, man strebt, man plagt sich, schläft nächtelang nicht, immerzu überlegt man, wie man es noch besser machen könnte – und was kommt dabei heraus? Da ist einerseits das Publikum, roh und ungebildet. Ich biete ihm die beste Operette, ein Ausstattungsstück, hervorragende Coupletsänger, aber braucht das Publikum so etwas? Versteht es denn etwas davon? Es braucht Jahrmarktspossen! Banalitäten muß man ihm bieten! Und andererseits schauen Sie sich das Wetter an. Fast jeden Abend Regen. Seit dem 10. Mai geht das nun schon so, den ganzen Mai und Juni hindurch, einfach entsetzlich! Das Publikum kommt nicht, aber ich, muß ich denn nicht Pacht zahlen? Bezahle ich nicht die Künstler?«

Am nächsten Tag gegen Abend zogen wieder Wolken heran, und Kukin sagte mit hysterischem Lachen:

»Na und? Soll er doch! Soll doch der ganze Park versaufen und ich dazu! Daß ich auch nie Glück habe, weder in dieser noch in jener Welt! Sollen mich doch die Künstler vor Gericht bringen! Was heißt Gericht? Nach Sibirien in die Katorga! Aufs Schafott meinetwegen! Hahaha!«

Und am dritten Tag genau das gleiche ...

Olenka hörte Kukin schweigend und ernst zu, und manchmal traten ihr Tränen in die Augen. Zu guter Letzt rührte sie Kukins Unglück, und sie gewann ihn lieb. Er war klein, hager, hatte ein gelbes Gesicht und trug das Haar an den Schläfen zurückgekämmt; er sprach mit kraftloser Tenorstimme und verzog beim Sprechen den Mund. Auf seinem Gesicht malte sich immer Verzweiflung, dennoch erweckte er in ihr ein echtes, tiefes Gefühl. Sie liebte ständig irgend jemanden und konnte ohne Liebe nicht sein. Früher hatte sie ihren Papa geliebt, der jetzt krank in einem dunklen Zimmer im Lehnstuhl saß und schwer atmete; sie liebte ihre Tante, die ab und zu, einmal in zwei Jahren, aus Brjansk zu Besuch kam, und noch früher, als sie noch ins Progymnasium ging, hatte sie ihren Französischlehrer geliebt. Sie war ein stilles, gutmütiges, mitfühlendes Wesen mit sanftem, weichem Blick und kerngesund. Wenn die Männer ihre vollen rosigen Wangen, ihren weichen weißen Hals mit dem dunklen Muttermal und das gutmütig-naive Lächeln sahen, das auf ihrem Gesicht lag, sobald sie etwas Angenehmes hörte, dann dachten sie: Ja, nicht übel ... und sie lächelten ebenfalls, und die zu Besuch weilenden Damen konnten nicht anders, sie mußten plötzlich mitten im Gespräch ihre Hand ergreifen und mit einem Ausdruck des Entzückens ausrufen:

»Herzchen!«

Das Haus, in dem sie seit ihrer Geburt wohnte und das ihr testamentarisch vermacht worden war, lag am Rande der Stadt, in der sogenannten Zigeunervorstadt unweit vom ›Tivoli‹; abends und nachts hörte sie, wie im Park die Musik spielte, wie laut knallend die Raketen zerplatzten, und sie meinte dann, Kukin kämpfe mit seinem Schicksal und stürme gegen seinen Hauptfeind – die Gleichgültigkeit des Publikums; ihr Herz stockte wonnig, sie konnte nicht mehr schlafen, und wenn er gegen Morgen heimkehrte, klopfte sie leise an das Fenster ihres Schlafzimmers, zeigte ihm durch die Vorhänge nur ihr Gesicht und die eine Schulter und lächelte dabei zärtlich . . .

Er machte ihr einen Heiratsantrag, und sie wurden getraut. Und jedesmal, wenn er, wie es sich gehört, ihren Hals und ihre vollen gesunden Schultern erblickte, klatschte er in die Hände und rief:

»Herzchen!«

Er war glücklich, da es aber am Tage der Hochzeit und in der Nacht darauf geregnet hatte, wich von seinem Gesicht nicht der Ausdruck der Verzweiflung.

Nach der Hochzeit lebten sie glücklich miteinander. Sie saß bei ihm an der Kasse, achtete im Park auf Ordnung, trug die Ausgaben ein, zahlte die Gagen aus, und ihre rosigen Wangen und ihr liebes, naives, strahlendes Lächeln tauchten bald am Kassenfenster, bald hinter den Kulissen, bald am Büfett auf.

Sie sagte schon zu ihren Bekannten, das Bemerkenswerteste, das Wichtigste und Notwendigste auf der Welt sei das Theater, nur im Theater könne man wahren Genuß empfinden und ein gebildeter, humaner Mensch werden.

»Aber versteht denn das Publikum etwas davon?« fragte sie. »Es braucht Jahrmarktspossen! Gestern wurde bei uns ›Faust verkehrt‹ gegeben, fast alle Logen waren leer, aber hätten Vanečka und ich irgendeine Banalität gebracht, glauben Sie mir, dann wäre das Theater brechend voll gewesen. Morgen geben Vanečka und ich ›Orpheus in der Unterwelt‹, kommen Sie doch hin.«

Was Kukin über das Theater und über die Schauspieler sagte, das wiederholte sie. Genau wie er verachtete sie das Publikum wegen seiner Gleichgültigkeit gegenüber der Kunst und wegen seiner Unwissenheit; sie mischte sich auf den Proben ein und verbesserte die Schauspieler, sie achtete auf das Benehmen der Musiker, und wenn im Lokalblatt mißbilligend vom Theater gesprochen wurde, dann weinte sie und ging in die Redaktion, um die Sache zu klären.

Die Schauspieler hatten sie gern und nannten sie »Vanečka und ich« und »Herzchen«; sie bemitleidete sie und gab ihnen kleine Darlehen, und wenn man sie manchmal betrog, so weinte sie nur leise, beschwerte sich aber nicht bei ihrem Mann.

Auch im Winter lebten sie gut. Sie mieteten das Stadttheater für die ganze Saison und stellten es für kurze Zeit einer ukrainischen Truppe, einem Zauberkünstler oder den örtlichen Theaterliebhabern zur Verfügung. Olenka war voller geworden und strahlte vor Zufriedenheit, Kukin aber magerte ab, wurde gelb und klagte über die furchtbaren Verluste, obgleich die Geschäfte den ganzen Winter hindurch nicht schlecht gingen. Nachts hustete er, und sie gab ihm Himbeersaft und Lindenblütentee zu trinken, rieb ihn mit Kölnischwasser ein und hüllte ihn in ihre weichen Schals.

»Was bist du für ein lieber Mann!« sagte sie ganz aufrichtig und strich ihm die Haare glatt. »Was für ein guter Mann du bist.«

In den großen Fasten fuhr er nach Moskau, um eine Truppe zu engagieren, und sie konnte ohne ihn nicht schlafen, sie saß immerzu am Fenster und schaute zu den Sternen empor. Dabei verglich sie sich mit den Hühnern, die ebenfalls die ganze Nacht nicht schlafen und unruhig sind, wenn kein Hahn im Stall ist. Kukin hielt sich länger in Moskau auf und schrieb, er komme in der Osterwoche zurück, und in seinen Briefen traf er bereits Anordnungen hinsichtlich des ›Tivoli‹. Doch am Montag in der Karwoche ertönte plötzlich spätabends ein unheilverkündendes Klopfen am Tor; jemand schlug gegen die Pforte wie gegen ein Faß: bum, bum, bum! Verschlafen und mit den bloßen Füßen durch die Pfützen patschend, eilte die Köchin, um zu öffnen.

»Machen Sie auf, seien Sie so gut!« rief jemand mit dumpfer Baßstimme hinter dem Tor. »Ein Telegramm für Sie!«

Olenka hatte auch schon früher Telegramme von ihrem Mann erhalten, aber diesmal fiel sie beinahe in Ohnmacht. Mit zitternden Händen entsiegelte sie das Telegramm und las:

»Ivan Petrovič heute plötzlich verschieden erwarten umgort Anordnungen Geerdigung Dienstag.«

So stand es in dem Telegramm: ›Geerdigung‹ und das unverständliche Wort ›umgort‹; unterschrieben war es vom Regisseur der Operettentruppe.

»Mein Liebster!« schluchzte Olenka. »Mein lieber Vanečka, mein Bester! Weshalb bin ich dir begegnet? Weshalb habe ich dich kennengelernt und liebgewonnen? Warum hast du deine arme, unglückliche Olenka verlassen?«

Kukin wurde am Dienstag in Moskau auf dem Vagankov-Friedhof beerdigt; Olenka kehrte am Mittwoch heim, und kaum war sie in ihrem Zimmer, da warf sie sich aufs Bett und schluchzte so laut, daß man es sogar auf der Straße und auf den Nachbarhöfen hörte.

»Das Herzchen!« sagten die Nachbarinnen und bekreuzigten sich. »Das Herzchen, Olga Semënovna, das Mütterchen, wie es sich grämt!«

Eines Tages, es war drei Monate danach, kehrte Olenka von der Messe heim, traurig und tiefverschleiert. Es traf sich, daß einer ihrer Nachbarn neben ihr ging, der ebenfalls aus der Kirche kam – Pustovalov, der Verwalter des Holzlagers des Kaufmanns Babakaev. Er trug einen Strohhut und eine weiße Weste mit einer goldenen Kette und ähnelte mehr einem Gutsbesitzer als einem Händler.

»Jedes Ding hat seine Ordnung, Olga Semënovna«, sagte er gemessen, und Mitgefühl schwang in seiner Stimme, »und wenn jemand von unseren Verwandten stirbt, so heißt das, es hat Gott so gefallen, und darum müssen wir dessen eingedenk sein und es mit Ergebenheit tragen.«

Er begleitete Olenka bis zu ihrem Hoftor, verabschiedete sich und ging weiter. Danach hörte sie noch den ganzen Tag seine gesetzte Stimme, und kaum hatte sie die Augen geschlossen, da sah sie seinen dunklen Bart vor sich. Er gefiel ihr sehr gut. Und offenbar hatte auch sie Eindruck auf ihn gemacht, denn kurz darauf kam eine ältere Dame, die sie kaum kannte, zu ihr zum Kaffeetrinken; sie hatte sich noch nicht richtig an den Tisch gesetzt, da fing sie schon an, von Pustovalov zu reden, was für ein guter, solider Mann er sei und daß ihn jedes Mädchen mit Freuden heiraten würde. Drei Tage später kam Pustovalov selber zu Besuch; er blieb nicht lange, nur etwa zehn Minuten, und sprach wenig, aber Olenka gewann ihn so lieb, daß sie die ganze Nacht nicht schlafen konnte, sie glühte wie im Fieber, und am Morgen schickte sie nach der älteren Dame. Kurz darauf machte er ihr einen Antrag, und dann fand die Hochzeit statt.

Nach ihrer Heirat lebten Pustovalov und Olenka gut miteinander. Gewöhnlich saß er bis zum Mittagessen in seinem Holzlager, dann war er geschäftlich unterwegs, und Olenka löste ihn ab; sie saß bis zum Abend im Kontor, schrieb Rechnungen und gab Ware aus.

»Heutzutage wird das Holz jedes Jahr um zwanzig Prozent teurer«, sagte sie zu den Käufern und Bekannten. »Bedenken Sie doch, früher haben wir mit hiesigem Holz gehandelt, jetzt aber muß Vasečka jedes Jahr in das Gouvernement Mogilëv nach Holz fahren. Und wie hoch die Tarife sind!« sagte sie und bedeckte entsetzt die Wangen mit den Händen. »Wie hoch die Tarife sind!«

Es kam ihr so vor, als handele sie schon sehr, sehr lange mit Holz, als sei dieses Holz das Wichtigste und Notwendigste im Leben, und etwas Vertrautes, Rührendes lag für sie in den Worten: Balken, Knüppelholz, Bretter, Sperrholz, Dachlatte, Lafette, Schalbrett ... Des Nachts, wenn sie schlief, träumte sie von ganzen Bergen von Brettern, von unendlich langen Wagenzügen, die das Holz weit nach außerhalb brachten. Sie träumte auch, wie ein ganzes Regiment von zwölf Aršin hohen und fünfzehn Zoll dicken Balken aufrecht gegen das Holzlager anstürmte, wie Balken und Knüppel gegeneinanderstießen und dabei den dumpfen Ton trockenen Holzes von sich gaben, wie alles immerzu umfiel, wieder aufstand und sich übereinandertürmte. Olenka schrie im Schlaf auf, und Pustovalov sagte zärtlich zu ihr:

»Olenka, was ist dir, mein Liebes? Bekreuzige dich!«

Die Gedanken ihres Mannes waren auch die ihren. Wenn er dachte, im Zimmer sei es sehr warm oder die Geschäfte gingen jetzt schlecht, so dachte sie dasselbe. Ihr Mann liebte keinerlei Zerstreuungen und saß an den Feiertagen zu Hause und sie ebenfalls.

»Sie sind immer nur zu Hause oder im Büro«, sagten die Bekannten. »Sie sollten ins Theater gehen, Herzchen, oder in den Zirkus.«

»Vasečka und ich, wir haben keine Zeit, ins Theater zu gehen«, sagte sie würdevoll. »Wir kennen nur die Arbeit, für Larifari haben wir nichts übrig. Was ist schon Gutes an diesen Theatern?«

Sonnabends ging sie mit Pustovalov zur Abendmesse, an den Feiertagen zur Frühmesse, und wenn sie aus der Kirche heimkehrten, schritten sie mit gerührtem Gesicht nebeneinander her, beide rochen nach Parfüm, und Olenkas Seidenkleid raschelte angenehm; daheim tranken sie dann Tee mit verschiedenen Sorten Varenje und aßen Butterbrote dazu, darauf Kuchen. Jeden Mittag roch es im Hof und auf der Straße vor dem Tor wunderbar nach Boršč und gebratenem Hammelfleisch oder Ente, an den Fastentagen nach Fisch, und man konnte nicht an dem Tor vorübergehen, ohne Appetit zu bekommen. Im Büro brodelte ständig der Samovar, und die Kunden wurden mit Tee und Kringeln bewirtet. Einmal in der Woche gingen die Ehegatten ins Dampfbad und kehrten von dort Seite an Seite und mit gerötetem Gesicht zurück.

»Ich muß schon sagen, wir leben gut«, sagte Olenka zu den Bekannten, »Gott sei's gedankt. Gebe Gott einem jeden solch ein Leben, wie ich es mit Vasečka führe.«

Wenn Pustovalov nach Holz ins Gouvernement Mogilëv fuhr, sehnte sie sich sehr, sie konnte nachts nicht schlafen und weinte. Manchmal kam des Abends der Regimentsveterinär Smirnin zu ihr, ein junger Mann, der bei ihr im Nebengebäude wohnte. Er erzählte ihr etwas oder spielte mit ihr Karten, und das zerstreute sie. Besonders interessant fand sie die Berichte aus seinem eigenen Familienleben; er war verheiratet und hatte einen Sohn, aber er lebte von seiner Frau getrennt, weil sie ihn betrogen hatte, und nun haßte er sie und schickte ihr jeden Monat vierzig Rubel als Unterhalt für den Sohn. Wenn Olenka davon hörte, seufzte sie und schüttelte den Kopf, und er tat ihr leid.

»Nun, Gott schütze Sie«, sagte sie, wenn sie sich von ihm verabschiedete und ihn mit der Kerze bis zur Treppe begleitete. »Ich danke Ihnen, daß Sie sich mit mir ein bißchen unterhalten haben, Gott gebe Ihnen Gesundheit, und die Himmelskönigin . . .«

Und immer drückte sie sich so würdevoll, so bedächtig aus, als ahme sie ihren Mann nach; der Veterinär war schon hinter der Tür verschwunden, aber sie rief noch hinter ihm her:

»Wissen Sie, Vladimir Platonyč, Sie sollten sich mit Ihrer Frau vertragen. Wenigstens des Sohnes wegen sollten Sie ihr verzeihen! Das Bübchen versteht doch sicher schon alles.«

Wenn Pustovalov heimkehrte, erzählte sie ihm mit halblauter Stimme von dem Veterinär und seinem unglücklichen Familienleben, und beide seufzten, schüttelten den Kopf und sprachen über den Jungen, der sich wahrscheinlich nach seinem Vater sehnte, darauf standen sie infolge einer seltsamen Gedankenverbindung vor den Heiligenbildern, verneigten sich bis zur Erde und beteten, Gott möge ihnen Kinder schenken.

So lebten die Pustovalovs ruhig und friedlich, in Liebe und

völliger Eintracht sechs Jahre. Doch eines Tages im Winter ging Vasilij Andreič in seinem Lager, nachdem er heißen Tee getrunken hatte, ohne Mütze ins Freie, um Holz auszugeben, er erkältete sich und wurde krank. Die besten Ärzte behandelten ihn, aber die Krankheit tat das Ihre, und nach vier Monaten starb er. Olenka war abermals Witwe.

»Warum hast du mich verlassen, mein Liebster?« schluchzte sie, als sie den Gatten begraben hatte. »Wie soll ich jetzt ohne dich leben, ich Arme, ich Unglückliche? Gute Leute, bedauert mich arme Waise . . .«

Sie ging ständig in einem schwarzen Kleid mit Pleureusen, hatte bereits für immer Hut und Handschuhen entsagt, verließ selten das Haus, nur um zur Kirche oder zu dem Grab ihres Mannes zu gehen, und lebte wie eine Nonne. Erst nach sechs Monaten nahm sie die Pleureusen ab und öffnete die Fensterläden. Zuweilen konnte man des Morgens sehen, wie sie mit ihrer Köchin zum Einkaufen auf den Markt ging, aber wie sie jetzt bei sich zu Hause lebte und was sie dort tat, das konnte man nur erraten. Man erriet es zum Beispiel daran, daß man sie in ihrem Gärtchen mit dem Veterinär Tee trinken sah und daß er ihr aus der Zeitung vorlas, außerdem noch daran, daß sie, als sie auf der Post eine Bekannte traf, sagte:

»Bei uns in der Stadt gibt es keine richtige Veterinärinspektion, davon kommen viele Krankheiten. Man hört manchmal, daß die Menschen von der Milch krank werden und sich bei Pferden und Kühen anstecken. Eigentlich muß man für die Gesundheit der Haustiere genauso Sorge tragen wie für die Gesundheit der Menschen.«

Sie wiederholte die Gedanken des Veterinärs und war jetzt in allem mit ihm einer Meinung. Es war klar, sie konnte nicht ein einziges Jahr ohne Liebe leben und hatte im Nebengebäude ihres Hauses ein neues Glück gefunden. Eine andere hätte man deswegen verurteilt, von Olenka aber dachte niemand schlecht, und alles in ihrem Leben war so verständlich.

Sie und der Veterinär sprachen zu niemandem über die Veränderung, die in ihren Beziehungen eingetreten war, sie versuchten sie zu verheimlichen, doch es gelang ihnen nicht, weil Olenka kein Geheimnis für sich behalten konnte. Wenn seine Regimentskameraden ihn besuchten, dann sprach sie, während sie ihnen Tee reichte oder das Abendbrot servierte, von der Rinderpest, der Perlsucht und vom städtischen Schlachthof, er aber wurde furchtbar verlegen, und sobald die Gäste gegangen waren, nahm er sie beim Arm und zischte ärgerlich:

»Ich habe dich doch gebeten, nicht über Dinge zu reden, die du nicht verstehst! Wenn wir Veterinäre uns unterhalten, dann misch dich bitte nicht ein. Das ödet einen ja an!«

Sie aber schaute ihn verwundert und besorgt an und fragte:

»Volodečka, wovon soll ich denn reden?«

Und sie umarmte ihn mit Tränen in den Augen, bat ihn, nicht zu zürnen, und beide waren glücklich.

Indessen, dieses Glück dauerte nicht lange. Der Veterinär zog mit seinem Regiment ab, er zog für immer ab, weil das Regiment verlegt wurde, weit weg, fast bis nach Sibirien. Und Olenka blieb allein.

Nun war sie ganz allein. Ihr Vater lebte schon lange nicht mehr, sein Lehnstuhl, dem ein Bein fehlte, lag auf dem staubigen Boden herum. Sie wurde mager und häßlich, und wenn man ihr auf der Straße begegnete, schaute man ihr nicht mehr nach wie früher und lächelte ihr nicht mehr zu; offenbar lagen die besten Jahre schon hinter ihr, und ein neues, unbekanntes Leben, an das man besser nicht dachte, hatte begonnen. An den Abenden saß Olenka auf der Eingangstreppe, und sie hörte, wie im ›Tivoli‹ die Musik spielte und die Raketen platzten, aber das rief keinerlei Gedanken mehr in ihr wach. Sie blickte teilnahmslos auf den leeren Hof, dachte an gar nichts, hatte keine Wünsche, und wenn die Nacht hereinbrach, ging sie schlafen und sah im Traum den leeren Hof. Sie aß und trank gleichsam gezwungenermaßen.

Was aber die Hauptsache und das Schlimmste war – sie hatte keinerlei eigene Meinung mehr. Sie sah die Dinge um sich herum und verstand auch, was um sie vorging, doch sie konnte sich darüber keine Meinung bilden und wußte nicht, worüber sie sprechen sollte. Und wie schrecklich ist es, keine Meinung zu haben! Man sieht zum Beispiel eine Flasche stehen, oder es regnet, oder ein Bauer fährt auf seinem Wagen, aber wozu diese Flasche, der Regen oder der Bauer da sind, welchen Sinn sie haben, das vermag man nicht einmal für tausend Rubel zu sagen. Bei Kukin und Pustovalov und dann bei dem Veterinär hatte Olenka alles erklären können, sie hatte über alles, was es auch war, eine Meinung gehabt, jetzt aber herrschte in ihren Gedanken wie in ihrem Herzen eine ebensolche Leere wie auf dem Hof. Und ihr war so bange, und sie hatte einen so bitteren Geschmack im Mund, als habe sie zuviel Wermut genossen.

Die Stadt hatte sich allmählich nach allen Seiten ausgedehnt; die Zigeunervorstadt wurde jetzt bereits Straße genannt, und dort, wo früher der Vergnügungspark ›Tivoli‹ und die Holzlager waren, wuchsen bereits Häuser empor, und es gab eine Reihe von neuen Nebenstraßen. Wie schnell eilt doch die Zeit dahin! Olenkas Haus war dunkel geworden, der Schuppen windschief und der ganze Hof mit Unkraut und Brennesseln bewachsen. Olenka selbst war gealtert und häßlich geworden; im Sommer saß sie auf der Treppe, und in ihrer Seele sah es nach wie vor öde und leer aus, und sie hatte nach wie vor den Geschmack von Wermut im Mund; im Winter saß sie am Fenster und blickte auf den Schnee. Sobald dann der Frühlingswind das Geläut der Domglocken herübertrug, wurden die Erinnerungen an die Vergangenheit wach, das Herz krampfte sich wonnig zusammen, und aus den Augen strömten die Tränen; doch das währte nur einen Augenblick, dann kam wieder die Leere, wo man nicht wußte, wofür man lebte. Das schwarze Kätzchen Bryska umschmeichelte sie und schnurrte sanft, doch diese Zärtlichkeiten rührten Olenka nicht. Brauchte sie das? Sie brauchte eine Liebe, die von ihrem ganzen Wesen, ihrer ganzen Seele, ihrem Verstand Besitz ergreifen, die ihr Gedanken einflößen und ihrem Leben Inhalt geben würde, die ihr alterndes Blut erwärmte. Sie schüttelte die schwarze Bryska von ihrem Schoß und sagte ärgerlich:

»Scher dich weg! Hier hast du nichts zu suchen!«

Und so ging es tagaus, tagein und Jahr für Jahr – keine einzige Freude, keine eigene Meinung. Was die Köchin Mavra sagte, das war gut so.

An einem heißen Juliabend, als die städtische Viehherde durch die Straße getrieben wurde und der ganze Hof in Staubwolken gehüllt war, klopfte plötzlich jemand ans Tor. Olenka öffnete selbst, und wie sie hinausschaute, erstarrte sie vor Überraschung – vor dem Tor stand der Veterinär Smirnin, nun schon grauhaarig und in Zivil. Sie erinnerte sich plötzlich an alles, sie konnte nicht mehr an sich halten, fing an zu weinen und legte ihren Kopf an seine Brust, ohne ein Wort zu sagen; und in ihrer heftigen Erregung merkte sie gar nicht, wie sie beide ins Haus gingen und sich hinsetzten, um Tee zu trinken.

»Mein Lieber!« stammelte sie, zitternd vor Freude. »Vladimir Platonyč! Woher schickt Sie Gott?«

»Ich will mich für immer hier niederlassen«, berichtete er. »Ich habe meinen Abschied eingereicht und bin nun gekommen, um das Glück in der Freiheit zu suchen, um ein seßhaftes Leben zu führen. Außerdem muß ich jetzt meinen Sohn aufs Gymnasium schicken. Er ist herangewachsen. Wissen Sie, ich habe mich mit meiner Frau ausgesöhnt.«

»Wo ist sie denn?« fragte Olenka.

»Sie ist mit dem Sohn im Hotel, und ich laufe nun herum und suche eine Wohnung.«

»Mein Gott, Sie Lieber, so nehmen Sie doch mein Haus! Ist das denn eine schlechte Wohnung? Ach, mein Gott, ich werde auch nichts von Ihnen nehmen«, sagte Olenka aufgeregt und fing wieder an zu weinen. »Wohnen Sie hier, ich bin auch mit dem Nebengebäude zufrieden. Was für eine Freude, mein Gott!«

Am nächsten Tag strich man bereits das Dach des Hauses und weißte die Wände, und Olenka ging, die Arme in die Hüften gestemmt, über den Hof und traf ihre Anordnungen. Auf ihrem Gesicht leuchtete das frühere Lächeln, sie lebte wieder auf und bekam rote Wangen, als sei sie aus einem langen Schlaf erwacht. Die Frau des Veterinärs traf ein, eine magere, häßliche Dame mit kurzem Haar und kapriziösem Gesichtsausdruck, und mit ihr Saša, ein dicker Junge mit hellen blauen Augen und Grübchen in den Wangen, der für sein Alter viel zu klein war – er stand bereits im zehnten Lebensjahr. Kaum war der Junge in den Hof gekommen, da lief er schon hinter der Katze her, und sogleich hörte man sein fröhliches, freudiges Lachen.

»Tantchen, ist das Ihre Katze?« fragte er Olenka. »Wenn sie Junge kriegt, dann schenken Sie uns bitte ein Kätzchen. Mama hat große Angst vor Mäusen.«

Olenka unterhielt sich mit ihm, gab ihm Tee zu trinken, und ihr wurde so warm ums Herz, sie erschauerte vor Wonne, als sei dieser Junge ihr eigener Sohn. Als er am Abend im Eßzimmer saß und seine Aufgaben machte, schaute sie ihn gerührt an und flüsterte:

»Mein Lieber, mein Schönster ... Mein Kindchen, du bist so ein kluges Kerlchen, so ein sauberes.«

»Insel nennt man«, las er, »den Teil des Festlands, der von allen Seiten von Wasser umgeben ist.«

»Insel nennt man den Teil des Festlands ...« wiederholte sie, und das war die erste Meinung, die sie nach so viel Jahren des Schweigens und der gedanklichen Leere mit Überzeugung äußerte.

Sie hatte nun bereits wieder ihre eigene Meinung und sprach beim Abendessen mit Sašas Eltern darüber, wie tüchtig jetzt die Kinder im Gymnasium lernen müßten, daß aber trotzdem eine humanistische Bildung besser sei als eine Realschulbildung, weil einem dann alle Wege offenstünden – wenn du willst, kannst du Arzt werden, wenn du willst, kannst du Ingenieur werden.

Saša kam aufs Gymnasium. Seine Mutter fuhr zu ihrer Schwester nach Charkov und kehrte nicht zurück; sein Vater fuhr jeden Tag irgendwohin Viehherden begutachten, und es kam vor, daß er drei Tage von zu Hause wegblieb, und Olenka meinte, Saša werde völlig vernachlässigt, er sei überflüssig im Haus und sterbe vor Hunger; und sie holte ihn zu sich ins Nebengebäude und brachte ihn dort in einem kleinen Zimmer unter.

Und nun ist bereits ein halbes Jahr vergangen, seit Saša bei ihr wohnt. Jeden Morgen geht Olenka zu ihm ins Zimmer; er schläft fest, eine Hand unter der Wange, und atmet kaum. Es tut ihr leid, ihn zu wecken.

»Sašenka«, sagt sie traurig, »steh auf, mein Lieber! Es ist Zeit, zur Schule zu gehen!«

Er steht auf, zieht sich an und betet, dann setzt er sich an den Tisch; er trinkt drei Tassen Tee und ißt zwei große Kringel und ein halbes Weißbrot mit Butter. Er ist noch nicht ganz wach und daher schlecht gelaunt.

»Du hast die Fabel nicht richtig gelernt«, sagt Olenka und schaut ihn an, als schicke sie ihn auf eine lange Reise. »Ich habe meine Sorgen mit dir. Du mußt dir Mühe geben, mein Lieber, und lernen ... Gehorche den Lehrern.«

»Ach, lassen Sie mich bitte«, erwidert Saša.

Dann geht er zum Gymnasium; er ist zwar klein, trägt aber auf dem Kopf eine große Schirmmütze und auf dem Rücken einen Ranzen. Lautlos geht Olenka hinter ihm her.

»Sašenkaa!« ruft sie ihm nach.

Er schaut sich um, und sie steckt ihm eine Dattel oder einen Sahnebonbon zu. Wenn er in die Gasse einbiegt, wo das Gymnasium steht, wird es ihm peinlich, daß ihm eine hochgewachsene, dicke Frau nachläuft; er blickt sich um und sagt:

»Gehen Sie nach Hause, Tantchen, ich finde jetzt schon alleine hin.«

Sie bleibt stehen und sieht ihm nach, ohne mit der Wimper zu zucken, bis er im Tor des Gymnasiums verschwindet. Ach, wie sie ihn liebt! Von ihren früheren Liebesempfindungen ist keine so tief gewesen, niemals vorher hat sich ihre Seele so selbstlos, so uneigennützig und mit solcher freudigen Bereitschaft hingegeben wie jetzt, da in ihr immer stärker ein mütterliches Gefühl aufgeflammt ist. Für diesen fremden Jungen, für seine Grübchen in den Wangen, für seine Mütze würde sie mit Freuden ihr ganzes Leben opfern, mit Tränen der Rührung würde sie es opfern. Warum? Wer soll das wissen – warum?

Nachdem sie Saša ins Gymnasium begleitet hat, kehrt sie still nach Hause zurück, zufrieden, ruhig, von Liebe erfüllt; ihr Gesicht, das im letzten halben Jahr wieder jung geworden ist, lächelt und strahlt; wer sie so sieht, freut sich und sagt zu ihr:

»Guten Tag, mein Herzchen, Olga Semënovna! Wie geht es, Herzchen?«

»Tüchtig müssen sie jetzt im Gymnasium lernen«, erzählt sie auf dem Markt. »Das ist doch kein Spaß, gestern hat man der ersten Klasse eine Fabel zum Auswendiglernen aufgegeben, dazu eine lateinische Übersetzung und dann noch eine Rechenaufgabe . . . Wie soll der Kleine das bloß schaffen?«

Und sie spricht über die Lehrer, über den Unterricht, über die Lehrbücher – so wie Saša darüber spricht.

Nach zwei Uhr essen sie zusammen Mittag, abends machen sie zusammen die Schularbeiten und weinen dabei. Wenn sie ihn ins Bett legt, bekreuzigt sie ihn lange und flüstert ein Gebet, und wenn sie sich dann schlafen gelegt hat, träumt sie von einer fernen, nebelhaften Zukunft, da Saša nach beendetem Studium Arzt oder Ingenieur sein wird; er wird ein eigenes großes Haus, Pferde und Wagen besitzen, er wird heiraten und Kinder haben . . . Sie schlummert ein und denkt immer nur an dasselbe, und unter ihren geschlossenen Lidern quellen Tränen hervor und rollen über die Wangen. Das schwarze Kätzchen liegt neben ihr und schnurrt:

»Murr . . . murr . . . murr . . .«

Plötzlich klopft es heftig ans Tor. Olenka erwacht und kann vor Angst nicht atmen; ihr Herz pocht heftig. Eine halbe Minute vergeht, und wieder klopft es.

Ein Telegramm aus Charkov, denkt sie und zittert am ganzen Leib. – Die Mutter will Saša zu sich nach Charkov holen . . . O mein Gott!

Sie ist verzweifelt; ihr Kopf, ihre Füße, ihre Hände werden kalt, und es scheint, als gäbe es auf der ganzen Welt keinen unglücklicheren Menschen als sie. Doch es vergeht noch eine Minute, man hört Stimmen – der Veterinär ist aus dem Klub heimgekehrt.

Na, Gott sei Dank, denkt sie.

Ein Stein fällt ihr vom Herzen, und allmählich wird ihr wieder wohler zumute, sie legt sich hin und denkt an Saša, der im Nebenzimmer fest schläft und ab und zu im Schlaf spricht:

»Ich werde dir helfen! Scher dich weg! Nicht doch!«

Das Neue Landhaus

I

Drei Verst von dem Dorf Obručanovo entfernt wurde eine riesige Brücke gebaut. Vom Dorf aus, das hoch oben auf dem Steilufer des Flusses lag, sah man ihr gitterförmiges Gerippe, und bei Nebel und an stillen Wintertagen, wenn die feinen eisernen Streben und alle Wälder ringsum mit Reif bedeckt waren, bot sie ein malerisches, ja phantastisches Bild. Durch das Dorf fuhr manchmal in einer Renndroschke oder in einer Kutsche der Ingenieur Kučerov, der Bauleiter der Brücke, ein korpulenter, breitschultriger, bärtiger Mann mit einer weichen, zerdrückten Mütze. Zuweilen kamen an den Feiertagen die beim Brückenbau arbeitenden Barfüßler ins Dorf; sie bettelten um Almosen, neckten die Frauen und ließen auch manchmal etwas mitgehen. Das aber geschah selten; gewöhnlich vergingen die Tage ruhig und friedlich, als gäbe es gar keinen Bau, und nur des Abends, wenn an der Brücke Feuer brannten, trug der Wind kaum hörbar ein Lied der Barfüßler herüber. Am Tag hörte man bisweilen einen traurigen metallischen Ton: donn . . . donn . . . donn . . .

Eines Tages kam die Frau des Ingenieurs Kučerov zu Besuch. Ihr gefielen die Flußufer und die prächtige Aussicht auf das grüne Tal mit den Dörfchen, Kirchen und Viehherden, und sie bat ihren Mann, er solle eine kleine Landparzelle kaufen und hier ein Landhaus bauen. Der Gatte war einverstanden. Sie kauften zwanzig Desjatinen Land, und auf einer Wiese auf dem Steilufer, wo früher die Kühe von Obručanovo geweidet hatten, wurde ein zweistöckiges Haus mit einer Terrasse, mit Balkonen und einem Turm gebaut, auf dessen Spitze an den Sonntagen eine Fahne wehte. Das Haus war in drei Monaten fertig; dann pflanzte man den ganzen Winter hindurch große Bäume, und als der Frühling kam und alles ringsum grünte, gab es auf dem neuen Gut bereits zwei Alleen. Ein Gärtner und zwei Arbeiter in weißen Schürzen gruben vor dem Haus, eine Fontäne sprudelte, und eine Glaskugel leuchtete so hell, daß einem die Augen weh taten. Das Gut hatte auch bereits einen Namen – das Neue Landhaus.

An einem klaren, warmen Morgen, es war Ende Mai, brachte man zu Rodion Petrov, dem Schmied von Obručanovo, zwei Pferde zum Beschlagen; sie kamen von dem Neuen Landhaus.

Die Pferde waren weiß wie Schnee, schlank, gut genährt und sahen einander verblüffend ähnlich.

»Die reinen Schwäne!« sagte Rodion und betrachtete sie andächtig.

Seine Frau Stepanida, die Kinder und die Enkel kamen auf die Straße gelaufen, um zu gucken. Allmählich sammelte sich eine Menschenmenge an. Es erschienen die Lyčkovs, Vater und Sohn, beide waren von Natur aus bartlos, hatten aufgedunsene Gesichter und trugen keine Mütze. Es kam auch Kozov, ein hochgewachsener hagerer Greis mit einem langen dünnen Bart; er hielt einen Krückstock in der Hand, zwinkerte immerzu mit seinen listigen Augen und lächelte spöttisch, als wisse er etwas.

»Weiß sind sie ja, aber was ist schon dabei?« sagte er. »Setz meine auf Hafer, und sie werden genauso glatt. Vor dem Pflug sollten sie gehen und die Peitsche schmecken ...«

Der Kutscher blickte ihn nur voller Verachtung an, sagte aber kein Wort. Und während dann in der Schmiede das Feuer entfacht wurde, erzählte der Kutscher und rauchte dabei Zigaretten. Die Bauern erfuhren von ihm viele Einzelheiten: seine Herrschaften seien reich; die gnädige Frau Elena Ivanovna habe früher, vor ihrer Ehe, als arme Gouvernante in Moskau gelebt, sie sei gutmütig und mitleidig und helfe gern den Armen. Auf dem neuen Gut, so erzählte er, werde man weder pflügen noch säen, sondern nur zu seinem Vergnügen leben, nur leben, um die reine Luft zu atmen. Als er geendet hatte und die Pferde zurückführte, folgte ihm eine Schar kleiner Jungen, Hunde bellten, und Kozov, der ihnen nachblickte, zwinkerte spöttisch mit den Augen.

»Schööne Gutsbesitzer sind das!« sagte er. »Ein Haus haben sie gebaut, Pferde haben sie sich angeschafft, und selber haben sie nichts zu fressen. Schööne Gutsbesitzer!«

Kozov haßte gleich von Anfang an den neuen Gutshof, die weißen Pferde und den gutaussehenden, wohlgenährten Kutscher. Er war ein einsamer Mensch, ein Witwer; er führte ein trauriges Leben (am Arbeiten hinderte ihn irgendeine Krankheit, die er bald als Reißen, bald als Würmer bezeichnete), Geld für den Lebensunterhalt erhielt er von seinem Sohn, der in Charkov in einer Konditorei arbeitete, und vom frühen Morgen bis zum späten Abend schlenderte er müßig am Fluß entlang oder durch das Dorf, und wenn er beispielsweise sah, daß ein Bauer angelte oder einen Balken fuhr, sagte er: »Das ist ein Balken von einem abgestorbenen Baum, der ist morsch«, oder: »Bei solchem Wetter beißt keiner an.« Bei Dürre meinte er, bis zum Frost werde es keinen Regen geben, wenn es aber regnete, sagte er, nun werde auf dem Feld alles verfaulen, alles sei verloren. Und dabei zwinkerte er immerzu, als wisse er etwas.

Auf dem Gutshof wurden abends bengalische Feuer und Raketen abgebrannt, und manchmal fuhr ein Segelboot mit roten Lampions an Obručanovo vorüber. Eines Morgens kam die Frau des Ingenieurs, Elena Ivanovna, mit ihrer kleinen Tochter ins Dorf gefahren, in einer Kutsche mit gelben Rädern und zwei dunkelbraunen Ponys davor. Beide, Mutter und Tochter, trugen Strohhüte mit breiten Krempen, die an den Ohren heruntergebogen waren.

Es war gerade in der Düngezeit; der Schmied Rodion, ein hochgewachsener, hagerer alter Mann, stand ohne Mütze, barfuß und mit geschulterter Mistgabel neben seinem schmutzigen, unansehnlichen Wagen und schaute verdutzt auf die

Ponys; man konnte seinem Gesicht ansehen, daß er noch niemals so kleine Pferde gesehen hatte.

»Die Kučericha ist gekommen!« hörte man es ringsum flüstern. »Guck, die Kučericha ist gekommen!«

Elena Ivanovna musterte die Bauernhäuser, als wolle sie eines davon auswählen, dann ließ sie die Pferde vor der ärmsten Hütte halten, in deren Fenstern sich die meisten Kinderköpfe drängten – blonde, dunkle, rothaarige. Stepanida, Rodions Weib, eine korpulente alte Frau, kam aus dem Haus gelaufen, das Tuch war ihr von dem grauen Kopf geglitten, sie schaute auf die Kutsche, gegen die Sonne, und ihr Gesicht lächelte und verzog sich, als sei sie blind.

»Das ist für deine Kinder«, sagte Elena Ivanovna und reichte ihr drei Rubel.

Die Stepanida fing plötzlich an zu weinen und verneigte sich bis zur Erde; Rodion fiel ebenfalls nieder und zeigte seine breite braune Glatze; beinahe hätte er seine Frau mit der Mistgabel in die Seite gestochen. Elena Ivanovna wurde verlegen und fuhr zurück.

II

Die Lyčkovs, Vater und Sohn, ertappten auf ihrer Wiese zwei Arbeitspferde, ein Pony und einen jungen Zuchtstier; gemeinsam mit dem rothaarigen Volodka, dem Sohn des Schmiedes Rodion, trieben sie die Tiere ins Dorf. Sie riefen den Dorfältesten, zogen Zeugen hinzu und gingen, um den Flurschaden festzustellen.

»Gut, sollen sie!« sagte Kozov augenzwinkernd. »Soollen sie! Sollen sie sich jetzt drehen und wenden, die Ingenieure! Glauben wohl, es gibt kein Gericht? Gut! Da muß man eben nach dem Polizisten schicken, ein Protokoll aufnehmen!«

»Ein Protokoll aufnehmen!« wiederholte Volodka.

»Das laß ich mir nicht bieten!« schrie der junge Lyčkov, er

schrie immer lauter und lauter, und sein bartloses Gesicht schien davon immer mehr anzuschwellen. »Was die für neue Moden einführen! Laß denen nur ihren Willen, und schon verderben sie dir alle Wiesen! Ihr habt nicht das geringste Recht, das Volk zu beleidigen! Leibeigene gibt's jetzt nicht mehr!«

»Leibeigene gibt's jetzt nicht mehr!« wiederholte Volodka.

»Wir sind bisher ohne Brücke ausgekommen«, fiel der alte Lyčkov finster ein, »wir haben keine verlangt, wozu brauchen wir eine Brücke? Wir wollen keine!«

»Brüder, Rechtgläubige! Das dürfen wir uns nicht bieten lassen!«

»Gut, soollen sie!« wiederholte Kozov augenzwinkernd. »Sollen sie sich jetzt drehen und wenden! Schööne Gutsbesitzer!«

Sie kehrten ins Dorf zurück, und den ganzen Weg über schlug sich der junge Lyčkov mit der Faust vor die Brust und schrie, und Volodka schrie ebenfalls und wiederholte dessen Worte. Im Dorf hatte sich inzwischen um den Zuchtstier und die Pferde eine große Menschenmenge angesammelt. Der Stier war verwirrt und blickte finster drein, doch plötzlich senkte er den Kopf und lief los, wobei er mit den Hinterbeinen auskeilte. Kozov erschrak und fuchtelte mit dem Stock, und alle lachten. Dann sperrten sie die Tiere ein und warteten ab.

Am Abend schickte der Ingenieur fünf Rubel für den Flurschaden, und die beiden Pferde, das Pony und der Stier kehrten ungefüttert und ungetränkt nach Hause zurück, die Köpfe wie schuldbewußt gesenkt, als führte man sie zur Hinrichtung.

Nachdem sie die fünf Rubel erhalten hatten, setzten die beiden Lyčkovs, der Dorfälteste und Volodka mit einem Boot über den Fluß und begaben sich in das Dorf Krjakovo auf dem jenseitigen Ufer, wo es eine Schenke gab, dort zechten sie lange. Man hörte sie singen und den jungen Lyčkov krakeelen. Im Dorf konnten die Weiber die ganze Nacht nicht schlafen, sie machten sich Sorgen. Rodion schlief ebenfalls nicht.

»Eine dumme Geschichte«, sagte er und wälzte sich seufzend von einer Seite auf die andere. »Der Herr wird böse werden, und dann kommt es zum Prozeß ... Sie haben den Herrn gekränkt ... oje, gekränkt haben sie ihn, das ist nicht gut.«

Eines Tages gingen die Bauern, darunter auch Rodion, in ihren Wald, um ihn für die Heumahd aufzuteilen, und auf dem Heimweg trafen sie den Ingenieur. Er trug ein rotes Kattunhemd und hohe Stiefel; hinter ihm lief mit hängender Zunge ein Vorstehhund.

»Guten Tag, Brüder!« sagte er.

Die Bauern blieben stehen und nahmen die Mützen ab.

»Ich wollte schon lange mit euch reden, Brüder«, fuhr er fort. »Es handelt sich um folgendes: Seit dem zeitigen Frühjahr läuft eure Herde jeden Tag in meinem Garten und in meinem Wald herum. Alles ist schon zertrampelt, die Schweine haben die Wiese aufgewühlt, sie ruinieren den Gemüsegarten, und im Wald ist das ganze Jungholz vernichtet. Mit euren Hirten ist nicht auszukommen; bittet man sie, werden sie grob. Jeden Tag habe ich Flurschaden, und ich sage nichts, ihr braucht keine Strafe zu zahlen, ich beschwere mich nicht, ihr aber habt meine Pferde und den Stier weggetrieben und mir fünf Rubel abgenommen. Ist das in Ordnung? Ist das etwa gutnachbarlich?« fuhr er fort, und seine Stimme klang weich und überzeugend, sein Blick war gar nicht streng. »Benehmen sich so anständige Menschen? Vor einer Woche hat jemand in meinem Wald zwei junge Eichen gefällt. Ihr habt den Weg nach Eresnevo umgegraben, und jetzt muß ich einen Umweg von drei Verst machen. Warum schädigt ihr mich auf Schritt und Tritt? Was habe ich euch getan, um Gottes willen? Meine Frau und ich, wir sind nach besten Kräften bemüht, mit euch in Frieden und Eintracht zu leben, wir helfen den Bauern, so gut wir können. Meine Frau ist herzensgut, sie versagt niemals ihre Hilfe, sie träumt davon, euch und euren Kindern nützlich zu sein. Ihr aber vergeltet Gutes mit Bösem. Ihr seid ungerecht, Brüder. Denkt einmal darüber nach. Ich bitte euch inständig, denkt einmal nach. Wir verhalten uns euch gegenüber menschlich, zahlt auch ihr uns mit gleicher Münze.«

Er drehte sich um und ging. Die Bauern blieben noch ein Weilchen stehen, setzten dann die Mützen auf und gingen weiter. Rodion, der alles, was man zu ihm sagte, nicht so verstand, wie es gemeint war, sondern es auf seine Weise deutete, seufzte und sagte:

»Wir müssen zahlen. ›Zahlt, Brüder‹, hat er gesagt, ›mit Münzen ...‹«

Bis zum Dorf gingen sie schweigend. Zu Hause angekommen, betete Rodion, zog die Schuhe aus und setzte sich neben seine Frau auf die Bank. Wenn sie zu Hause waren, saßen er und Stepanida immer nebeneinander, auf der Straße gingen sie Seite an Seite, sie aßen, tranken und schliefen zusammen, und je älter sie wurden, desto stärker liebten sie einander. In ihrer Hütte war es eng und schwülwarm, und es wimmelte von Kindern – auf dem Fußboden, den Fensterbänken, auf dem Ofen ... Trotz ihres vorgeschrittenen Alters gebar Stepanida immer noch, und wenn man nun den Haufen Kinder betrachtete, war schwer auseinanderzuhalten, welche Rodion und welche Volodka gehörten.

Volodkas Frau Lukerja, ein junges, häßliches Weib mit Glotzaugen und einer Vogelnase, knetete in einem Kübel Teig; Volodka selbst saß auf dem Ofen und ließ die Beine baumeln.

»Unterwegs, bei Nikitas Buchweizen nämlich ... der Ingenieur mit einem Hündchen ...« begann Rodion, nachdem er sich ein wenig verschnauft hatte, und kratzte sich die Seiten und Ellbogen. »›Zahlen müßt ihr‹, hat er gesagt. ›Mit Münzen‹, sagt er. Eine Rubelmünze wohl nicht gerade, aber ein

Zehnkopekenstück je Hof müßte es sein. Wir kränken den Herrn wirklich sehr. Es tut mir leid ...«

»Wir sind bisher ohne Brücke ausgekommen«, sagte Volodka, ohne jemand anzusehen, »wir wollen keine.«

»Was da! Die Brücke ist vom Staat.«

»Wir wollen keine.«

»Du wirst auch nicht gefragt. Was willst du denn!«

»Nicht gefragt«, äffte ihn Volodka nach. »Wir fahren nirgendwohin, wozu brauchen wir da eine Brücke? Wenn es sein muß, setzen wir auch mit dem Boot über.«

Jemand klopfte vom Hof aus so heftig ans Fenster, daß das ganze Haus zu beben schien.

»Ist Volodka zu Hause?« ertönte die Stimme des jungen Lyčkov. »Komm raus, Volodka, wir wollen gehen!«

Volodka sprang vom Ofen und suchte seine Mütze.

»Geh nicht, Volodka«, meinte Rodion schüchtern. »Geh nicht mit, mein Sohn. Bist doch noch dumm wie ein kleiner Junge, die lehren dich nichts Gutes. Geh nicht!«

»Geh nicht, mein Sohn!« bat nun auch Stepanida und zwinkerte mit den Augen, dem Weinen nahe. »Die wollen sicher mit dir in die Schenke.«

»In die Schenke«, äffte sie Volodka nach.

»Wirst schon wieder betrunken nach Hause kommen, du Unmensch!« sagte Lukerja und blickte ihn böse an. »Geh nur, geh, verbrennen sollst du vom Vodka, du schwanzloser Satan!«

»Und du sei still!« schrie Volodka.

»Man hat mich mit einem Trottel verheiratet, man hat mich unglückliche Waise zugrunde gerichtet, du rothaariger Trunkenbold ...« jammerte Lukerja und wischte sich das Gesicht mit der Hand ab, die voller Teig war. »Hätten dich meine Augen doch nie gesehen!«

Volodka gab ihr eine Ohrfeige und ging.

III

Elena Ivanovna und ihre kleine Tochter kamen zu Fuß ins Dorf. Sie gingen spazieren. Es war Sonntag, und die Bauernfrauen und die jungen Mädchen belebten mit ihren hellen Kleidern die Straße. Rodion und Stepanida, die nebeneinander auf der Außentreppe saßen, grüßten und lächelten Elena Ivanovna und ihrer Tochter wie alten Bekannten zu. Aus den Fenstern schauten fast ein Dutzend Kinder; auf ihren Gesichtern malte sich Erstaunen und Neugier, und man hörte sie flüstern:

»Die Kučericha ist da! Die Kučericha!«

»Guten Tag!« sagte Elena Ivanovna und blieb stehen; nach kurzem Schweigen fragte sie: »Nun, wie geht es?«

»Es geht so, Gott sei's gedankt«, erwiderte Rodion eilfertig. »Es ist ja bekannt, wie es uns geht.«

»Wie soll es uns schon gehen!« meinte Stepanida lächelnd. »Sie sehen ja selbst, liebe gnädige Frau, die Armut! Die Familie zählt vierzehn Köpfe, aber nur zwei Verdiener sind da. Von Beruf sind sie Schmiede, aber wenn man ein Pferd zum Beschlagen bringt, fehlt es an Kohle, wir können keine kaufen. Eine Quälerei ist das, gnädige Frau«, fuhr sie fort und lachte, »ach, was für eine Quälerei!«

Elena Ivanovna setzte sich nachdenklich auf die Außentreppe und legte einen Arm um ihre Tochter; auch dem Mädelchen gingen, nach ihrem Gesicht zu urteilen, allerlei trübe Gedanken durch den Kopf. Versonnen spielte sie mit dem eleganten Spitzenschirm, den sie der Mutter aus den Händen genommen hatte.

»Diese Armut«, sagte Rodion. »Diese vielen Sorgen, wir arbeiten – aber kein Ende ist abzusehen. Gott schickt keinen Regen ... Es geht uns schlecht, was soll man da noch viel reden.«

»In diesem Leben habt ihr's schwer«, sagte Elena Ivanovna, »dafür werdet ihr im Jenseits glücklich sein.«

Rodion verstand sie nicht und anstatt zu antworten, hüstelte er nur in die Faust. Stepanida aber sagte:

»Liebe gnädige Frau, der Reiche hat es auch im Jenseits gut. Der Reiche stiftet Kerzen, läßt Gebete lesen, der Reiche gibt Almosen, aber was kann der Bauer tun? Er hat nicht einmal Zeit, sich zu bekreuzigen, er ist bettelarm, wie soll er da an die Rettung seiner Seele denken? Und der Sünden sind viele wegen unserer Armut, und vor Kummer bellen wir wie die Hunde, wir sagen kein gutes Wort, und was nicht noch alles, liebe gnädige Frau, weiß Gott! Für uns gibt es wohl kein Glück, weder hier noch im Jenseits. Das ganze Glück ist den Reichen zugefallen.«

Sie sprach mit heiterer Miene, offenbar war sie schon seit langem gewöhnt, von ihrem schweren Leben zu sprechen. Rodion lächelte gleichfalls; es gefiel ihm, daß er eine so kluge, redegewandte Frau hatte.

»Es scheint nur so, daß es die Reichen leicht haben«, sagte Elena Ivanovna. »Jeder Mensch hat seinen Kummer. Wir zum Beispiel, mein Mann und ich, wir leben nicht schlecht, wir sind bemittelt, aber sind wir denn glücklich? Ich bin noch jung, aber ich habe schon vier Kinder; die Kinder sind dauernd krank, und ich bin auch krank und ständig in Behandlung.«

»Und was für eine Krankheit hast du?« fragte Rodion.

»Ein Frauenleiden. Ich kann nicht schlafen, die Kopfschmerzen lassen mich nicht zur Ruhe kommen. Ich sitze da und spreche, aber ich bin wie benommen, ich fühle eine Schwäche im ganzen Körper, lieber würde ich die schwerste Arbeit verrichten, als diesen Zustand ertragen. Und auch sonst komme ich nicht zur Ruhe. Ständig die Angst um die Kinder, um den Mann. Jede Familie hat ihren Kummer, auch wir haben den unsrigen. Ich bin keine Adlige. Mein Großvater war ein einfacher Bauer, mein Vater trieb in Moskau Handel und war ebenfalls ein einfacher Mann. Die Eltern meines Mannes aber sind angesehene, reiche Leute. Sie wollten nicht, daß er mich heiratet, aber er hörte nicht auf sie, entzweite sich mit ihnen, und bis heute haben sie uns nicht verziehen. Das beunruhigt meinen Mann, es regt ihn auf und bereitet ihm ständig Sorge; er liebt seine Mutter, er liebt sie sogar sehr. Nun, und auch mich beunruhigt das. Es tut mir weh.«

Vor Rodions Hütte standen Bauern mit ihren Frauen und hörten zu. Auch Kozov kam, er blieb stehen und schüttelte ab und zu seinen langen, dünnen Bart. Der alte und der junge Lyčkov erschienen ebenfalls.

»Man kann auch nicht glücklich und zufrieden sein, wenn man spürt, daß man nicht am richtigen Platz steht«, fuhr Elena Ivanovna fort. »Jeder von euch hat seine Aufgabe, jeder von euch arbeitet und weiß wofür; mein Mann baut Brücken, mit einem Wort, jeder steht an seinem Platz. Aber ich? Ich laufe nur herum. Ich habe keine Aufgabe, ich arbeite nicht und fühle mich wie eine Fremde. Ich sage das alles, damit ihr nicht nach dem äußeren Schein urteilt; wenn ein Mensch reich ist und Vermögen besitzt, so heißt das nicht, daß er auch mit seinem Leben zufrieden ist.«

Sie stand auf, um zu gehen, und nahm ihre Tochter bei der Hand.

»Mir gefällt es sehr gut hier bei euch«, sagte sie und lächelte, und an diesem schwachen, schüchternen Lächeln konnte man erkennen, wie krank sie in Wirklichkeit war, und dabei war sie noch so jung und schön; sie hatte ein blasses, hageres Gesicht mit dunklen Brauen und hellblondes Haar. Das Mädchen war genau wie die Mutter blond und schmächtig. Beide dufteten nach Parfüm.

»Auch der Fluß gefällt mir und der Wald und das Dorf«, fuhr Elena Ivanovna fort. »Ich könnte mein ganzes Leben hier verbringen, und ich glaube, hier würde ich gesund werden und meinen Platz finden. Ich möchte euch so gern, ach so gern helfen, ich möchte euch nützlich und nahe sein. Ich kenne eure Nöte, und was ich nicht weiß, das fühle ich, das errate ich mit dem Herzen. Ich bin krank und schwach, und es ist mir vielleicht nicht mehr beschieden, mein Leben zu ändern, wie ich es gern möchte. Aber ich habe Kinder, ich bemühe mich, sie so zu erziehen, daß sie sich an euch gewöhnen und euch liebgewinnen. Ich werde ihnen immer wieder einprägen, daß ihr Leben nicht ihnen, sondern euch gehört. Ich bitte euch nur inständig, ich flehe euch an, vertraut uns, lebt mit uns in Freundschaft. Mein Mann ist ein lieber, guter Mensch. Regt ihn nicht auf, reizt ihn nicht. Er ist empfindlich gegen jede Kleinigkeit; gestern war beispielsweise eure Herde in unserem Gemüsegarten, und jemand von euch hat den Zaun um unseren Bienenstand zerbrochen, so ein Benehmen bringt meinen Mann zur Verzweiflung. Ich bitte euch«, fuhr sie mit flehender Stimme fort und legte ihre Hände auf die Brust, »bitte, verhaltet euch zu uns wie gute Nachbarn, wir wollen in Frieden miteinander leben! Es heißt doch, ein schlechter Frieden ist besser als ein guter Streit, und man soll kein Gut kaufen, sondern den Nachbarn. Ich wiederhole, mein Mann ist ein lieber, guter Mensch; wenn alles geregelt ist, werden wir alles tun, was in unseren Kräften steht, das verspreche ich euch. Wir werden die Wege ausbessern, wir werden eine Schule für eure Kinder bauen. Das verspreche ich euch.«

»Wir danken natürlich ergebenst, gnädige Frau«, sagte der alte Lyčkov und blickte zu Boden. »Sie sind gebildet, Sie müssen es besser wissen. Nur hatte in Eresnevo der Voronov, ein reicher Bauer nämlich, versprochen, eine Schule zu bauen, auch er hat gesagt, ich werde das und werde jenes, aber er hat nur die vier Wände aufgestellt und sich dann zurückgezogen, und die Bauern waren gezwungen, das Dach aufzusetzen und die Schule fertigzubauen, tausend Rubel sind dabei draufgegangen. Dem Voronov macht das nichts, der streicht sich nur den Bart, aber die Bauern sind sehr gekränkt.«

»Das war ein Rabe, jetzt aber kam eine Saatkrähe geflogen«, sagte Kozov und zwinkerte mit den Augen.

Gelächter ertönte.

»Wir brauchen keine Schule«, murmelte Volodka finster. »Unsere Kinder gehen nach Petrovskoe und damit basta. Wir wollen keine.«

Elena Ivanovna schien plötzlich zu verzagen. Sie wurde blaß, ihr Gesicht fiel ein, und sie duckte sich, als habe etwas Grobes sie berührt; sie ging weg, ohne noch ein Wort zu sagen. Sie ging immer schneller und schaute sich nicht um.

»Gnädige Frau!« rief Rodion und folgte ihr. »Gnädige Frau, warte doch, ich will dir was sagen.«

Er folgte ihr ohne Mütze und sprach leise, als bitte er um ein Almosen:

»Gnädige Frau! Warte, ich will dir was sagen.«

Sie hatten das Dorf hinter sich gelassen, und Elena Ivanovna blieb im Schatten einer Eberesche neben einem Bauernwagen stehen.

»Sei nicht gekränkt, gnädige Frau«, sagte Rodion. »Ist doch nicht so schlimm! Hab Geduld. Nur zwei Jahre hab Geduld. Wenn du hier lebst und Geduld hast, wird alles gut. Wir sind gute, friedfertige Leute ... die Leute sind anständig, ich spreche zu dir wie zu dem Wahrhaftigen. Auf Kozov und die Lyčkovs mußt du nicht schauen, auch nicht auf Volodka, der ist ein Dummkopf – wer als erster was sagt, auf den hört er. Die anderen sind friedliche Leute, sie schweigen ... Mancher würde nämlich gern ein offenes Wort reden und für euch eintreten, aber er kann nicht. Er hat Seele und Gewissen, aber hat nicht die Zunge dafür. Sei nicht gekränkt ... hab Geduld ... Ist doch nicht so schlimm!«

Elena Ivanovna blickte auf den breiten, ruhigen Fluß, dachte nach, und Tränen liefen ihr über die Wangen. Rodion verwirrten diese Tränen, er war selbst dem Weinen nahe.

»Nicht doch ...« murmelte er. »Hab nur zwei Jährchen Geduld. Die Schule kann man bauen, die Wege kann man ausbessern, nur nicht auf einmal ... Wenn du, um ein Beispiel zu sagen, auf diesem Hügel Getreide säen willst, so mußt du zuerst roden und alle Steine aufsammeln, und dann kannst du gehen und pflügen ... Mit dem Volk ist es nämlich genauso – du mußt dich plagen, bis du es bezwungen hast.«

Von Rodions Hütte lösten sich die Menschen und kamen die Straße herauf zur Eberesche. Sie sangen ein Lied und spielten Harmonika dazu. Immer näher kamen sie ...

»Mama, fahren wir weg von hier«, sagte das Mädchen, es war ganz blaß und schmiegte sich zitternd an die Mutter. »Fahren wir weg, Mama!«

»Wohin?«

»Nach Moskau ... Fahren wir, Mama!«

Das Mädchen fing an zu weinen. Rodion war völlig verwirrt, der Schweiß trat ihm auf die Stirne. Er holte aus seiner Tasche eine Gurke, die klein und krumm wie ein Halbmond und ganz voller Brotkrümel war, und versuchte sie dem Mächen in die Hand zu drücken.

»Nun, nun ...« murmelte er und blickte finster drein. »Nimm doch das Gürkchen und iß ... Man darf doch nicht weinen, die Mutter wird dich sonst hauen ... Sie wird sich zu Hause beim Vater beklagen ... Nun, nun ...«

Sie gingen weiter, er lief immer hinterher und wollte ihnen etwas Freundliches, Überzeugendes sagen. Als er aber sah, daß sie beide mit ihren Gedanken und ihrem Kummer beschäftigt waren und ihn nicht beachteten, blieb er stehen und blickte ihnen, mit der Hand die Augen vor der Sonne schützend, lange nach, bis sie in ihrem Wald verschwunden waren.

IV

Der Ingenieur war offensichtlich reizbar und kleinlich geworden und sah bereits in jeder Lappalie einen Diebstahl oder einen Mordanschlag. Sein Tor blieb auch tagsüber verschlossen, nachts aber gingen zwei Wächter im Garten herum und klopften an ein Brett, und aus Obručanovo wurde auch niemand mehr in Tagelohn genommen. Wie absichtlich nahm jemand (ob es ein Bauer oder ein Barfüßler war, wußte man nicht) von einem Bauernwagen die neuen Räder ab und vertauschte sie gegen alte; kurz darauf verschwanden zwei Zäune und ein Kummet, und sogar im Dorf begann man darüber zu reden. Man sagte, es müsse bei den Lyčkovs oder bei Volodka eine Haussuchung gemacht werden; dann fand man das Kummet und die Zäune im Garten des Ingenieurs am Zaun – jemand hatte sie dort hingeworfen.

Einmal kam eine Gruppe Bauern aus dem Wald, und wieder begegneten sie auf der Straße dem Ingenieur. Er blieb stehen, blickte, ohne zu grüßen, bald den einen, bald den anderen an und begann:

»Ich hatte gebeten, bei mir im Park und in der Nähe meines Gutes keine Pilze zu sammeln, sondern sie meiner Frau und meinen Kindern zu lassen; eure Mädchen aber kommen im Morgengrauen, und dann steht kein einziger Pilz mehr. Ob ich euch bitte oder nicht – das bleibt sich ganz gleich. Wie ich sehe, sind Bitten, Freundlichkeit und gutes Zureden nutzlos.«

Er ließ seinen empörten Blick auf Rodion ruhen und fuhr fort:

»Meine Frau und ich, wir haben uns euch gegenüber wie Menschen verhalten, wie zu unseresgleichen, aber ihr? Ach, wozu noch reden! Es wird wohl damit enden, daß wir euch verachten werden. Weiter bleibt uns nichts übrig!«

Er nahm sich sehr zusammen, unterdrückte seinen Zorn, um nicht zuviel zu sagen, drehte sich um und ging weiter.

Zu Hause angekommen, betete Rodion, dann zog er die Stiefel aus und setzte sich neben seine Frau auf die Bank.

»Ja ...« begann er seufzend, nachdem er sich verschnauft hatte. »Wir gehen also, da treffen wir den Herrn Kučerov ... Ja ... bei Morgengrauen hat er die Mädchen gesehen ... ›Weshalb bringen sie keine Pilze‹, hat er gesagt, ›für meine Frau und die Kinder.‹ Dann hat er mich angeguckt und gesagt: ›Ich und meine Frau‹, hat er gesagt, ›werden auf dich achten.‹ Ich wollte ihm zu Füßen fallen, aber ich hatte nicht den Mut dazu ... Schenke Gott ihm Gesundheit ... Schicke ihnen, o Herr ...«

Stepanida bekreuzigte sich und seufzte.

»Es sind gute Herrschaften, kein bißchen hochmütig ...« fuhr Rodion fort. »›Wir werden auf dich achten‹, das hat er mir vor allen versprochen. Auf meine alten Tage und so etwas ... Ewig würde ich zu Gott für sie beten ... Schicke ihnen, o Himmelskönigin ...«

Am 14. September, dem Tag der Kreuzerhöhung, wurde Kirchweih gefeiert. Die Lyčkovs, Vater und Sohn, waren bereits am Morgen zum anderen Ufer hinübergefahren und kehrten gegen Mittag betrunken zurück. Sie schlenderten lange im Dorf herum, sangen und beschimpften sich mit häßlichen Worten, prügelten sich schließlich und gingen aufs Gut, um sich zu beschweren. Als erster betrat der alte Lyčkov den Hof, er hatte einen langen Espenstock in der Hand; unschlüssig blieb er stehen und nahm die Mütze ab. Der Ingenieur saß gerade mit seiner Familie auf der Terrasse und trank Tee.

»Was willst du?« schrie der Ingenieur.

»Euer Hochwohlgeboren, gnädiger Herr ...« begann Lyčkov und begann zu weinen. »Erweisen Sie mir die göttliche Gnade, nehmen Sie mich in Schutz ... Mein Sohn läßt mich nicht leben ... Ruiniert hat er mich, mein Sohn, er schlägt mich ... Euer Hochwohlgeboren...«

Da trat auch der junge Lyčkov ein, ohne Mütze und ebenfalls mit einem Stock in der Hand; er blieb stehen und richtete den trunkenen, stumpfsinnigen Blick auf die Terrasse.

»Es ist nicht meine Sache, euren Streit zu schlichten«, sagte der Ingenieur. »Geh zum Dorfschreiber oder zum Polizeihauptmann.«

»Ich war schon überall ... ein Gesuch hab ich eingereicht ...« murmelte der alte Lyčkov und schluchzte. »Wo soll ich nun hingehen? Heißt das, er kann mich jetzt umbringen? Heißt das, er kann sich alles erlauben? Dem Vater gegenüber? Dem eigenen Vater?«

Er hob den Stock und schlug den Sohn auf den Kopf; der schwang ebenfalls seinen Stock und hieb ihn dem Alten so über die Glatze, daß der Stock zurückprallte. Der alte Lyčkov wankte nicht einmal und schlug den Sohn abermals auf den Kopf. So standen sie da und hieben einander auf die Köpfe, was gar nicht nach einer Prügelei aussah, sondern eher nach einem Spiel. Vor dem Tor drängten sich die Bauern und die Weiber und blickten schweigend und ernst auf den Hof. Die Bauern waren gekommen, um zum Feiertag zu gratulieren, aber als sie die Lyčkovs sahen, schämten sie sich und betraten den Hof nicht.

Am nächsten Tag fuhr Elena Ivanovna mit ihren Kindern nach Moskau. Es ging das Gerücht, der Ingenieur wolle sein Gut verkaufen.

V

Schon längst hat man sich an den Anblick der Brücke gewöhnt, und man kann sich den Fluß an dieser Stelle gar nicht mehr ohne Brücke vorstellen. Die Schutthaufen, die von dem Bau zurückblieben, sind längst von Gras überwuchert, die Barfüßler sind vergessen, und statt des Liedes vom Knüppelchen hört man beinahe jede Stunde das Geräusch eines vorbeifahrenden Zuges.

Das Neue Landhaus ist längst verkauft; es gehört jetzt einem Beamten, der an Feiertagen mit seiner Familie aus der Stadt hierherkommt, auf der Terrasse Tee trinkt und dann wieder in die Stadt zurückfährt. Er hat eine Kokarde an der Mütze und spricht und räuspert sich wie ein ganz hoher Beamter, obwohl er nur im Rang eines Kollegiensekretärs steht, und wenn die Bauern ihn grüßen, dankt er nicht.

In Obručanovo sind alle alt geworden; Kozov ist schon

tot, in Rodions Hütte gibt es noch mehr Kinder, und Volodka ist ein langer roter Bart gewachsen. Sie leben nach wie vor in Armut.

Im zeitigen Frühjahr sägen die Bauern von Obručanovo beim Bahnhof Holz. Nach der Arbeit gehen sie nach Hause; sie gehen gemächlich, einer hinter dem anderen; die breiten Baumsägen wippen auf ihren Schultern und funkeln in der Sonne. Im Gebüsch am Ufer singen die Nachtigallen, am Himmel jubilieren die Lerchen. Im Neuen Landhaus ist alles still, keine Menschenseele regt sich, und nur goldene Tauben – golden, weil die Sonne sie bescheint – fliegen über dem Haus. Alle, auch Rodion, die beiden Lyčkovs und Volodka, erinnern sich an die weißen Pferde, die kleinen Ponys, das Feuerwerk, das Boot mit den Lampions, sie erinnern sich an die schöne und elegante Frau des Ingenieurs, die ins Dorf kam und so freundlich mit ihnen sprach, und es ist, als habe es das alles gar nicht gegeben, es kommt ihnen wie ein Traum oder wie ein Märchen vor.

Sie gehen müde, mit schleppenden Schritten, und denken nach ...

In ihrem Dorf, so denken sie, sind die Leute gutmütig, friedlich, vernünftig und fürchten Gott, und auch Elena Ivanovna war friedlich, gutherzig und sanftmütig, es tat einem so leid, sie anzusehen; warum aber konnten sie sich nicht vertragen, warum sind sie wie Feinde auseinandergegangen? Was für ein Nebel war das, der das Wichtigste vor ihren Augen verhüllte, so daß sie nur Flurschäden, Zäune und Kummete und all diese Kleinigkeiten sahen, die einem jetzt in der Erinnerung so unsinnig vorkommen? Warum leben sie mit dem neuen Besitzer in Frieden, warum aber konnten sie sich nicht mit dem Ingenieur vertragen?

Und da sie nicht wissen, wie sie diese Fragen beantworten sollen, schweigen sie alle, und nur Volodka murmelt etwas vor sich hin.

»Was hast du?« fragt Rodion.

»Wir sind auch ohne Brücke ausgekommen . . .« sagt Volodka finster. »Sind ohne Brücke ausgekommen und haben nicht darum gebeten . . . wir brauchen keine.«

Niemand antwortete ihm, und sie gehen schweigend weiter und lassen die Köpfe hängen.

Auf der Dienstreise

Der Untersuchungsrichter und der Kreisarzt fuhren zu einer Obduktion in das Dorf Syrnja. Unterwegs wurden sie von einem Schneesturm überrascht; sie irrten lange umher und kamen nicht, wie sie es gewollt hatten, zur Mittagsstunde an Ort und Stelle an, sondern erst am Abend, als es bereits dunkel war. Sie blieben zur Nacht in der Gerichtshütte; dort lag zufällig auch die Leiche, die Leiche des Versicherungsagenten Lesnickij, der vor drei Tagen nach Syrnja gekommen war und sich, nachdem er sich in der Gerichtshütte häuslich niedergelassen und einen Samovar verlangt, für alle völlig unerwartet erschossen hatte. Der Umstand, daß er seinem Leben auf so seltsame Weise ein Ende bereitet hatte – am Samovar, vor sich auf dem Tisch einen Imbiß –, gab vielen Veranlassung, hier einen Mord zu vermuten, und so erwies es sich als notwendig, eine Obduktion vorzunehmen.

Der Arzt und der Untersuchungsrichter schüttelten im Flur, mit den Füßen stampfend, den Schnee ab; neben ihnen stand der Polizeigehilfe Ilja Lošadin, ein alter Mann, und leuchtete ihnen mit einem Blechlämpchen, das er in der Hand hielt. Es roch stark nach Petroleum.

»Wer bist du?« fragte der Arzt.

»Der Gehülfe«, erwiderte der Polizeigehilfe.

Auch auf der Post unterschrieb er so: Gehülfe.

»Und wo sind die Zeugen?«

»Sind wohl Tee trinken gegangen, Euer Hochwohlgeboren.«

Rechts befand sich ein sauberes Zimmer, das Fremden- oder Herrschaftszimmer, links ein verräuchertes, mit einem großen, abzugslosen Ofen und Schlafpritschen. Der Arzt und der Untersuchungsrichter gingen in das saubere Zimmer; ihnen folgte der Polizeigehilfe, der die Lampe über dem

Kopf hielt. Auf dem Fußboden, unmittelbar an den Tischbeinen, lag ein länglicher Körper, der mit einem weißen Tuch bedeckt war. Auf dem Tisch stand der Samovar, schon längst erkaltet, um ihn herum Tüten, die wahrscheinlich Lebensmittel enthielten.

»Sich in der Gerichtshütte zu erschießen – wie taktlos!« sagte der Arzt. »Wenn einer Lust bekommt, sich eine Kugel in den Kopf zu jagen, dann soll er sich zu Haus erschießen, irgendwo in der Scheune.«

Er ließ sich, so wie er war, in Mütze, Pelz und Filzstiefeln, auf einer Bank nieder; sein Begleiter, der Untersuchungsrichter, setzte sich ihm gegenüber.

»Diese Hysteriker und Neurastheniker sind große Egoisten«, fuhr der Arzt mit Bitterkeit fort. »Wenn ein Neurastheniker mit Ihnen in einem Zimmer schläft, dann raschelt er mit der Zeitung; wenn er mit Ihnen zu Mittag ißt, dann macht er seiner Frau eine Szene, ohne sich vor Ihnen zu genieren, und wenn er Lust bekommt, sich zu erschießen, dann erschießt er sich auf dem Dorf in einer Gerichtshütte, um allen möglichst viel Scherereien zu machen. Diese Herrschaften denken in jeder Lebenslage nur an sich selbst. Nur an sich selbst! Daher haben die alten Leute auch nichts übrig für dieses unser nervöses Zeitalter.«

»Wer weiß, wofür die alten Leute noch alles nichts übrig haben!« entgegnete der Untersuchungsrichter gähnend. »Verweisen Sie mal unsere alten Leute darauf, welch ein Unterschied zwischen den Selbstmorden von früher und von heute besteht. Früher erschoß sich der sogenannte anständige Mensch, weil er Staatsgelder veruntreut hatte, heute aber, weil er das Leben satt hat, aus Schwermut ... Nun, was ist besser?«

»Das Leben satt hat, aus Schwermut – geben Sie doch zu, man braucht sich nicht gerade in einer Gerichtshütte zu erschießen.«

»Nein, so ein Kummer«, meinte der Polizeigehilfe, »so ein

Kummer, die reinste Strafe. Die Leute sind sehr beunruhigt, sie schlafen schon die dritte Nacht nicht. Die Kinder weinen. Die Kühe müßten gemolken werden, aber die Weiber gehen nicht in den Stall, sie haben Angst, der Herr könnte ihnen im Dunkeln erscheinen. Die Weiber sind nun mal dumm, das ist bekannt, aber von den Bauern haben auch manche Angst. Sowie es Abend wird, gehen sie nicht allein an dem Haus hier vorbei, sondern nur in Haufen. Und die Zeugen genauso...«

Doktor Starčenko, ein Mann in mittleren Jahren, mit dunklem Bart und Brille, und der noch junge, blonde Untersuchungsrichter Lyžin, der erst vor zwei Jahren sein Studium beendet hatte und eher einem Studenten als einem Beamten ähnlich sah, saßen schweigend und in Gedanken versunken da. Sie ärgerten sich, daß sie sich verspätet hatten. Nun mußten sie bis zum Morgen warten und hier übernachten; es war erst in der sechsten Stunde, und sie stellten sich den langen Abend und die lange, dunkle Nacht vor, die Langeweile, die unbequemen Betten, das Ungeziefer und die Kälte am Morgen. Und während sie so dem Schneesturm lauschten, der im Schornstein und auf dem Dachboden heulte, dachten sie beide daran, wie wenig das alles dem Leben glich, das sie sich wünschten und von dem sie einst geträumt hatten, und wie weit sie beide von ihren Altersgenossen entfernt waren, die jetzt in der Stadt durch beleuchtete Straßen gingen, von dem Unwetter nichts merkten, sich für das Theater fertigmachten oder im Arbeitszimmer über einem Buch saßen. Oh, was würden sie jetzt darum geben, könnten sie nur auf dem Nevski-Prospekt oder auf der Petrovka in Moskau spazieren gehen, schönem Gesang lauschen oder ein, zwei Stunden in einem Restaurant sitzen...

»Uuuuh!« sang der Schneesturm auf dem Dachboden, und etwas schlug von außen böse gegen das Haus, wahrscheinlich das Aushängeschild an der Gerichtshütte. »Uuuhh!«

»Wie Sie wollen, aber ich möchte nicht hierbleiben«, sagte

Starčenko und erhob sich. »Es geht erst auf sechs, zum Schlafen ist es noch zu früh, ich werde irgendwohin fahren. Nicht weit von hier wohnt von Taunitz, etwa drei Verst von Syrnja entfernt. Ich werde zu ihm fahren und dort den Abend verbringen. Gehilfe, geh und sag dem Kutscher, er soll nicht ausspannen. Und was werden Sie machen?« fragte er Lyžin.

»Ich weiß nicht. Ich werde mich wohl schlafen legen.«

Der Arzt hüllte sich fester in seinen Pelz und ging hinaus. Man hörte, wie er sich mit dem Kutscher unterhielt und wie an den vor Kälte zitternden Pferden die Schellen läuteten. Er fuhr los.

»Du solltest hier lieber nicht übernachten, Herr«, sagte der Polizeigehilfe, »geh in die andere Hälfte. Dort ist es zwar nicht sauber, aber es ist ja nur für eine Nacht. Ich hol gleich den Samovar vom Bauern und setz ihn auf, dann mach ich dir ein Lager aus Heu, und du kannst mit Gott schlafen, Euer Hochwohlgeboren.«

Ein wenig später saß der Untersuchungsrichter in dem verräucherten Zimmer am Tisch und trank Tee, während der Polizeigehilfe Lošadin an der Tür stand und erzählte. Er war ein alter Mann von über sechzig Jahren, nicht groß, sehr hager und blaß, er ging gebeugt, auf seinem Gesicht lag ein naives Lächeln, seine Augen tränten, und er schmatzte fortwährend, als lutsche er Kandiszucker. Er trug einen kurzen Halbpelz und ließ den Stock nicht aus den Händen. Die Jugend des Untersuchungsrichters erweckte offenbar sein Mitgefühl, und das war wohl der Grund, weshalb er ihn duzte.

»Der Dorfälteste Fëdor Makaryč hat befohlen, ihm sofort zu melden, wenn der Polizeivorsteher oder der Untersuchungsrichter da ist«, sagte er. »Das heißt, die Sache ist so, daß ich jetzt gehen muß . . . Bis zum Amtsbezirk sind's vier Verst, und dazu der Schneesturm und die Schneewehen – schrecklich, ich werd wohl nicht vor Mitternacht dort sein. Hör nur, wie's heult.«

»Ich brauche den Dorfältesten nicht«, sagte Lyžin. »Er hat hier nichts zu suchen.«

Er betrachtete den Alten neugierig und fragte: »Sag mal, Großvater, wieviel Jahre bist du schon Polizeigehilfe?«

»Wieviel? Schon an die dreißig Jahre. Nach der Aufhebung der Leibeigenschaft, fünf Jahre danach fing ich an, rechne nach. Seit dieser Zeit bin ich jeden Tag unterwegs. Die Leute haben Feiertag, ich aber bin immerzu unterwegs. Draußen ist Ostern, in den Kirchen wird geläutet, Christus ist auferstanden, ich aber laufe mit meiner Tasche herum. Zum Rentamt, auf die Post, zur Wohnung des Polizeivorstehers, zum Dorfschreiber, zum Steuereinnehmer, zum Amt, zu den Herrschaften, zu den Bauern, zu allen rechtgläubigen Christen. Ich trage Pakete aus, Vorladungen, Steuerbogen, Briefe, allerlei Vordrucke, Listen und wie du weißt, bester Herr, Euer Hochwohlgeboren, gibt es heutzutage solche Vordrucke, um Ziffern einzutragen – gelbe, weiße, rote –, und jeder Herr oder Priester oder reiche Bauer muß mindestens zehnmal im Jahr eintragen, wieviel bei ihm gesät und geerntet wird, wieviel Četvert oder Pud Roggen, wieviel Hafer und Heu, was für Wetter gewesen ist und über allerlei Insekten. Natürlich, schreib, was du willst, das ist einerlei, ich aber muß laufen und die Blätter austragen und dann wieder einsammeln. Wozu denn, beispielsweise, dem Herrn die Gedärme herausnehmen, du weißt selbst, das ist eine sinnlose Sache, man beschmutzt sich nur die Hände, du aber hast dir die Mühe gemacht, Euer Hochwohlgeboren, und bist hergekommen, das ist die Vorschrift; du kannst hier nichts ausrichten. Dreißig Jahre laufe ich umher, wie es die Vorschrift verlangt. Im Sommer macht das nichts, es ist warm und trocken, im Winter oder im Herbst aber ist es ungemütlich. Es ist vorgekommen, daß ich beinahe ertrunken oder erfroren bin – alles schon dagewesen. Und im Wald haben mir böse Menschen die Tasche weggenommen und mir eins ins Genick gegeben, auch vor Gericht hab ich gestanden ...«

»Weshalb denn vor Gericht?«

»Wegen Gaunerei.«

»Wieso wegen Gaunerei?«

»Weißt du, der Schreiber Chrisanf Grigojev hatte einem Unternehmer fremde Bretter verkauft, betrogen hatte er ihn also, weißt du. Ich war in diese Sache verwickelt, ich wurde nach Vodka in die Schenke geschickt; na ja, mit mir hatte der Schreiber nicht geteilt, nicht einmal ein Gläschen hat er mir spendiert, aber weil ich, weißt du, bei unserer Armut offenbar kein zuverlässiger Mensch bin und nichts wert, hat man uns beide vor Gericht gestellt, er wurde zu Gefängnis verurteilt, mich aber, Gott fügte es so, hat man von Rechts wegen freigesprochen. Vor Gericht haben sie so ein Papier verlesen. Und alle waren in Uniform. Auf dem Gericht. Ich kann dir sagen, Euer Hochwohlgeboren, unser Dienst ist für einen, der sich nicht auskennt, das reine Verderben, uns aber macht es nichts aus. Die Füße schmerzen einem sogar, wenn man nicht umherläuft. Und zu Hause ist es für unsereinen noch schlimmer. Zu Hause muß ich im Amtsgebäude dem Schreiber den Ofen heizen, dem Schreiber Wasser bringen, dem Schreiber die Stiefel putzen.«

»Und wieviel Gehalt bekommst du?« fragte Lyžin.

»Vierundachtzig Rubel im Jahr.«

»Aber du hast doch sicher noch Nebeneinnahmen. Ist es nicht so?«

»Was für Nebeneinnahmen haben wir schon? Die Herrschaften geben heutzutage selten ein Trinkgeld. Die Herrschaften sind streng heutzutage, immer beleidigt. Bringt man einem ein Papier, so ist er beleidigt, nimmt man vor ihm die Mütze ab, ist er auch beleidigt. ›Du bist nicht über die richtige Treppe gekommen‹, sagt er, ›du bist ein Trunkenbold‹, sagt er, ›du stinkst nach Zwiebeln, du Trottel‹, sagt er, ›du Hundesohn.‹ Natürlich gibt es auch gute Herren; sobald man aber von ihnen etwas nimmt, machen sie sich über einen lustig und geben einem allerlei Spitznamen. Zum Beispiel der

Herr Altuchin; er ist gut und, siehst du, nüchtern und verständig, wenn er einen aber sieht, schreit er gleich, er weiß selber nicht was. Da hat er mir so einen Spitznamen gegeben – du, hat er gesagt . . .«

Der Polizeigehilfe murmelte ein Wort, aber so leise, daß es nicht zu verstehen war.

»Wie?« fragte Lyžin. »Wiederhole mal.«

»Administration!« wiederholte der Polizeigehilfe laut. »Schon lange nennt er mich so, an die sechs Jahre. Guten Tag, Administration! Aber ich sage nichts, laß ihn, Gott mit ihm. Manchmal schickt irgendeine Dame auch ein Gläschen Vodka oder ein Stückchen Kuchen heraus, nun, dann trinkt man auf ihre Gesundheit. Aber die Bauern geben mehr; sie haben mehr Herz und fürchten Gott – der eine gibt ein Stück Brot, der andere läßt einen von der Kohlsuppe essen, und manch einer spendiert auch was. Die Dorfältesten traktieren einen in der Schenke mit Tee. Da sind vorhin die Zeugen zum Teetrinken gegangen. ›Lošadin‹, haben sie gesagt, ›bleib du für uns hier, halt Wache‹, und jeder gab mir eine Kopeke. Sie fürchten sich, weil sie's nicht gewohnt sind. Und gestern haben sie mir einen Fünfzehner gegeben und ein Gläschen spendiert.«

»Und du fürchtest dich nicht?«

»Ich fürchte mich auch, Herr, aber das geht keinen was an, Dienst ist Dienst, da kann man nichts machen. Im Sommer hab ich einen Gefangenen in die Stadt abgeführt, und der stößt mich – ins Genick, immerzu ins Genick. Ins Genick! Ringsum Felder und Wälder, wohin soll ich weglaufen vor ihm? So ist es auch hier. An den Herrn Lesnickij, an den kann ich mich noch erinnern, auch seinen Vater hab ich gekannt und sein Mütterchen. Ich stamme aus dem Dorf Nedoščotovo, und sie, die Herrschaften Lesnickij, wohnten nicht weit von uns, nicht mehr als eine Verst, vielleicht sogar noch weniger, Rain an Rain. Der Herr Lesnickij hatte eine Schwester, eine gottesfürchtige und barmherzige Jungfrau.

Gedenke, o Herr, der Seele deiner Magd Julija, ewiges Gedenken sei ihr beschieden. Sie hat nicht geheiratet, und als sie starb, hat sie all ihr Hab und Gut aufgeteilt; hundert Desjatinen hat sie dem Kloster vermacht, und uns, der Bauerngemeinde des Dorfes Nedoščotovo, zweihundert für Seelenmessen. Ihr Bruder aber, der Herr, versteckte das Papier, man sagt, er hat es im Ofen verbrannt und sich das ganze Land angeeignet. Der dachte nämlich, es sei zu seinem Nutzen – nein, nein, wart nur ab, mit Ungerechtigkeit kommt man nicht weit auf der Welt, mein Lieber. Der Herr war danach zwanzig Jahre nicht zur Beichte, es hat ihn fortgestoßen von der Kirche, weißt du, er starb ohne Reue, er ist geplatzt. Er war ganz dick, und da ist er der Länge nach geplatzt. Darauf hat man dem jungen Herrn, dem Serëža, der Schulden wegen alles weggenommen, alles, so wie es war; na ja, in den Wissenschaften kam er nicht voran, er konnte nichts, und da hat der Vorsitzende der Zemstvo-Verwaltung, sein Onkel, bei sich gedacht: Ich nehm den Serëža zu mir als Agenten, soll er die Leute versichern, dazu braucht man nicht viel Klugheit. Aber der Herr war jung und stolz, er wollte hoch hinaus, wollte angesehen und ungebunden sein, weißt du, es kränkte ihn, in einem Wägelchen durch den Kreis zu fahren und mit den Bauern zu sprechen; im Gehen schaute er immerzu auf die Erde, er schaute und schwieg; wenn man ihm ins Ohr schrie: ›Sergej Sergeič‹, dann blickte er sich um, antwortete: ›Ja?‹ und schaute wieder auf die Erde. Und nun, siehst du, hat er Hand an sich gelegt. Das ist nicht schön, Euer Hochwohlgeboren, nicht richtig ist das, und man kann gar nicht verstehen, daß es so etwas auf der Welt gibt, barmherziger Gott. Kurz gesagt, der Vater war reich, aber du bist arm, das ist natürlich kränkend, aber was hilft's, man muß sich dran gewöhnen. Auch ich hab gut gelebt, Euer Hochwohlgeboren, ich hatte zwei Pferde, drei Kühe und hielt an die zwanzig Schafe, doch es kam die Zeit, da war mir nur noch die Tasche geblieben, und auch die gehört mir nicht, sondern dem Staat, und in unserem Nedoščotovo ist mein Haus jetzt, wenn man schon einmal davon spricht, das schlimmste von allen. Mokej hatte vier Diener, und jetzt ist Mokej selbst Diener. Petrak besaß vier Knechte, und jetzt ist Petrak selber Knecht.«

»Warum bist du denn verarmt?« fragte der Untersuchungsrichter.

»Meine Söhne trinken zuviel. Sie trinken so viel Vodka, so viel, daß es kaum zu sagen ist, man glaubt es gar nicht.«

Lyžin hörte zu und dachte daran, daß er früher oder später nach Moskau gehen würde, dieser alte Mann aber würde immer hierbleiben und ständig umherlaufen müssen. Wie vielen solcher abgerissenen, lange nicht mehr gekämmten, ›wertlosen‹ Alten würde er noch begegnen, in deren Seele auf irgendeine Weise das Fünfzehnkopekenstück, das Gläschen und der feste Glaube, daß man auf dieser Welt mit Ungerechtigkeit nicht weit komme, einträchtig zusammenlebten. Dann aber wurde ihm das Zuhören zu langweilig, und er ließ sich Heu für das Nachtlager bringen. Im Fremdenzimmer stand eine eiserne Bettstelle mit einem Kissen und einer Decke, man hätte sie herüberbringen können, doch daneben hatte fast drei Tage der Verstorbene gelegen (und vor seinem Tod hatte er vielleicht darauf gesessen), und nun war es unangenehm, darauf zu schlafen.

Es ist erst halb acht, dachte Lyžin nach einem Blick auf die Uhr. – Wie schrecklich!

Schlafen mochte er zwar nicht, aber aus Langeweile und um sich die Zeit zu vertreiben, legte er sich hin und deckte sich mit dem Plaid zu. Lošadin räumte das Geschirr weg, ging mehrmals hinaus und kam wieder herein, schmatzte, seufzte und tappte dauernd am Tisch herum; schließlich nahm er sein Lämpchen und verließ den Raum. Als Lyžin das lange graue Haar und den gebeugten Rücken des Alten von hinten sah, dachte er: Genau wie der Zauberer in der Oper.

Es wurde dunkel. Wahrscheinlich schien hinter den Wolken der Mond, denn die Fenster und der Schnee auf den Fensterrahmen waren deutlich zu erkennen.

»Uuuh!« sang der Schneesturm. »Uuuh!«

»Vaaater!« heulte ein altes Weib auf dem Boden, oder es hörte sich nur so an. »Liiieber Vaaater!«

»B-buch!« stieß etwas von draußen gegen die Wand. »Trach!«

Der Untersuchungsrichter lauschte – da war kein Weib, nur der Wind heulte. Es war kühl, und er legte noch seinen Pelz über den Plaid. Während er sich wärmte, dachte er darüber nach, wie das alles – der Schneesturm, das Haus, der Alte, die Leiche im Nebenzimmer –, wie das alles weit entfernt war von jenem Leben, das er für sich selbst wünschte, und wie fremd, nichtig und uninteressant ihm das alles erschien. Hätte dieser Mensch den Selbstmord in Moskau oder irgendwo in der Nähe Moskaus verübt und wäre es dort zu einer Untersuchung gekommen, so hätte man das interessant und wichtig gefunden, vielleicht wäre es sogar schrecklich gewesen, in der Nachbarschaft einer Leiche zu schlafen. Hier aber, tausend Verst von Moskau entfernt, erschien das alles gleichsam in einem anderen Licht, das alles war kein Leben, und das waren keine Menschen, sondern etwas, was ›sich an die Vorschriften hielt‹, wie Lošadin sagte, das alles würde im Gedächtnis nicht die geringste Spur hinterlassen und schon vergessen sein, sobald er, Lyžin, wieder aus Syrnja abgefahren wäre. Das Vaterland, das wirkliche Rußland, das war Moskau und Petersburg – hier aber war Provinz, Kolonie; wenn man davon träumte, eine Rolle zu spielen, populär zu sein, Untersuchungsrichter für besonders wichtige Fälle etwa oder Staatsanwalt eines Kreisgerichts, wenn man ein Salonlöwe sein wollte, dann dachte man unbedingt an Moskau. Leben wollte man nur in Moskau, hier aber wollte man nichts, hier fand man sich leicht mit seiner unbedeutenden Rolle ab und erwartete vom Leben nur das eine – möglichst bald fortzukommen, fort von hier. Und Lyžin eilte in Gedanken durch die Straßen Moskaus, er besuchte ihm gut bekannte Häuser, traf sich mit Verwandten und Kameraden, und das Herz krampfte sich ihm vor Wonne zusammen bei dem Gedanken, daß er erst sechsundzwanzig Jahre alt war und daß es, falls er sich von hier losreißen könnte und in fünf oder zehn Jahren nach Moskau gelangte, dann noch nicht zu spät sein würde und daß er das ganze Leben noch vor sich hatte. Und während er in einen Dämmerzustand verfiel und seine Gedanken sich schon zu verwirren begannen, stellte er sich die langen Korridore eines Moskauer Gerichts vor, sich selbst, wie er ein Plädoyer hielt, seine Schwestern und ein Orchester, das immerzu heulte:

»Uuuh! Uuuh!«

»B-buch! Trach!« ertönte es wieder. »B-buch!«

Und da fiel ihm plötzlich ein, daß einmal in der Zemstvo-Verwaltung, als er sich mit dem Buchhalter unterhielt, ein hagerer, bleicher Herr mit dunklen Augen und schwarzen Haaren an das Schreibpult getreten war. Seine Augen hatten einen unangenehmen Ausdruck, wie bei Menschen, die nach dem Mittagessen lange geschlafen haben, und das verdarb sein feines, kluges Profil; die hohen Stiefel, die er anhatte, paßten nicht zu ihm, sie sahen plump aus. Der Buchhalter hatte vorgestellt:

»Das ist unser Zemstvo-Agent.«

Das also war Lesnickij . . . derselbe . . . dachte Lyžin.

Er erinnerte sich an Lesnickijs leise Stimme und an seinen Gang, und es schien ihm, als gehe jetzt neben ihm jemand genau wie Lesnickij.

Plötzlich bekam er es mit der Angst, der kalte Schweiß trat ihm auf die Stirn.

»Wer ist da?« fragte er unruhig.

»Der Gehülfe.«

»Was suchst du hier?«

»Ich wollte etwas fragen, Euer Hochwohlgeboren. Sie

haben vorhin gesagt, der Dorfälteste wird nicht gebraucht, ich fürchte aber, er könnte böse werden. Er hat befohlen, ihm Bescheid zu sagen. Soll ich nicht lieber hingehen?«

»Scher dich weg! Du ödest mich an ...« erwiderte Lyžin ärgerlich und deckte sich wieder zu.

»Er könnte böse werden ... Ich gehe hin, Euer Hochwohlgeboren, gehab dich wohl.«

Und Lošadin ging. Im Flur wurde gehustet und halblaut gesprochen. Wahrscheinlich waren die Zeugen zurückgekehrt.

Morgen werden wir diese armen Teufel möglichst früh wegschicken ... dachte der Untersuchungsrichter. – Wir beginnen mit der Obduktion, sobald es hell wird.

Er war schon am Einschlafen, als er plötzlich abermals Schritte vernahm, aber keine zaghaften, sondern schnelle, laute. Eine Tür klapperte, man hörte Stimmen, das Knistern eines Streichholzes ...

»Schlafen Sie? Schlafen Sie?« fragte Doktor Starčenko hastig und ärgerlich und entzündete ein Streichholz nach dem anderen; er war ganz mit Schnee bedeckt und strömte Kälte aus. »Schlafen Sie? Stehen Sie auf, wir fahren zu von Taunitz. Er hat Ihnen seine Pferde geschickt. Fahren wir, dort können Sie wenigstens zu Abend essen und menschenwürdig schlafen. Sie sehen, ich bin selbst gekommen, um Sie abzuholen. Die Pferde sind prächtig, in zwanzig Minuten sind wir dort.«

»Und wie spät ist es jetzt?«

»Viertel elf.«

Verschlafen und mißmutig zog Lyžin Filzstiefel und Pelz an, setzte Mütze und Wollkapuze auf und ging zusammen mit dem Arzt nach draußen. Es herrschte kein starker Frost, doch es wehte ein heftiger, schneidender Wind, er jagte über die Straße Wolken von Schnee, die erschreckt davonzulaufen schienen; an den Zäunen und Außentreppen hatten sich bereits hohe Schneewehen aufgetürmt. Der Arzt und der Untersuchungsrichter stiegen in den Schlitten, und der weißbeschneite Kutscher beugte sich zu ihnen, um die Schlittendecke festzuhaken. Beiden war warm.

»Fahr los!«

Sie fuhren durchs Dorf. Weiche Furchen ziehen sie ... dachte der Untersuchungsrichter träge, als er zusah, wie das Beipferd mit den Beinen ausgriff. In allen Bauernhäusern waren die Lichter angezündet wie am Vorabend eines großen Feiertages – die Bauern schliefen nicht, aus Furcht vor dem Verstorbenen. Der Kutscher schwieg mürrisch; wahrscheinlich hatte er sich gelangweilt, als er vor der Gerichtshütte gestanden hatte, und jetzt dachte auch er an den Verstorbenen.

»Bei Taunitz«, sagte Starčenko, »bestürmten mich alle, als sie erfuhren, daß Sie zum Übernachten in der Gerichtshütte geblieben sind, mit der Frage, warum ich Sie nicht mitgebracht habe.«

Beim Verlassen des Dorfes, an einer Kurve, schrie der Kutscher plötzlich aus vollem Halse:

»Straße frei!«

Ein Mensch huschte vorbei; er war vom Fahrweg heruntergetreten, stand bis zu den Knien im Schnee und blickte der Trojka nach; der Untersuchungsrichter gewahrte einen Krückstock und einen Bart und an der Seite eine Tasche, und er glaubte, das sei Lošadin, es schien ihm sogar, er lächle. Der Mensch huschte vorbei und verschwand.

Der Weg führte zunächst an einem Waldrand entlang, dann durch eine Waldschneise; alte Föhren flogen vorbei, ein junger Birkenwald, dann knorrige Eichen, die einsam auf Lichtungen standen, wo man vor kurzem den Wald gerodet hatte, aber bald verschmolz das alles mit der Luft und den Schneewolken; der Kutscher sagte, er sehe den Wald, der Untersuchungsrichter dagegen konnte nichts erkennen außer dem Beipferd. Der Wind blies ihnen in den Rücken.

Auf einmal blieben die Pferde stehen.

»Nun, was ist?« fragte Starčenko ärgerlich.

Der Kutscher kletterte schweigend vom Bock und lief, fest

mit den Fersen auftretend, um den Schlitten herum, er beschrieb immer größere Kreise und entfernte sich immer weiter vom Schlitten, es sah aus, als tanze er; schließlich kehrte er zurück und bog rechts ein.

»Wir sind vom Weg abgekommen, was?« fragte Starčenko.

»Ach wooo . . .«

Ein kleines Dorf, kein einziges Licht in den Fenstern. Wieder Wald und Feld, wieder kamen sie vom Weg ab, und abermals kletterte der Kutscher vom Bock und tanzte. Die Trojka jagte durch eine dunkle Allee, sie fuhren schnell dahin, und das feurige Beipferd schlug mit den Hufen gegen die Vorderwand des Schlittens. Hier rauschten die Bäume weithin hörbar und furchterregend, es war stockfinster, man fuhr wie in einem Abgrund, und plötzlich drang von einer Freitreppe und aus Fenstern grelles Licht, gutmütiges, durchdringendes Gebell erklang, Stimmen ertönten . . . Sie waren am Ziel.

Während sie unten in der Diele Pelze und Filzstiefel ablegten, spielte man oben auf dem Klavier ›Un petit verre de Cliquot‹, und man hörte Kinder mit Füßen stampfen. Den Ankömmlingen schlug sogleich Wärme entgegen, der Geruch alter herrschaftlicher Gemächer, in denen man, wie auch draußen das Wetter sei, so warm, sauber und gemütlich leben kann.

»Das ist sehr schön«, sagte von Taunitz, ein dicker Mann mit unwahrscheinlich starkem Hals und einem Backenbart, und drückte dem Untersuchungsrichter die Hand. »Das ist sehr schön. Seien Sie willkommen, ich freue mich sehr, Sie kennenzulernen. Wir sind doch ein wenig Kollegen. Ich war einmal Staatsanwaltsgehilfe, aber nicht lange, nur zwei Jahre im ganzen; ich bin hierhergekommen, um die Wirtschaft zu führen, und bin hier alt geworden. Ein alter Kerl, kurz gesagt. Seien Sie willkommen«, fuhr er fort, wobei er offensichtlich seine Stimme dämpfte, um nicht zu laut zu sprechen;

er begab sich mit den Gästen nach oben. »Ich habe keine Frau mehr, sie ist gestorben, aber das hier, darf ich vorstellen, sind meine Töchter.«

Dann drehte er sich um und rief mit Donnerstimme nach unten:

»Sagt dem Ignat, er soll morgen gegen acht Uhr vorfahren!«

Im Saal befanden sich seine vier Töchter, junge hübsche Mädchen, alle in grauen Kleidern und gleichmäßig frisiert, ferner die Kusine mit ihren Kindern, ebenfalls eine junge und ansprechende Frau. Starčenko, der mit ihnen bekannt war, bat sie sogleich, etwas vorzusingen, und zwei der Fräulein beteuerten lange, sie könnten nicht singen und hätten auch keine Noten; dann setzte sich die Kusine ans Klavier, und sie sangen mit vibrierenden Stimmen ein Duett aus der Oper ›Pique Dame‹. Wieder wurde ›Un petit verre de Cliquot‹ gespielt, und die Kinder sprangen umher und stampften mit den Füßen den Takt. Auch Starčenko hüpfte mit. Alle lachten.

Dann verabschiedeten sich die Kinder, um schlafen zu gehen. Der Untersuchungsrichter lachte, tanzte Quadrille, flirtete und dachte dabei, ob das alles nicht ein Traum sei. Das verräucherte Zimmer der Gerichtshütte, der Heuhaufen in der Ecke, das Geraschel der Schaben, die abstoßend ärmliche Einrichtung, die Stimmen der Zeugen, der Wind, der Schneesturm, die Gefahr, vom Weg abzukommen – und plötzlich diese prächtigen hellen Räume, die Klänge des Klaviers, die hübschen Mädchen, die lockenköpfigen Kinder, das fröhliche, glückliche Lachen – diese Wandlung kam ihm märchenhaft vor, und es war unwahrscheinlich, daß solche Wandlungen in einer Entfernung von etwa drei Verst und im Verlauf einer einzigen Stunde möglich waren. Die trüben Gedanken hinderten ihn, fröhlich zu sein, und er mußte immer daran denken, daß dies alles ringsumher nicht das Leben war, sondern nur Fetzen, Bruchstücke, daß dies alles hier rein zufällig war und daß man keinerlei Schlüsse daraus ziehen konnte. Ihm taten sogar die Mädchen leid, die in dieser Einöde lebten und auch hier ihr Dasein beschließen würden, in der Provinz, fern von einer kultivierten Umwelt, in der nichts zufällig, sondern alles vernünftig und gesetzmäßig schien, wo zum Beispiel jeder Selbstmord verständlich war und wo man erklären konnte, warum es ihn gab und welche Bedeutung er im gesamten Kreislauf des Lebens hatte. Er meinte, wenn das Leben, das ihn hier in dieser Einöde umgab, unverständlich sei und wenn er es nicht sehen könne, so bedeute das, es sei hier überhaupt nicht vorhanden.

Beim Abendessen kam das Gespräch auf Lesnickij.

»Er hat Frau und Kinder hinterlassen«, sagte Starčenko. »Neurasthenikern und überhaupt Menschen, deren Nervensystem nicht in Ordnung ist, würde ich untersagen, eine Ehe einzugehen, ich würde ihnen das Recht auf die Möglichkeit nehmen, sich zu vermehren. Nervenkranke Kinder in die Welt zu setzen, ist ein Verbrechen.«

»Ein unglücklicher junger Mann«, sagte von Taunitz, leise seufzend und den Kopf schüttelnd. »Wieviel muß man vorher überlegen und erdulden, um am Ende zu beschließen, sich das Leben zu nehmen ... das junge Leben. In jeder Familie kann ein solches Unglück eintreten, und das ist schrecklich. Das ist schwer zu verwinden, das ist unerträglich ...«

Und alle Mädchen hörten schweigend zu und schauten mit ernsten Gesichtern den Vater an. Lyžin fühlte, daß auch er etwas sagen mußte, aber ihm fiel nichts ein, und er sagte nur:

»Ja, der Selbstmord ist eine unliebsame Erscheinung.«

Er schlief im warmen Zimmer in einem weichen Bett unter einer Decke, auf einem feinen frischen Laken, aber er fühlte sich gar nicht gemütlich; vielleicht kam das daher, daß sich der Arzt und von Taunitz im Nebenzimmer noch lange unterhielten und daß oben über der Zimmerdecke und im Ofen der Schneesturm so lärmte wie in der Gerichtshütte und auch genauso kläglich heulte:

»Uuuuh!«

Von Taunitz war vor zwei Jahren die Frau gestorben, und er hatte sich bis heute noch nicht damit abfinden können; worüber er auch sprechen mochte, er dachte jedesmal an seine Frau; von einem Staatsanwalt hatte er nichts mehr an sich.

Ob ich auch einmal in diese Lage kommen könnte? dachte Lyžin beim Einschlafen und vernahm durch die Wand von Taunitz' gedämpfte, wie verwaist klingende Stimme.

Der Untersuchungsrichter schlief unruhig. Es war schwül und ungemütlich, und im Traum schien es ihm, er sei nicht im Haus bei von Taunitz und liege nicht in einem weichen sauberen Bett, sondern immer noch in der Gerichtshütte auf dem Heu und hörte die Zeugen halblaut reden; er meinte, Lesnickij sei in der Nähe, nur fünfzehn Schritt entfernt. Im Traum fiel ihm wieder ein, wie der Zemstvo-Agent, schwarzhaarig, bleich, in hohen staubigen Stiefeln, an das Pult des Buchhalters trat. »Das ist unser Zemstvo-Agent.« – Dann schien es ihm, Lesnickij und der Polizeigehilfe Lošadin schritten im Schnee über das Feld, Seite an Seite, einander stützend; der Schneesturm wirbelte, er blies ihnen in den Rücken, und sie schritten und sangen dabei:

»Wir schreiten, wir schreiten, wir schreiten.«

Der Alte sah wie der Zauberer in der Oper aus, und beide sangen tatsächlich wie im Theater:

»Wir schreiten, wir schreiten, wir schreiten ... Ihr seid im Warmen, ihr habt es hell, ihr habt es weich, wir aber gehen durch den Frost, durch den Schneesturm, durch den tiefen Schnee ... Wir kennen keine Ruhe, wir kennen keine Freude ... Wir tragen die ganze Schwere dieses Lebens, des unseren wie des euren ... Uuuh! Wir schreiten, wir schreiten, wir schreiten ...«

Lyžin erwachte und richtete sich im Bett auf. Was für ein wirrer, unschöner Traum! Weshalb waren ihm der Agent und der Polizeigehilfe zusammen im Traum erschienen? Was für ein Unsinn! Und jetzt, da Lyžins Herz heftig klopfte und er im Bett saß, den Kopf zwischen den Händen, schien es ihm, dieser Versicherungsagent und der Polizeigehilfe hätten im Leben tatsächlich etwas gemeinsam. Gingen sie nicht auch im Leben Seite an Seite, einander stützend? Welche unsichtbare, aber bedeutungsvolle und unumgängliche Verbindung bestand zwischen den beiden, sogar zwischen ihnen und von Taunitz und zwischen allen, zwischen allen? In diesem Leben war nichts zufällig, nicht einmal in der abgelegensten Einöde, alles hatte einen allgemeinen Sinn, eine Seele, ein Ziel, und um das zu verstehen, mußte man nicht nur denken und überlegen, sondern wahrscheinlich auch die Gabe besitzen, in das Leben einzudringen, eine Gabe, die offenbar nicht jedem beschieden ist. Sowohl der unglückliche, überspannte, Selbstmord verübende ›Neurastheniker‹, wie ihn der Arzt nannte, als auch der alte Bauer, der sein ganzes Leben von einem Menschen zum anderen ging – sie waren Zufälligkeiten, Bruchstücke des Lebens für den, der seine Existenz für Zufall hält, und es waren Teile eines wunderbaren und vernünftigen Organismus für den, der auch sein eigenes Leben für einen Teil des Allgemeinen hält und das begreift. So dachte Lyžin, und das war ein Gedanke, den er schon lange im verborgenen gehegt hatte und der ihm jetzt erst voll und ganz zum Bewußtsein kam.

Er legte sich wieder hin und schlief ein, und plötzlich gingen die beiden wieder nebeneinander her und sangen:

»Wir schreiten, wir schreiten, wir schreiten ... Wir nehmen vom Leben das Schwerste und Bitterste, euch aber bleibt das Leichte und Angenehme, ihr könnt beim Abendessen kühl und vernünftig darüber urteilen, weshalb wir leiden und zugrunde gehen und warum wir nicht so gesund und zufrieden sind wie ihr.«

Was sie sangen, war ihm auch vorher schon durch den Kopf gegangen, doch dieser Gedanke hatte sich hinter anderen Gedanken versteckt und nur zaghaft hindurchgeschimmert wie ein fernes Licht im Nebel. Und er spürte, daß dieser

Selbstmord und das Leid des Bauern sein Gewissen belasteten; sich damit abzufinden, daß diese Menschen, ihrem Schicksal ergeben, sich selbst das Schwerste und das Dunkelste im Leben aufbürdeten – wie schrecklich war das! Sich damit abzufinden, für sich selbst aber ein helles, rauschendes Leben unter glücklichen, zufriedenen Menschen zu wünschen und ständig von einem solchen Leben zu träumen – das hieß von neuen Selbstmorden träumen, von Menschen, die von Mühe und Sorge erdrückt wurden, oder von schwachen, im Stich gelassenen Menschen, von denen man nur zuweilen beim Abendessen sprach, ärgerlich oder spöttisch, denen man aber nicht zu Hilfe kam ... Und wieder ertönte es:

»Wir schreiten, wir schreiten, wir schreiten ...«, geradeso, als poche jemand mit einem Hämmerchen gegen die Schläfen.

Am Morgen erwachte er zeitig, mit Kopfschmerzen, von Lärm geweckt; im Nebenzimmer sagte von Taunitz laut zu dem Arzt:

»Sie können jetzt unmöglich fahren. Schauen Sie nur, was draußen los ist. Streiten Sie nicht, fragen Sie lieber den Kutscher – er wird Sie bei diesem Wetter nicht für eine Million fahren.«

»Aber es sind doch nur drei Verst«, erwiderte der Arzt mit flehender Stimme.

»Und wenn es nur eine halbe Verst wäre! Wenn es nicht geht, dann geht es nicht. Sie brauchen nur auf den Hof hinauszufahren, da ist die Hölle los, in einer Minute haben Sie den Weg verloren. Wie Sie wollen, um nichts in der Welt lasse ich Sie fahren.«

»Wahrscheinlich beruhigt es sich bis zum Abend«, sagte der Bauer, der den Ofen heizte.

Und der Arzt begann im Nebenzimmer über die rauhe Natur zu sprechen, die den Charakter des russischen Menschen beeinflusse, über die langen Winter, die dadurch, daß sie die Bewegungsfreiheit einengten, das geistige Wachstum der Menschen aufhielten, und Lyžin mußte voll Ärger diese

Reden mit anhören; er blickte durchs Fenster auf die Schneewehen, die sich am Zaun türmten, er schaute auf den weißen Staub, der den ganzen sichtbaren Raum erfüllte, auf die Bäume, die sich verzweifelt bald nach rechts, bald nach links bogen, er hörte es heulen und pochen und dachte düster: Nun, was für eine Moral kann man hier schon ableiten? Schneesturm und nichts weiter ...

Gegen Mittag wurde gefrühstückt, dann schlenderten sie ziellos durchs Haus und traten an die Fenster.

Und Lesnickij liegt da, dachte Lyžin und sah auf die Schneewirbel, die ungestüm über den Schneehaufen kreisten. – Lesnickij liegt da, und die Zeugen warten ...

Sie sprachen vom Wetter, davon, daß der Schneesturm gewöhnlich achtundvierzig Stunden anhalte, selten länger. Um sechs Uhr speisten sie zu Mittag, dann spielten sie Karten, es wurde gesungen und getanzt, und schließlich nahmen sie das Abendessen ein. Der Tag verging, und sie legten sich schlafen.

In der Nacht, so gegen Morgen, wurde alles still. Als sie aufstanden und durchs Fenster schauten, standen die kahlen Weiden mit ihren schlaff herabhängenden Zweigen völlig unbeweglich da, es war trübe und still, als schäme sich die Natur ihrer Zügellosigkeit, der unbesonnenen Nächte und der Freiheit, die sie ihren Leidenschaften gelassen hatte. Die hintereinandergespannten Pferde warteten seit fünf Uhr morgens an der Freitreppe. Als es völlig hell war, zogen der Arzt und der Untersuchungsrichter ihre Pelze und die Filzstiefel an, verabschiedeten sich von dem Hausherrn und gingen hinaus.

An der Freitreppe stand neben dem Kutscher der ihnen bekannte ›Gehülfe‹ Ilja Lošadin, ohne Mütze, die alte Ledertasche über der Schulter, ganz voll Schnee; sein Gesicht war rot und schweißnaß. Der Diener, der herausgekommen war, um den Gästen in den Schlitten zu helfen und ihnen die Beine zuzudecken, schaute ihn streng an und sagte:

»Was stehst du hier herum, du alter Teufel? Scher dich weg!«

»Euer Hochwohlgeboren, die Leute sind unruhig«, sagte Lošadin und lächelte naiv über das ganze Gesicht, offenbar zufrieden, daß er endlich die Menschen sah, auf die er so lange gewartet hatte. »Die Leute sind sehr unruhig, die Kinder weinen ... Sie dachten schon, Euer Wohlgeboren seien wieder in die Stadt gefahren. Erweisen Sie uns die göttliche Gnade, unsere Wohltäter ...«

Der Arzt und der Untersuchungsrichter sagten kein Wort, sie stiegen in den Schlitten und fuhren nach Syrnja.

Die Dame mit dem Hündchen

I

Es hieß, auf der Strandpromenade sei ein neuer Kurgast aufgetaucht – eine Dame mit einem Hündchen. Dmitrij Dmitrič Gurov, der bereits die zweite Woche in Jalta weilte und sich schon eingelebt hatte, begann sich ebenfalls für Neuankömmlinge zu interessieren. Als er im Pavillon bei Vernet saß, sah er eine junge Dame, eine mittelgroße Blondine mit einem Barett, auf der Promenade vorübergehen; hinter ihr her lief ein weißer Spitz.

Und danach begegnete er ihr mehrmals am Tage, bald im Stadtpark, bald in den Anlagen. Sie ging allein spazieren, immer mit demselben Barett und mit dem weißen Spitz. Niemand wußte, wer sie war, und alle nannten sie einfach: die Dame mit dem Hündchen.

Wenn sie ohne ihren Mann und ohne Bekannte hier ist, überlegte Gurov, sollte man eigentlich ihre Bekanntschaft machen.

Er war noch nicht vierzig, hatte aber schon eine Tochter von zwölf Jahren und zwei Söhne, die das Gymnasium besuchten. Man hatte ihn früh verheiratet, als er noch Student im zweiten Semester war, und jetzt erschien ihm seine Frau anderthalbmal älter als er. Sie war hochgewachsen, hatte dunkle Augenbrauen und hielt sich sehr gerade; sie war ernst und würdevoll und – wie sie selbst von sich sagte – eine denkende Frau. Sie las viel, ließ beim Schreiben von Briefen das stumme Endzeichen nach den Konsonanten weg und rief ihren Mann nicht Dmitrij, sondern Dimitrij; er fand sie jedoch insgeheim beschränkt, engherzig und wenig elegant, fürchtete sie und blieb nicht gern zu Haus. Er war ihr schon seit langem und oft untreu; daher kam es wohl auch, daß er von Frauen fast immer häßlich sprach, und wenn in seiner

Gegenwart von ihnen die Rede war, nannte er sie stets ›minderwertiges Geschlecht‹.

Ihm schien, er sei durch bittere Erfahrung genügend belehrt, um sie nennen zu dürfen, wie es ihm beliebte, dennoch konnte er keine zwei Tage ohne das ›minderwertige Geschlecht‹ auskommen. In Gesellschaft von Männern langweilte er sich, er fühlte sich unter ihnen nicht wohl, war wortkarg und kalt; befand er sich aber unter Frauen, so gab er sich ungezwungen und wußte, wovon er reden und wie er sich verhalten mußte; ja, es fiel ihm nicht einmal schwer, mit ihnen zu schweigen. In seinem Äußeren, in seinem Charakter, in seinem ganzen Wesen lag etwas Anziehendes, etwas schwer zu Fassendes, das die Frauen für ihn einnahm, das sie reizte; er wußte das, und auch ihn selbst zog eine unbekannte Macht zu ihnen hin.

Die wiederholte und tatsächlich bittere Erfahrung hatte ihn längst darüber belehrt, daß jede Annäherung, die am Anfang das Leben so abwechslungsreich gestaltet und uns als ein liebenswürdiges und leichtes Abenteuer erscheint, sich bei anständigen Menschen, besonders bei Moskauern, die etwas schwerfällig und unentschlossen sind, unvermeidbar zu einer wahren und recht komplizierten Verpflichtung auswächst, die zu guter Letzt zu einer schweren Belastung wird. Doch bei jeder neuen Begegnung mit einer interessanten Frau entschwand diese Erfahrung dem Gedächtnis; man wollte leben, genießen, und alles erschien so leicht und vergnüglich.

Und da geschah es, als er einmal gegen Abend im Gartenrestaurant speiste, daß die Dame im Barett gemächlich daherkam und sich an den Nebentisch setzte. Der Ausdruck ihres Gesichts, der Gang, das Kleid, die Frisur sagten ihm, daß sie zur guten Gesellschaft gehörte, verheiratet, in Jalta zum erstenmal und allein war und daß sie sich hier langweilte. Die Geschichten von den lockeren hiesigen Sitten enthielten viel Unwahres, er lehnte sie ab und wußte, daß solche Geschichten meist von Leuten erfunden wurden, die selber gern einen Seitensprung gemacht hätten, es aber nicht fertigbrachten; doch als die Dame sich, drei Schritte von ihm entfernt, am Nebentisch niederließ, fielen ihm all diese Geschichten von leichten Siegen, von Ausflügen in die Berge ein, und plötzlich bemächtigte sich seiner der verführerische Gedanke an eine rasche, flüchtige Verbindung, an einen Flirt mit der unbekannten Frau, deren Namen er nicht kannte.

Freundlich lockte er den Spitz zu sich heran, und als dieser kam, drohte er ihm mit dem Finger. Der Spitz knurrte. Gurov drohte ihm wieder.

Die Dame blickte ihn an und senkte sogleich wieder die Augen.

»Er beißt nicht«, sagte sie und errötete.

»Darf man ihm einen Knochen geben?« Und als sie bejahend nickte, fragte er liebenswürdig: »Sind Sie schon lange in Jalta?«

»Etwa fünf Tage.«

»Und ich bin beinahe schon zwei Wochen hier.«

»Die Zeit vergeht schnell, dabei ist es hier so langweilig!« sagte sie, ohne ihn anzublicken.

»Das sagt man gewöhnlich nur so, daß es hier langweilig sei. Leute, die irgendwo in Belevo oder Žizdra zu Hause sind, langweilen sich dort nicht, doch kaum sind sie hier, heißt es: ›Ach, wie langweilig! Ach, der Staub!‹ Man sollte meinen, sie kämen aus Granada hergefahren.«

Sie lachte. Dann aßen sie beide schweigend weiter, wie Unbekannte, doch nach dem Essen entfernten sie sich nebeneinander; und es entspann sich ein scherzhaftes leichtes Geplauder wie bei müßigen, zufriedenen Leuten, denen es gleich ist, wohin sie gehen oder wovon sie sprechen. Sie gingen spazieren und redeten davon, wie merkwürdig das Meer beleuchtet sei: das Wasser hatte eine warme zartlila Färbung, und der Mond warf einen goldenen Streifen darüber. Sie sprachen davon, wie schwül es nach dem heißen Tag sei. Gurov erzählte, daß er Moskauer und seiner Ausbildung nach Philologe sei, jetzt aber in einer Bank arbeite; daß er früher einmal habe Opernsänger werden wollen, aber dann das Studium abgebrochen habe, daß er in Moskau zwei Häuser besitze ... Von ihr erfuhr er, daß sie in Petersburg aufgewachsen sei, doch nach S. geheiratet habe, wo sie bereits seit zwei Jahren wohne, daß sie noch etwa einen Monat in Jalta bleiben wolle und daß ihr Mann, der ebenfalls eine Erholung brauche, sie vielleicht abholen würde. Sie konnte durchaus nicht erklären, wo ihr Mann tätig war – ob in der Gouvernementsverwaltung oder in der Zemstvo-Verwaltung des Gouvernements –, und das kam ihr selber komisch vor. Und Gurov erfuhr auch, daß sie Anna Sergeevna hieß.

Nachher, in seinem Zimmer, dachte er an sie und daran, daß sie ihm morgen sicherlich wieder begegnen würde. So mußte es sein. Beim Zubettgehen fiel ihm ein, daß sie bestimmt vor kurzem noch Internatsschülerin war und genau wie jetzt seine Tochter hatte lernen müssen; er erinnerte sich, wie linkisch und befangen sie sich noch beim Lachen und bei der Unterhaltung mit Unbekannten benahm, wahrscheinlich war sie zum erstenmal im Leben allein, in einem Milieu, wo man ihr nachging, sie anschaute und sie anredete, aus einer geheimen Absicht, die sie sehr wohl erraten mußte. Er dachte an ihren schlanken, zarten Hals, an die schönen grauen Augen. Sie hat trotz allem etwas Bemitleidenswürdiges an sich, überlegte er beim Einschlafen.

II

Eine Woche war vergangen, seit sie sich kennengelernt hatten. Es war Feiertag. In den Zimmern herrschte drückende Schwüle, auf den Straßen wirbelte der Wind den Staub auf und riß die Hüte von den Köpfen. Den ganzen Tag über empfand man Durst, und Gurov ging oft zum Pavillon und bot Anna Sergeevna bald Wasser mit Fruchtsaft, bald Gefrorenes an. Man wußte nicht, wo man bleiben sollte.

Am Abend, als der Wind ein wenig abgeflaut war, gingen sie zur Mole, um beim Anlegen des Dampfers zuzuschauen. An der Anlegestelle hatten sich viele Spaziergänger eingefunden; manche wollten jemanden empfangen und trugen Blumensträuße. Und da fielen deutlich zwei Besonderheiten des eleganten Jaltaer Publikums auf: die älteren Damen gingen sehr jugendlich gekleidet, und es gab eine Unmenge Generale.

Wegen des hohen Seegangs kam der Dampfer erst spät, bei Sonnenuntergang, an, und bevor er an der Mole anlegen konnte, mußte er lange manövrieren. Anna Sergeevna blickte durch ihre Lorgnette auf den Dampfer und die Passagiere, als suche sie Bekannte, und wenn sie sich Gurov zuwandte, glänzten ihre Augen. Sie sprach viel, stellte kurze Fragen und vergaß sogleich, wonach sie gefragt hatte. Dann verlor sie ihre Lorgnette in der Menge.

Der elegante Schwarm zerstreute sich langsam, die Gesichter waren bereits nicht mehr zu erkennen, und der Wind hatte sich völlig gelegt. Gurov und Anna Sergeevna aber standen noch immer da, als warteten sie auf jemanden vom Dampfer. Anna Sergeevna schwieg jetzt und roch an ihren Blumen, ohne Gurov anzusehen.

»Das Wetter ist gegen Abend besser geworden«, sagte er. »Wo wollen wir nun hingehen? Wie wäre es, wenn wir irgendwohin führen?«

Sie antwortete nicht.

Da blickte er sie aufmerksam an, legte plötzlich den Arm um sie und küßte sie auf den Mund; ein Hauch von dem Duft und der Feuchtigkeit der Blumen umfing ihn, doch er blickte sich sogleich ängstlich um, ob es auch niemand gesehen hatte.

»Lassen Sie uns zu Ihnen gehen . . .« sagte er leise.

Und beide entfernten sich rasch.

In ihrem Zimmer war es schwül, es roch nach einem Parfüm, das sie in einem japanischen Laden gekauft hatte. Als Gurov sie jetzt betrachtete, dachte er bei sich: Was für Begegnungen bringt doch das Leben mit sich! Von früher hatte er sich die Erinnerungen an sorglose, gutmütige Frauen bewahrt, die die Liebe fröhlich machte, die ihm dankbar waren für ein Glück, auch für ein kurzes; und auch an solche wie zum Beispiel seine Frau erinnerte er sich, die ohne Aufrichtigkeit liebten, mit unnötigen Gesprächen, manieriert, hysterisch, mit einer Miene, als handele es sich nicht um Liebe und Leidenschaft, sondern um etwas weit Bedeutenderes; aber auch an zwei, drei sehr schöne und kalte Frauen dachte er, über deren Gesicht plötzlich ein raubtierhafter Ausdruck huschte, ausgelöst von dem Wunsch, Besitz zu ergreifen, dem Leben mehr zu entreißen, als es zu geben vermochte; sie hatten ihre erste Jugend bereits hinter sich, das waren launische, unvernünftige, herrschsüchtige und nicht sehr kluge Frauen, und wenn Gurovs Gefühl für sie erkaltete, dann weckte ihre Schönheit in ihm nur Haß, und die Spitzen an ihrer Wäsche kamen ihm wie Schuppen vor.

Hier aber war es immer dieselbe Zaghaftigkeit, die Unbeholfenheit unerfahrener Jugend, die Verlegenheit; und das verwirrte einen so, als hätte jemand plötzlich an die Tür geklopft. Anna Sergeevna, diese ›Dame mit dem Hündchen‹, verhielt sich zu dem Geschehenen ganz eigenartig, sehr ernsthaft, als wäre sie nun eine ›Gefallene‹ – so schien es wenigstens, und das war merkwürdig und in diesem Augenblick unangebracht. Ihre Züge wurden schlaff und welk, und zu beiden Seiten ihres Gesichts hing traurig das lange Haar herunter; niedergeschlagen und in Gedanken versunken saß sie da – wie eine Sünderin auf einem alten Gemälde.

»Das war nicht gut«, sagte sie, »Sie werden der erste sein, der mich jetzt nicht mehr achtet.«

Auf dem Tisch lag eine Wassermelone. Gurov schnitt sich ein Stück davon ab und begann gemächlich zu essen. Wohl eine halbe Stunde verging in Schweigen.

Anna Sergeevna sah rührend aus, sie strahlte die ganze Reinheit einer anständigen, naiven, in diesen Dingen unerfahrenen Frau aus; die einsame Kerze auf dem Tisch beleuchtete ihr Gesicht nur schwach, aber man konnte erkennen, daß ihr nicht wohl zumute war.

»Wieso sollte ich aufhören, dich zu achten?« fragte Gurov. »Du weißt selbst nicht, was du redest.«

»Mag Gott mir verzeihen!« sagte sie, und ihre Augen füllten sich mit Tränen. »Das ist entsetzlich.«

»Du tust, als müßtest du dich rechtfertigen.«

»Womit könnte ich mich je rechtfertigen? Ich bin eine schlechte, gemeine Frau, ich verachte mich und denke gar nicht an Rechtfertigung. Ich habe nicht meinen Mann betrogen, sondern mich selbst. Und nicht nur jetzt, sondern lange schon betrüge ich. Mein Mann ist vielleicht ein redlicher und guter Mensch, aber er ist ein Lakai! Ich weiß nicht, was er tut, wie er seinen Beruf ausübt, ich weiß nur, er ist ein Lakai. Als ich ihn heiratete, war ich zwanzig Jahre alt, ich verging vor Neugierde, ich wollte etwas, was besser war; ich sagte mir – es gibt doch noch ein anderes Leben. Ich wollte einmal leben. Nur leben, leben ...! Die Neugierde verzehrte mich ... Sie verstehen das nicht, aber ich schwöre bei Gott, ich konnte mich bereits nicht mehr beherrschen, mit mir war etwas geschehen, ich war nicht mehr zu halten, ich sagte zu meinem Mann, ich sei krank, und bin hierher gereist ... Und hier bin ich immer umhergegangen wie in einem Rausch, wie eine Wahnsinnige ... Und jetzt bin ich eine abscheuliche, gemeine Frau, die jeder verachten darf.«

Gurov langweilte es bereits, ihr zuzuhören, ihn ärgerte die naive Art, diese unerwartete Beichte, die so fehl am Platze war; wären nicht die Tränen in ihren Augen gewesen, man hätte denken können, sie scherze oder spiele ihm eine Rolle vor.

»Ich begreife nichts«, sagte er leise, »was willst du eigentlich?«

Sie verbarg ihr Gesicht an seiner Brust und schmiegte sich an ihn.

»Glauben Sie, glauben Sie mir, ich flehe Sie an . . .« sprach sie. »Ich möchte ein anständiges, sauberes Leben, die Sünde ist mir widerwärtig, ich weiß selbst nicht, was ich tue. Einfache Leute sagen dann immer: Der Böse hat mich verführt. Auch ich kann jetzt von mir sagen, der Böse hat mich verführt.«

»Genug, genug . . .« murmelte er.

Er blickte in ihre starren, erschrockenen Augen; er küßte sie, sprach leise und zärtlich auf sie ein, und allmählich beruhigte sie sich, sie gewann ihre Fröhlichkeit zurück, und dann lachten sie beide.

Als sie nachher hinausgingen, trafen sie auf der Strandpromenade keine Menschenseele mehr, die Stadt mit ihren Zypressen war wie ausgestorben, aber das Meer rauschte noch und brandete gegen das Ufer; eine Barkasse schaukelte auf den Wellen, und auf ihr blinkte schläfrig ein Laternchen.

Sie fanden einen Wagen und fuhren nach Oreanda.

»Ich habe soeben unten im Vestibül deinen Namen erfahren; auf der Tafel steht von Diederitz«, sagte Gurov. »Ist dein Mann Deutscher?«

»Nein, ich glaube, sein Großvater war ein Deutscher, er selbst ist aber rechtgläubig.«

In Oreanda saßen sie auf einer Bank, nicht weit von der Kirche, schauten hinunter auf das Meer und schwiegen. Jalta war im Morgennebel kaum zu sehen, über den Gipfeln der Berge hingen unbeweglich weiße Wolken. Es regte sich kein Blatt an den Bäumen, die Zikaden zirpten, und das eintönige dumpfe Brausen des Meeres, das von unten heraufdrang, sprach von Ruhe, von dem ewigen Schlaf, der uns erwartet. So hatte es dort unten gerauscht, als es hier weder Jalta noch Oreanda gab, so rauscht es jetzt, und ebenso gleichgültig und dumpf wird es rauschen, wenn wir einmal nicht mehr sein werden. Und in dieser Beständigkeit, in dieser völligen

Gleichgültigkeit gegenüber Leben und Tod eines jeden von uns ist möglicherweise das Unterpfand unserer ewigen Erlösung enthalten, der unaufhörlichen Bewegung des Lebens auf der Erde, der unaufhörlichen Vollendung. Neben der jungen Frau sitzend, die ihm im Morgenrot so schön erschien, beruhigt und bezaubert angesichts dieser märchenhaften Umgebung – des Meeres, der Wolken, des weiten Himmels –, dachte Gurov daran, daß, wenn man es recht überlegte, im Grunde genommen alles wunderschön war auf dieser Welt, alles, außer dem, was wir selber denken und tun, wenn wir den höheren Sinn des Daseins und unsere eigene Menschenwürde vergessen.

Ein Mann trat auf sie zu, wahrscheinlich der Wächter, er warf einen Blick auf sie und ging wieder weg. Auch diese Einzelheit erschien so geheimnisvoll und schön wie alles. Man sah den Dampfer aus Feodosija kommen, beleuchtet von der Morgenröte und bereits ohne Lichter.

»Auf dem Gras liegt Tau«, sagte Anna Sergeevna nach langem Schweigen.

»Ja, es ist Zeit, nach Hause zu fahren.«

Sie kehrten zurück in die Stadt.

Danach trafen sie sich jeden Tag um die Mittagszeit auf der Strandpromenade; sie frühstückten gemeinsam, nahmen das Mittagessen ein, gingen spazieren und bewunderten das Meer. Sie klagte, daß sie schlecht schlafe und Herzklopfen habe, stellte immerfort ein und dieselben Fragen, bald von Eifersucht, bald von der Angst geplagt, er könnte sie nicht mehr genügend achten. Und wenn in den Anlagen oder im Gartenrestaurant niemand in der Nähe war, geschah es oft, daß er sie plötzlich an sich zog und leidenschaftlich küßte. Der Müßiggang, diese Küsse am hellichten Tag, bei denen man um sich blicken und Angst haben mußte, daß jemand sie sah, die Hitze, der Geruch des Meeres, der ständige Anblick müßiger, eleganter und satter Menschen schienen ihn völlig verwandelt zu haben; er sagte Anna Sergeevna, wie schön sie sei, wie berückend, er war von einer ungeduldigen Leidenschaftlichkeit und entfernte sich keinen Schritt von ihrer Seite; sie aber versank häufig in Nachdenken, bat ihn, zu bekennen, daß er sie nicht achte, sie überhaupt nicht liebe und in ihr nur eine abscheuliche Frau sehe. Beinahe jeden Abend fuhren sie zu später Stunde in die Umgebung der Stadt, nach Oreanda oder zum Wasserfall; und die Spazierfahrten mißlangen nie, die Eindrücke waren jedesmal unverändert schön und großartig.

Sie warteten auf die Ankunft ihres Mannes. Doch es kam ein Brief, in dem er mitteilte, seine Augen seien erkrankt und er flehe sie an, so schnell wie möglich heimzukommen. Und Anna Sergeevna beeilte sich.

»Es ist gut, wenn ich abreise«, sagte sie zu Gurov. »Das ist ein Wink des Schicksals.«

Sie fuhr mit dem Wagen, und er begleitete sie. Einen ganzen Tag waren sie unterwegs. Als sie den Schnellzug bestiegen hatte und das zweite Glockenzeichen ertönte, sagte sie:

»Lassen Sie sich noch einmal anschauen ... Noch einmal. Ja, so.«

Sie weinte nicht, war aber traurig, als wäre sie krank, und ihr Mund zuckte.

»Ich werde an Sie denken ... mich Ihrer erinnern«, sprach sie. »Der Herr sei mit Ihnen, bleiben Sie hier. Behalten Sie mich in gutem Angedenken. Wir nehmen für immer Abschied, das muß sein, weil wir einander nie hätten begegnen dürfen. Nun, der Herr sei mit Ihnen.«

Der Zug entfernte sich rasch, seine Lichter waren bald verschwunden, und eine Minute später verstummte auch das Rattern, als hätte sich alles absichtlich verschworen, so schnell wie möglich diesem süßen Dämmerzustand, dieser Unbesonnenheit ein Ende zu machen. Und Gurov, allein auf dem Perron geblieben und in die dunkle Ferne blickend, lauschte dem Zirpen der Grillen sowie dem Summen der Telegrafendrähte mit einem Gefühl, als wäre er soeben erwacht. Und er dachte daran, daß es nun in seinem Leben noch ein Erlebnis oder Abenteuer gab, das auch schon vorüber war und von dem jetzt nur die Erinnerung blieb ... Er war gerührt, betrübt und empfand so etwas wie Reue, denn diese junge Frau, die er ja niemals wiedersehen würde, war mit ihm nicht glücklich gewesen. Er war freundlich und herzlich zu ihr gewesen, aber dessenungeachtet hatte in seinem Benehmen, in seinem Ton und in seinen Zärtlichkeiten doch ein Hauch von Spott gelegen, die unfeine Überheblichkeit eines glücklichen Mannes, der zudem beinahe doppelt so alt war wie sie. Immerfort hatte sie ihn als einen guten, ungewöhnlichen und überragenden Menschen bezeichnet; offensichtlich erschien er ihr nicht als der, der er in Wirklichkeit war, folglich hatte er sie, ohne es zu wollen, ständig betrogen.

Hier auf der Station spürte man bereits den Herbst, denn es war ein kühler Abend.

Auch für mich wird es Zeit, nach Norden zu fahren, dachte Gurov, als er den Perron verließ. Es wird Zeit!

III

Zu Hause, in Moskau, war alles schon winterlich, die Öfen wurden geheizt, und morgens, wenn die Kinder sich für die Schule fertigmachten und Tee tranken, war es dunkel, und die Kinderfrau zündete für kurze Zeit das Licht an. Es begann bereits zu frieren. Wenn der erste Schnee fällt und man die erste Schlittenfahrt unternimmt, ist es so angenehm, die weiße Erde und die weißen Dächer zu betrachten, es atmet sich so leicht und gut, und man erinnert sich an die Jahre der Jugend. Die alten weißbereiften Linden und Birken haben so ein gutmütiges Aussehen bekommen, sie stehen dem Herzen näher als die Zypressen und Palmen, und in ihrer Nähe mochte man nicht mehr an die Berge und das Meer denken.

Gurov war Moskauer. Er kehrte an einem schönen, frostigen Tag nach Moskau zurück, und als er den Pelz und die warmen Handschuhe angezogen hatte und einen Gang über die Petrovka machte, als er am Samstagabend das Läuten der Glocken hörte, da verloren die kürzliche Reise und die Orte, an denen er geweilt hatte, allen Zauber für ihn. Allmählich tauchte er völlig unter in dem Moskauer Leben, er las bereits mit wahrer Gier drei Zeitungen am Tag und erklärte, er lese die Moskauer Zeitungen aus Prinzip nicht. Es zog ihn schon in die Restaurants, die Klubs, zu Festessen und Jubiläumsfeiern, und es schmeichelte ihm, daß in seinem Haus bekannte Rechtsanwälte und Künstler verkehrten und daß er im Akademikerklub mit einem Professor Karten spielte. Er konnte auch schon wieder eine ganze Portion in der Pfanne servierte Soljanka aufessen.

Noch einen Monat, so schien es ihm, und Anna Sergeevna würde in seiner Erinnerung verblassen und ihm nur hin und wieder mit einem rührenden Lächeln im Traum erscheinen, wie alle anderen. Doch mehr als ein Monat verging, tiefer Winter brach herein, aber in seiner Erinnerung war alles noch so frisch, als hätte er sich erst gestern von Anna Sergeevna getrennt. Und die Erinnerungen wurden immer stärker. Gleichviel, ob in die abendliche Stille seines Arbeitszimmers die Stimmen der Kinder drangen, die ihre Aufgaben lernten, ob er eine Romanze hörte oder die Klänge des Musikautomaten in einem Restaurant oder ob der Schneesturm im Kamin heulte – plötzlich erstand alles vor seinen Augen: sowohl was auf der Mole geschehen war als auch der frühe Morgen mit dem Nebel auf den Bergen, der Dampfer aus Feodosija und die Küsse. Lange schritt er im Zimmer auf und ab, erinnerte sich und lächelte, und dann gingen die Erinnerungen in Träume über, und das Vergangene vermischte sich in seiner Phantasie mit dem, was kommen würde. Anna Sergeevna erschien ihm nicht im Traum, aber sie folgte ihm überallhin wie ein Schatten und beobachtete ihn. Wenn er die Augen schloß, sah er sie wie lebendig vor sich, und sie erschien ihm schöner, jünger, zarter, als sie es war, und er selbst kam sich besser vor als damals in Jalta. Abends schaute sie ihn aus dem Bücherschrank an, aus dem Kamin, aus einem Winkel des Zimmers, er hörte ihren Atem, das zärtliche Rascheln ihres Kleides. Auf der Straße blickte er den Frauen nach, suchte, ob sich nicht eine fände, die ihr ähnlich war.

Es quälte ihn bereits ein starkes Verlangen, seine Erinnerungen jemandem mitzuteilen. Zu Hause durfte er jedoch nicht von seiner Liebe sprechen, und außerhalb des Hauses – hatte er niemanden. Mit den Mietern seines Hauses war es nicht angebracht und ebensowenig in der Bank. Und wovon sollte er sprechen? Hatte er denn damals geliebt? Hatte es denn in seinen Beziehungen zu Anna Sergeevna irgend etwas Schönes, Poetisches oder Lehrreiches oder einfach etwas Interessantes gegeben? Und es blieb ihm nichts anderes übrig, als unbestimmt über die Liebe zu reden, über die Frauen, und niemand erriet, worum es sich handelte, nur seine Frau runzelte die dunklen Brauen und sagte:

»Die Rolle eines Gecken steht dir nicht, Dimitrij.«

Eines Nachts, als er mit seinem Partner, einem Beamten, den Akademikerklub verließ, konnte er nicht an sich halten und sagte:

»Wenn Sie wüßten, was für eine bezaubernde Frau ich in Jalta kennengelernt habe!«

Der Beamte setzte sich in den Schlitten und fuhr los, aber plötzlich drehte er sich um und rief:

»Dmitrij Dmitrič!«

»Was gibt's?«

»Sie hatten neulich doch recht: der Stör hatte einen kleinen Stich!«

Diese Worte, die so alltäglich waren, empörten Gurov plötzlich, sie erschienen ihm erniedrigend, unsauber. Was für rohe Sitten, was für Menschen! Was für sinnlose Nächte, was für uninteressante und wenig bemerkenswerte Tage! Wildes

Kartenspiel, Prassen und Saufen, immerzu Gespräche über ein und dasselbe. Unnötige Dinge und die ständigen Gespräche über ein und dasselbe nahmen die besten Jahre, die besten Kräfte in Anspruch, und zu guter Letzt blieb einem nichts als ein verstümmeltes, kraftloses Leben, ein sinnloses Dasein, und weggehen oder fliehen konnte man nicht, es war, als säße man in einem Irrenhaus oder in einer Strafanstalt!

Gurov schlief die ganze Nacht nicht, er ärgerte sich unentwegt, und am nächsten Tag schmerzte ihm der Kopf. Auch in den folgenden Nächten schlief er schlecht, immerfort setzte er sich im Bett auf und überlegte oder ging aus einer Ecke in die andere. Die Kinder waren ihm lästig, die Bank war ihm lästig, er mochte weder aus dem Haus gehen noch über irgend etwas reden.

Im Dezember, während der Feiertage, machte er sich auf den Weg, er sagte zu seiner Frau, er reise nach Petersburg, um sich dort für einen jungen Mann zu verwenden – und fuhr nach S. Wozu? Das wußte er selbst nicht recht. Er wollte Anna Sergeevna sehen und sprechen, wenn möglich, eine Zusammenkunft mit ihr verabreden.

Er kam morgens in S. an und nahm im Hotel das beste Zimmer, der Fußboden war ganz und gar mit grauem Soldatentuch ausgelegt, und auf dem Tisch stand ein verstaubtes Tintenfaß, mit einem Pferd, auf dem ein Reiter ohne Kopf saß, der die Hand mit dem Hut erhoben hatte. Der Portier gab ihm die notwendigen Auskünfte: von Diederitz wohne auf der Staraja-Gončarnaja-Straße im eigenen Haus, unweit entfernt vom Hotel, er lebe gut, sei reich, habe Pferde und Wagen, alle in der Stadt würden ihn kennen. Der Portier sprach den Namen so aus: Drydyritz.

Gurov ging gemächlich zur Staraja-Gončarnaja-Straße und fand das Haus. Gegenüber dem Haus zog sich ein langer, grauer, mit Nägeln gespickter Zaun hin.

Vor so einem Zaun kann man auch davonlaufen, dachte Gurov und schaute bald auf die Fenster, bald auf den Zaun.

Er überlegte: heute war ein dienstfreier Tag und der Mann wahrscheinlich zu Hause. Aber das hatte nichts zu sagen, es wäre sowieso taktlos gewesen, das Haus zu betreten und Verwirrung zu stiften. Wenn er jedoch ein Briefchen schickte, so könnte es womöglich in die Hände des Mannes geraten und alles verderben. Am besten, er verließ sich auf den Zufall. So ging er denn immerfort auf der Straße am Zaun auf und ab und wartete auf einen Zufall. Er sah, wie ein Bettler durch das Hoftor trat und die Hunde über ihn herfielen, eine Stunde später hörte er die Klänge eines Klaviers, und die Töne drangen schwach und undeutlich zu ihm. Sicherlich spielte Anna Sergeevna. Plötzlich öffnete sich die Haustür, und heraus trat ein altes Frauchen, hinter ihr lief der bekannte weiße Spitz. Gurov wollte den Hund rufen, aber sein Herz begann zu klopfen, und er konnte sich vor Aufregung nicht an den Namen des Spitzes erinnern.

Er ging weiter auf und ab und haßte den grauen Zaun immer mehr, jetzt dachte er bereits ärgerlich, Anna Sergeevna habe ihn vergessen und amüsiere sich womöglich schon mit einem anderen; das war ganz natürlich bei einer jungen Frau, die sich von morgens bis abends diesen verfluchten Zaun anschauen mußte. Er kehrte in sein Hotelzimmer zurück und saß lange auf dem Sofa, ohne zu wissen, was er tun sollte. Dann aß er zu Mittag, dann schlief er lange.

Wie dumm und beunruhigend das alles ist, dachte er beim Erwachen, als er die dunklen Fenster erblickte – es war schon Abend. Wozu habe ich mich nun ausgeschlafen? Was werde ich heute nacht anfangen?

Er saß auf dem Bett, auf dem eine billige graue, an ein Krankenhaus erinnernde Decke lag, und verspottete sich ärgerlich: da hast du deine Dame mit dem Hündchen ... Und da hast du auch dein Abenteuer ... Jetzt kannst du hier sitzen.

Noch am Morgen, auf dem Bahnhof, war ihm ein Plakat mit sehr großer Schrift aufgefallen: Die ›Geisha‹ wurde zum erstenmal gegeben. Er erinnerte sich daran und fuhr ins Theater.

Sehr gut möglich, daß sie die Premiere besucht, dachte er bei sich.

Das Theater war voll. Auch hier, wie überhaupt in allen Provinztheatern, lag eine Dunstschicht über dem Kronleuchter, unruhig lärmte die Galerie; in der ersten Reihe standen vor Beginn der Vorstellung die hiesigen Stutzer, die Hände auf dem Rücken, auch hier saß in der Loge des Gouverneurs auf dem vorderen Platz die Gouverneurstochter in einer Pelzboa, der Gouverneur selbst verbarg sich bescheiden hinter der Portiere, und nur seine Hände waren zu sehen; der Vorhang schwankte, das Orchester stimmte lange die Instrumente. Die ganze Zeit, während das Publikum eintrat und die Plätze einnahm, schweiften Gurovs Augen unruhig suchend umher.

Auch Anna Sergeevna trat ein. Sie nahm in der dritten Reihe Platz, und als Gurov zu ihr hinüberblickte, krampfte sich sein Herz zusammen, und er begriff, daß es jetzt für ihn auf der ganzen Welt keinen Menschen gab, der ihm näherstand, der ihm teurer und wichtiger war; sie, diese kleine, in der provinziellen Menge verlorene Frau, die so unscheinbar war, die eine ganz gewöhnliche Lorgnette in den Händen hielt, erfüllte jetzt sein ganzes Leben, sie war sein Kummer, seine Freude, sein einziges Glück, das er nunmehr für sich wünschte; und unter den Klängen eines schlechten Orchesters, miserabler kleinstädtischer Geigen, dachte er daran, wie schön sie war. Dachte dies und träumte.

Zusammen mit Anna Sergeevna war ein junger Mann eingetreten und hatte sich neben sie gesetzt, er trug einen kleinen Backenbart, war sehr groß und hielt sich etwas krumm; bei jedem Schritt neigte er den Kopf, und das sah aus, als verbeuge er sich ständig. Wahrscheinlich war dies ihr Mann, den sie damals in Jalta, in einer Anwandlung von Bitterkeit, einen Lakaien genannt hatte. Und in der Tat, in seiner langen Gestalt, in dem Backenbart und in der kleinen Glatze lag

S. 256

etwas lakaienhaft Bescheidenes, er lächelte süßlich, und in seinem Knopfloch blinkte ein akademisches Abzeichen, als wäre es die Nummer eines Lakaien.

In der ersten Pause ging der Mann hinaus, um zu rauchen, während sie auf ihrem Platz sitzen blieb. Gurov, der ebenfalls im Parkett saß, trat zu ihr; er lächelte gezwungen und sagte mit bebender Stimme:

»Guten Tag.«

Sie blickte zu ihm auf und erbleichte, dann blickte sie ihn noch einmal an, entsetzt, als traue sie ihren Augen nicht, und preßte krampfhaft den Fächer und die Lorgnette in ihren Händen, offensichtlich kämpfte sie mit sich, um nicht ohnmächtig zu werden. Beide schwiegen. Sie saß; er stand, erschreckt von ihrer Verwirrung, und wagte nicht, sich neben sie zu setzen. Eine Flöte und die Geigen, die gestimmt wurden, begannen zu klingen; plötzlich erschraken beide, ihnen schien, man blicke aus allen Logen auf sie. Da stand sie auf und schritt rasch dem Ausgang zu, er – hinterher, und beide gingen, ohne zu überlegen, durch Korridore, über Treppen, hinauf und hinunter, und an ihren Augen huschten alle möglichen Leute in Gerichts-, Lehrer- und Beamtenuniformen vorüber, und alle trugen sie Abzeichen; es huschten Damen vorbei, Pelze in der Garderobe, mit einem Zugwind schlug ihnen der Geruch von Tabakresten entgegen. Gurov, dessen Herz heftig schlug, dachte: Herrgott, was sollen diese Leute, was soll das Orchester . . .?

Und in diesem Augenblick erinnerte er sich plötzlich daran, wie er damals auf der Bahnstation, nach Anna Sergeevnas Abreise, zu sich gesagt hatte, daß alles zu Ende sei und daß sie sich niemals wiedersehen würden. Jedoch, wie weit war es noch bis zum Ende!

Auf einer schmalen, düsteren Treppe mit der Aufschrift ›Durchgang zu den Rängen‹ blieb sie stehen.

»Wie Sie mich erschreckt haben!« sagte sie schwer atmend, immer noch bleich und erschüttert. »Oh, wie Sie mich erschreckt haben! Ich bin mehr tot als lebendig. Warum sind Sie hergekommen? Wozu?«

»Aber begreifen Sie, Anna, begreifen Sie ...« sprach er halblaut und hastig. »Ich flehe Sie an, begreifen Sie ...«

Sie sah ihn flehentlich an, voller Angst, voller Liebe, unverwandt sah sie ihn an, um sich seine Züge noch fester einzuprägen.

»Ich leide so!« fuhr sie fort, ohne auf ihn zu hören. »Die ganze Zeit habe ich nur an Sie gedacht, ich lebte nur in dem Gedanken an Sie. Und ich wollte vergessen, vergessen, aber warum sind Sie hergekommen, warum?«

Über ihnen, auf dem Treppenabsatz, rauchten zwei Gymnasiasten und schauten herunter, aber Gurov war alles gleich, er zog Anna Sergeevna an sich und küßte ihr Gesicht, ihre Wangen, ihre Hände.

»Was tun Sie, was tun Sie!« sprach sie voller Entsetzen und versuchte ihn von sich wegzuschieben. »Wir sind beide wahnsinnig. Reisen Sie noch heute ab, reisen Sie ab ... Ich beschwöre Sie bei allem, was heilig ist, ich flehe Sie an ... Da kommt jemand!«

Jemand kam die Treppe herauf.

»Sie müssen abreisen ...« fuhr Anna Sergeevna flüsternd fort. »Hören Sie, Dmitrij Dmitrič? Ich komme zu Ihnen nach Moskau. Ich bin niemals glücklich gewesen, jetzt bin ich unglücklich, und niemals, niemals werde ich glücklich sein, niemals! Zwingen Sie mich doch nicht, noch mehr zu leiden! Ich schwöre, daß ich nach Moskau komme. Und jetzt lassen Sie uns auseinandergehen! Mein Lieber, mein Guter, mein Teurer, lassen Sie uns auseinandergehen!«

Sie drückte ihm die Hand und stieg eilig, sich ständig nach ihm umblickend, die Treppe hinunter, und an ihren Augen sah man, daß sie tatsächlich nicht glücklich war. Gurov blieb noch stehen und horchte; als alles still war, begab er sich zur Garderobe und verließ das Theater.

IV

Anna begann, zu ihm nach Moskau zu reisen. Alle zwei, drei Monate verließ sie S. und sagte zu ihrem Mann, sie müsse wegen ihres Frauenleidens einen Professor konsultieren; und der Mann glaubte ihr und glaubte ihr wiederum auch nicht. In Moskau angekommen, stieg sie im ›Slavischen Bazar‹ ab und sandte unverzüglich einen Boten in roter Mütze zu Gurov. Gurov besuchte sie, und niemand in Moskau wußte etwas davon.

So ging er einmal an einem Wintermorgen zu ihr (der Bote hatte ihn am Abend vorher nicht angetroffen). Mit ihm war seine Tochter, die er ins Gymnasium begleiten wollte, weil es am Weg lag. Der Schnee fiel in dichten, nassen Flocken.

»Wir haben jetzt drei Grad Wärme, und trotzdem schneit es«, sagte Gurov zu seiner Tochter. »Aber es ist nur an der Erdoberfläche warm, in den oberen Schichten der Atmosphäre herrscht eine ganz andere Temperatur.«

»Papa, und warum gibt es im Winter kein Gewitter?«

Er erklärte auch das. Und beim Sprechen dachte er daran, daß er zu einem Rendezvous ging und keine Menschenseele davon wußte und wahrscheinlich auch niemals davon wissen würde. Er führte ein Doppelleben: ein offizielles, allen sichtbares, das alle kannten, die es anging, das erfüllt war von bedingter Wahrheit und bedingter Täuschung, ein Leben, das dem seiner Bekannten und Freunde vollkommen glich, und ein anderes, heimliches. Und infolge einer merkwürdigen, vielleicht zufälligen Verknüpfung der Umstände vollzog sich alles, was für ihn von Wert, was interessant und notwendig war, worin er aufrichtig dachte und sich selbst nicht betrog, woraus der Kern seines Lebens bestand, im geheimen; und all das, was seine Lüge, seine Hülle ausmachte, unter der er sich versteckte, um die Wahrheit zu verbergen, wie zum Beispiel seine Stellung in der Bank, die Streitgespräche im Klub, sein ›minderwertiges Geschlecht‹, der Besuch von Jubiläumsfeiern gemeinsam mit der Frau – all das war offiziell. Und von sich schloß er auf andere, er glaubte nicht, was er sah, und setzte stets voraus, daß sich das wirkliche und interessanteste Leben eines jeden Menschen heimlich, gleichsam wie unter dem Mantel der Nacht, abspielte. Jede persönliche Existenz hält sich durch ein Geheimnis, und vielleicht ist deshalb ein kultivierter Mensch so leidenschaftlich bemüht, sein Persönlichstes geheimzuhalten.

Nachdem Gurov die Tochter ins Gymnasium gebracht hatte, begab er sich zum ›Slavischen Bazar‹. Er legte unten den Pelz ab, stieg hinauf und klopfte leise an die Tür. Anna Sergeevna, in seinem grauen Lieblingskleid, ermüdet von der Fahrt und der Erwartung, hatte seit dem gestrigen Abend auf ihn gewartet; sie sah blaß aus, schaute ihn an und lächelte nicht, doch kaum war er eingetreten, lag sie bereits an seiner Brust. Als hätten sie sich zwei Jahre nicht gesehen, küßten sie sich lange und anhaltend.

»Nun, wie geht es dir dort? Was gibt es Neues?«

»Warte noch, ich sag es dir gleich ... Ich kann nicht.«

Sie konnte nicht sprechen, denn sie weinte. Sie wandte sich von ihm ab und drückte ihr Tuch an die Augen.

Nun, soll sie ein bißchen weinen, ich setze mich einstweilen, dachte er und nahm auf einem Sessel Platz.

Sodann klingelte er und bestellte sich Tee; und nachher, als er Tee trank, stand sie immer noch von ihm abgewandt am Fenster. Sie weinte vor Aufregung, in dem schmerzlichen Bewußtsein, daß ihr Leben sich so traurig gestaltet hatte; sie sahen einander nur heimlich, versteckten sich vor den Leuten wie Diebe! War ihr Leben etwa nicht zerstört?

»Nun, nun, hör auf!« sagte er.

Für ihn war es offensichtlich, daß ihre Liebe nicht so bald enden würde. Wer wußte überhaupt, wann? Anna Sergeevnas Zuneigung wurde immer stärker, sie vergötterte ihn, und es war undenkbar, ihr zu sagen, dies alles müsse ja einmal ein Ende haben; sie hätte es auch gar nicht geglaubt.

Er faßte sie bei den Schultern, um sie zu liebkosen, um ein wenig mit ihr zu scherzen, und dabei sah er sich selbst im Spiegel.

Sein Haar begann schon grau zu werden. Und es erschien ihm merkwürdig, daß er in den letzten Jahren so gealtert und so häßlich geworden war. Die Schultern, auf denen seine Hände lagen, fühlten sich warm an und bebten. Ihn überkam Mitleid mit diesem Leben, das noch so warm und so schön war, aber wahrscheinlich auch schon nahe dem Welken und Erlöschen, wie sein eigenes Leben. Was liebte sie so an ihm? Die Frauen hatten immer einen anderen in ihm gesehen, als er war; sie liebten in ihm nicht ihn selbst, sondern einen Menschen, den ihre Phantasie geschaffen und den sie ihr Leben lang sehnsüchtig gesucht hatten; und später, wenn sie ihren Irrtum merkten, liebten sie ihn trotzdem. Doch keine einzige von ihnen war mit ihm glücklich gewesen. Die Zeit war dahingegangen, er hatte Bekanntschaften geschlossen, Frauen kennengelernt und sich wieder von ihnen getrennt, doch niemals hatte er geliebt; alles mögliche gab es, nur keine Liebe.

Und erst jetzt, da sein Kopf grau war, liebte er, wie es sich gehörte, liebte er tatsächlich – zum erstenmal in seinem Leben.

Anna Sergeevna und er liebten einander wie Menschen, die sich sehr nahestehen, die sich ganz und gar gehören, wie Mann und Frau, wie zärtliche Freunde; ihnen schien, das Schicksal selbst habe sie füreinander bestimmt, und sie fanden es unbegreiflich, daß er mit einer anderen Frau und sie mit einem anderen Mann verheiratet war. Man konnte sie mit zwei Zugvögeln vergleichen, einem Männchen und einem Weibchen, die man gefangen und gezwungen hatte, in getrennten Käfigen zu leben. Sie verziehen einer dem anderen, wessen er sich in der Vergangenheit schämen mußte, verziehen alles Gegenwärtige und fühlten, daß ihre Liebe sie beide verändert hatte.

Früher, in Augenblicken der Betrübnis, tröstete er sich mit allerhand Überlegungen, die ihm gerade in den Kopf kamen, jetzt aber dachte er nicht daran zu überlegen, jetzt beseelte ihn ein tiefes Mitleid, er wollte aufrichtig und zärtlich sein.

»Hör auf, meine Liebe«, sagte er, »du hast ein bißchen geweint, nun laß es genug sein. Jetzt wollen wir miteinander reden. Laß uns etwas ersinnen.«

Danach berieten sie lange, sprachen davon, wie sie sich von der Notwendigkeit, sich zu verstecken, zu betrügen, in verschiedenen Städten zu wohnen, sich lange nicht zu sehen, befreien könnten. Wie sie aus dieser unerträglichen Verstrickung herausfinden sollten.

»Wie nur, wie?« fragte er und faßte sich an den Kopf. »Wie?«

Und es schien, als könnte es nicht mehr lange dauern, bis die Lösung gefunden sein und ein neues, wunderschönes Leben beginnen würde; und beide begriffen sehr gut, daß es bis zum Ende noch sehr, sehr weit war und die größten Schwierigkeiten und Komplikationen noch vor ihnen lagen.

Zur Weihnachtszeit

I

»Was soll ich schreiben?« fragte Egor und tauchte die Feder ein.

Vasilisa hatte ihre Tochter schon vier Jahre nicht mehr gesehen. Nach der Hochzeit war die Tochter Efimja mit ihrem Mann nach Petersburg gefahren, hatte zwei Briefe geschickt und war dann wie vom Erdboden verschluckt – sie ließ nichts mehr von sich hören. Und ob die Alte am frühen Morgen die Kuh melkte, ob sie den Ofen heizte, ob sie nachts schlaflos dalag – immer dachte sie nur an das eine, wie es Efimja dort gehe und ob sie noch lebe. Man müßte ihr einen Brief schicken, aber der Alte konnte nicht schreiben, und sie hatten niemand, den sie hätten darum bitten können.

Nun aber war Weihnachten gekommen, Vasilisa konnte es nicht länger aushalten und ging in die Schenke zu Egor, dem Bruder der Wirtin, der, seitdem er aus dem Militärdienst heimgekehrt war, immer zu Hause in der Schenke saß und nichts tat. Es hieß von ihm, er könne gut Briefe schreiben, wenn man ihn anständig dafür bezahle. Vasilisa sprach in der Schenke erst mit der Köchin, dann mit der Wirtin und dann mit Egor selbst. Sie einigten sich auf fünfzehn Kopeken.

Und nun saß Egor am zweiten Feiertag in der Küche der Schenke am Tisch und hielt den Federhalter in der Hand. Nachdenklich stand Vasilisa vor ihm, auf ihrem Gesicht malten sich Sorge und Kummer. Mit ihr war Pëtr gekommen, ihr Mann, ein sehr hagerer, hochgewachsener Alter mit einer gebräunten Glatze; er stand da und schaute starr geradeaus, als sei er blind. Auf dem Herd in einer Kasserolle brutzelte der Schweinebraten; er zischte und schnaufte, als wolle er sagen: flju-flju-flju. Es war schwül.

»Was soll ich schreiben?« fragte Egor wieder.

»Was denn!« sagte Vasilisa und schaute ihn böse und mißtrauisch an. »Hetz doch nicht so! Du schreibst doch nicht umsonst, sondern für Geld! Nun, schreib. Unserem lieben Schwiegersohn, Andrej Chrisanfyč, und unserer einzigen geliebten Tochter, Efimja Petrovna, in Liebe herzliche Grüße und den elterlichen Segen auf ewig unwandelbar.«

»Fertig. Schieß weiter!«

»Wir gratulieren auch noch zum Feiertag von Christi Geburt, wir leben und sind gesund, was wir auch für euch vom Herrn ... dem himmlischen Herrscher ... erflehen.«

Vasilisa überlegte und sah sich nach dem Alten um.

»Was wir auch für euch vom Herrn ... dem himmlischen Herrscher ... erflehen«, wiederholte sie und fing an zu weinen.

Mehr konnte sie nicht sagen. Vorher, als sie nächtelang überlegt hatte, schien ihr, nicht einmal zehn Briefe würden ausreichen, um alles zu schreiben. Seit die Tochter mit ihrem Mann weggefahren war, war viel Wasser ins Meer geflossen, die Alten lebten wie Waisen, und nachts seufzten sie tief, als hätten sie die Tochter beerdigt. Und was hatte sich in dieser Zeit im Dorf nicht alles ereignet, wie viele Hochzeiten und Todesfälle hatte es gegeben! Wie lang waren die Winter gewesen, wie lang die Nächte!

»Es ist heiß hier!« sagte Egor und knöpfte die Weste auf. »Es werden wohl siebzig Grad sein. Was weiter?« fragte er.

Die alten Leute schwiegen.

»Was macht dein Schwiegersohn dort?« fragte Egor.

»Er war Soldat, mein Lieber, das weißt du doch«, antwortete der Alte mit schwacher Stimme. »Er ist zur gleichen Zeit wie du vom Militärdienst zurückgekommen. Er war Soldat, und jetzt ist er nämlich in Petersburg in einer Wasserheilanstalt. Der Doktor nimmt Wasser für die Kranken. Da ist er nämlich Pförtner bei dem Doktor.«

»Hier steht's geschrieben ...« sagte die Alte und holte aus

ihrem Tüchlein einen Brief. »Von Efimja haben wir ihn bekommen, weiß Gott, wann das war. Vielleicht leben sie gar nicht mehr.«

Egor überlegte ein wenig und begann eilig zu schreiben.

»Heutzutage«, schrieb er, »wo das Schicksal Sie für den Militärdienst bestimmt hat, raten wir ihnen, in die Disziplinarordnung und in das Militärstrafgesetzbuch hineinzuschauen, und Sie werden in jenem Gesetz die Ziwilsazion der Angehörigen der Militärbehörde erkennen.«

Er schrieb und las dann das Geschriebene laut vor, Vasilisa aber dachte bei sich, man müßte schreiben, was für eine Not im vergangenen Jahr geherrscht, daß das Getreide nicht einmal bis Weihnachten gereicht und daß man die Kuh hatte verkaufen müssen. Man müßte um Geld bitten, man müßte schreiben, daß der Alte häufig kränkelte und wohl bald seine Seele aushauchen werde ... Wie sollte man das aber mit Worten ausdrücken? Was sollte man zuerst sagen und was nachher?

»Lenken Sie ihre Aufmärksamkeit«, schrieb Egor weiter, »auf Band 5 der Kriegsartiekel. Soldat ist eine allgemeine Bezeichnung, ein berühmter Name. Soldat heißt der Erste General und der letzte Gemeine ...«

Der Alte bewegte die Lippen und sagte leise:

»Die Enkelkinder einmal sehen, das wäre nicht schlecht.«

»Was für Enkelkinder?« fragte die Alte und sah ihn böse an. »Ja, vielleicht sind gar keine da!«

»Enkel? Vielleicht haben wir doch welche. Wer soll das wissen!«

»Und danach können Sie beurteilen«, fuhr Egor eilig fort, »welches der Ausländische Feind ist und welches der Innere. Unser erster Innerer Feind ist: Bachus.«

Die Feder kratzte und malte Schnörkel aufs Papier, die wie Angelhaken aussahen. Egor beeilte sich und las jede Zeile mehrmals vor. Er saß auf einem Hocker, satt, gesund, breitschnäuzig und rotnackig, die Beine unter dem Tisch weit gespreizt. Es war die Gemeinheit selbst, die hier hockte, grob, anmaßend, unüberwindlich und stolz darauf, daß sie in der Schenke geboren und aufgewachsen war; Vasilisa begriff sehr wohl, daß dies die Gemeinheit war, aber sie konnte das nicht in Worten ausdrücken, sondern schaute Egor nur böse und mißtrauisch an. Von seiner Stimme, seinen unverständlichen Worten, von der Hitze und der stickigen Luft begann ihr der Kopf zu schmerzen, ihre Gedanken verwirrten sich, und sie sagte und dachte nichts mehr, sondern wartete nur darauf, daß er zu kratzen aufhörte. Der alte Mann blickte zuversichtlich drein. Er vertraute seiner Frau, die ihn hierhergebracht hatte, und auch Egor; und als er vorhin die Wasserheilanstalt erwähnte, da merkte man seinem Gesicht an, daß er auch an die Anstalt und die heilende Kraft des Wassers glaubte.

Als Egor mit Schreiben fertig war, stand er auf und las den ganzen Brief noch einmal vor. Der Alte begriff nichts, aber er nickte zustimmend.

»Nichts dagegen zu sagen, sehr flüssig ...« meinte er, »Gott schenke ihm Gesundheit. Nichts dagegen zu sagen ...«

Sie legten drei Fünfkopekenstücke auf den Tisch und verließen die Schenke; der Alte blickte wie ein Blinder starr geradeaus, und auf seinem Gesicht malte sich volles Vertrauen. Vasilisa aber hob, als sie aus der Schenke kamen, die Hand gegen einen Hund und sagte böse:

»Oh, du Kröte!«

Die ganze Nacht konnte die Alte nicht schlafen, die Gedanken ließen sie nicht zur Ruhe kommen; in der Morgenfrühe stand sie auf, betete und ging zum Bahnhof, um den Brief abzuschicken.

Bis zum Bahnhof waren es elf Verst.

II

In Doktor B. O. Moselweisers Heilanstalt wurde am Neujahrstag genauso wie an gewöhnlichen Tagen gearbeitet, und nur der Portier Andrej Chrisanfyč trug eine Uniform mit neuen Litzen, seine Stiefel glänzten ganz besonders, und er wünschte jedem, der kam, viel Glück zum neuen Jahr.

Es war Morgen. Andrej Chrisanfyč stand an der Tür und las die Zeitung. Genau um zehn Uhr kam ein bekannter General, einer von den ständigen Besuchern, und nach ihm der Postbote. Andrej Chrisanfyč nahm dem General den Mantel ab und sagte:

»Viel Glück zum neuen Jahr, Euer Exzellenz!«

»Danke, mein Lieber. Das wünsche ich dir auch.«

Während der General die Treppe hinaufstieg, wies er mit dem Kopf auf eine Tür und fragte (er fragte jeden Tag, vergaß es aber immer wieder):

»Und was ist in diesem Zimmer?«

»Das Massagekabinett, Euer Exzellenz!«

Als die Schritte des Generals verklungen waren, sah Andrej Chrisanfyč die eingegangene Post durch und fand dabei einen Brief auf seinen Namen. Er öffnete ihn, las einige Zeilen und ging dann gemächlich und in die Zeitung blickend in sein Zimmer, das ebenfalls unten, am Ende des Korridors, lag. Seine Frau Efimja saß auf dem Bett und nährte ein Kind; ein zweites Kind, das älteste, stand neben ihr und hatte seinen Lockenkopf auf ihre Knie gelegt, ein drittes schlief im Bett.

Als Andrej das Zimmer betrat, gab er seiner Frau den Brief und sagte:

»Wahrscheinlich aus dem Dorf.«

Dann ging er wieder hinaus, ohne den Blick von der Zeitung zu heben, und blieb im Korridor unweit der Tür stehen. Er hörte, wie Efimja mit zitternder Stimme die ersten Zeilen las. Weiter kam sie nicht – ihr genügten schon diese Zeilen;

sie brach in Tränen aus, umarmte ihren Ältesten, küßte ihn und fing an zu sprechen, und man wußte nicht, ob sie weinte oder lachte.

»Das ist vom Großmütterchen, vom Großväterchen ...« sagte sie. »Von zu Hause ... Himmelskönigin, o ihr Heiligen! Dort hat es jetzt den Schnee bis unters Dach geweht ... die Bäume sind alle ganz weiß. Die Kinder fahren auf niedlichen kleinen Schlitten ... Und der kahlköpfige Großvater liegt auf dem Ofen ... und das gelbe Hündchen ... Meine Lieben daheim!«

Als Andrej Chrisanfyč dies hörte, fiel ihm ein, daß seine Frau ihm drei- oder viermal Briefe gegeben und ihn gebeten hatte, sie abzuschicken, aber irgendwelche wichtigen Angelegenheiten hinderten ihn daran, er hatte sie nicht abgeschickt, die Briefe waren irgendwo liegengeblieben.

»Und auf den Feldern laufen die Häschen herum«, wehklagte Efimja tränenüberströmt und küßte ihren Jungen. »Der Großvater ist still und gütig, die Großmutter ist auch gütig und mitleidig. Sie leben in Eintracht auf dem Lande und fürchten Gott ... Und ein Kirchlein steht im Dorf, die Bauern singen auf dem Chor. Die Himmelskönigin müßte uns von hier wegholen, die Beschützerin!«

Andrej Chrisanfyč kehrte in sein Zimmer zurück, um zu rauchen, bis jemand käme; Efimja verstummte plötzlich und wischte sich die Augen, nur ihre Lippen zuckten. Sie hatte große Angst vor ihm, so große Angst! Sie zitterte und wurde von Schrecken ergriffen, wenn sie seine Schritte hörte, wenn er sie ansah, und sie wagte in seiner Gegenwart kein einziges Wort.

Andrej Chrisanfyč rauchte sich eine Zigarette an, aber gerade in diesem Augenblick wurde oben geläutet. Er drückte die Zigarette aus und eilte mit sehr ernstem Gesicht zur Eingangstür.

Von oben kam der General herunter, rosig und frisch vom Bad.

»Und was ist in diesem Zimmer?« fragte er und zeigte auf eine Tür.

Andrej Chrisanfyč stand stramm, die Hände an der Hosennaht, und antwortete mit lauter Stimme:

»Die Charcotdusche, Euer Exzellenz!«

In der Schlucht

I

Das Kirchdorf Ukleevo lag in einer Schlucht, so daß von der Chaussee und von der Eisenbahnstation aus nur der Glockenturm und die Schornsteine der Kattundruckerei zu sehen waren. Wenn Vorübergehende fragten, was das für ein Dorf sei, dann gab man ihnen zur Antwort:

»Das ist das Dorf, wo der Küster bei der Beerdigung den ganzen Kaviar aufgegessen hat.«

Auf einer Leichenfeier beim Fabrikanten Kostjukov hatte einmal ein alter Küster zwischen den Imbißplatten frischen körnigen Kaviar erblickt und gierig davon zu essen begonnen; man stieß ihn an, zupfte ihn am Ärmel, doch er war wie gebannt in seiner Schwelgerei: er fühlte nichts, er aß nur. Er aß den ganzen Kaviar auf, und in der Schüssel waren wohl vier Pfund. Die Geschichte ist schon sehr lange her, der Küster ist längst gestorben, aber an den Kaviar erinnern sich noch alle. Ob das Leben hier so armselig war oder ob die Menschen nicht fähig waren, etwas anderes als dieses unwichtige Geschehnis zu behalten, das sich vor zehn Jahren zugetragen hatte, jedenfalls wußte man von Ukleevo nichts anderes zu erzählen.

Das Fieber hörte im Dorf niemals auf. Selbst im Sommer war es morastig, besonders da, wo sich alte Weiden über die Zäune neigten und einen breiten Schatten gaben. Es roch ständig nach Fabrikabfällen und nach Essigsäure, die bei der Kattunbearbeitung verwendet wurde. Die drei Kattunfabriken und die Lederfabrik standen nicht direkt im Dorf, sondern ein Stück entfernt, am Rande. Die Fabriken waren nicht groß und beschäftigten alles in allem ungefähr vierhundert Arbeiter, nicht mehr. Von der Lederfabrik stank das Wasser im Flüßchen; die Abfälle vergifteten die Wiese, das Vieh der

Bauern erkrankte an Maul- und Klauenseuche, und es war angeordnet worden, die Fabrik zu schließen. Sie galt auch als geschlossen, arbeitete aber insgeheim mit Wissen des Bezirksvorstehers und des Kreisarztes weiter, denen der Besitzer je zehn Rubel im Monat zahlte. Im ganzen Dorf gab es nur zwei anständige Häuser aus Stein, die mit Blech gedeckt waren; in dem einen war die Amtsbezirksverwaltung, in dem anderen, einem zweistöckigen Haus gegenüber der Kirche, wohnte Grigorij Petrov Cybukin, ein Bürger aus Epifan.

Grigorij hatte einen Kolonialwarenladen, doch nur zum Schein, in Wirklichkeit handelte er mit Schnaps, Vieh, Leder, Getreide und Schweinen. Handel trieb er mit allem, wie es gerade kam; wenn zum Beispiel im Ausland Elsternflügel für Damenhüte verlangt wurden, verdiente er dreißig Kopeken an einem Paar; er kaufte Wald auf zum Fällen, lieh Geld gegen Zinsen und war überhaupt ein wendiger Alter.

Er hatte zwei Söhne. Der ältere, Anisim, diente bei der Polizei in der Kriminalabteilung und war selten zu Hause. Der jüngere, Stepan, war Kaufmann geworden und half dem Vater, doch eine wirkliche Hilfe war er nicht, denn er hatte eine schwache Gesundheit und war taub; seine Frau Aksinja, eine schöne, schlanke Person, die an Feiertagen mit Hut und Schirm ging, stand früh auf, ging spät zu Bett und lief den ganzen Tag mit hochgeschürzten Röcken und klirrenden Schlüsseln umher, bald in den Speicher, bald in den Keller, bald in den Laden. Der alte Cybukin schaute ihr frohgelaunt zu, in seinen Augen glommen Fünkchen, und dann bedauerte er, daß nicht der älteste Sohn sie geheiratet hatte, sondern der jüngere, der Taube, der doch offensichtlich von weiblicher Schönheit nichts verstand.

Der Alte hatte schon immer eine Neigung zum Familienleben gehabt und liebte seine Familie über alles in der Welt, besonders den ältesten Sohn, den Detektiv, und die Schwiegertochter. Aksinja war kaum die Frau des tauben Stepan geworden, als sie sogleich eine ungewöhnliche

Geschäftstüchtigkeit entwickelte und schon wußte, wem man etwas auf Borg geben konnte und wem nicht; die Schlüssel nahm sie an sich und vertraute sie nicht einmal ihrem Mann an, sie klapperte flink auf dem Rechenbrett, schaute den Pferden ins Maul wie ein Bauer, und stets lachte oder schalt sie, und was sie auch tun oder sagen mochte, der Alte war immer gerührt und murmelte:

»Ei, ei, Schwiegertöchterchen! Ei, meine Schöne, mein Hausmütterchen . . .«

Er war Witwer, doch ein Jahr nach der Hochzeit des Sohnes hielt er es nicht mehr aus und heiratete wieder. Man hatte für ihn wohl dreißig Verst von Ukleevo entfernt ein nicht mehr junges, doch schönes und stattliches Mädchen aus guter Familie gefunden, Varvara Nikolaevna. Sie war kaum in ihr Zimmer im oberen Stockwerk eingezogen, da wurde es hell und licht im Haus, als ob alle Fenster neue Scheiben bekommen hätten. Die Lämpchen vor den Heiligenbildern brannten, auf den Tischen erschienen schneeweiße Tischtücher, an den Fenstern und im Vorgarten blühten hübsche rote Blumen, und mittags aß man nicht mehr aus einer Schüssel, sondern jeder bekam einen Teller hingestellt. Varvara Nikolaevna lächelte angenehm und freundlich, und es schien, als lächelte alles im Haus. Und was es früher nie gegeben hatte: Auf den Hof kamen jetzt Bettler, Wallfahrer, Pilgerinnen; vor den Fenstern ertönten die jammernden, singenden Stimmen der Ukleever Weiber und das schuldbewußte Hüsteln schwacher, ausgemergelter Bauern, die aus der Fabrik wegen Trunkenheit entlassen worden waren. Varvara half mit Geld, Brot, alten Kleidern, und später, als sie sich eingelebt hatte, nahm sie auch bisweilen etwas aus dem Laden. Einmal sah der Taube, wie sie zwei Achtel Tee wegtrug, und das versetzte ihn in Unruhe.

»Mamachen hat da zwei Achtel Tee genommen«, berichtete er nachher dem Vater. »Wo soll das angeschrieben werden?«

Der Alte erwiderte nichts, blieb eine Weile stehen, überlegte, wobei sich seine Brauen bewegten, und ging hinauf zu seiner Frau.

»Varvaruška, wenn du irgend etwas aus dem Laden brauchst«, sagte er freundlich, »dann nimm es, Mütterchen. Nimm's und laß es dir wohl bekommen, du brauchst dich nicht zu genieren.«

Und am nächsten Tag rief ihr der Taube über den Hof zu: »Mamachen, wenn Sie etwas benötigen – holen Sie sich's!«

Darin, daß sie Almosen gab, lag etwas Neues, etwas Frohes und Leichtes, genau wie in den Öllämpchen und den roten Blumen. Wenn vor der Fastenzeit oder am Kirchenfest, das drei Tage dauerte, an die Bauern verdorbenes Salzfleisch abgesetzt wurde, das schon so roch, daß man kaum neben dem Faß stehen konnte, und wenn man von den Betrunkenen Sensen, Mützen und die Tücher der Frauen als Pfand annahm, wenn die Leute von der Fabrik, betäubt von schlechtem Schnaps, im Straßenschmutz lagen und die Sündenlast wie ein schwerer Nebel in der Luft zu hängen schien – dann wurde einem leichter bei dem Gedanken, daß in diesem Haus eine stille, reinliche Frau lebte, die weder mit dem Salzfleisch noch mit dem Schnaps etwas zu tun hatte. Ihre Almosen waren in diesen dunklen, schweren Tagen so etwas wie das Sicherheitsventil einer Maschine.

Im Hause Cybukins vergingen die Tage in Geschäftigkeit. Die Sonne war noch nicht aufgegangen, da prustete Aksinja schon beim Waschen im Hausflur, und der Samovar in der Küche kochte und summte bedrohlich. Der alte Grigorij Petrov, angetan mit einem langen schwarzen Überrock und baumwollenen Hosen, in hohen, glänzenden Stiefeln, so sauber und klein, schritt, kräftig mit den Absätzen auftretend, durch die Zimmer, ganz wie der Schwiegervater in dem bekannten Lied. Der Laden wurde aufgeschlossen. Sobald es ganz hell war, fuhr ein kleiner Rennwagen vors Haus, der Alte schwang sich verwegen auf den Sitz, zog seine große Schirmmütze bis zu den Ohren herunter, und keiner, der ihn

S. 290 a Hitze / S. 295

sah, hätte sagen können, daß er schon sechsundfünfzig Jahre zählte. Seine Frau und die Schwiegertochter gaben ihm das Geleit, und zu dieser Stunde, wenn er den guten sauberen Rock anhatte und der riesige Rappe angespannt war, der dreihundert Rubel gekostet hatte, liebte es der Alte nicht, daß die Bauern mit ihren Bitten und Klagen an ihn herantraten; er haßte und verachtete sie, und wenn er sah, daß einer von ihnen am Tor wartete, schrie er ihn zornig an:

»Was stehst du da? Geh weiter!«

Oder wenn es ein Bettler war:

»Gott wird helfen!«

Er fuhr in geschäftlichen Angelegenheiten weg; seine Frau, dunkel gekleidet, in einer schwarzen Schürze, räumte die Zimmer auf oder half in der Küche. Aksinja verkaufte im Laden, und es war bis auf den Hof zu hören, wie die Flaschen und das Geld klirrten, wie sie lachte oder schrie und wie die Käufer, die sie übervorteilte, schalten; gleichzeitig merkte man, daß da drinnen ein heimlicher Handel mit Schnaps im Gange war. Der Taube saß ebenfalls im Laden, oder er ging, die Hände in den Taschen, barhäuptig die Straße entlang und schaute zerstreut bald auf die Hütten, bald auf den Himmel.

Wohl sechsmal am Tag wurde in diesem Haus Tee getrunken; viermal setzte man sich an den Tisch zum Essen. Abends wurde der Erlös gezählt und aufgeschrieben, und danach schlief man fest.

Alle drei Kattundruckereien in Ukleevo und die Wohnungen ihrer Besitzer, der älteren Chrymins, der jüngeren Chrymins und Kostjukovs, hatten Telefon. Auch in die Amtsbezirksverwaltung wurde Telefon gelegt, aber es funktionierte bald nicht mehr, weil sich Wanzen und Schaben eingenistet hatten. Der Bezirksälteste war des Lesens und Schreibens wenig kundig und fing jedes Wort in den Akten mit einem großen Buchstaben an; als jedoch das Telefon nicht mehr ging, sagte er:

»Ja, ohne Telefon werden wir es jetzt nicht leicht haben.«

Die älteren Chrymins prozessierten ständig mit den jüngeren, manchmal stritten sich die jüngeren auch untereinander und begannen ebenfalls Prozesse zu führen, und dann stand die Fabrik ein oder zwei Monate still, bis sie sich wieder versöhnten; die Einwohner von Ukleevo fanden dabei ihre Unterhaltung, denn bei jedem Streit gab es viel Klatsch und Gerede. An Festtagen veranstalteten Kostjukov und die jüngeren Chrymins Spazierfahrten; sie jagten durch Ukleevo und fuhren Kälber tot. Aksinja, herausgeputzt und mit ihren gestärkten Röcken raschelnd, ging auf der Straße vor ihrem Laden spazieren; die jüngeren Chrymins ergriffen sie und taten, als ob sie sie gewaltsam entführten. Dann fuhr auch der alte Cybukin aus, um sein neues Pferd zu zeigen, und nahm Varvara mit. Abends nach den Spazierfahrten, wenn man schlafen ging, wurde auf dem Hof bei den jüngeren Chrymins auf einer teuren Harmonika gespielt, und wenn dann der Mond schien, war einem so froh ums Herz von diesen Tönen, und man fand Ukleevo nicht mehr so dürftig.

II

Der ältere Sohn, Anisim, kam sehr selten nach Hause, und auch nur an hohen Feiertagen, dafür schickte er aber durch Landsleute Geschenke und Briefe, die von einer fremden Hand sehr schön geschrieben waren, jedesmal auf einem großen Bogen wie eine Bittschrift. Die Briefe waren voll von Wendungen, wie sie Anisim im Gespräch nie gebrauchte:

»Liebes Papachen und liebes Mamachen, ich schicke Ihnen ein Pfund Blumentee zur Befriedigung Ihres physischen Bedürfnisses.«

Unter jedem Brief stand wie mit einer verbogenen Feder hingekratzt: »Anisim Cybukin«, und darunter wieder in der schönen Handschrift: »Agent.«

Die Briefe wurden mehrmals laut vorgelesen, und der Alte sagte gerührt und rot vor Aufregung:

»Ja, zu Hause hat er nicht bleiben wollen, hat sich einen gelehrten Beruf ausgesucht. Na ja, soll er ruhig. Jeder macht's, wie er's versteht.«

Einmal, vor der Butterwoche, fiel ein starker Graupelregen; der alte Cybukin und Varvara traten ans Fenster, um hinauszusehen – da kam Anisim im Schlitten von der Station gefahren. Man hatte ihn gar nicht erwartet. Aufgeregt, durch irgend etwas beunruhigt, betrat er das Zimmer, und so blieb er die ganze Zeit; seine Haltung war betont lässig. Mit der Abreise hatte er es nicht eilig, und es sah aus, als habe man ihn aus dem Dienst entlassen. Varvara freute sich über seinen Besuch; sie warf ihm oft vielsagende Blicke zu, seufzte und schüttelte den Kopf.

»Wo soll das hinführen, meine Lieben?« sagte sie. »Ojemine, der Bursche geht nun ins achtundzwanzigste Jahr und spaziert immer noch ledig umher, ojemine . . .«

Im Nebenzimmer hörte sich ihr ruhiger, gleichmäßiger Tonfall wie »ojemine, ojemine« an. Sie begann mit dem Alten und Aksinja zu flüstern, und auch deren Gesichter bekamen einen vielsagenden und geheimnisvollen Ausdruck, wie Verschwörer saßen sie da.

Es wurde beschlossen, Anisim zu verheiraten.

»Ojemine! Den Jüngeren haben sie längst verheiratet«, sagte Varvara, »und du bist noch allein wie ein Hahn auf dem Markt. Was soll das heißen? Wenn du erst mit Gottes Hilfe verheiratet bist, kannst du ganz nach deinem Belieben wieder in den Dienst fahren, und die Frau bleibt im Hause und hilft. Du führst kein richtiges Leben, Junge, alle guten Bräuche hast du vergessen, wie ich sehe. Ojemine, ist das ein Kreuz mit euch Städtern!«

Wenn die Cybukins heirateten, dann suchte man für sie als reiche Leute die schönsten Bräute aus. Und so fand man denn auch für Anisim ein schönes Mädchen. Er selber hatte ein unauffälliges und wenig interessantes Äußeres; er war klein und machte einen schwächlichen, ungesunden Eindruck, hatte aber dabei volle, runde Backen, gerade als ob er sie aufblies; er blinzelte nicht, sein Blick war scharf, sein Bärtchen rötlich und dünn, und wenn er nachdachte, nahm er die Bartspitzen in den Mund und kaute daran; dann trank er oft, und das war seinem Gesicht und seinem Gang anzusehen. Als man ihm aber mitteilte, man habe eine sehr schöne Braut für ihn gefunden, sagte er:

»Nun, ich bin ja auch nicht krumm. Wir Cybukins sind alle schön.«

Dicht bei der Stadt befand sich das Kirchdorf Torguevo. Die eine Hälfte war vor einiger Zeit mit der Stadt vereinigt worden, die andere blieb Dorf. In der ersteren lebte im eigenen Haus eine Witwe; sie hatte eine ganz arme Schwester, die sich als Tagelöhnerin durchschlug, diese wiederum hatte eine Tochter, Lipa, ein junges Mädchen, das ebenfalls im Tagelohn arbeitete. Von Lipas Schönheit wurde in Torguevo allgemein gesprochen, und nur ihre schreckliche Armut hielt alle zurück; man nahm an, irgendein älterer Mann oder Witwer würde sie heiraten oder auch ›so‹ zu sich nehmen, dann würde auch ihre Mutter satt werden. Varvara hörte durch eine Brautwerberin von ihr und fuhr nach Torguevo.

Dann wurde im Haus der Tante, wie es sich gehört, mit Imbiß und Wein die Brautschau veranstaltet; Lipa trug ein neues rosa Kleid, das extra für diesen Tag gemacht worden war, und ein feuerrotes Bändchen schimmerte wie ein Flämmchen in ihrem Haar. Sie war schmal und blaß und hatte feine, zarte Züge; von der Arbeit an der Luft war ihre Haut gebräunt. Ein trauriges, schüchternes Lächeln wich nicht von ihrem Gesicht, und die Augen schauten kindlich drein – vertrauensvoll und neugierig.

Sie war jung, noch ein Kind, mit kaum entwickeltem Brustansatz, doch sie konnte schon getraut werden, denn sie war in dem Alter. Sie war wirklich schön, und nur eines konnte an ihr nicht gefallen: ihre großen, männlichen Hände, die jetzt untätig an ihr herunterhingen wie zwei große Krebsscheren.

»Nach der Mitgift fragen wir nicht«, sagte der Alte zur Tante, »für unseren Sohn Stepan haben wir auch ein Mädchen aus armer Familie genommen, und jetzt können wir sie nicht genug loben. Ob im Haus oder im Geschäft, sie hat goldene Hände.«

Lipa stand an der Tür, und es war, als wollte sie sagen: ›Macht mit mir, was ihr wollt, ich vertraue euch!‹ Ihre Mutter, die Tagelöhnerin Praskovja, hatte sich in der Küche versteckt und verging vor Schüchternheit. Einmal, noch in ihrer Jugend, hatte ein Kaufmann, bei dem sie die Fußböden scheuerte, mit den Füßen gestampft, als er sich über sie ärgerte; sie war zu Tode erschrocken, und zeit ihres Lebens blieb ihr die Angst im Herzen sitzen. Stets zitterten ihr vor Angst Arme und Beine, ja sogar die Wangen. Sie saß in der Küche und versuchte zu begreifen, was die Gäste sprachen, dabei bekreuzigte sie sich immerzu, wobei sie die Finger fest an die Stirn drückte und auf das Heiligenbild blickte. Anisim, etwas angetrunken, öffnete die Küchentür und sagte ungezwungen:

»Warum sitzen Sie denn hier, allerteuerstes Mamachen? Wir haben Sehnsucht nach Ihnen.«

Praskovja jedoch preßte ängstlich die Hände an ihre eingefallene Brust und antwortete:

»Ach, bitte, Sie ... Wir sind so zufrieden mit Ihnen.«

Nach der Brautschau wurde der Hochzeitstag festgesetzt. Zu Hause lief Anisim ständig in den Zimmern auf und ab und pfiff dazu, oder er erinnerte sich plötzlich an etwas, dachte nach und blickte unentwegt starr zu Boden, als wollte er mit seinem Blick in die Erde eindringen. Er gab weder seiner Freude Ausdruck, daß er heiratete – bald heiratete, bereits am Sonntag nach Ostern –, noch äußerte er den Wunsch, die Braut zu besuchen; er pfiff nur. Und es war offensichtlich, daß er nur deshalb heiratete, weil der Vater und die Stiefmutter es wollten und weil es im Dorf eben so Brauch war: Der Sohn heiratete, damit das Haus eine Hilfe bekam. Mit seiner Abreise beeilte er sich nicht und verhielt sich überhaupt nicht so wie bei seinen früheren Besuchen – er gab sich betont lässig und redete unnötiges Zeug.

III

Im Dorf Šikalovo lebten zwei Schneiderinnen; sie waren Schwestern und gehörten einer Geißlersekte an. Bei ihnen wurden die neuen Kleider für die Hochzeit bestellt, und sie kamen oft zum Anprobieren und tranken lange Tee. Varvara bekam ein braunes Kleid mit schwarzen Spitzen und Glasperlen, Aksinja ein hellgrünes mit gelbem Brusteinsatz und einer Schleppe.

Als die Schneiderinnen fertig waren, bezahlte Cybukin sie nicht mit Geld, sondern mit Waren aus seinem Laden, und sie gingen traurig fort, in den Händen hielten sie ihre Bündelchen mit Stearinkerzen und Sardinen, die sie gar nicht brauchten. Draußen auf dem Feld, außerhalb des Dorfes, setzten sie sich auf einen Erdhaufen und weinten.

Drei Tage vor der Hochzeit kam Anisim, ganz neu eingekleidet. Er hatte glänzende Gummigaloschen an und trug statt der Krawatte eine rote Schnur mit Troddeln; über die Schultern hatte er einen neuen Mantel geworfen.

Nachdem er würdevoll gebetet hatte, begrüßte er den Vater und gab ihm zehn Silberrubel und zehn Halbrubelstücke; Varvara gab er ebensoviel. Aksinja bekam zwanzig Viertelrubelstücke. Und der Hauptreiz des Geschenks bestand darin, daß alle Münzen, wie ausgesucht, neu waren und in der Sonne funkelten. Um sich ein würdevolles und ernsthaftes Aussehen zu geben, strengte Anisim seine Gesichtsmuskeln an und blies die Backen auf, er roch nach Branntwein; wahrscheinlich war er auf jeder Station ans

Büfett gelaufen. Und wieder bemerkte man eine betonte Lässigkeit, etwas gewissermaßen Unechtes an ihm. Nachher nahmen Anisim und der Vater den Tee ein, mit einem Imbiß, Varvara aber ließ die neuen Rubel durch die Finger gleiten und fragte nach den Landsleuten, die in der Stadt lebten.

»Es geht, gottlob! Sie leben gut«, sagte Anisim. »Nur bei Ivan Egorov ist etwas passiert: die alte Sofja Nikiforovna ist gestorben. An der Schwindsucht. Den Leichenschmaus haben sie beim Konditor bestellt, für zweieinhalb Rubel pro Person. Und Traubenwein hat es gegeben. Da waren auch Bauern, Landsleute, die haben auch für zweiundeinenhalben bekommen. Gegessen haben sie nichts. Als ob der Bauer was von Soße versteht!«

»Zweiundeinenhalben!« sagte der Alte und schüttelte den Kopf.

»Warum nicht? Das ist dort nicht wie auf dem Dorf. Da gehst du in ein Restaurant zu einem kleinen Imbiß, verlangst dies und das, es findet sich Gesellschaft, du trinkst einen – und eh du dich's versiehst, graut der Morgen, und, bitte schön, jeder hat drei oder vier Rubelchen zu zahlen. Und wenn der Samorodov dabei ist, der trinkt gern nach allem anderen noch Kaffee mit Kognak; und der Kognak kostet sechs Groschen das Gläschen.«

»Immer schwindelt er«, rief der alte Cybukin entzückt. »Immer muß er schwindeln!«

»Ich bin jetzt ständig mit dem Samorodov zusammen. Das ist derselbe Samorodov, der euch meine Briefe schreibt. Großartig schreibt er! Und wenn ich erzählen würde, Mamachen«, fuhr Anisim, zu Varvara gewandt, fröhlich fort, »was dieser Samorodov für ein Mensch ist, so würden Sie's nicht glauben. Wir nennen ihn alle Muchtar, weil er wie ein Armenier aussieht – ganz schwarz. Ich kenne ihn durch und durch. Alle seine Geschäfte kenn ich wie meine fünf Finger, Mamachen, und er fühlt das und geht immer hinter mir her, er läßt nicht ab von mir, und jetzt bringt uns nichts mehr auseinander. Es scheint ihm nicht ganz geheuer, aber ohne mich kann er auch nicht leben. Wo ich hingeh, da geht er auch hin. Ich hab ein gutes, untrügliches Auge, Mamachen. Da seh ich auf dem Trödelmarkt einen Bauern, der verkauft ein Hemd. ›Halt, das Hemd ist gestohlen!‹ und richtig, so ist es auch: Das Hemd ist gestohlen.«

»Woher weißt du denn das?« fragte Varvara.

»Nirgendwoher, ich hab eben solch ein Auge ... Ich weiß nicht, was das für ein Hemd ist, aber es zieht mich hin: Gestohlen ist es – und damit basta! Bei uns in der Kriminalabteilung, da sagen sie schon immer: ›Los, Anisim, geh Waldschnepfen schießen!‹ Das heißt – Gestohlenes suchen. Ja ... Stehlen kann jeder, doch festhalten kann's keiner! Die Erde ist groß, aber Gestohlenes kann man nirgends verstecken.«

»Bei uns im Dorf, bei den Guntorevs, hat man zwei Jungschafe und einen Hammel gestohlen«, sagte Varvara und seufzte. »Wer soll die suchen ... Ojemine ...«

»Suchen kann man sie schon. Warum nicht? Das läßt sich machen.«

Der Hochzeitstag kam heran. Es war ein kühler, aber klarer, heiterer Apriltag. Vom frühen Morgen an fuhren, mit den Glöckchen bimmelnd, Trojkas und Zweigespanne durch Ukleevo, bunte Bänder flatterten an den Krummhölzern und in den Mähnen der Pferde. In den Weiden lärmten die aufgestörten Krähen, und unaufhörlich sangen die Stare aus voller Kehle, als freuten sie sich, daß bei Cybukins Hochzeit war.

Im Hause standen schon riesige Fische auf den Tischen, Schinken, gefülltes Geflügel, Büchsen mit Sprotten, allerhand Eingesalzenes, Marinaden und eine Unmenge Flaschen mit Schnaps und Wein, es roch nach geräucherter Wurst und marinierten Hummern. Und um die Tische herum ging der alte Cybukin; er trat fest mit den Absätzen auf und schärfte ein Messer nach dem anderen. Varvara wurde ständig abgerufen, ständig wurde irgend etwas von ihr verlangt. Und sie lief schwer atmend und völlig konfus in die Küche, wo seit dem Morgengrauen der Kostjukovsche Koch und die Herrschaftsköchin der jüngeren Chrymins tätig waren. Aksinja, die Haare gekräuselt, rannte im Korsett und in neuen knarrenden Stiefelchen wie ein Wirbelwind über den Hof, so daß man nur ihre nackten Knie und die Brust schimmern sah. Es wurde gelärmt, geschimpft, beteuert; Vorübergehende blieben am weit geöffneten Tor stehen, und man merkte an allem, daß etwas Außergewöhnliches vorging.

»Sie holen die Braut!«

Die Glöckchen klingelten laut und erstarben weit hinter dem Dorf . . . Gegen drei Uhr lief das Volk zusammen: die Glöckchen ertönten wieder, die Braut kam! In der Kirche war es voll, der Kronleuchter brannte, die Sänger sangen nach Noten, wie es der alte Cybukin gewünscht hatte. Lipa war geblendet von dem Glanz der Lichter und den bunten Kleidern; ihr kam es vor, als schlügen die lauten Stimmen der Chorsänger wie Hämmerchen auf ihren Kopf; das Korsett, das sie zum erstenmal in ihrem Leben trug, und die Stiefel drückten sie; sie blickte völlig verständnislos drein wie jemand, der soeben aus einer Ohnmacht erwacht ist. Anisim, in schwarzem Überrock, mit der roten Troddelschnur um den Hals, blickte in Gedanken versunken auf einen Punkt und bekreuzigte sich hastig, wenn die Stimmen der Sänger jäh anschwollen. Er war gerührt und hätte am liebsten geweint. Die Kirche kannte er seit seiner frühesten Kindheit; irgendwann hatte die Mutter ihn zum Abendmahl hierhergetragen, irgendwann hatte er mit den anderen Jungen im Kirchenchor gesungen; er kannte jeden Winkel, jede Ikone. Und nun wurde er getraut, der Ordnung halber mußte er heiraten, doch daran dachte er schon nicht mehr, es war ihm ganz entfallen, er hatte die Hochzeit vollkommen vergessen. Die Tränen hinderten ihn, auf die Ikone zu schauen, das Herz krampfte sich ihm zusammen; er betete und bat Gott, er möge das Unheil, das unvermeidlich, wenn nicht heute, so morgen über ihn hereinbrechen mußte, doch vorüberziehen lassen, so wie bei langer Trockenheit Gewitterwolken an einem Dorf vorüberziehen, ohne ihm einen einzigen Tropfen Regen zu spenden. In der Vergangenheit hatten sich schon so viel Sünden angehäuft, so viel Sünden; es war alles so aussichtslos, so verfahren, daß es eigentlich ganz unsinnig war, um Verzeihung zu bitten. Und doch bat er um Verzeihung und schluchzte sogar laut auf, aber niemand achtete darauf, denn alle glaubten, er sei nicht mehr nüchtern.

Man hörte ein unruhiges Kind weinen.

»Mama, Mama, ich will weg!«

»Still da!« rief der Priester.

Als sie aus der Kirche kamen, lief das Volk hinterher; vor dem Laden, am Tor und im Hof unter den Fenstern standen auch schon viele Leute. Die Weiber erschienen, um die Lobgesänge anzustimmen. Kaum hatten die Neuvermählten die Schwelle überschritten, da brüllten die Chorsänger, die bereits mit ihren Noten im Hausflur standen, aus aller Kraft los; die Musiker, die eigens aus der Stadt geholt worden waren, spielten. Es wurde Schaumwein vom Don in hohen Gläsern gereicht, und der Zimmermann Elizarov, ein hochgewachsener, hagerer Greis mit dichten Brauen, unter denen die Augen kaum zu sehen waren, wandte sich an das junge Paar mit den Worten:

»Anisim und du, mein Kind, liebet einander! Führet ein Gott wohlgefälliges Leben, ihr Kinder, und die Himmelskönigin wird euch nicht verlassen.«

Er lehnte seinen Kopf an die Schulter des alten Cybukin und schluchzte.

»Grigorij Petrov, laß uns weinen, laß uns weinen vor Freude!« sprach er mit ganz dünner Stimme, lachte gleich darauf plötzlich auf und fuhr mit lautem Baß fort: »Hohoho! Auch deine zweite Schwiegertochter kann man loben! Alles an ihr ist sozusagen am rechten Platz, alles ist glatt, nichts klappert, der ganze Mechanismus ist in Ordnung, alles gut verschraubt.«

Er stammte aus dem Egorever Kreis, arbeitete jedoch seit jungen Jahren in den Fabriken von Ukleevo und Umgebung und hatte sich hier eingelebt. Man kannte ihn schon lange, er war schon immer so alt, mager und lang gewesen wie jetzt, und deshalb nannte man ihn seit je ›Krückstock‹. Vielleicht, weil er seit mehr als vierzig Jahren in den Fabriken nichts als Reparaturen machte, beurteilte er jeden Menschen und jedes Ding vom Standpunkt seiner Haltbarkeit: ob es nichts zu reparieren gab. Und ehe er sich an den Tisch setzte, prüfte er mehrere Stühle auf ihre Haltbarkeit, auch den Lachs faßte er an.

Nach dem Schaumwein nahmen alle zum Essen Platz. Die Gäste schwatzten und rückten mit den Stühlen. Im Hausflur sang der Chor, die Musik spielte, zur gleichen Zeit sangen die Weiber im Hof ihre Hochzeitsgesänge – das alles zusammen ergab ein so schauerliches, wüstes Gemisch von Tönen, daß einem schwindlig wurde.

Krückstock drehte sich auf dem Stuhl hin und her, stieß die Nachbarn mit den Ellenbogen an, ließ sie nicht sprechen und weinte und lachte durcheinander.

»Kinderchen, Kinderchen ...«, murmelte er. »Aksinjuška, Mütterchen, Varvaruška, laßt uns alle in Frieden und Eintracht leben, ihr meine Äxtlein, ihr meine geliebten ...«

Er trank nicht oft und war jetzt von einem Gläschen englischen Bitteren betrunken. Dieser widerwärtige Bittere, der aus wer weiß was hergestellt war, benebelte alle, die davon tranken, und warf sie um. Die Zungen gehorchten schon nicht mehr.

Da waren die Geistlichen gekommen, die Angestellten der Fabriken mit ihren Frauen, die Händler und Schankwirte aus den anderen Dörfern. Der Bezirksälteste und der Bezirksschreiber, die schon seit vierzehn Jahren zusammen im Dienst waren und in der ganzen Zeit nicht ein einziges

Schriftstück unterzeichnet, nicht einen einzigen Menschen aus der Bezirksverwaltung hatten weggehen lassen, ohne ihn zu betrügen und zu übervorteilen, saßen jetzt nebeneinander, beide dick und satt und, wie es schien, so durchdrungen von Lug und Trug, daß sogar die Haut auf ihren Gesichtern sie verriet: eine Gaunerhaut. Die Frau des Schreibers, eine ausgemergelte, scheeläugige Person, hatte alle ihre Kinder mitgebracht; wie ein Raubvogel schielte sie auf die Teller, ergriff alles, was ihr unter die Hände kam, und steckte es sich selber und den Kindern in die Taschen.

Lipa saß wie versteinert, ihr Gesichtsausdruck war noch derselbe wie in der Kirche. Anisim hatte während der ganzen Zeit ihrer Bekanntschaft noch kein einziges Wort mit ihr gewechselt, so daß er nicht einmal wußte, wie ihre Stimme klang; auch während er jetzt neben ihr saß, schwieg er und trank englischen Bitteren; als er dann betrunken war, wandte er sich an die Tante, die gegenübersaß, und sagte:

»Ich habe einen Freund, er heißt Samorodov. Ein einzigartiger Mensch. Er ist Ehrenbürger und versteht es, sich zu unterhalten. Aber ich kenne ihn durch und durch, Tantchen, und das fühlt er. Erlauben Sie mir, mit Ihnen auf die Gesundheit Samorodovs zu trinken, Tantchen!«

Varvara ging um den Tisch herum und bewirtete die Gäste, erschöpft und ein bißchen benommen, doch offensichtlich zufrieden, daß es soviel Speisen gab und alles so reichlich war – niemand würde ihnen jetzt etwas nachsagen. Die Sonne ging unter, aber das Essen dauerte fort; man merkte schon nicht mehr, was man aß und was man trank, man verstand gar nicht, was gesprochen wurde, und nur hin und wieder, wenn die Musik leiser wurde, konnte man deutlich ein Weib auf dem Hof schreien hören:

»Ausgesaugt habt ihr uns, ihr Hunde, und keiner ist da, der euch an den Kragen geht!«

Am Abend spielte die Musik zum Tanz auf. Die jüngeren Chrymins kamen mit ihrem eigenen Wein, und einer von ihnen hielt, als Quadrille getanzt wurde, in jeder Hand eine Flasche und im Mund ein Gläschen, was alle zum Lachen brachte. Mitten in der Quadrille fingen sie plötzlich an, den Russischen zu tanzen; die grüne Aksinja fegte mit wehender Schleppe nur so vorüber. Jemand hatte ihr am Saum den Volant abgetreten, und Krückstock schrie:

»He, da unten ist die Leiste abgerissen, Kinderchen!«

Aksinja hatte naive grüne Augen, die nur selten blinzelten, auf ihrem Gesicht und um ihre Lippen spielte ständig ein naives Lächeln. Und in diesen starrblickenden Augen, dem kleinen Kopf auf dem langen Hals und in ihrem biegsamen Leib lag etwas Schlangenhaftes; mit dem grünen Kleid und dem gelben Brusteinsatz und ihrem Lächeln glich sie einer Natter, die sich im Frühjahr aus dem jungen Roggen reckt und mit erhobenem Kopf auf die Vorübergehenden blickt. Die Chrymins benahmen sich ihr gegenüber sehr frei, und es war deutlich zu merken, daß sie zu dem Älteren schon lange in nahen Beziehungen stand. Der Taube begriff nichts und sah nicht zu ihr hin; er saß, die Beine übereinandergeschlagen, und aß Nüsse, die er so laut knackte, daß es sich wie Pistolenschüsse anhörte.

Jetzt trat der alte Cybukin selber in die Mitte, er schwenkte sein Tüchlein zum Zeichen, daß er einen Russischen tanzen wolle; durch das ganze Haus und über den Hof dröhnte der Beifall.

»*Er* tanzt! *Er* will tanzen!«

Varvara tanzte, der alte Cybukin schwenkte nur das Tüchlein und stampfte mit den Absätzen auf, doch die Leute da draußen auf dem Hof, die, einer über dem anderen hängend, zu den Fenstern hereinschauten, waren begeistert und verziehen ihm für einen Augenblick alles – seinen Reichtum und was er ihnen angetan hatte.

»Ein tüchtiger Kerl, der Grigorij Petrov!« erscholl es aus der Menge. »So ist's recht, mach deine Sache gut! Siehst du, du kannst es noch! Haha!«

Es endete alles sehr spät, in der zweiten Nachtstunde. Anisim ging schwankend durch die Reihen der Sänger und Musikanten und schenkte jedem zum Abschied ein neues Halbrubelstück. Der Alte, der nicht schwankte, aber ständig etwas merkwürdig mit dem einen Fuß auftrat, geleitete die Gäste hinaus und sagte zu jedem:

»Zweitausend hat die Hochzeit gekostet.«

Beim Weggehen hatte jemand dem Schankwirt von Šikalovo den guten Überrock gegen einen alten vertauscht; Anisim fuhr auf und begann zu schreien:

»Halt! Ich werd ihn gleich finden! Ich weiß, wer ihn gestohlen hat! Halt!«

Er lief auf die Straße und rannte hinter jemandem her. Sie hielten ihn auf, brachten ihn ins Haus zurück und stießen ihn, so wie er war, betrunken, naß und rot vor Zorn, in das Zimmer, wo Lipa von der Tante schon ausgekleidet wurde. Dann schloß man sie ein.

IV

Fünf Tage waren vergangen. Anisim, der zur Abreise rüstete, ging hinauf zu Varvara, um Abschied zu nehmen. Sämtliche Lämpchen brannten bei ihr vor den Ikonen, es roch nach Weihrauch; sie saß am Fenster und strickte einen Strumpf aus roter Wolle.

»Du bist nicht lange bei uns geblieben«, sagte sie. »Es ist dir wohl zu langweilig? Ojemine ... Wir leben gut, von allem haben wir genug, und die Hochzeit haben wir dir ausgerichtet, wie es sich gehört; der Vater sagt, zweitausend sind draufgegangen. Mit einem Wort, wir leben wie Kaufleute, nur langweilig und trübselig ist es bei uns. Wir betrügen die Leute gar zu sehr. Das Herz tut mir weh, mein Lieber – wie wir die Menschen betrügen, mein Gott! Ob wir ein Pferd tauschen oder etwas kaufen, ob wir einen Arbeiter einstellen

– immer ist Betrug dabei. Betrug über Betrug! Das Fastenöl in unserem Laden schmeckt bitter und ranzig – der Tee ist bei anderen Leuten besser. Sag mir bloß, kann man nicht gutes Öl verkaufen?«

»Jeder macht's, wie er's versteht, Mamachen.«

»Aber müssen wir nicht alle sterben? Nein, wirklich, du solltest einmal mit deinem Vater sprechen!«

»Das sollten Sie lieber selber tun.«

»Geh weg! Auf alles, was ich ihm sage, antwortet er mir genauso wie du: ›Ein jeder macht's, wie er's versteht.‹ Als ob man dich im Jenseits fragen wird, was du verstehst! Gott ist ein gerechter Richter.«

»Natürlich, danach wird niemand fragen«, sagte Anisim und seufzte. »Einen Gott gibt es ja doch nicht, Mamachen. Wer wird uns da schon fragen!«

Varvara schaute ihn verwundert an, schlug die Hände zusammen und fing an zu lachen. Und weil sie so ehrlich erstaunt über seine Worte war und ihn wie einen närrischen Kauz betrachtete, wurde er verlegen.

»Vielleicht gibt es auch einen Gott, und es fehlt nur am Glauben«, sagte er. »Als man mich traute, war mir gar nicht wohl zumute. Wie wenn in einem Ei ein Küchlein pickt, so pickte plötzlich das Gewissen in mir, und während der ganzen Trauung mußte ich immer denken: Es gibt einen Gott! Sowie ich aber aus der Kirche heraus war – alles fort! Ja, und woher soll ich denn wissen, ob es einen Gott gibt oder nicht? Von klein auf hat man uns nicht das Rechte beigebracht, schon den Säugling an der Mutterbrust hat man gelehrt: Jeder macht's, wie er's versteht. Papachen glaubt doch auch nicht an Gott. Sie haben einmal erzählt, daß den Guntorevs Schafe weggekommen seien ... Ich hab's rausgekriegt: ein Bauer aus Šikalovo hat sie gestohlen; er hat sie gestohlen, die Felle aber hat der Vater ... Da haben Sie den ganzen Glauben!«

Anisim zwinkerte ihr zu und wiegte den Kopf.

»Der Gemeindeälteste glaubt auch nicht an Gott«, fuhr er fort, »der Schreiber auch nicht, und der Küster auch nicht. Denn wenn sie auch in die Kirche gehen und die Fasten einhalten, so nur deshalb, weil die Leute sonst schlecht über sie reden würden, und für den Fall, daß es vielleicht doch das Jüngste Gericht geben sollte. Jetzt redet man davon, das Ende der Welt sei gekommen, weil das Volk schwach geworden ist, die Eltern nicht ehrt und so weiter. Das ist Unsinn. Ich verstehe das so, Mamachen: Alles Elend kommt davon, daß die Menschen zuwenig Gewissen haben. Ich durchschaue alles, Mamachen, und verstehe alles. Wenn ein Mensch ein gestohlenes Hemd anhat, so seh ich das. Da sitzt ein Mann in der Schenke, und ihr seht ihn und meint, er trinkt Tee und weiter nichts. Tee trinkt er wohl, aber ich sehe darüber hinaus noch: Er hat kein Gewissen. Und so gehst du den ganzen Tag umher und findest keinen einzigen Menschen mit einem Gewissen. Und der wirkliche Grund ist, daß sie nicht wissen, ob es einen Gott gibt oder nicht ... Nun, Mamachen, leben Sie wohl. Bleiben Sie gesund und munter, behalten Sie mich in gutem Andenken.«

Anisim verneigte sich vor Varvara bis zum Boden.

»Wir danken Ihnen für alles, Mamachen!« sagte er. »Unserer Familie erwächst durch Sie großer Gewinn. Sie sind eine sehr anständige Frau, und ich bin durchaus von Ihnen eingenommen.«

Gerührt ging Anisim hinaus, kam jedoch wieder zurück und sagte:

»Der Samorodov hat mich in eine Sache verwickelt: entweder werde ich reich oder ich geh zugrunde. Wenn etwas passieren sollte, Mamachen, dann trösten Sie meinen Vater.«

»Nun, nun, was sagst du da! Ojemine ... Gott ist gnädig. Du solltest dich lieber ein bißchen um deine Frau kümmern, Anisim, ihr schaut euch ja beide so unfreundlich an. Wenn ihr euch doch mal anlachen wolltet, wirklich!«

»Ach, sie ist wunderlich ...« sagte Anisim und seufzte.

»Sie versteht nichts und schweigt nur immer. Sie ist halt noch jung, laßt sie mal erst etwas weiter sein.«

Draußen vor der Treppe stand schon das Kabriolett mit dem großen, gut genährten weißen Hengst.

Der alte Cybukin nahm einen kleinen Anlauf, schwang sich schneidig auf den Wagen und ergriff die Zügel. Anisim küßte Varvara, Aksinja und den Bruder. Auf der Treppe stand auch Lipa, sie stand unbeweglich und schaute zur Seite, so als sei sie zufällig hier und nicht um jemandem das Geleit zu geben. Anisim trat auf sie zu und berührte ganz leicht, kaum merklich, mit den Lippen ihre Wange.

»Leb wohl«, sagte er.

Sie lächelte seltsam, ohne ihn anzusehen, und ihre Wangen bebten. Sie tat allen aus irgendeinem Grunde leid.

Anisim schwang sich ebenfalls mit einem Satz auf den Wagen und stemmte die Hand in die Seite, er fand sich so sehr stattlich.

Als sie aus der Schlucht hinausfuhren, schaute Anisim immerfort zurück auf das Dorf. Es war ein warmer, klarer Tag. Das Vieh wurde zum erstenmal hinausgetrieben, und neben der Herde gingen feiertäglich angezogen die Frauen und Mädchen. Ein schwarzbrauner Ochse brüllte vor Lust an der Freiheit und scharrte mit seinen Vorderhufen die Erde auf. Überall, oben und unten, sangen die Lerchen. Anisim blickte sich nach der hübschen weißen Kirche um – sie war vor kurzem frisch geweißt worden –, und er dachte daran, wie er vor fünf Tagen dort gebetet hatte; nach der Schule mit dem grünen Dach schaute er sich um, nach dem Flüßchen, in dem er einst gebadet und Fische geangelt hatte, und Freude erfüllte seine Brust; er wünschte sich, daß eine Mauer plötzlich aus der Erde wüchse und ihn nicht weiterließe, so daß ihm nur die Vergangenheit bliebe.

Auf der Station gingen sie ans Büfett und tranken ein Gläschen Jerezwein. Der Alte langte in die Tasche nach seinem Geldbeutel, um zu bezahlen.

»Ich lade dich ein!« sagte Anisim.

Gerührt klopfte ihm der Alte auf den Rücken und zwinkerte dem Wirt zu: Sieh nur her, was für einen Sohn ich habe.

»Du solltest lieber zu Hause bleiben, Anisim, im Geschäft«, sagte er. »Du wärst unbezahlbar, Söhnchen. Ich würde dich vom Kopf bis zu den Füßen in Gold fassen.«

»Es geht nicht, Papachen.«

Der Jerezwein war säuerlich, er roch nach Siegellack, aber sie tranken doch noch ein Gläschen.

Als der Alte von der Station zurückkehrte, erkannte er seine neue Schwiegertochter nicht wieder. Kaum hatte ihr Mann den Hof verlassen, da war Lipa wie verwandelt, sie wurde heiter und vergnügt. Barfuß, in einem alten, abgetragenen Rock, die Ärmel bis an die Schultern hochgekrempelt, scheuerte sie die Flurtreppe und sang dabei mit feiner, silberner Stimme; und wenn sie den großen Zuber mit dem Schmutzwasser hinaustrug und mit ihrem kindlichen Lächeln zur Sonne hinaufschaute, dann schien es fast, als sei auch sie eine Lerche.

Der alte Stallknecht, der gerade an der Vortreppe vorbeiging, schüttelte den Kopf und ächzte.

»Schwiegertöchter hat dir Gott gegeben, Grigorij Petrov!« sagte er. »Wahre Perlen sind das, keine Weiber!«

V

Am 8. Juli, einem Freitag, kehrten Elizarov, genannt Krückstock, und Lipa aus dem Kirchdorf Kazanskoe zurück, wohin sie anläßlich des Kirchenfestes der Muttergottes von Kasan eine Wallfahrt unternommen hatten. Weit hinter ihnen schritt Lipas Mutter, Praskovja, die ständig zurückblieb, denn sie war krank und litt an Atemnot. Es ging schon auf den Abend zu.

»Aaah ...!« rief Krückstock erstaunt, während er Lipa zuhörte. »Ach ...! Wirklich?«

»Ich esse schrecklich gern Varenje, Ilja Makaryč«, schwatzte Lipa. »Ich setz mich in ein Eckchen und trinke immerzu Tee mit Varenje. Oder ich trinke zusammen mit Varvara Nikolaevna, und sie erzählt etwas, was einem so zu Herzen geht. Sie hat viel Varenje – vier mächtige Gläser voll – und sag immer: ›Greif zu, Lipa, genier dich nicht.‹«

»Aah ...! Vier mächtige Gläser!«

»Die haben ein gutes Leben. Zum Tee weiße Brötchen; und Fleisch auch, soviel du willst. Ein gutes Leben haben sie, nur bange wird einem bei ihnen, Ilja Makaryč. Bange wird einem!«

»Warum ist dir denn bange, Kindchen?« fragte Krückstock und blickte sich um, weil er sehen wollte, ob Praskovja weit zurückgeblieben war.

»Zuallererst, als die Hochzeit vorbei war, hab ich vor Anisim Grigorijč Angst gehabt. Er war nicht böse und hat mir auch nichts getan, bloß wenn er nahe an mich herankam, dann durchzuckte es mich eiskalt. Und keine Nacht hab ich geschlafen, immer nur gezittert und zu Gott gebetet. Und jetzt fürcht ich mich vor Aksinja, Ilja Makaryč. Sie ist nicht böse, sie lacht immer, aber manchmal, wenn sie zum Fenster hinausguckt, hat sie böse Augen, und die leuchten grün wie bei den Schafen im Stall. Die jüngeren Chrymins haben ihr was eingeredet: ›Euer Alter‹, sagen sie, ›hat doch noch das Grundstück Butëkino, vierzig Desjatinen Sandboden, und Wasser ist auch dabei. Bau dir dort eine Ziegelei, Aksjuša!‹ sagen sie. ›Wir beteiligen uns dran.‹ Ziegel kosten jetzt zwanzig Rubel das Tausend. Ein vorteilhaftes Geschäft. Gestern, beim Mittagessen, sagte Aksinja zum Vater: ›Ich will in Butëkino eine Ziegelei bauen und eine Kaufmannsfrau für mich alleine sein.‹ So sagte sie und lachte. Aber Grigorij Petrovičs Gesicht verfinsterte sich; man sah, ihm gefiel das nicht. ›Solange ich lebe‹, sagte er, ›wird nicht geteilt, es müssen alle beisammen bleiben.‹ Sie aber knirschte mit den Zähnen, und ihre Augen sprühten Funken. Es gab Plinsen – aber sie hat keine gegessen.«

»Aaah!« rief Krückstock erstaunt. »Und sie hat keine gegessen!«

»Ich möchte bloß wissen, wann sie schläft!« fuhr Lipa fort. »Ein halbes Stündchen hat sie geschlafen, da springt sie schon wieder auf und läuft herum. Immer läuft sie herum und sieht nach: ob die Bauern was angezündet haben oder ob sie nicht was gestohlen haben ... Zum Fürchten ist's mit ihr, Ilja Makaryč! Und die jüngeren Chrymins sind nach der Hochzeit gar nicht schlafen gegangen, sondern gleich in die Stadt gefahren zum Gericht; die Leute sagen, Aksinja sei an allem schuld. Zwei Brüder haben ihr versprochen, die Ziegelei zu bauen, aber der dritte war beleidigt, und da hat die Fabrik einen ganzen Monat stillgelegen, so daß mein Onkel Prochor keine Arbeit hatte und auf den Höfen um Brotrinden gebettelt hat. Ich hab zu ihm gesagt: ›Onkelchen, geh doch lieber eine Weile pflügen oder Holz sägen, wozu soll man sich in Schande bringen!‹ – ›Hab sie verlernt, die Christenarbeit‹, sagt er, ›ich versteh nichts mehr davon, Lipynka!‹ sagt er ...«

Bei einem jungen Espenwäldchen blieben sie stehen, um auszuruhen und auf Praskovja zu warten. Elizarov arbeitete schon lange als selbständiger Unternehmer, hielt sich aber kein Pferd, sondern bewanderte den ganzen Kreis zu Fuß, trug nur ein Säckchen bei sich, in dem er Brot und Zwiebeln hatte; und so schritt er wacker aus, schlenkerte mit den Armen, und es war nicht leicht, mit ihm Schritt zu halten.

Am Eingang des Wäldchens stand ein Grenzpfahl. Elizarov rüttelte daran, ob er auch fest sei. Praskovja holte sie atemlos ein. Ihr zerfurchtes, verschrecktes Gesicht leuchtete vor Glückseligkeit: sie war heute in der Kirche gewesen wie andere Leute, war auf den Jahrmarkt gegangen und hatte Birnenkvas getrunken! Das geschah selten, und jetzt schien es ihr, als habe sie zum erstenmal im Leben einen vergnügten

Tag gehabt. Nachdem sie sich ausgeruht hatten, gingen alle drei nebeneinander weiter. Die Sonne war im Untergehen, und ihre Strahlen drangen durch das Wäldchen und ließen die Stämme leuchten.

Vor ihnen erschollen laute Stimmen. Die Mädchen von Ukleevo waren schon lange vorausgegangen, hatten sich aber hier im Wäldchen aufgehalten, wahrscheinlich suchten sie Pilze.

»He, ihr Mädchen!« schrie Elizarov. »He, meine Schönen!«

Als Antwort hörte man Gelächter.

»Der Krückstock kommt! Der Krückstock, der alte Knaster!« Und das Echo lachte mit.

Nun hatten sie das Wäldchen hinter sich. Die Spitzen der Fabrikschornsteine waren schon zu sehen, das Kreuz funkelte auf dem Glockenturm: Das war das Dorf, eben jenes Dorf, »wo der Küster bei der Beerdigung den ganzen Kaviar aufgegessen hat«. Bald würden sie zu Hause sein; es blieb nur noch der Abstieg in die große Schlucht. Lipa und Praskovja, die barfuß waren, setzten sich ins Gras, um die Schuhe anzuziehen; der Zimmermann setzte sich ebenfalls hin. Schaute man von oben auf Ukleevo, so erschien es mit seinen Weiden, der weißen Kirche und dem Flüßchen ruhig und schön, nur die Dächer der Fabriken störten, die aus Sparsamkeit mit einer scheußlichen, düsteren Farbe gestrichen waren. Auf dem gegenüberliegenden Abhang sah man hier und da bald in Garben, bald in Haufen, als sei der Sturm hindurchgefahren, und auch in frisch gemähten Reihen den Roggen liegen; der Hafer war auch schon reif und schimmerte jetzt in der Sonne wie Perlmutter. Es war Erntezeit. Heute war Feiertag, morgen, am Sonnabend, mußte der Roggen eingebracht, mußte Heu gefahren werden, und dann kam der Sonntag, wieder ein Feiertag; jeden Tag grollte der Donner in der Ferne; es war schwül und sah nach Regen aus; jeder dachte, möge Gott helfen, daß wir rechtzeitig mit dem Korn fertig werden, und allen war freudig und unruhig ums Herz.

S. 279

»Jetzt sind die Mäher teuer«, sagte Praskovja. »Einen Rubel vierzig den Tag!«

Vom Jahrmarkt in Kazanskoe kam immer mehr Volk zurück: Frauen, Fabrikarbeiter mit neuen Schirmmützen, Bettler, Kinder ... Bald kam staubaufwirbelnd ein Wagen vorbeigefahren, und hinterher lief ein übriggebliebenes Pferd, das sich zu freuen schien, weil es nicht verkauft worden war; bald führte jemand eine störrische Kuh an den Hörnern vorbei, bald kam wieder ein Wagen, auf dem betrunkene Bauern saßen und die Beine herunterhängen ließen. Eine alte Frau führte einen kleinen Jungen an der Hand, er hatte eine große Mütze auf und hohe Stiefel an den Füßen; der Junge war ganz erschöpft von der Hitze und den schweren Stiefeln, in denen er die Knie nicht bewegen konnte, trotzdem blies er aus Leibeskräften unablässig auf einer Kindertrompete; sie waren längst unten angelangt und in ihre Straße eingebogen, aber die Trompete war immer noch zu hören.

»Unsere Fabrikanten sind nicht mehr ganz bei Troste ...« sagte Elizarov. »Es ist ein Kreuz! Kostjukov ist wütend auf mich gewesen. ›Für die Gesimse sind zuviel Bretter draufgegangen‹, sagt er. ›Was‹, sag ich, ›zuviel? Soviel wie nötig waren, sind draufgegangen. Vasilij Danilyč‹, sag ich, ›ich esse sie nicht zur Grütze, die Bretter.‹ – ›Wie kannst du so was sagen, du Tölpel‹, sagt er. ›Daß dich der ... Vergiß dich nicht!‹ schreit er. ›Ich hab dich zum selbständigen Unternehmer gemacht!‹ – ›Hoho, das ist was Rechtes‹, sag ich. ›Als ich noch kein Unternehmer war‹, sag ich, ›hab ich auch jeden Tag Tee getrunken.‹ – ›Ihr seid alle Gauner‹, sagt er ... Da hab ich geschwiegen. Wir sind im Diesseits die Gauner, dachte ich, und ihr werdet im Jenseits die Gauner sein. Hohoho! Am andern Tag war er weich. ›Sei mir nicht böse, Makaryč‹, sagt er, ›wegen meiner Worte. Wenn ich‹, sagt er, ›auch mal ein Wort zuviel sage, so bin ich doch immerhin ein Kaufmann der ersten Gilde und mehr als du – da mußt du still sein.‹ –

›Sie sind ein Kaufmann der ersten Gilde‹, sag ich, ›und ich bin ein Zimmermann, das stimmt. Auch der heilige Joseph‹, sag ich, ›war ein Zimmermann, unser Handwerk ist ein ordentliches, gottgefälliges. Wenn Sie aber‹, sag ich, ›geruhen wollen, mehr zu sein, dann bitte schön, Vasilij Danilyč.‹ Und hinterher, also nach diesem Gespräch, da überlege ich: Wer ist denn nun mehr, ein Kaufmann der ersten Gilde oder ein Zimmermann? Natürlich doch der Zimmermann, Kinderchen!«

Krückstock überlegte und fügte dann hinzu:

»So ist es, Kinderchen. Wer arbeitet, wer duldet, der ist mehr, der steht höher.«

Die Sonne war bereits untergegangen, und über dem Fluß, dem Kirchplatz und den Grasflächen um die Fabriken erhob sich ein dichter Nebel, weiß wie Milch. Jetzt, da die Dunkelheit schnell hereinbrach, leuchteten unten die Lichter auf. Es sah aus, als läge der Nebel über einem bodenlosen Abgrund. Da erschien es Lipa und ihrer Mutter, die als Bettler geboren und bereit waren, bis ans Ende ihrer Tage Bettler zu bleiben, die den anderen alles gaben außer ihren erschreckten, sanften Seelen – da erschien es ihnen wohl einen Augenblick lang, daß in dieser riesigen geheimnisvollen Welt, inmitten unendlicher Scharen von Menschenleben auch sie eine Kraft darstellten, daß auch sie sich über das Nichts erhoben; es war ihnen hier oben so wohl zumute, sie lächelten glücklich und vergaßen, daß sie doch wieder hinunter mußten.

Endlich kamen sie zu Hause an. Am Tor und vor dem Laden saßen die Mäher auf der Erde. Die Ukleever gingen gewöhnlich nicht zu Cybukin arbeiten, er mußte Fremde dingen, und jetzt sah es im Dunkeln aus, als säßen da Leute mit langen schwarzen Bärten. Durch die offene Tür des Ladens konnte man sehen, wie der Taube mit einem Jungen beim Brettspiel saß. Die Mäher sangen leise, kaum hörbar, oder baten laut, man möge ihnen den Lohn für den gestrigen Tag geben, sie bekamen aber nichts, damit sie nicht bis zum anderen Morgen weggingen. Der alte Cybukin, ohne Überrock, nur in Weste, trank mit Aksinja unter der Birke vor der Treppe Tee; auf dem Tisch brannte eine Lampe.

»Grooßvater!« rief ein Mäher vom Tor her, wie um den Alten zu necken. »Bezahl wenigstens die Hälfte, Grooßvater!«

Und gleich darauf hörte man Lachen. Dann sangen sie wieder kaum hörbar ... Krückstock setzte sich auch hin und trank Tee.

»Wir sind also auf dem Jahrmarkt gewesen«, begann er zu erzählen. »Da haben wir uns vergnügt, Kinderchen, dem Herrn sei's gedankt, sehr schön war es dort. Aber da ist was passiert, nichts Gutes: Der Schmied Saška hat Tabak gekauft und dem Kaufmann also einen halben Rubel dafür gegeben. Der halbe Rubel aber war falsch«, fuhr Krückstock fort und schaute sich um; er wollte eigentlich flüstern, sprach aber mit heiserer, halb erstickter Stimme, und alle konnten es hören. »Also der halbe Rubel war falsch, wie sich's rausstellte. Sie fragten: ›Wo hast du den her?‹ – ›Den‹, sagt er, ›hat mir Anisim Cybukin gegeben. Als ich‹, sagt er, ›auf seiner Hochzeit war ...‹ Da haben sie den Wachtmeister gerufen und Saška abgeführt ... Sieh zu, Petrovič, daß da kein Gerede entsteht oder sonst was ...«

»Grooßvater!« rief immer dieselbe Stimme neckend vom Tor her. »Grooßvater!«

Es trat Schweigen ein.

»Ach, Kinderchen, Kinderchen ...« murmelte Krückstock hastig und stand auf; die Müdigkeit übermannte ihn. »Habt Dank für den Tee, für den Zucker, Kinderchen. Es ist Schlafenszeit. Bin schon ganz mürbe geworden, alle meine Balken sind morsch. Hohoho!«

Und im Weggehen sagte er:

»Ist wohl Zeit zum Sterben!«

Und schluchzte auf. Der alte Cybukin trank seinen Tee nicht aus, blieb aber noch eine Weile nachdenklich sitzen; es sah aus, als lausche er noch auf die Schritte Krückstocks, der schon weit weg auf der Straße war.

»Vielleicht hat der Schmied gelogen«, sagte Aksinja, die seine Gedanken erriet.

Er ging ins Haus und kam mit einer Rolle wieder; er wickelte sie auf – da schimmerten die Rubel, ganz neue waren es. Er nahm einen, probierte ihn zwischen den Zähnen und warf ihn aufs Tablett, und noch einen ...

»Die Rubel sind tatsächlich falsch ...« murmelte er und schaute Aksinja wie im Zweifel an. »Das sind die ... Anisim hat sie mitgebracht, das ist sein Geschenk. Töchterchen, nimm sie«, flüsterte er und steckte ihr die Rolle in die Hand, »nimm sie und wirf sie in den Brunnen ... Ich will nichts damit zu tun haben! Und sieh zu, daß es kein Gerede gibt. Daß nicht was passiert ... Bring den Samovar weg und lösch das Licht ...«

Lipa und Praskovja, die in der Scheune saßen, sahen, wie die Lichter eins nach dem anderen verloschen; nur oben bei Varvara leuchteten die roten und blauen Öllämpchen, und von dorther wehte ein Hauch von Ruhe, Zufriedenheit und Ahnungslosigkeit. Praskovja konnte sich einfach nicht daran gewöhnen, daß ihre Tochter die Frau eines Reichen geworden war. Und wenn sie kam, drückte sie sich im Flur herum, lächelte bittend, und man schickte ihr Tee und Zucker hinaus. Und auch Lipa konnte sich nicht eingewöhnen und schlief, nachdem ihr Mann fortgefahren war, nicht in ihrem Bett, sondern wie es gerade kam – in der Küche oder in der Scheune, und jeden Tag scheuerte sie die Fußböden oder wusch Wäsche, sie kam sich wie im Tagelohn vor. Auch jetzt, von der Wallfahrt zurückgekehrt, tranken beide in der Küche mit der Köchin Tee, danach gingen sie in die Scheune und legten sich auf den Fußboden zwischen dem Schlitten und der Wand nieder. Dort war es dunkel, und es roch nach Zaumzeug. Vor dem Haus verlosch das Licht; dann konnte man hören, wie der Taube den Laden zuschloß und die Mäher sich im Hof für die Nacht einrichteten. Weit weg, bei Chrymins den Jüngeren, wurde auf der teuren Harmonika gespielt... Praskovja und Lipa schliefen ein.

Als sie von Schritten geweckt wurden, schien der Mond; vor dem Scheuneneingang stand Aksinja, ihr Bettzeug in den Armen.

»Hier wird es wohl kühler sein«, sagte sie, kam herein und legte sich gleich bei der Schwelle nieder, mitten im Mondschein.

Sie schlief nicht und seufzte schwer, vor Hitze hatte sie alle Gliedmaßen von sich gestreckt und fast alles abgeworfen – was war das für ein schönes, für ein stolzes Tier im Zauberlicht des Mondes! Es verging eine kurze Zeit, und wieder waren Schritte zu hören: in der Tür zeigte sich der alte Cybukin, ganz weiß sah er aus.

»Aksinja«, rief er. »Bist du hier?«

»Was ist denn?« antwortete sie böse.

»Ich hab dir vorhin gesagt, du sollst das Geld in den Brunnen werfen. Hast du's getan?«

»Das fehlte noch, Geld in den Brunnen werfen! Ich hab's den Mähern gegeben...«

»Ach, mein Gott!« rief der Alte bestürzt und erschrocken. »Was bist du für ein leichtsinniges Frauenzimmer... Ach, mein Gott!«

Er schlug die Hände zusammen und ging davon, und im Gehen redete er immerzu etwas vor sich hin. Nach einer Weile setzte sich Aksinja auf und seufzte schwer voller Ärger, darauf erhob sie sich, ergriff das Bettzeug mit beiden Armen und ging hinaus.

»Warum hast du mich hierhergehen lassen, Mamachen?« sagte Lipa.

»Ein Mädchen muß heiraten, Töchterlein. Das haben nicht wir so eingerichtet.«

Und ein Gefühl untröstlichen Leides wollte sich ihrer bemächtigen. Doch einer, so schien es ihnen, schaute von dem hohen Himmel, aus dem tiefen Blau, wo die Sterne sind, auf sie herab, er sah alles, was in Ukleevo geschah, und paßte auf. Und mochte das Böse noch so schlimm sein, so war doch die Nacht schön und still, so gab es doch in Gottes Welt Wahrheit und Gerechtigkeit, die waren ebenso schön und still, und es würde sie immer geben, und alles auf der Welt wartete nur darauf, mit der Wahrheit und Gerechtigkeit zu verschmelzen wie das Mondlicht mit der dunklen Nacht.

Und beruhigt, eng aneinandergeschmiegt, schliefen beide ein.

VI

Schon lange war die Nachricht gekommen, daß man Anisim wegen Falschmünzerei und wegen in Umlauf gebrachten Falschgeldes ins Gefängnis gesetzt hatte. Es vergingen Monate, es verging mehr als ein halbes Jahr, der lange Winter war vorbei, der Frühling begann, und alle, sowohl im Haus wie im Dorf, hatten sich daran gewöhnt, daß Anisim im Gefängnis saß. Ging jemand nachts am Laden oder am Haus vorüber, erinnerte er sich, daß Anisim im Gefängnis saß, und wenn auf dem Friedhof geläutet wurde, dachte man aus irgendeinem Grunde auch daran, daß er im Gefängnis saß und auf die Gerichtsverhandlung wartete.

Ein Schatten schien über dem Hof zu liegen. Das Haus war dunkel, das Dach rostig geworden, an der schweren, eisenbeschlagenen und grün gestrichenen Ladentür war die Farbe abgeblättert oder, wie der Taube sagte, ›abgeplagt‹; und selbst der alte Cybukin schien dunkel geworden zu sein. Schon lange schnitt er sich nicht mehr die Haare und den Bart, er war ganz verwildert, in den Wagen setzte er sich nicht mehr mit einem Sprung und schrie auch den Bettlern nicht mehr zu: »Gott wird helfen!« Seine Macht nahm ab, das war an allem zu merken. Die Leute fürchteten ihn schon weniger, und der Wachtmeister hatte bereits im Laden ein

Protokoll aufgenommen, obgleich er wie früher erhielt, was ihm zustand; dreimal war der Alte in die Stadt vors Gericht geladen worden wegen heimlichen Handelns mit Branntwein, doch war die Verhandlung immer vertagt worden, weil die Zeugen nicht erschienen, und der Alte war schon ganz elend.

Er fuhr häufig zum Sohn, hatte irgend jemanden gedingt, jemandem eine Bittschrift eingereicht, irgendwo eine Kirchenfahne gestiftet. Dem Aufseher des Gefängnisses, in dem Anisim saß, hatte er einen silbernen Untersetzer für das Teeglas überreicht mit der Inschrift auf Emaille: »Halte Maß in allen Dingen« und einen langen Teelöffel dazu.

»Es ist auch keiner da, der sich richtig für ihn verwenden könnte, nicht ein einziger«, sagte Varvara. »Ojemine, ojemine ... Man sollte jemanden von den Herrschaften bitten, an den höchsten Vorgesetzten zu schreiben ... Daß man ihn wenigstens vor der Gerichtsverhandlung herausläßt ...! Wozu den Burschen quälen!«

Sie war ebenfalls bekümmert, sie war jedoch voller und ihre Haut weißer geworden; wie früher zündete sie in ihrem Zimmer vor den Ikonen Öllämpchen an und hielt auf Reinlichkeit im Haus, bewirtete die Gäste mit Varenje und Apfelpaste. Der Taube und Aksinja verkauften im Laden; sie hatten eine neue Sache angefangen – die Ziegelei in Butëkino, und Aksinja fuhr fast jeden Tag hin, in dem großen Reisewagen; sie kutschierte selber, und wenn sie Bekannten begegnete, reckte sie den Hals wie eine Schlange im jungen Roggen und lächelte naiv und undurchsichtig. Lipa jedoch spielte mit ihrem Kindchen, das vor den Fasten zur Welt gekommen war. Das Kind war klein, mager und kläglich, und es schien unbegreiflich, daß es schreien und umherblicken konnte und daß es als ein Mensch angesehen und sogar Nikifor genannt wurde. Es lag in der Wiege, Lipa aber ging zur Tür, verneigte sich und sprach:

»Guten Tag, Nikifor Anisimyč!«

Dann lief sie schnell zu ihm und küßte ihn. Darauf lief sie von neuem zur Tür und sagte mit einer Verneigung:

»Guten Tag, Nikifor Anisimyč!«

Er aber streckte seine roten Beinchen in die Luft und lachte und weinte gleichzeitig wie der Zimmermann Elizarov.

Endlich war die Verhandlung anberaumt. Der Alte fuhr schon fünf Tage vorher hin. Nachher hörte man, daß die Bauern, die als Zeugen aufgerufen waren, in die Stadt mußten, auch der alte Stallknecht fuhr hin, er hatte ebenfalls eine Vorladung erhalten.

Die Verhandlung fand am Donnerstag statt. Aber der Sonntag war schon vorüber, und der Alte war noch immer nicht zurückgekehrt, und es kamen keinerlei Nachrichten. Am Dienstag gegen Abend saß Varvara am offenen Fenster und lauschte: Sie wartete auf die Rückkehr des alten Cybukin. Im benachbarten Zimmer spielte Lipa mit ihrem Kleinen. Sie warf ihn auf den Armen hoch und rief dabei voller Entzücken:

»Du wirst sooo groß werden, und dann bist du ein Mann, und wir gehen zusammen auf Tagelohn! Auf Tagelohn gehen wir!«

»Nun, nun!« meinte Varvara gekränkt. »Was hast du dir da für einen Tagelöhner ausgedacht, Dummchen! Ein Kaufmann wird er ...!«

Lipa begann leise zu singen, doch nach einer Weile vergaß sie sich wieder und fing von vorn an:

»Du wirst sooo groß werden, dann bist du ein Mann, und wir gehen zusammen auf Tagelohn!«

»Nun leiert sie immerzu dasselbe!«

Lipa blieb mit Nikifor auf dem Arm in der Tür stehen und fragte:

»Mamachen, warum hab ich ihn so lieb? Warum tut er mir so leid?« fuhr sie mit zitternder Stimme fort, und Tränen glänzten in ihren Augen. »Wer ist er denn? Was stellt er vor? Leicht ist er wie ein Federchen, wie ein Krümelchen, und doch lieb ich ihn; ich hab ihn lieb wie einen richtigen Menschen. Er kann nichts, er spricht nicht, aber ich verstehe alles, wenn er mich mit seinen Äugelchen anblickt.«

Varvara horchte auf; man konnte hören, wie der Abendzug auf der Station einlief. Ob der Alte wohl gekommen war? Sie hörte und begriff schon nicht mehr, was Lipa sagte, merkte nicht, wie die Zeit verging; sie zitterte am ganzen Körper, und das nicht aus Furcht, sondern aus heftiger Neugierde. Sie sah einen Wagen mit Gepolter schnell vorüberfahren, darauf saßen viele Bauern. Die Zeugen kehrten heim. Als der Wagen am Laden vorüberfuhr, sprang der alte Stallknecht ab und ging in den Hof. Es war zu hören, wie man ihn begrüßte und nach etwas fragte ...

»Aberkennung aller Rechte und des ganzen Vermögens«, sagte er laut, »Verschickung nach Sibirien zur Zwangsarbeit auf sechs Jahre.«

Aksinja trat durch den hinteren Eingang des Ladens in den Hof; sie war gerade dabei, Petroleum einzugießen, in der einen Hand hielt sie eine Flasche, in der anderen den Trichter, und im Mund hatte sie einige Silbermünzen.

»Wo ist Papachen?« fragte sie lispelnd.

»Auf der Station«, antwortete der Arbeiter. »Er sagte: ›Ich warte, bis es dunkler wird, dann komm ich.‹«

Als es auf dem Hof bekannt wurde, daß Anisim zu Zwangsarbeit verurteilt war, fing die Köchin an zu wehklagen wie um einen Verstorbenen, weil sie dachte, dies erfordere der Anstand.

»Ach, warum hast du uns nur verlassen, Anisim Petrovič, du unser stolzer Falke ...«

Die aufgestörten Hunde bellten. Varvara lief in ihrer Bedrängnis ans Fenster, und ihre Stimme mit aller Kraft anstrengend, schrie sie der Köchin zu:

»Hör aauf, Stepanida, hör aauf! Quäl uns nicht, um Christi willen!«

Man hatte vergessen, den Samovar aufzusetzen, man dachte schon an nichts mehr. Einzig und allein Lipa begriff nicht, was geschehen war, sie gab sich weiter mit ihrem Kindchen ab.

Als der alte Cybukin vom Bahnhof kam, fragte ihn niemand mehr. Nach der Begrüßung ging er schweigend durch alle Zimmer, zu Abend aß er nicht.

»Keiner hat sich recht bemüht ...« fing Varvara an, als sie allein waren. »Ich hab doch gesagt, man soll die Herrschaften bitten – keiner hat auf mich gehört damals. Eine Bittschrift hätte man ...«

»Ich habe mich bemüht!« sagte der Alte und fuhr mit der Hand durch die Luft. »Als Anisim verurteilt war, bin ich zu dem Herrn gegangen, der ihn verteidigt hat. ›Es hilft nichts mehr‹, sagt er, ›es ist zu spät.‹ Anisim selber sagt: ›Zu spät.‹ Ich hab aber, als ich aus dem Gericht kam, doch noch mit einem Advokaten gesprochen, hab ihm eine Anzahlung gegeben ... Noch eine Woche will ich warten, dann fahr ich wieder hin. Wie es Gott gefällt!«

Schweigend ging der Alte wieder durch alle Zimmer, und als er zu Varvara zurückkam, sagte er:

»Ich glaube, ich bin krank. Mein Kopf ist wie benebelt. Alle Gedanken sind durcheinander.«

Er schloß die Tür, damit Lipa nichts hören konnte, und fuhr leise fort:

»Das mit dem Geld, das macht mir zu schaffen. Du erinnerst dich doch, daß Anisim mir vor der Hochzeit in der Osterwoche neue Rubel- und Halbrubelstücke mitgebracht hat? Eine Rolle habe ich damals beiseite gelegt und das übrige zu meinem Geld getan ... Ich hatte einen Onkel, Dmitrij Filatyč, Gott hab ihn selig, der ist immer zum Wareneinkauf nach Moskau oder in die Krim gefahren. Der hatte eine Frau, und diese Frau hat sich – während er also weg war und Ware holte – mit anderen amüsiert. Sechs Kinder hatte sie. Wenn der Onkel nun einen sitzen hatte, dann lachte er und sagte: ›Ich kann gar nicht rauskriegen, welche meine Kinder sind und welche die fremden.‹ Er nahm eben alles leicht. So geht es auch mir jetzt: ich weiß nicht, welches Geld echt ist und welches falsch. Und es kommt mir vor, als ob alles falsch ist.«

»Nun, nun, Gott mit dir!«

»Ich kaufe auf dem Bahnhof eine Fahrkarte, lege drei Rubel hin und denke dabei, vielleicht sind sie falsch. Und ich fürchte mich. Wahrscheinlich bin ich krank.«

»Was willst du nur, wir stehen alle in Gottes Hand ... Ojemine, ojemine ...« sagte Varvara und wiegte den Kopf. »Das müßte man sich überlegen, Petrovič ... Du bist kein junger Mensch mehr, wie leicht kann dir was zustoßen. Paß auf, daß dein Enkelkind nicht zu Schaden kommt, wenn du tot bist. Oh, ich bin bange, sie werden ihn übervorteilen, den Nikifor, sicher werden sie das tun! Der Vater, das kann man wohl sagen, ist nicht mehr da, die Mutter ist jung und dumm ... Du solltest dem Jungen wenigstens Land überschreiben, vielleicht dieses Butëkino, Petrovič, wirklich! Überlege das mal«, redete Varvara ihm zu, »'s ist ein hübscher Junge. 's wär schade! Fahr gleich morgen hin und schreib das Papier aus. Wozu noch warten?«

»Den Enkel hab ich ganz vergessen ...« sagte Cybukin. »Ich will ihn begrüßen. Du meinst also: der Junge ist annehmbar? Na ja, soll er heranwachsen. Gott geb es!«

Er öffnete die Tür und winkte Lipa mit dem gekrümmten Finger. Sie trat zu ihm, das Kind auf dem Arm.

»Hör, Lipynka, wenn du was brauchst, dann sag es«, sprach er. »Und iß, was du willst, uns macht das nichts, wenn du nur gesund bleibst ...« Er bekreuzte das Kind. »Und paß auf den Enkel auf. Ist der Sohn nicht mehr da, so ist mir doch das Enkelchen geblieben.«

Die Tränen rannen ihm über die Wangen; er schluchzte auf und ging. Nach einer Weile legte er sich zu Bett und schlief fest, nach sieben schlaflosen Nächten.

Der Alte fuhr für kurze Zeit in die Stadt. Jemand erzählte Aksinja, er sei zum Notar gefahren, um ein Testament zu machen, und Butëkino, dasselbe Butëkino, auf dem sie Ziegel brannte, sei dem Enkel Nikifor vermacht worden. Das alles wurde ihr am Morgen mitgeteilt, als der Alte und Varvara vor der Treppe unter der Birke saßen und Tee tranken. Sie verschloß sowohl den vorderen wie den hinteren Eingang zum Laden, suchte alle Schlüssel, die sie hatte, zusammen und schleuderte sie dem Alten vor die Füße.

»Ich will nicht mehr für euch arbeiten!« schrie sie laut und brach plötzlich in Tränen aus. »Wie ich sehe, bin ich hier nicht die Schwiegertochter, sondern ein Dienstmädchen! Alle Leute lachen und sagen: ›Seht mal, was für ein Dienstmädchen die Cybukins haben!‹ Ich hab mich bei euch nicht verdingt! Ich bin keine Bettlerin, auch keine Magd, ich habe noch Vater und Mutter.«

Ohne die Tränen abzuwischen, richtete sie ihre verweinten, bösen Augen, die vor Zorn schielten, auf Cybukin; Gesicht und Hals waren rot und verkrampft, denn sie schrie aus allen Kräften.

»Ich will nicht mehr dienen!« fuhr sie fort. »Ich habe mich genug geplagt! Im Laden sitzen tagaus, tagein, heimlich nach Schnaps schleichen in der Nacht – dazu bin ich gut genug, aber wenn Land verschenkt wird, kriegt es dieses Sträflingsweib mit ihrem Balg! Die ist hier die Herrin, die Hausfrau, ich aber bin ihre Magd! Gebt ihr nur alles, dem Sträflingsweib, ersticken soll sie dran – ich geh nach Hause! Sucht euch eine andere Dumme, verfluchtes Pack!«

Der alte Cybukin, der seine Kinder noch niemals gescholten und noch nie bestraft hatte, der es auch in Gedanken nicht für möglich hielt, jemand aus der Familie könnte ihm ein grobes Wort sagen oder sich unehrerbietig benehmen, erschrak jetzt so sehr, daß er ins Haus lief und sich hinter einem Schrank versteckte. Und Varvara geriet so aus der Fassung, daß sie sich nicht von ihrem Sitz erheben konnte, sie wehrte nur mit beiden Händen ab, als bedrohe sie eine Biene.

»O mein Gott, was ist denn das?« murmelte sie voll Entsetzen. »Warum schreit sie so? Ojemine! Die Leute werden es hören! Still doch . . . leiser!«

»Butëkino habt ihr der Zuchthäuslerin gegeben«, schrie Aksinja weiter, »gebt ihr nur alles, ich brauch von euch nichts! Hol euch der Henker! Ihr seid hier alle eine Bande! Ich hab genug gesehen, mir langt es! Ausgeplündert habt ihr jeden, der des Weges kam und ging, ausgeplündert alt und jung! Wer hat den Schnaps unterm Tisch verkauft? Und das falsche Geld? Eure Truhen habt ihr vollgestopft mit falschem Geld – jetzt braucht ihr mich nicht mehr!«

Vor dem weit offenstehenden Tor hatten sich schon eine Menge Leute versammelt und schauten in den Hof.

»Sollen es die Leute ruhig hören!« schrie Aksinja. »Ich werde euch bloßstellen! In den Boden sollt ihr versinken vor Scham! Zu meinen Füßen werdet ihr noch liegen! He, Stepan!« rief sie den Tauben. »Wir fahren sofort nach Hause! Zu meinem Vater, zur Mutter fahren wir, ich will nicht mehr mit Sträflingen zusammenleben! Los, mach dich fertig!«

Auf den über den Hof gespannten Leinen hing Wäsche; sie riß ihre Röcke und Blusen, naß wie sie waren, herunter und warf sie dem Tauben in die Arme. Dann rannte sie wütend im Hof umher, zerrte die ganze Wäsche von der Leine, und was ihr nicht gehörte, warf sie auf die Erde und trat darauf herum.

»Oh, mein Gott, so beruhigt sie doch!« stöhnte Varvara. »Was macht sie denn? Gebt ihr doch Butëkino, um Christi willen, gebt es ihr!«

»Na, das ist ein Weib!« hörte man am Tor reden. »Ist das ein Weib! Hat die eine Wut – hu!«

Aksinja lief in die Küche, wo gerade gewaschen wurde. Lipa wusch allein, die Köchin war zum Fluß gegangen, um

Wäsche zu spülen. Vom Waschtrog und vom Kessel neben dem Herd stieg Dampf auf, und in der Küche war es stickig und dämmerig davon. Auf dem Boden lag noch ein Haufen ungewaschener Wäsche, und daneben auf einer Bank lag Nikifor, die roten Beinchen in die Höhe gestreckt; er lag so, daß er sich nicht weh tun konnte, wenn er herunterfiel. In dem Augenblick, als Aksinja die Küche betrat, hatte Lipa deren Hemd von dem Haufen genommen und in den Trog gelegt; jetzt streckte sie die Hand nach der großen Schöpfkelle mit dem kochenden Wasser aus, die auf dem Tisch stand . . .

»Gib das her!« sagte Aksinja mit haßerfülltem Blick und riß das Hemd aus dem Trog. »Du hast meine Wäsche nicht anzurühren. Du bist ein Sträflingsweib und solltest wissen, wo du hingehörst!«

Ohne zu begreifen, schaute Lipa sie verschüchtert an, doch plötzlich fing sie den Blick auf, den Aksinja auf das Kind warf, und – da begriff sie und wurde leichenblaß . . .

»Du hast mein Land genommen, da hast du's!«

Mit diesen Worten ergriff Aksinja die Schöpfkelle mit dem kochenden Wasser und schüttete es über Nikifor aus.

Danach ertönte ein Schrei, wie man ihn in Ukleevo noch niemals gehört hatte, und man hätte nicht geglaubt, daß ein kleines, schwaches Wesen wie Lipa so schreien konnte. Auf dem Hof wurde es plötzlich still. Mit ihrem üblichen naiven Lächeln schritt Aksinja schweigend ins Haus . . . Der Taube ging immer noch im Hof herum, die Wäsche in den Armen, dann begann er schweigend und gemächlich die Stücke wieder aufzuhängen. Und bis die Köchin vom Fluß zurückkehrte, wagte niemand in die Küche zu gehen und nachzusehen, was dort geschehen war.

VIII

Nikifor wurde in das Zemstvo-Krankenhaus gebracht, und dort starb er gegen Abend. Lipa wartete nicht, bis man sie holen würde, sie wickelte die Leiche in eine Bettdecke und trug sie nach Haus.

Das Krankenhaus, das hoch auf dem Berg stand, war neu erbaut und hatte große Fenster; es stand da, in die untergehende Sonne getaucht, und sah aus, als brenne es innen. Unten war ein kleines Dorf. Lipa stieg hinab und setzte sich auf halbem Weg an einem kleinen Teich nieder. Eine Frau führte ein Pferd zur Tränke, aber das Pferd wollte nicht trinken.

»Was willst du noch?« sagte die Frau leise zu ihm. »Was fehlt dir denn?«

Ein Junge in rotem Hemd, der dicht am Wasser saß, wusch die Stiefel des Vaters. Weiter war keine Seele zu sehen, weder im Dorf noch auf dem Berg.

»Es trinkt nicht ...« sagte Lipa, das Pferd betrachtend.

Dann gingen die Frau und der Junge mit den Stiefeln davon, und es war niemand mehr da. Die Sonne war schlafen gegangen und hatte sich mit purpurfarbenem Brokat zugedeckt; langgezogene rote und lilafarbene Wolken trieben über den Himmel und bewachten ihren Schlummer. Irgendwo in der Ferne rief eine Rohrdommel wie eine Kuh, die man in die Scheune gesperrt hat, melancholisch und dumpf. Man hörte den Ruf dieses geheimnisvollen Vogels jedes Frühjahr, doch keiner wußte, wie er aussah und wo er lebte. Oben beim Krankenhaus, in den Sträuchern dicht am Teich, hinter dem Dörfchen und ringsum in dem weiten Feld schlugen die Nachtigallen. Ein Kuckuck zählte irgend jemandes Jahre, verzählte sich ständig und fing wieder von vorn an. Im Teich schrien sich die Frösche zornig und aus Leibeskräften etwas zu, man konnte sogar die Worte verstehen: »Bist auch nicht anders! Bist auch nicht anders!« War das ein

Lärm! Es schien, als schrien und sängen alle diese Geschöpfe absichtlich, damit niemand schlafe in dieser Frühlingsnacht, damit alle, sogar die zornigen Frösche, sich jeder Minute freuten und keine verlören: Denn man lebt ja nur einmal!

Am Himmel leuchtete der silberne Halbmond, viele Sterne waren zu sehen. Lipa wußte nicht, wie lange sie am Teich gesessen hatte, aber als sie aufstand und weiterging, schlief schon alles im Dörfchen, und es brannte kein einziges Licht mehr. Bis nach Hause waren es wohl an die zwölf Verst, doch ihre Kräfte versagten, sie wußte den Weg nicht; der Mond glänzte bald rechts, bald gerade vor ihr, und immer noch rief der Kuckuck, schon mit heiserer Stimme und lachend, als ob er sie necken wollte: »Du, paß auf, du kommst vom Weg ab!« Lipa ging schnell, sie verlor ihr Kopftuch ... Sie schaute hinauf zum Himmel und dachte darüber nach, wo jetzt wohl die Seele ihres Kindes sein mochte: folgte sie ihr oder schwebte sie dort oben zwischen den Sternen und dachte nicht mehr an die Mutter? Oh, wie einsam ist es nachts auf dem weiten Feld, inmitten dieses Gesangs, wenn man selbst nicht singen kann, inmitten dieser unaufhörlichen Freudenschreie, wenn man selber sich nicht freuen kann, wenn vom Himmel – einsam auch er – der Mond herniederschaut, dem es gleichgültig ist, ob's jetzt Frühling oder Winter ist, ob die Menschen leben oder tot sind ... Wenn ein Kummer das Herz bedrückt, dann ist es schwer ohne Menschen. Wenn doch die Mutter bei ihr wäre oder Krückstock oder die Köchin oder irgendein Bauer!

»Buuh!« schrie die Rohrdommel. »Buuh!«

Und plötzlich vernahm sie deutlich eine menschliche Stimme.

»Spann an, Vavila!«

Vor ihr, dicht am Weg, brannte ein Feuer; die Flamme war schon erloschen, nur die roten Kohlen glommen noch. Man hörte das Kauen von Pferden. In der Dunkelheit zeichneten sich zwei Wagen ab, auf dem einen stand eine Tonne, der andere, etwas niedrigere, war mit Säcken beladen, und dann sah man noch zwei Menschen: der eine führte ein Pferd, um es einzuspannen, der andere stand unbeweglich neben dem Feuer und hatte die Hände auf den Rücken gelegt. Neben dem Wagen knurrte ein Hund. Der mit dem Pferd blieb stehen und sagte:

»Da scheint jemand auf der Straße zu gehen!«

»Šarik, sei still!« rief der andere dem Hund zu.

An der Stimme erkannte man, daß der andere ein alter Mann war. Lipa blieb stehen und sagte:

»Gott zum Gruß!«

Der alte Mann trat auf sie zu und antwortete zögernd:

»Guten Abend!«

»Tut mir euer Hund nichts, Großvater?«

»Nein, komm nur. Er rührt dich nicht an.«

»Ich war im Krankenhaus«, sagte Lipa nach einem kurzen Schweigen. »Mir ist mein Söhnchen dort gestorben. Da trag ich es jetzt heim.«

Dem Alten behagte das wohl nicht, denn er trat zur Seite und sagte hastig:

»Macht nichts, meine Liebe. 's ist Gottes Wille. – Du trödelst, Bursche!« rief er, zu dem Gefährten gewandt. »Beeil dich!«

»Das Joch ist nicht da«, sagte der Bursche. »Es ist nirgends zu sehen.«

»Du bist doch ein richtiger Dummkopf!«

Der alte Mann hob ein Stückchen Kohle auf und blies es an – es beleuchtete nur seine Nase und die Augen, dann, nachdem das Joch gefunden war, trat er mit dem Feuer zu Lipa und schaute sie an, und sein Blick war sanft und mitleidig.

»Du bist eine Mutter«, sagte er. »Jede Mutter trauert um ihr Kind.«

Und dabei seufzte er und nickte. Vavila warf etwas aufs Feuer und trat darauf – sogleich wurde es ganz dunkel; die

Gestalten verschwanden, und wieder sah man wie vorher nichts als Feld, Himmel und Sterne, dazu lärmten die Vögel und störten einander im Schlaf. Und ein Riedhuhn schrie, wie es schien, an derselben Stelle, wo das Feuer gewesen war.

Doch es verging kaum eine Minute, und plötzlich war alles zu sehen: die Wagen, der alte Mann und der lange Vavila. Die Wagen knarrten, als sie auf die Straße fuhren.

»Seid ihr Heilige?« fragte Lipa den Alten.

»Nein. Wir sind aus Firsanovo.«

»Du hast mich vorhin angesehen, und mein Herz wurde ganz weich. Der Bursche ist auch so still. Da hab ich gedacht: Das sind sicher Heilige.«

»Hast du's weit?«

»Nach Ukleevo.«

»Sitz auf, wir nehmen dich mit bis Kuzmenki. Dort gehst du geradeaus, und wir fahren links.«

Vavila setzte sich auf den Wagen mit der Tonne, der Alte und Lipa bestiegen den anderen. Sie fuhren im Schritt, Vavila voraus.

»Mein Söhnchen hat sich den ganzen Tag gequält«, sagte Lipa. »Es schaut mich immerzu an und schweigt, will sprechen und kann nicht. Herr, mein Gott, o Himmelskönigin! Ich bin vor Kummer nur immer auf den Boden gefallen. Steh da und fall nieder neben dem Bett. Sag mir bloß, Großväterchen, warum muß ein Kleines sich vor dem Tod so quälen? Wenn ein großer Mensch, ein Mann oder eine Frau, sich quält, dann werden ihm seine Sünden verziehen, aber warum denn ein kleines Kind, das doch nicht gesündigt hat? Warum?«

»Wer soll das wissen!« antwortete der Alte.

Wohl eine halbe Stunde lang fuhren sie schweigend.

»Man soll nicht alles wissen«, sagte der alte Mann. »Dem Vogel sind nicht vier Flügel gegeben, sondern zwei, weil man auch mit zweien fliegen kann; so ist es auch dem Menschen nicht gegeben, alles zu wissen, sondern nur die Hälfte oder ein Viertel. Soviel er wissen muß, um sein Leben zu leben, soviel weiß er.«

»Großväterchen, mir ist's leichter, wenn ich zu Fuß gehe. Jetzt klopft mein Herz so.«

»Macht nichts. Bleib ruhig sitzen.«

Der Alte gähnte und bekreuzte den Mund.

»Macht nichts ...« wiederholte er. »Dein Kummer ist gering. Das Leben ist lang – Gutes und Böses wird es bringen, von allem ... Groß ist Mütterchen Rußland!« sprach er und blickte sich nach beiden Seiten um. »Ich bin in dem ganzen Rußland gewesen und hab alles gesehen, was darin ist, und du kannst meinem Worte glauben, meine Liebe. Gutes gibt es, und es gibt auch Böses. Ich bin zu Fuß nach Sibirien gewandert, am Amur bin ich gewesen und im Altaigebirge; in Sibirien hab ich mich angesiedelt und die Erde gepflügt, dann hab ich Sehnsucht gehabt nach Mütterchen Rußland und bin zurückgekehrt ins heimische Dorf. Zu Fuß sind wir zurück nach Rußland gegangen; und ich weiß noch, wir schwammen auf einer Fähre, ich war so mager, ganz abgerissen, barfuß, mich fror, und ich kaute an einer Brotrinde, da war ein Reisender, ein Herr, auf der Fähre – Gott hab ihn selig, wenn er gestorben sein sollte –, der schaute mich so mitleidig an, die Tränen flossen ihm herab. ›Ach du‹, sagt er, ›schwarz ist dein Brot, und schwarz sind deine Tage ...‹ Und als ich heimkam, da hatte ich weder Haus noch Hof; ein Weib habe ich gehabt, das ist in Sibirien geblieben, begraben. So leb ich denn als Knecht. Und was ist dabei? Ich sage dir: Ich habe Böses und Gutes erfahren. Nicht mal sterben möcht ich, meine Liebe, möcht noch an zwanzig Jährchen leben; also hat's mehr Gutes gegeben. Groß ist Mütterchen Rußland!« sagte er, schaute wieder nach rechts und links und blickte sich um.

»Großväterchen«, fragte Lipa, »wenn der Mensch stirbt, wieviel Tage bleibt nachher die Seele noch auf der Erde?«

»Wer soll das wissen? Wollen wir mal den Vavila fragen –

er ist in die Schule gegangen. Dort lernen sie jetzt alles. Vavila!« rief der Alte.

»Aah!«

»Vavila, wenn ein Mensch stirbt, wieviel Tage bleibt seine Seele dann noch auf der Erde?«

Vavila hielt erst das Pferd an, und dann antwortete er:

»Neun Tage. Als mein Onkel Kirilla tot war, da hat seine Seele noch dreizehn Tage in seiner Hütte gelebt.«

»Woher weißt du das?«

»Dreizehn Tage hat es im Ofen geklopft.«

»Na – schon gut. Fahr zu«, sagte der Alte, und man sah ihm an, daß er an all das nicht glaubte.

Bei Kuzmenki bogen die Wagen in die Chaussee ein, Lipa aber ging geradeaus weiter. Es wurde schon hell. Als sie in die Schlucht hinunterstieg, lagen die Häuser und die Kirche von Ukleevo noch im Nebel. Es war kalt, und es schien ihr, als riefe immer noch derselbe Kuckuck.

Das Vieh war noch nicht hinausgetrieben worden, als Lipa zu Hause ankam. Alle schliefen. Sie setzte sich auf die Vortreppe und wartete.

Als erster trat der alte Cybukin aus dem Haus; auf den ersten Blick begriff er, was geschehen war, und lange konnte er kein Wort hervorbringen, er schmatzte nur mit den Lippen.

»Ach, Lipa«, sagte er, »du hast das Enkelchen nicht beschützt . . .«

Sie weckten Varvara. Die schlug die Hände zusammen, begann zu weinen und machte sich sogleich daran, das Kind aufzubahren.

»Und es war doch so ein hübscher Junge . . .« sagte sie dabei. »Ojemine . . . Nur den einen Jungen hatte sie, und den konnte sie nicht behüten, das dumme Ding . . .«

Am Morgen und am Abend wurden Seelenmessen abgehalten. Am folgenden Tag wurde das Kind beerdigt, und nach der Beerdigung aßen die Gäste und die Geistlichkeit so viel und mit solcher Gier, als hätten sie lange nichts gegessen.

Lipa bediente bei Tisch, und der Priester sagte zu ihr mit erhobener Gabel, auf der ein eingelegter Reizker aufgespießt war:

»Trauert nicht um das Kindlein, denn solcher ist das Himmelreich.«

Erst als alle auseinandergegangen waren, begriff Lipa richtig, daß Nikifor nicht mehr da war und nie mehr dasein würde, sie begriff es und brach in Tränen aus. Und sie wußte nicht, in welches Zimmer sie gehen sollte, um zu weinen, denn sie fühlte, nach dem Tod des Jungen gab es für sie keinen Platz mehr in diesem Haus, sie war hier jetzt überflüssig, und die anderen fühlten das auch.

»Na, was heulst du da?« schrie plötzlich Aksinja, die in der Tür erschien; anläßlich der Beerdigung hatte sie lauter neue Sachen an und war gepudert. »Schweig!«

Lipa wollte aufhören, brachte es aber nicht fertig und weinte nur noch lauter.

»Hörst du nicht?« schrie Aksinja und stampfte in ihrem Zorn mit dem Fuß auf. »Zu wem sag ich das? Mach, daß du fortkommst vom Hof, und ich will dich hier nicht mehr sehen, du Zuchthäuslerin! Hinaus!«

»Nun, nun, nun!« Der alte Cybukin lief eilig herzu. »Aksjuta, sei doch still, meine Liebe ... 's ist doch begreiflich, wenn sie weint ... wo ihr das Kind gestorben ist ...«

»Begreiflich ...« äffte ihn Aksinja nach. »Sie mag noch übernachten, aber morgen will ich sie hier nicht mehr sehen! Begreiflich ...« wiederholte sie spöttisch und begab sich, auflachend, in den Laden.

Am anderen Tag ging Lipa frühmorgens zu ihrer Mutter nach Torguevo.

IX

Jetzt ist das Dach des Ladens frisch gestrichen, auch die Tür, und sie blitzen wie neu; an den Fenstern blühen wie früher lustige Geranien, und das, was vor drei Jahren im Haus und auf dem Hof Cybukins geschah, ist schon beinahe vergessen.

Als Eigentümer gilt wie damals der alte Grigorij Petrovič, in Wirklichkeit ist jedoch alles in Aksinjas Hände übergegangen. Sie ist es, die kauft und verkauft, und ohne ihre Zustimmung darf nichts geschehen. Die Ziegelei arbeitet gut; dadurch, daß die Eisenbahn Ziegel braucht, ist der Preis für das Tausend auf vierundzwanzig Rubel gestiegen; Frauen und Mädchen fahren die Ziegel zur Station, verladen sie in die Waggons und bekommen dafür fünfundzwanzig Kopeken am Tag.

Aksinja ist Teilhaberin bei den Chrymins geworden, und ihre Fabrik heißt jetzt: ›Gebrüder Chrymin jun. & Co.‹ Neben der Station hat man ein Wirtshaus aufgemacht, und auf der teuren Harmonika wird jetzt nicht mehr in der Fabrik, sondern in diesem Wirtshaus gespielt; der Vorsteher der Postabteilung, der auch irgendeinen Handel treibt, kommt häufig dorthin und der Stationsvorsteher ebenfalls. Dem tauben Stepan haben die jüngeren Chrymins eine goldene Uhr geschenkt, und er nimmt sie immerfort aus der Tasche und hält sie ans Ohr.

Im Dorf sagt man von Aksinja, sie habe große Macht gewonnen; und wirklich, wenn sie morgens in die Ziegelei fährt, naiv lächelnd, schön und strahlend, und dort Befehle erteilt, dann fühlt man, daß eine große Macht in ihr ist. Alle fürchten sie, im Haus, im Dorf und in der Ziegelei. Wenn sie auf die Post kommt, springt der Postvorsteher auf und sagt zu ihr:

»Ich bitte ergebenst, Platz zu nehmen, Ksenija Abramovna!«

Ein schon älterer Gutsbesitzer, ein Stutzer in einem langschößigen Überrock aus feinem Tuch und in hohen Lackstiefeln, der ihr einmal ein Pferd verkaufte, war von dem Gespräch mit ihr so hingerissen, daß er ihr den Preis so weit nachließ, wie sie nur wollte. Er hielt ihre Hand lange fest und sprach, ihr in die lustigen, mutwilligen, naiven Augen blickend:

»Für eine Frau wie Sie, Ksenija Abramovna, bin ich zu allem bereit. Sagen Sie mir nur, wann wir uns sehen können, ohne gestört zu werden.«

»Ja, wann es Ihnen beliebt!«

Und danach kam dieser alte Geck fast jeden Tag angefahren, um im Laden Bier zu trinken. Das Bier schmeckte fürchterlich, bitter wie Wermut. Der Gutsbesitzer schüttelte den Kopf, aber er trank es.

Der alte Cybukin kümmert sich schon lange nicht mehr um die Geschäfte. Er behält kein Geld mehr bei sich, weil er das richtige vom falschen einfach nicht unterscheiden kann, schweigt aber und erzählt niemandem etwas von seiner Schwäche. Er ist so vergeßlich geworden, und wenn man ihm nichts zu essen gibt – von selber fragt er nicht danach; man hat sich schon daran gewöhnt, ohne ihn zu Mittag zu essen, und Varvara sagt oft:

»Unser Alter hat sich gestern wieder schlafen gelegt, ohne zu essen.«

Und sie sagt das gleichgültig, weil sie es schon gewohnt ist. Sommer wie Winter trägt er seinen Pelz, nur an sehr heißen Tagen bleibt er zu Haus. Gewöhnlich spaziert er, eingemummelt in den Pelz, mit hochgeschlagenem Kragen durch das Dorf, die Straße entlang zur Station, oder er sitzt vom Morgen bis zum Abend auf der Bank neben der Kirchentür, sitzt und rührt sich nicht. Die Vorübergehenden grüßen ihn, aber er dankt nicht, denn er kann die Bauern, wie auch früher schon, nicht leiden. Wenn man ihn jedoch etwas fragt, antwortet er vernünftig und höflich, aber kurz.

Im Dorf geht das Gerede, seine Schwiegertochter habe ihn

aus dem eigenen Haus gejagt, gebe ihm nichts zu essen und er ernähre sich von Almosen; die einen freuen sich, den andern tut er leid.

Varvara ist noch voller und weißer geworden, sie tut wie früher viel Gutes, und Aksinja läßt sie gewähren. Es ist jetzt so viel Varenje da, daß es bis zur nächsten Beerenernte nicht aufgegessen wird, es verzuckert, und Varvara weint fast, weil sie nicht weiß, wohin damit.

Anisim begann man zu vergessen. Einmal kam ein Brief von ihm, der in Versen abgefaßt und auf einem großen Bogen Papier wie eine Bittschrift geschrieben war, in derselben prachtvollen Handschrift. Offenbar büßte sein Freund Samorodov mit ihm zusammen die Strafe ab. Unter den Versen stand in unschöner, kaum leserlicher Schrift die Zeile:

»Ich bin hier immer krank, ich hab es schwer, helft um Christi willen.«

Einmal – es war an einem klaren Herbsttag gegen Abend – saß der alte Cybukin, den Kragen hochgeschlagen und in seinen Pelz gemummt, vor der Kirchentür, nur seine Nase war zu sehen und der Mützenschirm. Am anderen Ende der langen Bank saß der Zimmermann Elizarov und neben ihm der Schuldiener Jakov, ein zahnloser Greis von siebzig Jahren. Krückstock und Jakov unterhielten sich.

»Kinder müssen ihren alten Eltern zu essen und zu trinken geben . . . Du sollst Vater und Mutter ehren«, sagte Jakov gereizt, »sie aber, dieses Weib, hat den Schwiegervater aus dem eigenen Haus getrieben. Der alte Mann kriegt weder zu essen noch zu trinken – wo soll er hingehen? Den dritten Tag hat er nichts im Leib.«

»Den dritten Tag!« Krückstock staunte.

»So sitzt er nun da, immer schweigt er. Ganz schwach ist er. Und warum schweigt er? Verklagen soll er sie – beim Gericht wird man sie nicht loben.«

»Wen hat man beim Gericht gelobt?« fragte Krückstock, der nicht verstanden hatte.

»Was?«

»Sie ist kein übles Weib, tüchtig ist sie. Bei dem Geschäft geht es halt nicht ohne das ... ohne Sünde ...«

»Aus dem eigenen Haus«, fuhr Jakov gereizt fort. »Erwirb dir erst ein eigenes Haus, dann treib einen raus. So eine, das ist mir die Rechte! Diese Pest!«

Cybukin hörte zu und rührte sich nicht.

»Ist doch egal, ob's das eigene Haus ist oder ein fremdes, wenn's nur warm ist und die Weiber nicht schimpfen ...« meinte Krückstock und lachte. »Als ich noch jung an Jahren war, hab ich meine Nastasja sehr gern gehabt. Ein stilles Weibchen war sie. Und immerzu sagte sie: ›Makaryč, kauf ein Haus! Makaryč, kauf ein Haus! Makaryč, kauf ein Pferd!‹ Sie lag schon im Sterben, da sagte sie noch immer: ›Makaryč, kauf dir Wagen und Pferd, daß du nicht zu Fuß laufen mußt.‹ Aber ich kaufte ihr nur Honigkuchen, weiter nichts.«

»Ihr Mann ist doch taub und dumm«, fuhr Jakov fort, ohne auf Krückstock zu hören, »ein richtiger Dummkopf, nicht mehr als ein Gänserich. Versteht der denn was? Schlag einer Gans mit dem Stock auf den Kopf – die begreift auch dann nichts.«

Krückstock stand auf, um nach Hause zu gehen, in die Fabrik. Jakov stand ebenfalls auf, sie gingen nebeneinander und setzten ihr Gespräch fort. Als sie sich wohl fünfzig Schritt entfernt hatten, erhob sich auch der alte Cybukin und trottete hinter ihnen drein, unentschlossen auftretend, als ginge er über Glatteis.

Das Dorf versank schon in der Abenddämmerung, die Sonne schien nur noch droben am Weg, der sich wie eine Schlange den Abhang hinaufwand. Alte Frauen kehrten aus dem Wald zurück, mit ihnen die Kinder; sie trugen Körbe mit Pfifferlingen und Reizkern. Weiber und Mädchen kamen in Scharen von der Station, wo sie Ziegel in Waggons luden, und ihre Nasen und Backenknochen waren mit rotem Ziegelstaub bedeckt. Sie sangen. Allen voran ging Lipa, sie sang mit feiner, klingender Stimme, dabei schaute sie hinauf zum Himmel, als frohlocke und jubele sie, daß der Tag gottlob zu Ende war und man nun ausruhen konnte. In der Schar war auch ihre Mutter, die Tagelöhnerin Praskovja, die ein Bündelchen in der Hand trug und wie immer schwer atmete.

»Guten Tag, Makaryč!« sagte Lipa, als sie Krückstock erblickte. »Guten Tag, mein Lieber!«

»Guten Tag, Lipynka.« Krückstock freute sich. »Ihr Weiberchen und Mädchen, seid dem reichen Zimmermann gut! Hoho! Ach, meine Kinderchen!« Krückstock schluchzte auf. »Meine geliebten Äxtlein!«

Krückstock und Jakov gingen weiter, und man konnte hören, wie sie miteinander sprachen. Nach ihnen begegnete die Schar dem alten Cybukin, und es wurde plötzlich ganz still. Lipa und Praskovja blieben etwas zurück; und als der Alte an sie herangekommen war, verneigte sich Lipa tief und sagte:

»Guten Tag, Grigorij Petrovič.«

Auch die Mutter verneigte sich. Der Alte blieb stehen, und ohne etwas zu sagen, schaute er die beiden an; seine Lippen zitterten, und die Augen waren voller Tränen. Lipa holte aus dem Bündelchen der Mutter ein Stück Pastete mit Grütze und reichte es ihm. Er nahm es und begann zu essen.

Die Sonne war schon ganz untergegangen; auch droben am Weg war ihr Schein erloschen. Es wurde dunkel und kühl. Lipa und Praskovja gingen weiter und bekreuzigten sich lange.

Der Bischof

I

Im Staro-Petrovskij-Kloster wurde am Vorabend des Palmsonntags die Abendmesse zelebriert. Als man mit der Verteilung der Palmzweige begann, war es schon kurz vor zehn, die Lichter verloren ihren Glanz, die Dochte rußten, und alles war wie in Nebel gehüllt. In der dämmrigen Kirche wogte die Menschenmenge wie ein Meer, und Seiner Eminenz, dem Bischof Pëtr, der sich schon seit drei Tagen nicht wohl fühlte, schien es, als seien alle Gesichter – alte und junge, männliche und weibliche – einander gleich und als hätten alle, die sich die Palmzweige holten, den gleichen Ausdruck in den Augen. Durch den Nebelschleier waren die Türen nicht zu erkennen; die Menschenmenge wogte unaufhörlich, es sah so aus, als wolle sie überhaupt kein Ende nehmen. Ein Frauenchor sang, und eine Nonne las den Kanon.

Wie schwül und heiß es war! Wie lange die Nachtmesse schon dauerte! Eminenz Pëtr war müde. Sein Atem ging schwer, hastig und stoßweise, die Schultern schmerzten vor Müdigkeit, und die Beine zitterten. Es berührte ihn unangenehm und erregte ihn, daß auf dem Chor hin und wieder ein Geisteskranker aufschrie. Und es kam ihm wie im Schlaf oder im Fieberwahn plötzlich vor, als sei seine leibliche Mutter Marija Timofeevna, die er schon neun Jahre nicht mehr gesehen hatte, oder eine andere alte Frau, die seiner Mutter ähnelte, aus der Menschenmenge an ihn herangetreten und habe sich, nachdem sie den Palmzweig von ihm entgegengenommen, wieder entfernt und ihn dabei fortwährend heiter und mit einem gutmütigen, freudigen Lächeln angesehen, bis sie in der Menge verschwunden war. Tränen liefen ihm über das Gesicht. Ihm war leicht zumute, alles war wohlbestellt, aber er blickte regungslos auf die linke Seite des Chores, wo gelesen wurde und wo man in dem Dämmerlicht keinen einzigen Menschen erkennen konnte – und er weinte. Die Tränen glänzten auf seinem Gesicht und in seinem Bart. Da begann in der Nähe noch jemand zu weinen, und etwas weiter noch jemand, dann noch einer und noch einer, und allmählich erfüllte die Kirche leises Weinen. Etwas später aber, vielleicht nach fünf Minuten, sang der Mönchschor, niemand weinte mehr, und alles war wie zuvor.

Bald ging auch die Messe zu Ende. Als der Bischof in die Kutsche stieg, um nach Hause zu fahren, tönte durch den im Mondschein liegenden Garten der freudige, schöne Klang der kostbaren, schweren Glocken. Die weißen Mauern, die weißen Kreuze auf den Gräbern, die weißen Birken, die schwarzen Schatten und der ferne Mond am Himmel, der gerade über dem Kloster stand – alles schien zu leben, ein eigenes, ungewöhnliches Leben zu haben, das dem Menschen unbegreiflich und doch so vertraut war. Es war Anfang April, und nach dem warmen Frühlingstag wurde es kühl, es fror sogar ein wenig, doch in der weichen kalten Luft spürte man einen Frühlingshauch. Der Weg vom Kloster bis zur Stadt war sandig, man konnte nur im Schritt fahren; zu beiden Seiten der Kutsche zogen in dem hellen, stillen Mondschein langsam die Pilger durch den Sand. Alle schwiegen, in Gedanken versunken, und alles ringsum sah so freundlich aus, so jung, und alles schien so nahe – die Bäume, der Himmel und sogar der Mond; man konnte meinen, es würde immer so bleiben.

Endlich fuhr die Kutsche in die Stadt hinein und rollte durch die Hauptstraße. Die Läden waren bereits geschlossen. Nur beim Kaufmann Erakin, dem Millionär, probierte man die elektrische Beleuchtung aus, das Licht flackerte heftig und ringsherum drängten sich die Leute. Dann kamen breite, dunkle, menschenleere Straßen, eine nach der anderen, dann die Chaussee außerhalb der Stadt und das freie Feld, es roch nach Kiefern. Plötzlich wuchs vor seinen Augen eine weiße, mit Zinnen bewehrte Mauer empor, dahinter erhob sich ein hoher Glockenturm, von Licht überflutet, und neben ihm glänzten fünf große, goldene Kuppeln – das war das Pankratievskij-Kloster, in dem Bischof Pëtr wohnte. Und auch hier stand hoch über dem Kloster der stille, verträumte Mond. Die Kutsche fuhr durch das Tor, unter ihren Rädern knirschte der Sand, hier und da tauchten schwarze Mönchsgestalten auf, auf den Steinplatten hallten Schritte ...

»In Ihrer Abwesenheit, Euer Eminenz, ist Ihre Mutter angekommen«, meldete der Diener, als der Bischof seine Wohnung betrat.

»Meine Mutter? Wann ist sie gekommen?«

»Vor der Abendmesse. Sie erkundigte sich zunächst, wo Sie seien, dann fuhr sie ins Frauenkloster.«

»Also habe ich sie vorhin doch in der Kirche gesehen! Ach Gott!«

Und der Bischof lachte vor Freude.

»Sie läßt Euer Eminenz bestellen«, fuhr der Diener fort, »daß sie morgen wiederkommt. Sie hat ein kleines Mädchen dabei, wohl die Enkelin. Sie sind in Ovsjannikovs Herberge abgestiegen.«

»Wie spät ist es jetzt?«

»Es geht auf zwölf.«

»Ach, das ist ärgerlich!«

Der Bischof blieb ein Weilchen gedankenverloren im Salon sitzen, als könne er nicht glauben, daß es schon so spät sei. In den Armen und Beinen spürte er ein Ziehen, und der Nacken schmerzte. Es war heiß und ungemütlich. Nachdem er sich ausgeruht hatte, ging er in sein Schlafzimmer und blieb auch hier ein wenig sitzen, und immerzu dachte er an seine Mutter. Man hörte, wie der Diener wegging und wie hinter der Wand der Mönchspriester Sisoj hustete. Die Klosteruhr schlug die Viertelstunde.

Der Bischof kleidete sich um und begann die Nachtgebete zu lesen. Aufmerksam las er die alten, längst bekannten

Gebete und dachte dabei an seine Mutter. Sie hatte neun Kinder und an die vierzig Enkelkinder. Einst hatte sie mit ihrem Mann, einem Diakon, in einem armen Kirchdorf gelebt, sehr lange, von ihrem siebzehnten bis zu ihrem sechzigsten Lebensjahr. Der Bischof konnte sich bis in die früheste Kindheit, beinahe bis zu seinem dritten Lebensjahr, an sie erinnern – wie lieb er sie hatte! Liebe, teure, unvergeßliche Kindheit! Weshalb erscheint sie, diese auf ewig entschwundene, niemals wiederkehrende Zeit, heiterer, glücklicher und reicher, als sie in Wirklichkeit war? Wenn er in der Kindheit oder Jugend krank war, wie zärtlich und feinfühlig war da die Mutter gewesen! Und nun vermischten sich die Gebete mit den Erinnerungen, die wie eine Flamme immer heller aufloderten, und die Gebete hinderten ihn nicht, an seine Mutter zu denken.

Nach dem Beten kleidete er sich aus und legte sich hin, und kaum daß es ringsum dunkel geworden war, tauchte in seiner Phantasie der verstorbene Vater, die Mutter und das heimatliche Dorf Lesopolje auf . . . Das Knarren der Räder, das Blöken der Schafe, das Geläut der Kirchenglocken an den klaren Sommermorgen, die Zigeuner unter dem Fenster – ach, wie angenehm war es, daran zu denken!

Er erinnerte sich an den Geistlichen von Lesopolje, den sanften, stillen, gutmütigen Vater Simeon; er war ein hagerer, kleiner Mann gewesen, sein Sohn aber, der Seminarist, ein Riese mit tiefer, kräftiger Baßstimme. Einmal, als sich der Popensohn über die Köchin geärgert hatte, schrie er sie an: »Ach, du Eselin Jehudias!«

Vater Simeon, der das hörte, sagte kein Wort, er schämte sich nur, weil er sich nicht entsinnen konnte, wo in der Heiligen Schrift eine solche Eselin erwähnt wurde. Nach ihm war Vater Demjan als Geistlicher nach Lesopolje gekommen; er trank stark und mitunter so viel, daß er alles doppelt sah, er hatte deshalb auch den Spitznamen ›Demjan – der Doppelseher‹. Lehrer in Lesopolje war damals Matvej Nikolaič, ein ehemaliger Seminarist, ein gutherziger und nicht dummer Mensch, aber ebenfalls ein Trinker; er prügelte seine Schüler nie, doch hing bei ihm an der Wand immer ein Bündel Birkenruten, darunter eine völlig sinnlose lateinische Aufschrift: ›Betula kinderbalsamica secuta‹. Er hatte einen zottigen schwarzen Hund gehabt, den er Syntax nannte.

Der Bischof lachte. Acht Verst von Lesopolje entfernt lag das Dorf Obnino mit der wundertätigen Ikone. Im Sommer hatte man die Ikone aus Obnino in einer Prozession durch die Nachbardörfer getragen, den ganzen Tag wurde geläutet, bald in dem einen, bald in dem anderen Dorf, und damals kam es dem Bischof so vor, als bebe die Luft vor Freude; und er (man nannte ihn zu der Zeit noch Pavluša) war hinter der Ikone hergegangen, ohne Mütze, barfuß, mit einem naiven Glauben, einem naiven Lächeln und unendlich glücklich. Jetzt erinnerte er sich, daß es in Obnino immer eine Unmenge Menschen gegeben hatte und daß der dortige Geistliche, Vater Alekseev, um schneller das Opfergebet zu beenden, seinen tauben Neffen Ilarion die Zettelchen und Zettel ›Für die Gesundheit‹ und ›Für das Seelenheil‹ auf den Weihbroten hatte lesen lassen. Ilarion las, und hin und wieder bekam er ein Fünf- oder Zehnkopekenstück für die Messe, aber als er dann schon alt und grau war, als sein Leben zu Ende ging, fand er plötzlich auf einem Zettel die Worte:

»Bist du aber ein Dummkopf, Ilarion!«

Wenigstens bis zu seinem fünfzehnten Lebensjahr war Pavluša sehr zurückgeblieben und hatte schlecht gelernt, so daß man ihn sogar aus der geistlichen Lehranstalt nehmen und in einen kleinen Kaufladen stecken wollte. Einmal, als er in Obnino auf die Post kam, um Briefe abzuholen, hatte er lange die Beamten angeschaut und gefragt:

»Gestatten Sie mir die Frage: Wie bekommen Sie Ihr Gehalt – monatlich oder täglich?«

Der Bischof bekreuzigte sich und drehte sich auf die andere Seite, um nicht mehr zu denken, sondern zu schlafen.

Meine Mutter ist gekommen ... fiel ihm ein, und er lachte.

Der Mond blickte durchs Fenster, der Fußboden leuchtete hell, dazwischen lagen Schatten. Ein Heimchen zirpte. Im Nebenzimmer, hinter der Wand, schnarchte Vater Sisoj, und etwas Einsames, Verwaistes, ja sogar Vagabundenhaftes klang in seinem greisenhaften Schnarchen mit. Sisoj war einst Wirtschafter beim Eparchialbischof gewesen, und jetzt nannte man ihn den ›ehemaligen Vater Wirtschafter‹, er zählte siebzig Jahre und lebte in einem Kloster, sechzehn Verst von der Stadt entfernt, und auch in der Stadt selbst, wie es gerade kam. Vor drei Tagen war er zu Besuch in das Pankratievskij-Kloster gekommen, und der Bischof hatte ihn dabehalten, um mit ihm in den Mußestunden über Geschäfte und hiesige Angelegenheiten zu sprechen ...

Um halb zwei wurde zur Frühmesse geläutet. Man hörte, wie Vater Sisoj hustete, mit unzufriedener Stimme etwas vor sich hin brummte, dann aufstand und barfuß durch die Zimmer ging.

»Vater Sisoj!« rief der Bischof.

Sisoj ging in sein Zimmer und erschien ein wenig später, schon in Stiefeln und mit einer Kerze; über die Unterwäsche hatte er den Priesterrock gezogen, auf dem Kopf trug er ein altes, verschossenes Käppchen.

»Ich kann nicht schlafen«, sagte der Bischof und setzte sich im Bett auf. »Wahrscheinlich bin ich krank. Ich weiß nicht, was mir fehlt. Ich habe Fieber.«

»Sie haben sich vielleicht erkältet, Eminenz. Man müßte Sie mit Kerzentalg einreiben.«

Sisoj blieb einen Augenblick stehen und gähnte:

»O Gott, verzeih mir Sünder! Bei Erakin wurde heute das elektrische Licht angezündet«, sagte er. »Das gefällt mir nicht!«

Vater Sisoj war alt, hager, er ging gebeugt und war immer unzufrieden, auch seine Augen blickten böse und standen vor wie bei einem Krebs.

»Das gefällt mir nicht!« wiederholte er beim Weggehen. »Das gefällt mir nicht, ich will nichts damit zu tun haben!«

II

Am nächsten Tag, dem Palmsonntag, zelebrierte der Bischof in der Kathedrale der Stadt die Messe, anschließend war er beim Eparchialbischof, danach besuchte er eine sehr kranke, alte Generalswitwe, und von dort aus fuhr er nach Haus. Gegen zwei Uhr aßen liebe Gäste bei ihm zu Mittag, seine alte Mutter und die Nichte Katja, ein Mädchen von acht Jahren. Während des Mittagessens schien die Frühlingssonne durch die Fenster und schimmerte fröhlich auf der weißen Tischdecke und auf Katjas rotblondem Haar. Durch die Doppelfenster hörte man im Garten die Saatkrähen lärmen und die Stare singen.

»Schon neun Jahre haben wir uns nicht mehr gesehen«, sagte die alte Frau, »aber wie ich Sie gestern im Kloster so anschaute, mein Gott! Nicht im geringsten haben Sie sich verändert, nur vielleicht etwas schmaler sind Sie geworden, und das Bärtchen ist länger. Himmelskönigin! Muttergottes! Und gestern bei der Abendmesse konnte man nicht an sich halten, alle weinten. Ich fing auf einmal auch an zu weinen, als ich Sie sah, warum, weiß ich selber nicht. Sein heiliger Wille!«

Trotz der Zärtlichkeit, mit der sie sprach, war ihr anzumerken, daß sie sich genierte, als wüßte sie nicht recht, ob sie ihn mit Du oder mit Sie anreden sollte, ob sie lachen durfte oder nicht, und es sah so aus, als fühlte sie sich mehr als Diakonswitwe denn als Mutter. Katja aber schaute, ohne mit der Wimper zu zucken, auf ihren Onkel, den Bischof, als wolle sie herausbekommen, was für ein Mensch er sei. Ihre Haare sträubten sich hinter dem Kämmchen und dem Samtbändchen und leuchteten wie ein Heiligenschein; sie hatte eine Stupsnase und pfiffige Augen. Bevor sie sich zum Mittagessen an den

Tisch setzte, hatte sie ein Glas zerschlagen, und jetzt schob die Großmutter während der Unterhaltung immer wieder ein Wasserglas oder ein Schnapsgläschen von ihr weg. Der Bischof hörte seiner Mutter zu und erinnerte sich, wie sie einst vor vielen, vielen Jahren seine Brüder, seine Schwestern und ihn zu Verwandten mitnahm, die sie für reich hielt; damals bemühte sie sich um die Kinder und jetzt um die Enkel, und nun hatte sie Katja mitgebracht . . .

»Ihre Schwester Varenka hat vier Kinder«, erzählte sie, »Katja hier ist die Älteste, und Gott weiß aus welchem Grund erkrankte mein Schwiegersohn, Vater Ivan, und drei Tage vor Mariä Himmelfahrt ist er gestorben. Und meine Varenka kann jetzt betteln gehen.«

»Und was macht Nikanor?« fragte der Bischof nach seinem älteren Bruder.

»Es geht so, Gott sei Dank. Wenn auch nur so einigermaßen, aber Gott sei's gedankt, er kann leben. Nur eins: sein Sohn Nikolaša, mein Enkel, wollte nicht Geistlicher werden, er ist auf die Universität gegangen, um Arzt zu werden. Er denkt, das ist besser, aber wer weiß das schon! Sein heiliger Wille.«

»Nikolaša zerschneidet Leichen«, sagte Katja und verschüttete Wasser auf ihre Knie.

»Sitz doch still, Kindchen«, bemerkte die Großmutter ruhig und nahm ihr das Glas aus der Hand. »Iß und bete.«

»Wie lange haben wir uns nicht mehr gesehen!« sagte der Bischof und streichelte der Mutter zärtlich Schulter und Hand. »Mütterchen, ich habe im Ausland Sehnsucht nach Ihnen gehabt, große Sehnsucht.«

»Ich danke Ihnen.«

»Manchmal sitzt man abends am offenen Fenster, ganz für sich allein, und draußen erklingt Musik, und plötzlich überkommt einen solch eine Sehnsucht nach der Heimat, daß man alles hingeben könnte, nur um nach Hause zu fahren, um Sie zu sehen . . .«

Die Mutter lächelte und strahlte, gleich aber machte sie wieder ein ernstes Gesicht und sagte:

»Ich danke Ihnen.«

Seine Stimmung änderte sich jäh. Er sah die Mutter an und konnte nicht verstehen, woher sie diesen ehrerbietigen, schüchternen Ausdruck im Gesicht und in der Stimme hatte, was das bedeuten sollte, er erkannte sie nicht wieder. Er wurde traurig und ärgerte sich. Dazu schmerzte ihn noch der Kopf, genau wie gestern, in den Beinen spürte er ein starkes Ziehen, und der Fisch schien fade und schlecht zu schmecken, und dauernd hatte er Durst ...

Nach dem Mittagessen kamen zwei reiche Gutsbesitzerinnen angefahren, sie saßen anderthalb Stunden schweigend und mit langen Gesichtern da; der Archimandrit, ein schweigsamer und schwerhöriger Mann, kam in geschäftlichen Angelegenheiten.

Und dann läutete es zum Vespergottesdienst, die Sonne versank hinter dem Wald, und der Tag ging zur Neige. Aus der Kirche zurückgekehrt, betete der Bischof hastig, legte sich ins Bett und deckte sich warm zu.

Ungern dachte er an den Fisch, den er zu Mittag gegessen hatte. Der Mondschein beunruhigte ihn, dann mußte er noch ein Gespräch mit anhören. In einem der Nebenzimmer, wahrscheinlich im Salon, sprach Vater Sisoj über Politik.

»Die Japaner haben jetzt Krieg. Sie kämpfen. Die Japaner, Mütterchen, sind so was Ähnliches wie die Montenegriner, sie gehören zu demselben Stamm. Sie waren beide unter dem türkischen Joch.«

Darauf vernahm man Marija Timofeevnas Stimme:

»Also, nachdem wir zu Gott gebetet und Tee getrunken hatten, fuhren wir also zu Vater Egor, nach Novochatnoe ...«

Und immer wieder dieses ›Tee getrunken hatten‹, was sich so anhörte, als hätte sie in ihrem Leben nichts anderes zu tun gehabt, als Tee zu trinken. Langsam und träge erinnerte sich der Bischof an das Priesterseminar und an die Akademie.

Drei Jahre lang war er auf dem Seminar Lehrer der griechischen Sprache gewesen, dann konnte er ohne Brille nicht mehr lesen, er wurde Mönch, und kurz darauf ernannte man ihn zum Inspektor. Dann verteidigte er seine Dissertation. Mit zweiunddreißig Jahren wurde er Rektor des Seminars und zum Archimandriten geweiht, und das Leben gestaltete sich so leicht und angenehm, es schien so überaus lang zu sein, daß kein Ende abzusehen war. Damals begann er jedoch zu kränkeln, er magerte sehr ab, wurde fast blind und mußte auf Rat der Ärzte alles stehen- und liegenlassen und ins Ausland reisen.

»Und was war dann?« fragte Sisoj im Nebenzimmer.

»Und dann tranken wir Tee ...« antwortete Marija Timofeevna.

»Ehrwürdiger Vater, Sie haben einen grünen Bart!« sagte plötzlich Katja erstaunt und lachte.

Der Bischof entsann sich, daß der Bart des grauhaarigen Vaters Sisoj tatsächlich grün schimmerte, und er lachte ebenfalls.

»Mein Gott, das ist eine wahre Plage mit diesem Mädel!« sagte Sisoj laut und wütend. »So was Verzogenes! Sitz still!«

Der Bischof erinnerte sich an die weiße, ganz neue Kirche, in der er seinen Dienst verrichtet hatte, als er im Ausland lebte; das Rauschen des warmen Meeres kam ihm in den Sinn. Seine damalige Wohnung hatte fünf hohe, helle Zimmer, im Kabinett befand sich ein neuer Schreibtisch und eine Bibliothek. Er hatte viel gelesen und oft geschrieben. Und er dachte jetzt daran, wie er sich nach seiner Heimat gesehnt, wie eine blinde Bettlerin jeden Tag vor seinem Fenster von der Liebe gesungen und Gitarre gespielt hatte und wie er beim Zuhören immer an die Vergangenheit denken mußte. Aber nach acht Jahren rief man ihn zurück nach Rußland, und jetzt war er schon Weihbischof, und die Vergangenheit schien in weite Ferne gerückt und wie in Nebel getaucht, als habe er nur geträumt ...

Ins Schlafzimmer trat Vater Sisoj, eine Kerze in der Hand.

»Nanu«, sagte er erstaunt, »Sie schlafen schon, Euer Eminenz?«

»Was ist los?«

»Es ist doch noch früh, erst zehn Uhr, vielleicht noch nicht einmal. Ich habe heute eine Kerze gekauft und möchte Sie mit Talg einreiben.«

»Ich habe Fieber«, sagte der Bischof und setzte sich auf. »Tatsächlich, man müßte etwas tun. Im Kopf ist mir nicht wohl...«

Sisoj zog ihm das Hemd aus und rieb ihm Brust und Rücken mit Kerzentalg ein.

»So ist's gut ... so ist's gut ...« sprach er. »Herr Jesus Christus ... So ist's gut. Heute bin ich in die Stadt gegangen, war beim – wie heißt er noch? – beim Oberpriester Sidonskij ... Trank Tee bei ihm ... Er gefällt mir nicht! Herr Jesus Christus ... So ist's gut ... Er gefällt mir nicht!«

III

Der Eparchialbischof, ein alter, sehr korpulenter Mann, litt an Rheumatismus oder Gicht und war schon seit einem Monat ans Bett gefesselt. Bischof Pëtr besuchte ihn fast jeden Tag und empfing statt seiner die Bittsteller. Und nun, da er sich nicht wohl fühlte, verblüffte ihn die Hohlheit und Nichtigkeit all dessen, worum sie baten und worüber sie weinten, und ihre Rückständigkeit und Schüchternheit ärgerten ihn. Alle diese kleinlichen und überflüssigen Dinge bedrückten ihn durch ihre ungeheure Menge, und er meinte den Eparchialbischof zu verstehen, der einst in seinen jungen Jahren ›Die Lehre über die Freiheit des Willens‹ geschrieben hatte, sich aber jetzt anscheinend vollkommen verzettelte, alles vergaß und nicht an Gott dachte. Im Ausland hatte sich der Bischof wahrscheinlich dem russischen Leben entwöhnt, das nicht leicht für ihn war; das Volk kam ihm grob vor, die Bittstellerinnen schienen ihm langweilig und dumm, die Seminaristen und ihre Lehrer ungebildet, bisweilen sogar roh. Und dazu die eingehenden und ausgehenden Papiere, die bis in die Tausende gingen, und was für Papiere! Die Pröpste gaben in der ganzen Eparchie den jungen und alten Geistlichen und sogar deren Frauen und Kindern Zensuren im Betragen, eine Eins, eine Zwei, manchmal auch eine Drei, und darüber mußte man sprechen und gewichtige Papiere lesen und schreiben. Es gab tatsächlich keine freie Minute, den ganzen Tag war er gehetzt, und Bischof Pëtr fand erst Ruhe, wenn er in der Kirche war.

Er konnte sich einfach nicht an die Furcht gewöhnen, die er trotz seines ruhigen, bescheidenen Wesens in den Menschen erweckte. Wenn er sich die Menschen in diesem Gouvernement ansah, schienen sie ihm alle nichtssagend, verschüchtert und schuldbewußt ... In seiner Gegenwart waren alle ängstlich, sogar die alten Oberpriester, alle ›plumpsten‹ ihm vor die Füße, und vor kurzem konnte eine Bittstellerin, die alte Frau eines Dorfpopen, vor Angst kein Wort hervorbringen, und ging so unverrichteterdinge fort. Und er, der sich niemals entschließen konnte, in seinen Predigten schlecht über die Menschen zu sprechen, der ihnen niemals Vorwürfe machte, weil sie ihm leid taten, er hatte für die Bittsteller keine Geduld, er ärgerte sich und warf die Gesuche auf den Fußboden. Während der ganzen Zeit, seit er hier war, unterhielt sich kein einziger Mensch mit ihm aufrichtig, einfach und menschlich; sogar die alte Mutter schien nicht mehr dieselbe zu sein, ganz und gar nicht! Und warum, fragte er sich: mit Sisoj redete sie ununterbrochen und lachte viel, aber ihm, ihrem Sohn, gegenüber, war sie ernst, schweigsam und verlegen, was gar nicht zu ihr paßte. Der einzige Mensch, der sich in seiner Gegenwart ungehemmt fühlte und alles sagte, was er wollte, war der alte Sisoj, der sein ganzes Leben bei

Bischöfen verbracht und elf von ihnen überlebt hatte. Und darum fiel der Umgang mit ihm leicht, obwohl er bestimmt ein schwieriger, zänkischer Mensch war.

Am Dienstag war der Bischof nach der Messe im Bischofspalais und empfing dort die Bittsteller; er regte sich auf, ärgerte sich und fuhr dann nach Hause. Er fühlte sich nach wie vor krank, und er sehnte sich nach dem Bett; aber kaum hatte er seine Wohnung betreten, da meldete man ihm Erakin, den jungen Kaufmann und Spender von Opfergaben, der in einer sehr wichtigen Angelegenheit gekommen sei. Man mußte ihn empfangen. Erakin blieb etwa eine Stunde, redete sehr laut, er schrie beinahe, und es war schwer zu verstehen, was er eigentlich wollte.

»Gott gebe, daß!« sagte er beim Weggehen. »Unbedingtens! Nach Möglichkeit, hochwürdige Eminenz! Ich wünsche, daß!«

Nach ihm kam die Äbtissin eines entlegenen Klosters. Als sie wegfuhr, wurde zur Abendmesse geläutet, und man mußte in die Kirche gehen.

Abends sangen die Mönche schön und hingebungsvoll; ein junger Mönchspriester mit schwarzem Bart zelebrierte die Messe. Der Bischof hörte von dem Bräutigam, der um Mitternacht kommt, und von dem geschmückten Prunkgemach, und er fühlte weder Reue über seine Sünden noch Trübsal, sondern seelische Ruhe und Frieden, und seine Gedanken schweiften in die ferne Vergangenheit ab, in die Kindheit und Jugend, als man auch vom Bräutigam und dem Prunkgemach gesungen hatte, und jetzt erschien ihm diese Vergangenheit so lebendig, herrlich und freudvoll, wie sie wahrscheinlich niemals gewesen war. Und vielleicht werden wir uns im Jenseits, im ewigen Leben, an die ferne Vergangenheit, an unser hiesiges Leben mit demselben Gefühl erinnern. Wer weiß! Der Bischof saß im Altarraum; hier war es dunkel. Tränen liefen ihm über das Gesicht. Er dachte daran, daß er alles, was für einen Menschen seines Standes möglich war, erreicht hatte, er glaubte, und doch war ihm noch nicht alles klar, etwas fehlte noch, er wollte nicht sterben; aber noch immer schien ihm etwas sehr Wichtiges zu fehlen, von dem er einst dunkel geträumt hatte, und in der Gegenwart erregte ihn noch immer die gleiche Hoffnung auf die Zukunft, die ihn auch in der Kindheit, auf der Akademie und im Ausland erregt hatte.

Wie schön sie heute singen! dachte er und lauschte dem Gesang. Wie schön!

IV

Am Gründonnerstag zelebrierte er in der Kathedrale die Messe; es fand die Zeremonie der Fußwaschung statt. Als der Gottesdienst in der Kirche beendet war und die Menge auseinanderging, war es sonnig, warm und heiter, in den Gräben rauschte das Wasser, und hinter der Stadt von den Feldern her ertönte nicht endenwollender inbrünstiger Gesang der Lerchen, der einen friedlich stimmte. Die Bäume waren schon erwacht und lächelten freundlich, und über ihnen spannte sich der grenzenlose, unermeßliche blaue Himmel, Gott weiß wie weit.

Als Bischof Pëtr nach Hause kam, trank er Tee, dann zog er sich um, legte sich ins Bett und befahl seinem Diener, die Fensterläden zu schließen. Im Schlafzimmer wurde es dunkel. Wie müde fühlte er sich doch, und dazu dieser Schmerz in den Beinen und im Rücken, dieser unerträgliche, kalte Schmerz, und dieses Ohrensausen! Er hatte schon lange nicht mehr richtig geschlafen, wie ihm jetzt schien, sehr lange, irgendein nichtiger Gedanke, der in seinem Hirn aufflackerte, sobald er die Augen schloß, hinderte ihn einzuschlafen. Aus den Nebenzimmern drangen, wie schon gestern, Stimmen und das Klirren von Gläsern und Teelöffeln . . . Fröhlich und allerlei lustige Redensarten einflechtend, erzählte Marija

Timofeevna etwas dem Vater Sisoj, er aber antwortete mürrisch und mit unzufriedener Stimme:

»Hol sie der Kuckuck! Was soll das! Ach wo denn!«

Und wieder ärgerte sich der Bischof, und es kränkte ihn auch, daß sich die alte Frau Fremden gegenüber einfach und natürlich benahm, bei ihm aber, ihrem Sohn, schüchtern war, wenig sprach und nicht das sagte, was sie eigentlich wollte, und alle diese Tage hatte sie sogar, so schien es ihm, in seiner Gegenwart immer nach einem Vorwand gesucht, um aufzustehen, weil sie sich genierte zu sitzen. Und sein Vater? Wenn der noch lebte, würde er wahrscheinlich in seiner Gegenwart kein einziges Wort hervorbringen ...

Im Nebenzimmer fiel etwas auf den Fußboden und zerbrach; wahrscheinlich hatte Katja eine Tasse oder eine Untertasse fallen lassen, denn Vater Sisoj spuckte plötzlich aus und sagte böse:

»Die reinste Strafe ist das mit diesem Mädel, mein Gott, verzeih mir Sünder! Man kann gar nicht soviel anschaffen!«

Dann wurde es still, nur vom Hof drangen Laute herein. Als der Bischof die Augen öffnete, erblickte er Katja in seinem Zimmer; sie stand reglos da und beobachtete ihn. Wie gewöhnlich sträubten sich ihre Haare hinter dem Kämmchen und leuchteten wie ein Heiligenschein.

»Bist du das, Katja?« fragte er. »Wer öffnet und schließt denn immerzu die Tür dort unten?«

»Ich höre nichts«, antwortete Katja und lauschte.

»Da ist eben jemand vorbeigekommen.«

»Das ist doch in Ihrem Bauch, Onkelchen!«

Er lachte laut auf und streichelte ihr Köpfchen.

»Du sagst also, Bruder Nikolaša zerschneidet Leichen?« fragte er nach einer Pause.

»Ja. Er lernt.«

»Und ist er ein guter Mensch?«

»Es geht, ein guter. Er trinkt nur furchtbar viel Vodka.«

»Und woran ist dein Vater gestorben?«

»Papachen war schwach und ganz mager und plötzlich – der Hals. Ich wurde damals auch krank und mein Bruder Fëdor auch, und bei allen war es der Hals. Papachen starb, Onkelchen, wir aber wurden gesund.«

Ihr Kinn begann zu zittern, Tränen traten ihr in die Augen und rollten dann langsam über die Wangen.

»Euer Eminenz, Onkelchen«, sagte sie mit ihrem dünnen Stimmchen und weinte bitterlich, »Mütterchen und ich, wir sind so unglücklich ... Geben Sie uns ein bißchen Geld ... seien Sie so gut ... Lieber ...«

Auch ihm traten die Tränen in die Augen, und vor Rührung konnte er lange kein Wort hervorbringen, dann streichelte er ihr Köpfchen, berührte ihre Schulter und sagte:

»Gut, gut, mein Mädchen. Bald ist Ostersonntag, dann sprechen wir weiter ... Ich helfe ... ich helfe euch ...«

Leise und schüchtern kam die Mutter herein und betete vor den Heiligenbildern. Als sie merkte, daß er nicht schlief, fragte sie:

»Möchten Sie nicht ein Süppchen essen?«

»Nein, danke ...« antwortete er. »Ich möchte nicht.«

»Aber es sieht aus, als ob Sie krank sind, wie mir scheint. Wie soll man da auch nicht krank werden! Den ganzen Tag auf den Beinen, den ganzen Tag – mein Gott, nicht zum Anschauen. Nun, Ostern ist nicht mehr weit, dann ruhen Sie sich aus, so Gott will, da werden wir auch miteinander reden, jetzt aber will ich Sie nicht länger mit meinen Gesprächen belästigen. Gehen wir, Katečka, Eminenz soll schlafen.«

Und der entsann sich, wie sie einst, vor sehr langer Zeit, als er noch ein Knabe war, in dem gleichen scherzhaft-ehrerbietigen Ton mit dem Propst gesprochen hatte ... Nur an ihren außergewöhnlich gutmütigen Augen und dem schüchternen, besorgten Blick, den sie ihm beim Verlassen des Zimmers zuwarf, konnte man erkennen, daß sie seine Mutter war. Er schloß die Augen und schien zu schlafen, doch zweimal hörte er die Uhr schlagen und Vater Sisoj hinter der Wand husten.

Die Mutter kam noch einmal herein und sah ihn einige Augenblicke schüchtern an. Jemand fuhr an der Freitreppe vor, dem Geräusch nach in einer Kutsche oder Kalesche. Plötzlich klopfte es, eine Tür wurde zugeschlagen, und ins Zimmer trat der Diener.

»Euer Eminenz!« rief er.

»Was gibt's?«

»Die Pferde sind eingespannt, es ist Zeit für die Passion Christi.«

»Wie spät ist es?«

»Viertel acht.«

Er kleidete sich an und fuhr zur Kathedrale. Während der ganzen zwölf Abschnitte aus dem Neuen Testament mußte er reglos mitten in der Kirche stehen; den ersten Abschnitt, den längsten und schönsten, las er selbst. Eine frohe, gesunde Stimmung bemächtigte sich seiner. Diesen ersten Abschnitt ›Gepriesen sei nun des Menschen Sohn‹, kannte er auswendig; während er las, hob er hin und wieder die Augen und sah zu beiden Seiten ein Lichtermeer, er hörte das Knistern der Kerzen, aber wie schon in den vergangenen Jahren sah er keine Menschen, und ihm schien, als wären es immer noch dieselben Menschen, die schon damals da waren, in seiner Kindheit und Jugend, und als werde es jedes Jahr so sein – aber wie lange noch, das wußte Gott allein.

Sein Vater war Diakon gewesen, der Großvater Priester, der Urgroßvater Diakon, sein ganzes Geschlecht gehörte vielleicht seit der Zeit, da Rußland sich zum Christentum bekehrte, zur Geistlichkeit. Seine Liebe zum Gottesdienst, zur Geistlichkeit und zum Glockengeläut war ihm angeboren und tief und fest in ihm verwurzelt; in der Kirche fühlte er sich, besonders wenn er selbst am Gottesdienst teilnahm, tätig, froh und glücklich.

So war es auch jetzt. Erst nach dem achten Abschnitt fühlte er, daß seine Stimme schwach wurde, man hörte nicht einmal mehr sein Husten, der Kopf begann ihm heftig zu schmerzen, und er befürchtete, er könne jeden Augenblick umfallen. Und tatsächlich, er spürte, wie seine Füße allmählich abstarben, und es war ihm unbegreiflich, wie er eigentlich stand und warum er nicht umfiel ...

Als der Gottesdienst zu Ende ging, war es bereits ein Viertel vor zwölf. Nach Hause zurückgekehrt, zog sich der Bischof sofort aus und legte sich hin, er betete nicht einmal. Er konnte nicht sprechen und, so schien es ihm, auch nicht mehr stehen. Als er sich zudeckte, verspürte er plötzlich den unüberwindlichen Wunsch, ins Ausland zu reisen. Er hatte das Gefühl, er würde sein Leben dafür geben, nur um diese jämmerlichen, billigen Fensterläden, die niedrigen Zimmerdecken nicht mehr zu sehen, diesen dumpfen Klostergeruch nicht mehr zu atmen. Wenn auch nur ein Mensch da wäre, mit dem man sich unterhalten, dem man sein Herz ausschütten könnte!

Lange noch hörte man Schritte im Nebenzimmer, und er vermochte sich nicht vorzustellen, wer das sein könnte. Endlich öffnete sich die Tür, und Sisoj kam herein, mit einer Kerze und einer Teetasse.

»Sie haben sich schon hingelegt, Euer Eminenz?« fragte er. »Und ich bin gekommen, um Sie mit Vodka und Essig einzureiben. Wenn man sich gut einreibt, ist das von großem Nutzen. Herr Jesus Christus ... So ist's gut ... So ist's gut ... Und ich war eben in unserem Kloster ... Gefällt mir nicht! Ich gehe morgen von hier weg, Eminenz, ich mag nicht länger bleiben. Herr Jesus Christus ... So ist's gut ...«

Sisoj konnte nicht lange an einem Ort bleiben, und es kam ihm so vor, als lebe er schon ein ganzes Jahr im Pankratievskij-Kloster. Wenn man ihn so reden hörte, konnte man sich schwer vorstellen, wo er überhaupt zu Hause war und ob er jemanden oder etwas gern hatte, ob er an Gott glaubte ... Er begriff selber nicht, warum er Mönch war, und machte sich auch keine Gedanken darüber, und schon längst war aus seinem Gedächtnis die Zeit entschwunden, da er die Mönchsweihe empfangen hatte; es schien, als sei er bereits als Mönch geboren.

»Ich gehe morgen weg. Sie können mir alle ...«

»Ich möchte mit Ihnen sprechen ... ich komme nur nicht dazu«, sagte der Bischof leise und mit Anstrengung. »Hier kenne ich doch niemanden und nichts.«

»Bis Sonntag bleibe ich meinetwegen noch, aber länger nicht. Zum Kuckuck mit allem!«

»Was bin ich denn für ein Bischof?« sagte Eminenz leise. »Ich müßte Dorfgeistlicher sein, Küster ... oder ein einfacher Mönch ... Das alles bedrückt mich ... es bedrückt mich ...«

»Was? Herr Jesus Christus ... So ist das ... Nun schlafen Sie, Euer Eminenz! Was soll denn das! Ach wo! Gute Nacht!«

Der Bischof schlief die ganze Nacht nicht. Gegen acht Uhr morgens bekam er Darmbluten. Der Diener erschrak und lief zuerst zum Archimandriten, dann holte er den Klosterarzt, Ivan Andreič, der in der Stadt wohnte. Der Arzt, ein korpulenter alter Herr mit langem grauem Bart, untersuchte den Bischof lange, schüttelte immerfort den Kopf, runzelte die Stirn und sagte dann:

»Wissen Sie, was Sie haben, Euer Eminenz? Sie haben Unterleibstyphus!«

Durch den Blutverlust nahm der Bischof innerhalb einer Stunde sehr ab, er wurde blaß und hohlwangig, sein Gesicht schrumpfte zusammen, die Augen wurden groß, und es sah aus, als sei er älter und kleiner geworden; auch ihm schien es schon, er sei magerer, schwächer und unbedeutender als alle anderen, er meinte, alles, was gewesen, sei in weite Ferne entschwunden und werde sich nicht mehr wiederholen und sich auch nicht mehr fortsetzen.

Wie schön! dachte er. Wie schön!

Die alte Mutter kam. Als sie sein zusammengeschrumpftes Gesicht und die großen Augen sah, erschrak sie, fiel vor dem Bett auf die Knie und begann ihm Gesicht, Schultern und

Hände zu küssen. Auch ihr schien es, er sei magerer, schwächer und unbedeutender als alle anderen, und sie dachte nicht mehr daran, daß er Bischof war, sie küßte ihn wie ein Kind, das ihr besonders lieb und nahe war.

»Pavluša, mein Lieber«, sagte sie, »mein Teurer! Mein Söhnchen! Warum siehst du so aus? Pavluša, antworte mir doch!«

Blaß und ernst stand Katja daneben und begriff nicht, was mit dem Onkel los war, warum die Großmutter eine so leidende Miene machte und weshalb sie so rührende, traurige Worte sprach. Er aber konnte nichts mehr sagen und nichts mehr verstehen, er hatte den Eindruck, er sei schon ein einfacher, gewöhnlicher Mensch, er gehe schnell und fröhlich über das Feld und stoße mit dem Wanderstab auf, über ihm wölbe sich, von Sonnenlicht überflutet, der weite Himmel, er sei jetzt frei wie ein Vogel und könne gehen, wohin er wolle!

»Mein Söhnchen, mein Pavluša, antworte doch nur!« sagte die Alte. »Was ist mit dir? Mein Teurer!«

»Stören Sie Eminenz nicht«, sagte Sisoj böse, während er durch das Zimmer schritt. »Lassen Sie ihn schlafen ... Was soll das ... Wozu auch ...!«

Drei Ärzte kamen, berieten sich und fuhren wieder fort. Der Tag war lang, unglaublich lang, dann brach die Nacht herein, sie zog sich sehr, sehr lange hin, und am Sonnabend, gegen Morgen, trat der Diener zu der Alten, die im Salon auf dem Sofa lag, und bat sie in das Schlafzimmer – der Bischof sei dahingeschieden.

Am nächsten Tag war Ostern. In der Stadt gab es zweiundvierzig Kirchen und sechs Klöster; vom Morgen bis zum Abend war die Stadt ununterbrochen von lautem, freudigem Geläut erfüllt, das selbst die Frühlingsluft zum Wogen brachte; die Vögel sangen, und die Sonne schien hell. Auf dem großen Marktplatz ging es geräuschvoll zu, Schaukeln schwangen, Leierkästen spielten, eine Ziehharmonika kreischte, und trunkene Stimmen ertönten. Auf der Hauptstraße begann nachmittags ein Traberkorso – mit einem Wort, es war lustig, alles war in bester Ordnung, genauso wie im vorigen Jahr und wie es aller Wahrscheinlichkeit nach auch in Zukunft sein würde.

Nach einem Monat wurde ein neuer Weihbischof ernannt, und an Eminenz Pëtr dachte schon niemand mehr. Bald vergaß man ihn völlig. Nur die alte Mutter des Verstorbenen, die jetzt bei ihrem Schwiegersohn, dem Diakon, in einem entlegenen Kreisstädtchen lebte, erzählte, wenn sie gegen Abend ihre Kuh holte und auf der Weide den anderen Frauen begegnete, von ihren Kindern und Enkelkindern und davon, daß sie einen Sohn hatte, der Bischof war. Davon sprach sie nur schüchtern, als habe sie Angst, man werde ihr nicht glauben ...

Und in der Tat, es glaubten ihr nicht alle.

Die Braut

I

Es war schon gegen zehn Uhr abends, über dem Garten stand der Vollmond. Im Haus der Šumins war gerade der Abendgottesdienst zu Ende, den die Großmutter, Marfa Michajlovna, hatte abhalten lassen. Nadja – sie war für eine Minute in den Garten hinausgegangen – konnte jetzt sehen, wie im Saal der Tisch zu einem Imbiß gedeckt wurde und wie sich die Großmutter in ihrem prächtigen Seidenkleid eilig hin und her bewegte; Vater Andrej, der Oberpriester der Kathedrale, sprach mit Nadjas Mutter, Nina Ivanovna, und bei der abendlichen Beleuchtung erschien ihr die Mutter hinter dem Fenster in diesem Augenblick sehr jung; neben ihr stand Andrej Andreič, Vater Andrejs Sohn, und hörte aufmerksam zu.

Im Garten war es still und kühl; dunkle, ruhige Schatten lagen über der Erde. Und weit, sehr weit entfernt, wahrscheinlich außerhalb der Stadt, quakten die Frösche. Man spürte den Mai, den lieben Mai! Es atmete sich so tief, und es schien, als rege sich irgendwo unter dem Himmel, über den Bäumen, weit hinter der Stadt, in Feldern und Wäldern ein anderes Frühlingsleben, geheimnisvoll, herrlich, reich und heilig, ein Leben, dessen Erkenntnis dem schwachen, sündigen Menschen unzugänglich ist. Und man hätte weinen mögen.

Nadja war schon dreiundzwanzig; seit ihrem sechzehnten Lebensjahr hatte sie sich leidenschaftlich gewünscht zu heiraten, und jetzt war sie endlich die Braut von Andrej Andreič, demselben, der dort hinter dem Fenster stand; er gefiel ihr, die Hochzeit war schon auf den 7. Juli festgesetzt, doch sie konnte sich nicht freuen und schlief schlecht, und ihr Frohsinn war vergangen ...

Aus dem Kellergeschoß, wo sich die Küche befand, drang

durch das offene Fenster Messerklappern, eiliges Laufen und Türenschlagen; es roch nach Putenbraten und eingelegten Kirschen. Und irgendwie schien es, so wie jetzt würde es das ganze Leben lang sein, ohne Veränderung, ohne Ende!

Da trat jemand aus dem Haus und blieb auf der Freitreppe stehen; das war Aleksandr Timofeič oder einfach Saša, der Besuch aus Moskau, der vor etwa zehn Tagen gekommen war. Vor sehr langer Zeit kam zur Großmutter immer eine entfernte Verwandte, eine verarmte adlige Witwe, die kleine, magere und kranke Marja Petrovna, die Almosen erhielt. Sie hatte einen Sohn, Saša. Es war nicht ersichtlich warum, jedenfalls sagte man von ihm, er sei künstlerisch sehr begabt, und als seine Mutter gestorben war, schickte ihn die Großmutter, besorgt um das Heil ihrer Seele, nach Moskau auf die Komissarovsche Schule; nach etwa zwei Jahren wechselte er zur Kunstschule über, wo er wohl an die fünfzehn Jahre studierte und mit Ach und Krach die Prüfung im Architekturfach bestand. Er arbeitete trotzdem nicht als Architekt, sondern in einer der Moskauer lithographischen Anstalten. Fast jeden Sommer kam er, gewöhnlich sehr krank, zur Großmutter, um auszuruhen und sich zu erholen.

Er hatte jetzt einen hochgeschlossenen Rock an und abgetragene Beinkleider aus Segeltuch, die unten geflickt waren. Sein Hemd war nicht gebügelt, und der ganze Mensch machte einen ungepflegten Eindruck. Er war sehr mager, bärtig, dunkel, hatte große Augen, lange, dünne Finger und war doch schön. An die Šumins hatte er sich gewöhnt wie an die eigene Familie und fühlte sich bei ihnen zu Hause. Sogar das Zimmer, in dem er hier wohnte, hieß Sašas Zimmer.

Auf der Treppe stehend, erblickte er Nadja und ging zu ihr.

»Schön ist es hier bei Ihnen«, sagte er.

»Natürlich ist es schön. Sie müßten bis zum Herbst hierbleiben.«

»Ja, das werde ich wohl tun müssen. Wahrscheinlich bleibe ich bis September.«

Er lachte ganz ohne Grund und setzte sich neben sie.

»Und ich sitze da und sehe mir von hier Mama an«, sagte Nadja. »Sie erscheint mir von hier so jung. Mama hat gewiß ihre Schwächen«, fügte sie nach einer Weile hinzu, »aber sie ist trotz allem eine außergewöhnliche Frau.«

»Ja, sie ist gut . . .« stimmte Saša zu. »In ihrer Art ist Ihre Mama natürlich eine sehr gute und liebe Frau, doch . . . wie soll ich es Ihnen sagen? Heute morgen, es war noch sehr zeitig, ging ich in Ihre Küche, dort schlafen vier Dienstboten auf dem nackten Fußboden, anstatt Bettzeug haben sie Lumpen; ein Gestank und diese Wanzen, diese Schaben . . . Genau wie vor zwanzig Jahren, nichts hat sich geändert. Die Großmutter . . . nun, Gott mit ihr, sie ist eben eine Großmutter; aber die Mama . . . sie spricht doch Französisch und tritt im Liebhabertheater auf. Die müßte das doch begreifen.«

Wenn Saša sprach, dann hob er vor dem Zuhörer zwei seiner langen, dünnen Finger.

»Mir kommt das alles hier so roh vor, weil ich es nicht gewohnt bin«, fuhr er fort. »Weiß der Teufel, niemand tut hier etwas! Mamachen geht den ganzen Tag lang wie eine Herzogin spazieren, die Großmutter tut auch nichts. Sie ebenfalls nicht. Und der Bräutigam Andrej Andreič tut auch nichts.«

Nadja hatte dies schon im vorigen Jahr zu hören bekommen und, wie ihr schien, auch im vorvorigen. Sie wußte, daß Saša nicht anders reden konnte, und früher hatte sie das lächerlich gefunden; jetzt aber ärgerte sie sich, sie hätte nicht sagen können warum.

»Das ist alles alt, und ich habe es bis zum Überdruß gehört«, sagte sie und erhob sich. »Sie sollten sich etwas Neues ausdenken.«

Er lachte und stand ebenfalls auf, und beide gingen zum Haus. Hochgewachsen, schön und schlank, wie sie war, wirkte sie jetzt neben ihm ungemein gesund und elegant; sie fühlte das, und er tat ihr leid, es war ihr irgendwie peinlich.

»Sie reden auch viel Unsinn«, fuhr sie fort. »Da haben Sie eben über meinen Andrej gesprochen, aber Sie kennen ihn doch gar nicht.«

»Meinen Andrej ... Gott mit ihm, Ihrem Andrej! Mir tut nur Ihre Jugend leid.«

Als sie den Saal betraten, setzte man sich gerade zum Abendessen an den Tisch. Die Großmutter, oder wie man sie im Haus nannte, ›Babulja‹, eine sehr dicke und häßliche Frau mit dichten Brauen und einem Bärtchen auf der Oberlippe, sprach laut, und schon an ihrer Stimme und ihrer Art zu sprechen konnte man erkennen, daß sie das Haupt der Familie war. Ihr gehörten die Kaufbuden auf dem Markt und das altertümliche Haus mit den Säulen und dem Garten, trotzdem betete sie jeden Morgen, Gott möge sie vor dem Ruin bewahren, und weinte dabei. Ihre Schwiegertochter, Nina Ivanovna, Nadjas Mutter, eine blonde, stark geschnürte Dame mit einem Pincenez und Brillanten an jedem Finger, und Vater Andrej, ein hagerer, zahnloser alter Mann, der immer aussah, als wolle er gleich etwas sehr Komisches zum besten geben, und sein Sohn Andrej Andreič, Nadjas Bräutigam, ein stattlicher und schöner Mensch, mit welligem Haar, der einem Künstler glich, sprachen über Hypnotismus.

»In einer Woche wirst du dich bei mir erholt haben«, sagte Babulja zu Saša, »du mußt nur recht viel essen. Wie siehst du bloß aus!« Sie seufzte. »Zum Fürchten! Wirklich und wahrhaftig wie der verlorene Sohn.«

»Und er brachte sein Gut durch mit Prassen und fing an zu darben«, sprach Vater Andrej langsam, und seine Augen lachten, »da schickte man ihn auf den Acker, die Säue zu hüten ...«

»Ich kann meinen lieben Alten gut leiden«, sagte Andrej und berührte die Schulter des Vaters. »Ein prächtiger Alter. Ein guter Alter.«

Alle schwiegen. Saša lachte plötzlich auf und preßte die Serviette an den Mund.

»Sie glauben also an Hypnotismus?« fragte Vater Andrej Nina Ivanovna.

»Ich kann natürlich nicht behaupten, daß ich daran glaube«, antwortete Nina Ivanovna, wobei sie ihrem Gesicht einen ernsten, ja sogar strengen Ausdruck gab, »doch ich muß gestehen, daß es in der Natur viele unbegreifliche und geheimnisvolle Dinge gibt.«

»Ich stimme völlig mit Ihnen überein, obwohl ich von mir aus hinzufügen muß, daß der Glaube den Bereich des Geheimnisvollen für uns bedeutend verkleinert.«

Eine große, sehr fette Pute wurde aufgetragen. Vater Andrej und Nina Ivanovna setzten ihr Gespräch fort. Die Brillanten an Nina Ivanovnas Fingern funkelten, und dann funkelten plötzlich Tränen in ihren Augen, sie war erregt.

»Ich wage zwar nicht, mit Ihnen zu streiten«, sagte sie, »doch geben Sie zu, das Leben gibt so viel unlösbare Rätsel auf!«

»Nicht eines, ich versichere Sie.«

Nach dem Abendessen spielte Andrej Andreič Geige, Nina Ivanovna begleitete ihn am Flügel. Er hatte vor ungefähr zehn Jahren die philologische Fakultät der Universität absolviert, bekleidete jedoch kein Amt und hatte keine bestimmte Beschäftigung, nur hin und wieder beteiligte er sich an einem Wohltätigkeitskonzert, und in der Stadt nannte man ihn einen Künstler.

Andrej Andreič spielte; alle hörten schweigend zu. Auf dem Tisch summte leise der Samovar, und Saša trank als einziger Tee. Später, als es zwölf schlug, sprang plötzlich eine Saite auf der Geige; alle lachten, gerieten in Bewegung, und man begann sich zu verabschieden.

Nachdem Nadja ihren Verlobten hinausbegleitet hatte, ging sie nach oben, wo sie mit ihrer Mutter wohnte (die Großmutter bewohnte das untere Stockwerk). Unten im Saal wurden bereits die Lichter gelöscht, Saša aber saß noch dort und trank Tee. Er trank immer lange Tee, nach Moskauer

Gepflogenheit sieben Gläser hintereinander. Als Nadja schon ausgekleidet war und im Bett lag, hörte sie noch lange, wie die Dienstboten unten aufräumten und die Großmutter zankte. Endlich wurde es still, und nur von Zeit zu Zeit ertönte unten aus Sašas Zimmer sein tiefes Husten.

II

Als Nadja erwachte, war es wohl gegen zwei Uhr; es begann zu dämmern. Irgendwo in der Ferne ertönte das Klopfen des Nachtwächters. Sie hatte keine Lust mehr zu schlafen, sie lag sehr weich, und das störte sie. Wie in all den vorangegangenen Mainächten setzte sich Nadja im Bett auf und begann zu grübeln. Doch ihre Gedanken waren genauso eintönig, unnütz und aufdringlich wie in den Nächten vorher. Sie dachte daran, wie Andrej Andreič angefangen hatte, ihr den Hof zu machen; an seinen Heiratsantrag dachte sie und wie sie ihre Einwilligung gegeben und dann allmählich gelernt hatte, diesen guten, klugen Menschen zu schätzen. Warum aber empfand sie jetzt, wo bis zur Hochzeit nur noch ein knapper Monat blieb, Angst und Unruhe, als ob etwas Ungewisses, etwas Schweres sie erwartete?

›Tick-tock, tick-tock . . .‹ klopfte träge der Wächter. ›Tick-tock . . .‹

Durch das große altmodische Fenster konnte man den Garten sehen und die üppig blühenden Fliederbüsche, die schläfrig und von der Kälte matt waren; ein dichter weißer Nebel schwebte sacht auf den Flieder zu, um ihn einzuhüllen. Auf den entfernt stehenden Bäumen schrien schläfrige Krähen.

»Mein Gott, warum ist mir so schwer, warum nur!« sagte sie zu sich.

Vielleicht fühlt jede Braut vor der Hochzeit dasselbe. Wer weiß! Oder war das Sašas Einfluß? Aber Saša sagte doch schon so viele Jahre hintereinander immer dasselbe wie nach der Schablone, und wenn er sprach, kam er einem so naiv und so seltsam vor. Doch warum ging ihr Saša trotz alledem nicht aus dem Kopf? Warum?

Der Wächter hatte längst aufgehört zu klopfen. Vor dem Fenster und im Garten lärmten die Vögel, der Nebel war verschwunden, ringsum erstrahlte alles im Frühlingslicht wie von einem Lächeln. Bald hatte die Sonne den ganzen Garten freundlich erwärmt, er belebte sich, und die Tautropfen funkelten wie Diamanten auf den Blättern. Und der alte verwilderte Garten erschien an diesem Morgen so jung und schmuck.

Großmutter war schon aufgewacht. Sašas heiseres Husten ertönte wieder. Man hörte, wie unten der Samovar auf den Tisch gestellt und Stühle gerückt wurden.

Langsam vergingen die Stunden. Nadja war längst aufgestanden, lange schon ging sie im Garten spazieren, und noch immer nahm der Vormittag kein Ende.

Nina Ivanovna kam daher, verweint, mit einem Glas Mineralwasser. Sie beschäftigte sich mit Spiritismus, Homöopathie, las viel und liebte es, von den Zweifeln zu sprechen, die sie plagten; und all das, so schien es Nadja, hatte einen tiefen, geheimnisvollen Sinn. Jetzt küßte Nadja die Mutter und ging neben ihr her.

»Worüber hast du geweint, Mama?« fragte sie.

»Ich habe gestern abend noch angefangen, eine Geschichte zu lesen, in der von einem alten Mann und seiner Tochter die Rede ist. Der Alte arbeitet irgendwo, na, und da verliebt sich der Vorgesetzte in seine Tochter. Ich habe nicht zu Ende gelesen, aber da ist so eine Stelle, wo es einem schwer wird, die Tränen zurückzuhalten«, sagte Nina Ivanovna und nahm einen Schluck aus ihrem Glas. »Heute morgen erinnerte ich mich daran und mußte wieder weinen.«

»Und ich bin all diese Tage schon nicht froh«, sagte Nadja nach kurzem Schweigen. »Warum kann ich nachts nicht schlafen?«

»Das weiß ich nicht, meine Liebe. Wenn ich nachts nicht schlafen kann, dann mache ich die Augen ganz fest zu, so – und stelle mir Anna Karenina vor, wie sie geht und spricht, oder ich denke an irgend etwas Historisches, aus dem Altertum ...«

Nadja fühlte, daß die Mutter sie nicht verstand und auch nicht verstehen konnte. Sie fühlte das zum erstenmal in ihrem Leben, und ihr wurde sogar angst, sie hätte sich verstecken mögen – und sie ging hinauf in ihr Zimmer.

Um zwei Uhr wurde Mittag gegessen. Es war Mittwoch, ein Fastentag, daher wurde der Großmutter Rübensuppe und Brei mit Grütze serviert.

Um die Großmutter zu necken, aß Saša sowohl seine Fleischsuppe wie die Fastensuppe. Er scherzte die ganze Zeit, während sie aßen, doch seine Späße waren schwerfällig, leicht moralisierend, und es war gar nicht zum Lachen, wenn er vor einem Witz erst seine langen, dünnen Finger hob, die wie Totenfinger aussahen; und wenn man bedachte, daß er sehr krank war und vielleicht nicht mehr lange auf dieser Welt zu leben hatte, konnten einem vor Mitleid die Tränen kommen.

Nach dem Essen begab sich Großmutter in ihrem Zimmer zur Ruhe. Nina Ivanovna spielte noch ein Weilchen Klavier und ging dann auch fort.

»Ach, liebe Nadja«, begann Saša sein übliches Nachmittagsgespräch, »wenn Sie doch auf mich hören wollten!«

Sie saß mit geschlossenen Augen in einem tiefen altmodischen Sessel, und er ging leise im Zimmer auf und ab, aus einer Ecke in die andere.

»Wenn Sie doch wegfahren wollten, um zu studieren!« sagte er. »Nur gebildete und erhabene Menschen sind interessant, sie allein werden gebraucht. Denn je mehr solche Menschen es gibt, um so eher bricht das Reich Gottes auf Erden an. Von ihrer Stadt wird einmal kein Stein auf dem anderen bleiben – das Oberste wird zuunterst gekehrt werden, alles wird wie durch einen Zauber verändert sein. Und hier werden dann riesige, wunderschöne Häuser stehen, herrliche Gärten mit Fontänen, und bemerkenswerte Menschen werden hier leben ... Doch das ist nicht die Hauptsache. Die Hauptsache ist, daß es die ›Masse‹ in unserem Sinne, dieses Übel, nicht mehr geben wird. Denn jeder Mensch wird glauben, und jeder wird wissen, wozu er lebt, und keiner wird einen Halt in der Masse suchen. Meine Liebe, meine Gute, fahren Sie fort! Zeigen Sie allen, daß Sie dieses unbeweglichen, grauen, miserablen Lebens überdrüssig sind. Zeigen Sie es wenigstens sich selber!«

»Das geht nicht, Saša. Ich heirate ja.«

»Ach, gehen Sie weg! Wozu ist das nütze?«

Sie traten hinaus in den Garten und gingen auf und ab.

»Und wie dem auch sei, meine Liebe, man muß sich da hineindenken, man muß begreifen, wie unsauber, wie unsittlich dieses müßige Leben ist«, fuhr Saša fort. »Begreifen Sie doch: Wenn zum Beispiel Sie und Ihre Mutter und Ihre Großmutter nichts tun, so bedeutet dies, daß jemand anders für Sie arbeitet, daß Sie ein fremdes Leben aussaugen, und ist das etwa anständig, ist das nicht schmutzig?«

Nadja wollte sagen: Ja, es ist so; sie wollte sagen, sie habe begriffen: doch in ihre Augen traten Tränen, sie wurde plötzlich ganz still, duckte sich und lief schnell in ihr Zimmer hinauf.

Gegen Abend kam Andrej Andreič und spielte wie gewöhnlich lange Geige. Er war nicht sehr gesprächig und liebte die Geige vielleicht deshalb, weil man während des Spiels schweigen konnte. Nach zehn Uhr, als er schon im Mantel war und gehen wollte, umarmte er Nadja und bedeckte ihr Gesicht, ihre Schultern und ihre Hände mit gierigen Küssen.

»Meine Liebe, meine Teure, meine Herrliche!« murmelte er. »Oh, wie bin ich glücklich. Ich bin wahnsinnig vor Seligkeit!«

Und ihr schien, als habe sie das alles schon einmal vor langer, langer Zeit gehört oder als habe sie es irgendwo gelesen ... in einem alten, zerlesenen, längst vergessenen Roman.

Im Saal saß Saša am Tisch und trank Tee aus der Untertasse, die er auf seinen langen fünf Fingern balancierte. Die Großmutter legte eine Patience, Nina Ivanovna las. Die Flamme im Öllämpchen vor dem Heiligenbild knisterte, und alles schien ruhig und wohlgeordnet. Nadja sagte gute Nacht und ging hinauf in ihr Zimmer, legte sich nieder und schlief sofort ein. Aber kaum dämmerte der Morgen, da war sie wie in der vergangenen Nacht wieder wach. Sie konnte nicht weiterschlafen, ihr Herz war schwer und unruhig. Den Kopf auf die Knie gelegt, saß sie und dachte an den Verlobten, an die Hochzeit ... Sie erinnerte sich, daß die Mutter ihren verstorbenen Mann nicht geliebt hatte, daß sie jetzt nichts besaß und in völliger Abhängigkeit von ihrer Schwiegermutter, der Babulja, lebte. Und soviel Nadja auch darüber nachdachte, sie konnte nicht begreifen, warum ihr die Mutter bis jetzt so ungewöhnlich vorgekommen war, warum sie nicht die einfache, alltägliche und unglückliche Frau in ihr bemerkt hatte.

Auch Saša schlief nicht – man hörte ihn husten. Er ist ein merkwürdiger, naiver Mensch, dachte Nadja. In seinen Träumen, in all diesen märchenhaften Gärten und wunderbaren Fontänen spürte man etwas Ungereimtes; doch warum lag in all seiner Naivität, ja sogar in dieser Ungereimtheit so viel Schönheit, daß sie allein bei dem Gedanken, ob sie nicht doch wegfahren und studieren sollte, fühlte, wie ihr Herz von Freude und Begeisterung überflutet wurde, wie es ihre Brust durchschauerte.

»Aber lieber nicht daran denken, lieber nicht denken ...« flüsterte sie. »Man muß nicht daran denken.«

›Tick-tock ...‹, klopfte der Nachtwächter irgendwo in der Ferne. ›Tick-tock ... tick-tock ...‹

III

Mitte Juni fing Saša plötzlich an, sich zu langweilen, und er machte Anstalten, nach Moskau zu fahren.

»Ich kann in dieser Stadt nicht leben«, sagte er düster. »Weder Wasserleitung noch Kanalisation! Mittags ekele ich mich vor dem Essen: in der Küche herrscht ein unmöglicher Schmutz ...«

»Nun warte doch noch etwas, du verlorener Sohn!« redete ihm die Großmutter zu; aus irgendeinem Grund flüsterte sie. »Am Siebenten ist die Hochzeit!«

»Ich will nicht.«

»Du wolltest doch bis September bei uns bleiben!«

»Aber ich will nicht mehr. Ich muß arbeiten!«

Der Sommer war in diesem Jahr feucht und kalt, die Bäume waren naß, im Garten sah alles so trostlos und traurig aus, daß man wirklich Lust zum Arbeiten bekam. In den Zimmern oben und unten hörte man fremde weibliche Stimmen, Großmutters Nähmaschine ratterte: man beeilte sich mit der Aussteuer. Nadja bekam allein sechs Pelzmäntel, von denen der billigste, wie Großmutter sagte, dreihundert Rubel kostete! Die Geschäftigkeit im Haus machte Saša nervös; er saß in seinem Zimmer und war böse. Trotzdem überredete man ihn zum Bleiben, und er gab sein Wort, nicht vor dem 1. Juli abzureisen.

Die Zeit ging schnell dahin. Am Peter-und-Pauls-Tag nach dem Mittagessen begab sich Andrej Andreič mit Nadja in die Moskauer Straße, um noch einmal das Haus zu besichtigen, das schon lange für das junge Paar gemietet und in Ordnung gebracht worden war. Es war ein zweistöckiges Gebäude, man hatte aber einstweilen nur die obere Etage eingerichtet. Im Saal standen Wiener Rohrstuhle, ein Flügel und ein Geigenpult, der parkettartig gestrichene Fußboden glänzte. Es roch nach Farbe. An der Wand hing in goldenem Rahmen ein großes Ölbild: eine nackte Dame und neben ihr eine lila Vase mit abgebrochenem Henkel.

»Ein wunderbares Bild«, sagte Andrej Andreič und seufzte ehrfurchtsvoll. »Es ist von dem Kunstmaler Sišmačevskij.«

Dann kam der Salon mit einem runden Tisch, einem Sofa nebst Sesseln, die mit leuchtend blauem Stoff bezogen waren. Über dem Sofa hing eine große Fotografie von Vater Andrej in der hohen Kopfbedeckung der Weltgeistlichen und mit allen Orden. Danach betraten sie das Eßzimmer, das ein Büfett hatte, dann das Schlafzimmer; hier standen im Halbdunkel nebeneinander zwei Betten, und es schien, als ob man bei der Einrichtung dieses Raumes daran gedacht hätte, daß es hier immer angenehm und schön sein würde und gar nicht anders sein könnte. Während Andrej Andreič Nadja durch die Zimmer führte, hielt er sie die ganze Zeit um die Taille gefaßt; sie jedoch fühlte sich schwach, schuldbewußt und haßte alle diese Zimmer, die Betten, die Sessel; die nackte Dame verursachte ihr Übelkeit. Ihr war jetzt klar, daß sie Andrej Andreič nicht mehr liebte oder ihn vielleicht niemals geliebt hatte; doch wie sie das sagen sollte, wem und wozu, das wußte sie nicht, und sie konnte es auch nicht ergründen, obwohl sie all die Tage und Nächte darüber nachgedacht hatte ... Er hielt sie um die Taille gefaßt, sprach so liebevoll, so bescheiden und war so glücklich, während er durch diese seine Wohnung schritt; sie aber sah in all dem nichts als Banalität, alles kam ihr so dumm, naiv, so abgeschmackt vor, und sein Arm, der ihre Hüfte umschlang, erschien ihr hart und kalt wie ein Faßreifen. Sie hätte auf der Stelle davonlaufen, in Tränen ausbrechen, aus dem Fenster springen können. Andrej Andreič führte sie in das Badezimmer, dort griff er an den Hahn in der Wand, und plötzlich floß Wasser heraus.

»Wie gefällt dir das?« sagte er und lachte. »Ich habe auf dem Dachboden ein Bassin für hundert Eimer anbringen lassen, und nun werden wir beide Wasser haben.«

Sie schritten über den Hof und traten dann auf die Straße, wo sie eine Droschke nahmen. Dichte Staubwolken trieben dahin, und es schien, als würde es gleich anfangen zu regnen.

»Ist dir kalt?« fragte Andrej Andreič und kniff wegen des Staubs die Augen zusammen.

Sie schwieg.

»Weißt du noch, wie Saša mir gestern zum Vorwurf machte, daß ich nichts tue«, sagte er nach einer Weile. »Er hat recht, vollkommen recht! Ich tue nichts und kann nichts tun. Meine Teure, wie kommt das? Warum ist mir sogar der Gedanke widerwärtig, ich könnte mir eines Tages eine Kokarde an die Mütze heften und eine Stellung annehmen? Warum ist mir nicht wohl zumute, wenn ich einen Advokaten, einen Lateinlehrer oder einen Stadtverordneten sehe? O Mütterchen Rußland, wieviel Müßiggänger und unnütze Menschen schleppst du mit dir herum! Wie viele gibt es, die so sind wie ich, du Leidgeprüfte!«

Die Tatsache, daß er nichts tat, verallgemeinerte er und sah darin ein Zeichen der Zeit.

»Wenn wir erst verheiratet sind«, fuhr er fort, »dann gehen wir zusammen aufs Land, meine Liebe, und arbeiten dort! Wir kaufen uns ein kleines Grundstück mit einem Garten am Fluß, wir werden arbeiten und das Leben beobachten ... Oh, wie schön wird das sein!«

Er nahm den Hut ab, und sein Haar flatterte im Wind, sie aber hörte ihm zu und dachte: Mein Gott! Ich möchte nach Haus! Kurz vor dem Haus fuhren sie an Vater Andrej vorüber.

»Da kommt ja auch der Vater!« rief Andrej Andreič erfreut und schwenkte den Hut. »Ich kann meinen lieben Alten gut leiden, wirklich«, sagte er, während er den Droschkenkutscher bezahlte. »Ein prächtiger Alter. Ein guter Alter.«

Zornig und erschöpft trat Nadja ins Haus; sie dachte daran, daß sie den ganzen Abend Gäste haben würde, man mußte sich mit ihnen unterhalten, lächeln, dem Geigenspiel lauschen, allen möglichen Unsinn mit anhören und nur von der Hochzeit reden. Die Großmutter, majestätisch und prächtig in ihrem seidenen Kleid, hochmütig aussehend wie immer, wenn Besuch da war, saß vor dem Samovar. Mit seinem schlauen Lächeln um die Lippen kam Vater Andrej herein.

»Ich habe das Vergnügen und den gnadenreichen Trost, Sie bei guter Gesundheit anzutreffen«, sagte er zur Großmutter, und es war schwer zu erraten, ob er scherzte oder im Ernst sprach.

IV

Der Wind klopfte an die Fenster, aufs Dach, man hörte ihn pfeifen, und im Kamin sang der Hausgeist verdrießlich und klagend sein Liedchen. Es war in der Stunde nach Mitternacht. Im Haus waren alle zu Bett gegangen, doch niemand schlief, und Nadja kam es vor, als würde unten Geige gespielt.

Ein heftiges Poltern ertönte, wahrscheinlich hatte sich ein Fensterladen losgerissen.

Eine Minute später erschien Nina Ivanovna, nur im Hemd, mit einem Licht.

»Was war das für ein Gepolter, Nadja?« fragte sie.

Mit den zu einem Zopf geflochtenen Haaren und ihrem schüchternen Lächeln erschien die Mutter in dieser stürmischen Nacht älter, häßlicher und kleiner. Nadja dachte daran, wie sie noch unlängst ihre Mutter für eine außergewöhnliche Frau gehalten und voll Stolz ihren Worten gelauscht hatte; jetzt konnte sie sich dieser Worte überhaupt nicht mehr erinnern; alles, was sie sich ins Gedächtnis zurückrufen konnte, war schwach und bedeutungslos.

Im Kamin brummten mehrere Bässe zugleich, und es hörte sich an wie:

»Aach, mein Gooott!«

Nadja setzte sich im Bett auf, und plötzlich fuhr sie sich in die Haare und brach in Schluchzen aus.

»Mama, Mama«, rief sie, »wenn du wüßtest, wie mir

zumute ist! Ich bitte dich, ich flehe dich an, laß mich wegfahren! Ich beschwöre dich!«

»Wohin?« fragte Nina Ivanovna verständnislos und setzte sich auf das Bett. »Wohin wegfahren?«

Nadja weinte lange und konnte kein Wort hervorbringen.

»Laß mich fahren, fort aus der Stadt!« sagte sie schließlich. »Die Hochzeit soll nicht stattfinden – begreif doch! Ich liebe diesen Menschen nicht ... Ich kann nicht einmal von ihm sprechen.«

»Nein, mein Liebstes, nein.«

Nina Ivanovna sprach hastig, sie war aufs höchste erschreckt.

»Beruhige dich – daran ist nur deine schlechte Stimmung schuld. Das vergeht. Das kommt vor. Wahrscheinlich hast du dich mit Andrej gezankt; aber was sich liebt, das neckt sich.«

»Ach, geh, Mama, geh!« schluchzte Nadja.

»Ja«, sagte Nina Ivanovna nach kurzem Schweigen. »Wie lang ist es her, da warst du ein Kind, ein kleines Mädchen, und jetzt bist du schon Braut. In der Natur geht ein ständiger Stoffwechsel vor sich. Und ehe du dich versiehst, wirst du selbst Mutter und eine alte Frau sein und wirst eine ebenso widerspenstige Tochter haben wie ich.«

»Meine Liebe, meine Gute, du bist doch klug und bist unglücklich«, sagte Nadja. »Du bist so unglücklich – warum sagst du so abgeschmackte Dinge? Um Gottes willen, warum?«

Nina Ivanovna wollte noch etwas sagen, konnte jedoch kein Wort hervorbringen, schluchzte und ging in ihr Zimmer. Wieder dröhnten die Bässe im Kamin, es war zum Fürchten. Nadja sprang aus dem Bett und ging schnell zur Mutter. Nina Ivanovna lag mit verweintem Gesicht im Bett unter einer hellblauen Decke und hielt ein Buch in der Hand.

»Mama, hör mich an!« sagte Nadja. »Ich beschwöre dich, überlege und begreife! Begreif doch nur, wie seicht und erniedrigend unser Leben ist. Mir sind die Augen aufgegangen, ich sehe jetzt alles. Und was ist denn dein Andrej Andreič? Er ist doch nicht klug, Mama! Du lieber Gott! Begreifst du, Mama, er ist dumm!«

Nina Ivanovna richtete sich heftig auf.

»Du und deine Großmutter – ihr quält mich!« sagte sie schluchzend. »Ich will leben! leben!« wiederholte sie und schlug sich zweimal mit der Faust an die Brust. »Gebt mir doch Freiheit! Ich bin noch jung, ich will leben, und ihr habt eine alte Frau aus mir gemacht . . .!«

Sie weinte bitterlich, legte sich nieder und rollte sich unter der Decke zusammen, da lag sie und sah so kläglich, klein und töricht aus. Nadja kehrte in ihr Zimmer zurück, kleidete sich an und erwartete am Fenster sitzend den Morgen. Die ganze Nacht saß sie und grübelte, draußen schlug jemand unaufhörlich an die Läden und pfiff dazu.

Am Morgen klagte die Großmutter, der Wind habe in der Nacht im Garten alle Äpfel heruntergeschlagen und einen alten Pflaumenbaum abgebrochen. Es war grau, trübe, trostlos, man hätte die Lampe anzünden mögen; alle klagten über die Kälte, und der Regen klatschte an die Fenster. Nach dem Tee ging Nadja zu Saša, ohne ein Wort zu sagen, kniete sie in der Ecke bei einem Sessel nieder und bedeckte das Gesicht mit den Händen.

»Was ist denn?« fragte Saša.

»Ich kann nicht mehr . . .« sagte sie. »Wie konnte ich hier früher leben, ich begreife es nicht, es ist mir unfaßlich! Meinen Verlobten verachte ich . . . ich verachte mich selbst, verachte dieses ganze müßige, sinnlose Dasein.«

»Nun, nun . . .« meinte Saša, der noch nicht begriff, worum es ging. »Das macht nichts . . . Das ist gut so.«

»Ich bin dieses Lebens überdrüssig«, fuhr Nadja fort, »ich halte es hier keinen Tag länger aus. Morgen fahre ich weg von hier. Nehmen Sie mich mit, um Himmels willen!«

Saša schaute sie eine Minute lang erstaunt an; endlich hatte er verstanden, und er freute sich wie ein Kind. Er schwenkte die Arme und begann mit seinen Pantoffeln aufzustampfen, als wolle er einen Freudentanz aufführen.

»Großartig!« rief er und rieb sich die Hände. »Gott, wie ist das herrlich!«

Und sie blickte ihn unverwandt mit großen, verliebten Augen wie verzaubert an und meinte, daß er ihr sogleich etwas Bedeutsames, unermeßlich Wichtiges sagen würde; er hatte ihr noch nichts gesagt, doch ihr schien es bereits, als öffnete sich vor ihr etwas Neues und Weites, etwas, was sie früher nicht gekannt hatte, und sie schaute ihn jetzt voller Erwartung an, zu allem bereit, und sei es der Tod.

»Morgen reise ich«, sagte er nach kurzem Nachdenken, »Sie begleiten mich zum Bahnhof. Ich nehme Ihr Gepäck in meinen Koffer und löse Ihnen eine Fahrkarte; sobald das dritte Glockenzeichen ertönt, steigen Sie ein – und wir fahren los. Sie begleiten mich bis Moskau, von da fahren Sie allein weiter nach Petersburg. Haben Sie einen Paß?«

»Ja.«

»Ich schwöre Ihnen, Sie werden es nicht bedauern und nicht bereuen«, sagte Saša hingerissen. »Sie fahren weg, Sie werden studieren, und weiter lassen Sie sich von Ihrem Schicksal führen. Sobald Sie Ihr Leben umgekrempelt haben, wird alles anders. Die Hauptsache ist, das Leben umgestalten, alles andere ist unwichtig. Also, reisen wir morgen?«

»Ja, ja! Um Himmels willen!«

Nadja meinte, sie wäre sehr aufgeregt, ihr Herz wäre noch nie so schwer gewesen, sie müßte nun bis zur Abreise leiden und sich mit marternden Gedanken quälen; doch kaum war sie in ihr Zimmer zurückgekehrt und hatte sich auf ihr Bett gelegt, da schlummerte sie schon ein und lag mit verweintem Gesicht und lächelnd bis zum Abend in festem Schlaf.

V

Man schickte nach einer Droschke. Nadja, schon in Hut und Mantel, ging hinauf, um noch einmal einen Blick auf ihre Mutter und auf all ihr Eigentum zu werfen, sie stand in ihrem Zimmer vor dem Bett, das noch warm war, und schaute sich um, dann ging sie leise zur Mutter. Nina Ivanovna schlief, es war still im Raum. Nadja küßte die Mutter und strich ihr übers Haar, sie blieb noch zwei Minuten stehen ... Dann kehrte sie langsam in das untere Stockwerk zurück.

Draußen regnete es stark. Die Droschke stand mit hochgeklapptem Verdeck und ganz naß vor der Haustür.

»Für dich bleibt kein Platz, Nadja«, sagte die Großmutter, als die Magd die Koffer hineinstellte. »Und was treibt dich bloß bei diesem Wetter auf den Bahnhof! Du solltest zu Hause bleiben. Sieh doch nur, wie es regnet!«

Nadja wollte etwas sagen und konnte nicht. Saša half ihr jetzt in den Wagen und bedeckte ihre Knie mit einem Plaid. Und da saß er auch schon neben ihr.

»Glückliche Reise! Der Herr segne dich!« rief die Großmutter von der Treppe her. »Schreib uns aus Moskau, Saša!«

»Ist recht. Leben Sie wohl, Babulja!«

»Die Himmelskönigin behüte dich!«

»Ist das ein Wetterchen!« sagte Saša.

Erst jetzt weinte Nadja. Erst jetzt war ihr klar, daß sie ganz gewiß wegfuhr; als sie vor ihrer Mutter gestanden und sich von der Großmutter verabschiedet hatte, da hatte sie es noch nicht glauben wollen. Leb wohl, meine Stadt! Und sie dachte plötzlich an alle: an Andrej und seinen Vater, an die neue Wohnung und an die nackte Dame mit der Vase; all das schreckte und bedrückte sie schon nicht mehr, es war alles so dumm und kleinlich und blieb immer weiter und weiter hinter ihr zurück. Und als sie im Abteil saßen und der Zug sich in Bewegung setzte, da schrumpfte das Vergangene, das ihr so groß und ernst vorgekommen war, zu einem Klümpchen zusammen, und die unfaßbar große, weite Zukunft, die bis dahin kaum zu erkennen gewesen war, tat sich auf. Der Regen trommelte gegen die Wagenfenster, man sah nichts als grüne Felder, Telegrafenmasten flogen vorüber mit Vögeln auf den Drähten, und die Freude benahm ihr plötzlich den Atem: sie dachte daran, daß sie in die Freiheit fuhr, daß sie studieren würde, und das war eigentlich dasselbe, was man früher ›zu den Kosaken gehen‹ nannte. Und sie lachte und weinte und betete.

»Macht nichts!« sagte Saša schmunzelnd. »Macht nichts!«

VI

Der Herbst verging und der Winter auch. Nadja hatte schon heftiges Heimweh und dachte jeden Tag an die Mutter und an die Großmutter, sie dachte auch an Saša. Die Briefe, die von daheim kamen, klangen beruhigend und liebevoll; es schien alles vergeben und vergessen zu sein. Im Mai, nach den Prüfungen, fuhr sie gesund und fröhlich nach Hause; unterwegs stieg sie in Moskau aus, um Saša zu besuchen. Er war noch ganz der alte, wie im vergangenen Sommer: mit seinem dichten Bart, den zerzausten Haaren und den großen, schönen Augen, und er trug noch denselben Rock und dieselben Beinkleider aus Segeltuch; doch er sah krank, erschöpft, gealtert aus und war magerer geworden und hustete ständig. Und Nadja erschien er irgendwie unansehnlich und provinziell.

»Mein Gott, Nadja ist gekommen!« sagte er und lachte fröhlich. »Meine Liebe, mein Herzchen!«

Sie saßen in der lithographischen Werkstatt, wo es dunstig vom Tabakrauch war und zum Ersticken nach Tusche und Farben roch; dann gingen sie in sein Zimmer, auch das war vollgeraucht und vollgespuckt. Auf dem Tisch neben dem erkalteten Samovar stand ein zerbrochener Teller mit einem dunklen Stück Papier darauf; auf dem Tisch und auf dem Fußboden lagen eine Unmenge toter Fliegen. An alledem konnte man erkennen, daß Saša sein persönliches Leben vernachlässigte, er lebte, wie es gerade kam, voll Verachtung gegenüber allen Bequemlichkeiten, und hätte jemand mit ihm von seinem persönlichen Glück, seinem persönlichen Leben, von Liebe zu ihm gesprochen, dann hätte er nichts begriffen und nur gelacht.

»Es geht, es ist alles gut gegangen«, erzählte Nadja in Eile. »Im Herbst hat Mama mich in Petersburg besucht, sie sagte, die Großmutter sei mir nicht böse, sie gehe nur immer in mein Zimmer und bekreuze die Wände.«

Saša blickte fröhlich drein, hustete aber und sprach mit brüchiger Stimme, und Nadja betrachtete ihn ständig und war sich nicht klar, ob er wirklich schwerkrank war oder ob es ihr nur so schien.

»Saša, mein Lieber«, sagte sie, »Sie sind doch krank.«

»Nein, es ist nicht schlimm. Ich bin krank, aber nicht sehr ...«

»Ach, mein Gott!« Nadja wurde ganz aufgeregt. »Warum lassen Sie sich nicht behandeln, warum achten Sie nicht auf Ihre Gesundheit? Mein lieber, teurer Saša«, sagte sie, und die Tränen stürzten ihr aus den Augen; und sie sah mit einemmal Andrej Andreič vor sich und die nackte Dame mit der Vase und ihre ganze Vergangenheit, die wie ihre Kindheit in weite Ferne gerückt war; und sie weinte, weil Saša ihr schon nicht mehr so neu, intelligent und interessant erschien wie im vergangenen Jahr.

»Lieber Saša, Sie sind sehr, sehr krank. Ich würde wer weiß was tun, damit Sie nicht so blaß und schmal aussehen. Ich bin Ihnen so verpflichtet! Sie können sich gar nicht vorstellen, wieviel Sie für mich getan haben, mein guter Saša! Eigentlich sind Sie für mich jetzt der allernächste, allerliebste Mensch.«

Sie saßen und sprachen miteinander; jetzt, nachdem Nadja

einen Winter in Petersburg verbracht hatte, kamen ihr Saša, seine Worte, sein Lächeln und seine ganze Gestalt wie etwas Abgelebtes, Altmodisches, längst Vergangenes und vielleicht schon zu Grabe Getragenes vor.

»Übermorgen fahre ich an die Volga«, sagte Saša, »und von da zur Kumys-Kur. Ich will Kumys trinken. Zusammen mit mir fahren ein Freund und seine Frau. Die Frau ist ein wunderbarer Mensch; ich versuche ständig, sie zum Studium zu überreden. Ich möchte, daß sie ihr Leben umkrempelt.«

Als sie sich ausgesprochen hatten, fuhren sie zum Bahnhof. Saša lud sie zum Tee ein und schenkte ihr Äpfel. Und als der Zug abfuhr und er lächelnd mit dem Taschentuch winkte, da sah man es sogar seinen Beinen an, daß er sehr krank war und wohl kaum mehr lange zu leben hatte.

Ihre Heimatstadt erreichte Nadja um die Mittagsstunde. Auf der Fahrt vom Bahnhof nach Hause erschienen ihr die Straßen sehr breit und die Häuser klein und geduckt; man sah keine Menschen, nur der deutsche Klavierstimmer in seinem rostfarbenen Mantel begegnete ihr. Und zu Hause war alles wie mit Staub bedeckt. Die Großmutter, schon ganz alt geworden, doch wie früher dick und häßlich, umarmte Nadja und weinte lange, das Gesicht an ihre Schulter geschmiegt; sie konnte sich gar nicht losreißen. Nina Ivanovna sah auch sehr viel älter und nicht mehr hübsch aus, sie schien zusammengeschrumpft, doch sie war wie früher geschnürt, und an ihren Fingern blitzten Brillanten.

»Meine Liebe!« sagte sie, am ganzen Leibe bebend. »Meine Liebe!«

Danach saßen sie beisammen und weinten leise. Sowohl die Großmutter wie die Mutter fühlten deutlich, daß das Vergangene für immer und unwiderruflich dahin war: verloren die Stellung in der Gesellschaft, das frühere Ansehen und das Recht, Gäste einzuladen; so ist es, wenn in das leichte, sorglose Leben einer Familie plötzlich nachts die Polizei eindringt, eine Haussuchung vornimmt, und es stellt sich heraus, der

Hausherr hat Fälschungen und Veruntreuungen begangen – dann leb wohl, leichtes, sorgloses Leben!

Nadja ging hinauf und erblickte dasselbe Bett, dieselben Fenster mit den schlichten weißen Vorhängen, und hinter den Scheiben denselben von der Sonne überfluteten, fröhlich rauschenden Garten. Sie berührte ihren Tisch und saß ein Weilchen nachdenklich da. Sie aß gut zu Mittag, trank Tee mit wohlschmeckender fetter Sahne, aber irgend etwas fehlte, sie fühlte eine Leere in den Räumen, und die Decken waren so niedrig. Am Abend legte sie sich schlafen, deckte sich zu, und es kam ihr komisch vor, daß sie in diesem warmen, sehr weichen Bett lag.

Nina Ivanovna kam für einen Augenblick und setzte sich schüchtern und vorsichtig zu ihr, als wäre sie sich einer Schuld bewußt.

»Nun, wie ist es, Nadja?« fragte sie nach kurzem Schweigen. »Bist du zufrieden? Sehr zufrieden?«

»Ja, Mama.«

Nina Ivanovna erhob sich und machte das Zeichen des Kreuzes über Nadja und über die Fenster.

»Und ich bin, wie du siehst, religiös geworden«, sagte sie. »Weißt du, ich beschäftige mich jetzt mit Philosophie und denke immerzu nach ... Und vieles ist mir jetzt klar wie der Tag geworden. Vor allen Dingen, so scheint es mir, sollte man das Leben wie durch ein Prisma sehen.«

»Sag, Mama, wie steht es mit Großmutters Gesundheit?«

»Sie scheint sich nicht schlecht zu fühlen. Als du damals mit Saša fortgefahren warst und als dein Telegramm kam, da fiel Großmutter einfach um, nachdem sie es gelesen hatte; drei Tage lag sie, ohne sich zu rühren. Dann betete und weinte sie viel. Aber jetzt geht es wieder.«

Sie stand auf und ging im Zimmer hin und her.

›Tick-tock ...‹ ertönte das Klopfen des Wächters. ›Tick-tock, tick-tock ...‹

»Vor allen Dingen sollte man das Leben wie durch ein

Prisma sehen«, sagte sie, »das heißt mit anderen Worten, man sollte es im Bewußtsein in die einfachsten Elemente zerlegen, etwa wie in die sieben Grundfarben, und jedes Element müßte einzeln untersucht werden.«

Was Nina Ivanovna noch sagte und wann sie ging, hörte Nadja nicht mehr, denn sie schlief sehr bald ein.

Der Mai verging, es kam der Juni. Nadja hatte sich zu Hause schon eingewöhnt. Die Großmutter beschäftigte sich ständig mit dem Samovar und seufzte tief; Nina Ivanovna erzählte abends von ihrer Philosophie; sie aß noch immer das Gnadenbrot im Hause und mußte sich wegen jeden Groschens an die Großmutter wenden. Es gab viele Fliegen, und die Decken in den Zimmern schienen immer niedriger und niedriger zu werden.

Babulja und Nina Ivanovna vermieden es, auf die Straße zu gehen, aus Angst, sie könnten Vater Andrej oder Andrej Andreič begegnen. Nadja ging immer wieder durch den Garten, durch die Straßen, schaute auf die Häuser, die grauen Zäune, und ihr schien, als ob alles in der Stadt schon lange alt geworden und abgelebt sei und nur noch warte: auf das Ende oder einen neuen, frischen Anfang. Oh, wenn es doch bald käme, dieses neue, lichte Leben, wo man gerade und kühn seinem Schicksal ins Auge sehen, ein Recht fühlen, fröhlich und frei sein wird! Früher oder später wird dieses Leben kommen! Es wird eine Zeit geben, in der von Großmutters Haus, wo alles so eingerichtet ist, daß vier Dienstboten nicht anders als im Kellergeschoß, in einem Raum, in Unsauberkeit leben können, keine Spur mehr übrigbleibt, eine Zeit, in der man es vergessen haben und niemand sich seiner mehr erinnern wird. Nadja amüsierte sich nur über die Jungen vom Nachbarhof, die, wenn sie im Garten spazierenging, an den Zaun schlugen, lachten und sie neckten.

»Die Braut! Da geht die Braut!«

Aus Saratov kam ein Brief von Saša. In seiner fröhlichen, tanzenden Handschrift schrieb er, daß die Fahrt auf der Volga sehr schön gewesen, daß er jedoch in Saratov ein bißchen krank geworden sei, die Stimme verloren habe und schon zwei Wochen im Krankenhaus liege. Sie begriff, was das bedeutete, und ein Vorgefühl, fast wie eine Gewißheit, bemächtigte sich ihrer. Es war ihr unangenehm, daß dieses Vorgefühl und die Gedanken an Saša sie nicht mehr so erregten wie früher. Sie hatte den leidenschaftlichen Wunsch zu leben, sie wollte nach Petersburg, und ihre Bekanntschaft mit Saša erschien ihr nur noch als eine liebe Erinnerung aus ferner, ferner Vergangenheit. Sie schlief die ganze Nacht nicht und saß am nächsten Morgen lauschend am Fenster. Und wirklich, unten ertönten Stimmen; aufgeregt und hastig fragte die Großmutter. Darauf schluchzte jemand ... Als Nadja herunterkam, stand Großmutter in der Ecke und betete, und ihr Gesicht war verweint. Auf dem Tisch lag ein Telegramm.

Lange ging Nadja im Zimmer auf und ab und horchte, wie Großmutter weinte, dann nahm sie das Telegramm und las. Darin stand, daß Aleksandr Timofeič oder einfach Saša gestern morgen in Saratov an der Schwindsucht gestorben sei.

Großmutter und Nina Ivanovna gingen in die Kirche, um eine Seelenmesse zu bestellen; Nadja schritt noch lange durch die Zimmer und grübelte. Deutlich erkannte sie, daß ihr Leben umgekrempelt war, wie Saša es gewollt hatte, daß sie hier einsam, fremd und überflüssig war, daß sie das alles hier nicht brauchte, daß alles Vergangene von ihr losgerissen und entschwunden war, als ob es verbrannt und die Asche in alle Winde verstreut worden wäre. Sie ging in Sašas Zimmer und stand dort eine Weile.

Leb wohl, lieber Saša! dachte sie, und vor ihrem inneren Auge sah sie ein neues, weites, kühnes Leben, und dieses Leben, noch unklar und voller Geheimnisse, lockte sie und riß sie mit sich fort.

Sie stieg hinauf in ihr Zimmer, um zu packen; am anderen Morgen nahm sie lebhaft und fröhlich Abschied von den Ihren und verließ die Stadt – wie sie annahm, für immer.

Anhang

Zu dieser Ausgabe

In Auswahl und Übersetzung ist unsere Ausgabe der Čechovschen Prosa identisch mit der dreibändigen Dünndruck-Ausgabe des Winkler-Verlags, München: ›Anton Tschechow, Kurzgeschichten und frühe Erzählungen (1883–1887)‹, ›Erzählungen aus den mittleren Jahren (1887–1892)‹ und ›Späte Erzählungen (1893–1903)‹, München 1968/1969.

Diese bislang vollständigste deutsche Čechov-Edition geht zurück auf die von den DDR-Slavisten Gerhard Dick und Wolf Düwel besorgte Ausgabe: ›Anton Tschechow, Gesammelte Werke in Einzelbänden‹, insgesamt acht Bänden (Prosa, Dramen, Briefe, Notizbücher, ›Insel Sachalin‹), erschienen im Verlag Rütten & Loening, Berlin 1964 f.

Die Übersetzung dieser beiden Ausgaben basiert auf der – was die Textgestalt betrifft – bis heute aktuellsten russischen Čechov-Edition des Moskauer Staatsverlags für Schöne Literatur (Goslitizdat), 12 Bände, Moskau 1954–1957. Die neue, auf 30 Bände berechnete wissenschaftlich-kritische Čechov-Ausgabe, deren erste Bände 1975 erschienen, konnte bei der Revision der Übersetzungen nicht mehr berücksichtigt werden.

Mit Ausnahme der ›Kleinen Romane‹ (oder ›Novellen‹ – der russische Terminus ›povesti‹ deckt beide Begriffe unvollkommen und besitzt im Deutschen keine rechte Entsprechung) sind die Erzählungen wie in der Ausgabe bei Rütten & Loening chronologisch geordnet, entsprechend den Daten der russischen Erstveröffentlichung.

Die Anmerkungen unserer Ausgabe nennen an erster Stelle jeweils Titel und Titel des russischen Originals sowie Datum und Ort der Erstveröffentlichung; ein Verzeichnis der Abkürzungen der Zeitschriftentitel findet sich in jedem Band gesondert, den Anmerkungen vorangestellt. Es folgen Hinweise auf Korrekturen und Veränderungen, die Čechov bei Nachdrucken der Texte in den Erzählungs-Sammelbänden bis 1899 vorgenommen hat, d. h. bis zum Erscheinen der ersten russischen Gesamtausgabe bei A. F. Marks, Petersburg. Schließlich der Vermerk, welche Erzählung Čechov in welchen Band der ›Gesammelten Werke‹, der einzigen von ihm selbst kontrollierten Gesamtausgabe, aufgenommen hat; diese Information erscheint insofern wichtig, als Čechov dabei vom streng chronologischen Ordnungsprinzip abgegangen ist, vielmehr den Charakter der einzelnen Erzählung zum Maßstab machte und dadurch, aus der Distanz von etwa 15 Jahren, eine eigene Einschätzung seiner frühen Arbeiten vorgenommen hat.

Die Anmerkungen greifen bewußt zurück auf ältere, Čechov zeitgenössische Nachschlagewerke; Zitate daraus besitzen ein eigenes Kolorit und vermitteln vom damaligen Wissensstand oft mehr als moderne Lexika dies vermögen. Pëtr Kropotkins Literaturgeschichte des russischen XIX. Jahrhunderts, ›Ideale und Wirklichkeit in der russischen Literatur‹, erstmals 1906 auf deutsch erschienen und eine der besten Informationsquellen über Literatur und Gesellschaft der Čechov-Zeit, liegt inzwischen im Nachdruck als Band 762 der ›edition suhrkamp‹ vor.

Zeitschriften, in denen Čechov publizierte

Cosmopolis – internationale Zeitschrift, die ab 1896 viersprachig in Paris erschien, in einer russischen Ausgabe ab 1897, Erscheinungsort Petersburg.

Niva – ›Die Flur‹, illustrierte Familienzeitschrift, erschien 1870 bis 1918 in Petersburg, bis 1904 im Verlag A. F. Marks, viel gelesen (Auflage um 1900: 235 000 Expl.). Die ›Almanache der Niva‹ (1891–94) und daraus hervorgegangenen ›Monatlichen Literaturbeilagen der Niva‹ hatten großen Anteil an der Popularisierung zeitgenössischer und klassischer Literatur, außerdem erschienen im Verlag ›N.‹ Volksausgaben zahlreicher Klassiker der russischen und Weltliteratur.

Petersburgskaja gazeta – ›Petersburger Zeitung‹, Tageszeitung, erschien 1867–1917, Boulevardblatt. Parallel zu seiner Tätigkeit für die Moskauer ›Oskolki‹ publizierte Čechov in den Jahren 1885–1887 regelmäßig wöchentlich in der PG.

Russkaja mysl' – ›Russisches Denken‹, bürgerlich-liberale Monatszeitschrift für Literatur und Politik, erschien in Moskau 1880 bis 1918, anfangs mit Sympathien für slavophile Ideen, dann gemäßigt liberale Orientierung mit Sympathien für die Bewegung der Narodniki. Mitarbeiter neben Čechov die Schriftsteller Korolenko, Gleb Uspenskij, Mamin-Sibirjak, Garšin, Nemirovič-Dančenko, Gorkij. Außer Prosa publizierte Čechov in der ›Russkaja mysl'‹ 1896 das Theaterstück ›Die Möwe‹ (detebe 20091).

Russkie vedomosti – ›Russische Nachrichten‹, bürgerlich-liberale Tageszeitung der gemäßigten Intelligenz und der Narodniki (Volkstümler), erschien in Moskau 1863–1918. Zu den Mitarbeitern zählten, neben zahlreichen prominenten Wissenschaftlern, in den 80er Jahren Autoren wie Uspenskij, Korolenko, Gorkij, Saltykov-Ščedrin, anonym auch Černyševskij.

Žizn – ›Das Leben‹, Wochenzeitung für Politik und Literatur, erschien 1897–1901, ab Ende 1899 Organ der legalen Marxisten; den literarischen Teil der Zeitung redigierte Maksim Gorkij.

Žurnal dlja vsech – ›Journal für alle‹, ›Zeitschrift für alle‹, illustrierte, populärwissenschaftliche Monatszeitschrift, erschien 1896 bis 1906 in Petersburg, unter den Mitarbeitern neben Čechov auch Maksim Gorkij und Ivan Bunin.

Abkürzungen

R – *Rasskazy* (Erzählungen), Spb. (A. S. Suvorin) 1888; [2]1889; [13]1899.

SS – *Sobranie sočinenij* (Gesammelte Werke), Spb. (A. F. Marks) 1899 ff. Band I erschien 1899, Band II – 1900; die Bände III bis XI – 1901; Band XII – 1903; Band XIII posthum 1906.

Zur Transkription

Die Transkription der russischen Namen folgt der in der Slavistik üblichen, die für die spezifisch russischen Laute diakritische Zeichen benützt. Die wichtigsten, vom deutschen Alphabet abweichenden Laute des Russischen sind:

č – ›tsch‹, wie Čechov
c – immer ›ts‹, wie in ›Zeichen‹
ch – immer hartes ›ch‹, wie in ›ach!‹ (nie wie in ›ich‹)
s – immer stimmloses, scharfes ›s‹, wie in ›essen‹
š – immer stimmloses, scharfes ›sch‹, wie in ›Asche‹
šč – nicht ›schtsch‹, sondern weiches, gedehntes ›sch‹ (š)
v – im Silbenanlaut, vor Vokalen und stimmhaften Konsonanten = ›w‹
im Silbenauslaut und vor stimmlosen Konsonanten = ›ff‹
z – immer stimmhaftes, weiches ›s‹, wie in ›Rose‹
ž – immer stimmhaftes, weiches ›sch‹, wie in frz. ›jour‹

Jedes ›e‹ und ›i‹ palatalisiert den vorausgehenden Konsonanten, das heißt, wird mit einem leichten ›j‹-Vorschlag gesprochen.

Betontes ›e‹ (ë) wird wie ›jo‹ gesprochen und zieht automatisch die Wortbetonung auf sich.

Unbetontes ›o‹ wie ›a‹; betontes ›o‹ immer offen, wie im Wort ›offen‹ (nie wie in ›Ofen‹).

Namen und Anrede im Russischen

Im Russischen setzt sich jeder Name aus drei Teilen zusammen – dem Vornamen (Anton), dem Vatersnamen (Pavlovič oder, bei Frauen, Pavlovna) und dem Familiennamen (Čechov). Die offizielle Anrede besteht aus Vor- und Vatersnamen (was das im Deutschen übliche ›Herr‹ bzw. ›Frau‹ ersetzt) – ›Anton Pavlovič‹ ist demnach soviel wie deutsch ›Herr Čechov‹. Die intim-vertrauliche Anrede beschränkt sich wie im Deutschen auf den Vornamen bzw. dessen Koseformen.

Im gesprochenen Russisch werden die ›korrekten‹ Formen des Vatersnamens gelegentlich abgeschliffen (für ›Ivan Ivan*ovič*‹ oft auch nur ›Ivan Ivan*yč*‹), woraus sich zuweilen zweierlei Schreibweisen ergeben. Die ›abgeschliffene‹ Form wird gegenüber Personen gebraucht, die man zwar siezt, mit denen man aber doch auf bestimmte Weise vertraut ist, während die ›korrekte‹ Form des Vatersnamens in hochoffiziellen Situationen gebraucht wird, gegenüber Respektspersonen, Höhergestellten usw.

Maße und Gewichte

Gewichte:		
1 *Pud*	=	40 Pfund oder 16,38 kg
1 *Pfund*	=	32 Lot oder 96 Zolotnik oder 410 g
1 *Lot*	=	3 Zolotnik oder 12,80 g
1 *Zolotnik*	=	4,26 g
Längenmaße:		
1 *Verst*	=	500 Sažen oder 1067 m
1 *Sažen*	=	3 Aršin = 48 Veršok oder 2,134 m
1 *Aršin*	=	16 Veršok oder 71,1 cm
1 *Veršok*	=	44,45 mm
Flächenmaße:		
1 *Desjatine*	=	2400 Quadrat-Sažen oder 1,0925 ha
1 *Quadrat-Verst*	=	104,17 Desjatinen = 1,138 km^2

Russische Feiertage, Kirchenfeste, Fasten

Die Zahl der Feiertage lag im zaristischen Rußland wesentlich höher als in westlichen Ländern zur selben Zeit; das ›Große Enzyklopädische Wörterbuch‹, der russische Brockhaus, zählt in Band 48 (1898) in Rußland 98 Feiertage bei 267 Arbeitstagen (zum Vergleich Preußen: 60 bei 305 Arbeitstagen). Unter die Feiertage fielen, zu Čechovs Zeiten und in der zeitgenössischen Sprache des Baedeker, Staatsfeiertage wie das »Namensfest d. Kaiserin«, »Geburtsfest des Kaisers«, »Krönungsfest«, »Namensfest der Kaiserin-Witwe«, »Geburtsfest des Thronfolgers Alexei Nikolajewitsch« u. a.

Kirchenfeste waren neben dem Weihnachtsfest (am 25., 26. und 27. Dezember – die Datenangaben jeweils nach dem alten Kalender), Ostern (Donnerstag, Freitag und Samstag in der Karwoche sowie 1., 2. und 3. Osterfeiertag), Christi Himmelfahrt, Pfingsten (zwei Tage) sowie Feiertag und Samstag in der Butterwoche, d. h. der Woche vor Beginn der Großen Osterfasten:

6. Januar	Erscheinung Christi
2. Februar	Christi Darstellung
25. März	Mariä Verkündigung
9. Mai	Fest des hl. Nikolaus des Wundertäters
29. Juni	Fest der Apostel Petrus und Paulus
6. August	Verklärung Christi
15. August	Mariä Himmelfahrt
29. August	Johannis Enthauptung
30. August	Fest der Apostel Petrus und Paulus
8. September	Mariä Geburt
14. September	Kreuzeserhöhung
26. September	Fest des Evangelisten Johannes
1. Oktober	Mariä Schutz und Fürbitte
22. Oktober	Fest des wundertätigen Bildes der hl. Muttergottes von Kazan
21. November	Mariä Opfer
6. Dezember	Fest des hl. wundertätigen Nikolaus

Die Fasten (russisch ›post‹) der russisch-orthodoxen Kirche unterteilen sich in ein- und mehrtägige Fasten.
Die mehrtägigen Fasten sind:

1. die *Großen Fasten,* beginnend mit dem Montag nach der Karnevals- oder Butterwoche, 40 Tage vor Ostern;
2. die *Apostel-* oder *Petersfasten* vor Peter und Paul; diese sind vom Datum des Osterfests abhängig, daher von unterschiedlicher Länge;
3. *Uspenskij post* vom 1. bis 15. August zu Ehren der Muttergottes, vor Mariä Himmelfahrt;
4. die *Weihnachts-* oder *Philippifasten* vor Weihnachten, beginnend mit dem 14. November, 40 Tage vor Christi Geburt.

Eintägige Fasten jeweils mittwochs und freitags, mit Ausnahme der Karwoche (da diese Woche als »ein einziger lichter Tag« angesehen wurde), der Pfingstwoche, der zwölf Tage zwischen Weihnachten und Christi Erscheinung; ferner am

14. September zu Kreuzeserhöhung
29. August zu Johannis Enthauptung und am
5. Januar, dem Vorabend von Christi Erscheinung.

(Nach dem ›Großen Enzyklopädischen Wörterbuch‹, St.-Petersburg, Brockhaus/Efron, 1898, Band 48.)

Die russischen Rangklassen

Die Liste der Rangklassen in Rußland geht zurück auf Peter I. In Anlehnung an westliche Vorbilder (Frankreich, Preußen, Dänemark und Schweden) wurden durch Erlaß 1722 vierzehn Rangklassen geschaffen, die praktisch und ohne wesentliche Veränderung bis 1917 in Kraft blieben. Der petrinischen Reform des Staats- und Militärdiensts lag der Gedanke zugrunde, daß auch Nichtadelige durch Leistung (durch Erreichen eines Rangs) in den Adel erhoben werden konnten.

Zu Čechovs Zeiten wurden folgende Ränge an Zivil- bzw. Militärbeamte verliehen:

Klasse	*Zivildienst*	*Militärdienst*
1	Kanzler	Generalfeldmarschall
		General-Admiral
2	Wirklicher Geheimrat	General
		Admiral
3	Geheimrat	Generalleutnant
		Vize-Admiral
4	Wirklicher Staatsrat	Generalmajor
	Oberstaatsanwalt	Konter-Admiral
5	Staatsrat	
6	Kollegienrat	Oberst
	Militärrat	Kapitän 1. Ranges
7	Hofrat	Oberstleutnant
		Kapitän 2. Ranges
8	Kollegienassessor	Hauptmann
		Rittmeister
9	Titularrat	Stabshauptmann
		Stabsrittmeister
		Leutnant
10	Kollegiensekretär	Leutnant
		Schiffsfähnrich

11	Schiffssekretär	
12	Gouvernementssekretär	Sekondeleutnant
		Kornett
13	Provinzsekretär	
	Senatsregistrator	
	Synodalregistrator	
	Kabinettsregistrator	
14	Kollegienregistrator	

Personen der oberen vier Rangklassen gebührte die Anrede ›Euer Exzellenz‹.

Der Adelstitel, der auf dem Dienstwege verliehen wurde, war erblich für den, der ein Amt des 9. Rangs erreicht hatte; den Adelstitel beantragen konnte z. B. auch ein Unternehmen, das sein 100-jähriges Jubiläum feierte (vgl. die Novelle ›Drei Jahre‹, vgl. Gaevs Rede im 1. Akt des ›Kirschgarten‹).

Nicht übersetzte Ausdrücke

Bliny – im Singular blin: der Pfannkuchen, der Fladen aus Buchweizen-, Weizen- oder Gerstenmehl (Pavlovskij), vgl. deutsch Plinse, auch Plinze. Russisches Backwerk, in schwimmendem Fett gebacken. Bliny wurden vor allem in der Butterwoche, der russischen Karnevalswoche vor dem 40tägigen Großen Fasten gebacken.

Katorga – vgl. Pavlovskij: »1. (veralt.) die Galeere, das Ruderschiff; 2. die Festungsbau-, Bergbaustrafe, Zwangsarbeit in den Bergwerken«; so auch oft übersetzt, zu Čechovs Zeiten meist in Sibirien, auf Sachalin oder in den Bergwerken am Karischen Meer verbüßt, verbunden mit anschließender Verbannung zur Zwangskolonisierung Sibiriens. *Katorga* aber auch im übertragenen Sinne – schweres, unerträgliches Leben, Hundeleben. Davon abgeleitet: *Katoržnik,* ›Zuchthäusler‹, der die Katorga verbüßt. Über Katorga und russischen Strafvollzug vgl. ausführlich Čechov, ›Die Insel Sachalin‹ (detebe 20270).

Kulak – wörtl. (Pavlovskij): 1. die Faust; ... 5. der Aufkäufer, Kleinhändler, Wiederverkäufer; 6 der Geizhals, Knicker; davon abgeleitetes Abstraktum: Aufkäuferei, Mäklerei; die Wucherei. Meint abschätzig den reichen, durch Wuchergeschäfte reichgewordenen Bauern, für den es in der russischen Literatur zahlreiche Beispiele gibt – vgl. etwa Vosmibratov in Ostrovskijs Komödie ›Der Wald‹, vgl. zu diesem Begriff auch Čechov über die Rolle Lopachins im ›Kirschgarten‹ (detebe 20083).

Kvas – auch Kwaß, erfrischendes Getränk, zubereitet aus gesäuertem Schwarzbrotteig oder Schwarzbrot und Malz (Pavlovskij). Ein in Rußland beliebtes Getränk, das die Stelle des Biers vertritt. Bei den Bauern besteht der K. nur aus einem trüben, sauern, noch gärenden Aufguß auf geschrotenes Getreide. Dagegen sind die feineren Sorten K., besonders der Äpfel- und Himbeerkwas, sehr wohlschmeckend (Brockhaus, 14. Aufl., Leipzig 1902).

Njanja – die russische Kinderfrau, die Amme; ist Bezeichnung und Anrede zugleich für die Amme, die neben den Dienstboten gehalten wurde und die – vgl. ›Drei Schwestern‹, ›Onkel Vanja‹ – im Hause verblieb, auch wenn die Kinder längst herangewachsen waren.

Varenje – russische Spezialität, Eingemachtes, erscheint in Übersetzungen als ›Konfitüre‹, ›Marmelade‹, als ›das Eingemachte‹ (›Eingemachtes‹), aber auch als ›Saft‹ (so auch Pavlovskij). Wird anstelle von Zucker oft zum Süßen des Tees benützt.

Zakuska – vgl. Pavlovskij: »1. der Imbiß, das Gabelfrühstück; 2. die Zukost, das Zugemüse, Beiessen; 3. das Nachessen, Dessert, der Nachtisch.« In den vorliegenden Übersetzungen oft auch mit ›Imbiß‹ übersetzt, meint das, was man unmittelbar nach dem heruntergestürzten Glas Vodka ißt und was in Rußland unabdingbar zum Vodkatrinken gehört. Was als Zakuska alles genossen werden kann, diskutieren exemplarisch Lebedev, Borkin und Šabelskij im III. Akt des ›Ivanov‹ (detebe 20102).

Zemstvo – russischer terminus technicus aus der Verwaltung, bezeichnet die teilweise Selbstverwaltung des Landes im lokalen Bereich, eine der Errungenschaften aus der Zeit der ›großen‹ Reformen, eingeführt nach Aufhebung der Leibeigenschaft 1861, um die staatliche Verwaltung zu entlasten. Auf drei Jahre gewählte Vertreter der Adeligen, Bürger und Bauern (wobei das Wahlrecht dem Adel die führende Position sicherte) entschieden ab 1864 über die Instandhaltung von Straßen und Brücken, Unterhaltung von Fuhr- und Postdiensten, über den Ausbau des Elementarschulwesens, über Einrichtungen des Gesundheitswesens, z. B. den Bau neuer Krankenhäuser (vgl. ›Krankenzimmer Nr. 6‹; der in den Übersetzungen erscheinende ›Landarzt‹, zemskij vrač, ist der vom Zemtsvo angestellte, der Zemstvo-Arzt). Die Zemstvos auf Kreis- und Gouvernementsebene befanden sich in ständiger Rivalität zur staatlichen Verwaltung und wurden 1890 durch Gesetz in ihren Kompetenzen derart eingeschränkt, daß sie praktisch zur Bedeutungslosigkeit verurteilt waren.

Die Bauern (Mužiki). Russkaja mysl', Nr. 4 (April) 1897. Mit geringfügigen Korrekturen, einem längeren Einschub in Kapitel IX noch im selben Jahr als Einzelausgabe und, nochmals, zusammen mit der Novelle ›Mein Leben‹ (Moja žizn'), unter dem Obertitel ›Rasskazy‹, 1897, [7]1899. Dann so gut wie unverändert in SS IX, 1901.

Der Einschub: »Sie dachte daran, wie man Nikolaj zu Grabe getragen hatte ...« bis: »und sie sah sich immer wieder nach den Hütten um.«

Slavischer Bazar – oder ›Slavjanskij Bazar‹, Luxushotel in Moskau, zentral gelegen in der Nikolskaja, unmittelbar am Roten Platz; eines der drei ersten Hotels der Stadt.

Moskau, die erste Residenz – Moskau war Hauptstadt des Russischen Reiches, bevor Peter I. die Zarenresidenz 1703 nach Petersburg verlegte.

Butterwoche – heidnisch-slavisches Fest, Woche der Verabschiedung, Austreibung des Winters, verbunden mit dem Brauch, Bliny zu backen, Fastnachtssänger zu empfangen, fröhliche Spiele zu veranstalten; nach der B. begannen die großen, 40tägigen Fasten. Bereits in der Butterwoche, Vorfastenwoche, wurden nur noch Milch- und Eierspeisen genossen.

Kirchenslavisch – die Sprache, die (nur noch) in der russisch-orthodoxen Kirche gesprochen wird und die zurückgeht auf den altslavischen Dialekt, in den die Slavenapostel Kirill und Metod im 9. Jahrhundert die Bibel übersetzt haben.

Rechtgläubige – die wörtliche Übersetzung von ›pravoslavnyj‹, meint die russisch-orthodoxen Christen; geht zurück auf das mittelalterliche Dogma von Moskau als dem Dritten Rom.

Kreuzerhöhung – Feiertag der russisch-orthodoxen Kirche, 14. September.

Mariä Himmelfahrt – Feiertag der russisch-orthodoxen Kirche, 15. August.

unter der Herrschaft – als eine Zeitangabe: meint die Epoche vor der sogenannten Bauernbefreiung, der Leibeigenschaft, die im Jahre 1861 aufgehoben wurde.

ein Porträt des Battenbergers – Battenberg, Fürstenfamilie aus Hessen; Alexander I., 1857–1893, wurde 1879 auf Betreiben Rußlands zum Ersten Fürsten (Alexander I.) des neu gebildeten Staates Bulgarien ernannt und 1886, nach dem Krieg zwischen Bulgarien und Serbien, wieder auf russisches Betreiben, gestürzt. Sein Porträt hängt da als nicht mehr ganz frische Reliquie des damals weit verbreiteten Panslavismus.

Der Petschenege (Pečeneg). Russkie vedomosti, 2. November 1897; Untertitel: ›Erzählung‹; datiert: ›Nizza, 24. Oktober‹. Ohne Untertitel, mit geringen Korrekturen in SS IX, 1901.

Petschenege – Angehöriger eines turkotatarischen Nomadenvolks aus der Zeit der Kiever Rus; im XI. Jahrhundert ausgestorben. Als Schimpfwort gebraucht.

Donec – Fluß in der Ukraine, Südrußland, dem traditionellen Wohngebiet der Kosaken.

Novočerkassk – Hauptstadt der ›Provinz des Donischen Heeres‹ (Baedeker, ›Rußland‹, [7]1912), der Donkosaken-Provinz, ca. 65 000 Einwohner, an der Don-Mündung gelegen.

In der Heimat (V rodnom uglu). Russkie vedomosti, 16. November 1897; datiert: ›Nizza, im Oktober‹. Mit geringfügigen Korrekturen in SS IX, 1901.

Whint – russ. ›vint‹, dem Whist verwandtes Kartenspiel, wird, wie Bridge, zu viert gespielt; Näheres vgl. Anmerkung zu der gleichnamigen Erzählung, Band I (detebe 20261).

Oh, wie edel ... dieser Passus bis: »Womit beginnen?« im russischen Original im Präsens, dadurch unmittelbarer, direkter.

Varenje – in der Übersetzung dasselbe Wort wie ›Kompott‹.

Berdjansk – Hafenstadt an der Nordwestküste des Azovschen Meers in Südrußland; ca. 30 000 Einwohner.

Orël – Gouvernement und Gouvernementshauptstadt in Mittelrußland, ca. 80 000 Einwohner.

Il ne fo pa parlee o schangs – Küchenfranzösisch, falsch ausgesprochen und phonetisch umschrieben, »il ne faut pas parler aux gens«: Man soll nicht mit den Leuten (Dienstboten) reden.

Auf dem Wagen (Na podvode). Russkie vedomosti, 21. Dezember 1897; Untertitel dort: ›Erzählung‹; unverändert in dem Almanach ›Bruderhilfe für die in der Türkei umgekommenen Armenier‹, Moskau 1898. Mit geringfügigen Korrekturen dann in SS IX, 1901.

Bei Bekannten (U znakomych). Cosmopolis, Nr. IX (Zensurstempel: 1. Februar) 1898. Nicht in SS.

Slavischer Bazar – oder ›Slavjanskij Bazar‹, vgl. Anmerkung zu den ›Bauern‹, S. 382.

Eremitage – vornehmes Restaurant, Speiselokal im Zentrum Moskaus, mit Konzertgarten, an der Trubnaja ploščad' gelegen.

Malaja Bronnaja, Živodërka – in Moskau; Živodërskaja sloboda, außerhalb der Stadt, am Fuß der Sperlingsberge; »versäume der Fremde nicht, falls er die Kosten eines teuren Soupers und das Zusammentreffen mit möglicherweise lockerer Gesellschaft nicht scheut, die russischen und die Zigeuner-Sängerchöre anzuhören, die ihre sehr originellen Vorträge meist in den eleganten außerstädtischen Restaurants zum besten geben, die im Winter das Ziel der nächtlichen Troiken-(Schlitten-)Fahrten der Jeunesse dorée sind« (Baedeker, ›Rußland‹, [7]1912).

Jamais de ma vie! – franz. »Nie im Leben!«

Ist alles wohlbestellt im Staate Dänemark? – Umkehrung des geflügelten Wortes aus dem ›Hamlet‹: »Etwas ist faul im Staate Dänemark.«

Unter den Gleisen, den Brücken ... – aus dem Gedicht ›Die Eisenbahn‹ von Nikolaj Nekrasov, 1864; hier zitiert in der Übersetzung von Martin Remané. Wörtlich übersetzt lautet die letzte Zeile (›Dies ist gewiß‹): »Schade nur«, nämlich weiter: »daß in dieser herrlichen Zeit weder du noch ich leben werden«.

Er brachte kein Ach! und Weh! mehr heraus – von Čechov öfter verwendetes (vgl. ›Drei Schwestern‹) Wort aus der Fabel ›Der Bauer und der Arbeiter‹ von Ivan Krylov, 1768–1844; Krylovs Fabeln in Rußland mindestens ebenso populär wie die des La Fontaine in Frankreich.

Nekrasov – Nikolaj A. Nekrasov, 1821–1878, russischer Dichter, revolutionärer Demokrat; 1846–1866 Herausgeber der einflußreichen, fortschrittlichen Zeitschrift ›Sovremennik‹ (Der Zeitgenosse); in Rußland damals nicht nur in Intellektuellenkreisen sehr populär. Seine bekannteste Verserzählung: ›Wer gut lebt in Rußland‹, 1866–1877.

Die Herrin wirst du dort der Welten – Arie des Dämons aus der Oper ›Der Dämon‹ von A. G. Rubinstein, nach der gleichnamigen Verserzählung von Michail Lermontov.

Der Mensch im Futteral (Čelovek v futljare). Russkaja mysl', Nr. VII (Juli) 1898; dort mit Untertitel: ›Erzählung‹. Mit geringen Korrekturen in SS XII, 1903.

Atavismus – von latein. ›atavus‹, der Vorfahre; Rückschlag, Wiedererscheinen von Eigenschaften entfernter Vorfahren; im übertragenen Sinne auch: Rückfall in urtümliche, primitive Zustände.

Anthropos – griech. der Mensch.

Turgenev, Ščedrin, Buckles – stellvertretend für aufklärerische Literatur: Turgenev, der in dem Roman ›Väter und Söhne‹ den Revolutionär der 60er Jahre geschildert und, auf ihn gemünzt, den Begriff des ›Nihilisten‹ geprägt hatte; Michail Saltykov-Ščedrin, 1826–1889, satirischer russischer Schriftsteller, Anhänger der demokratischen Bewegung der 60er Jahre, beeinflußt von den französischen Sozialisten und später den ›Narodniki‹ (Volkstümler), schrieb bissige Satiren über russische Zu- und Mißstände; Henry Thomas Buckle, 1821–1862, englischer Kulturhistoriker, Essays ›On liberty‹, ›On the influence of women on the progress of knowledge‹, Autor einer ›History of civilisation in England‹, 1857: »Das Werk erregte allgemeines Aufsehen, zum Teil heftigen Widerspruch. Man warf B. nicht mit Unrecht doktrinäre Einseitigkeit und Hang zu einer materialistischen Weltanschauung vor« (Brockhaus, 14. Aufl., Leipzig 1901).

Fasten – die russischen Fasten: die Großen, 40 Tage dauernden, vom Fastnachtssonntag (dem Ende der Butterwoche) an bis Ostern; die Kleinen F. vor Peter und Paul (29. Juni).

šinki – ukrain., sing. ›šinka‹, Lehnwort, von deutsch ›Schenke‹.

Michajlik, Minčik – Koseformen für ›Michail‹.

›kolossalischer Skandal‹ – im russischen Original: ›kolossalische Scandal‹, deutsch geschrieben.

in ukrainischer Mundart – Zusatz des Übersetzers, im Original folgt hier verballhorntes Russisch (mit Anklängen ans Ukrainische), etwa in der Frage: »Weshalb sitzt er bei mir?« usw. Desgleichen der Satz weiter oben: »Platzen soll er.«

Die Stachelbeeren (Kryžovnik). Russkaja mysl', Nr. VIII (August) 1898; mit geringfügigen Korrekturen in SS XII, 1903; in der Zeitschrift Russkaja mysl' abgedruckt zusammen mit der Erzählung ›Über die Liebe‹.

der Mensch brauche nur drei Aršin Erde – vgl. die Volkserzählung Lev N. Tolstojs ›Wieviel Erde braucht der Mensch?‹

Puškin – »Teurer als die bittre Wahrheit ...« Zitat aus dem Gedicht ›Der Held‹ (Geroj) aus dem Jahre 1830; bei Čechov nicht ganz vollständig zitiert; in der Übersetzung von Friedrich Fiedler (Puškin-Ausgabe des Aufbau-Verlags) lautet die Stelle: »Hoch ob der niedrig starren Wahrheit / Steht der erhebend schöne Wahn ...«

Von der Liebe (O ljubvi). Russkaja mysl', Nr. VIII (August) 1898; zusammen mit der Erzählung ›Stachelbeeren‹; mit geringen Korrekturen in SS XII, 1903, und, posthum, in Band XI, 1906.

Vestnik Evropy – russ. ›Der Bote Europas‹, Monatszeitschrift, eine der ›dicken Zeitschriften‹, erschien in Moskau von 1866 bis 1918, anfangs als wissenschaftliche Fachzeitschrift für Historiker, dann auch mit Abteilungen für in- und auswärtige Politik sowie Literatur; bürgerlich-liberal, Organ der sogen. Westler, publizierte u. a. Dramen von Ostrovskij, Prosa von Turgenev, Gončarov, Saltykov-Ščedrin; Lyrik von Jakov Polonskij, Aleksej K. Tolstoj.

für die Befreiung der Heimat kämpfen – der slavischen ›Heimat‹ im Sinne der panslavistischen Ideologie, nach Vorbild des Russisch-Türkischen Kriegs von 1877/78, der eine Woge panslavistischer Begeisterung ausgelöst hatte; der Russisch-Türkische Krieg hatte zur Bildung eines ›freien‹ Fürstentums Bulgarien geführt; ›Befreiung‹ der Balkanslaven von der K. u. K.-Monarchie.

das dritte Läuten – auf russischen Bahnhöfen wurde die Abfahrt des Zuges durch drei Glockensignale markiert; nach dem dritten setzte sich der Zug in Bewegung.

Ionyč. Niva, Nr. IX (September) 1898. Mit nur wenigen Korrekturen in SS IX, 1901.

Turkin – von russ. ›turok‹: der Türke.

Starcev – russ. ›starec‹: 1. der Greis; 2. der Mönch; 3. (veraltet) der Gemeindeälteste.

Jeančik – russisch gebildete Koseform, abgeleitet von der französischen Form des Namens Ivan, Jean. Ein ähnlich gebildetes Diminutiv w. u. in Kapitel IV (›Bongschurchen‹).

Dites que l'on nous donne du thé – franz. »Sagen Sie (Bescheid), daß man uns Tee bringt«, »Lassen Sie uns Tee bringen.«

Lučinuška – russ. zärtl. für ›Mondschein‹. Titel eines bekannten russischen Volkslieds.

Stirb, Denis, etwas Besseres wirst du nicht schreiben – Ausspruch der Zarin Katharina II. über die klassische russische Komödie ›Nedorosl‹ von Denis Ivanovič Fonvizin (1745–1791); geflügeltes Wort.

Als ich noch nicht getrunken hatte ... – Verszitat aus dem Gedicht ›Elegie‹ des russischen Lyrikers Baron Anton Antonovič Delvig, 1798–1831.

Wie klingt doch deine Stimme so zärtlich ... – abgewandeltes Zitat aus einem mehrfach (von A. Rubinštejn, Musorgskij, Rimskij-Korsakov) vertonten Gedicht von Aleksandr Puškin, nämlich dem Gedicht ›Nachts‹ aus dem Jahre 1823; entsprechend der hier gewählten Übersetzung würde die Zeile lauten:

»Wie klingt doch meine Stimme für dich so zärtlich« usw. In der Übersetzung von Friedrich Fiedler lautet die Stelle: »Mein Wort, das sanft dich grüßt bei Tag aus Herzensfülle, / Erregt der Mitternacht geheimnisvolle Stille.«

Pisemskij – Aleksej F. Pisemskij, 1820–1881, realistischer russischer Schriftsteller; ›Tausend Seelen‹ (1858) ist sein bekanntester Roman, in dem, in Anlehnung an Gogols ›Tote Seelen‹, das Leben eines skrupellosen Egoisten und Karrieremachers geschildert wird.

Ich liege und siege ... – einer von Turkins Sprüchen, der seinen ›Witz‹ aus Rhythmus und Gleichklang bezieht, semantisch ein Nonsens, wörtlich: »Ich geh auf dem Teppich, du gehst indem du lügst ...«

Whint – Kartenspiel, dem aus England stammenden Whist verwandt, wird zu viert gespielt; Näheres vgl. Anmerkung zur gleichnamigen Erzählung, Band I.

Ein Fall aus der Praxis (Slučaj iz praktiki). Russkaja mysl', Nr. XII (Dezember) 1898; Untertitel: ›Erzählung‹. Mit geringen Korrekturen in SS IX, 1901.

Korolëv – russ. ›korol'‹: der König.

Ljalikov – russ. ›ljalja‹, ›ljal'ka‹: Kind, Spielzeug; unbeholfener Mensch, Tolpatsch.

Skrofeln – »Skrophulosis, Krankheit des Kindes- und Jugendalters, mit hervorragender Anlage für sehr hartnäckige entzündliche Leiden der Haut (Ausschläge, besonders der Kopfhaut), der Schleimhäute (Magen- und Darmkatarrhe), der Knochen u. Gelenke, besonders der Lymphdrüsen, welche anschwellen *(Skrofeln)*, vereitern und verkäsen. Das Gesicht ist meist gedunsen, Lippen und Nase sind dick, die Haut blaß, der Leib aufgetrieben.« (Meyers Hand-Lexikon, Leipzig, 1878.)

Bromkalium – Bromverbindung, »wird in der Photographie bei der Entwicklung der Trockenplatten, in der Medizin (als Kalium bromatum offizinell) gegen Nervenstörungen und Schlaflosigkeit angewendet« (Brockhaus, 14. Aufl., Leipzig 1901).

schrille, abgehackte metallische Laute – erklärt sich weiter unten: die Uhrzeit wird geschlagen, hier, in der Fabrik, Metall gegen Metall, im Gegensatz zu den Gutshöfen, wo der Nachtwächter auf sein Pochbrett, Pochholz schlug. Vgl. Anm. zu ›Die Braut‹, S. 396.

durch den Kneifer – im russischen Original französisch, auch französisch geschrieben: pince-nez.

auf der Poljanka – Straße in Moskau, im Stadtteil Zamoskvorečje, jenseits der Moskva, in unmittelbarer Kreml-Nähe, einem der ältesten Stadtteile Moskaus, in dem vorzugsweise Kaufleute wohnten; vgl. ›Drei Jahre‹ (detebe 20269).

Lermontovs Tamara war einsam ... – Tamara, Gestalt des georgischen Mädchens aus der romantischen Verserzählung ›Der Dämon‹ von Michail Lermontov, 1814–1841; in Tamara, die kurz vor der Hochzeit steht, verliebt sich der aus dem Paradies verbannte Dämon, und während Tamaras Bräutigam unter die Räuber fällt und von ihnen erschlagen wird, bedrängt der Dämon die Braut. Tamara flieht vor ihm in ein Kloster, doch der Dämon erscheint ihr auch in der Einsamkeit ihrer Zelle, wo Tamara schließlich stirbt.

Herzchen (Dušečka). Sem'ja, Nr. 1 (3. Januar) 1899. Kaum verändert in SS IX, 1901.

Plemjannikov – russ. ›plemjannik‹: der Neffe.

Kukin – russ. ›kukat'‹: aufmucken, murren.

Große Fasten – die 40tägigen Fasten vor Ostern, vgl. Anm. zur Erzählung ›Die Bauern‹.

Pustovalov – russ. ›pusto-‹: leer; ›val‹: die Welle, Woge.

Mogilëv – im Unterschied zu M. am Dnestr ›Gouvernements-Mogilëv‹ genannt, Stadt am Dnepr, in Südrußland/Ukraine, 1890 ca. 35 000 Einwohner.

Pleureuse – latein.-franz. Trauerbesatz auf Kleidern, Trauerschleier.

Das Neue Landhaus (Novaja dača). Russkie vedomosti, 3. März 1899, Untertitel dort: ›Erzählung‹; mit geringfügigen Korrekturen in SS IX, 1901.

Kučerov – russ. ›kučer‹: der Kutscher.

Lyčkov – russ. ›lyčak‹: der Bastschuh.

Kozov – russ. ›koza‹: die Ziege.

die Kučericha – die Frau von Kučerov, geringschätzig.

Leibeigene gibt's jetzt nicht mehr – 1861 war die Leibeigenschaft aufgehoben worden; in der Tat brachte die sogenannte Bauernbefreiung dem russischen Grundadel riesige Entschädigungssummen, dem Bauern, der sich loskaufen mußte, Schulden; im Bewußtsein, im Lebensstil der Bauern bewirkte der Zarenerlaß oft nicht mehr, als daß die Bauern nun offiziell wußten, daß sie den Herren nicht mehr untertan, keine Leibeigenen mehr waren.

Auf der Dienstreise (Po delam služby). Knižki nedeli, Januar, 1899, Untertitel: ›Erzählung‹. Mit nur geringfügigen Korrekturen in SS IX, 1901.

Lesnickij – russ. ›les‹: der Wald.

Lošadin – russ. ›lošad'‹: das Pferd.

Untersuchungsrichter Lyžin – russ. ›lyža‹: die Pfütze.

Četvert – russ.: ein Viertel; altes russisches Hohlmaß = 2,099 Hektoliter.

Nevskij Prospekt – Prachtstraße in Petersburg, mit Restaurants und eleganten Geschäften; die *Petrovka* – das Pendant, oder zumindest eines davon, in Moskau.

Weiche Furchen ziehen sie ... – Zitat aus dem Roman in Versen ›Evgenij Onegin‹ von Aleksandr Puškin, und zwar aus der berühmten Schilderung der Schönheiten des russischen Winters, Kapitel V, Strophe 2 – in der Übersetzung von Friedrich Bodenstedt:

»'s ist Winter. Statt des Pflugs den Schlitten
Lenkt jetzt der Landmann durch die Flur,
Sein Pferdchen trabt in kurzen Schritten
Und sucht im Schnee sich selbst die Spur.
Und die Kibitka, stürmisch eilt sie
Vorüber, und den Schnee zertheilt sie« usw.

Bei Fiedler lautet der Passus:

»Die flüchtige Kibitke wühlet / Sich Furchen in den Flockengrund«; Theodor Commichau (in der Bearbeitung durch K. Schmidt) übersetzt ihn so: »Wie prächtig die Kibitka drüben / Dahinsaust, daß die Flocken stieben.«

Schon an die dreißig Jahre – fünf Jahre nach Aufhebung der Leibeigenschaft (1861), also 1866; selten gibt es in Čechov-Erzählungen so klar errechenbare Hinweise auf die Zeit, in der die Erzählung spielt.

Un petit verre de Cliquot – franz. ›Ein Gläschen Cliquot‹.

Pique Dame – Oper von Pëtr Čajkovskij, 1890 in Petersburg uraufgeführt; nach der gleichnamigen romantischen Erzählung von Aleksandr Puškin aus dem Jahre 1833.

Quadrille – »ist ein Tanz, der von vier, je zwei sich gegenüberstehenden Paaren, in mannigfaltigen beliebigen Touren aufgeführt wird. Die Musik ist fröhlichen Charakters, enthält vier Theile, ein jeder von 8 Takten, in 2/4 Takten, und wie jeder Theil, so werden auch die Touren wiederholt. Nach Zahl derselben gibt es 3, 4 und mehrtourige Q., die jedesmal mit einem Walztheile schließen.« (Wigand's Conversations-Lexikon. Für alle Stände. Leipzig, 1850.)

Die Dame mit dem Hündchen (Dama s sobačkoj). Russkaja mysl', Nr. XII (Dezember) 1899, Untertitel dort: ›Erzählung‹. Mit geringen Korrekturen in SS XII, 1903.

Jalta – »Kreisstadt mit 26 000 Einw., in malerischer Lage, an einer großen Bucht des Schwarzen Meeres amphitheatralisch ansteigend, ist der vornehmste und teuerste Badeort der Krim und wird von Mitte August bis Ende Oktober (alten Stils) stark besucht. Hübscher Blick auf die Stadt und auf das Meer von der hohen Hafenmole. Der abends elektrisch beleuchtete Seeboulevard und der anstoßende kleine schattige Stadtgarten (Eintr. 20 Kop.; Kursaal; Musik; Theater; Restaur.) sind die Hauptpromenaden. An der Nabereshnaja auch die feinsten Läden (die orientalischen, besonders kaukasischen Waren nicht billig)« (Baedeker, ›Rußland‹, 7. Aufl. Leipzig 1912).

Pavillon bei Vernet – der Seepavillon an der Strandpromenade, dem Seeboulevard.

das stumme Endzeichen nach den Konsonanten weglassen – Eigenheit der vorrevolutionären russischen Orthographie, das sogenannte harte Zeichen, das nicht gesprochen, wohl aber – wie viele meinten: unnützerweise – noch geschrieben und erst mit der Reform der russischen Orthographie nach 1917 abgeschafft wurde. Als Klippe beim Lernen von Lesen und Schreiben in den Schulen der Groß- und Kleinschreibung im Deutschen vergleichbar.

Oreanda – Ausflugsziel von Jalta aus, Park und Schloßruine an der Küste gelegen, etwa 8 km südlich Jalta; ehemalige, 1882 durch Feuer zerstörte Sommerresidenz der Zaren.

Deutscher, er selbst aber ist rechtgläubig – d. h. er ist russisch-orthodox getauft, fühlt sich als Russe.

Feodosija – Kreisstadt auf der Krim, Hafenstadt, Bade- und Kurort, ca. 100 km nördlich von Jalta gelegen.

Sie fuhren mit dem Wagen – entweder nach Sevastopol oder nach Feodosija; von beiden Städten bestand Zugverbindung über Charkov, Moskau nach Petersburg.

das zweite Glockenzeichen – auf russischen Bahnhöfen wurde die Abfahrt der Züge durch drei Glockensignale markiert; nach dem dritten setzte sich der Zug in Bewegung.

Petrovka – Straße im Zentrum Moskaus, vom Theaterplatz (mit dem Bolšoj Teatr) zum Ring der Boulevards führend, mit eleganten Geschäften, Restaurants, dem Korš-Theater.

Soljanka – auch Seljanka, russische Krautsuppe mit verschiedenartigem Fleisch, Zwiebeln, Gurken.

die ›Geisha‹ wurde zum erstenmal gegeben – ›Die Geisha‹, Operette von S. Jones, 1896 in London uraufgeführt; die erste russische Inszenierung fand 1897 in Moskau statt.

Slavischer Bazar – Slavjanskij Bazar, Hotel im Zentrum Moskaus, eines der ersten drei Hotels der Stadt, Nikolskaja ulica, heute Straße des 25. Oktober.

Zur Weihnachtszeit (Na svjatkach). Peterburgskaja gazeta, 1. Januar 1900; Untertitel: ›Erzählung‹. Mit geringen Korrekturen in SS XII, 1903; SS XI, 1906.

werden wohl siebzig Grad sein – 70° Fahrenheit entsprächen etwa 22° Celsius.

Bacchus – griech.-röm. Gott des Weinanbaus; hier für: Vodka, Alkohol.

Charcotdusche – Charcot, Jean Martin, 1825–1893, französischer Arzt, Neuropathologe.

In der Schlucht (V ovrage). Žizn', Nr. 1 (Januar) 1900. Mit geringen Korrekturen in SS XII, 1903; SS XI, 1906.

Fastenzeit – die Großen Fasten, 40 Tage vor Ostern; eingeleitet durch die Butterwoche, die Vorfastenwoche, vgl. Anm. zur Erzählung ›Die Bauern‹.

Quadrille – Gesellschaftstanz, vgl. Anm. zur Erzählung ›Auf der Dienstreise‹.

Volant – franz. ›Federball‹, lose aufgesetzter Besatz auf Damenkleidern.

Jerezwein – span. ›Jerez‹, Sherry.

Verschickung nach Sibirien zur Zwangsarbeit – zur Katorga, mit anschließender Verbannung, vgl. dazu ausführlich den Reisereport Čechovs, ›Die Insel Sachalin‹ (detebe 20270).

Seid Ihr Heilige? – meint: ›Pilger‹.

Der Bischof (Archierej). Žurnal dlja vsech, Nr. 4 (April) 1902. Mit geringen Korrekturen in SS XII, 1903; SS XI, 1906.

Bischof, Eparchialbischof, Popensohn u. a. – »Rußland zerfällt in 66 Eparchien, an deren Spitze je ein Erzbischof (Archiepiskop) oder Bischof (Episkop) steht; drei dieser Eparchien (St. Petersburg, Moskau, Kiev) haben Geistliche vom höchsten Rang, Metropoliten, zu Verwaltern. In jeder Eparchie besteht ein Konsistorium, dessen Präsident der Bischof ist. – Die gesamte Geistlichkeit, nicht durch Gesetz, wohl aber durch Herkommen von der Laienwelt streng geschieden, zerfällt in zwei ganz gesonderte Teile, die schwarze oder Klostergeistlichkeit, die Vertreterin der griechischen Tradition, und die weiße oder Weltgeistlichkeit, die Vertreterin des nationalen Elements. Aus der ersteren werden ausschließlich die zum Zölibat gezwungenen höheren Geistlichen: Archierej (Metropoliten, Erzbischöfe und Bischöfe), Archimandriten (Äbte) und Igumeny (Prioren) entnommen. Die Weltgeistlichkeit besteht aus den Protoierei oder Protopopen (dem Range nach unter den Igumen stehend) und den Ierei oder Popen (svjaščennik; volkstümlich auch batjuška), zu denen mit einer Art von Weihe, aber keiner priesterlichen, noch die Protodiakonen usw. treten. Die Weltgeistlichen müssen verheiratet sein, stirbt aber die Frau, so können sie in ein Kloster eintreten. Der Gegensatz und die Feindschaft zwischen Mönchen und Weltgeistlichkeit ist eine charakteristische Eigentümlichkeit der russischen Kirche. Die Klostergeistlichkeit hat als herrschender Stand fast ausschließlich die Leitung der Kirche durch Besetzung der obersten Würden, durch die Zensur und Unterstellung der geistlichen Lehranstalten (Seminarien, Akademien); sie wahrt eifersüchtig ihren Besitz.« (Rußland-Baedeker, 7. Aufl. 1912.)

Betula kinderbalsamica secuta – ›betula‹, latein. die Birke, Birkenreisig; ›secuta‹, latein. gebildete Form, abgeleitet vom russischen Wortstamm ›sek-‹, enthalten z. B. in den Verben ›seč'‹: dreschen, hauen, prügeln; ›vyseč'‹: verprügeln, durchprügeln, verdreschen.

die Japaner haben jetzt Krieg – 1894/95 Chinesisch-Japanischer Krieg, nach dem China Taiwan und die Pescadores-Inseln an Japan abtreten mußte; wahrscheinlicher jedoch, daß der Boxeraufstand gemeint ist, an dessen Niederwerfung 1900/01 Japan beteiligt war.

so etwas wie die Montenegriner – unter ›türkischem Joch‹ wie etwa Serbien nach 1389 hat Montenegro sich nicht befunden; ebensowenig Japan unter dem ›Tatarenjoch‹, das S. offenbar gleichsetzt; Übergriffe der Mongolen unter Kubilaj Chan wurden von japanischen Ritterheeren abgeschlagen.

Altarraum – in russisch-orthodoxen Kirchen wurde das Kirchenschiff durch die Ikonenwand (Ikonostas) vom Altarraum getrennt.

seit Rußland sich zum Christentum bekehrte – unter Vladimir I. im x. Jahrhundert, 988.

Die Braut (Nevesta). Žurnal dlja vsech, Nr. 12 (Dezember) 1903. Unverändert in SS xi, 1906. Am Beispiel der ›Nevesta‹ ließe sich Čechovs stilistische Arbeit an seinen Erzählungen genauestens dokumentieren: die Gesamtausgabe Moskau 1944–51 in xx Bänden publiziert neben dem Text letzter Hand auch die erste Redaktion mit Čechovs Korrekturen; sie referiert darüber hinaus, auf ca. 100 Seiten, die Varianten, die anhand der Fahnenabzüge (1. und 2. Korrektur) der Zeitschriftenpublikation zu beobachten sind. 1957 schließlich wurde auch noch die handschriftliche erste Redaktion gefunden, gedruckt und kommentiert in dem Čechov gewidmeten 68. Band des Periodikums ›Literaturnoe nasledstvo‹, 1960.

Komissarovsche Schule – Lehranstalt, Seminar des Komissarov-Klosters in Moskau.

Babulja – Diminutiv, Koseform des Wortes ›baba‹, ›babuška‹, des russischen ›Mütterchens‹, ›Großmütterchens‹.

Hypnotismus – die Lehre von der Hypnose, geht zurück auf den englischen Arzt James Braid, 1795–1860, der 1841 die Entdeckung machte, »daß das längere Anstarren eines glänzenden Gegenstandes einen eigentümlichen schlafartigen Zustand, den sog. Hypnotismus, hervorrufe, und widmete fortan seine ganze Thätigkeit der Erforschung desselben und seiner Anwendung zur Heilung von Nervenleiden [...]. Doch fanden seine Forschungen wenig Beachtung, bis sie erst neuerdings durch erneute Untersuchungen vollinhaltlich bestätigt wurden« (Brockhaus, 14. Aufl. Leipzig 1901). In der Gesellschaft ein Modethema, wie überhaupt das Unheimliche, das Interesse für okkulte Kräfte, Magnetismus, Spiritismus, vgl. unten.

das Klopfen des Nachtwächters – auf russischen Landsitzen gab der Nachtwächter durch Klopfen auf ein Holzbrett, im Umhergehen, die Uhrzeit an, jeweils zur vollen Stunde; vgl. die Erzählung ›Vanka‹, auch die Erz. ›Ein Fall aus der Praxis‹.

Spiritismus – latein., »Glaube an die Möglichkeit eines Verkehrs mit den Seelen Verstorbener durch Beschwörung u. Zaubermittel, früher durch Swedenborg und magnetisierende Aerzte (Justinus Kerner) vertreten, neuerlich wieder von Amerika aus (Geschw. Fox, 1849) durch das Auftreten von Vermittlern dieses Verkehrs (Medium) und in Verbindung mit dem Tischrücken, Geisterklopfen (Klopfgeister) und Geisterschrift (Psychograph) verbreitet.« (Meyers Hand-Lexikon, Leipzig, ²1878.) Auch in Rußland um die 80–90er Jahre ein beliebtes ›Gesellschaftsspiel‹, vgl. die Memoiren Kropotkins, vgl. Čechovs Erzählung ›Eine schreckliche Nacht‹. In einem der Notizbücher Čechovs findet sich folgende Eintragung: »Ein Mensch, sehr intelligent, redet sein Leben lang Unsinn über Hypnotismus, Spiritismus – und alle glauben ihm; aber ein guter Mensch.«

Homöopathie – Heilverfahren, im Gegensatz zur Allopathie; »Allopathie (Allöopathie, griech. ›das Leiden eines Theils für einen andern‹), die Übertragung einer Krankheit von einem Theile auf einen andern. Gewöhnlich wird aber der Ausdruck A. auf die Wirkung der Heilmittel angewendet, und A. bedeutet dann die Heilung durch ein dem Krankheitsprozeß entgegengesetztes Mittel und bildet den Gegensatz zur Homöopathie. Letztere geht bekanntlich von dem Grundsatz aus, daß Krankheitssymptome durch solche Mittel beseitigt werden, welche, in den gesunden Organismus eingeführt, eben jene Symptome hervorrufen (Gleiches mit Gleichem, similia similibus).« (Meyers Konversationslexikon, 3. Aufl., Leipzig 1874.)

stelle mir Anna Karenina vor – Titelgestalt des berühmten, auch damals schon nachgerade klassischen Romans von Lev Tolstoj, erschienen 1873/77.

zu den Kosaken gehen – die Kosaken waren ursprünglich Grenzbauern in Südrußland, der Ukraine, weit weg von den Zentren des Reichs; bildlich für »ein freies, wildes, verwegenes Leben führen«.

Kumys – »der Kumys (ein berauschendes Getränk aus gegorener Stutenmilch, Lieblingsgetränk der Nomadenvölker)« (Pavlovskij).

Anton Čechov im Diogenes Verlag

»Er hat seine Erzählungen mit vollkommener Kunstfertigkeit gestaltet: *Die Bauern* zum Beispiel sind ebenso vollkommen wie Flauberts *Madame Bovary*. Er bemühte sich, einfach, klar und knapp zu schreiben. Seine drastischste Forderung war, daß der Schriftsteller Anfang und Ende seiner Erzählung weglassen sollte. Er selbst hat das getan, und zwar so rigoros, daß seine Freunde sagten, man solle ihm die Manuskripte wegschnappen, bevor er die Möglichkeit habe, sie zu verstümmeln: ›Sonst beschränken sich am Ende die Erzählungen darauf, daß sie jung waren, sich verliebten, heirateten und unglücklich wurden.‹ Als man das Čechov erzählte, sagte er: ›Aber so ist es doch tatsächlich.‹« *W. Somerset Maugham*

»Ein Poet wie Whitman? ein Dramatiker wie Shakespeare? ein großer Mann wie sie alle? – all das vereinigt er ja in sich. Aber Čechov ist noch mehr. Er ist mein Freund.« *Sean O'Casey*

»Welche Schriftsteller mich als junge Menschen beeinflußt haben? Čechov! Als Dramatiker? Čechov! Als Erzähler? Čechov!« *Tennessee Williams*

● **Das dramatische Werk**
Neu übersetzt, transkribiert und herausgegeben von Peter Urban. Jeder Band bringt den unzensurierten Text mit sämtlichen Varianten und Lesearten, Auszüge aus Čechovs Notizbüchern, Anmerkungen und einen editorischen Bericht

Der Kirschgarten
Komödie in vier Akten

Der Waldschrat
Komödie in vier Akten

Die Möwe
Komödie in vier Akten

Onkel Vanja
Szenen aus dem Landleben in vier Akten

Ivanov
Drama in vier Akten

Drei Schwestern
Drama in vier Akten

Die Vaterlosen
[Platonov]. Das ›Stück ohne Titel‹

Sämtliche Einakter

● Das erzählende Werk
Deutsch von Gerhard Dick, Wolf Düwel, Ada Knipper, Georg Schwarz, Hertha von Schulz und Michael Pfeiffer. Gesamtredaktion, Anmerkungen und Nachweise von Peter Urban

Ein unbedeutender Mensch
Erzählungen 1883–1885

Gespräch eines Betrunkenen mit einem nüchternen Teufel
Erzählungen 1886

Die Steppe
Erzählungen 1887–1888

Flattergeist
Erzählungen 1888–1892

Rothschilds Geige
Erzählungen 1893–1896

Die Dame mit dem Hündchen
Erzählungen 1897–1903

Eine langweilige Geschichte / Das Duell
Kleine Romane I

Krankenzimmer Nr. 6 / Erzählung eines Unbekannten
Kleine Romane II

Drei Jahre / Mein Leben
Kleine Romane III

Die Insel Sachalin
Reisebericht

Ein unnötiger Sieg
Frühe Novellen und Kleine Romane. Deutsch von Beate Rausch und Peter Urban. Herausgegeben, mit Anmerkungen und einem Nachwort von Peter Urban

Das Drama auf der Jagd
Eine wahre Begebenheit. Neu übersetzt von Peter Urban

Die Dame mit dem Hündchen / Herzchen
Zwei Erzählungen

Meistererzählungen
Ausgewählt von Franz Sutter

● Briefe
in 5 Bänden. Die größte nicht-russische Briefausgabe in der Neuübersetzung und -edition von Peter Urban. Jeder Band enthält Faksimiles, einen umfangreichen Anhang mit editorischem Bericht, Anmerkungen und einer Chronik; im letzten Band zusätzlich ein Personen- und Werkregister

● Tagebücher Notizbücher
Herausgegeben und vollständig neu übersetzt von Peter Urban. Mit Vorwort, editorischem Bericht, ausführlichen Anmerkungen und Personenregister

● Čechov-Chronik
Leben und Werk von Anton Čechov Herausgegeben von Peter Urban. Der Anhang bringt ein Nachwort, das Inhaltsverzeichnis der ersten russischen Gesamtausgabe und eine Bibliographie aller deutschen Übersetzungen

● Anton Čechov Sein Leben in Bildern
Herausgegeben von Peter Urban. Mit 739 Abbildungen, einem Anhang mit Daten zu Leben und Werk und einem Personenregister

● Freiheit von Gewalt und Lüge
Gedanken über Aufklärung, Fortschritt, Kunst, Liebe, Müßiggang und Politik. Zusammengestellt von Peter Urban. Mit fünf Porträts und einer Selbstkarikatur von Doktor Čechov

● Das Čechov Lesebuch
Herausgegeben, kommentiert und mit einem Vorwort von Peter Urban

● Über Čechov
Herausgegeben von Peter Urban

● Wie soll man leben?
Anton Čechov liest Marc Aurel
Herausgegeben, übersetzt und mit einem Vorwort von Peter Urban

Viktorija Tokarjewa im Diogenes Verlag

Viktorija Tokarjewa, 1937 in Leningrad geboren, studierte nach kurzer Zeit als Musikpädagogin an der Moskauer Filmhochschule das Drehbuchfach. 15 Filme sind nach ihren Drehbüchern entstanden. 1964 veröffentlichte sie ihre erste Erzählung und widmete sich ab da ganz der Literatur. Sie lebt heute in Moskau.

»Ihre Geschichten sind seit jeher von großer Anmut, allesamt Kunst-Stückchen, die einem die Vorstellung von Leichthändigkeit suggerieren. Nicht jedoch von Leichtgewichtigkeit. Wenn sie uns ein Schmunzeln entlocken, dann liegt das daran, daß Viktorija Tokarjewa über einen ausgeprägten Humor verfügt und diese Gabe durchweg einsetzt. Es ist kein Humor der satirischen Art, eher eine sanfte Ironie, gewürzt mit einer Prise Traurigkeit und einem vollen Maß an mitmenschlichem Erbarmen.«
Frankfurter Allgemeine Zeitung

»Viktorija Tokarjewa erzählt ihre Liebesgeschichten mit einem solchen Witz und einer solchen Lebendigkeit, daß ich ganz entzückt davon bin.«
Elke Heidenreich

Zickzack der Liebe
Erzählungen. Aus dem Russischen von Monika Tantzscher

Mara
Erzählung
Deutsch von Angelika Schneider

Happy-End
Erzählung
Deutsch von Angelika Schneider

Lebenskünstler
und andere Erzählungen. Deutsch von Ingrid Gloede

Sag ich's oder sag ich's nicht?
Erzählungen. Deutsch von Angelika Schneider, Monika Tantzscher und Elsbeth Wolffheim

Sentimentale Reise
Erzählungen. Deutsch von Angelika Schneider

Die Diva
Zehn Geschichten über die Liebe. Deutsch von Angelika Schneider, Monika Tantzscher und Susanne Veselov

Der Pianist
Erzählungen. Deutsch von Angelika Schneider

Lampenfieber
Erzählungen. Deutsch von Angelika Schneider